HERA LIND
Mit dem Rücken zur Wand

Von Hera Lind sind im Diana Verlag bisher erschienen:

Die Champagner-Diät – Schleuderprogramm – Herzgesteuert – Die Erfolgsmasche – Der Mann, der wirklich liebte – Himmel und Hölle – Der Überraschungsmann – Wenn nur dein Lächeln bleibt – Männer sind wie Schuhe – Gefangen in Afrika – Verwechseljahre – Drachenkinder – Verwandt in alle Ewigkeit – Tausendundein Tag – Eine Handvoll Heldinnen – Die Frau, die zu sehr liebte – Kuckucksnest – Die Sehnsuchtsfalle – Drei Männer und kein Halleluja – Mein Mann, seine Frauen und ich – Der Prinz aus dem Paradies – Hinter den Türen – Die Frau, die frei sein wollte – Über alle Grenzen – Vergib uns unsere Schuld – Die Hölle war der Preis – Die Frau zwischen den Welten – Grenzgängerin aus Liebe – Mit dem Rücken zur Wand

HERA LIND

Mit dem Rücken zur Wand

Roman nach einer wahren Geschichte

DIANA

Vorbemerkung
Dieses Buch erhebt keinen Faktizitätsanspruch. Es basiert zwar zum Teil auf wahren Begebenheiten und behandelt typisierte Personen, die es so oder so ähnlich gegeben haben könnte. Diese Urbilder wurden jedoch durch künstlerische Gestaltung des Stoffs und dessen Ein- und Unterordnung in den Gesamtorganismus dieses Kunstwerks gegenüber den im Text beschriebenen Abbildern so stark verselbstständigt, dass das Individuelle, Persönlich-Intime zugunsten des Allgemeinen, Zeichenhaften der Figuren objektiviert ist.

Für alle Leser erkennbar, erschöpft sich der Text nicht in einer reportagehaften Schilderung von realen Personen und Ereignissen, sondern besitzt eine zweite Ebene hinter der realistischen Ebene. Es findet ein Spiel der Autorin mit der Verschränkung von Wahrheit und Fiktion statt. Sie lässt bewusst Grenzen verschwimmen.

Sollte diese Publikation Links auf Webseiten Dritter enthalten, so übernehmen wir für deren Inhalte keine Haftung, da wir uns diese nicht zu eigen machen, sondern lediglich auf deren Stand zum Zeitpunkt der Erstveröffentlichung verweisen.

Penguin Random House Verlagsgruppe FSC® N001967

2. Auflage
Originalausgabe 12/2021
Copyright © 2021 by Diana Verlag, München,
in der Penguin Random House Verlagsgruppe GmbH,
Neumarkter Straße 28, 81673 München
Umschlaggestaltung: t.mutzenbach design, München
Umschlagmotive: © plainpicture/Caterina Sansone; Shutterstock.com
(Anna Issakova; Tishchenko Dmitrii; pinkeyes)
Fotos der Autorin: © Erwin Schneider, Schneider-Press
Satz: Leingärtner, Nabburg
Druck und Bindung: GGP Media GmbH, Pößneck
Printed in Germany
Alle Rechte vorbehalten
ISBN 978-3-453-29229-1

www.diana-verlag.de

1

Großstadt, 21. Juni 2017

Nebenan laufen die Lokalnachrichten im Radio.

»Heute beginnt der Prozess gegen die drei Angeklagten, die Ende letzten Jahres einen einundsiebzigjährigen Senior gemeinschaftlich schwer körperlich verletzt haben. Die Anklage lautet »versuchter Mord«. Es handelt sich um eine Auftragstat, und eine der Angeklagten soll die Tochter des Opfers sein.«

Das Radio führt mir die Realität vor Augen.

Es ist so weit.

Der Prozess beginnt.

Der Prozess gegen drei Straftäter. Und einer davon bin ich. Ich bin die Tochter des »Opfers«.

Dabei bin ich, Sara, selbst das Opfer. Er war immer der Täter.

Meine beste Freundin Marea fährt uns nach Großstadt. Mein Lebensgefährte Daniel soll als Zeuge aussagen. Ist er überhaupt noch mein Lebensgefährte? So wie er sich aus der Affäre gezogen hat? Diese entsetzliche Tat hat nicht nur gerichtliche Folgen, viel schlimmer sind die emotionalen. Ich habe nicht nur meinen Vater verloren, sondern auch meine Schwester, meinen Freund, meine Würde.

Und jetzt betrete ich doch tatsächlich die große weiße Treppe des Gerichtsgebäudes in Großstadt.

Auf der anderen Seite der Treppe befindet sich ein Zimmer, eine Art Wartezimmer. Ich sehe Stühle, die sich die Wand entlangreihen. Auf einem von ihnen sitzt meine Schwester. Sie schaut mich nicht an. Schließlich handelt es sich bei dem lebensgefährlich verletzten Opfer um unseren Vater. Sie ist als zweite Zeugin geladen. Die Angst, hier und jetzt meinem Vater zu begegnen, überwältigt mich, und ich werfe einen Blick auf die große Wanduhr. Neun Uhr, es ist an der Zeit, in den großen Saal zu gehen. Ich nehme den Glücksbringer meiner Freundin Marea entgegen. Sie drückt mir fest die Hand und lächelt mir aufmunternd zu. Sie wird im Publikum sitzen. Es tut gut zu wissen, dass sie da ist. Der einzige Mensch, der noch zu mir steht. Außer meinen Kindern, aber die halte ich da raus. Im Moment sind sie bei Freunden.

Ein letztes Mal atme ich tief ich durch, genauso wie damals an jenem kalten Winterabend, bevor ich meine Zelle betrat. Als sie mich aus meiner Wohnung geholt und abgeführt hatten. Wegen des Verdachts auf Anstiftung zum Mord. An meinem Vater.

Mein Anwalt öffnet die Tür zum Verhandlungssaal, und wir gehen zusammen hinein.

Der Saal ist groß. Links befinden sich die Reihen für die Zuschauer. Vorne sehe ich die Plätze für die Richter auf einem Podest. Drei Richter und zwei Schöffen werden sich meiner Geschichte annehmen. Sie sind noch nicht da, die Stühle noch frei. Hoffentlich sind es nicht nur Männer. Hoffentlich sind Frauen dabei, die mich verstehen können.

Mein Herz setzt einen Schlag aus. Da sitzt er. Heinz Hartmann, mein Vater. Neben ihm sein Anwalt. Mit dem Rücken zu den riesigen Fenstern. Die Sonne taucht ihn in helles Licht wie einen Heiligen.

Dabei war er das nie. Im Gegenteil. *Er* war der Täter, und Mutter und ich die Opfer.

Doch *ich, Sara,* bin angeklagt. Und Helga, seine bisherige Lebensgefährtin. Wir beide haben das gemeinsam ausgeheckt. Und die Sache ist komplett aus dem Ruder gelaufen.

Rechts vor den Richtern befindet sich die Anklagebank. Helga und ihr Anwalt sitzen bereits. Die Anklagebank besteht aus zwei Reihen. Die hintere ist ebenfalls erhöht. Wir gehen zügig an allen vorbei, und ich sehe ein Schild mit meinem Namen. Helga und ich werden mit unseren Anwälten in der ersten Reihe sitzen, Marius hinter mir in der zweiten Reihe. Marius hat die Tat ausgeführt. Brutal und hinterhältig. Aber wir wollten das nicht. Nicht so. Sein Anwalt ist schon da. Hinter der Anklagebank befindet sich ein Aufzug. Gleich werde ich auf Marius treffen, der nur meinetwegen heute hier ist. Nur weil ich ihn in diese Situation gebracht habe. Er wollte mir einen Gefallen tun. Er wäre sonst längst auf seiner lang ersehnten Weltreise, mit dem Motorrad, auf das er so lange gespart hat. Nun drohen ihm viele Jahre Haft. Meinetwegen. Oder weil die Sache so aus dem Ruder gelaufen ist. Wegen meines Vaters!

Mein Anwalt tritt einen Schritt zur Seite und lässt mich auf meinen Platz. Er trägt einen schwarzen Talar, der ihm bis zu den Knien reicht. Darunter trägt er Jeans und ziemlich lässige Schuhe. Links sind zwei Plätze frei, dann kommt der Platz von Helgas Anwalt, dann ganz außen Helga. Sie hat verweinte Augen und weicht meinem Blick aus.

Mein Vater beobachtet das Geschehen seelenruhig. Wie er immer alles, das er angerichtet hat, seelenruhig an sich hat abprallen lassen. Als wohnte er einem interessanten Schauspiel und seinen überraschenden Folgen bei. Er spricht mit seinem Anwalt, der nickt. Ich hänge meine Jacke über die Stuhllehne. Ich trage ein weißes T-Shirt, eine Bluejeans und schwarze Stiefeletten. Ich werde etwas langsamer in meinen Bewegungen, um mich auf so viel wie möglich zu konzentrieren. Die Anwälte begrüßen sich mit Handschlag und ein paar launigen Bemerkungen, und meiner beginnt, sein mir bekanntes Köfferchen auszuräumen und seinen Laptop hochzufahren. Für ihn ist das ein Job. Für mich der Dreh- und Angelpunkt meines Lebens: Vielleicht komme ich ins Gefängnis.

Ich bin Mutter zweier kleiner Kinder. Sie haben nur noch mich. Ich will nicht ins Gefängnis!

Eher tue ich mir etwas an.

Und dann ist es endlich so weit. Hinter mir setzt sich ratternd der Aufzug in Bewegung. Mein Herz rast. Die Aufzugtüre gleitet auf. Marius wird von zwei Beamten hereingeführt. Er trägt Handschellen und schaut stur auf den Boden. Ich lasse ihn nicht aus den Augen. Marius, bitte schau mich an. Nur ein kurzer Blick, Marius. Ich weiß, dass du das, was du getan hast, nicht mit Absicht gemacht hast.

Die Beamten und die Anwälte begrüßen einander, und Marius schaut stur zu Boden. Ich bin nervös, ich möchte ihn ansprechen, aber ich weiß nicht, ob ich das darf, also bleibe ich stumm. Ich stehe da und starre ihn an, und plötzlich hebt er seinen Blick. Wir schauen uns in die Augen, und sofort senkt er die Lider wieder. Ich versuche zu verstehen, zu interpretieren, aber da gibt es nichts zu verstehen, nichts zu deuten. Wieder schaut er mir in die Augen und dann gleich wieder auf den Boden, wie ein kleines Kind, das man zur Strafe in eine Ecke verbannt hat. Oh, bitte, lass mich wissen wie es dir geht!, flehe ich innerlich. Ob du böse auf mich bist, ob du mich jetzt hasst, ob du es bereust, mich jemals kennengelernt zu haben, ob du mir insgeheim Rache schwörst.

Ein Beamter nimmt ihm die Handschellen ab, und Marius setzt sich neben seinen Verteidiger. Ich setze mich auch, direkt vor ihn. Wirst du mich jetzt mit Blicken erdolchen, Marius? Mein Anwalt setzt sich neben mich. Ich schaue geradeaus. Da sitzt er, mein Vater, mit verschränkten Armen. Vor und hinter mir sitzen die Täter, die mich selbst zur Täterin gemacht haben. Vorne haben zwei Männer Platz genommen. Das müssen die Gutachter sein. Behutsam überfliege ich die Zuschauerreihen. Ich sehe meine Marea. Ihre dunklen Haare glänzen im Neonlicht. Sie nickt mir unmerklich zu. Ich drücke ihren Glücksbringer. Weiter hinten sehe ich drei Männer aus dem Dorf. Sie sind mit meinem Vater befreundet. Einer von ihnen war sogar bei ihm zu Besuch, als er aus dem Krankenhaus kam. Er hat tatsächlich noch Freunde?

In der vordersten Reihe sitzen drei Leute von der Presse. Sie sind mit Zettel und Stift ausgestattet sowie mit einer Kamera. Hinter ihnen hat ein älteres Paar Platz genommen, das ich gar nicht kenne. Dann sehe ich noch zwei Frauen, die mir ebenfalls fremd sind.

Ich hole die Unterlagen aus meiner Tasche, die ich in den letzten Monaten angesammelt habe, und ein Päckchen Traubenzucker. Wie auf Kommando springen die drei von der Presse auf und fangen an, Fotos von uns zu machen. Mein Anwalt reicht mir ein Blatt Papier, das ich mir vors Gesicht halten soll. Mein Herz klopft stark. Solche Szenen kannte ich bisher nur aus dem Fernsehen, von Gerichtsverhandlungen, bei denen es um Mord oder Vergewaltigung ging. Ich sehe, dass Marius sich mit einem Heft behilft. Auch Helga hält sich ein Blatt Papier vors Gesicht.

»Warum hören die denn nicht auf?«, flüstere ich meinem Anwalt zu. »Die müssen doch merken, dass wir das alle drei nicht wollen!«

»Weil sie es dürfen.« Herr Wied bemüht sich um Gelassenheit. »Die dürfen jetzt so lange fotografieren, bis die Richter reinkommen.«

Die Penetranz der Fotografen macht mich wütend. Akzeptiert man es nicht, wenn jemand nicht fotografiert werden möchte? Als hätte ich nicht schon genug Adrenalin im Körper!

Plötzlich öffnet sich hinter den Richterstühlen eine Tür. Drei Richter, zwei Schöffen, der Staatsanwalt und eine Gerichtsschreiberin kommen herein und stellen sich an ihre Plätze. Die Fotografen sind in ihren Bereich zurückgeeilt, und alle erheben sich.

Es sind tatsächlich ausnahmslos Männer, bis auf die Protokollantin. Und die hat nichts zu entscheiden.

Mein Herz zieht sich schmerzhaft zusammen. Werden die Männer mich verstehen?

»Guten Tag«, begrüßt uns der Vorsitzende Richter in der Mitte. Alle nehmen wieder Platz.

»Wir verhandeln heute die Strafsache gegen Marius Gersting, Sara Müller und Helga Bender wegen versuchten Mordes und/beziehungsweise Anstiftung zur gefährlichen Körperverletzung.« Er schaut in die Runde und kontrolliert die Anwesenden. Er beginnt mit den Richtern, den Schöffen, dem Staatsanwalt, der Nebenklage, nämlich meinem Vater und seinem Anwalt, erwähnt und begrüßt Marius, mich und Helga mit unseren jeweiligen Anwälten und stellt uns die beiden Herren vor, die vor meinem Vater sitzen, die beiden Gutachter, die zur Einschätzung der Schuldfähigkeit von Marius gekommen sind. Alles Männer!, hämmert es panisch zwischen meinen Schläfen. Wer von denen wurde jemals zusammengeschlagen?

Der Richter übergibt das Wort an den Staatsanwalt, der aufsteht und die gesamten siebzehn Seiten der Anklageschrift vorliest. Er ist etwa fünfundfünfzig Jahre alt und sieht nicht wirklich streng aus, was mich insgeheim leicht beruhigt. Ich kenne die Anklageschrift nahezu auswendig, so oft habe ich sie mir durchgelesen. Immer wieder habe ich sie zu Hause studiert, um zu verstehen, was geschehen ist. Ich schaue mir die Zuschauer an. Alle beugen sich auf ihren Plätzen nach vorn, um besser verstehen zu können, was der Staatsanwalt verkündet. Als er fertig ist, ergreift der Vorsitzende Richter wieder das Wort. Er wendet sich meinem Vater zu. Mein Vater ist Nebenkläger und gleichzeitig auch Zeuge. Es steht ihm somit frei, den Saal bis zu seiner Zeugenaussage zu verlassen oder zu bleiben. Er verlässt den Saal, was mich ein wenig erleichtert. Immer wenn er den Raum verließ, war ich erleichtert. Schon als kleines Kind.

Nun wendet sich der Richter Marius zu. Er soll sich vorstellen, von sich erzählen, wie er aufgewachsen ist, wie er von Hamburg in unsere Gegend kam und was er genau beruflich gemacht hat. Marius erzählt, dass sein Vater Seemann war und nur sehr selten zu Hause. Seine Mutter habe als Barfrau auf der Reeperbahn gearbeitet und hatte oft Herrenbesuch. Marius musste sich dann immer verstecken. Selbst als er krank war, hat sich die Mutter nur wenig um ihn gekümmert. Sein Vater versuchte später, ihm einen Job auf einem Frachtschiff zu vermitteln, mit dem Marius dann auch für ein paar Monate unterwegs war. Marius kam aber weder mit der harten Arbeit noch mit den Gezeiten zurecht. Unter Deck wurde ihm immer schlecht, und Alkohol vertrug er auch nicht. Er wurde ausgelacht und gemobbt, und es kam zu Schlägereien, bei denen er immer das Opfer war. Daraufhin begann er, regelmäßig in der

Muckibude zu trainieren und verließ schließlich Hamburg, um woanders neu anzufangen.

Letztlich landete er als Gerüstbauer bei der Dachdeckerfirma, die mein Dach neu deckte. Um auf seinen großen Traum, einmal auf dem Motorrad die Welt zu umrunden, zu sparen. Und dann begegnete er mir. Sein Traum ist nicht nur geplatzt, er ist zum Albtraum geworden.

Die Atmosphäre im Saal ist recht entspannt. Einmal lachen die Leute sogar, als Marius von seiner Seekrankheit berichtet, und dass er keinen Alkohol verträgt. Der Richter scheint aufrichtig an Marius' Geschichte interessiert zu sein. Er fragt, wie er mich kennengelernt hat und was für eine Art Beziehung wir zueinander gehabt haben.

Marius beantwortet seine Fragen gefasst. »Sie war freundlich und hat mir Tee angeboten. Morgens hat sie immer auf ihrem Balkon geraucht. Da haben wir uns ein paarmal flüchtig unterhalten.«

»Und wie kam es dann zu dem Plan? Wer hatte die Idee?«

Marius senkt den Blick.

Ich hatte die Idee!, möchte ich rufen. Aber mein Anwalt legt mir die Hand auf den Arm.

Alles war an diesem Morgen wie immer, nur ich nicht. Ich stand rauchend auf meinem Balkon, als Marius auf dem Gerüst auftauchte, um mir Hallo zu sagen. Angst, Verzweiflung, Demütigung, Zorn, Wut nahmen mir in diesem Moment die Luft zum Atmen. Wie konnte Marius das ahnen? Marius war der Unschuldigste von allen.

2

Großstadt, Juli 2008

»Nebenan wohnt mein Vater!« Mit gemischten Gefühlen starrte ich den Notar an, der mir soeben das Testament meiner jüngst verstorbenen Großmutter vorgelesen hatte.

»Meine Enkelin Sara ist Alleinerbin meines Hauses in Pützleinsdorf, Am Sonnigen Hügel 9«, zitierte er aus dem Dokument. Kopfschüttelnd zog ich am Kinderwagen meiner drei Wochen alten Tochter, um zu schauen, ob sie noch schlief. Mein kleiner Sohn, der noch nicht mal zweijährige Moritz, spielte mit einem mitgebrachten Plastiktrecker auf dem Boden des piekfeinen Notarbüros, auf dem sich gerade auch mein Hund Tommy ausgestreckt hatte.

»Aber das ist doch eine sehr hübsche Adresse!« Der ältere Notar zog eine seiner buschigen Augenbrauen hoch und lächelte mich gütig und irgendwie nachsichtig an. »Und dass Ihr Herr Vater in der Nähe wohnt, ist doch umso schöner!«

Mein *Herr Vater!*

Erinnerungen, die ich aus Selbstschutz längst verdrängt hatte, durchzuckten mich wie grelle Blitze. Ich sah, wie seine Faust auf mich niedersauste. Ich sah, wie seine Schuhe auf mich eintraten. Ich sah, wie er mit beiden Fäusten meine zarte blonde Mutter die steile Marmortreppe hinunterprügelte, bis sie winselnd vor der Haustür liegen blieb.

Kopfschüttelnd starrte ich ins Leere. Nein, nie wieder. Diesem Mann wollte ich nie mehr begegnen. Aber sollte ich seinetwegen auf das wunderbare Haus meiner Großmutter und die damit verbundene Lebensqualität verzichten? Ich hatte doch schon seinetwegen auf den Rest meiner Kindheit verzichten müssen. Er konnte so brutal sein, so aufbrausend, so gemein.

Andererseits sah ich ihn auch am Grab meiner Mutter bitterlich weinen. Er hatte seine Brigitte trotz allem geliebt. Mein Vater hatte zwei Gesichter, und man wusste nie, welches man gerade vor sich hatte.

Ich schluckte trocken und starrte geistesabwesend an die Wand. Das Einerseits verschwamm mit dem Andererseits. War er denn immer nur böse? Er hatte doch auch gute Seiten.

Als Mutter mit Krebs im Endstadium im Sterben lag, besuchte er sie jeden Tag und weinte an ihrem Bett. Nach ihrem Tod durfte im Haus nichts geändert werden. Sogar altmodische Deckchen auf dem Wohnzimmertisch durften nicht entsorgt werden: »Nein, das gehört der Brigitte.« Er hatte meine Mutter geliebt. Und mich wahrscheinlich auch. Aber eben auch wie Dreck behandelt.

Das gemütliche Haus meiner Großmutter nebenan, in dem Mutter und ich uns oft vor Vater versteckt hatten, sollte ich nun erben. Dort roch es nach frisch gebackenem Kuchen, nach tröstlichem Kakao, nach ihrem altmodischen Parfum, nach Beruhigungszigaretten. Und immer noch hörte ich Großmutters Worte, die sie nach jedem Angriff auf meine Mutter und mich gebetsmühlenartig wiederholte: »Halte durch. Du kannst ihn nicht verlassen. Eines Tages wird er milder werden.«

War er jetzt milder geworden? Konnte ich mit meinen zwei kleinen Kindern ins Nachbarhaus ziehen? Ich sehnte mich so nach Geborgenheit, Ruhe und Frieden!

Die beiden Häuser lagen auf zwei großen Grundstücken direkt nebeneinander. Mein ehemaliges Elternhaus, in dem sich die schrecklichsten Dramen abgespielt hatten, und das meiner

Großmutter. Die Gärten grenzten aneinander, und meiner Erinnerung nach gab es nie einen Zaun. Ich war als Kind fröhlich spielend hin und her gelaufen. Das sollten meine Kinder doch auch dürfen! Auch für den Hund wäre ein Garten wunderbar.

Ich sah die vermeintliche Idylle wieder vor mir, als wäre ich erst gestern dort gewesen. Betrat man mein einstiges Zuhause durch die Garage, befand sich gleich rechts vom geräumigen Flur eine Treppe aus blauem Marmor. Während im Erdgeschoss Wohnzimmer, Küche, Bad, Schlafzimmer und das Büro lagen, waren oben die früheren Kinderzimmer, eine Hausbar, und das Bügelzimmer meiner Mutter. Es kam selten vor, dass mein Vater die zwölfstufige Marmortreppe hinaufkam, aber wenn, verhieß das nichts Gutes.

Die von Außenstehenden wahrgenommene heile Großfamilie war in Wirklichkeit ein grauenvolles Gefängnis gewesen, aus dem ich schließlich mit dreizehn Jahren ausgebrochen war. Das Jugendamt hatte mich abgeholt.

Und meine Mutter? War erst vor Kurzem elendiglich gestorben.

Im Dezember 2007 brachte ich meine Mutter ins städtische Klinikum Großstadt, mit dem Verdacht auf Burn-out. Sie schlief nur noch und hatte keine Kraft mehr. Wie sich herausstellte, war es Lungenkrebs im Endstadium und ein Gehirntumor.

Damals standen mein Vater und ich wortlos am Bett meiner armen Mutter, und alle drei hatten wir Tränen in den Augen. Sie würde entlassen werden, um zu sterben.

Damals starrte ich meinen Vater fassungslos an. Warum weinte er? Er hatte sie doch so oft schlecht behandelt, schikaniert, gequält und getreten!

Meine Gedanken überschlugen sich, während der Notar weiter die Erburkunde verlas.

»Frau Müller? Können Sie meinen Ausführungen noch folgen? Sie erben auch noch das Achtparteien-Mietshaus Ihrer Großmutter in Großstadt. Von den Mieteinnahmen können Sie und Ihre Kinder in Zukunft unbesorgt leben!«

Die Worte des Notars prallten an mir ab wie Tischtennisbälle an einer Wand.

Unbesorgt? Hatte er unbesorgt gesagt?

Vaters Unberechenbarkeit drohte stets über das Idyll unserer hügelig-sonnigen Wohnstraße in dem kleinen Dorf in Baden-Württemberg hereinzubrechen, wie ein Gewitter über die Weinberge. Niemand wusste, ob sich die Sonne doch wieder durch den Nebel seiner Launen kämpfen konnte, oder ob es mit Blitz und Donner zu einem entsetzlichen Desaster kommen würde. Dann gingen die Fäuste mit ihm durch, dann verlor er jede Selbstkontrolle, dann drosch und trat er auf uns ein, und es flossen Tränen, viele Schmerzens- aber auch Verzweiflungstränen. Aber er konnte eben auch nett und witzig, aufgeräumt und großzügig sein! Wenn es nach seinem Willen ging. Und den konnten wir oft nicht erahnen.

Ich knetete die Hände und starrte apathisch vor mich hin. Es würde mich viel Mut kosten, dieses Erbe anzunehmen. Denn ich erbte meinen Vater als Nachbarn mit.

Aber hatte ich denn eine Wahl? Ich stand inzwischen selbst kurz vor dem Burn-out.

Dieses Jahr war ein Jahr der Katastrophen gewesen.

Vor knapp zwölf Monaten war mein Mann bei einem Autounfall ums Leben gekommen. Er hatte unsere einzige Angestellte dabeigehabt, die schwer verletzt überlebt hatte.

Ich fragte mich, ob zwischen den beiden mehr gelaufen war, was sich später bestätigte.

Jetzt war ich alleinerziehend, Ende zwanzig und selbst ein

nervliches Wrack, am Rande meiner Kräfte. Zwei kleine Kinder, finanziell hoch verschuldet durch das geplatzte Restaurant-Projekt, das ich mit meinem Mann vor zwei Jahren so hoffnungsvoll begonnen hatte. Das konnte ich unmöglich alleine durchziehen. Das Erbe meiner Großmutter würde uns aus dieser unerträglichen Situation befreien … Aber wie frei konnte man sein, wenn man neben einem Menschen wie meinem Vater wohnte?

»Na, Frau Müller! Was grübeln Sie denn so lange? Wo drückt der Schuh?« Aufmunternd sah mich der Notar an.

»Für die Kinder wäre es das reinste Paradies, in einer verkehrsberuhigten Spielstraße, Kindergarten und Schule in der Nähe, mit großem Garten am Waldrand, dazu der herrliche Blick über die Hügel und die Nähe zu den Weinbergen …« Ich redete wie ein Wasserfall, um bloß nicht in Tränen auszubrechen. Ich spürte, wie mir das Kinn zitterte.

Nach außen hin war meine Kindheit paradiesisch gewesen.

Ich presste die Lippen zusammen. Mich an meine Kindheit zu erinnern, überforderte mich. Ich hatte nicht mit diesem Aufwallen von Erinnerungen gerechnet.

»Mein Vater kann sehr heftig reagieren, oft aus dem Nichts heraus, und ich habe Angst, meine Kinder solchen Situationen auszusetzen.«

Der Notar zögerte kurz, und ich registrierte das milde, professionelle Lächeln.

»Aber Ihr Herr Vater dürfte sich nach all den Jahren doch geändert haben? Wie alt ist er denn inzwischen?«

Ich rechnete. »Er müsste jetzt Anfang Sechzig sein … Moritz, bitte nicht in die Steckdose fassen.« Angespannt zog ich meinen herumkrabbelnden Sohn aus der Gefahrenzone. Noch nicht mal für diesen wichtigen Termin hatte ich einen Babysitter gefunden. Ich starrte meinen Zweijährigen an. Er wirkte etwas mitgenommen, ihm lief die Nase, und seine Haut war ganz blass. Das Schicksal hatte ihn schon genug gebeutelt: Als plötzlich die Polizei vor der Tür stand und seiner Mama vom Unfalltod seines Papas berichtete, war ich schon schwanger mit Romy und in tiefster Verzweiflung. Dann starb meine Mutter, und ich war erst recht in tiefer Trauer. Kurz darauf kam dann sein Schwesterchen auf die Welt. Und drei Wochen später sollte ich nun dieses wunderschöne Haus meiner Großmutter erben. War das nicht ein Geschenk des Himmels?

Ich musste dieses Erbe annehmen! Damit würde ich nicht mehr arbeiten müssen und mich rund um die Uhr um meine beiden Kinder kümmern können. Meine finanziellen Sorgen würden in weite Ferne rücken, und ich würde endlich wieder Zeit haben, zu mir zu kommen und den Kindern eine gute Mutter zu sein. Das schuldete ich ihnen!

»Sie wirken sehr besorgt.« Der ältere Notar legte seine Hand auf meine, die angefangen hatte heftig zu zittern. »Es kommt hier selten vor, dass jemand so panisch reagiert, wenn er zwei so prächtige Häuser erben soll!« Er zupfte sich die Krawatte gerade. »An Ihrer Stelle würde ich nicht lange nachdenken! Ihre Großmutter hätte es so gewollt.«

Er reichte mir seinen edlen Füllfederhalter, und ich unterschrieb.

Und dann fühlte ich nichts mehr. Keine Trauer, keine Angst. Nur Ruhe.

3

Pützleinsdorf, September 2008

»Ziehst du etwa hier ein?«

Meine zehn Jahre ältere Halbschwester Emma stand mit verschränkten Armen vor der Garageneinfahrt unseres Vaters und taxierte mich abwartend. Offensichtlich hatte sie ihn gerade besucht. Sie war wie ich zierlich und blond, trug aber im Gegensatz zu mir einen sportlichen Kurzhaarschnitt. Ich hatte meine langen Haare zu einem unordentlichen Knäuel hochgebunden. Einen Friseur hatte ich schon ewig nicht mehr gesehen. Und auch zu meiner Schwester hatte ich schon seit Langem den Kontakt verloren.

»Auch von meiner Seite schön dich wiederzusehen.« Eine etwas herzlichere Begrüßung hätte ich mir schon erwartet, schluckte meine Enttäuschung aber herunter. Harmonie und Frieden war alles, was ich mir wünschte. Emma hatte sich früh aus dem Dunstkreis unseres Vaters zurückgezogen; ihre Mutter hatte sich scheiden lassen, als Emma noch ganz klein war. Ob sie sich an seine Gewalttätigkeiten überhaupt noch erinnerte? Jedenfalls schaute sie ab und zu nach ihm. Vielleicht war er zu ihr ja gar nicht mehr böse? Vielleicht hatte er sich ja längst geändert? Plötzlich stieg eine jähe Freude in mir auf: Meine Schwester war da! Wir würden uns ganz neu kennenlernen, und gemeinsam würden wir das wilde Tier in meinem Vater bestimmt zähmen! Falls das überhaupt noch nötig sein sollte …

Ich balancierte die kleine Romy auf der Hüfte, während ich mit dem Fuß versuchte, Moritz mit seinem Bobbycar am

Wegrollen zu hindern. »Vorsicht, hier ist es steiler, als du es gewöhnt bist. Nicht so schnell, mein Großer!«

Der aufgeweckte Zweijährige war begeistert von den Abenteuermöglichkeiten, die ihm die neue hügelige Landschaft bot. Endlich durfte er draußen spielen! Mit seinen kleinen Beinchen stieß er sich ab und sauste die Auffahrt hinunter. Auch wenn die Straße *Zum Sonnigen Hügel* nur noch zu wenigen benachbarten Häusern hinauf führte, war es doch nicht ungefährlich. Das Tempolimit dreißig wurde sicher nicht oft eingehalten und war immer noch viel zu hoch für so einen Dreikäsehoch, der plötzlich aus der Einfahrt schießen konnte. Besonders jetzt, wo der halb ausgepackte Umzugswagen hier stand und die Sicht verdeckte!

»Halt Romy mal schnell!«

Emma nahm mir das Baby ab, sodass ich hinter Moritz her hechten konnte. Ich ging in die Hocke und erklärte ihm geduldig, aber sehr ernsthaft, dass diese Linie hier für ihn eine rote Linie war. »Nicht auf die Straße, hörst du, Moritz?! Es könnte ein Auto kommen!«

Außerdem wollte ich ihm damit klarmachen, dass er auch nicht auf das Grundstück meines Vaters rollern durfte! Das war ebenfalls Sperrgebiet!

»Okay«, sagte er mit seinem hellen Stimmchen und strahlte mich an. »Noch maaal!«

Moritz bugsierte sein Bobbycar wieder hinauf, vor die Garagen, um erneut hinunter zu sausen. Mir zog sich das Herz zusammen vor Liebe.

Es ging ihm gut! Er blühte auf! Meine Entscheidung war richtig gewesen! Hier gehörten wir hin! Und das Grundstück meines Vaters war vielleicht gar nicht so gefährlich, wie ich dachte.

»Moritz, es würde mich beruhigen, wenn du hinten im Garten auf der Terrasse deine Runden drehst, wo auch Tommy in der Sonne liegt!« Energisch nahm ich meinen Sprössling auf den Arm und das Bobbycar in die Hand. »Emma, kommst du mit?« Mit einer Kopfbewegung lud ich meine Halbschwester samt Romy auf dem Arm ein, zu mir in unser neues Heim zu kommen.

Staunend schritt sie durchs Haus meiner Großmutter, das nun mir gehörte.

Es gab eine Einliegerwohnung und noch ein paar Kellerräume sowie eine Waschküche, die man über die Garage erreichen konnte. Eine helle Marmortreppe führte auch hier in die Wohnetage. Dort erstreckte sich ein riesiges helles Zimmer, in dem ich uns schon kuscheln und toben sah. Leider gab es nur ein Schlafzimmer, welches ich den Kindern überlassen wollte. An den Wohnbereich grenzte die Küche. Ein Badezimmer, eine Abstellkammer und eine kleine Gästetoilette komplettierten das Paradies. An der Nordseite befand sich eine ruhige und schattige Terrasse abseits der Straße und war somit nicht einsehbar. An der Südseite hingegen gab es einen Balkon über die komplette Länge des Hauses, mit einem atemberaubenden Ausblick über das ganze Dorf und die benachbarten Weinberge.

»Das ist dem Haus unseres Vaters ja sehr ähnlich.« Emma schaute sich interessiert um.

»Auch bei ihm führt eine Treppe neben der Garage hinauf zur Einliegerwohnung.«

»Ist die bewohnt?«

»Nein.«

»Meine auch nicht.«

»Aber du könntest dir jemanden reinnehmen«, schlug Emma vor.

»Ich wüsste nicht wen!«

»Vielleicht einen Mann?«, kokettierte sie.

»Danke, von Männern habe ich gründlich die Nase voll.«

Wir Schwestern nahmen mein neues Reich in Augenschein.

»Wow. Da habt ihr ja massenhaft Platz. Das musst du aber gründlich renovieren!«

»Habe ich vor.« Vorsichtig nahm ich ihr Romy ab und legte sie in ihr hastig aufgestelltes Bettchen, das neben meinem improvisierten Matratzenlager mitten im Raum stand. Noch hatten wir uns nicht häuslich eingerichtet. Aber ich hatte vor, mein Bett als eine Art Kuschelinsel in der Zimmermitte aufzustellen. Da blieb immer noch genug Platz für den Esstisch, meinen Kleiderschrank und die Schmink-Kommode. Keiner würde mir hier reinreden, das war das Beste!

»Schau, das Schlafzimmer kriegen vorerst die Kinder, und wenn später einer von ihnen die Einliegerwohnung will ...«

»Na, du planst aber langfristig!« Emma grinste. »Noch tragen beide Windeln!«

Ich wechselte das Thema. »Wie findet denn unser Vater, dass wir nun Nachbarn sind?« Mein Herz klopfte, und einen winzigen Moment hoffte ich, Emma würde sagen: »Er freut sich! Endlich hat er wieder eine Familie! Er wartet nur auf eine Einladung zum Kaffee! Er ist wirklich ruhig geworden, Sara.«

Doch Emma stand mit verschränkten Armen da. Ihr Gesichtsausdruck war konzentriert. Sie suchte offensichtlich nach den richtigen Worten.

»Sara, bist du dir wirklich sicher, dass du hierher zurückkommen möchtest? Ich meine, es ging ja früher schon nicht gut mit euch beiden. Was ist, wenn es wieder knallt?«

Ich schluckte. Darüber wollte ich lieber nicht nachdenken.

Es DURFTE nicht wieder knallen! Ich war erwachsen und Mutter seiner zwei Enkel! Warum hatte er mich nicht freudig begrüßt? Oder wenigstens nachbarschaftlich höflich? Andere Leute brachten ihren neuen Nachbarn Brot und Salz, selbst wenn sie sie noch nie gesehen hatten. Mit ein bisschen gutem Willen könnte doch alles so einfach sein!

»Andererseits ist er voll und ganz mit sich beschäftigt.« Emma zuckte mit den Schultern. »Zu mir ist er ja ganz nett, wir hatten jahrelang Abstand, und als meine Mutter ihn verließ, war ich noch sehr klein. Aber an dich hat er wohl nur unangenehme Erinnerungen, wie er immer wieder durchblicken lässt.«

Also doch. Die Wand der hässlichen Erinnerungen stand immer noch unüberwindbar zwischen Vater und mir, zwischen unseren Häusern. Mein Herz sackte eine Etage tiefer.

Wir standen unschlüssig im riesigen, uneingerichteten Wohnzimmer herum. Überall standen nicht ausgepackte Umzugskisten, passend zu meinem inneren Chaos. Meine Erinnerungen an all das Schlimme, das ich verdrängt hatte, waren noch lange nicht alle ausgepackt.

Aber ich wollte sie auch gar nicht mehr auspacken! Wenn er doch genauso dächte!

»Was hat er dir denn über mich erzählt?« Plötzlich wurde mir kalt. Ich zitterte.

»Dass du immer bockig und aufmüpfig warst. Ein schwieriges Kind, undurchschaubar und launisch. Du hast früh geraucht, dich herumgetrieben, Drogen genommen und warst schlecht in der Schule …«

»Aber das stimmt doch gar nicht.« Es tat mir weh, dass mein Vater vor Emma so über mich sprach. Ich war immer gut in der Schule gewesen, außer an den Tagen, an denen ich mit blauem Auge und Striemen am ganzen Körper in den Unterricht kam! Wer sollte mir das verdenken?

»Natürlich bin ich ihm aus dem Weg gegangen. Und ja, ich habe auch irgendwann mal geraucht, wie jede Jugendliche, die das mal ausprobiert.« Innerlich sah ich die grauenvolle Szene wieder vor mir, wie er mich damals windelweich geschlagen hatte.

Warum säte er denn gleich Streit? Warum gab er uns nicht eine neue Chance?

Ich war doch jetzt erwachsen und nicht mehr das verstörte Schulmädchen von damals!

»Ach komm Emma, lass uns von etwas anderem reden.« Ich versuchte, die Kränkung wegzustecken. Es würde nicht leicht werden mit meinem Vater, aber ich wollte ihm beweisen, dass ich heute eine erwachsene Frau war, die auf Augenhöhe mit ihm verkehrte. Selbst wenn wir nur höflich Abstand halten würden.

Wir Schwestern setzten uns auf die Terrasse. Moritz rollerte nun auf der ebenerdigen Fläche vor sich hin und war einfach nur zufrieden. Hauptsache, seine Mama war bei ihm und hatte endlich Zeit für ihn.

»Süßer Kerl, echt.« Emma lächelte mich zum ersten Mal warmherzig an. »Schade, dass sein Papa tot ist. Ich habe es in der Zeitung gelesen.«

»Es war ein fürchterlicher Unfall, aber wenigstens war er sofort tot.« Ich biss mir auf die Lippen. Das mit der Angestellten und der Affäre mit ihr wollte ich jetzt nicht sagen. So vertraut waren wir uns noch nicht.

Emma schaute mich sorgenvoll und mitleidig an. »Innerhalb eines Jahres drei Menschen zu verlieren, muss sehr schwer für dich sein. Erst dein Mann, dann deine Mama und jetzt auch noch deine Oma.«

Ich spürte Tränen in mir aufsteigen und kämpfte tapfer dagegen an. Wenn wenigstens mein Vater mich jetzt mit offenen Armen aufnehmen würde! Das hätte mir so gutgetan!

Aber immerhin hatte ich jetzt Emma. Ich hoffte so sehr, wir würden Freundinnen werden.

»Das ist wirklich ein herrliches Plätzchen!« Ich zeigte auf den verwilderten Garten, der allerdings auf beiden Seiten an Grundstücke grenzte, die meinem Vater gehörten. Nicht nur das Nachbarhaus rechts gehörte Vater, sondern auch das unbebaute Stück links! Hoffentlich würde er nicht ständig über meinen Grund latschen! Wenn er so abweisend war und so abwertend über mich sprach, sollte er lieber außenrum gehen.

»Ja.« Emma lächelte mich an. »Da können deine Kinder und der Hund ungestört spielen!«

»Ungestört?« Ich dehnte das Wort wie ein Gummiband und ließ den Blick zum Nachbargarten schweifen.

Wegen der Büsche, die beide Terrassen wenigstens optisch trennten, konnten wir nicht sehen, ob mein Vater auf seiner Seite saß. Er würde zumindest nicht jedes Wort mithören können. Es waren ungefähr zwanzig Meter von Terrasse zu Terrasse. Weit genug, um einander in Ruhe zu lassen?

»Sara, ich hoffe sehr, dass das eine gute Idee war, mit den Kindern hierherzuziehen.« Emma ließ diesen Satz zwischen uns stehen. »Hättest du das Haus nicht einfach verkaufen können?«

»Nein, warum denn?« In diesem Moment überkam mich ein wilder, aufsässiger Zorn.

»Es ist doch mein Recht, mein Erbe anzunehmen! Es ist doch mein Zuhause hier! Es gibt doch auch schöne Erinnerungen! Meine Oma hat mir das Haus bestimmt nicht vererbt, damit ich es verkaufe! Sie wollte, dass ich meinen Kindern die Geborgenheit gebe, die sie mir gegeben hat!«

Emma sah mich erschrocken an. »Reg dich nicht auf, Sara. Bestimmt geht alles gut. Vaters und mein Verhältnis ist zwar auch nicht sehr warmherzig, aber okay. Ich weiß, dass er ausrasten konnte, deswegen hat meine Mutter ihn ja auch verlassen, als ich noch ein Baby war. Wir haben erst später wieder zueinander gefunden, er ist schließlich mein Vater. Zu mir ist er ab und zu aufbrausend und eklig, aber dann haue ich sofort ab. Später tut er so, als wäre nichts gewesen. Er ist generell ruhiger geworden, denke ich. Sara, wenn ich dir einen Rat geben darf: Du musst von Anfang an Grenzen setzen und ihn spüren lassen, dass du keine Angst mehr vor ihm hast.« Emma lächelte mich aufmunternd an.

»Jetzt will ich erst mal abwarten. Vielleicht wird es ja gar nicht so schlimm.«

Emma trank einen Schluck Wasser. »Im Blumenladen habe ich gehört, dass er sich sehr auf seine Tochter und seine Enkel freut!«

Na, da war ich aber baff. »Und warum kommt er dann nicht rüber und sagt Hallo?«

»Du kennst ja seine zwei Gesichter. Nach außen hin tut er so, als wäre unsere Familie perfekt, und in unseren eigenen vier Wänden sät er Zwietracht. Sein Stolz verbietet es ihm, den ersten Schritt zu machen. Er erwartet, dass du rüberkommst und Hallo sagst.«

Ich verschränkte die Arme vor der Brust. »Nicht nachdem ich weiß, wie er über mich redet.«

Emma sah mich nun wirklich ratlos an. »Wenn ich jetzt deine Version der Dinge höre, weiß ich gar nicht mehr, was ich glauben soll. Aufmüpfig, frech und drogensüchtig kommst du mir nicht gerade vor. Eher sehr vernünftig und abgeklärt.«

Meine Schwester wollte die Situation entschärfen, aber ich wurde richtig sauer:

»Seine Vorwürfe sind völlig aus der Luft gegriffen! Wie soll ich mit dreizehn hier in diesem verschlafenen Nest an Drogen gekommen sein!« Ich fühlte meine Halsschlagader pochen, so sehr regte ich mich schon wieder auf. »Und ich war viel zu eingeschüchtert und verstört, um jemals respektlos, laut und frech zu sein! Ich wäre viel lieber im Mauseloch verschwunden, als mich mit ihm anzulegen! Aber heute lasse ich mich nicht mehr so behandeln.«

»Manchmal verdreht er die Wahrheit, das stimmt.« Emma versuchte ein schwaches Lächeln.

»Manchmal?!« Ich starrte sie wütend an. »Hast du manchmal gesagt?«

»Jetzt geh nicht gleich an die Decke, Sara! Das Temperament hast du wirklich von unserem Vater geerbt!«

»Das kann ich einfach nicht auf mir sitzen lassen, Emma!« Damit hatte sie echt einen wunden Punkt getroffen. »Schon meiner Mutter hat er im Streit die absurdesten Vorwürfe gemacht! Er wollte den Streit regelrecht provozieren, bis er endlich einen Grund hatte, Gewalt anzuwenden.«

Emma nickte. »Meiner Mutter hat er damals ein paar Zähne ausgeschlagen, das weiß ich aus ihren Erzählungen.«

»Na toll.« Ich schnaufte. »Und dennoch kümmerst du dich um ihn?!«

»Das ist ja über vierzig Jahre her«. Emma lächelte mild. »Mich hat er noch nie angerührt. – Wie gesagt, er ist sehr mit sich beschäftigt … beziehungsweise mit seiner neuen Freundin«, ließ Emma die Bombe platzen.

Ich staunte. Andererseits: War das wirklich so verwunderlich? Menschen wie mein Vater *konnten* in ihrer manischen Sucht nach Bestätigung und Anerkennung gar nicht allein sein.

Ich lachte sarkastisch. »Wer findet denn diesen alten, dicken Mann noch toll? Sein Ruf müsste ihm doch inzwischen vorausgeeilt sein. Heinz Hartmann, der Schläger von Pützleinsdorf!«

»Psst, Sara!« Warnend schüttelte Emma den Kopf und zeigte auf die Nachbarterrasse. Bewegten sich dort die Büsche? Mir gerann das Blut in den Adern. Mein Mund war wie ausgedörrt. Ich war wieder das kleine Mädchen, das schon die schweren Schritte des Vaters kommen hörte! Unwillkürlich griff ich nach meinem Glas Wasser und merkte am Klirren der Eiswürfel, wie sehr meine Hand zitterte.

»Was ist das für eine Frau?« Erschrocken senkte ich die Stimme. »Vielleicht bringt sie ihn ja zur Vernunft?«

Emma flüsterte vielsagend: »Er kennt diese Helga von früher, wie das halt so ist hier auf dem Land, da kennt ja jeder jeden. Sie kommt aus dem Nachbarort und züchtet Hunde. Viel mehr weiß ich auch nicht. Ich möchte ihn nicht mit neugierigen Fragen provozieren, dann fühlt er sich in die Enge gedrängt und glaubt womöglich, ich kritisiere ihn.«

»Ja, das kenne ich. Kritik ist Gift für jemanden wie unseren Vater. Kritik ist für ihn ein Grund, in die Luft zu gehen.«

Ich konnte mir einfach nicht vorstellen, dass eine fremde Frau unseren Vater noch attraktiv finden konnte. Er war wirklich kein schöner Mann, eher grobschlächtig und laut, ein fast primitiver Selbstdarsteller, der gern den Dorfsheriff herauskehrte und sich wichtigmachte.

»Wenn man im Ferrari- und Porsche-Club ist und am Wochenende in diesen Kreisen Rennen fährt, am Stammtisch eine Runde nach der anderen ausgibt, ist selbst unser Vater ein gern gesehener Mann«, sinnierte Emma laut. »Er kann sich ja auch zusammenreißen, wenn er will. Er kann sehr charmant und witzig sein. Am Anfang finden ihn die meisten toll.«

Gedankenverloren starrte ich vor mich hin. Auch ich hatte ihn als charmant und witzig erlebt und als Kind um seine Aufmerksamkeit und Liebe gebuhlt. Aber irgendwann zog ich mich in mein Schneckenhaus zurück und blendete meine Bedürfnisse aus.

Ich sah, wie er mit Tellern warf, erst gegen die Wand, dann gegen den Kopf meiner Mutter. Ich sah, wie er mein Kindergesicht in den nicht leer gegessenen Teller drückte, bis er zersprang.

Was war das für ein Geräusch? Was knallte da? Ah, das Garagentor meines Vaters.

Lautes Motorengeheul riss mich aus meinen Erinnerungen. Emma lächelte erleichtert.

»Wir können übrigens wieder lauter sprechen: Unser Vater ist gerade losgefahren. Soviel ich weiß, ist er mit seiner Helga zum Essen verabredet. Ich habe noch miterlebt, wie er sich im Badezimmer rasiert und mit Parfüm übergossen hat. Währenddessen durfte ich ihm sein bestes Hemd bügeln.« Sie versuchte ein schiefes Lachen, und plötzlich spürte ich, dass sie sich gleich zurücklehnen und entspannen würde. Er war ja weg. Ungläubig registrierte ich, wie sie genau das tat.

Wir sahen uns an. Wie konnte es sein, dass ich über so viele Jahre den Kontakt zu ihr verloren hatte? Ich hatte sie im Nu ins Herz geschlossen und Vertrauen zu ihr gefasst.

Überwältigt drückte ich den Arm meiner Schwester. Wir schwiegen. Moritz spielte inzwischen gedankenverloren auf der Terrasse mit seinen Matchboxautos.

Der Waldrand am Ende des Gartens war nun in wunderschönes, kräftiges Licht getaucht, und ich meinte, jede einzelne Baumrinde und jede Blattmaserung nachzeichnen zu können. Die Natur wirkte so, als sei sie gerade dem Schönheitsbad entstiegen und ließe sich nun noch einmal ausleuchten. Wie schön war es hier, wie ruhig!

Mitten in diese friedliche Stille hinein fing Romy an zu maunzen, wie ein kleines Kätzchen, das man vergessen hat.

Ich schob mein T-Shirt hoch und begann mein Baby zu stillen. Augenblicklich gluckste Romy zufrieden, und ihre kleinen Fäustchen ballten sich an meiner Brust.

»Gott, ist die süß«, entfuhr es Emma. »Die wird so etwas hoffentlich nie erleben müssen.«

Liebevoll strich sie meiner kleinen Tochter über das Köpfchen. »Ich wünsche euch von Herzen viel Glück. Und ich habe meine Meinung von vorhin geändert: Es war richtig von dir hierherzuziehen. Du kannst stolz auf dich sein, Sara. Du bist wirklich erwachsen geworden. Unser Vater wird die familiäre Nachbarschaft zu schätzen wissen, und wenn nicht, ist er selber schuld.«

4

Pützleinsdorf, Oktober 2008

»Na, du hast aber ordentlich zugelegt.«

Die erste Begegnung mit meinem Vater hatte sich nicht mehr hinauszögern lassen. Tagelang hatte ich ihn aus der Ferne beäugt, ohne mich auf die Straße oder in den Garten zu trauen.

Aber nun stand er da. Groß, breit, ein Bär von einem Mann. Ganz der Alte, und doch sichtlich gealtert. Er hatte gerade einen schwarzen Müllsack in seine Tonne gestopft, als ich, meine kleine Romy auf der Hüfte, ebenfalls meine Mülltonne vor die Garage schob. Es war sieben Uhr morgens und wurde gerade hell. Die Müllabfuhr würde heute kommen. Könnte sie doch auch unseren seelischen Abfall gleich mitnehmen – für immer!, dachte ich noch. Vielleicht war das der Moment für einen Neuanfang? Schon hatte ich zu ihm hinübergehen und ihm seine kleine Enkelin vorstellen wollen. Doch dann fiel dieser Satz.

Sein Blick glitt abschätzig über meine Figur. »In diese engen Jeans würde ich mich an deiner Stelle nicht reinzwängen. Dafür bist du definitiv zu dick. Du solltest dich mal von hinten sehen. Brauereipferd, sage ich nur.«

Da war sie, die Provokation. Er versuchte in gewohnter Manier, Streit anzufangen.

Diese Bemerkung kränkte mich sehr. Ich hatte noch einige Babypfunde auf den Hüften wie alle frischgebackenen Mütter. Und heute hatte ich zum ersten Mal wieder in meine alten Lieblingsjeans gepasst! Ganz stolz hatte ich sie angezogen, das hatte mir richtig gute Laune gemacht.

Und nun das. Brauereipferd. Wie gemein. Tief durchatmen, Sara!, beschwor ich mich.

Wenn du mich provozieren willst, Vater, wirst du ins Leere laufen. Ich bin erwachsen geworden. Und zweifache Mutter. Hab gefälligst Respekt. Meine Pfunde trage ich mit Stolz.

Seine Schläfenadern traten hervor, während er den Müllsack mit der Faust immer tiefer in die Tonne rammte. Dabei platzte der Sack auf und breiiger Inhalt quoll heraus. Sofort schoben sich mir ganz andere Szenen vor Augen.

Doch ich würde mich von ihm nicht mehr einschüchtern lassen! Im Internat hatte ich Haltung gelernt. Da konnte er sich von mir vielleicht noch was abschauen.

»Dir auch einen schönen guten Morgen, Vater. Vielleicht magst du morgen einfach mal zum Frühstück rüberkommen und deine Enkel kennenlernen?« Versöhnlich reichte ich ihm die Hand, die er aber einfach übersah. »Ich wäre für eine friedliche Nachbarschaft.«

Ich zog die Hand wieder zurück.

Überrascht stand er da. Damit hatte er nicht gerechnet.

»Na, das wird aber auch mal Zeit, mit deiner Einladung«, blaffte er schließlich ungnädig.

»Gut, dann bis morgen früh!«

Gefasst drehte ich mich um, ließ das Garagentor zugleiten und meinen Vater einfach stehen.

Mein Herz klopfte heftig, aber innerlich war ich stolz auf mich. Nein, mein lieber Vater, ich werde nicht so primitiv reagieren, wie du es erwartest. Jetzt bist du platt, was? Doch innerlich war ich tief enttäuscht und verletzt.

Warum hatte er nicht gesagt: »Schön dich zu sehen, Sara. Aus dir ist eine prächtige junge Frau geworden. Du bist Mutter zweier süßer, gesunder Kinder. Ich bin stolz auf dich.«

Ich hätte mich so danach gesehnt! Ich hatte doch etwas geleistet und wirklich unmenschlich viel durchgestanden im letzten Jahr. Warum konnte er das nicht würdigen? Warum konnte er mir keinen Respekt entgegenbringen? Geschweige denn mich in den Arm nehmen, wie andere Väter das getan hätten?

Als sich das Garagentor geschlossen hatte, stand ich mit meinem Baby im Dunkeln. Mein Herz begann noch mehr zu rasen, denn Erinnerungen an meine Kindheit holten mich ein:

Meine Eltern und ich waren gerade erst nach Hause gekommen. Meine Mutter parkte das Auto in der Garage. Er stieg aus und lief um das Auto herum. Sie wollte ganz normal aus der Garage hinausgehen, als er ihr plötzlich einen heftigen Stoß gab. Sie fiel auf den Boden. Ich war auch gerade aus dem Auto gekrabbelt. Mein Vater knallte von außen das Garagentor zu, das man damals noch manuell bediente, und schloss ab. Mit einem Mal war alles stockfinster und still. Meine Mutter stand auf und drückte mich an sich. »Du musst keine Angst haben, er holt uns bestimmt bald raus.« Wie lange wir in der dunklen Garage standen, kann ich nicht mehr sagen. Er beliebte in der Zwischenzeit gemütlich auf dem Sofa ausgestreckt, fernzusehen und einen Joghurt zu essen, bis sein Zorn verraucht war. Aus irgendeinem Grund hatte er sich über Mutter geärgert und sie auf diese Weise bestraft. Sie nahm es einfach hin, weil sie es nicht anders gewöhnt war.

Plötzlich fiel mir auch eine zweite Version dazu ein: Damals hatte er nur meine Mutter in der Garage eingesperrt, während ich, vielleicht vier oder fünf Jahre alt, schon draußen war. Ich hatte die Situation bereits kommen sehen und war schnell nach draußen gerannt. Ich sah mich vor der Treppe stehen, sah wie mein Vater meine Mutter erneut zu Boden stieß und seelenruhig das Garagentor abschloss. »Los, geh rauf! Wir schauen noch fern!«

Aber ich konnte meine Mutter doch nicht alleine lassen! Wie konnte er einfach abschließen und hinaufgehen, sich vor den Fernseher setzen und so tun, als wenn nichts wäre? Da war doch meine Mami drin, im Dunkeln, im Kalten! Jetzt, über dreißig Jahre später, staunte ich, dass ich mich an diese Szenen überhaupt noch erinnern konnte. Wie ein Film wurden sie in meinem Kopfkino abgespielt, während ich mit meiner kleinen

Romy im Dunkeln stand. Und sofort war das Gefühl von damals wieder da: Diese Fassungslosigkeit, dieses Nicht-Begreifen: Warum? Was hatte meine Mutter ihm nur getan? Womit hatte sie diese Behandlung verdient?

Ich hatte damals keine Chance gehabt, meiner Mutter zu helfen. Hatte ich denn heute eine, mir selbst zu helfen? Ich wusste es nicht.

Es bringt nichts, sich mit ihm anzulegen, beschwor ich mich, während ich, mein Baby an mich gepresst, von der Garage in den Keller meines Hauses ging.

Am nächsten Morgen, pünktlich um acht Uhr, kam mein Vater durch den Garten zu mir rüber und stand vor meiner Terrassentür. Ich war leider noch mitten in der Vorbereitung des Frühstücks – bei zwei kleinen Kindern kommt einfach immer irgendetwas dazwischen. Der Tisch war nicht fertig gedeckt, Moritz zappelte nervös in seinem Hochstuhl herum, Romy lag in ihrer Wiege und schrie, weil ich sie in der Eile einfach abgelegt hatte. Aber ich wusste, dass mein Vater auf Pünktlichkeit bestand. Sonst fühlte er sich nicht genug respektiert. Dann hatte er schon wieder einen Grund, wütend zu werden, und das wollte ich um jeden Preis vermeiden. Auch um den Preis, dass Romy jetzt hungrig und hilflos in ihrer nassen Windel liegen musste. Der Teekessel flötete, die Eieruhr rasselte, die Milch für Moritz kochte über, und mein Busen lief ebenfalls über. Doch jetzt war er da. Und dieser Moment würde über vieles entscheiden.

»Guten Morgen, Vater!« Mit beherztem Schwung zog ich die Terrassentür auf und versuchte ein tapferes Lächeln. Da stand er. Mein alter Herr. Den ich doch einmal geliebt und vergöttert hatte. Zu meiner freudigen Überraschung kam er nicht mit leeren Händen. In der einen Hand hielt das rote Feuerwehrspielzeugauto einer angesagten Marke und in der anderen einen plüschigen Teddy mit dem Knopf im Ohr. Wie aufmerksam von ihm! Beides war sicherlich nicht billig gewesen.

Mit schweren Schritten trat er ein. Der Boden schien unter ihm zu beben.

»Da ist also der kleine Fridolin. Du bist ja ganz schön verschmiert, junger Mann. Putzt dir denn niemand die Nase?«

»Moritz, er heißt Moritz.«

»Fridolin gefällt mir aber besser.« Er zog ein benutztes Taschentuch hervor und wischte Moritz damit im Gesicht herum. »Was gibt deine Mama dir denn da Ungesundes zu essen?« Er steckte sich ein Stück von Moritz' Kinderkeks in den Mund.

Freudestrahlend griff Moritz nach dem Feuerwehrauto. Dankbar betrachtete er es und fuhr damit auf seinem Hochstuhltischchen herum. »Brrrmmm.«

»Brummbrumm!«, machte mein Vater, wobei ihm die Krümel aus dem Mund fielen. »So! Sitz hier mal gerade wie ein Mann!« Er zog Moritz an einem seiner dünnen Ärmchen hoch und ließ ihn etwas heftig auf seinen Popo zurückfallen.

Ich versuchte das alles zu übersehen und ruhig zu bleiben. Mein Vater war da, in meinem neuen Haus. Und er lernte seine Enkelkinder kennen, wie schön war das denn!

Er bückte sich nach Tommy, dem Hund, und kraulte ihn ausgiebig. Dann drehte er sich zu Romy um, die noch immer in ihrer Wiege lag und schrie. Er zeigte ihr den Teddy und zog Grimassen. Sie griff mit beiden Händchen danach.

»Vater, würdest du dir bitte erst die Hände waschen und …«
Meine Bitte erstarb.

Ehe ich mich versah, hatte er das wenige Monate alte Baby

bereits herausgenommen und trug die Kleine in der Wohnung herum. Ich hätte ihn zu gern noch gebeten, in meinem Wohnzimmer die Schuhe auszuziehen, denn die Kinder krabbelten hier normalerweise herum. Aber ich verkniff es mir. Zu meiner Verwunderung verstummte meine kleine Romy nämlich und begutachtete staunend den Teddy. Auch ihr wischte er mit seinem gebrauchten Taschentuch durchs Gesicht: »Ja kümmert sich denn keiner um dich, Madame?«

Ich hatte gerade alle Hände voll zu tun mit dem Teewasser, den Eiern und dem frischen Orangensaft, den ich ausgepresst hatte. Für meinen Vater sollte es vom Feinsten sein.

Er ließ sich ächzend auf einen Stuhl fallen, von dem er das für Moritz bereitgelegte Lätzchen einfach auf den Boden fegte und schon mit seinen Schuhen darauf parkte: »Ja, die kleine Madame möchte was sehen von der Welt und nicht nur dumpf rumliegen.«

Auch wenn die Bemerkung kränkend war: Irgendwie freute ich mich doch. Er war hier. Er hatte sich herbemüht. Er hatte Spielsachen mitgebracht. Und er hielt meine kleine Tochter im Arm. Es stand ihm gut! Er war Großvater! Kurz überlegte ich, ob ich meinen alten Herrn jemals so erlebt hatte. Fast ein bisschen … zärtlich. Und … stolz. Es könnte jetzt richtig gemütlich werden.

»Wo bleibt denn mein Kaffee?«

»Der kommt gleich.« Da ich ausschließlich Tee trank, war mir das Aufbrühen von Kaffee ungewohnt. Aber ich schüttete längst kochendes Wasser in den auch schon bereit stehenden gefüllten Filter. Das konnte er genau sehen. Der Kaffeeduft stieg uns in die Nase.

»Wie gleich? Warum dauert das denn so lange? Du hast doch gewusst, dass ich komme.«

»Ja, Vater. Ich habe auch nur zwei Hände.«

Zitternd vor Aufregung servierte ich ihm seinen Kaffee und deckte den Tisch weiter. »Hier Moritz, nimm den Kinderlöffel, ich suche dir schnell ein frisches Lätzchen …«

»Hast du auch Zucker?«

»Ja, hier.«

Ich ging zurück in die Küche. Wo waren denn die frischen Lätzchen? Noch nicht ausgepackt! Also band ich Moritz, der bereits seinen Schokoladenbrei spachtelte, ein Küchenhandtuch um.

»Was sind denn das für Zustände hier? Gibt es bei dir keine Milch?«

»Doch, ich habe auch Milch!« Genervt eilte ich zurück in die Küche und holte die Milchkanne aus dem Kühlschrank, die ich vor Moritz in Sicherheit gebracht hatte.

In mir kroch die altbekannte Panik hoch. Warum hetzte er mich denn so? Konnte er nicht einfach einen Moment warten, bis ich fertig gedeckt hatte?

Erschöpft setzte ich mich schließlich zu ihm an den Tisch.

»Schön, dass du da bist, Vater. Schau, die Romy fühlt sich richtig wohl bei ihrem Opa.«

Hungrig nahm ich mir ein frisches Brötchen, das ich mit dem Doppelkinderwagen bereits frühmorgens unten im Dorf besorgt hatte, bestrich es mit Butter und wollte gerade hineinbeißen, als er sagte: »Du schmierst dir Butter auf dein Brötchen? Du bist schon dick genug. Das habe ich dir doch gesagt! Willst du nicht ein bisschen abnehmen?«

Ich konterte tapfer. »Heute möchte ich lecker frühstücken.«

Wie hatte Emma gesagt? Du musst ihm sofort Grenzen setzen.

Unter seinem spöttischen Blick biss ich krachend in mein

Brötchen, obwohl es mir im Halse stecken blieb. Warum diese Demütigung? WARUM?

Er musterte inzwischen die Dinge, die auf dem Tisch standen, und unterzog sie einer genauen Prüfung.

»Hier steht eine angebrochene Erdbeermarmelade. Ich frage mich, ob die schon abgelaufen ist.«

»Nein, die ist frisch.«

»Hast du auch Kirsch?«

»Nein, im Moment nicht.«

»Na, meinetwegen, dann esse ich halt deine angebrochene Erdbeermarmelade, wenn du keine andere Auswahl anbieten kannst. Aber gut sieht die nicht mehr aus.« Er roch daran und verzog angewidert das Gesicht.

Meine Geduld und Langmut verzogen sich schon auf die Reservebank.

»Vater, die Marmelade kannst du unbesorgt essen.«

Er kaute. Mit vollem Mund wechselte er abrupt das Thema, die Krümel regneten auf das Gesicht meiner Tochter herab, die zahnlos in die Teddybeine biss.

»Ja, aber Sara, wie willst du denn so einen neuen Mann kennenlernen? Bei den Pfunden?«

Die Kränkung traf mich mitten ins Herz, mein Magen zog sich schmerzhaft zusammen.

»Ich will im Moment eigentlich gar keinen Mann kennenlernen.«

Wütend biss ich erneut in mein Erdbeermarmeladenbrötchen, obwohl mir zum Heulen war.

»Wieso willst du denn keinen Mann kennenlernen? Du brauchst doch wieder einen Mann im Haus.«

»Nein, brauche ich nicht!«, entfuhr es mir unwirsch. Herrgott, konnte er nicht einfach das Frühstück annehmen und glücklich sein? Das war unsere erste Annäherung seit Mutters Beerdigung, und von diesem Frühstück hing doch unsere weitere Zukunft ab!

»Sara, sei doch nicht immer gleich so eingeschnappt.« Er stupste mich unters Kinn, wie er das früher schon so oft gemacht hatte. »Das Leben geht weiter, und du kannst doch nicht die beiden Kleinen ganz alleine großziehen. Das schaffst du doch gar nicht.«

»Warum sollte ich das nicht schaffen, Vater?« Genervt schob ich seine Hand aus meinem Gesicht. Das war mir alles viel zu nah. »Sag mal, bist du nur hergekommen um mich zu ärgern?«

»Was fällt dir ein?« brauste er auf. »Willst du Streit?«

Oh Gott, er hatte meine kleine Romy im Arm! Die starrte mit weit aufgerissenen Augen auf den lauten, vollen großen Mund ihres Großvaters.

»Nein, das ist das Letzte, was ich will.« Zitternd schlürfte ich einen Schluck Tee.

»Na, also. Aber ich werde ja wohl noch was sagen dürfen.« Kopfschüttelnd schaute er sich um. »Schau doch mal, wie es hier aussieht: Überall steht und liegt etwas rum, das ist ja das reinste Chaos hier. Der Junge hat ein dreckiges Küchenhandtuch um den Hals!«

»Ja, weil die Lätzchen noch irgendwo in den Kartons sind!« Ich sah vorwurfsvoll auf seine Schuhe, mit denen er immer noch auf dem Lätzchen stand.

»Du hast es ja noch nicht mal geschafft, deine Umzugskisten vollständig auszuräumen.«

Mir blieb der Bissen im Hals stecken. Ich würgte an einem riesigen Kloß aus Wut und Tränen. Er suchte ganz offensichtlich nach einem neuen Kritikpunkt.

»Und warum ist bei dir die Tasse Kaffee eigentlich nur halb voll?«

»Damit du noch Platz für die Milch hast.«

»Die mir immer noch nicht angeboten wurde!«

»Doch, da steht die Milchkanne!«

»Wie soll ich denn da dran kommen, wenn ich gleichzeitig babysitten muss?«

»Ich habe nur darauf geachtet, dass sie aus Moritz' Reichweite ist! – Du musst nicht babysitten.«

Ich streckte die Hände nach Romy aus, doch er ignorierte mich, beugte sich so weit vor, dass ihr Köpfchen fast an die Tischkante stieß, und schenkte sich Milch ein. Natürlich verspritzte er reichlich davon auf die frische Tischdecke, mit voller Absicht.

Ich wollte dieses Frühstück einfach nur noch hinter mich bringen. Als ich gerade dabei war, meine zweite Brötchenhälfte mit Honig zu bestreichen, griff er schneller als ich zum Honigglas. Er nahm den Löffel und ließ den Honig langsam und genießerisch auf sein Brötchen laufen.

Ich zwang mich innerlich zur Ruhe und wartete, dass er das Honigglas wieder abstellen würde. Da schleckte er schmatzend den Löffel ab und steckte ihn zurück ins Glas.

»So. Hier. Bitte. Aber Honig macht auch dick, nur zu deiner Info.«

Mir war der Appetit endgültig vergangen. Statt zum Honig griff ich zu meiner Teetasse. Leise klirrend setzte ich sie wieder ab. Er sollte meinen bebenden Zorn nicht bemerken, das gönnte ich ihm nicht. Ich zwang mich, ruhig ein- und wieder auszuatmen.

»Isst du das nicht mehr?« Er schnappte sich meine zweite Brötchenhälfte.

»Nein, ich bin satt.« Meine Schläfenadern pulsierten. Warum hatte ich diesen Mann nur eingeladen? Ich hätte doch wissen müssen, dass es nicht funktionieren würde. Ich kannte ihn doch. Er war doch genau so! Schon immer gewesen! Er wollte Streit provozieren, um zuschlagen zu können! Würde er mich gleich vor meinen Kindern schlagen?

»Ach, und jetzt wirft die verwöhnte Madame einfach das ganze halbe Brötchen weg? Na, du musst ja Geld haben.«

Leider ließ mich diese weitere schmerzhafte Provokation in seine Falle tappen.

»Ich dachte, ich soll nicht so viel essen? Wegen meines dicken Hinterns und meines neuen Mannes, den ich noch nicht mal kennengelernt habe!«

So. Er hatte es geschafft. Die Stimmung war endgültig gekippt. Ich hatte Wuttränen in den Augen, mein Kinn zitterte, und meine Stimme war viel patziger, als ich mir das vorgenommen hatte.

In seinen Augen stand Triumph, seine Stimme wurde lauter.

»Dann streng dich halt mal an! So wie du aussiehst, lernst du bestimmt keinen kennen. Du kriegst doch allein nicht mal ein ordentliches Frühstück geregelt.« Noch immer hielt er meine kleine Romy auf dem Arm, die inzwischen weinerlich das Gesichtchen verzog. Nein. So nicht. Nicht mit meiner Tochter.

Unwirsch stand ich auf und ging auf ihn zu.

»Gib mir Romy – sofort!« Er erhob sich und gab sie mir. Ich atmete innerlich auf. Nicht auszudenken, wenn es zu Handgreiflichkeiten gekommen wäre und er hätte mein Baby gehabt.

Dann setzte ich mich wieder auf meinen Platz. Romy suchte mit dem Mündchen nach meiner Brust, doch diesen Anblick wollte ich ihm nicht gönnen.

Ich wollte nur noch eines: dass er wieder ging. Und nie wieder kam. Er hatte mich so verletzt und gedemütigt! Ich wollte ihn nie mehr sehen!

»Bitte geh jetzt. Du tust mir nicht gut. Du tust uns allen nicht gut. Wir sollten Distanz halten.«

Doch mein Vater war noch nicht fertig.

»Ich sag dir eins!«, schrie er mich an. »Wenn deine Großmutter dir nicht das Haus und den Riesenmietbau in Großstadt vererbt hätte, dann wärst du jetzt Hartz-IV-Empfängerin!«

Ich saß am Tisch. Mit einem Arm hielt ich Romy, mit der anderen mein kleines Brötchenmesser.

»Ja, im Gegensatz zu dir habe ich geerbt.« Meine Augen wurden zu Schlitzen.

»Wie muss man sich als Ehemann in fünfundzwanzig Ehejahren eigentlich verhalten, dass man im Testament seiner eigenen Frau *null* bedacht wird? Gibt dir das nicht zu denken?«

So. Das hatte gesessen. Wir schauten uns in die Augen. Ich sah seine Wut und Verletztheit. Ja, das war die Quittung für sein Verhalten. Ich hatte sie ihm ins Gesicht geschleudert. Er schob den Stuhl so brüsk von sich, dass er kippte. Mit lauten Schritten verließ er durch die Terrassentür mein Haus. Mit einem Ruck zog ich sofort die Tür hinter ihm zu. Und damit waren die Weichen gestellt.

Die Tage und Wochen vergingen. Irgendetwas Ungreifbares passierte in meinem Kopf. Es war, als würde mir die Wirklichkeit entgleiten. Hatte ich so ein Leben erträumt, als ich die Erbschaft unterschrieb? Meine Tochter Romy war ein anstrengendes Baby, das ständig schrie, ganz anders als mein ruhiger, zufriedener Moritz. Sie forderte meine volle Aufmerksamkeit, vielleicht spürte sie auch den unerträglichen Stress, den sie mit der Muttermilch aufsog. Die Trauer, das Alleinsein, die Angst, die Wut, die Hilflosigkeit. Nachts konnte ich nie länger als zwei Stunden am Stück schlafen, dann fing entweder ein Kind an zu schreien oder die Grübelfalle schnappte wieder zu, und ich zweifelte an mir selbst. Ein Narzisst kann sein Opfer kleinmachen, ihm jedes Selbstwertgefühl nehmen, es aussaugen wie ein Vampir. Allein die Nachbarschaft zu meinem Vater machte mich wieder klein. Der Umzug hatte mich alle Kraft gekostet, und wir lebten immer noch sehr provisorisch in dem halb eingerichteten Haus. Es gab noch so viel zu reparieren, und ich hätte so dringend eine starke, helfende Hand gebraucht! Um in der Nähe meiner Kinder zu sein, schlief ich auf einem improvisierten Lager neben ihren Bettchen. Oft fühlte ich mich einsam und war dauerhaft überfordert. Dazu kamen Kopf- und Rückenschmerzen, die mich nachts wach hielten und tagsüber zermürbten. Wie sehr hätte ich mir Unterstützung gewünscht; einen liebevollen Vater, der mir durch diese schwere Zeit half. Wie sehr hätte ich ein aufmunterndes Lächeln gebraucht, eine Schulter zum Anlehnen. Stattdessen war er drüben in seinem Haus, wo er lauerte wie ein wildes, unberechenbares Tier. Ich hörte ihn innerlich auf mich einreden: Was für eine Mutter bist du eigentlich, du kannst ja noch nicht mal kochen! *Du* wolltest ein Restaurant führen? Dass ich nicht lache! Und welcher Mann soll dich jetzt noch anziehend finden? Schau dich doch mal an! Du bist nichts, du kannst nichts, du wirst nie etwas sein!

Wie ich hatte lernen müssen, konnte ich meinem Peiniger von damals einfach nicht entgehen.

Auch wenn Emma gesagt hatte, ich sei jetzt erwachsen und solle mir Respekt verschaffen – ja, wie denn? Tränen der Scham, der Wut und der Erschöpfung rannen mir über die Wangen, während ich versuchte, meine kleine Tochter zu stillen. Wenn er uns wenigstens in Ruhe gelassen hätte!

Doch ein Narzisst braucht es, andere zu demütigen, zielbewusst sucht er sich sein Opfer wie ein Löwe seine ahnungslose Beute. Um sich selbst gut zu fühlen, erniedrigt er gerade die Menschen, die ihm nahestehen. Das zwanghafte Streben nach Anerkennung und Macht lässt jede Empathie vermissen und artet oft in brutale Gewalt aus. In geplante Gewalt. Am Anfang einer Beziehung ist die Gewalt kaum sichtbar, ist die Aggression verborgen. Am Anfang sind die Opfer naiv und vertrauen darauf, vielleicht einfach nur einen außergewöhnlich temperamentvollen, charismatischen Menschen kennengelernt zu haben, den es mit seinen schillernden Eigenarten gegen den Rest der Welt in Schutz zu nehmen gilt. Gerade seine ungeschönte Kritik führt dazu, dass seine Opfer sich immer eifriger bemühen, ihm alles recht zu machen. Irgendwann *muss* er doch bemerken, was wir alles tun, um ihm ein Lob, oder wenigstens einen anerkennenden Gesichtsausdruck zu entlocken! Wie eifrig ich mich als Kind stets um seine Gunst bemühte! Und meine Mutter erst!

Meine Mutter war eine bildhübsche, blonde, zierliche Frau, die exakt in sein Beuteschema passte. Immer war sie tadellos gekleidet und perfekt frisiert. Er genoss es, sich mit ihr zu zeigen. Sie machten tolle Urlaubsreisen in schicken Autos, er führte sie in edle Hotels und Restaurants aus, und sie wollte natürlich alles besser machen als seine erste Frau, Emmas Mutter, die laut seiner Aussage »zu nix zu gebrauchen war«! Meine Mutter tat alles, um ihm eine tüchtige, umsichtige und adrette Gattin zu sein. Gemeinsam bauten die beiden die Speditionsfirma auf, die inzwischen weit über die Ortsgrenzen hinaus bekannt war. Fleiß und Disziplin waren ihre zweiten

Vornamen. Sie waren angesehen, und jedermann hatte Respekt vor ihnen. Wenn ein Lastwagen mit dem Schriftzug »Mit Heinz Hartmann schnell und sicher am Ziel« durch die Gegend rollte, traten die Leute automatisch einen Schritt zurück.

Meine Mama erledigte die Buchhaltung im Büro bei uns zu Hause und war in der Firma seine rechte Hand. Sie hielt ihm den Rücken frei, ahnte, spürte jede seiner Gemütsregungen und jeden seiner aufflammenden Wutanfälle. Sie schützte die Angestellten und Lehrlinge, bog seine Ausraster gerade, lenkte die Geschicke der Firma immer wieder in freundliche, friedliche Bahnen. Aber das war Vater nicht genug. Er fing an, sie zu demütigen. Unterschwellig zuerst, dann immer rücksichtsloser. Die Angestellten schämten sich fremd und schauten weg. Zu Hause verlangte der Vater von ihr, dass sie ihm die Fußnägel schnitt, ihm in der Badewanne den Rücken schrubbte und ihm die Haare wusch. Diese Erniedrigungen empfand sie anfangs als Zuneigung, als Zeichen seiner Liebe und Bedürftigkeit. Dienstfertig und ihm zu Willen, so verstand sie sich selbst als Ehefrau, so hatte sie es gelernt. Sie wollte nichts als Frieden und Harmonie. Doch irgendwann machte sie ihm nichts gut genug. Nach und nach wurde aus der eifrigen jungen Frau eine billige Dienstmagd, die er buchstäblich mit Füßen trat, um sich größer und mächtiger zu fühlen. Meine arme Mama, die seinen Charakter nicht durchschaute, versteckte sich mehr und mehr vor ihm. Im Bügelzimmer oben unterm Dach, in einer kleinen Abstellkammer, stand sie nach seinen Wutanfällen zitternd mit ihrer heimlichen Beruhigungs-Zigarette am gekippten Fenster und inhalierte wie eine Ertrinkende. Die Kammer im Obergeschoss wurde zu ihrem Rückzugort.

Aber er hasste das Rauchen.

Wenn Vater sie in dieser Kammer fand, kannte sein Zorn keine Grenzen. Er schlug und trat sie, beschimpfte sie als faule Sau, die zu »nix zu gebrauchen« sei, um sie kurz darauf, so als wäre nichts geschehen, mit leidenschaftlichem »Versöhnungs-sex« im Bett zu beglücken.

Als sie schwanger wurde, ließ sie das Rauchen sein, und als ich geboren wurde, hoffte meine Mutter, nun würde alles gut. Ein niedliches Töchterchen würde seinen Zorn bestimmt mil-dern und seine Unberechenbarkeit beenden. Jetzt konnte er vor Stolz strahlen und seine kleine Familie im Dorf vorführen.

Doch nichts wurde gut. Mutters Leben wurde zu einer ein-zigen Hölle.

Und ich als kleines Mädchen stand mittendrin.

»Mamaaa, komm endlich spielen!«

War ich das, die da rief? Nein, mein kleiner Sohn riss mich aus meinen Erinnerungen.

Moritz langweilte sich sichtlich und zog sich an meinen Beinen hoch. »Hoppe Reiter spielen!« Er tobte auf meinem Schoß herum und stieß mit dem Kopf an das kleine Köpfchen seiner Schwester, die beim Trinken an meiner Brust einge-schlafen war. Daraufhin fingen beide herzzerreißend an zu weinen.

»Trink doch, meine Kleine, trink!« Meine prallen Brüste schmerzten, als würden sie gleich platzen. All der Stress, die Angst und die negative Energie waren kaum noch auszuhal-ten. Was, wenn mein Vater jetzt draußen am Fenster stünde und hereinstarrte? Wurde ich schon paranoid?

Was, wenn er einfach hereinkäme, um mich wieder zu be-leidigen?

»Wieso hast du ein zweites Kind bekommen, wenn du noch nicht mal mit einem klarkommst? Und du willst eine gute

Mutter sein?« Solche Sprüche glaubte ich ständig zu hören. Wie konnte ich mich und meine Kinder vor ihm schützen?

Ich konnte gar nichts tun. Wie schon meine Mutter und Emmas Mutter vor mir. Auch sie waren junge Frauen gewesen, und er hatte sie nicht verschont.

Und plötzlich dröhnte der Gedanke in meinem Kopf, als würde ein Presslufthammer darin krachen: Wie konntest du nur, wie konntest du nur in aller Welt mit deinen Kindern neben diesen unberechenbaren, brutalen Mann ziehen? Du wusstest doch, wie er ist! Er wird sich niemals ändern, niemals! Du sitzt jetzt in der Falle …

5

Pützleinsdorf, September 2009

»Hurra, ihr Süßen, freut ihr euch? Heute lernt ihr die anderen Kinder kennen, und bestimmt habt ihr bald ganz viele Freunde!«

Das war der Vorteil am Landleben: Auf Anhieb hatte ich für meine beiden Kleinen eine Kinderbetreuung bekommen. Erleichtert setzte ich die beiden süßen Knirpse in ihren geländetauglichen, schnittigen Geschwisterkinderwagen, schnappte mir unseren Hund Tommy und machte mich mit meinem etwas sperrigen Gespann auf den Weg ins Dorf. Wir waren längt ein bekannter Anblick, und viele grüßten uns lächelnd.

Zu meinem Erstaunen betraten die beiden Kleinen die

Kita, als hätten sie nie etwas anderes gemacht. Andere Kinder weinten und klammerten sich an die Beine ihrer Mütter. Meine betrachteten gleich interessiert die neue Umgebung. Ich war erleichtert. Sollte ich in Zukunft tatsächlich wieder einige Stunden nur für mich haben? Ich liebäugelte mit dem verlockenden Gedanken, mal wieder zum Friseur zu gehen. Oder ins Fitnessstudio.

»Also dann, Ihr Süßen, macht es gut, seid brav, ich hole euch heute Nachmittag wieder ab!« Ich ging noch einmal in die Hocke und drückte beiden ein Küsschen auf die Wange, als mir das gnadenlose Geplärr eines anderen kleinen Jungen fast das Trommelfell zerriss.

Dessen arme Mutter versuchte vergeblich, ihren brüllenden Sohn von sich abzupflücken. »Aber Simon! Schau, die anderen Kinder weinen doch auch nicht!« Verzweifelt drehte sie sich zu mir um.

»Wie machen Sie das nur, dass Ihre Kinder nicht … Sara?«

Wir schauten uns an, und ich konnte es nicht glauben. »Marea? Das gibt's doch nicht!«

Der kleine Schreihals Simon hörte wie auf Knopfdruck auf zu heulen und ließ sich von meinen Kindern mitziehen.

Wir erhoben uns und strahlten uns an. »Oh mein Gott, wie schön ist das denn? Meine liebe Marea! Seit wann haben wir uns nicht mehr gesehen?« Ich breitete die Arme aus. Marea ließ sich hineinfallen und drückte mich. »Wenn du wüsstest, Sara, wie oft ich an dich gedacht habe.«

Aufgekratzt vor Freude gingen wir Arm in Arm nach draußen. Vor der Kindertagesstätte sanken wir auf ein Mäuerchen und strahlten einander an.

»Erzähl! Wie geht es dir? Gut siehst du aus! Wie schaffst du das, dass deine Haare so glänzen?«

»Nein, du zuerst. Du siehst aber auch gut aus! Die Langhaarfrisur steht dir gut!«

»Marea, hast du noch ein bisschen Zeit?«

»Ja, denn ich habe mir für heute Vormittag freigenommen. Ich bin Zahnarzthelferin, aber ich ahnte schon, dass Simon Theater machen wird …

»Macht er doch gar nicht. Komm, mein Hund muss dringend Gassi gehen!«

Und so zogen wir zu dritt los. Marea, Tommy und ich. Erst auf das angrenzende Feld und schließlich bis zu den Weinbergen, hinauf in die strahlende Spätsommersonne.

Meine Marea schien sich kaum verändert zu haben. Immer noch strahlte sie und sah mit ihren dicken dunklen Haaren wunderhübsch aus. Meine beste Freundin von früher! Begeistert stapfte sie neben mir her.

»Jetzt erzähl schon, wie kommst du denn wieder her? Warst du nicht in Großstadt? Hast du dort nicht ein Restaurant geführt?« Marea sah mich mit blitzenden Augen an.

»Ich habe das Haus meiner Oma geerbt. Sie ist letztes Jahr gestorben, und da habe ich die Chance ergriffen und bin auf das schöne Land zurückgezogen«, sprudelte es nur so aus mir heraus. Ach, wie sehr ich mich freute! Ich redete wie ein Wasserfall, erzählte von meiner Ehe, von dem furchtbaren Unfall, von der ersten Zeit des Schocks und der Einsamkeit, von dem elendigen Tod meiner Mutter und dem meiner Oma direkt danach, die mir schließlich einiges vermacht und mich damit auch irgendwie gerettet hatte.

»Und so bin ich schlussendlich wieder hier gelandet.« Ich holte tief Luft und blieb stehen.

Das alles beim Bergaufgehen zu erzählen, kostete mich den letzten Rest meiner Energie. Ich keuchte.

»Wow, ziemlich viele Todesfälle in einem Jahr.« Marea nahm meine Hand. »Was ist mit deinem Vater?«

Sie erinnerte sich bestimmt noch gut an die damaligen Notsituationen. Wie oft war ich mit blauen Flecken, Striemen und Beulen in die Schule gekommen!

Ich atmete ein paarmal tief durch.

»Na, der lebt noch und erfreut sich bester Gesundheit.« Ich zwang mich zu einem schiefen Grinsen. »Das Schicksal ist ein mieser Verräter, was? Die Guten sterben, und die Schlechten leben noch …«

Ihre Augen wurden groß wie Untertassen. »Und da wohnt ihr jetzt als direkte Nachbarn nebeneinander her? Das funktioniert?«

»Ja … irgendwie schon. Es ist anstrengend.« Ich setzte mich wieder in Bewegung, da Tommy an der Leine zog. »ER ist anstrengend. Weißt du, meine zwei Kleinen sind im Doppelpack nicht halb so anstrengend wie er.«

Ich erzählte ihr von dem einmaligen Versuch eines gemeinsamen Frühstücks.

»Du Arme!«, entfuhr es Marea, die in eiligen Schritten neben mir her trippelte. »Wenn ich an damals denke … Ist er immer noch so brutal?«

»Er provoziert, wann immer er kann. Manchmal glaube ich, das ist seine Art und Weise, Kontakt zu mir aufzunehmen. Eine Beleidigung hier, ein überflüssiger Kommentar da, er will mich aus der Reserve locken, aber ich ignoriere ihn. Doch dann, Marea, steht er wieder gedankenverloren in seinem Garten und beobachtet meine Kinder fast wehmütig beim Spielen. Er lächelt dann ganz selbstvergessen. Ich glaube, tief in ihm steckt ein ganz sensibler Mensch, der einfach nur geliebt werden will.« Ich sah sie von der Seite an. »Weißt du, Marea, manchmal habe ich so das Gefühl, es tut ihm selbst leid, dass er so ist, wie er ist, aber er kann einfach nicht aus seiner Haut. Vielleicht wartet er auf einen Engel, der ihn rettet. Ich bin es anscheinend nicht. So ist er halt.«

»So ist er halt.« Marea verdrehte die Augen. »Das sagen die Leute im Dorf auch immer, ja sogar du damals, als du mir deine Striemen und Beulen gezeigt hast: ›So ist er halt.‹«

Dass sie sich daran noch erinnerte! Da hatte ich also bereits als kleines Kind sein Verhalten verteidigt? Ich schnaubte.

»Ich kann es nicht ändern, Marea. Ich kann *ihn* nicht ändern. Keiner kann ihn ändern.« Ich schüttelte den Kopf. »Ich, von meiner Seite aus, werde die Tür zu ihm nicht schließen, aber solange er sich verhält wie die Axt im Walde, bleibt meine Türe … sagen wir … angelehnt. Insgeheim wünschte ich mir nichts mehr, als dass wir eine gute, friedliche Beziehung hätten. Das klappt doch bei anderen Vätern und Töchtern auch!«

Marea stapfte weiterhin energisch neben mir her und sah skeptisch drein.

»Oh Sara, wenn ich daran denke, wie er dich zugerichtet hat, kurz bevor du aufs Internat kamst. Ich weiß noch, wie du mir in der Mädchentoilette deine Blutergüsse gezeigt hast.«

Ich schloss die Augen und ließ mich von längst verdrängten Erinnerungen einholen.

»Ja, das war ein furchtbarer Tag. Er war fuchsteufelswild, weil ich einen Vokabeltest in Englisch verhauen hatte. Ich stand mit dem Rücken zur Wand, und er hat hinter sich gegriffen und sich eine der Dachlatten geschnappt, mit denen er immer den Unterbau seiner Märklin-Eisenbahn stabilisierte, um damit gnadenlos auf mich einzuschlagen. Auf die Schultern, auf den Rücken. Ich dachte, der hört gar nicht mehr damit auf. Irgendwann hatte er genug und mich in mein Zimmer geschickt. Ich lag in meinem Bett, und es liefen Rotz, Wasser und Blut auf mein Kopfkissen. Ich habe mich ruhig verhalten und hatte die ganze Nacht Angst, er könnte in mein Zimmer kommen. Am nächsten Morgen, ich wollte gerade zur Schule, ging es weiter. Er hat mir den Hinterkopf gegen die Haustür geknallt. Bei dem Versuch, rückwärts auszuweichen, bin ich über die unterste Stufe der Marmortreppe gestolpert. Er riss mich am Hals hoch und knallte mich gegen den Garderobenständer, der daraufhin umfiel, anschließend gegen den Wohnzimmertürrahmen. Aber das war noch nicht alles: Der Sessel flog um, und schließlich landeten wir in der Küche. Vor dem Gläserschrank bin ich dann zusammengebrochen. Ich wusste nicht, was ich hätte tun sollen, damit er endlich aufhört!«

»Wo war deine Mutter?«

»Die stand hilflos daneben. Ich wusste mir irgendwann nicht mehr anders zu helfen als zu winseln: ›Papa, ich hab dich doch lieb!‹ Da kam er plötzlich zu sich. ›Geh ins Bad und wasch dein verheultes Gesicht!‹, hat er mich aufgefordert. Dort vor dem Spiegel erschrak ich über mein Aussehen. Ich weinte und weinte. Wie konnte er nur? Er war doch mein Vater!«

Ich hatte gar nicht gemerkt, wie sehr ich wieder angefangen hatte zu schnaufen. Ich blieb stehen und holte tief Luft. Vor meinen Augen tanzten kleine Sterne. Selbst Tommy spürte meine innere Erregung und stand still.

Marea legte mir die Hand auf den Arm: »Erstaunlich, dass du am nächsten Tag überhaupt in die Schule gekommen bist. Ich erinnere mich, wie du mit deiner Mutter über den Hof gegangen bist. Ihr wart beide weiß wie die Wand und habt ins Leere gestarrt.«

»Ja, nachdem mein Vater in der Arbeit war, hat mich meine Mutter zur Schule gefahren. Ich stand komplett unter Schock und hab das, was passiert ist, einfach ausgeblendet. Ich saß neben dir, völlig apathisch. In der Pause hast du auf der Toilette zu mir gesagt: ›Zieh mal deinen Schal aus, du hast da was.‹«

Marea nickte. »Ja, und dann kam alles ans Tageslicht. Das werde ich nie vergessen. Denn da hab ich den Handabdruck an deiner Kehle gesehen.«

»Ja. Ich hab dann mein T-Shirt ausgezogen und versucht, meinen Rücken im Spiegel zu betrachten. Jede Bewegung hat wehgetan. Die Haut war übersät mit blauen und schwarzen Flecken. Dann ging alles ganz schnell. Du hast mich zu unserem Klassenlehrer gebracht, zu Herrn Eggers, weißt du noch?«

»Natürlich.« Marea senkte den Kopf. »Damals habe ich dich zum letzten Mal gesehen.«

»Er ist mit mir zu meinem Hausarzt, Dr. Seifert. Der hat das Jugendamt verständigt, und endlich wurde beschlossen: Ich darf nicht mehr nach Hause.«

»Und so kamst du damals aufs Internat, und unser Kontakt ist abgerissen. Sara, ich habe dich so schrecklich vermisst! Was ist danach mit deiner Mutter passiert?« Marea sah mich forschend an.

»Sie hat es wieder und wieder versucht, sich von meinem Vater zu trennen.« Ich presste die Lippen zusammen und schüttelte den Kopf. »Aber sie hat es einfach nicht geschafft. Er hat sie immer zurückgeholt.« Brüsk wischte ich mir über die Augen. »Erst viel später sind wir dann zusammen nach Großstadt gezogen. Einige Jahre danach war sie bereits todkrank und innerlich von Krebs zerfressen.«

Wir redeten und redeten, die Zeit verging wie im Flug.

Schon mussten wir unsere Kinder wieder abholen, und unsere Wege trennten sich. Aber diesmal würden wir uns kein zweites Mal aus den Augen verlieren!

»Tommy? Tommy, wo bist du?«

Der Hund war nach unserem morgendlichen Spaziergang still in seine Ecke gekrochen, um sein übliches Schläfchen abzuhalten, aber jetzt war da nur noch eine leere Kuhle. Mein Blick glitt aus dem Küchenfenster in den Garten hinaus. Da war er auch nicht, der Stromer.

Er war doch nicht etwa …

Einer Ahnung folgend, spähte ich zu den Büschen, die Vaters und meine Terrassen voneinander trennten. Da sah ich sein begeistertes Schwänzchen rotieren. »Tommy! Komm sofort rüber! – Du sollst doch nicht woanders fressen!«

Wutschnaubend stapfte ich auf das Grundstück meines Vaters, traute mich aber erst mal nicht auf seine Terrasse, sondern blieb in gebührendem Abstand auf seinem Rasen stehen.

Immer wieder hatte ich gehofft, meiner Schwester Emma erneut zu begegnen, doch die hatte sich deutlich distanziert und zurückgezogen. Vermutlich war er auch zu ihr eklig geworden. Trotzdem – hätte sie sich nicht mal bei mir melden können? Aber offensichtlich war ihr mein Schicksal egal, und das enttäuschte mich schon sehr.

Ich hätte gut etwas schwesterliche Solidarität gebrauchen können, vor allem jetzt!

Mein Vater stand an seiner Terrassentür und stemmte zufrieden die Hände in die Hüften.

Vor seinen Füßen stand ein Futternapf, den er gerade mit irgendwelchen Essensresten gefüllt hatte. Tommy hatte bereits seine Schnauze darin vergraben. Begeistert verleibte er sich diesen Fraß ein. Das war doch wieder eine Provokation! Auf Kosten meines Hundes. Er würde noch krank davon werden. Ich nahm allen Mut zusammen und kam näher.

»Bitte unterlasse es, den Hund zu füttern.« Amtlicher und distanzierter konnte ich mich wohl kaum ausdrücken. In diesem Moment wusste ich: Du darfst keinen Meter zurückweichen. Sonst hast du verloren. Also sah ich ihm fest in die Augen: »Das tut Tommy nicht gut und außerdem wird er zu fett.«

Er ließ seinen spöttischen Blick an mir heruntergleiten: »Das sagt die Richtige.«

Ich überhörte diese Gemeinheit. »Du hast meinen Hund nicht zu füttern!«

Er steckte die Hände in die Hosentaschen und setzte eine Unschuldsmiene auf:

»Ich füttere den Hund doch gar nicht.«

»Und was ist das?« Ich zeigte auf den Napf. Meine Nackenhaare standen senkrecht.

»Was kann ich denn dafür, wenn du deinen Hund nicht im Griff hast?« Schnaubend machte einen Schritt auf mich zu. »Was will der Köter überhaupt hier? Hast du keine Leine?« Achtung!, schrillte der Alarm in meinem Kopf. Kein einziges Wort mehr, sonst schlägt er zu. Nimm den Hund und geh zurück auf dein Grundstück.

Um meinen Tommy am Halsband packen zu können, musste ich mich bücken. Insgeheim erwartete ich bereits einen Fausthieb auf meinen Kopf, doch mein Vater ging nur kopfschüttelnd zurück ins Haus. Rasch zog ich Tommy an seinem Halsband mit und sperrte ihn in das leer stehende kleine Apartment unter der Treppe. Fürs Erste würde ich ihn nicht mehr hinauslassen.

Wütend ließ ich mich auf meinen Terrassenstuhl fallen. Meine Hände waren feucht vor Angst. Hatte er es doch wieder geschafft, dass ich mich aufregte! Warum musste er meinen Hund mit Essensresten füttern?

Würde das nun ewig so weitergehen? Ich hatte einfach keine Energie für solche fiesen kleinen Nachbarschaftsstreitereien. Es kam mir so lächerlich vor, so grässlich provinziell.

Na großartig!, dachte ich mir. Kann ich jetzt nicht mal mehr den Hund in den Garten lassen? Dann muss ein Zaun her. Er will es nicht anders. Ein Zaun wird hoffentlich die nötigen Grenzen setzen, von denen Emma damals sprach.

Ach Emma, warum meldest du dich nur nicht mehr?

Noch am selben Nachmittag bestellte ich bei einer Gärtnerei telefonisch einen Gartenzaun und wies auf die Dringlichkeit hin: »Kleine Kinder. Lebensgefahr.«

Es war ein einfacher Jägerzaun aus Holz, wie ich ihn immer gehasst und für spießig gehalten hatte, aber er setzte doch ein deutliches Zeichen für alle Beteiligten: bis hierhin und nicht weiter.

Mitten in das Hämmern der Gärtner hinein hörte ich meinen Vater schreien: »Was soll das denn jetzt werden?«

Irritiert hörten die Arbeiter auf und kratzten sich am Kopf. »Wir haben den Auftrag von Ihrer Nachbarin ...«

Nichts Gutes ahnend eilte ich hinaus, gefolgt von den Kindern und dem Hund. Mein Vater schrie sich gerade in Rage:

»Hier stand doch noch nie ein Zaun! Was soll denn das? Ich habe hier das Sagen!«

Die Arbeiter wichen erschrocken zurück und wussten nicht, was sie tun sollten.

»Und auf meinem Grundstück habe *ich* das Sagen.« Mutig stellte ich mich ihm entgegen.

»Du glaubst, du müsstest hier einen Zaun aufstellen?«

Unermessliche Wut stand in seinen Augen. Aber auch verletzter Stolz. Meine sichtliche Zurückweisung verletzte ihn zutiefst.

»Du dämliche Kuh! Das hast du gar nicht zu entscheiden!« Hasserfüllt schrie mich mein Vater an. »Was erlaubst du dir eigentlich?! Dir gehört doch einfach mal eine aufs Maul gehauen!«

Ich presste die Kinder an mich und hielt seinem Blick stand. »Ich möchte einfach nur meine Ruhe haben und klare Grenzen setzen. Dann hat sich das mit Tommy zum Glück auch gleich erledigt.«

Er brüllte sich in Rage: »Dir gehört doch einfach nur aufs Maul gehauen, bis du nicht mehr weißt, wo oben und unten ist.«

Diese Drohung sprach er vor den beiden Gärtnern aus. Wie sehr wünschte ich mir, einer hätte den Mut, ihm entgegenzutreten. So nach dem Motto: »Wie reden Sie denn mit Ihrer Tochter? Sind Sie wahnsinnig, Mann?«

Wie sehr wünschte ich mir, einer von ihnen würde ihm mit seinen Gerätschaften drohen: »Bis hierher und nicht weiter, Mann! Verzieh dich!«

Innerlich wünschte ich mir sogar, sie würden die Hand gegen ihn erheben. So wie er es unzählige Male mit meiner Mutter und mir gemacht hatte! Und davor mit Emmas Mutter!

Er musste doch *einmal* zu spüren gekommen, dass er so nicht weitergehen konnte! Dass es Stärkere gab als ihn! Aber die Gärtner hielten sich tunlichst raus wie alle, die ihn und uns erlebt hatten: ›So ist er halt. Da kann man nichts machen. Gehen wir ihm lieber aus dem Weg.‹

Mein Vater tobte weiter. »Das wird noch Folgen haben, das versprech ich dir! So ungeschoren kommst du mir nicht davon! Sieh dich vor, wenn du mir das nächste Mal begegnest!«

Romy brüllte längst wie am Spieß, und auch Moritz stimmte verstört in das Heulkonzert ein. Die beiden waren gerade mal drei Jahre beziehungsweise ein reichliches Jahr alt! Selbst der Hund zog den Schwanz ein und verdrückte sich mit hängenden Ohren.

»Ich schlag dir auf deine Batterie, dass du so schnell nicht wieder aufstehen kannst!«

Altbekannte Töne. Mein Vater eben.

Ich ließ seine Beleidigungen und Drohungen an mir abprallen, wollte mit den zwei brüllenden Kindern gerade ins Haus zurückkehren, als er noch einen drauf setzte: »Schau Moritz, was für eine böse Mutter du hast. Schau nur ... So eine böse Mutter hast du!«

Das Herz wollte mir zerspringen. Tränen begannen zu fließen, ohne dass ich es wollte. Ich war so unsagbar wütend, verletzt und gedemütigt. Wie konnte er so was vor und zu meinen Kindern sagen? Ich wollte doch nur meine Ruhe.

6

Pützleinsdorf, beim Bäcker, September 2011

»Zwei frische Brezeln bitte. Oder geben Sie mir am besten gleich drei.« Ich war auf dem Weg, meine Kinder abzuholen, die beiden freuten sich, wenn ich ihnen etwas Leckeres mitbrachte. Hinter mir bimmelte die Ladentür, und eine weitere Kundin trat ein. Es war eine sportliche Frau um die fünfzig mit einem blonden Pferdeschwanz. Ungeduldig trommelte sie mit ihren künstlich langen Krallen mit viel Strass auf den Ladentisch. Na, die hatte es aber eilig!

»Danke, stimmt so.« Ich raffte die duftende Tüte an mich und eilte wieder hinaus.

»Ja, Tommy, du musst dich gar nicht so gebärden, ich war ja kaum zwei Minuten weg!«

Mein Hund freute sich, als hätten wir uns tagelang nicht gesehen, und presste seine Schnauze an die Tüte, der ein verlockender Duft entströmte.

»Nein, Tommy, das ist nicht für dich.« Ich ging in die Hocke und kraulte das ungestüme Tier.

»Der ist aber goldig«, hörte ich plötzlich eine tiefe Frauenstimme hinter mir. Es war die andere Kundin, die mit den Fingernägeln. Woher kam sie mir nur so bekannt vor?

»Sind Sie nicht die Tochter?«

»Und Sie sind doch die Freundin?« Ein paarmal hatte ich sie schon bei meinem Vater im Garten gesehen. Er hatte ihr ganz stolz sein Anwesen gezeigt und sie herumgeführt. Sie waren auch schon öfter in seinem Auto zusammen weggefahren.

»Dann sind Sie wohl Helga.«

»Wollen wir uns nicht duzen – Sara, nicht wahr?«

»Gern.«

Wir schüttelten uns etwas verlegen die Hand. »Ich habe schon von dir gehört«, platzten wir fast gleichzeitig heraus und mussten lachen. Jetzt wirkte sie gar nicht mehr so unfreundlich. Ihre verhärmt wirkenden Gesichtszüge wurden weich.

»Hat deine Schwester Emma dir denn erzählt, dass ich auch Hunde züchte?«

»Ja, sie hat so was erwähnt«, improvisierte ich. Hatte sie? Wahrscheinlich. Und wenn, dann war das lange her. Sie meldete sich einfach nicht mehr, seit Jahren! Es erstaunte mich nun allerdings, dass diese durchaus attraktive Helga nun schon genauso lange mit meinem Vater zusammen war! Wie konnte sie das aushalten?

»Deiner ist ja wohl schon ein älteres Exemplar, so wie er aussieht.« Helga ging in die Hocke und streichelte Tommy mit ihren Fingernägeln, der ihr dankbar die Hand leckte.

»Ja, Tommy ist schon über sieben.« Ich verstaute die Tüte in meinem Rucksack. »Es gibt ja männliche Wesen, die sind im Alter leichter im Umgang …«, murmelte ich.

Diese Anspielung war mir schneller entschlüpft als gewollt. War ich ihr jetzt zu nahegetreten?

Helgas Blick wurde traurig. »Ich weiß, worauf du hinauswillst, Sara. Mit deinem Vater geht leider oft das Temperament durch.«

Vielsagend sah sie mich an. »So ist er halt«, tönte es mir wieder in den Ohren. »Du kennst ihn ja.« – »Was soll man machen«.

»Heißt das, er schlägt dich?«, hätte ich am liebsten gefragt. Aber dazu waren wir uns noch zu fremd.

Einer plötzlichen Eingebung folgend, fragte ich sie stattdessen frei heraus:

»Sag mal, Helga, bringst du ihm Hundefutter mit, damit er meinen Hund füttern kann? In der Mülltonne meines Vaters stecken in letzter Zeit nämlich leere Hundefuttersäcke.«

»Was? Ich? Nein. Die Säcke sind zwar von mir, das ist richtig, aber die benutze ich für Müll. Und wenn meine Tonnen zu Hause überlaufen, darf ich die Säcke bei deinem Vater entsorgen.«

Sie strich sich eine blonde Strähne hinters Ohr: »Ich habe aber schon gesehen, dass er immer Essensreste in den Napf füllt und ihn auf die Terrasse stellt und dachte schon, dass er heimlich deinen Hund füttert. Ich frage lieber nicht, warum er das tut.«

»Weil er mich ärgern will. Deshalb!« Unwillkürlich stampfte ich mit dem Fuß auf. »Und dass mein Hund davon krank wird, ist ihm völlig egal. Er will mich einfach nur ärgern und provozieren, so ist er eben.«

»Sara, darüber könnten wir jetzt lange reden. Doch ich muss hoch zu ihm auf den sonnigen Hügel, er wartet auf seinen Kuchen.« Sie holte ein kleines Kärtchen aus ihrem Portemonnaie und reichte es mir.

»Wenn du willst, kannst du mich ja mal besuchen kommen, dann können wir uns in Ruhe unterhalten. Außerdem erwarte ich demnächst wieder einen neuen Wurf Hundewelpen, die magst du dir vielleicht mal mit deinen Kindern ansehen?«

Erfreut nahm ich ihre Visitenkarte und warf einen Blick darauf. »Ja, das fände ich nett.«

Sie berührte mich flüchtig an der Schulter. »Jetzt muss ich aber wirklich los. Du weißt, wie sauer dein Vater werden kann. Unpünktlichkeit versteht er als persönlichen Angriff.«

»Ich weiß. Viel Spaß beim Kaffeetrinken.«

Warum tust du dir das nur an?, dachte ich unwillkürlich.

Schon war sie mit ihrem Kuchenpaket über die Straße gelaufen und in ihr Auto gestiegen. Jetzt fuhr sie also zu meinem Vater hinauf und verwöhnte ihn mit Kaffee und Kuchen. Wie lange diese Beziehung wohl noch gut gehen würde? Ihre Andeutungen hatten ja schon Bände gesprochen.

Kopfschüttelnd ging ich mit Tommy weiter. Ich versuchte, sie mir mit meinem Vater vorzustellen. Vielleicht war sie die

Erste, die ihm Paroli bot? Sie wirkte so selbstbewusst und fast ein bisschen herrisch! Innerlich machte sich ein klein wenig Hoffnung in mir breit: Vielleicht konnte sie ausgleichend auf ihn einwirken? Ich wünschte es mir von Herzen.

Als ich nach Hause kam, spähte ich neugierig durch die Büsche. Die beiden saßen friedlich beieinander und aßen Kuchen. Der Futternapf auf der Terrasse meines Vaters war verschwunden. Helga hatte ihn einfach entsorgt.

Ich wartete ein paar Tage, dann fasste ich mir ein Herz und rief bei Helga an. Es würde meinem Vater nicht gefallen, dass wir Kontakt hatten, er würde es als Verrat empfinden. Ich spürte, dass Helga und ich uns nur heimlich treffen oder telefonieren konnten. Aber schließlich hatte sie mich eingeladen. Sie schien Mitteilungsbedürfnis zu haben, und ich wollte natürlich wissen, wie es ihr mit meinem Vater erging.

»Hallo, Helga, Sara hier. Stör ich dich gerade?«

»Hallo Sara, schön dass du dich meldest. Lange habe ich die Welpen nicht mehr hier, von denen ich dir erzählt habe. Hast du Lust, gleich mit deinen Kindern vorbeizukommen?«

»Aber gerne doch!« Voller Vorfreude packte ich die Kinder ins Auto.

Als ich mein altes Auto vor Helgas Haus parkte, blieb mir die Spucke weg. So ein prächtiges Anwesen hatte ich nicht erwartet. Spielende Hunde tummelten sich in dem riesigen Garten. Mein Herz schlug höher. Erwartungsvoll stapften wir meiner neuen »Stiefmutter« entgegen.

Helga begrüßte uns freundlich. »Na, ihr seid aber schon groß geworden! Ich habe euch ja bisher nur aus der Ferne gesehen!«

Sie führte uns in den Wintergarten, in dem eine zufriedene,

stolze Hundemama mit ihren süßen Welpen lag. Während ich die Kinder aus ihren Anoraks schälte, brachte sie uns Saft und Wasser aus ihrer Küche.

»Macht es euch gemütlich!«

»Du hast ja eine Traumaussicht!«

Über den Weinbergen stand die Sonne und beleuchtete die Landschaft wie eine prächtige Filmkulisse.

»Ja, ich kann nicht klagen. Jetzt ist es fast zu groß für mich alleine.« Sie wies mit dem Kinn auf das lichtdurchflutete Esszimmer: »Hier hat das Pflegebett meines Mannes gestanden. Er ist vor über drei Jahren gestorben.«

Sie erzählte, dass sie ihren viel älteren Mann über Jahre gepflegt hatte. »Ich konnte gar nicht mehr aus dem Haus! Er war sehr fordernd und anspruchsvoll.« Ihr Lächeln fror für eine Weile ein. »Aber ich habe ja jetzt deinen Vater.«

Ich musterte sie schweigend. Was sollte das heißen? Ab jetzt ist alles schöner? Oder: Ich bin vom Regen in die Traufe gekommen? Abwartend schwieg ich.

Wir tranken einen Schluck, und ich betrachtete meine Kinder, die hingebungsvoll die Hundebabys streichelten. Was für eine schöne heile Welt das hier war! Sie war jetzt frei, hatte offenbar Geld, ein riesiges Haus, konnte tun und lassen, was sie wollte!

»Und, wie ist es für dich, wieder neben deinem Vater zu leben?«, kam Helga auf mich zu sprechen. »Wie lange wohnst du jetzt schon wieder da?«

»Drei Jahre. Als ich einzog, warst du gerade mit meinem Vater zusammengekommen.«

Ich räusperte mir einen Kloß von der Kehle. »Naja, ich hatte gehofft, er wäre im Alter ruhiger geworden, aber dem ist wohl nicht so, leider.« Unwillkürlich drehte ich das Glas in meinen

Händen. »Ich versuche, ihm aus dem Weg zu gehen, was nicht immer ganz einfach ist und auch nicht immer gelingt. Es tut mir besonders leid um die Kinder. Sie spüren die Anspannung natürlich, und ich hätte es ihnen anders gewünscht. Einen liebevollen Großvater, nachdem sie schon den Vater verloren haben. Emma hat sich ja auch schon zurückgezogen.«

»Ja«, seufzte Helga. »Ich habe auch schon versucht, ihm aus dem Weg zu gehen.«

»Du versuchst, ihm aus dem Weg zu gehen?« Mir schwante Schlimmes. »Aber du musst doch nicht hingehen oder? Er zwingt dich doch nicht?«

Sie sandte mir einen vielsagenden, gequälten Blick. »Er lässt mich einfach nicht gehen.«

»Aber du bist doch nicht mit ihm verheiratet! Was heißt das, er lässt dich nicht gehen?«

»Er ist ein unberechenbarer Kerl, ohne Rücksicht auf andere.« Ihre ganze heile Fassade bröckelte. »Ich habe seine brutale Seite schon zur Genüge kennengelernt. Ihn verlassen? Ausgeschlossen! Vorher schlägt er mich tot.«

Und plötzlich brach es aus Helga regelrecht heraus. Sie zeigte auf die Wand, an der das Pflegebett gestanden hatte: »Er hat mich so heftig geschubst, dass ich drei Meter durch den Raum geflogen und dort mit dem Kopf gegen die Wand geknallt bin.«

Ich starrte sie an. Mir wurde fast schlecht bei den Schilderungen. Ich konnte es mir so lebhaft vorstellen. Sie war wirklich vom Regen in die Traufe gekommen!

»Sobald ihm irgendetwas nicht passt, rastet er aus.« Helgas Augen hatten sich mit Tränen gefüllt, und ihre Stimme zitterte. »Oben hat er mir mit einem Hammer auf den Fuß geschlagen, sodass ich eine ganze Woche in keinen Schuh mehr gepasst habe.«

»Aber Helga!« Ich legte die Hand auf ihren Arm, der angefangen hatte zu zittern. »Du *musst* dich trennen!«

Sie atmete heftig. »Wie gesagt, das habe ich ja versucht! Mehrmals, immer wieder! ›Das lasse ich mir doch nicht bieten!‹, habe ich gesagt! ›Wer bin ich denn!‹ Als ich mich das erste Mal von ihm getrennt und ihm seinen Hausschlüssel auf den Tisch gelegt habe, ist er mir wütend nachgefahren und hat mir meinen Müll vor das Tor geschüttet. Er ist völlig ausgetickt und hat mich angeschrien, das wär erst der Anfang. Man müsste mir eine auf die Batterie hauen! Ich habe hier gezittert und ihn da draußen toben sehen. Die Nachbarn haben hinter ihren Fenstern gestanden, und ich habe mich so geschämt!«

Unwillkürlich kratzte sie sich am Arm, bis dieser blutig wurde. Ich konnte jedes ihrer Gefühle so gut nachvollziehen! Man bekam Allergien, wenn man nur von meinem Vater sprach. Und Selbstzerstörungsgelüste!

»Wie lange ist das jetzt her, Helga?«

»Ach, schon Monate!« Sie winkte ab. »Damals habe ich sogar die Polizei gerufen, und die haben das aufgenommen mit Fotos. Das war peinlich genug, wie sie da die Müllberge fotografiert haben, aber es hatte natürlich keinerlei Konsequenzen für deinen Vater.«

Ich stieß ein harsches Lachen aus. »Das kenne ich schon. Er bekommt eine schriftliche Verwarnung oder eine Unterlassungs-Aufforderung, aber das schert ihn nicht im Geringsten.«

»Nein, im Gegenteil. Er fühlt sich provoziert und das löst seinen nächsten Wutanfall aus!«

Helga sah mich verzweifelt an und wischte sich über die Augen. Jetzt erkannte ich auch blaue Flecken und Striemen in ihrem Gesicht, die sie versucht hatte zu überschminken.

»Das waren seine Fäuste?«

Sie nickte unter Tränen. »Ich dachte, mir fliegt der ganze Unterkiefer davon. Er hat mich mitten ins Gesicht geschlagen!«

Vorsichtig nahm sie einen Schluck Wasser. Ich wartete, bis sie sich wieder gefangen hatte.

»Ich bin zum Arzt gegangen. Fast vier Wochen lang hatte ich Probleme beim Kauen. Er hat mir ein Attest gegeben.«

»Bist du denn wenigstens damit zur Polizei gegangen?«

»Nach der Müll-Attacke, wo sie auch schon nichts gemacht haben?« Sie schüttelte den Kopf. »Sie hätten mich bloß fotografiert, sonst nichts. Ich habe mich einfach nicht getraut. Die Leute reden ja.«

In meinem Kopf begann es zu pochen. Ich spürte nichts als Zorn: »So ist er halt.« – »Man kennt ihn ja.« – »Mit Heinz Hartmann schnell und sicher ans Ziel.«

»Und trotzdem fährst du zu ihm und bringst ihm noch Kuchen vom Bäcker mit?«

Sie presste die Fäuste an die Schläfen. »Besser ich fahre zu ihm, als dass er zu mir kommt. Dann verliere ich mein eigenes Terrain, verstehst du? Ich will ihn nicht mehr hier haben.«

Kopfschüttelnd sah ich sie an. »Ihr seid nicht verheiratet. Er hat keinerlei Recht auf dich!«

»Das sieht er anders, Sara. Einen Heinz Hartmann verlässt man nicht!«

»Mit wem kannst du darüber reden?« Betroffen schaute ich sie an.

»Mit … dir?!«

Jetzt wurde mir schlagartig klar, wieso sie mich zum Welpen-Schauen eingeladen hatte! Sie brauchte jemanden, der sie verstand! Ich als seine Tochter war wohl die Einzige, die das alles nachvollziehen konnte! Vielleicht noch Emma, aber die hatte ihn wohl nie so erlebt, sich noch rechtzeitig aus dem Staub gemacht.

»Als ich mich wieder einmal von ihm trennen wollte, hat er mich mit dem Auto verfolgt und von der Straße gedrängt. Sara, ich habe um mein Leben gefürchtet! Ich hätte vor einen Baum fahren können!«

Jetzt brach es so richtig aus ihr heraus, und sie schluchzte laut.

»Neulich war ich bei einer Freundin zum Geburtstag eingeladen. Ich nehme deinen Vater zu solchen Anlässen nicht mit, weil ich nicht will, dass seine cholerischen Anfälle anderen die Stimmung verderben. Also bin ich alleine losgefahren. Ein Abend ohne deinen Vater tut mir ja auch mal gut. Als ich mich von meiner Freundin verabschiedet habe, sah ich ihn bereits aus dem Augenwinkel in seinem Auto sitzen. Er war mir wieder einmal nachgefahren! Ich wollte die Feier meiner Freundin nicht stören und habe mir nichts anmerken lassen. Unter heftigem Herzklopfen bin ich in mein Auto gestiegen und losgefahren. Er fuhr hinter mir her, hat immer wieder die Lichthupe betätigt, wollte, dass ich rechts ranfahre. Ich habe versucht, ihn zu ignorieren, mein Puls war auf hundertachtzig. Er fuhr sehr dicht auf, und ich hatte Angst, er könnte mich rammen. Bevor ich die Kontrolle über mein Auto verloren habe, bin ich langsam vom Gas gegangen. Plötzlich überholt er mich, bremst abrupt ab und stellt sich mit seinem Wagen quer vor mich.«

»Wo war das?«

»Auf einer einsamen Landstraße. Nachts im Dunkeln.« Sie fasste sich an den Hals. »Er stieg aus und kam zu mir. Ich sah in seinen Augen sofort seinen Zorn und diese unbändige Wut. Nur noch wenige Sekunden, dann hätte er meine Fahrertür aufgerissen und mich aus dem Auto gezerrt. Kein Mensch hätte uns gesehen, er hätte mich in den Straßengraben geprügelt. Es war nur so ein Reflex von mir: Kurz bevor seine Hand die Autotür berührt hat, hab ich Vollgas gegeben. Natürlich musste er beiseitespringen. Ich wusste, seine Wut war jetzt grenzenlos. Er würde hinter mir herfahren und mich fertigmachen. Ich habe nur noch ein Rauschen in den Ohren gehört, meine Beine waren puddingweich, mein Mund staubtrocken, aber ich hab Vollgas gegeben, bis ich das erlösende nächste Ortsschild erreicht habe. In der Ortschaft bin ich scharf rechts in eine enge, unbeleuchtete Seitenstraße abgebogen, habe das Licht ausgeschaltet und gewartet. Ich fühlte mich wie ein Kaninchen vor der Schlange, Sara! Jede Sekunde konnte er mich finden und in dieser dunklen Gasse zusammenschlagen! Ich hatte eine Scheißangst, kann ich dir sagen.«

Ich nickte. Diese Angst kannte ich. Sie kroch gerade wieder in mir hoch, und ich spürte sie körperlich so stark, dass ich fast würgen musste. Seine Schritte damals auf der Treppe zu meinem Kinderzimmer, zwölf schwere, Unheil verkündende Schritte, und ich konnte mich nirgendwo vor ihm verstecken …

»Irgendwann klingelte mein Handy«, erzählte Helga weiter. »›Wo bist du, verdammt noch mal?‹, hat er mich angeschrien. ›Ich stehe hier vor deiner Haustür!‹ Ich saß zusammengekauert in meinem dunklen Auto und bebte vor Angst. ›Ich komme heute nicht mehr nach Hause‹, habe ich gekrächzt und aufgelegt. Daraufhin rief er noch mehrmals an. Das Handy vibrierte in meiner Handtasche wie ein gefährliches Tier, und ich starrte gebannt auf das Display: Heinz. Immer wieder: Heinz.«

Ich weiß nicht, wie lange er mich auf diese Weise terrorisiert hat, aber irgendwann gab er es auf. Ich saß in meinem Auto und fühlte mich wie ein Häuflein Elend. Feige und kraftlos, müde und fertig. Dabei war ich mal eine starke Frau, Sara! In der Morgendämmerung fuhr ich schließlich ohne Licht wieder los, mied aber die Landstraße, auf der er mich hätte abpassen können, sondern nahm einen Schleichweg durch den Wald.«

»Ach, Helga. Du Arme.«

»Am Ende des Waldwegs habe ich meinen Wagen abgestellt und bin den Rest zu Fuß gegangen. Bei jedem Knacken bin ich zusammengezuckt, bei jedem Rascheln habe ich schon seine Faust im Nacken gespürt, bei jedem Stein, auf den ich trat, sah ich mich selbst schon am Boden liegen, hinter jedem Baum sah ich ihn lauern, mit einem Knüppel in der Hand!«

»Ich kann es so gut nachvollziehen. Ach, Helga, was hast du dir da nur eingebrockt.«

»Letztlich habe ich mich im Morgengrauen von hinten an mein eigenes Haus angeschlichen. Nur so konnte ich sehen, ob sein Wagen vor meiner Tür steht. Ob er womöglich auf meiner Fußmatte auf mich wartet.«

»Wie grauenvoll. Hölle!«

»Im Haus habe ich nicht gewagt, Licht anzumachen und mich mitsamt meinen Kleidern aufs Bett gelegt. So habe ich dann gewartet, bis es taghell war und meine Nachbarn mit ihren Hunden unterwegs waren. Erst dann bin ich zurück in den Wald und habe mein Auto geholt.«

»Helga, das ist grauenvoll. Aber das alles kenne ich nur zu gut …«

»Am nächsten Morgen stand er mit einer Tüte Brötchen vor der Tür und tat, als wäre nichts gewesen. Er gab mir einen Kuss und meinte, er hätte einen Bärenhunger. Ich hatte einen solchen Knoten im Magen, dass ich nichts herunterbekommen habe.«

»Ja, so ist er. Hat dich denn niemand vor ihm gewarnt? Auch Emma nicht?«

Helga schüttelte nur den Kopf, dass ihr blonder Pferdeschwanz nur so hin und her flog.

»Am Anfang hat er diese brutale Seite von sich gut versteckt. Er kann ja auch charmant sein. Ich dachte, so ein netter, großzügiger, stattlicher Mann, mit dem kann ich endlich wieder was erleben. Fast hatte ich deiner Schwester gegenüber ein schlechtes Gewissen, weil ich glaubte, ich hätte ihr den Vater weggenommen.« Ein kleines Lächeln stahl sich auf ihr fast perfekt geschminktes Gesicht. »Es tat so gut, mit ihm zu lachen! Ich fühlte mich nach Jahren endlich wieder frei, und wir hatten richtig Spaß!« Das Lächeln erstarb. »Bis er mir das erste Mal eine Ohrfeige gegeben hat. Ich war so verwirrt, dass ich tatsächlich noch eine Rechtfertigung dafür gesucht und mir schließlich selbst die Schuld daran gegeben habe.«

»Wie das?«

»Es waren Käufer hier, die sich für Welpen interessierten. Er hätte sich doch raushalten können, mischte sich aber ins Verkaufsgespräch ein: ›Wollen Sie wirklich so ein Drecksvieh kaufen? Wissen Sie, wie so ein Köter stinkt?‹ Am Ende hat er mir die Kunden vergrault. Da bin ich ihn ziemlich heftig angegangen: ›Was sollte denn das? Warum hast du mir die Kundschaft vertrieben?‹ – ›Wie redest du denn mit mir?‹, hat er mich angebrüllt. ›Ich habe dich nur vor Betrügern bewahrt, die heimlich dein Haus ausspionieren wollten! Die wollten herausfinden, wie sie nachts einbrechen können!‹ – ›Aber Heinz, das bildest du dir bloß ein! Das waren ganz seriöse Kunden, die sich auf eine Anzeige hin gemeldet haben!‹ Patsch, hatte ich schon seine Hand im Gesicht. – ›Was *ich mir einbilde?!* Ich habe dich gerade vor Einbrechern beschützt, und du beschimpfst mich auch noch?‹ Patsch, hatte ich die nächste sitzen. ›Sei gefälligst dankbar, dass ich so eine gute Menschenkenntnis besitze und dich vor ein paar Ganoven beschützt habe! Einen Heinz Hartmann verarscht man nicht!‹ Am Ende habe ich mich tatsächlich noch bei ihm bedankt!«

Helgas Augen schwammen in Tränen.

»Er schafft es immer, mich als Schuldige und Dumme dastehen zu lassen. Egal, was ich mache: Es ist nie so gut wie das, was *er* tut. Alles, was mein Leben einmal ausgemacht hat, ist schlecht, weniger wert als seines. Das fing schon mit meinen Möbeln an, die ihm nicht gefielen: Die hat er zum Teil einfach kaputtgeschlagen, weggeworfen, nach dem Motto: das ist wertloser Müll, du hast keinen Geschmack.«

»Aber du hast Geschmack, Helga!« Mein Blick glitt über ihre helle Wohnlandschaft. Außer bei der Partnerwahl, dachte ich.

»Mein Auto war ihm zu spießig, meine Kleider gefielen ihm plötzlich nicht mehr, dann fand er mich zu dick ...«

Kopfschüttelnd starrte ich sie an. »Du bist so schlank und durchtrainiert, dass ich vor Neid erblassen könnte!«

Helga trank wieder einen Schluck Wasser. »Und so steigert sich das.«

»Darf ich dir mal was sagen, Helga? Ich habe schon heimlich begonnen, meine Mutter und dich miteinander zu vergleichen. Meine Mama war eher klein und zart, und du bist groß und sportlich. Keine Frau, die man so einfach in die Ecke schubst, das habe ich mir immer wieder beruhigt gedacht. Auch: Jetzt wo er dich hat, braucht er Emma und mich nicht mehr.«

Helga sah mich nur an. »Dein Vater ist trotzdem stärker. – Könnten wir Frauen doch zusammenhalten! Ich bin einfach froh, dass ich dich kennengelernt habe, Sara. Vielleicht können wir uns ja ab und zu austauschen.«

Wir standen auf und verabschiedeten uns. Auch wenn ich sie am liebsten umarmt hätte, wusste ich, dass wir keine engen Freundinnen werden konnten. Dazu hatten wir beide viel zu viel Angst vor meinem Vater.

7

Pützleinsdorf, beim Friseur, September 2013

»Ist der Druck so in Ordnung?« Kräftige Frauenhände massierten mir die Kopfhaut.

»Oh ja, ganz wunderbar …« Wohlig seufzend schloss ich die Augen. *Dieser* Druck war allerdings in Ordnung! Der übliche Druck, den ich zu Hause verspürte und der oft in schreckliche Kopfschmerzen ausartete, jedoch umso weniger.

Oft waren es Kleinigkeiten, die mich verärgerten. Aber sie mehrten sich, wurden zu einem unerträglichen Haufen seelischen Mülls, der begann mein Leben regelrecht zu verpesten. Eines Morgens zum Beispiel, als ich von meinem Morgenlauf mit Tommy zurückkam, hatte ich einen Zettel im Briefkasten gefunden.

»Sie haben ein Päckchen. Leider haben wir Sie nicht angetroffen, wir haben es daher bei Ihrem Nachbarn abgegeben.«

Ich konnte nur noch genervt die Augen verdrehen, musste also rüber und klingeln.

Der Diktator stand auf seinem Balkon und sprach auf mich verschwitzte, zerzauste Bittstellerin herab: »Was willst du?«

»Du hast ein Päckchen für mich angenommen. Würdest du es mir bitte geben?«

»Ich kann jetzt nicht.«

»Wie, du kannst jetzt nicht? Du musst es mir doch nur rausreichen.«

»Ich bin jetzt beschäftigt. Vielleicht morgen.« Mit diesen Worten war er hineingegangen und hatte die Balkontür hinter sich zugezogen. Ich hätte wie ein HB-Männchen in die Luft gehen können!

Das war mal wieder typisch für seine Lust, mich mit solchen Kleinigkeiten zu demütigen, mich immer wieder auf die Palme zu bringen. Das waren seine Gelegenheiten, mich aus der Reserve zu locken. Hätte ich geschrien: »Rück es schon raus, du Idiot!«, hätte er einen Grund gehabt, mich körperlich zu attackieren. Denn *ich* wäre ja dann die Herausforderin gewesen, *ich* hätte den Streit angefangen! Deshalb ließ ich, wie so oft, seine Provokation an mir abprallen und ging kopfschüttelnd ins Haus. Denn was sollte ich tun? Die Polizei holen?

Wen hätte es denn schon interessiert, dass er mir meine Päckchen nicht gab oder seinen Grünschnitt nach dem Heckentrimmen einfach über den Zaun auf meine Seite warf?

Einen Anwalt einschalten? Das hatte schon zu Mutters Zeiten nichts gebracht. Außer Riesenärger. Und die Polizei reagierte erst, wenn »wirklich was passiert« war.

In solche Gedanken versunken, genoss ich dennoch die Kopfmassage bei der sanften Friseurin. Es gab seit Jahren niemanden mehr, der mich berührte, außer den Kindern natürlich. Aber das war etwas anderes. Wie eine Katze schloss ich die Augen und hätte am liebsten geschnurrt.

Weitermachen, nicht aufhören, weitermachen ... Mein Handy vibrierte.

Ich blinzelte das Wasser aus den Augen und tupfte sie mit dem Handtuch trocken. Oh! Mein Herz machte einen erfreuten Hopser.

»Darf ich? Das ist meine Schwester!«

Mit einem Turban auf dem Kopf ließ ich mich zu meinem Sitz zurückführen.

»Emma! Wie schön, dass du dich meldest! Das wurde aber auch Zeit, du treulose Tomate!« Ich wollte sofort Leichtigkeit in unser Gespräch bringen und keineswegs beleidigt wirken.

»Hallo Sara!«, kam es relativ reserviert zurück. »Wie geht es dir?«

»Im Moment ganz hervorragend, ich bin nämlich beim Friseur und lasse mich verwöhnen.« Mit einer bittenden Geste bat ich die junge Friseurin, den Föhn auszuschalten. Dieses Gespräch war mir doch zu wichtig. »Und, wie geht es dir, Schwesterherz? Warum hast du dich nie mehr gemeldet?«

»Sara, erstens habe ich sehr viel zu tun in meiner Sparkasse. Und zweitens wollte ich einfach keinen Streit mit unserem Vater. Seit er seine Freundin hat, habe ich mich sowieso zurückgezogen.«

»Das kann ich nur zu gut verstehen.« Seufzend griff ich zu der Tasse Tee, die mir die Friseurin gebracht hatte. Ob ich Emma von Helgas Leid erzählen sollte? Aber im Grunde kannte ich meine Schwester kaum, und ich fand nicht, dass ich damit gleich herausplatzen durfte.

»Das ist aber auch nicht der Grund für meinen Anruf.«

»Sondern?« Der Tee schmeckte heiß und stark, genau wie ich ihn brauchte.

»Ich habe einen Mann für dich.«

»Bitte was?« Ich verschluckte mich fast und stellte klirrend die Tasse ab.

»Ich habe einen Mann für dich, Schwesterlein.«

»Ich habe aber kein Interesse an einem Mann, Emma. Danke!« Unwillkürlich hatte ich wohl ziemlich laut geschrien, da die Friseurin inzwischen die Haare der Nachbarin föhnte. Beide schauten zu mir her.

»Und wenn er dir jeden Monat Geld gibt?«, schallte es aus meinem Handy.

»Moment, ich verstehe nur Bahnhof.«

Mitsamt meinem Turban strebte ich sicherheitshalber nach draußen vor den Friseursalon.

»Warum sollte ein Mann mir jeden Monat Geld geben?«

Ich hörte Emma verhalten lachen.

»Letzte Woche hat mich ein junger Mann in der Sparkasse gefragt, ob ich jemanden wüsste, der eine kleine möblierte Wohnung zu vermieten hat. Er sah richtig gut aus, groß und muskulös, längere Haare, cooler Typ. Der könnte nach deinem Geschmack sein, hab ich mir gedacht.«

»Emma … Seit wann machst du dir Gedanken um meinen Männergeschmack?«

Du hättest dich in den letzten vier Jahren vielleicht mal melden können, das wär mir lieber gewesen!, dachte ich.

»Na, du hast doch die kleine Einliegerwohnung unten, und die steht doch leer.«

»Ja, aber wenn die Kinder größer sind …«

»Das dauert noch ewig. Die staubt nur ein.«

Ich lehnte mich mit dem Turban auf dem Kopf an die Hauswand. Auf einmal meldete sie sich mit so einem verrückten Anliegen? Warum?

»Außerdem glaube ich, dass ein Mann im Hause guttäte.

Du wärst nicht mehr alleine, und wer weiß … Also vielleicht wird das ja was.«

»Hast du einen Knall?«, entfuhr es mir. »Du kannst doch nicht einfach meine Wohnung vermieten, ohne dich vorher bei mir zu melden!«

»Das tue ich ja hiermit«, kam es spitz zurück. »Beruhige dich, Sara, er kommt ja erst mal nur zum Anschauen.« Meine Schwester räusperte sich nervös. »Die schlechte Nachricht ist: Ich habe total vergessen, es dir rechtzeitig anzukündigen. Der Besichtigungstermin ist heute, also genau genommen in einer halben Stunde.«

Mir fehlten die Worte. Das hatte mir gerade noch gefehlt!

»Das war keine böse Absicht, Schwesterherz, aber bei mir ist gerade so viel los. Ständig wird Personal reduziert, und alles bleibt an mir hängen.«

»Aha.« Mehr brachte ich in diesem Moment nicht raus. Mein Blick zuckte panisch zur Uhr.

»Jetzt schau dir den Typen einfach mal an, Sara. Er hat einen Job, ist angenehm, und schlecht aussehen tut er auch nicht.«

»Es ist mir doch völlig egal, wie mein Mieter aussieht …« Hastig zog ich mir das Handtuch vom Kopf und eilte wieder in den Salon. »Außerdem brauche ich keinen Mieter. Sondern eine Schwester!«

»Sara? Ich kann dich ganz schlecht hören. Die Verbindung ist abgebrochen. Ich muss jetzt leider weitermachen. Berichte mir, wie es gelaufen ist. Fühl dich gedrückt.«

Klack. Aufgelegt.

Zum Glück war die Friseurin flexibel. Keine zwanzig Minuten später saß die Frisur.

Mit frisch geföhnter Mähne flitzte ich den sonnigen Hügel hinauf und kam gerade noch rechtzeitig. Vor der Garage stand ein Fahrrad, knallgelb. Zum Glück vor der richtigen! Bestimmt hatte Emma ihn genauestens instruiert. Die *Linke!* Auf keinen Fall die *Rechte!*

Auf meiner Mauer saß ein junger, gut gebauter Mann in Jeans und Kapuzenpulli. Als er mich sah, sprang er federnd herunter und begrüßte mich mit einem Lächeln. »Hallo, ich bin Daniel. Und Sie müssen Sara sein.«

Wow, was für ein gut aussehender Kerl. Meine Schwester hatte nicht übertrieben. Er war jedenfalls kein Trostpreis.

»Ja, das bin ich. Wir können uns gerne duzen. Du möchtest dir also meine Wohnung anschauen?!«

»Sehr gerne.«

Ich zog meinen Haustürschlüssel etwas ungeschickt aus der Jeansjackentasche, und natürlich fiel er auf den Boden. Der Klassiker! Daniel und ich wollten gleichzeitig den Schlüssel aufheben und, zack!, stießen wir mit den Köpfen zusammen. Autsch! Wir fassten uns beide an die Stirn. Und mussten uns beide ein Lachen verbeißen.

»Na, dann komm mal mit hoch.«

Die Wohnung war klein, aber fein.

»Sie hat lange leer gestanden, sorry, sie ist etwas verstaubt …« Verlegen zwirbelte ich meine frisch geföhnten Haare zwischen den Fingern. Aber Daniel schien der Staub nicht zu stören.

»Super, die nehme ich.«

Freudestrahlend musterte er mich. Mein Erscheinungsbild schien ihm wichtiger zu sein als das der kleinen Einliegerwohnung.

Ich war doch etwas überrumpelt. »Vielleicht möchtest du dir erst noch den Garten anschauen? Der wäre natürlich zur Mitbenutzung.« Mit einer einladenden Geste schritt ich vor ihm her, die Treppe weiter hinauf. »Das Haus ist ja in den

Hügel hineingebaut, sodass wir erst in der oberen Etage auf die Terrasse hinaustreten können.« Während ich versuchte, die professionelle Vermieterin herauszukehren, wurde mir bewusst, dass er mir vermutlich gerade auf den knackigen Jeans-Hintern starrte. Der Babyspeck war schon lange weg, das Brauereipferd auch.

»Das sieht alles sehr schön aus, Sara. Es gefällt mir, und wenn es in Ordnung für dich ist, würde ich morgen meine Sachen bringen.«

»So schnell?«

Unwillkürlich huschte mein Blick nach nebenan. Ob mein Vater drüben hinter den Büschen stand und vor Unmut zitterte? Andererseits konnte ich in mein Haus nehmen, wen ich wollte. Das machte er ja auch.

»Ja, klar. Ich weiß was ich will.«

Daniels frecher Blick ließ meine Knie weich werden.

»Ich könnte dir auch im Garten helfen. Der sieht ja schon ein bisschen verwildert aus. Der Rasen sollte dringend gemäht werden, und auch deine Hecke könnte einen neuen Schnitt vertragen.« Entwaffnend schaute er mich an.

Ich begutachtete meine Hecke und antwortete knapp: »Ja, das könnte sie.«

»Na, super, ich komm dann morgen. Ich freue mich.«

Mit wehenden Haaren eilte er leichtfüßig die Treppe hinunter und winkte mir noch mal zu. Dann sprang er aufs Rad und rollte den sonnigen Hügel hinab.

Energisch zwang ich meine frisch geföhnte Haarpracht in ein Gummiband, füllte den Putzeimer mit Wasser und schulterte den Staubsauger. In mir brodelte jäh Freude empor wie Brausepulver in einem Wasserglas.

* * *

Und somit zog Daniel bei mir ein. Schon am nächsten Tag fuhr ein kleiner Transporter vor. Daniel und ein Bekannter stiegen aus und begannen seine Sachen ins Haus zu schleppen. Mein Vater lief verdächtig oft die Straße auf und ab. Da ihm das Grundstück gegenüber meines Hauses auch gehörte, stand ihm das schließlich zu. Natürlich wollte er nur kontrollieren, was bei mir passierte. Wie bereits befürchtet, verstellte er meinem neuen Untermieter irgendwann den Weg: »Ziehst du hier ein?«, fragte er barsch.

Daniel strahlte auch heute und reichte meinem Vater die Hand. »Ja, ich bin Daniel.«

»Na, hoffentlich weißt du, worauf du dich einlässt«, entgegnete mein Vater und ging weiter.

Nicht schon wieder!, stöhnte ich innerlich. Es war mir peinlich und sehr unangenehm.

»Ist dieser Finsterling etwa dein Nachbar?« Daniel schüttelte sich eine Zigarette aus der Packung.

»Nicht nur das. Er ist mein Vater.«

Kopfschüttelnd bot mir Daniel auch eine an, aber ich lehnte ab.

»Ihr habt wohl kein sehr gutes Verhältnis.«

»Das kann man wohl sagen. Aber egal jetzt, kann ich dir was hochtragen helfen?«

»Ja, wenn du so nett sein würdest. Lass mich nur gerade fertig rauchen.« Wir schauten einander tief in die Augen.

Dann schleppten wir gemeinsam den letzten Karton nach oben. In seinem Blick standen viele Fragen, aber das würde eine lange Geschichte werden.

Anschließend setzten wir uns draußen auf die Terrasse, auf Omas alte Hollywoodschaukel. Wieder zückte Daniel sein Päckchen Zigaretten. »Wirklich nicht?«

»Nein danke, ich rauche nicht.«

»Besser so.« Daniel stieß sich mit den Füßen ab, und wir begannen sacht zu schaukeln.

Ein lang nicht gekanntes Ziehen überkam mich, und ich fühlte mich leicht und frei. »Ich hoffe, es stört dich nicht, wenn *ich* rauche?«

»Nein. *Das* stört mich nicht.«

»Was stört dich dann?«

»Nichts, was mit *dir* zu tun hätte.«

Ich stupste ihn von der Seite an und grinste.

Er gefiel mir immer besser. Dass der so plötzlich in mein Leben geschneit war!

Ich fragte ihn, von wo er hergezogen sei.

»Ach, Sara.« Er stieß Rauch aus. »Ich bin so erleichtert, dass ich es endlich geschafft habe, mich von meiner Mutter ein bisschen zu distanzieren.«

Ich sah ihn von der Seite an. »Du hast immer noch bei deiner Mutter gewohnt?«

Er nahm einen tiefen Zug. »Ich liebe meine Mutter sehr, doch ich muss jetzt wirklich auf eigenen Beinen stehen. Sie ist sehr besitzergreifend, und das fühlt sich einfach nicht richtig an. Ich bin immerhin sechsundzwanzig.«

»Verstehe«, sagte ich. Rasch rechnete ich unseren Altersunterschied aus: Sieben Jahre war er jünger als ich! Na und?

»Ich musste da jetzt einfach raus. Aber ich werde sie jedes Wochenende besuchen.«

Mit jedem Wort, das er sagte, gefiel er mir besser. Ein fürsorglicher, liebevoller Sohn. Ein Familienmensch.

»Was arbeitest du eigentlich?«, fiel ich ihm ins Wort, da er immer noch von seiner Mutter sprach.

»Ich bin Betreuer für geistig und körperlich beeinträchtigte

Menschen. Sie arbeiten tagsüber in einer Werkstatt, und als ausgebildeter Tischler leite ich sie an.« Er lächelte so lieb, dass es um mich geschehen war.

Gott, war der süß. Er war ein Guter. Spätestens jetzt war ich verknallt bis über beide Ohren.

Das erste Mal seit dem Tod meines Mannes hatte ich das Bedürfnis, einen Mann zu küssen.

8

Pützleinsdorf, September 2015

Nach zwei Jahren hatte sich Daniel in unseren Haushalt integriert, als hätte es ihn schon immer gegeben. Er liebte es, mit den Kindern zu spielen, und führte auch richtig ernsthafte Gespräche mit ihnen. Besonders mein aufgeweckter Moritz, bald neun, vergötterte ihn. Es fühlte sich großartig an mit Daniel. Wir wurden schnell ein Paar. Wenn ich in seinen Armen lag, fühlte ich mich geborgen und beschützt. Endlich war da wieder jemand, den ich an mich heranlassen konnte. Nur an den Wochenenden fuhr er wie versprochen zu seiner Mutter, daran war nicht zu rütteln.

Helga rief mich regelmäßig an, und immer öfter musste ich mir von ihr anhören, was mein Vater ihr wieder angetan hatte. Die grässlichen Szenen waren an Brutalität und Gemeinheit nicht zu überbieten, ähnelten aber alle den Gewalttätigkeiten, die ich schon als Kind erleben musste. Natürlich wagte es Helga nie, vom Nachbarhaus bei mir anzurufen oder gar über den Gartenzaun mit mir zu sprechen. Wenn Helga bei meinem Vater war, taten wir so, als würden wir uns nicht kennen. Und dennoch saßen wir auf einer tickenden Zeitbombe. Natürlich war mein Vater ständig unser Thema.

Daniel, der den ganzen Tag in der Behindertenwerkstatt arbeitete und mir anschließend im Haushalt half, fand das gar nicht erbaulich. Ich verzog mich nämlich für solche Telefonate auf den Balkon, wo ich in Ruhe rauchen konnte.

Ja, ich hatte wieder angefangen! Daniel ließ schließlich seine Zigaretten überall rumliegen, und wenn man Helga zuhörte, *musste* man sich einfach mit einem Glimmstängel beruhigen.

»Seine Eifersuchtsszenen sind nicht mehr zu ertragen«, jammerte sie. »Er will mich Tag und Nacht kontrollieren und immer wissen, was ich mache, wo ich bin. Neulich habe ich zu ihm gesagt, dass ich auch noch ein Eigenleben habe und ihm nicht nur den Haushalt machen will. Da hatte ich schon seine Faust im Gesicht.«

Ja. Ich konnte es mir so lebhaft vorstellen. Ich hatte es alles verdrängt, aber wenn ich mit Helga sprach, kamen die Erinnerungen alle wieder hoch, eine nach der anderen, wie Perlen an einer Kette.

»Ich habe versucht, mich nicht einschüchtern zu lassen. Jetzt erst recht, hab ich gedacht.«

Ihre gerade noch so entschlossen klingende Stimme begann bedenklich zu wackeln.

»Jedenfalls war ich mit meinen Freundinnen im Kino. Ich wusste, dass das ein Nachspiel haben würde, aber das war mir in dem Moment egal.«

Sie schluckte und klang auf einmal so verheult, dass ich Mühe hatte, sie zu verstehen.

»Er hat von mir verlangt, dass ich nach dem Kino zu ihm nach Hause fahre. Wie ein unmündiges Kind: ›Um zehn Uhr bist du zu Hause!‹ Als ich dort ankam, wollte er die Kinokarten sehen als Beweis. ›Du warst doch in Wirklichkeit bei irgendeinem Kerl! Na der muss ja einen saumäßigen Geschmack haben! Siehst du nicht, wie hässlich du bist? Da, schau in den Spiegel!‹ Er hat mich im Nacken gepackt und vor den Spiegel gezerrt. Ich habe versucht, ganz ruhig zu bleiben, und ihm die Kinokarten auf die Ablage unter dem Flurspiegel gelegt. Aber er hat einfach nicht aufgehört. ›Wer will denn so eine faltige alte Kuh noch! Siehst du nicht, wie dein Make-up bröckelt?‹ Er hat mich geschüttelt wie einen ungezogenen Hund. Und plötzlich, Sara, hat mich so die Wut gepackt! Was lasse ich mir denn alles gefallen? Ich *war* im Kino! Und ich bin ihm *keine* Rechenschaft schuldig! Es hatte überhaupt keinen Zweck, ihm die Kinokarten zu zeigen! In einer aufwallenden Geste habe ich alles von der Ablage gefegt, was sich gerade darauf befand. Meinen Geldbeutel, seinen gleich mit, die blöden Kinokarten, unsere beiden Schlüsselbunde, einfach alles.

Da schlug er mir mit der flachen Hand in den Nacken, dass ich nur noch Sterne tanzen sah. Um dann seelenruhig die Haustür von innen abzuschließen.«

Ich ahnte Böses.

»›So. Und jetzt kriegst du deine Abreibung‹«, ahmte Helga meinen Vater nach und erzählte weiter. »Mit beiden Fäusten ging er auf mich los und drosch wahllos auf mich ein: auf mein Gesicht, meine Schultern, meinen Kopf, meine Brust. Und die ganze Zeit dachte ich fieberhaft: Wo ist mein Schlüssel? In gebückter Haltung suchte ich danach. Er war in den Schirmständer gefallen. Unter seinen herabdonnernden Schlägen habe ich den Schlüssel herausgefischt und bin zur Haustür gerannt.

Er schlug meinen Kopf gegen den Glaseinsatz, doch ich konnte aufschließen und endlich rausrennen.«

Seufzend stieß ich den Rauch in die Nacht hinaus. Hinter mir in der Wohnung hörte ich die Kinder und Daniel lachen.

»Helga, du erzählst mir nichts Neues. Ich erinnere mich an einen Abend, kurz vor Weihnachten. Es war zunächst das Übliche, meine Eltern stritten. Mein Vater wurde immer lauter und meine Mutter immer leiser. Ich stand am oberen Absatz der Marmortreppe und sah, wie sie in den Flur kamen. Mein Vater ging auf meine Mutter zu und schlug ihr dabei immer wieder in ihr Gesicht. Meine Mutter ging rückwärts. Mein Vater öffnete die Haustür, zog meiner Mutter den Adventskranz über den Kopf und warf sie aus dem Haus. Ich rannte die Treppe hinunter, um ihr beizustehen, und im Nu waren wir im Garten. Ich hatte schon mein Nachthemd an und stand barfuß im Schnee. Zum Glück wohnte meine Oma nebenan, und wir konnten bei ihr übernachten. Es war ein Samstagabend. Am folgenden Sonntag waren meine Eltern mit Freunden zum Essen verabredet. Mein Vater traf sich alleine mit ihnen. Meine Mutter und ich nutzen die Zeit, um schnell rüberzugehen und ein paar Sachen zu packen. Ich war elf Jahre und hatte die Hoffnung, dass sie sich endlich trennen würde. Aber dieser kindliche Traum ist zerplatzt wie so viele andere. Sie hat es einfach nicht geschafft.« Wie unter Strom zog ich an meiner Zigarette.

»Sara, dieser Mensch ist ein Monster! Ich könnte mich ohrfeigen, dass ich mich mit ihm eingelassen habe!«

»Dann trenn dich doch endgültig von ihm!«, flehte ich zum wiederholten Male. »Du bist doch nicht mit ihm verheiratet! Mit fünfundfünfzig weiß man doch, was man noch vom Leben will. Ja, er verfolgt und bedroht dich, aber das kann er doch nicht bis in alle Ewigkeit tun.«

Und zum wiederholten Male versicherte mir Helga im Brustton der Überzeugung:

»Ja, Sara, ich trenne mich von dem Typen. Diesmal schaffe ich es.«

Schniefend legte Helga auf.

Das war nur eines von unzähligen solcher Telefonate. Hastig drückte ich die Zigarette aus.

Daniel öffnete leise die Balkontür und legte von hinten die Arme um mich. Er hatte immer noch ein Küchenhandtuch auf der Schulter. Sein vertrauter Duft tröstete mich.

»Schon wieder die alte Leier?«

»Ja. Sorry, ich kann es schon selbst nicht mehr hören.« Ich streichelte seine Hand. »Es zieht einen total runter.«

»Ja. Es zieht auch mich runter, Sara.« Daniel setzte sich neben mich und zündete sich auch eine an. »Warum trennt sie sich nicht endlich von ihm?«

»Sie sagt, sie tut's. Heute hat sie es mir wieder hoch und heilig versprochen. Aber ich wette, sie schafft es nicht. Er wird sie wieder schlagen und schikanieren.«

»Was für ein Idiot. Aber warum lässt du dich ständig so von ihr in all das mit reinziehen? Das tut dir nicht gut!«

»Wen hat Helga denn zum Reden? Niemanden außer mir, denn wer sonst könnte sie verstehen?«

Wir sprachen leise. Denn keiner von uns wusste, ob nicht Heinz Hartmann, mein Vater, auch gerade draußen die Ohren spitzte. Es war gespenstisch.

»Ach, Daniel, ich bin so froh, dass es dich gibt …« Dankbar schmiegte ich mich an meinen Freund. Er war so stark und liebevoll, dass ich mich bei ihm doppelt geborgen fühlte.

* * *

»Daniel? Bist du da?« Ich öffnete seine Einliegerwohnungstür. »Ach nein, heute ist ja Freitag.«

Am Anfang war ich regelrecht erschrocken, denn er hatte sich nicht abgemeldet. Zwei Tage lang lauschte ich damals ununterbrochen, ob nicht unten die Haustür aufgeschlossen würde, aber er blieb einfach verschwunden. Als er Montagmittag wieder auftauchte, tat er so, als wäre nichts gewesen.

»Na, Süße, alles klar bei euch?«

»Daniel! Ich habe mir Sorgen gemacht! Du warst tagelang verschwunden. Es kann doch nicht sein, dass du jedes Wochenende weg bist!«

»Sara, ich hab dir von Anfang an gesagt, dass die Wochenenden meiner Mutter gehören. Sie ist Witwe und braucht mich. Das wusstest du doch!«

»Bring sie doch mal her, dann lernen wir uns kennen!« Wie oft hatte ich das schon angeregt!

Doch Daniels Mutter wollte partout nicht. Erst neulich hatte ich wieder gefragt: »Was hat sie denn gegen mich und die Kinder?«

Daniel druckste herum. »Sie findet halt, ich soll mir eine junge Frau in meinem Alter suchen, die noch keine Kinder hat. Sie denkt, du nutzt mich aus.«

»Tu ich das, Daniel?«

»Nein, natürlich nicht. Es passt doch gut mit uns. Also, lass uns nicht mehr darüber reden.« Schon sprang er mit Anlauf ins Kinderzimmer und spielte Seelöwe oder Elefant. Die Kinder quietschten vor Wonne. Stundenlang konnte er auf dem Teppich sitzen und mit den Kindern Puzzles legen, Mensch-ärgere-dich-nicht spielen oder im Garten einen Ball herumkicken. Er ruhte in sich und war nicht anspruchsvoll. Er wollte nur Frieden.

Doch kaum war es Freitag, packte er unten in seiner kleinen Einliegerwohnung seine Reisetasche und brachte seine schmutzige Wäsche zu seiner Mutter.

»Warum wäscht du sie nicht bei uns? Wir haben einen Wäschekeller!«

»Meine Mutter möchte das Gefühl haben, gebraucht zu werden.«

Daniel wünschte sich nichts als Harmonie und Frieden. Er fuhr noch nicht mal Auto, weil er die Umwelt nicht verpesten wollte. Er fuhr nur mit dem Fahrrad und benutzte Jutesäcke zum Einkaufen. Er trug ausschließlich Klamotten, die nicht in ausbeuterischer Weise durch Kinderarbeit hergestellt worden war. Er hätte keiner Fliege etwas zuleide tun können. Was hatte ich für ein Glück mit ihm! Zumindest von Montag bis Freitag.

Umso länger und häufiger telefonierte ich an den einsamen Wochenenden mit Helga. Wenn die Kinder im Bett waren, griff ich schon zum Hörer. Wir waren längst süchtig nacheinander, schilderten einander die Beleidigungen und Entgleisungen, mit denen er uns die letzten Tage vermiest hatte.

»Warum tut ein Mann so etwas?«

»Weil er selber ein ganz armes Würstchen ist. Helga, er könnte so froh und dankbar sein, noch einmal eine so tolle und hübsche Frau wie dich getroffen zu haben.«

»Ich fühle mich nicht mehr toll und hübsch. Er hat mich zerbrochen wie ein Spielzeug. Neulich war er bei mir zum Frühstück. Ich war kurz vom Tisch aufgestanden, weil ich ans Telefon musste. Ich habe mich sowieso schon kurz gefasst, weil ich es kaum noch wage, in meinem eigenen Haus zu telefonieren! Als ich zurück an den Tisch kam, hatte er mein Brötchen an einen meiner Hunde verfüttert: ›Ja, wenn du es nicht mehr willst, dann kann es doch der Hund haben.‹ Ich war so sauer.

Der Hund darf kein Brötchen haben, und ich hatte noch gar nicht fertig gefrühstückt! Es ist so demütigend, Sara. Er hat es nur getan, um mich dafür zu bestrafen, dass ich es gewagt hatte zu telefonieren, statt ihm meine volle Aufmerksamkeit zu schenken.«

»Weißt du, wie er einmal *meine* Aufmerksamkeit erzwungen hat?« Nervös stieß ich Rauch aus. Schon wieder überkam mich eine Erinnerung mit voller Wucht. »Als ich acht war, hat er vor meinen Augen meine kleine Katze vom Balkon in den Fischteich geworfen. Ich werde die verzweifelten Schreie nie mehr vergessen. Ich bin hinunter in den Garten gestürzt und habe das zappelnde kleine Tier aus dem Wasser gefischt. Es schrie wie ein Kind, Helga!«

»Der Mistkerl … Das passt so zu ihm!«

»Am nächsten Tag hat er mein Kätzchen wieder gepackt, es über das Balkongeländer gehalten und wollte es fallen lassen, aber diesmal hat sich die Katze gewehrt und ihm den ganzen Arm verkratzt. Die hat sich das kein zweites Mal gefallen lassen!«

»Irgendwann muss ihm mal ein Stärkerer begegnen. Damit er seinen Meister findet.«

»Daniel? Willst du etwa schon wieder weg? Ich dachte, du hast heute frei?« Es war Freitag, und wir hatten uns gerade leidenschaftlich geliebt. Die Kinder waren in der Schule. »Ich dachte, wir könnten uns ein schönes Wochenende machen? Schließlich ist am Sonntag Muttertag!«

»Eben drum.«

Daniel schlüpfte schon in seine Hose und hüpfte dabei von einem Fuß auf den anderen.

»Aber wir könnten doch auch alle zusammen – mit deiner Mutter – einen schönen Ausflug machen!« Enttäuscht stützte ich mich auf meinen Ellbogen. »Ich würde sie so gern endlich mal kennenlernen!«

»Meine Mutter möchte dich aber nicht kennenlernen.« Daniel suchte seine Socken und zog sie an. »Tut mir leid, aber das weißt du doch. Nein, sie wünscht sich den Muttertag mit mir allein.«

Schon schlüpfte Daniel in sein kragenloses Hemd, das über dem Stuhl gelegen hatte.

»Aber wir sind doch schon so lange eine Familie …« Flehend streckte ich die Hand nach ihm aus. »Bleib doch noch, Daniel! Deine Mutter muss uns eine Chance geben!«

»Meine Mutter möchte nun mal, dass ich mir eine junge Frau suche, die noch keine Kinder hat.«

Das tat schrecklich weh! »Ich kann doch nichts dafür, dass ich fast siebenunddreißig bin, und du erst dreißig!«

Frustriert verschränkte ich die Arme hinterm Kopf. »Wenn Männer älter sind als Frauen, ist das doch das Normalste der Welt!«

»Sara. Es ist nicht nur der Altersunterschied.« Daniel hielt mit dem Hemdzuknöpfen inne. »Sie findet die Zustände hier auch … Ach nichts, schon gut.«

»Wie findet sie die Zustände hier?« Ich hieb auf das Kopfkissen ein. »Was? Raus mit der Sprache!«

»Ach, ich sollte dir das eigentlich nicht sagen.« Peinlich berührt legte Daniel seine Armbanduhr um und beschäftigte sich etwas zu lange mit dem Lederband.

»Los, erzähl schon!«

»Sie findet die Zustände hier ziemlich asozial.« Daniel machte eine entschuldigende Geste.

»Asozial?! Aber sie war doch noch nie hier!« Wütend griff ich nach meinen Zigaretten und ging zum Balkon.

»Was erzählst du ihr denn da?« Zitternd vor Empörung ließ ich das Feuerzeug aufschnappen. »Wie kann sie sich so ein Urteil erlauben!«

»Na, siehst du, das hier zum Beispiel.« Er zeigte auf meinen Glimmstängel, den ich mir schon in Rage angezündet hatte.

»Erzählst du ihr, dass ich rauche?«

»Sie riecht es. Deswegen will sie auch, dass ich meine Wäsche bei ihr wasche.«

Jetzt verstand ich die Welt nicht mehr. »Aber Daniel, du rauchst doch selbst!«

»Ja, aber das weiß sie nicht.«

»Aber dass ich rauche, das weiß sie?! Damit du alles schön auf mich schieben kannst?« Mir entfuhr ein ärgerliches Schnauben. »Außerdem: Bin ich sechzehn oder was? Das geht sie doch gar nichts an. Sie hat sich bis jetzt nie die Mühe gemacht, die Kinder und mich kennenzulernen!« Gekränkt wandte ich ihm den Rücken zu. »Wir sind jetzt schon seit Jahren zusammen!«

»Sara, es ist wie es ist.«

Das war Daniels Lieblingssatz. Verärgert fuhr ich zu ihm herum. »Was soll das denn jetzt heißen? Bestimmt deine Mutter hier die Spielregeln? Und nur weil ich rauche bin ich doch kein schlechter Mensch!«

»Sie findet halt, du bist kein guter Umgang für mich.«

»Mein Gott, Daniel!« Jetzt reichte es mir aber. »Du bist dreißig Jahre alt!« Mein Ton war schärfer geworden, als ich beabsichtigt hatte, und schnell senkte ich die Stimme: »Wir sind doch glücklich miteinander! Dir geht es doch gut bei uns … Es passt doch alles, oder etwa nicht? Wir sind doch längst eine Familie!«

»Genau das will meine Mutter nicht.« Daniel zog die Nase

hoch und wusste nicht, wohin er schauen sollte: »Es ist auch das Verhältnis zu deinem Vater.«

»Ja, aber mein Gott! Das geht sie doch erst recht nichts an!« Mir schwante Schreckliches.

»Sie will nicht, dass ich mit solch ordinären Proleten zusammenlebe.« Er fuhr sich mit der Hand durch die langen Haare, die ihn so unglaublich sexy aussehen ließen. »So, Sara. Jetzt ist es heraus. Meine Mutter hat sich unserem Pfarrer anvertraut, und der weiß ja alles über deinen Vater. Das ganze Dorf weiß alles über deinen Vater. Meine Mutter schämt sich, dass wir quasi … zu dieser berüchtigten Familie gehören. Sie will das nicht.«

Sprachlos starrte ich ihn an. Machte er etwa gerade Schluss mit mir? Mein Mund war wie ausgedörrt.

»Und was bedeutet das jetzt für uns?«

Er starrte auf seine Fußspitzen, und ich sah seine Schläfenader pulsieren. »Ich ziehe wieder aus, Sara.«

»Das kannst du nicht machen!« Ich holte tief Luft. Nein! Das durfte nicht sein! Ich liebte Daniel, die Kinder liebten ihn, und er gehörte zu uns! »Daniel, bitte, tu mir das nicht an …«

Ich umschlang ihn und legte den Kopf an sein wild schlagendes Herz, aber er verhärtete sich. Nach einer Weile machte er sich sanft von mir los.

»Es tut mir auch in der Seele weh, Sara, aber ich packe das einfach nicht mehr. Dieses ständige Gewaltpotential von deinem Vater, diese ordinären Beschimpfungen und Drohungen in diesem vulgären Ton, die Schikanen, die ständige Angst, was er als Nächstes anstellt – er raubt mir jede Energie! Ich habe schon in meinem Job wirklich viel zu meistern, und wenn ich zu Hause bin, brauche ich Ruhe und Harmonie.«

In meiner Not ging ich zum Gegenangriff über.

»Das hätte dir aber eher einfallen können! Du hast es dir doch jahrelang gefallen lassen, genau wie wir alle!« Ich schnaufte vor Empörung. »Er ist eben so!«

»Siehst du, jetzt sagst du es selbst.« Seine Augen wurden feucht. »Es tut mir so leid für dich, Sara, und für die Kinder, aber ich kann es in diesem Haus nicht mehr aushalten. Es ist nicht nur der Rauch, der stinkt. Es ist die ganze Atmosphäre!«

Gerade hatte er mich noch geliebt, und eine Stunde später stand ich schon mit seinem Krempel vor der Haustür seiner Mutter. Wie eine Lieferantin kam ich mir vor, aber ich wollte nichts mehr von ihm bei mir haben, so verletzt war ich. Die Mutter hatte es nicht nötig, die Haustür zu öffnen, sondern spähte nur hinter ihrer Gardine hervor. Zitternd vor Wut schleppte ich seine Siebensachen durch ihren Vorgarten und legte sie vor die Tür. Na gut, vielleicht warf ich auch einige Teile. Dabei sah ich wieder vor mir, wie mein Vater Müll bei Helga vor die Tür gekippt hatte. Waren wir wirklich aus einem Holz geschnitzt, mein Vater und ich? Ich schämte mich entsetzlich.

Dabei widerstand ich dem Drang, zu klingeln. »Grüß Gott, Frau Daniel-Mutter, hier stehe ich, nett, sauber gewaschen und gekämmt, ich trinke keinen Alkohol und habe meine Kinder noch nie gehauen; ich schlafe abends vor dem Spielfilm ein und war schon seit Jahren nicht mehr in einer Bar oder in einem Club. Ich kenne außer Ihrem Daniel keinen Mann und treibe mich nicht herum. Ich lebe sparsam und bescheiden, mein größtes Laster sind Gummibärchen und Zeichentrickfilme, und na gut, ich rauche. Aber nur wenn ich Stress habe. Und jetzt *habe* ich Stress! *Ihretwegen!*«

Wütend stampfte ich zurück zu meinem Auto und lehnte mich gegen den Kofferraum.

Bis Daniel den Hügel heruntergeradelt kam, konnte ich gut noch eine rauchen. Das konnte die Mutter ruhig mit ansehen!

Doch Daniel war gar nicht erfreut, mich hier anzutreffen.

»Bitte, Sara. Wir haben doch bei dir schon alles besprochen. Fahr nach Hause! Ich möchte nicht, dass meine Mutter dich hier sieht! Und wieso rauchst du denn so provokant!«

War ich genauso wie mein Vater? Provozierte ich unschuldige Menschen?

Niedergeschlagen fuhr ich nach Hause. Meinem Vater war es wieder mal gelungen, mein Leben zu zerstören. Rauchend saß ich auf meinem Balkon und heulte vor Wut.

Der Stein des Anstoßes werkelte währenddessen an seiner Gartenhütte und ignorierte mich völlig.

WO war denn der Mann, der ihm *einmal* Paroli bot?

Wie oft hatte meine Mutter schon geheult: »Der muss mal seinen Meister finden.«

Wie oft hatte es auch meine Großmutter gesagt. »Einmal wird jemand stärker sein als er. Und dann muss *er* mal mit einem Veilchen herum laufen.«

Aber Daniel hätte nie den Mut gehabt, sich ihm entgegenzustellen! Obwohl er ein Bär von Mann war. Darauf hatte ich so gehofft! Daniel hievte erwachsene Männer aus dem Rollstuhl und schleppte sie auf die Toilette oder sonst wohin, er hatte Kraft! Und nun hatte er mich auch noch verlassen! Mir schossen die Tränen ein.

Mit Marea telefonierte ich oft und heulte mich bei ihr aus. Die war aber an diesem Wochenende mit Mann und Sohn Simon unterwegs. Die konnte es ja auch schon nicht mehr hören. Und mit Helga wollte ich jetzt nicht telefonieren. Sie würde wieder von sich aus losheulen und mich nur noch weiter runterziehen.

Emma. Emma war die Einzige, mit der ich noch reden konnte. Außerdem hatte sie mir Daniel ja vermittelt.

»Stell dir vor, Daniel hat soeben mit mir Schluss gemacht«, schluchzte ich in den Hörer.

»Dass er es so lange in dieser Atmosphäre ausgehalten hat, wundert mich sowieso«, kam es unbeeindruckt zurück. Darf ich dir was raten, Schwesterherz?«

»Ja?« Hoffnungsvoll presste ich das Handy ans Ohr.

»Brich den Kontakt zu ihm ab. Er ist es nicht wert. Er steht nicht zu dir. Also lass ihn laufen.«

»Aber die Kinder«, jammerte ich. »Die lieben ihn!«

»Sie werden sich damit abfinden.«

»Emma es tut so weh!« Jetzt kamen die Tränen sturzbachartig, und meine Stimme schwankte bedenklich. »Warum verlassen mich alle? Kannst du nicht mal wieder vorbeikommen, du bist doch meine große Schwester?!«

»Ich kann das Geraunze über Vaters Schandtaten genauso wenig mehr hören wie sein Geschimpfe über dich. Bei euch herrscht einfach keine gute Atmosphäre. Ich will in Ruhe mein Leben leben, Sara, ich habe schließlich auch eine Tochter. Die ist jetzt siebzehn und braucht mich. Wir wollen unsere Ruhe haben.« Mit diesen Worten legte meine Schwester auf.

9

Pützleinsdorf, September 2016

Es war wie eine krankhafte Sucht: Helga und ich trafen uns an entlegenen Orten zum Reden. Während wir mit den Hunden spazieren gingen, wurden wir nicht müde, uns gegenseitig das Herz über Vaters Missetaten auszuschütten. Sie war die Einzige, die mich verstand und umgekehrt. Alle anderen schüttelten nur genervt den Kopf und konnten es nicht mehr hören.

Sie hatte mir gerade von einer gemeinsamen Mahlzeit erzählt, für die er sie erst gerügt und dann geschlagen hatte. Irgendwas war ihr beim Kochen nicht gelungen.

Das triggerte eine gut verdrängte Erinnerung bei mir.

Ich sah vor meinem inneren Auge, wie wir, meine Mutter, er und ich, am Mittagstisch saßen. Zuvor hatte meine Mutter eine gefühlte Ewigkeit in der Küche gestanden. Er nahm sich einen Löffel Reis. Das knusprige Hähnchen duftete, das Gemüse war frisch vom Markt. Plötzlich schlug er völlig unerwartet mit der Faust auf den Tisch.

»Kannst du noch nicht mal Reis kochen? Wie blöd bist du denn? Du bist ja zu nix zu gebrauchen!«

Meine Mutter und ich schauten ihn nur stumm an. Unsere Herzen blieben stehen.

»Glotz doch nicht so blöd, siehst du nicht, wie der Reis klebt?« Mit angewidertem Gesichtsausdruck ließ er den Reis von der Gabel fallen.

In solchen Momenten war es besser, einfach zu schweigen oder ihm sogar Recht zu geben. Ein Verteidigungs- oder

Rechtfertigungsversuch war auf jeden Fall ein Eigentor, denn dann konnte er sich in seiner Wut weiter hochschaukeln.

»Entschuldige, Heinz, selbstverständlich koche ich schnell neuen Reis.« Mutter war aufgesprungen und hatte im Einbauküchenschrank hektisch nach einem neuen Päckchen Reis gesucht. »Es dauert nicht lange, Heinz, das ist Fünf-Minuten-Reis.«

Ich, die damals um die acht oder neun Jahre alt gewesen sein dürfte, wollte meine Mutter unbedingt verteidigen.

»Der Reis schmeckt doch sehr gut, finde ich.« Mir blieb der Löffel im Halse stecken vor Angst. Ich hatte es gewagt, ihm zu widersprechen.

Da rastete er auch schon aus. Mit voller Wucht schleuderte er seinen Teller gegen den Kopf meiner Mutter, die mit dem Rücken zu ihm vor dem Küchenschrank stand und noch nicht mal in Deckung gehen konnte. Der Reis tropfte von ihrem Hinterkopf, zusammen mit Blut. Sie sank in sich zusammen.

»Und du kannst diese Scheiße ja fressen!« Er drückte meinen Kopf in den Teller, und ich spürte das heiße Hähnchen und den Reis in meinem Gesicht.

Er versetzte meiner Mutter, die bereits halb bewusstlos am Boden lag, noch einen Tritt, griff nach seinen Autoschlüsseln und zog sich seine Jacke an: »So. Jetzt habe ich aber Hunger. Ich gehe essen.« Er drehte sich zu mir um: »Wasch dir das Gesicht, dann kannst du mitgehen.«

Als ob ich meine Mutter allein am Boden liegen lassen würde! Als ob ich in meinem jetzigen Schockzustand munter mit ihm ins Auto hüpfen und essen gehen würde!

Mein Vater hatte nicht einen Funken Empathie im Leib. Zumindest nicht für uns. Sah er aber in den Nachrichten einen Bericht von Kindern irgendwo auf der Welt, die Hunger litten und nichts zum Anziehen hatten, konnte man schon mal eine Träne über seine Wangen kullern sehen.

In solche Erinnerungen verstrickt, kam ich mit dem Hund aus den Weinbergen zurück und hätte das gelbe Fahrrad, das bei uns an der Hausmauer lehnte, fast übersehen. Tommy hingegen freute sich wie verrückt, schnupperte an dem Rad und wedelte mit dem Schwanz.

»Sara, alles in Ordnung? Du starrst so vor dich hin«, kam es von irgendwo oberhalb.

Daniel lehnte an der Balkonbrüstung, und neben ihm sah ich die fröhlichen Gesichter von Moritz und Romy. »Schau mal, Mami, Daniel ist wieder da!«

Monatelang hatte er nichts von sich hören lassen, und nun stand er auf einmal hier!

Ich war viel zu einsam und liebesbedürftig, um ihn auf der Stelle rauszuwerfen.

Mein Herz schlug einen hoffnungsvollen Purzelbaum, als ich durch das Treppenhaus nach oben eilte. Ich vergaß sogar, Tommy wie üblich die Pfoten feucht abzuwischen.

»Was machst du hier?«

»Die Kinder haben mich reingelassen.«

Daniel umarmte mich etwas unbeholfen, aber in seinen Augen stand Wiedersehensfreude und Verlangen. Selbiges prickelte auch in mir.

»Und was soll das jetzt werden?«

Wir küssten uns innig und leidenschaftlich.

»Nehmt euch 'n Zimmer!« Die Kinder lachten und verdrückten sich vor den Fernseher.

Ich brauchte sofort eine Zigarette. »Was soll das, Daniel? Ich habe einen traurigen Sommer hinter mir und mich gerade erst wieder daran gewöhnt, allein zu sein!«

»Sara, ich hatte solche Sehnsucht nach dir, ich hab es einfach nicht mehr ausgehalten.«

»Und jetzt?« Mein Herz raste vor Glück, vor Verlangen. Gleichzeitig war ich nicht bereit, ihn mit offenen Armen wieder aufzunehmen.

»Sara, ich weiß, dass ich dir sehr wehgetan habe, und es tut mir schrecklich leid.« Seine Augen schimmerten feucht. »Das war mies von mir, dich einfach so zu verlassen. Ausgerechnet dich, die du so ein Scheusal von Vater zum Nachbarn hast. Ich habe es meiner Mutter zuliebe getan, aber mein schlechtes Gewissen hat mich fast umgebracht.«

Ich sah ihn von der Seite an. Wir hatten uns gesetzt, zwischen uns stand der Tisch mit dem Aschenbecher.

Ach, warum konnte ich seinem Blick nur nicht widerstehen? Wenn er wüsste, dass ich jeden Abend, nachdem die Kinder schlafen gegangen waren, sehnsuchtsvoll auf dem Balkon gesessen habe in der Hoffnung, er würde einfach angeradelt kommen und mich wortlos in den Arm nehmen.

»Sara, wenn ich wieder hier einziehen dürfte, wäre ich der glücklichste Mensch der Welt.«

Daniel funkelte mich begehrlich an, und mir wurde ganz flau in der Magengegend.

»Und wann lässt du dich wieder von deiner Mutter abkommandieren?« Misstrauisch zog ich die Brauen hoch. »Noch mal werde ich das Theater nicht mitmachen. Du musst dich schon entscheiden.«

»Sara, ich werde sie nach wie vor besuchen. Sie wird jetzt schon langsam tüttelig, und ich kann sie unmöglich ihrem Schicksal überlassen. Aber ich liebe dich und stehe zu dir und ...« – er legte mir die Hand auf die Schulter – »... ich suche mir definitiv keine junge Frau, um mit ihr die Enkel meiner Mutter zu zeugen. Den Gefallen tue ich ihr nicht, bei aller Liebe.«

»Na das ist ja mal ein Wort.« Innerlich freute ich mich wie verrückt. Alles würde gut werden! »Und du denkst, nun ist alles wieder in bester Ordnung und du kannst mit deinen Siebensachen wieder bei mir einziehen?« Streng blickte ich ihn an, dabei wollte ich ihm um den Hals fallen und ihn küssen.

»Dazu müsstest du erst meine Sachen holen.«

Daniel klang, als würde er gleich im Boden versinken.

»Du weißt ja, dass ich keinen Führerschein habe. Ich trage nicht zu Umweltverschmutzung und Klimawandel bei.«

Ich warf ihm einen mitleidigen Blick zu. »Vergiss es.«

Ich wollte, dass er das alles mit seinem Fahrrad einzeln den Berg hoch schob. Im Schweiße seines Angesichts. Ich war doch nicht blöd und holte seinen Kram jetzt wieder bei seiner Mutter ab! Während die hinter der Gardine stand! Bei aller Liebe!

Einen Moment lang schwiegen wir. Ich merkte, dass Daniels Gehirnzellen heftig arbeiteten.

»Wenn ich dir den Zaun streiche.« Er machte eine ausholende Geste, die mein gesamtes Grundstück miteinschloss. »Und das Garagentor öle. Das quietscht ganz jämmerlich. Und die Heizung repariere. Also, ich habe mir dein Haus jetzt mal gründlich angesehen, Sara. Das Dach muss dringend gedeckt werden. Es ist in einem katastrophalen Zustand. Im Winter wird es reinregnen, wenn es nicht neu gemacht wird. Ich repariere dir alles, wenn ich wieder einziehen darf. Nur das Dach kann ich dir nicht sanieren, da muss eine professionelle Firma her.«

»Das ist ein Wort«, sagte ich. »Aber deine Sachen holst du selbst.«

* * *

Vom Erbe meiner Großmutter konnte ich es mir leisten, das Dach neu decken zu lassen. Zunächst rüsteten mehrere Arbeiter das Haus komplett ein.

Morgens um sechs, es war noch dunkel, begannen sie mit ihren geräuschvollen Arbeiten und hämmerten draußen vor dem Balkon, quasi zwei Meter neben meinem Bett, wild drauflos. Ich musste ja sowieso um diese Zeit raus, um den Kindern Frühstück zu machen und sie anschließend zur Schule zu schicken. Auch Daniel würde gleich zu seinen Schützlingen in die Behindertenwerkstatt radeln.

Unser Leben hatte sich wieder ganz wunderbar eingespielt. Es fiel kein böses Wort, und so sollte es bleiben!

Im Nachthemd, darüber meine flauschige Lieblingsstrickjacke, setzte ich mich auf den Balkon und rauchte meine erste Zigarette.

Plötzlich tauchte ein behelmter Kopf vor mir auf dem Gerüst auf.

»Guten Morgen, schöne Frau!«

Mit charmantem Lächeln begrüßte mich dieser Unbekannte.

»Ja, guten Morgen. Ihr fangt ja echt früh an! Wollen Sie einen Tee?« Ich drückte meine Zigarette im Aschenbecher aus.

»Aber immer, schöne Frau.«

Seine braunen Augen blitzten. Wie süß war *der* denn! Geschmeichelt werkelte ich in der Küche herum, brühte Tee auf und stellte die Kanne hübsch neben eine passende bauchige Tasse. Eine Prise Zimt hinein und einen Keks dazu: fertig war das Balkonfrühstück für fleißige Frühaufsteher. Am liebsten hätte ich noch eine Kerze dazugestellt, aber ich pfiff mich selbst zurück.

Du ziehst dich jetzt erst mal anständig an!, ermahnte ich

mich. Nicht, dass Daniels Mutter am Ende noch recht hat mit ihren Vorurteilen.

Als ich wieder in den noch immer dunklen, kalten Novembermorgen hinaustrat, hörte ich unten auf der Straße meinen Vater mit den Arbeitern parlieren. Ich erstarrte. Das war ja klar, dass der sich nicht heraushalten konnte.

»Ja, ist das denn nötig? Ein ganzes Dach neu decken? Da hätten doch auch nur einzelne Ziegel ausgetauscht werden können!«

»Weiß nicht Chef, aber wir haben den Auftrag von Ihrer Nachbarin.«

»Ja, kann denn die sich das denn überhaupt leisten?«

Schon wieder so eine hässliche Stichelei! Was erlaubte er sich?

»Keine Ahnung, Chef, wir haben den Auftrag.«

»Was habt ihr denn da für eine Folie, die ihr unter die Ziegel legt?«

»Hier, Chef, bitte, können Sie gerne haben!«

»Habt ihr auch ein paar Ziegel übrig?«

»Nein, Chef, die sind alle abgezählt.«

Es ärgerte mich sehr, dass die ahnungslosen Arbeiter meinen Vater mit »Chef« anredeten, während ich ihnen, in gewohnt weiblicher Rolle, den Tee servierte! *Ich* war hier die Auftraggeberin, die Geldgeberin, und mein Vater sollte sich da raushalten! Ich selbst tat dagegen alles, um keinen Ärger mit ihm zu bekommen: Die Frage der Arbeiter, ob sie den Lkw-Kran vorübergehend vor *seiner* Garage parken dürften, hatte ich strikt verneint: »Nein, das geht auf keinen Fall. Suchen Sie sich einen anderen Standort für Ihren Kran.«

Seit Jahren hatte ich mir vergeblich Unterstützung von ihm gewünscht, aber außer Schikanen und Gemeinheiten hatte ich von ihm nichts zu erwarten. Und Dachziegel bekam er ganz bestimmt nicht von mir!

Ich schenkte dem netten Mann vor meinem Balkon Tee ein. Langsam wurde es hell. Die Nachbarn von gegenüber zogen ihre Rollläden hoch. Ein Herr im grauen Wollmantel stieg wie jeden Morgen hastig in sein Auto und machte, dass er weg kam. Er hatte sich mir noch nie vorgestellt, aber ich wusste, dass er Herr Sieber hieß. Er wollte einfach nichts mit uns zu tun haben. Wie Daniels Mutter. Waren wir Aussätzige?!

Mein Vater stand die ganze Zeit unten und fragte die Handwerker über Dinge aus, die ihn nichts angingen, prüfte besserwisserisch die Beschaffenheit des Arbeitsmaterials. Dabei hörte ich ihn immer wieder höhnisch sagen: »Das kann die sich doch gar nicht leisten.«

»Wer ist der Kerl da unten?« Der nette Arbeiter schlürfte seinen Tee auf dem Gerüst.

»Mein Vater.«

»Ist nicht dein Ernst.«

Fast musste ich lachen. »Doch. Wir haben seit Jahren keinen Kontakt zueinander, und ich möchte einfach nur, dass er uns in Ruhe lässt.«

»Dein Vater ist aber eine echte Nervensäge, der weiß wohl alles besser.« Der Mann mit dem blauen Helm schüttelte den Kopf.

»Da sagen Sie was. – Zucker?«

»Ich bin Marius. Entschuldige, ich hab sowieso schon du gesagt.« Er zog seinen Arbeitshandschuh aus und reichte mir die Hand.

»Ich bin Sara.«

Marius griff zu einer Rohrzange und machte sich weiter an dem Baugerüst zu schaffen.

Netter Kerl, dachte ich, während ich das Teegeschirr hineintrug. Und richtig stark.

Von nun an streckte der nette Marius jeden Tag seinen behelmten Kopf über die Balkonbrüstung: »Guten Morgen, schöne Frau!«

Um diese Zeit saß ich im Bademantel oder meinen Lieblings-Schlabberhosen mit Kapuzen-Shirt in der hell erleuchteten Küche und fühlte mich alles andere als schön, freute mich aber im Stillen über das Kompliment. Inzwischen hatte ich meiner Marea, die ich regelmäßig vor der Schule traf, von meinem morgendlichen Balkonflirt erzählt, und die hatte nur gefragt: »Stimmt es mit Daniel mal wieder nicht?«

»Doch, natürlich. Ich bin froh, dass er wieder da ist.«

»Dass du ihn wieder zurückgenommen hast, wundert mich trotzdem!«

»Ach Marea, manchmal denke ich, lieber ein halber Daniel als keiner.«

»Aber da wäre doch jetzt der nette Handwerker …?«

»Ach Quatsch!« hatte ich erwidert. »Ich liebe Daniel, und der passt zu uns.«

Doch auch meinem Freund entging das harmlose Geplänkel mit dem Handwerker nicht.

»Was will der Kerl von dir?« Daniel stopfte sein Bioaufstrich-Brot und die üblichen Apfelschnitze in seine Frühstücksdose mit dem »Atomkraft-Nein-Danke«-Aufkleber.

»Nichts.« Ich musste lachen. Hatte er gerade meine Gedanken gelesen? »Der ist einfach nur nett.« Ich winkte ihm zu und deutete auf die Teekanne, die ich später herausbringen würde.

»Ah, habt ihr schon eine Verabredung?!« Etwas zu heftig

schraubte Daniel seine Thermoskanne zu. »Der soll dich in Ruhe lassen.«

»Daniel!« Das Lachen blieb mir im Halse stecken. »Bist du etwa eifersüchtig?«

Etwas unwirsch räumte ich Teller und Tassen in die Spüle und wischte die Krümel von der Tischplatte. Daniel wollte mir Vorschriften machen, nachdem er seit gerade mal zwei Monaten wieder bei uns eingezogen war? Und nach wie vor an den Wochenenden seine Mutter besuchte, volle zwei Tage verschwunden blieb? Das hatte sich ja nicht geändert. Warum hatte ich ihn eigentlich zurückgenommen? Wenn ich ehrlich war, war es wirklich so, wie ich es Marea gesagt hatte: Die Einsamkeit hätte mich sonst erdrückt. Ich hatte Daniel schon deshalb zurückgenommen, weil ich mit ihm an der Seite meinen Vater leichter ertragen konnte.

»Ich denke, unser Verhältnis ist nicht so verbindlich, dass du hier über mich bestimmen kannst.«

Daniel hielt mit dem Schuheanziehen inne. »Schon gut, Sara. Ich will keinen Streit.«

Mit diesen Worten verstaute er die Utensilien in seinem Jute-Rucksack, setzte seinen Fahrradhelm auf und stapfte die Treppe herunter. Ich winkte ihm noch vom Balkon aus nach, aber er radelte von dannen, ohne sich wie sonst noch einmal umzudrehen.

Nachdem die Kinder ebenfalls zur Schule aufgebrochen waren, brühte ich die übliche Kanne Tee auf und setzte mich mit meiner Morgenzigarette auf den Balkon. Marius werkelte vor der Brüstung herum. »Tee?« Wie jeden Morgen reichte ich ihm eine Tasse. »Seit wann arbeitest du für diese Firma?«

»Ich bin nur Aushilfe und nehme jede Arbeit an.«

Marius wurde gesprächig.

»Ich habe einen großen Traum, für den ich spare.«

»Nämlich?«

»Ich möchte mir ein Motorrad kaufen und damit um die Welt fahren.«

»Cool.«

»Bald habe ich das Geld zusammen, es fehlt nicht mehr viel.«

»Wie viel fehlt dir denn noch?«

»Zweitausend Euro.«

»Dann hast du es ja bestimmt bald geschafft.«

Eine Welle der Sympathie überrollte mich. »Wenn man einen Traum hat, soll man ihn sich unbedingt erfüllen. Hast du denn keine Angst?«

Marius schaute mich erstaunt an.

»Wovor sollte ich Angst haben?!«

»Na ja, so allein um die Welt zu fahren. Es gibt Wölfe und Bären und vielleicht auch mal böse Menschen. Aber du bist ja stark.«

»Ja, stark bin ich.« Grinsend ließ er seine Armmuskeln spielen.

»Manche haben es hier …« – er tippte sich spaßeshalber an die Stirn – »… und manche hier.«

Wir lachten.

»Du hast es bestimmt auch hier, Marius.« Ich klopfte ihm keck auf den Helm. »Es gefällt mir, wie du dich für deinen Traum einsetzt. Menschen müssen Träume haben.«

Wir tranken unseren Tee und sahen der Novembersonne dabei zu, wie sie sich über den Waldrand stahl. Plötzlich leuchtete Marius' Gesicht in der Morgenröte. Was für ein netter Kerl!, ging es mir wieder durch den Kopf. Was für ein zupackender Mann. Der hat ein Ziel vor Augen und hat immer gute Laune, keine Arbeit ist ihm zu schwer.

Während wir noch plauderten, hörte ich meinen Vater unten vor der Garage mit einem der Dachdecker reden. Argwöhnisch spähte ich vom Balkon herunter.

Marius lehnte sich ebenfalls vor und beobachtete die Szene.

»Der Alte nervt echt! Dauernd hat er was zu meckern. – Ah, endlich zieht er ab. Er geht in sein Haus zurück.«

»Na dann ist ja gut.« Ich räumte die Teetassen ab und wollte gerade hineingehen, als Marius rief:

»Sara, er hat eine Packung Dachziegel mitgenommen.«

»Wie bitte?«

»Ja, ich habe es genau gesehen! Vierzig Ziegel hat der mal so eben mitgehen lassen! Ist das okay?«

»Nein! Das ist überhaupt nicht okay!«, echauffierte ich mich. »Die sind doch genau abgezählt!«

Halb betroffen, halb schelmisch, sah Marius mich an. »Der arme Alte kann sich keine eigenen Ziegel leisten. Der muss seine Tochter bestehlen.«

Er wollte die Situation entschärfen. Einen Scherz machen. Aber mir war nicht zum Scherzen zumute. Jetzt musste ich die Ziegel entweder nachbestellen oder sie von ihm zurückfordern. Und genau das wollte er erreichen! Dass ich bei ihm klingelte und um mein Eigentum bettelte, damit er mir eine Abfuhr erteilen konnte. Mein Gesicht muss Bände gesprochen haben.

»Und keiner sagt dem Kotzbrocken mal die Meinung?« Marius stellte seine leere Teetasse zurück auf die Balkonbrüstung.

»Keiner.« Ich drückte meine Zigarette aus. »Er nimmt sich alles, kommentiert alles, kennt keine Grenzen und keinen Respekt. Ich schäme mich für ihn, Marius.« Mit diesen Worten ging ich ins Haus und zog die Balkontür hinter mir zu.

»Der braucht einfach mal eine aufs Maul«, hörte ich Marius murmeln, bevor er die Dachziegelpackung nach oben wuchtete. »Also ich würde dem mal eine reinhauen.«

10

Pützleinsdorf, Montag, 28. November 2016

»Verschon mich mit dem spießigen Kleinkrieg«, wehrte Daniel ab, als ich am Abend mit ihm darüber sprechen wollte. »Bitte, Sara. Sonst muss ich gehen.«

Noch mehr Zorn brandete in mir auf. Er drohte mir schon wieder damit, mich zu verlassen? Wütend starrte ich ihn an.

»Sara, sei doch einfach mal wieder gut gelaunt.«

Daniel schnappte sich die Spiele-Sammlung, um sich mit den Kindern ins Kinderzimmer zu verziehen. »Merkst du eigentlich, was hier schon wieder für eine verpestete Stimmung ist? Nur wegen ein paar so blöder Dachziegel!«

»Daniel, es geht doch nicht um die blöden Dachziegel. Es geht ums Prinzip!«

»Verschon mich mit deinem kleinkarierten Gezänk. – Kinder! Wer fängt an?« Daniel ließ die Tür hinter sich zufallen … und mich buchstäblich außen vor.

In meiner Wut rief ich Marea an, die ich noch am Mittag vor der Schule getroffen hatte.

»Der steht aber nicht wirklich zu dir«, sagte sie besorgt. Ich hörte sie mit Tellern klappern.

»Bist du sicher, dass du mit Daniel zusammen sein willst? –

Moment, Simon, nein, jetzt kriegst du keine Schokolade, mach dir lieber ein Käsebrot!«

Ich hörte sie mit dem Kleinen diskutieren.

»Sara?« schnaufte sie. »Hat dein Daniel eigentlich gar keinen Mumm? Warum stellt er deinen Vater nicht zur Rede?«

»Er ist einfach nur harmoniesüchtig. Manchmal fühle ich mich in meiner eigenen Familie als Außenseiter«, gestand ich ihr. »Daniel verzieht sich mit den Kindern und will seine Ruhe haben. Emma hat sich schon lange verzogen und will ihre Ruhe haben … Aber die tun sich leicht! Emma wohnt weit genug weg«, stöhnte ich genervt. »Und Daniel kann sich am Wochenende ebenfalls verziehen. Nur ich bin meinem Vater auf Gedeih und Verderb ausgeliefert. Er verpestet mir einfach das ganze Leben …«

Ein Klirren ertönte.

»Entschuldige Sara, hier ist gerade ein Glas mit Apfelsaft zu Bruch gegangen … Wir sehen uns morgen!«

Schon hatte meine Marea aufgelegt.

Und ich stand da, fühlte mich einmal mehr ausgeschlossen und schnaufte vor Wut. Wie gern hätte ich mich gut gelaunt zu meinen Kindern gesellt und mitgespielt! Aber die durch meinen Vater vergiftete Atmosphäre klebte an mir und lähmte mich. Selbst wenn ich nachts in Daniels Armen lag, konnte ich an nichts anderes mehr denken als an diesen Mann, der mir jede Energie, jeden Funken Lebensfreude raubte.

Wutentbrannt betrat ich mit meiner Zigarettenpackung den Balkon, holte mein Handy hervor und wählte Helgas Nummer. Sie war die Einzige, die genau wie ich das Bedürfnis hatte, über meinen Vater zu lästern.

»Helga, ich finde es so eine Frechheit, dass er einfach meine Ziegel nimmt.« Heftig paffend steigerte ich mich in meine Wut hinein. »Jetzt, wo sie teilweise ausgepackt sind, jeden Tag hier und da ein paar. Als ob ich das nicht merken würde! Was will er denn damit?«

»Sara, die liegen auf seiner Terrasse. Er hat mich sogar in Spendierlaune gefragt, ob ich auch welche bräuchte.«

Innerlich ballte ich beide Fäuste.

»Das ist einfach ungeheuerlich. Ich könnte ihm eine reinhauen.«

»Das versuch mal.« Helga lachte und sprach aus, was ich schon geahnt hatte: »Ich glaube, genau das will er. Dass du ihn zur Rede stellst. Dass du die Ziegel einforderst. Dass du ihn einen Dieb nennst. Dann weißt du ja, was dir passiert.« Sie senkte die Stimme. »Sara, er ruft gerade auf der anderen Leitung an. Ich geh besser ran. Ich melde mich.«

In meiner Not klopfte ich an die Kinderzimmertür. »Daniel, hast du mal eine Minute?«

Später, als die Kinder im Bett waren, spürte ich, dass ich mich einfach nicht mehr beherrschen konnte. Tränen rannen mir über die Wangen, und ich starrte ins Leere.

Daniel legte seine Hand auf meine, die immer noch zitterte: »Sara. Lass uns das Leben einfach genießen und für die Kinder da sein. Wenn wir dauernd in diesem hässlichen Ton über die Missetaten deines Vaters reden, verstören wir die beiden. Sie sollen fröhlich und unbeschwert aufwachsen dürfen. Du hast mir doch versprochen, dass wir keine Energie mehr darauf verschwenden.«

»Ich wünschte ich könnte das einfach so abstreifen wie ein altes Kleid«, heulte ich.

»Telefonier doch auch nicht mehr dauernd mit dieser Helga.« Daniel nahm mich in die Arme. »Das ist alles schlechte, negative Energie. Komm, mach so: Pfffffff!« Er blies mit heiligem Eifer Luft aus. »Siehst du, jetzt ist der ganze Stress weg.«

»Ich wünschte, ich könnte meine Wut und meinen Schmerz einfach so wegatmen! Aber hier drin ...« – ich zeigte mir auf die Brust – »... da gärt die ganze Gewalt und Angst, die ich in meiner Kindheit erleben musste, vor sich hin! Ich will mich ja davon befreien, aber mit einem Paukenschlag.«

»Weißt du Sara, ich habe mir oft überlegt, dass du in eine Therapie gehörst.«

»Bitte *was*? *Ich* gehöre in eine Therapie?« Ich stieß ein zynisches Lachen aus. »Mein *Vater* gehört in eine Therapie!«

»Da gibt es so schöne Ansätze«, fuhr Daniel fort, meinen Arm streichelnd. »Wer sich von meinen Schützlingen dauerhaft daneben benimmt, muss auf die stille Treppe.«

Wie gern hätte ich laut gelacht. »Daniel, wie naiv bist du eigentlich! Mein Vater lässt sich nicht auf die stille Treppe setzen, der wirft andere die Treppe runter!«

Und wieder waren sie da, die traumatisierenden Bilder.

»Er hat meine Mutter die steile Marmortreppe hinabgestoßen, obwohl sie schwanger war, nämlich mit mir. Sie hat sich dabei das Steißbein gebrochen.« Ich schluckte und wartete, bis das Bedürfnis, loszuheulen, nachließ. »Es ist ein Wunder, dass ich überhaupt auf der Welt bin. Ihm wäre es völlig egal gewesen, wenn Mutter eine Fehlgeburt gehabt hätte ...«. Nun musste ich doch heulen. »Wahrscheinlich hätte er gesagt: ›Putz das weg, und dann gehen wir essen.‹«

»Sch-sch-sch«, machte Daniel und wiegte mich in seinen Armen. »Ich versuche, dir zuzuhören, aber ich bin auch kein Profi. Bitte schlaf doch jetzt. Wir hatten doch abgemacht, nicht mehr über Du-weißt-schon-wen zu reden. Blende ihn aus. Gute Nacht.«

Seine gleichmäßigen Atemzüge neben mir brachten mich zur Weißglut. Daniel war doch nicht etwa eingeschlafen? Jetzt, wo ich so aufgewühlt neben ihm lag? Und ihm meine dunkelsten Familiengeheimnisse anvertraut hatte? Einem heftigen Impuls folgend, rempelte ich ihn an und unterbrach seine süßen Träume.

»Als ich zwölf Jahre alt war, bin ich zu einem Baumarkt gegangen und habe ein Seil gekauft.«

Daniel zuckte zusammen. »Du wolltest dich doch nicht …?«

»Nein.« Ich wischte mir die Augen. »Ich habe das Seil an meinem Kinderzimmerfenster angebracht, um bei seinem nächsten Wutanfall fliehen zu können. Das Seil hing einige Meter runter in den Garten, und ich hatte gehofft, es wäre von außen nicht zu sehen.«

»Aber er hat es natürlich entdeckt?« Ahnungsvoll hielt Daniel mit dem Streicheln inne.

»Ja. Er hat geglaubt, Einbrecher hätten es von außen angebracht, um sich reinzuschleichen. Dabei war ich es, seine eigene Tochter, die sich nachts rausschleichen wollte.« Ich unterdrückte ein Schluchzen. »Verstehst du, Daniel! Ich wäre lieber barfuß im Nachthemd im Dunkeln herumgeirrt, als diesem Monster weiter ausgeliefert zu sein. Das kann man nicht einfach weg atmen! Das ist alles so tief in mir drin. Und er ist nebenan!«

»Versprich mir, dass du dir einen guten Therapeuten suchst.« Daniel wiegte mich hin und her. Ich spürte seine Hilflosigkeit und Überforderung. Er wollte so gern schlafen, und ich mutete ihm mal wieder diesen ganzen seelischen Müll zu. War er nicht genau aus diesem Grund vor einem halben Jahr ausgezogen? Bestimmt würde er wieder gehen. Ich spürte, diese Beziehung war vorbei, es war nur eine Frage der Zeit, bis Daniel mich endgültig verlassen würde.

11

Pützleinsdorf, Mittwoch, 30. November 2016

Die Dacharbeiten waren so gut wie fertig. Marius begann, das Gerüst am späten Nachmittag schon wieder abzubauen. In den drei Wochen, die er an meinem Haus gearbeitet hatte, waren wir mehrmals nett ins Gespräch gekommen, er hatte mir immer wieder von seinem Traum erzählt, die Welt mit dem Motorrad zu umrunden, und einmal hatte er sogar einen Prospekt mitgebracht, in dem sein Traum-Motorrad abgebildet war: eine knallrote BMW K 1600 GT. Den Plan hatte er mir so wortreich und begeistert geschildert, dass ich am liebsten mit auf die Weltreise gegangen wäre! Nie hatte er meinen Balkon betreten, stets hatte er respektvoll Abstand gehalten. Und dennoch hatte sich ein winziger Hoffnungsschimmer in mir eingenistet: dass Marius meinen Vater einmal in die Schranken weisen würde. Ich kann gar nicht mehr sagen, wann dieser Gedanke in mir aufkam: Vielleicht bei seinem aufrechten Erzürnen, als er gesagt hatte: »Der braucht einfach mal eine aufs Maul!« Er hatte das nur so vor sich hingemurmelt, aber ich hatte es genau gehört. Unbewusst klammerte ich mich an diese Aussage.

Daniel war nicht der Mann, von dem ich so etwas erwarten konnte. Aber Marius. Marius würde meinem Vater die Stirn bieten, wenn der mich erneut provozierte.

Umso bedauerlicher, dass der fröhliche Marius das Gerüst pfeifend und hämmernd wieder abbaute. »Nur morgen noch und dann sind wir weg. Diesen Teil lasse ich stehen, weil ich ja noch die Ersatzziegel bringen muss.« Er strahlte mich an:

»Schade, schöne Frau. War immer nett, mit dir Tee zu trinken.«

»Ja, das fand ich auch, Marius. Wo wirst du als Nächstes arbeiten?«

»Oh, ich hab schon den nächsten Job. In Großstadt.« Er rieb Daumen und Zeigefinger aneinander: »Im Frühling bin ich weg.«

Ich stand rauchend auf dem Balkon, sah die Abenddämmerung über die Weinberge hereinbrechen und spürte, wie ich ihn vermissen würde.

»Magst du ein Bier? Es ist ja gleich Feierabend.« Irgendwie wollte ich noch ein bisschen Zeit schinden.

»Nein danke, Sara, ich trinke nicht. Außerdem gehe ich später noch in die Muckibude.« Er grinste. »Damit ich mich gegen Bären und Wölfe verteidigen kann!« Stolz zeigte er mir wieder seinen Bizeps.

Als das Telefon klingelte, wusste ich genau, dass es Helga war. Ich spürte es schon am Ton. Wenn Marea anrief, klingelte es sanfter. Helga war immer geladen, wenn sie anrief.

Wollte ich jetzt wirklich mit ihr reden? Wo ich doch gerade so nett mit Marius geplaudert hatte? Aber dessen behelmter Kopf war schon eine Etage tiefer, und sein Pfeifen würde bald verklungen sein.

Also ließ ich mich auf Helga ein.

»Sara, wir hatten Krach. Dein Vater ist auf hundertachtzig. Ich würde ihm momentan lieber nicht mehr über den Weg laufen!«

Automatisch zündete ich mir eine Zigarette an. Innerlich verdrehte ich die Augen.

»Er hat wieder mal aus dem Nichts einen Streit inszeniert und behauptet, ich hätte im Restaurant die Streichholzschachtel mitgehen lassen. Er sagte wörtlich: ›geklaut‹! Ich sei wohl eine kleine Elster. Dabei war das ein Werbegeschenk, Sara! Ich fand das einfach nicht witzig! Da habe ich ihm im Streit vorgeworfen, dass er seiner eigenen Tochter Dachziegel klaut.«

»Das wollte er natürlich erreichen, Helga. Warum hast du ihn nicht ins Leere laufen lassen?«

»Die Dachdecker hätten ihm die Ziegel angeboten, weil sie übrig wären, hat er behauptet. Und dafür, dass ich ihn einen Dieb genannt hätte, würde ich mir noch ein paar fangen.«

In mir kochte schon wieder heiße Wut. Warum musste das Baugerüst unter meinem Balkon noch stehen bleiben? Weil Dachziegel fehlten!

Heftig stieß ich Rauch aus. »Er hat sie sich einfach genommen. Marius hat es gesehen.«

»Er hatte jedenfalls wieder einen Grund, mich zu schlagen. Er würde nicht klauen, hat er mich unter Fausthieben angeschrien. Und wer solche Gerüchte in die Welt setzt, soll sich vor ihm in Acht nehmen.«

»Helga, er klaut nicht nur, er lügt. Und er schlägt wehrlose Frauen.« *Wann* würde sich ihm endlich mal jemand entgegenstellen? Und zur Abwechslung *ihn* mit Fausthieben traktieren?

Sie schilderte mir das blaue Auge, das er ihr beigebracht hatte, und jammerte, dass sie sich nun wieder nicht auf die Straße trauen könne.

»Ja Helga! Ich weiß, wie sich das anfühlt, wenn diese brutale Männerfaust mit aller Härte auf dein Gesicht trifft, und du dich nur noch im Staub verkriechen willst.«

»Wenn ihn doch nur jemand in die Schranken weisen würde«, jammerte Helga. »Damit er einmal merkt, wie sich das anfühlt! Jemand, der stärker ist als er!«

* * *

»Daniel? Kommst du mit? Ich müsste noch mal mit Tommy Gassi gehen, und nach Helgas Warnung tu ich das ungern allein.« Ich warf einen vielsagenden Blick auf Vaters Haus, während der Hund mich bereits schwanzwedelnd umkreiste. Die Kinder saßen vor dem Fernseher.

»Sara, du wolltest doch nicht mehr mit Helga telefonieren!« Daniel sah mich noch nicht mal an, während er sich an der Spüle zu schaffen machte. Er stellte drei Gläser auf ein Tablett und eine Flasche Fruchtsaft dazu. »Kinder, macht den Fernseher aus, wir spielen was!«

»*Sie* hat *mich* angerufen!« Ich stellte mich ihm in den Weg. »Bitte komm mit!«

»Bitte verschon mich.« Daniel schien die Dringlichkeit meiner Bitte nicht zu begreifen, und vor den Kindern wollte ich sie auch nicht ansprechen.

»Sara, sei mir nicht böse, aber ich bin schon für die Nacht umgezogen und habe den Kindern eine Runde Memory versprochen.« Daniel holte schon das Spiel aus dem Regal.

»Bitte, Daniel!« Wieder ein vielsagender Blick zum Haus meines Vaters. »Sie können doch mal eine halbe Stunde fernsehen!«

Daniel schaute genauso vielsagend zurück. »Wir spielen jetzt Memory und machen die Glotze aus.«

»Der Hund muss trotzdem raus. Ich beeile mich und nehme die Taschenlampe mit.«

»Du musst ja jetzt nicht mehr lange gehen! – Ha! Ein Pärchen! Und ich bin noch mal dran ...« Daniel hatte mich bereits ausgeblendet.

Die warnenden Worte Helgas steckten mir noch in den Knochen. *Dein Vater ist auf hundertachtzig. Ich würde ihm momentan lieber nicht mehr über den Weg laufen ...*

Tief enttäuscht schnappte ich mir die Leine vom Haken und ging ganz leise durchs Treppenhaus zur Haustür, wobei ich es noch nicht mal wagte, das Licht anzumachen. »Komm, Tommy!«

Mit sehr gemischten Gefühlen schlich ich hastig an der Einfahrt meines Vaters vorbei. Der Bewegungsmelder sprang an und tauchte meinen hechelnden Hund und mich in grelles Licht. Na toll, dachte ich. Jetzt sieht der, dass ich ohne Daniel unterwegs bin. So ein Mist. Im Laufschritt eilte ich die Straße hinauf, bis sie in einen buckeligen Feldweg überging. Meine allabendliche Runde. Vertrautes, tröstliches Terrain.

Merkwürdigerweise hatte ich in den nebligen Weinbergen überhaupt keine Angst. Im Gegenteil. Ich fühlte mich befreit von seiner schlechten Aura. Er ging nie zu Fuß. Schon gar nicht in die Weinberge. Hier war ich vor ihm sicher. Es roch nach vergorenen Trauben, und ich rutschte auf dem glitschigen Boden fast aus, so sehr zog Tommy an der Leine. Er liebte es, mit seiner Schnauze im weichen Untergrund zu wühlen. Ich ließ ihn gewähren und meinen Gedanken ebenso freien Lauf wie meinen Füßen.

Wozu sich vor der Rückkehr fürchten? Mein Vater saß um diese Zeit bestimmt vor dem Fernseher, wie jeden Abend. Der ließ sich nicht ablenken. Der hatte sich für heute ausgetobt. Ich kannte ihn ja.

Ich würde mich gleich wieder nach Hause schleichen und einen großen Bogen um seine Garage machen. Damit der Bewegungsmelder nicht anging. Außerdem hatte ich meinen Kampfhund dabei. Andererseits war mir inzwischen natürlich längst klar geworden, warum mein Vater den Hund gefüttert hatte: Der würde ihm noch die Hände lecken!

Als ich die Häuser wieder erreichte, sah ich vereinzelt warmes Licht.

Wie beschaulich. Doch der Schein trog. Sie alle wussten, wie brutal mein Vater war, hatten meine Mutter und mich um Hilfe schreien gehört, hatten uns im Nachthemd barfuß fliehen sehen und hinter ihren Gardinen mitangeschaut, wie ich als Kind von der Polizei zu meinem Peiniger zurückgebracht wurde, nachdem ich zweimal weggelaufen war. Ihr alle habt es gesehen und geschwiegen, dachte ich.

In unserer Straße angekommen, machte sich Erleichterung breit: Die Ehefrau des Nachbarn, der morgens immer im Mantel in sein Auto stieg, räumte gerade ihre Einkäufe aus. Ihre Haustür stand offen, es brannte Licht.

Na also. Keine Gefahr. Jetzt musste ich noch nicht mal den Bewegungsmelder umgehen.

»Guten Abend, Frau Sieber.«

»'N Abend, Frau Müller. Na, noch so spät unterwegs?«

»Muss ja.« Ich zeigte auf den Hund. »Wir waren in den Weinbergen. Das liebt er.«

»Dann schönen Abend noch. Oh, 'n Abend Herr Hartmann.« Sie versteifte sich, und ihr Lächeln erstarb. Mein Herz setzte einen Schlag aus.

Wie aus dem Boden gestampft, stand mein Vater vor seiner Einfahrt. Ich musste wohl oder übel an ihm vorbei.

Ich würdigte ihn keines Blickes. »Komm, Tommy. Ihnen auch noch einen schönen Abend, Frau Sieber!«

Das sagte ich laut und mit Nachdruck, damit mein Vater merkte, dass wir nicht allein waren.

Doch was tat Frau Sieber? Ließ bei offenem Kofferraum ihre Einkäufe im Vorgarten stehen und machte die Haustür hinter sich zu. Das Flurlicht ging aus.

Zügig wollte ich an ihm vorbeigehen, als mein Vater anfing: »Was soll denn das?«

Ich blieb stehen, vermutlich ein Fehler. »Was soll was?«

»Warum hetzt du die Leute gegen mich auf?«

»Das tue ich doch gar nicht.«

»Doch das tust du, du hetzt die Leute gegen mich auf. Dir gehört doch ein paar auf die Batterie geschlagen!«

Ich wurde wütend. Wie redete er denn mit mir? Erst nahm er mir einfach die Ziegel weg und dann drohte er mir auch noch? Ich merkte, dass die Situation eng wurde. Ich hätte ihn ignorieren und mit dem verdreckten Hund an ihm vorbeieilen sollen, doch jetzt war es zu spät. Er war mir so nah gekommen, dass ich mir sicher war: Würde ich mich jetzt umdrehen und ihn einfach stehen lassen, würde er mir von hinten auf den Kopf schlagen. Ich nahm all meinen Mut zusammen und sah ihm fest in die Augen.

»Was willst du denn? Ich hetze niemanden gegen dich auf.«

»Du erzählst überall rum, ich würde Ziegel klauen.«

»Ich habe es deiner Freundin erzählt. Sonst niemandem.«

»Du verbreitest also Lügen über mich.«

»Naja, du kannst dir die Ziegel ja auch nicht einfach so nehmen. Sie gehören dir nicht.«

Verdammt! Ich hatte mich auf ihn eingelassen! Warum diskutierte ich denn mit ihm!

Er machte noch einen Schritt auf mich zu, und plötzlich hatte ich die Worte meiner Mutter im Ohr: Du darfst nicht rückwärtsgehen, sonst hast du verloren.« Ich spürte noch den stechenden Schmerz im Steiß, als ich damals auf die Marmortreppe geknallt war. Deshalb rührte ich mich nicht. Es war, als hätte die Welt für einen kurzen Augenblick aufgehört, sich zu drehen.

»Du dämliche Kuh! Das waren doch nicht deine Ziegel! Was bildest du dir ein!«

Ich erwiderte seinen hasserfüllten Blick.

»Wer zahlt denn das ganze Dach da drüben? Ich! Dann sind es sehr wohl meine Ziegel! Und die kannst du dir nicht einfach nehmen.« Oh je. Das war schon viel zu weit gegangen. Was für ein fataler Fehler!

»Dir gehört gar nichts. Nichts.« Zorn loderte in seinen Augen. Ich konnte seinen Atem spüren. Zwischen unseren Gesichtern befanden sich nur noch wenige Zentimeter. Keinen Schritt zurückweichen, ermahnte ich mich. Keinen einzigen Schritt. Wenn du erst mal liegst, drischt er auf dich ein.

Mit beiden Händen versetzte ich seinen Schultern einen Stoß: »Lass mich in Ruhe. Geh weg!« Wir standen gut sichtbar vor den Stufen zu meinem Haus. Wenn doch jetzt nur ein Auto käme, flehte ich innerlich. Bitte! Jeder würde die bedrohliche Situation erkennen.

Meine Stimme war laut und schrill geworden. »Geh weg!«, wiederholte ich, hörte mich denn niemand?

Zunächst schwankte er nach hinten. Das hatte sich wohl noch niemand getraut!

»Was soll das? Lass deine Finger von mir.« Wieder kam er auf mich zu. Und wieder stieß ich ihn von mir, schrie schrill: »Lass mich in Ruhe! Geh weg! Hau ab!«

Ich konnte ihn kaum bewegen. Er knurrte mit purem Hass in der Stimme: »Dir gehört doch echt auf die Batterie drauf geschlagen.« Und noch einmal versuchte ich ihn mit aller Kraft von mir zu stoßen. »Lass mich einfach und geh jetzt!«

Er war so jähzornig, hatte so viel Aggression in den Augen … und holte aus. Ich sah seine Faust auf mich zukommen und wusste, ich hatte keine Chance mehr. Mit voller Wucht traf sie mich mitten ins Gesicht, auf Lippen und Zähne. Der Schmerz loderte wie eine Flamme hinauf zu den Ohren und hüllte meine Schläfen ein. Ich schrie. Ich schrie so laut wie ich konnte.

»Daniel!!!« Und noch einmal: »Daniel!!!«

Die Nachbarin blieb verschwunden. »Hilfe!«, schrie ich aus Leibeskräften.

»Und jetzt kannst du zur Polizei gehen.« Mein Vater machte auf dem Absatz kehrt und stapfte zu seiner Garage hinüber.

Nein, diesmal würde er mir nicht entkommen. Diesmal würde ich ihm das nicht durchgehen lassen. Und wieder schrie ich, so laut ich konnte, »Hilfe, Daaaniel!«

Endlich öffnete sich die Balkontür. Daniels verstrubbelter Schopf tauchte auf.

»Was ist denn los, Sara? Du brüllst hier ja die ganze Straße zusammen!«

»Er hat mich geschlagen! Mein Vater hat mir die Faust ins Gesicht gerammt!«

In dem Moment hörte ich, wie mein Vater mit quietschenden Reifen aus seiner Garage fuhr. Wahrscheinlich zu ihr, zu Helga. Sie hatte mich gewarnt!

Ich zitterte am ganzen Körper, als Daniel mich unten an der Haustür in Empfang nahm. Ich selbst hätte die Tür niemals aufschließen können.

»Ach du Scheiße, Sara, das sieht ja übel aus.« Daniel zog mich die Innentreppe hinauf, vorbei an seiner Einliegerwohnung nach oben in mein Reich.

Die Kinder saßen im Schlafanzug, frisch gewaschen und glänzend von Nivea-Creme im Wohnzimmer. Der Fernseher lief. Daniel schob mich auf die Terrasse hinaus.

»Was ist denn passiert?« Fürsorglich legte er mir eine Decke um die Schultern. Wimmernd kuschelte sich der Hund unter meinem Stuhl zusammen und leckte mir die Hände. So als wolle er sich dafür entschuldigen, dass er mir nicht geholfen hatte.

»Er hat mir eine aufs Maul gehauen!« In meiner Verzweiflung merkte ich gar nicht, dass ich schon den ordinären Tonfall meines Vaters angenommen hatte. Heißer Zorn wallte in mir auf und mischte sich mit dem Schmerz der Demütigung.

Mit zitternden Händen griff ich zum Telefon. »Frau Sieber, haben Sie gesehen, was da gerade passiert ist?«

»Nein, Frau Müller. Ich war gerade im hinteren Wohnzimmer und habe Nachrichten geschaut.«

»Und dafür lassen Sie Ihre Einkäufe in der Einfahrt stehen? Und den Kofferraum offen?«

»Och, das muss ich wohl vergessen haben. Gute Nacht, Frau Müller.« Damit war das Gespräch beendet. Sie fragte nicht, was passiert war. Weil sie es nämlich ganz genau wusste.

Daniel spähte aus dem Fenster: »Sie holt ihr Zeug gerade rein.«

Ich setzte mich aufs Sofa und presste ein Handtuch mit Eiswürfeln gegen meinen pochenden Kiefer. Ich spürte, dass mehrere Zähne locker waren.

»Du musst ihn anzeigen, Sara.« Daniel kniete vor mir und zog die Wolldecke enger um mich. Mein Zittern ging in heftigen Schüttelfrost über.

»Willst du eine rauchen?«

»M-m«, verneinte ich weinend. Es tat so weh, dass ich noch nicht mal rauchen konnte.

Ich kannte das. Die Brutalität. Die Unberechenbarkeit. Seine unkontrollierbare Wut. All das war mir nicht neu. Dennoch war ich fassungslos, dass es mir wieder passiert war. Ich war siebenunddreißig Jahre alt und Mutter zweier Kinder. Und er hatte es sich erneut herausgenommen, mir »eine auf die Batterie zu hauen«.

»Das Schwein.« Daniel, der sonst solche Worte verachtete, streichelte mir die schlotternden Knie. Und ganz entgegen seiner sonstigen Zurückhaltung straffte er sich plötzlich: »So. Das reicht. Wir gehen jetzt zur Polizei.«

»Aber die Kinder …«

»Wen kannst du anrufen?«

»Marea.«

Marea war die beste Freundin, die man nur haben kann. Schon nach zehn Minuten stand sie in der Tür.

»Mein Gott, Sara, was ist denn passiert?« Entsetzt starrte sie auf meine Wange und meinen Kiefer. »Das solltest du dringend meinem Chef zeigen! Der gibt dir ein Attest.«

Ich brachte kein Wort heraus, so sehr schämte ich mich. Ich war einfach nur froh und dankbar, dass sie so schnell kommen konnte. Sie kannte die Situation ja von früher. Sie wusste Bescheid. Somit ging ich wortlos an ihr vorbei, bevor ich noch losheulen würde.

Daniel blieb kurz bei ihr stehen, während ich schon meine Jacke anzog.

»Ich glaube, sie haben nur am Rande mitbekommen, dass etwas passiert ist.« Daniel spähte durch den Türspalt. »Das Fernsehprogramm ist spannender. Mach einfach kein Fass auf, okay?«

»Ihr könnt euch auf mich verlassen.« Marea nickte mir zu und betrat leise das Kinderzimmer.

Zu zweit betraten wir die Garage. Die irrationale Panik, mein Peiniger könnte uns hier auflauern, legte meine sämtlichen Gehirnzellen lahm. Hastig warf ich mich auf den Beifahrersitz und zog die Tür zu. »Los, worauf wartest du!«

»Ähm«, sagte Daniel unbehaglich. »Ich habe keinen Führerschein.«

»Ach so. Stimmt ja.« Tapfer stieg ich wieder aus, umrundete das Auto und setzte mich hinters Steuer. Obwohl ich immer noch unter Schock stand, obwohl ich zwei lose Zähne im Mund spürte, siegte der Drang, meinen Vater endlich anzuzeigen.

Daniel fummelte an meinem Handy herum, damit uns dieses zum Polizeirevier navigierte. »Du hast eine Nachricht in Abwesenheit.«

»Lies vor.«

»Helga. Ich zitiere: ›Heute Abend will er dir einen auf die Batterie verpassen.‹ – Die Nachricht ist zwei Stunden alt.«

»Sie hatte mich schon am Telefon vorgewarnt, aber ich konnte das ja dir gegenüber vor den Kindern nicht thematisieren! Deshalb wollte ich ja so dringend, dass du mit Gassi gehst!«

»Mensch Sara, und ich habe deine Bitte quasi ignoriert ...« Daniel schlug sich mit der flachen Hand vor die Stirn. Unwillkürlich zuckte ich zusammen. »Du hast mich so eindringlich gebeten, dich zu begleiten, und ich stand voll auf der Leitung! Jetzt fühle ich mich mitverantwortlich für die ganze Scheiße!«

Ich starrte ihn an. »*Du* bist der Letzte, der daran schuld ist.« Mit zusammengebissenen Zähnen kämpfte ich mich durch den Nebel. »Aber jetzt ist ein für allemal Schluss mit dem Terror. – Schreib Helga zurück, dass ich ihn jetzt anzeige.«

Daniel sah mich von der Seite an: »Soll ich das wirklich schreiben? Das erzählt sie ihm doch brühwarm weiter! Der ist doch mit Sicherheit bei ihr!«

Wir standen gerade vor einer roten Ampel, und ich entriss Daniel mein Handy.

»Ich zeige ihn jetzt an! Bin schon auf dem Weg zur Polizei!«, tippte ich in fliegender Hast hinein.

»Grün«, sagte Daniel.

Um 21 Uhr betraten wir das Polizeirevier.

»Ich möchte Anzeige erstatten.«

»Kommen Sie weiter. – Gehören Sie dazu?« Herr Neumann, der diensthabende Beamte, schob sich müde vor uns durch die Gänge. Er war mittelgroß, genau wie ich, Anfang vierzig, und an seinen Schläfen lichteten sich bereits die ersten grauen Haare.

Er wirkte gestresst, und mein Anblick erfreute ihn nicht. Dennoch bat er uns sachlich in einen Nebenraum.

»Name, Adresse?«

Ich kramte meinen Personalausweis hervor und legte ihn mit zitternden Händen auf seinen Schreibtisch, wartete mit pochendem Kiefer, bis der Beamte seinen Computer hochgefahren hatte.

»Wer hat Ihnen das angetan?«

»Mein Vater.«

Herr Neumann hörte auf zu tippen und sah mich geradewegs an.

»Wie das?« Er rieb sich den Nacken und verzog unbehaglich das Gesicht.

»Wir haben seit Jahren keinen Kontakt mehr, obwohl wir nebeneinander wohnen.« Es brach nur so aus mir hervor. »Die Situation ist heute eskaliert, nachdem sie sich schon tagelang hochgeschaukelt hatte. Er hat mich mit der Faust ins Gesicht geschlagen.«

Ich erzählte ihm die Sache mit den Dachziegeln. »Seine Freundin hat mich per SMS gewarnt, dass ich heute für eine Abreibung reif bin.«

Ich kramte mein Handy aus der Jeanstasche und reichte es dem Beamten. Noch immer zitterten meine Hände so stark, dass es mir peinlich war.

Herr Neumann vertiefte sich in die Textnachrichten und schüttelte nur den Kopf. Es entstand eine unangenehme Pause, in der sich Herr Neumann wieder den Nacken rieb.

»Natürlich können wir jetzt die Anzeige gegen Ihren Vater aufnehmen, aber ich kann Ihnen gleich sagen, dass das nichts bringen wird.«

Daniel sah mich sprachlos an. Ich umklammerte meine Stuhllehne, bis die Knöchel weiß wurden.

»Aber er muss doch irgendwann mal erfahren, dass sein Verhalten nicht in Ordnung ist!« Meine Stimme überschlug sich vor Empörung und Zorn. Ich stieß Daniel an, der daraufhin aufblickte und sagte: »Ja, genau.«

»Was wollen Sie denn erreichen, Sara? Hm? Meinen Sie, wenn Sie ihn anzeigen, sagt er: ›Oh, das tut mir aber leid‹?« Herr Neumann gab sich unbeeindruckt.

Mit dicker, schmerzender Lippe starrte ich ihn wie durch Nebel an.

»Was soll das bedeuten?« Ich ließ nicht locker. »Wollen Sie meine Anzeige etwa nicht entgegennehmen?« Der grelle Summton zwischen meinen Schläfen verwandelte sich in das Schrillen einer Kreissäge. Das konnte doch nicht wahr sein! Hielten etwa alle Männer heimlich zusammen?

Herr Neumann beugte sich beschwichtigend vor und faltete seine Hände auf dem Schreibtisch.

»Schauen Sie. Sie sind jetzt wütend, und das verstehe ich.

Aber nach meiner Erfahrung schaukelt sich das nach einer Anzeige bloß hoch und wird immer schlimmer. So wie Sie Ihren Vater schildern, fühlt er sich absolut im Recht. Wenn Sie ihn jetzt mit einer Anzeige verärgern, kann ich für nichts garantieren.«

Ich warf Daniel einen auffordernden Blick zu. Er wirkte total verspannt, als stünde er extrem unter Druck.

Mein Herz raste wie ein Intercity. Das konnte doch nicht unser Rechtsstaat sein!

»Er hat mich mit der Faust ins Gesicht geschlagen. Und ich soll das hinnehmen, ohne mich zu wehren? Ich hör' wohl nicht richtig!« Mit einem schrillen Lachen fuhr ich zu Daniel herum, in der Hoffnung, er würde hier mal die Bude zusammenbrüllen.

»Leider doch. Ich spreche aus jahrelanger Erfahrung. In solche privaten Streitereien mischen wir uns von der Polizei nur ungern ein. Es bringt einfach nichts.« Herr Neumann fuhr mit seinem Schreibtischstuhl einen Meter zurück und verschränkte die Arme vor der Brust. Für ihn schien die Sache damit erledigt zu sein.

Ich ballte die Fäuste. »Aber mein Vater *braucht* eine offizielle Reaktion. Hier und jetzt. Ich bestehe darauf. Es ist doch nicht das erste Mal, dass er Frauen und Kinder schlägt! Ich bin selbst Mutter! Meinen Sie, ich habe Lust darauf zu warten, dass er meine Kinder verdrischt?«

Seine Miene blieb ausdruckslos, aber sein Blick ging zum Computerbildschirm.

»Frau Müller, ich kann Sie ja verstehen! Aber warum ziehen Sie nicht einfach um?«

»Wie bitte? *Ich* soll umziehen, meine Kinder aus ihrer Umgebung reißen, womöglich in eine andere Schule stecken, und *ihm* damit recht geben? Ich denke gar nicht daran!«

Daniel warf mir einen anerkennenden Blick zu und drückte mein Bein. Immerhin.

»Schauen Sie doch mal in sein Vorstrafenregister!«, ereiferte ich mich. »Der muss doch einige polizeiliche Einträge haben.«

»Also gut.« Herr Neumann rollerte sich mit dem Schreibtischstuhl wieder nach vorn. »Aber das bringt nichts.«

Stirnrunzelnd fuhr er mit der Maus auf seinem Bildschirm herum. »Oh ja, Ihr Vater hat sich wirklich einiges zuschulden kommen lassen.«

»Na also.« Am liebsten hätte ich die Fäuste hoch gereckt. »Dann haben Sie es ja schwarz auf weiß! Darf ich mal sehen?«

»Nein, das ist polizeiintern.«

»Na toll. Aber ich kann es mir schon denken: Erpressung, Bedrohung, Körperverletzung, Beleidigung, Straßenverkehrsdelikte …«

»Kommen wir zu Ihrer Aussage.« Herr Neumann sah mich streng an.

Also fing ich noch mal mit der Dachziegel-Geschichte an. Ich merkte selbst, wie kleinkariert und asozial das klang. Herr Neumann schrieb kopfschüttelnd mit.

Daniel saß die ganze Zeit an meiner Seite. Es beruhigte mich, ihn in der Nähe zu haben. Vielleicht würde er jetzt doch bei mir bleiben, wo er sah, wie sehr ich ihn brauchte.

Hoffentlich würde er diesen grässlichen Vorfall nicht wieder brühwarm seiner Mutter erzählen! Denn die würde ihm raten, ein nettes, unbescholtenes Mädchen zu freien.

»Haben Sie Schmerzen?« Endlich wandte der Beamte den Blick wieder auf mein Gesicht.

»Ja, natürlich. Er hat mir ›voll auf die Batterie drauf geschlagen‹, wie er sich auszudrücken beliebt. Haben Sie ja selbst gelesen.« Ich zeigte auf mein Handy, das immer noch auf seinem Schreibtisch lag. »Zwei Zähne wackeln, und mein Kiefer fühlt sich ausgerenkt an.«

»Dann fahren Sie jetzt zur Notaufnahme ins Krankenhaus und lassen das anschauen.« Er stand auf und winkte uns quasi aus dem Raum. »Lassen Sie sich ein Attest geben, das hefte ich dann zur Anzeige dazu. Ich habe die ganze Nacht Dienst, klingeln Sie einfach.«

Und so fuhren Daniel und ich noch zum Krankenhaus, wo man mich untersuchte. Währenddessen gönnte sich Daniel draußen die eine oder andere Zigarette.

Anschließend fuhren wir mit meinem ärztlichen Attest, das meine Vermutungen bestätigte, wieder zum Polizeirevier zu Herrn Neumann. Daniel wartete im Auto, während ich das Polizeirevier allein betrat.

Herr Neumann saß inzwischen bei einer Kanne Tee.

»Gut. Jetzt interessiert mich der Fall persönlich. Ich fahre morgen früh um elf höchstpersönlich zu Ihrem Vater.«

Hoffnung keimte in mir auf. »Aber er könnte gewalttätig werden!«, gab ich zu bedenken.

»Keine Sorge, Frau Müller, ich bin Profi. Mit solchen Typen wie Ihrem Vater habe ich schon ein Leben lang zu tun.«

Er ahnte ja nicht, mit wem er es da aufnahm.

Plötzlich beschlich mich wieder diese diffuse Angst, die ich schon als Kind hatte, wenn ich Vaters Schritte auf der Treppe hörte. Wenn ich wusste, er kommt jetzt in mein Zimmer. Wenn ich in Panik meine Spielsachen und Bilderbücher unter das Bett schob und die Decke darüber breitete, in letzter Sekunde glatt zog und ein »Alles-aufgeräumt-Gesicht« aufsetzte.

Hatte ich Glück, ging er weiter zu meiner Mutter in das Bügelzimmer. Dann konnte es nicht mehr lange dauern, bis er dort ihre Zigaretten oder sogar Bierflaschen fand. Dann klatschten die Schläge und klirrten die Scherben. Dann flehte meine Mutter um Gnade, winselte, knallte dumpf gegen die Heizung oder polterte gleich die steile Marmortreppe hinunter. Ja genau, das war das, was ich als Kind »Glück« nannte. Hatte ich Pech, riss er die Decke von meinem Bett und fand die verstreuten Spielsachen, den ungefalteten Pyjama, das Schulheft mit den Eselsohren, das angebissene Butterbrot im Ranzen, die nicht erledigten Rechenaufgaben … Und dann gingen seine Fäuste auf mich los. Ich war damals im ersten oder zweiten Schuljahr.

Wie sehr ich mich schon damals dafür schämte, zu hoffen, er würde weitergehen, ins Bügelzimmer, damit ich »noch mal Glück gehabt« murmeln könnte!

»Frau Müller? Haben Sie mich verstanden?«

»Äh … nein, Entschuldigung?«

»Ich möchte noch ein Foto von Ihrem Gesicht machen.«

Er nahm das Foto auf und fragte zum Schluss: »Haben Sie eine Rechtsschutzversicherung?«

»Eine Rechtsschutzversicherung?«, wiederholte ich erstaunt. »Ähm … nein?«

»Schließen Sie eine ab!« Er warf mir einen kryptischen Blick zu. »Sie werden sie brauchen!«

12

Pützleinsdorf, Donnerstag, 1. Dezember 2016

»Guten Morgen, schöne Frau … Ups! Was ist denn da passiert?«

Marius stand auf dem noch verbliebenen Baugerüst. Offensichtlich wollte er die noch fehlenden Dachziegel anbringen.

Seine Augen wurden groß wie Untertassen. »War das ein Unfall?« Ach wie arglos er doch war!

»Das war mein Vater.« Als ich heute früh in den Spiegel schaute, erschrak ich selbst: Meine Lippe war doppelt so dick wie sonst, und in der Nacht war meine Wange noch mehr angeschwollen und hatte sich bläulich verfärbt. Ich hatte Daniel gebeten, die Kinder zu wecken und zur Schule zu schicken, denn so sollten sie mich nicht sehen. Ich wollte heute Vormittag als Erstes zum Arzt gehen.

»Nicht wahr!« Marius sprang ohne zu zögern über die Balkonbrüstung. »Lass mal anschauen, Sara.«

Er zog mich ans Licht. »Das ist eine ganz brutale Schweinerei«, knurrte er erschüttert.

»Ja. Ich habe ihn gestern schon angezeigt«, platzte es aus mir heraus. Marius musterte mich. »Du warst bei der Polizei?!«

»Ja. Und die besucht ihn heute. Er wird belehrt, dass er das zu lassen hat, und wenn ich Glück habe, darf er sich mir nicht mehr nähern.«

»Das ist doch Bullshit.« Er rieb sich das rechte Handgelenk, als wollte er gleich Rache üben. »Wenn der meine Frau so schlagen würde, würde ich dem mal zeigen, wo der Hammer hängt. Sodass er es nie mehr vergisst.«

Er ließ seine Faust durch die Luft sausen, dass es zischte.

Wir ließen beide die Frage ungesagt im Raum stehen, warum Daniel das nicht erledigte.

Marius' Züge wurden weich. »Hat er dich schon als Kind so geschlagen?«

»Ja. Oft. Und meine Mutter auch. Und jetzt schlägt er seine Freundin.«

»Puuuhh.« Marius atmete hörbar aus und ließ die Schultern kreisen wie bei einer Morgengymnastik. »Da würde ich nicht lange überlegen. Der kann wohl nur Frauen schlagen, die feige Sau.«

»Du sagst es.«

»Sara«, erwiderte er. »Heute muss ich zu einer anderen Baustelle. Das mit den Ziegeln mache ich später.«

Er kletterte wieder über die Brüstung. »Pass auf dich auf!«

Mit diesen Worten verließ mich mein Tarzan. Ich sah ihm hinterher. Als mein Blick am Gerüst hängen blieb, das direkt zu meinem Balkon führte, schlug die Erkenntnis ein wie eine Bombe: Im Grunde konnte mein Vater jederzeit ungehindert zu mir hinaufsteigen. Bestimmt würde er sich für die Anzeige rächen. Oh Gott, was hatte ich nur getan! Jetzt, bei Tageslicht besehen, spürte ich, dass es quasi Selbstmord war, ihn anzuzeigen! Noch keine Frau hatte sich jemals ungestraft gegen ihn gewendet! Auch alles, was Helga versucht hatte, um sich gegen ihn zu wehren, war bekanntlich ins Gegenteil umgeschlagen. Sie duldete ihn nach wie vor – obwohl sie ihn verabscheute und hasste.

Das Jaulen meines Hundes riss mich aus meinen Gedanken. Es war Zeit, mit Tommy Gassi zu gehen!

Doch ich traute mich nicht mit ihm vor die Tür. Was, wenn mein Vater mich dort abpasste? Helga hatte ihm bestimmt längst gesagt, dass ich ihn angezeigt hatte!

Aber ich musste auch dringend zum Arzt.

Es war halb acht, und das fahle Tageslicht kämpfte sich mühsam über die Weinberge. Mein Handy piepte.

Nachricht von Helga.

Er sagt, wenn er dich erwischt, brauchst du keinen Krankenwagen mehr! – Ich versuche, ihn hier zu halten!

Ich spürte mein Herz nicht mehr und rang nach Luft. Vor lau-
ter Panik schnürte sich mir die Kehle zu. Minutenlang saß ich kraftlos da, dann zog ich mich an, schnappte mir Tommy. Schnell jetzt! Aber vielleicht stand der Diktator mit seinem Ferrari schon quer vor der Garage? Dann hatte ich keine Chance.

Ich kniff die Augen zusammen in der Erwartung, ihn dort mit einer Dachlatte zu sehen. Er würde mir die Scheibe einschlagen!

Doch außer Nieselregen und grauer Vorstadttristesse war nichts zu sehen. Noch nicht mal Herr Sieber stieg gerade in seinen Opel.

Ich gab Gas und fuhr den Hügel hinunter.

13

Pützleinsdorf, März 1992

»Herr Eggers! Bitte helfen Sie mir.« Marea hatte mich von der Mädchentoilette vors Lehrerzimmer geschleppt und ließ nicht locker, bis Herr Eggers herauskam.

»Sara, um Gottes willen! Wie siehst du denn aus!«

Mein Klassenlehrer war der Einzige, der mich damals ernst nahm. Alle anderen Lehrer ignorierten, was sie sahen: nämlich eine Dreizehnjährige, die immer mal wieder mit blauen Striemen oder einem blauen Auge zur Schule kam. Marea hatte mich auf der Toilette aufgefordert, meinen Schal abzunehmen. Der Handabdruck meines Vaters an meinem Hals war deutlich zu sehen, alle fünf Finger waren klar zu erkennen, auch die Blutergüsse im Nacken, die sich über meinen ganzen Rücken hinweg fortsetzten.

Herr Eggers reagierte sofort, überließ die Klasse einem Referendar, holte seinen Fiat 500 aus der Tiefgarage der Schule und fuhr mich zu meinem Hausarzt, Dr. Seifert.

Ich lag auf seiner Liege, die mit Ärztekrepp bedeckt war, und schämte mich fürchterlich. Herr Eggers saß draußen im Wartezimmer. Er hatte mir versprochen, sich nicht vom Fleck zu rühren. Die beiden vorherigen Male, die ich es gewagt hatte, jemanden um Hilfe zu bitten, war ich vom Jugendamt sofort nach Hause zurückgebracht und meinem Peiniger erneut ausgeliefert worden.

Der damals noch recht junge Arzt betrachtete mich besorgt: »Sara, wo tut es denn weh?«

»Überall. Aber am meisten an Hals und Rücken.« Ich warf ihm einen dankbaren Blick zu.

»Möchtest du mal deinen Schal abnehmen? Hm? Und dein T-Shirt ausziehen?«

Die Arzthelferin, die er von der Rezeption reingerufen hatte, hielt meine Hand.

»Ich bin bei dir, Sara. Wir helfen dir. Du bist ganz tapfer.«

Die beiden liebevollen Menschen im weißen Kittel hätten meine Eltern sein können. Das war damals mein erster

Gedanke. Vertrauensvoll umklammerte ich die warme Hand dieser netten Person, während der Arzt mit irgendetwas Kaltem über meinen Rücken fuhr.

»Ganz toll machst du das, Sara. Wie läuft's denn so in der Schule?« versuchte sie mich abzulenken.

»Gut, eigentlich. Ich habe aber einen Englisch-Vokabeltest verhauen.«

»Aber das kann doch mal passieren.« Ahnungsvoll sah die Helferin den Arzt an.

»Herr Eggers hat auch gemeint, das war nur ein Test, das wär gar nicht schlimm.« Ich hielt kurz den Atem an, weil der Arzt mit einer Pinzette irgendetwas Spitzes aus meinem Rücken zog. Die nette Frau drückte fest meine Hand.

»Und was unterrichtet Herr Eggers?«

»Englisch.« Ich zwang mich, tapfer zu klingen. »Beim nächsten Test packe ich es wieder.«

Der Arzt sprach etwas in sein Diktiergerät: »Würgemale am Hals, Prellungen und Blutergüsse an beiden Schultern, wie sie zum Beispiel durch Stockschläge hervorgerufen werden. Zahlreiche weitere Hämatome am Rücken.«

»Sara.« Die Frau streichelte meine Hand. »Ja, bald schreibst du wieder Bestnoten. Magst du mir mal sagen, wie alt du bist und was du später einmal werden willst?« Diese Frau war so einfühlsam, und der Arzt bemühte sich sehr, mir bei der Untersuchung nicht weh zu tun …

»Irgendwas mit Reisen.« Plötzlich fing ich an zu weinen. »Ich würde gern ganz weit weg fahren, ans andere Ende der Welt.«

»Dann kannst du ja Hotel-Fachfrau werden«, schlug die Arzthelferin vor. Ihre Augen schimmerten feucht.

Dr. Seifert diktierte weiter: »Es wurden deutliche Zeichen

einer körperlichen Misshandlung festgestellt. Zusätzlich eine depressive Reaktion und ein psychischer Schock.«

»Sara? Wir wollen deine Rippen röntgen. Magst du mit uns nach nebenan gehen?«

Die liebe Frau half mir ganz vorsichtig beim Anziehen. Den Kragen meines T-Shirts dehnte sie ganz weit, damit es meinen Hals nicht streifte.

Nach dem Röntgen, was fürchterlich wehtat – ich musste die Arme über den Kopf nehmen und die Luft anhalten, während die lieben Weißkittel von außen die Tür schlossen –, sagte der Arzt zu Herrn Eggers, der im Wartezimmer nervös in einer Zeitschrift blätterte: »Wir rufen jetzt das Jugendamt an.«

14

Pützleinsdorf, Donnerstag, 1. Dezember 2016 – Beim selben Arzt

»Sara?«

»Jjaaahhh?«

»Tut das weh?«

»Jjjaaaahhhh!«

»Entschuldigung, ich musste kurz gucken, wie weit du deinen Kiefer noch öffnen kannst.«

Ich klappte den Mund wieder zu.

»Ich verschreibe dir gleich eine abschwellende Salbe. Was ist dir denn passiert?« Der gütige Dr. Seifert, der inzwischen komplett weißhaarig war, musterte mich staunend.

»Bei dir dürften mehrere Zähne locker sein. Vermutlich haben sich Wurzelentzündungen gebildet.«

Ich riss die Augen auf. »Und was bedeutet das jetzt?«

»Das wird eine langwierige Behandlung, Sara. Das sehe ich, auch wenn ich kein Zahnarzt bin. Ich schätze über ein halbes Jahr.« Er schüttelte den Kopf. »Vermutlich musst du die Zähne ziehen und durch Keramikmodelle ersetzen lassen. Da gibt es heute sehr gute kosmetische Möglichkeiten, Sara. Aber das muss der Profi entscheiden.« Er half mir, mich aufzusetzen. »Aber erzähl schon, wie ist es dazu gekommen?« Besorgt musterte er mich.

Ich kämpfte gegen einen leichten Schwindel an. Und schämte mich schrecklich, diesem netten Dr. Seifert gestehen zu müssen, dass ich aus dem gleichen Grund bei ihm war wie vor über zwanzig Jahren.

»Mein Vater hat mich wieder geschlagen.«

»Elfriede, kommst du mal?« Entsetzt rief er nach der Arzthelferin, die inzwischen längst seine Frau war. Auch sie war in Würde gealtert. Sie warf einen kurzen fragenden Blick auf ihren Mann.

»Schau dir das an.«

Beide betrachteten mich mit derselben liebevollen Anteilnahme wie damals, als ich dreizehn gewesen war.

»Aber Sara! Wie konnte das passieren? Bist du ihn denn immer noch nicht los?«

»Wir wohnen seit Jahren nebeneinander.« Ich starrte auf den Fußboden, weil ich ihnen vor lauter Scham kaum in die Augen sehen konnte. »Es hat schon die ganze Zeit gebrodelt, er hat mich provoziert und schikaniert, wo er konnte. Als ich einen Zaun aufstellen ließ, war er monatelang beleidigt. Es ist so lächerlich und so peinlich …« Brüsk wischte ich mir eine

Träne aus dem Augenwinkel. »Aber als ich mein Dach neu decken ließ, hat er mir Dachziegel geklaut und …«

»Sara!« Die Arztfrau nahm meine Hand. »Warum lieferst du dich denn so einem erbärmlichen Kleinkrieg aus? Hättest du nicht ganz woanders ein unabhängiges Leben führen …?«

»Nein, das konnte ich eben nicht!« Ich versuchte, mir die Nase zu putzen, aber es tat zu weh.

»Als ich das Haus meiner Großmutter geerbt habe, war ich privat und beruflich in einer Sackgasse. Mein Mann war ein Jahr zuvor gestorben, meine Mutter vier Monate zuvor. Das Restaurant war pleite, meine Kinder waren knapp zwei Jahre beziehungsweise wenige Wochen alt. Wo sollte ich denn hin?«

Ich zerknüllte das Papiertaschentuch, das voller Blut war, und die nette Arztfrau nahm es mir diskret ab. Sie reichte mir Nachschub. Da das Telefon an der Rezeption schon eine ganze Weile klingelte, eilte sie wieder hinaus. Ich versuchte, dem netten Hausarzt meine Situation weiter zu erklären.

»Warum hast du das Haus denn nicht verkauft?« Er saß in seinem weißen Kittel auf der Schreibtischkante. »Und dir mit dem Geld etwas Neues aufgebaut?«

»Weil das Restaurant komplett verschuldet war! Ich hätte mit dem Geld nur das Loch stopfen können und wäre dann mit den Kindern auf der Straße gestanden!« Ich sah meinen Hausarzt verständnisheischend an. »So konnte das Haus bei der Bank als Sicherheit eingesetzt werden, und ich konnte trotzdem darin wohnen. Verstehen Sie? Es war ein Geschenk des Himmels, dass meine Großmutter mir das Haus zu diesem Zeitpunkt überließ. Damit ich mit den Kindern ein friedliches Leben in Sicherheit führen konnte … dachte ich zumindest.«

»Aber du wusstest doch, wie dein Vater war?« Der Arzt steckte die Hände in die Kitteltaschen. »Und immer noch *ist?* Solche Menschen ändern sich nie, Sara!«

»Nein, das wusste ich nicht!« Ich sah ihn verzweifelt an. »Im Gegenteil. Meine Schwester meinte, er wäre ruhiger geworden. Sie hat mir gesagt, ich soll mich selbstbewusst verhalten, dann hätte er Respekt. Bei ihr hat es jedenfalls funktioniert. Er hat ja anfangs auch den Eindruck gemacht, als würde er die Familie genießen, er hat die Kinder beschenkt, es schien fast, er wäre ein stolzer Großvater. Aber dann hat er sich mehr und mehr danebenbenommen, sodass ich ihm den Umgang mit uns verboten habe.«

»Was ihn in seinem Stolz umso mehr gekränkt haben dürfte.« Der Arzt schüttelte den Kopf. »Aber solche Menschen können nicht aus ihrer Haut, Sara. Die ändern sich nie.« Er stand auf und half mir von der Liege. »Dein Vater ist ein klassischer Fall eines notorischen Narzissten, ich würde fast schon sagen, er ist ein Psychopath!«

Ich seufzte. Mein Blick fiel auf die Wanduhr: halb elf.

»Wie auch immer …« Ich versuchte meine Schuhe anzuziehen, ohne dass mir wieder Blut aus der Nase lief, »Ich muss jetzt nach Hause.« Den Grund dafür verschwieg ich, nämlich dass ich so rasch wie möglich nach Hause wollte, um mitzuerleben, wie die Polizei meinen Vater aufsuchte.

»Sara, du machst mir keinen guten Eindruck.« Der nette alte Hausarzt sah mich besorgt an. »Du solltest einmal zur Kur fahren. Ich könnte dir eine Mutter-Kind-Kur verschreiben. Geh auf Abstand zu deinem Vater! Lass Gras darüber wachsen, hm?«

»Nein.« Entschlossen griff ich nach meinem Mantel. »Ich werde nicht ausweichen und ihm das Gefühl geben, dass er im

Recht ist. Nicht mehr. Damals hat mich meine Mutter ins Internat gesteckt, um mich vor ihm zu schützen. Dort habe ich sieben einsame Jahre verbracht. Aber diesmal bleibe ich. Es ist mein Haus, und ich reiße meine Kinder nicht aus ihrer gewohnten Umgebung.« Zitternd vor Anspannung suchte ich meine Siebensachen zusammen.

»Kann ich noch irgendetwas für dich tun, Sara?« Der Arzt saß schon an seinem Schreibtisch und machte sich Notizen. »Du wirkst so gehetzt und nervös! Du solltest gar nicht Auto fahren.«

Noch einmal ließ ich mich kurz auf den Stuhl vor seinem Schreibtisch sinken.

»Ich kann nicht mehr schlafen. Schon vorher hatte ich Probleme mit dem Schlafen, aber seit dem Vorfall habe ich überhaupt kein Auge mehr zugetan. Können Sie mir nicht was verschreiben, das mir beim Einschlafen hilft?«

Der Arzt notierte ein Medikament und reichte mir das Rezept: »Aber nur eine Vierteltablette, hörst du, Sara? Nicht, dass du mir abhängig wirst.«

Auf dem Rückweg fuhr ich noch schnell bei der Apotheke vorbei und besorgte mir das Mittel. Es war eine weiße Packung mit blauer Aufschrift. Ich kannte es nicht, und es flößte mir Respekt ein. »Nicht, dass du mir abhängig wirst«, hörte ich den Arzt wieder sagen. Ich und tablettensüchtig? Nein, das konnte ich mir unmöglich leisten. Ich hatte Kinder! Ich musste für sie da sein!

Auf Daniel konnte ich nicht zählen, bald stand wieder das Wochenende bevor, und er würde es bei seiner Mutter verbringen.

Mit dumpfem Herzklopfen fuhr ich unseren sonnigen Hügel hinauf. Idylle pur. Die Nachbarn standen in ihren Vorgärten und hielten ein Schwätzchen. Doch als sie mich in meinem Wagen vorfahren sahen, drehten sie sich weg und gingen ins Haus.

Die Auffahrten waren sauber gefegt, weit und breit war keine Polizei zu sehen.

Sollte ich im Auto warten, bis die Beamten endlich kamen? Es war schon kurz nach elf.

Nein!, riss ich mich am Riemen. Ich zeige keine Angst. Ich weiche nicht zurück, und ich bleibe auch nicht zitternd im Auto sitzen. Das will er nur erreichen. Entschlossen fuhr ich in meine Garage, ließ das Tor hinter mir zufahren und ging ins Haus. Vom Treppenhaus aus warf ich einen Blick in das Wohnzimmer meines Vaters, das von dieser Stelle aus einsehbar war. Er saß ganz friedlich vor dem Fernseher.

Hastig verstaute ich die Tabletten in einem Küchenoberschrank. Nein, ich würde sie nicht nehmen. Die Worte des Arztes hatten mir viel zu viel Angst eingejagt.

Nervös rauchte ich auf dem Balkon eine Zigarette. Ich blieb lange dort sitzen und wartete vergeblich auf die Polizei. So große Hoffnung hatte ich in den Polizisten Neumann gesetzt! Endlich war da mal jemand, der meinen Vater zurechtweisen, ihm sagen würde, dass er sich so nicht verhalten kann, dass er mir aus dem Weg gehen und mich einfach nur in Ruhe lassen soll. Eine Autoritätsperson. Jemand, der sich ihm entgegenstellen würde. Der *Erste überhaupt*! Aber es kam niemand. Es geschah nichts.

Enttäuscht ging ich an diesem Abend zu Bett. Dann kommt er eben morgen, tröstete ich mich. Gut Ding will Weile haben.

Doch auch am nächsten Tag konnte ich keine Polizei sehen. Hatten die mich vergessen? War mein Anliegen nicht wichtig genug? Gab es andere dringendere Dinge? Warum kam denn

keiner? Jeden Tag steigerte sich meine Angst, dem Vater draußen zu begegnen. Der durfte mich einfach auf offener Straße
mit der Faust ins Gesicht schlagen und nichts passierte?! Warum denn nicht? Das konnte doch nicht wahr sein! Sein Leben
ging einfach weiter, als wäre nichts gewesen, während ich von
Tag zu Tag wahnsinniger wurde!?

Auch Daniel enttäuschte mich. Wie sehr ich mir wünschte,
er würde meine Hand nehmen und sagen: »Sara, wir gehen
jetzt so lange die Straße auf und ab, bis dein Vater uns über den
Weg läuft. Dann werden wir sehen, was passiert. Ich bin dann
bei dir!« Aber nichts dergleichen hatte Daniel gesagt. Er hatte
seine Wäsche gepackt und war zu seiner Mutter gefahren. Ich
war allein mit meiner Angst und Verzweiflung. Samstag, Sonntag … Die Tage vergingen sehr langsam. Das Essen war nach
wie vor schmerzhaft für mich und mein Kopfweh schon ein
Dauerzustand. Einzig meine Kinder brachten mich ab und zu
zum Lächeln, dennoch war ich froh, wenn sie abends im Bett
waren und ich in Ruhe auf dem Balkon rauchen konnte. War-
tend schaute ich zu den Weinbergen rüber, in der Hoffnung,
dass endlich was passieren, dass endlich jemand kommen
würde.

Es wurde Montag. Auch an diesem Vormittag suchte ich
gebannt die Straße ab, doch kein Polizeiauto war zu sehen.
Entschlossen griff ich zum Telefon.

»Herr Neumann, hier ist Sara Müller. Waren Sie schon bei
meinem Vater?«

»Hallo, Frau Müller.« Herr Neumann räusperte sich fahrig,
so als würde er in seinem Terminkalender blättern. »Nein, ich
habe es noch nicht geschafft, schließlich war Wochenende.
Aber ich habe es für morgen eingeplant, wenn nichts Dringlicheres dazwischen kommt.«

Nichts *Dringlicheres!*? Ich *war* dringlich!! Meine *Not* war dringlich! Meine *Angst!* Das alles hätte ich gern in den Hörer geschrien, aber ich beschränkte mich auf ein höfliches: »Na gut, dann also morgen, Herr Neumann. Ich verlasse mich darauf.«

Kurz darauf kam Daniel von der Arbeit und tat, als wäre nichts gewesen.

»Na, Süße? Alles klar bei dir?«

Er fragte nicht mal nach, was mein Vater machte, oder wie mein Wochenende gewesen war. Dabei hatte ich Höllenqualen ausgestanden und mich hilflos ausgeliefert gefühlt. Und absolut *unwichtig.*

Auch am Dienstag saß ich rauchend auf dem Balkon und wartete auf meine Erlösung.

15

Pützleinsdorf, Dienstag, 6. Dezember 2016

Da sah ich auch schon das Polizeiauto den Hügel heraufkommen. Oh Gott. Stille Panik ergriff mich. Sie fuhren vor die Garage meines Vaters und stiegen aus: Herr Neumann und eine blonde junge Kollegin. Sie setzten ihre Mützen auf und klingelten. Das Schrillen zerschnitt die gespannte Stille.

Mein Vater trat auf seinen Balkon, beugte sich übers Geländer und fragte barsch: »Wer ist da?«

»Polizei, machen Sie die Tür auf.«

Ich bekam weiche Knie. Mein Vater ging wieder hinein und drückte den Türöffner. Die Polizisten traten ein. Ich eilte zurück ins Treppenhaus, von wo aus ich ins Wohnzimmer meines Vaters schauen konnte.

Die Beamten und er saßen ganz friedlich am Tisch und redeten.

Aus Angst, mein Vater könnte mich entdecken, huschte ich wieder nach oben in mein Reich. Ich zitterte wie Espenlaub. Nervös nestelte ich mein Handy aus der hinteren Jeanstasche und schrieb Helga eine SMS.

Die Polizei ist jetzt drüben. Hoffentlich weisen die ihn mal ordentlich zurecht.

Ich hatte das Handy gerade wieder zurückgesteckt, als es an meiner Kehrseite vibrierte. Helga rief an.

»Und? Was kannst du sehen?«

Wieder schlich ich ins Treppenhaus und spähte hinüber.

»Sie sitzen am Esstisch und reden. Es sieht ganz friedlich aus.«

»Wie viele Beamte sind es?«

»Der Mann, bei dem ich die Anzeige erstattet habe, und eine junge Kollegin, mein Alter, zierlich und blond.«

»Sara, ich gratuliere dir zu deinem Mut. Ich hätte den nicht gehabt. Die Anzeige war lange fällig.«

»Eine muss ja den Anfang machen. Sonst ändert er sich nie.«

Die Worte des Arztes fielen mir wieder ein: »Solche Menschen ändern sich nie.«

»Sara, er wird später zu mir kommen und mir alles erzählen«, hörte ich Helgas Stimme an meinem Ohr. »Er wird auf hundertachtzig sein.«

»Das ist mir egal. Ich lasse mir das einfach nicht mehr gefallen. Jemand muss ihm seine Grenzen aufzeigen.«

Nervös biss ich auf meinem Daumennagel herum.

»Sara, du solltest ihm in den nächsten Tagen besser nicht über den Weg laufen.«

»Ich weiß.« Ich wischte mir die schweißnassen Hände an den Hosenbeinen ab.

»Aber ich wohne hier, ich bin erwachsen, und ich will mich nicht mehr verstecken wie ein kleines Mädchen. So kann das nicht weitergehen. Ich mache das auch für meine Kinder.«

»Sara, ich werde dir berichten, wie er auf den Polizeibesuch reagiert hat. Vielleicht kommt er ja zur Einsicht. Bis später.«

Noch etwa zwanzig Minuten lang konnte ich die drei dabei beobachten, wie sie am Esstisch meines Vaters saßen und Dokumente ausfüllten. Vielleicht ließen sie ihn gerade unterschreiben, dass er sich mir und meinen Kindern nicht mehr nähern durfte! Hoffnung machte sich in mir breit.

Dann hätte sich alles gelohnt. Dann würde er einfach auf seinem Grundstück bleiben und uns nie wieder belästigen!

Jetzt standen sie auf und gaben sich die Hand. Also nach einer ordentlichen Zurechtweisung sah das eigentlich nicht aus! Mein Vater hatte ihnen sicherlich sein Sonntags-Gesicht gezeigt. Vielleicht hatte er ihnen sogar gesagt, was für eine aggressive, aufsässige Tochter ich sei! Hastig eilte ich auf meine Terrasse. Von dort aus konnte ich hören, wie mein Vater die Beamten höflich verabschiedete.

»Das geht aus wie das Hornberger Schießen«, hörte ich Herrn Neumann sagen, bevor die Autotüren zufielen. Dann fuhr die Polizei wieder weg.

Und ich war mit diesem Psychopathen allein.

* * *

»Kinder, esst bitte auf und dann macht eure Hausaufgaben.«

»Mami, warum isst du denn nichts?« Zwei Paar große Kinderaugen ruhten prüfend auf mir.

»Hast du Zahnschmerzen, Mami?« Romys Hände streichelten sanft über meine geschwollene Wange.

»Ja, ich war schon beim Hausarzt, muss aber auch noch zum Zahnarzt, der hat aber erst in einer Woche Zeit. Aber keine Sorge, Mareas Chef kriegt das alles wieder hin. – Moritz, iss bitte auch den Salat.«

Das Telefon klingelte.

»Ja? Hallo?«

»Neumann hier. Meine Kollegin und ich waren heute Vormittag bei Ihrem Vater wegen der Beschuldigtenbelehrung.«

»Wer ist dran, Mami?« Romy rüttelte an meinem Arm. Sie erwartete den Anruf ihrer Freundin. »Ist nicht für dich, Schätzchen. – Geht in eure Zimmer!« Ich machte den Kindern Zeichen, dass ich in Ruhe telefonieren wollte. Gehorsam verkrümelten sie sich.

»Und jetzt ist genau das eingetreten, was ich Ihnen letztens bei Ihrer Anzeige gesagt habe.«

Herr Neumann klang überhaupt nicht mitfühlend oder besorgt, sondern eher verärgert.

Mein Herz raste. Ich musste die Augen schließen, weil ich grelle Blitze sah.

»Was denn?« Eine schreckliche Ahnung stieg in mir auf. »Was ist eingetreten?«

»Er hat Gegenanzeige gegen Sie erstattet.«

»Gegen … gegen *mich*?«

»Er hat behauptet, Sie hätten ihn mit einer Taschenlampe attackiert.«

»Aber … Aber das ist doch völlig aus der Luft gegriffen! Ich habe ihn nur von mir weg gestoßen, damit ich an ihm vorbeikomme! Als er mich bedrängt hat!«

»Und dabei hatten Sie eine Taschenlampe in der Hand?!«

»Keine Ahnung, ich … die hatte ich schon bei mir, aber die habe ich doch nicht gegen ihn eingesetzt!«

»Genau das wollte ich vermeiden.« Ich hörte Herrn Neumann genervt seufzen. »Jetzt steht Aussage gegen Aussage. Ein ewiger Papierkrieg, der gar nichts bringt.«

»Aber Sie glauben doch nicht etwa … Ich habe das nicht getan. Ich habe ihn nicht mit der Taschenlampe attackiert!«

»Was ich glaube, spielt gar keine Rolle. Die gegenseitigen Beschuldigungen haben sich jetzt hoch geschaukelt, und der Fall geht zum Staatsanwalt.«

Ich schluckte trocken. Dass mein Vater die Dreistigkeit besaß, *mich* zu beschuldigen … Aber so war er eben.

»Was hat mein Vater denn für Verletzungen, die ich ihm mit der Taschenlampe zugefügt haben soll?« Ich atmete tief durch. »Ich meine, hat er ein Attest? So wie ich?«

»Nein. Er meint, er geht deswegen nicht gleich zum Arzt.«

»Aber dann ist das doch eine leere Behauptung!«

»Leider nein. Der Staatsanwalt wird jetzt gegen *Sie* ermitteln, Frau Müller, da Sie einen Gegenstand, sprich eine Taschenlampe, benutzt haben sollen. Da reden wir von einer gefährlichen Körperverletzung. Bei Ihrem Vater wird die Staatsanwaltschaft die Ermittlungen sehr wahrscheinlich einstellen, da er ja nur mit der Faust zugeschlagen hat, und das ist eine einfache Körperverletzung.«

»Er hat *nur* mit der *Faust* zugeschlagen?«, kreischte ich. Das Herz schlug mir bis zum Hals.

»Frau Müller, so ist das in unserem Rechtsstaat, und ich habe Sie vorher gewarnt.«

Sprachlos starrte ich in den Garten hinaus. Draußen stromerte Tommy arglos herum, und plötzlich rannten die Kinder hinaus zu ihrem Hund. »Wir spielen Fangen ...« Unwillkürlich begann ich schwer zu atmen. Meine Fäuste waren geballt.

»Frau Müller, sind Sie noch dran?«

»Ich ...« Das hatte mich kalt erwischt. Mein Mund war wie ausgedörrt, die Nerven meiner beschädigten Zähne jaulten auf, und vor meinen Augen tanzten kleine Punkte.

»Ich komme heute Abend bei Ihnen vorbei, denn jetzt sind *Sie* die Beschuldigte, und ich darf Sie natürlich auch noch belehren. Das alles hat nichts gebracht außer einem Haufen Arbeit für mich. Und das kurz vor Weihnachten«, beschwerte sich Herr Neumann.

Ja, sollte ich mich dafür bei dem Polizeibeamten jetzt noch entschuldigen?

»Frau Müller, ich rate Ihnen, eine gute Rechtsschutzversicherung abzuschließen.«

Mit diesen Worten legte er auf. Was wollte er nur mit seiner Rechtsschutzversicherung? Wie sollte mich dieses Papier vor weiteren brutalen Angriffen meines Vaters schützen?

Minutenlang starrte ich ins Leere. Das konnte doch alles nicht wahr sein. Wem konnte ich mich anvertrauen? Bei wem Trost suchen? Wer würde endlich für mich eintreten?

»Mami! Spielst du mit?« Die Kinder trommelten gegen die Terrassentür. Nebenan werkelte mein Vater mit Hacke und Spaten herum. Versuchte er gerade, einen Weihnachtsbaum einzutopfen? Als wäre *nichts gewesen*? Wollte er auch noch Lichterketten aufhängen? Zum Familienfest des Friedens?

Statt ihnen zu antworten, zog ich panisch die Gardine zu. Oh Gott, was sollte ich denn jetzt tun? Wegen meiner sich steigernden Zahnschmerzen konnte ich weder Fangen spielen noch einen klaren Gedanken fassen! Reflexartig rief ich Helga an.

»Er hat Gegenanzeige erstattet!«

»Sara, du solltest dir eine einstweilige Verfügung besorgen, damit er sich dir und den Kindern nicht mehr nähern darf.«

Ein schriller Dauerton malträtierte meinen Kopf. Wie sollte das funktionieren? Wir wohnten direkt nebeneinander, und er stand gerade draußen mit Hacke und Spaten …

»Er ist außer sich vor Zorn, so aggressiv habe ich ihn noch nie erlebt! Besorg dir unbedingt einen Anwalt …«

Wie von der Tarantel gestochen zog ich die Gardine auf und die Kinder wieder hinein. Zitternd nahm ich sie in die Arme und drückte sie fest an mich, ohne ein Wort sagen zu können.

»Mami, ist alles in Ordnung? Warum dürfen wir nicht mehr draußen spielen?«

»Es wird langsam zu kalt für euch«, improvisierte ich. »Wir bleiben heute drinnen.«

Um die Kinder abzulenken, machte ich ihnen den Fernseher an. Erfreut hockten sie davor, während ich auf dem Sofa saß und ins Leere starrte.

Ich traute mich nicht aus dem Haus, wollte mit meinem geschwollenen Gesicht niemandem begegnen. Ich war genau da, wo meine Mutter gewesen war: in der Isolation. Hoffnungslos, verzweifelt. Machtlos und gedemütigt. Eine Ausgestoßene. Ein *Opfer*. Und ich hasste es, ein Opfer zu sein. Der bloße Gedanke daran ließ mich erschauern.

So fand uns Daniel, als er am Spätnachmittag von der Arbeit kam.

»Was hockt ihr denn hier auf dem Fußboden und guckt wieder mal schwachsinnigen Sondermüll?«

Tatsächlich. Auf einem Privatsender schrien sich gerade irgendwelche Proleten an und stritten um Belanglosigkeiten.

»Er hat mich angezeigt.« Ich blinzelte empört und starrte aus dem Fenster.

»Kinder, was haltet ihr davon, wenn wir heute eine Runde Monopoly spielen?« Daniel begriff den Ernst der Lage und scheuchte die Kinder in ihr Zimmer.

»Baut schon mal alles auf und verteilt die Spielkarten und das Geld, ja? Aber nicht mogeln!«

Mit dem Fuß schob er die Tür hinter den Kindern zu.

»Sara, verdammt. Und was heißt das jetzt?« Er kniete sich vor mich, weil ich weiterhin wie paralysiert die Wand anstarrte.

»Die Polizei kommt zu uns. Ich bekomme eine Anzeige und eine Belehrung.«

Daniels Gesicht war ganz bleich geworden. »Genau das wollten wir doch vermeiden! Wenn sich das im Ort herumspricht …« Er raufte sich die Haare. »Du weißt doch, was meine Mutter davon hält.«

»Deine *Mutter!*«, brauste ich auf. »Hier geht es ausnahmsweise mal *nicht* um deine *Mutter!*«

Daniel starrte mich an. Im Fernsehen gingen gerade mehrere Menschen aufeinander los. Wortlos drückte er mit der Fernbedienung dieses jämmerliche Geschehen weg. Aber meine Realität ließ sich nicht einfach abschalten!

Plötzlich wurde mir wieder bewusst, in welche Situation ich meinen Freund gebracht hatte. Er schämte sich für mich. Das war so demütigend! Ich war doch nicht so! Mein *Vater* war so! Und wie sollte ich mich jemals gegen ihn wehren, wenn nicht auf diese Weise! Würde ich Daniel jetzt ein zweites Mal verlieren?

»Verlässt du mich jetzt wieder?«, fragte ich tonlos.

Er starrte mich unentwegt an und schüttelte unmerklich den Kopf. War das die Antwort auf meine Frage oder nur der Ausdruck seines Unbehagens?

Trappelnde Schritte waren zu hören.

»Daniel! Wir haben das Spielbrett aufgebaut! Kommst du?« Die Kinderzimmertür flog auf.

Mit einem traurigen, aber auch enttäuschten Blick ließ Daniel mich allein im Wohnzimmer zurück.

Um zwanzig Uhr klingelte es. Jetzt hatte ich also die Polizei im Haus. Na toll. Ich war der Albtraum seiner Mutter.

Herr Neumann und seine blonde Kollegin stapften die Treppe herauf.

»Kommen Sie weiter.« Die beiden nahmen am Esszimmertisch Platz wie schon heute Vormittag bei meinem Vater. Interessiert schauten sie sich um.

»Wirklich gemütlich hier«, versuchte es die Blonde mit einer privaten Bemerkung.

Herr Neumann machte nicht den Eindruck, als wäre er in Plauderlaune und hätte Lust auf Weihnachtsgebäck. Die Blonde nahm dankend einen Tee an, Herr Neumann fasste sich kurz.

»Hiermit belehre ich Sie als Beschuldigte, in Zukunft solche Gewalttätigkeiten gegen Ihren Vater zu unterlassen. Sie haben ihn mit einer Taschenlampe angegriffen.«

»Herr Neumann! Ich bitte Sie!« Ein verbittertes Lachen entrang sich mir. »Das ist doch völliger Schwachsinn!«

»Das sagt Ihr Vater über *Ihren* Vorwurf auch!«

Er las weiter aus seinem Protokoll vor, als hätten wir vorher nie ein Gespräch geführt:

»Sie verhalten sich aggressiv, fangen mit allen Leuten aus der Nachbarschaft Streit an, setzen einfach einen Zaun ohne Absprache mit dem Nachbarn ...«

»Weil er einfach unerlaubt auf meinem Grundstück herumgelatscht ist!« Meine Stimme kippte ins Empört-Hysterische. Hilfesuchend sah ich die Blonde an, doch die nippte mit geschürzten Lippen an ihrem Tee.

Völlig unbeeindruckt sagte Herr Neumann: »Das sagen Sie über Ihren Vater. Und Ihr Vater sagt das über Sie.«

»Aber *ich* latsche doch nicht über *sein* Grundstück!« Ich schluckte verzweifelt. »Er soll uns einfach nur in Ruhe lassen!«

Mein Blick glitt hinüber zum Fernseher, in dem am Nachmittag dieselben kleinkarierten Streitereien über den Bildschirm geflackert waren. Waren wir auch so ein asoziales Milieu? Dabei war mein Vater doch der Urheber! Und ich durfte einfach nicht nachgeben, wenn er nicht den Sieg davontragen sollte.

»Haben Sie schon vergessen, was er für ein Vorstrafenregister hat?«

»Das geht aus wie das Hornberger Schießen.«

Diesen Satz hörte ich heute schon zum zweiten Mal. Herr Neumann hatte keine Lust auf diese unerfreuliche Lappalie, das sah man ihm deutlich an. Müde stand er auf. »Jetzt vor Weihnachten passiert sowieso nichts mehr. Ich habe erst mal zwei Wochen Urlaub. Bis die Akte beim Staatsanwalt landet, wird es Januar werden, und dann ist es ja nicht so, dass es die Einzige mit diesem oder ähnlichem Inhalt ist.« Er sandte der Blonden einen knappen Blick, woraufhin auch sie aufstand. »Ich habe Ihnen ja gesagt, es schaukelt sich nur hoch und macht uns allen unnötige Arbeit.«

Ich überhörte die »unnötige Arbeit«. War mein Leib und

Leben und das meiner Kinder »unnötige Arbeit«? Wenn die Polizei mir nicht helfen wollte, musste ich es eben selber tun.

»Ich habe mir ein Pfefferspray gekauft. Die Freundin meines Vaters hat mich gewarnt, dass er mir bei unserer nächsten Begegnung ein paar aufs Maul hauen will, und zwar so, dass ich keinen Krankenwagen mehr brauche.« Ich machte Anführungszeichen in die Luft.

So. War das nicht ein eindeutige Gewaltandrohung?

Wieder fiel die Reaktion der Polizei ganz anders aus, als ich es erwartet hätte.

»Pfefferspray dürfen Sie gar nicht benutzen, Frau Müller. Das wäre wieder gefährliche Körperverletzung. Das dürfen Sie nur bei Wildtieren anwenden.«

»Aber wie kann ich mich denn dann schützen?« Fieberhaft zermarterte ich mir das Hirn.

»Wenn Ihr Vater mehrere Minuten lang auf Sie einprügelt und Sie schon am Boden liegen, dann wäre es eventuell zu entschuldigen, dass Sie das Spray einsetzen.« Er sah seine junge Kollegin vielsagend an. »Aber solange das nicht der Fall ist, rate ich Ihnen dringend davon ab.« Er warf mir einen strengen Blick zu.

»Aber …« Ich starrte ihn an und fand keine Worte.

»Schließen Sie eine Rechtsschutzversicherung ab, für den Fall, dass Sie sich gerichtlich gegen ihn wehren müssen. Die werden Sie brauchen. Ich wünsche Ihnen einen schönen Abend.«

Schon wieder! Ich war fassungslos.

Abends lagen Daniel und ich im Bett, und es war, als läge mein Vater zwischen uns. Wir konnten nicht sprechen. Er war ein Tabuthema, und gleichzeitig das Einzige, was uns durch den

Kopf ging. Ja, er verpestete mein ganzes Leben. Er war wie eine grässliche, ansteckende Krankheit, die man verschwieg. Er war meine persönliche Seuche.

Nichts wünschte ich mir mehr, als dass mein Vater einmal erfuhr, wie es sich anfühlt, wenn eine Faust auf einen niedersaust. Wenn man nicht mehr ausweichen kann und weiß, gleich passiert es. Und nun war ich auch noch die Beschuldigte! Ich durfte mich nicht wehren, sollte laut Polizei warten, bis er minutenlang auf mich eingeprügelt hatte. Mit anderen Worten, ich war ihm hilflos ausgeliefert. Wie lange sollte das denn noch so weitergehen? Ich starrte in die schwarze Nacht hinaus, und mir war, als würde sich dort draußen auf dem Baugerüst ein Schatten bewegen. Mein Herz machte einen dumpfen Schlag.

»Daniel?«

Schutzsuchend kuschelte ich mich an meinen Freund.

»Du hast alles richtig gemacht, Sara«, murmelte er schlaftrunken. Seine Finger streichelten mein Schulterblatt. »Irgendwann wird er seine Strafe schon noch bekommen.«

Sein gleichmäßiges Schnarchen verriet, dass er wieder eingeschlafen war.

Irgendwann?, dachte ich nur. Jetzt! Ich halte das nicht mehr aus! Das muss doch mal ein Ende haben!

Die Schatten auf dem Baugerüst tanzten. Es mochten die Zweige der Fichte sein, die der Nachtwind schüttelte. Doch in meiner Fantasie war es der böse Mann, der auf mich lauerte. Mein Vater.

Im Nu war ich wieder ein kleines Kind, sah ihn auf meine Mutter eindreschen. Immer wieder auf ihren Kopf. Mit dem Mut der Verzweiflung war ich als Vier- oder Fünfjährige auf einen Hocker geklettert, hatte nach einem Kochlöffel geangelt und meinem Vater damit wiederholt auf den Hintern geschlagen.

Der hatte nur gelacht, mir den Löffel entrissen und damit auf meine Mutter eingeprügelt, bis sie zu Boden ging. Nach mehrmaligen Tritten gegen den reglosen Körper hatte er sie einfach liegen lassen und war in seine Kneipe gegangen, ein Bier trinken.

Wieder war ich rüber zu meiner Oma gerannt, um Hilfe zu holen. Die kam im Küchenkittel durch den Garten gelaufen, schlug die Hände über dem Kopf zusammen und sagte: »Halte durch. Eines Tages wird er ruhiger.«

Ich sah wieder das Muster der Tapete vor mir. Die Erinnerung war so real, als wäre es gestern gewesen.

In mir loderte erneut diese Wut, diese unbändige Wut! Warum *durfte* der das ungestraft? Warum verwehrte es ihm niemand? Ich wollte meinen Vater nicht hassen, aber ich wollte, dass er einen Denkzettel verpasst bekam. Dass er ein einziges Mal spürte, wie das ist, wenn jemand mitleidslos auf ihn losgeht.

Ach, wenn ich doch nur schlafen könnte!, dachte ich.

In zwei Stunden würde ich wieder aufstehen müssen. Draußen stahl sich der fahle Mond hinter Wolkenfetzen hervor.

Das Baugerüst knarrte im Wind.

Plötzlich sah ich Marius darauf stehen. Den starken Marius, der mir seinen Bizeps gezeigt hatte.

Der Drang, etwas zu unternehmen, war nicht mehr zu stoppen.

»Es hat alles keinen Sinn mit der Anzeige und der Polizei. Weißt du, der muss einfach selbst mal spüren wie das ist, geschlagen zu werden, Helga.«

»Da sagst du was, Sara. Wenn es nur jemanden gäbe, der das für uns täte.«

»Ich wüsste vielleicht wen …«, sagte ich vorsichtig. »Weißt du, Helga, es wäre mir sogar tausend Euro wert.«

»Und ich leg noch mal tausend Euro obendrauf«, kam es wie aus der Pistole geschossen.

Hatte ich das geträumt?

16

Pützleinsdorf, Mittwoch, 7. Dezember 2016

»Guten Morgen, schöne Frau!«

Marius, der gut gelaunte Mann mit dem blauen Helm, tauchte frühmorgens wieder vor meinem Balkon auf. »Ich musste wie gesagt erst die andere Baustelle erledigen, aber jetzt bringe ich dir die restlichen Ziegel an.« Fröhlich pfeifend kletterte er über mir auf das Dach und hämmerte darauf herum. Ich rauchte hektisch und rang mit mir, ob ich diese Chance nun wahrnehmen oder verstreichen lassen sollte. Hatte ich das Gespräch mit Helga wirklich nur geträumt?

Nein! Es war ganz real gewesen. Helga hatte heute Morgen spontan gesagt, sie würde noch tausend Euro drauflegen, wenn jemand meinem Vater mal eine reinhauen würde. Oder?

Inzwischen stand ich in der Küche und setzte Teewasser auf. Während die Teebeutel zogen, fummelte ich verwirrt das Handy aus der Hosentasche:

»Helga? Hast du das ernst gemeint mit dem … Du weißt schon.«

»Sara, ich kann jetzt nicht reden, ich bin nicht allein …«

»Helga, gilt dein Angebot noch?«

»Ja. Natürlich.«

»Du bist also dabei?«

»Selbstverständlich.« Sie legte auf.

Meine Hände zitterten so sehr, dass ich kaum in der Lage war, das Tablett mit der Teekanne hinaus auf den Balkon zu tragen.

Kurz darauf stand mein Dachdecker wieder vor dem Balkon.

»Sara! Das war's!« Er nahm dankend die Teetasse entgegen. »Es war echt total schön mit dir. Keiner meiner Auftraggeber war je so nett zu mir wie du.«

Wir tranken unseren Tee und sahen uns schweigend an. Wollte er noch etwas sagen? Oder wollte *ich* noch etwas sagen? Wieso brachte ich es dann nicht über die geschwollenen Lippen? Mein Kinn zitterte.

»Wie geht es deinen Zähnen?«, fragte er schließlich.

Ich weinte nicht oft. Aber die eine oder andere Träne hatte ich in letzter Zeit schon wegblinzeln müssen. Das war auch Marius nicht verborgen geblieben.

»Das ist zu reparieren, demnächst habe ich endlich meinen Zahnarzttermin. Aber das hier …« Ich zeigte auf mein Herz. »Das verheilt nicht, weißt du.«

Er sah mich prüfend an. »Kann ich irgendetwas für dich tun, Sara?«

Ich fühlte mich wie ein Flipperautomat, bei dem alle Kugeln gleichzeitig losgeschleudert wurden: Angst, Selbstmitleid, Zorn, Wut, Rache, Gerechtigkeitsgefühl, Entschlossenheit, etwas zu ändern. Jetzt. Sofort. Für immer.

Mein Puls raste. Wenn ich jetzt nicht »Ja« sagte, wann dann?

»Ja«, sagte ich schließlich. »Ich würde dich auch dafür bezahlen.«

Marius verstand. Er pustete in den Tee, dessen Dampf sich vor seinem Gesicht schlängelte.

»Was soll ich machen?«

»Ihm einfach mal eine reinhauen«, sprudelte es nur so aus mir heraus. »Er soll einmal spüren, wie es ist, der Schwächere zu sein. Es würde mir so viel bedeuten, Marius! Ich glaube nämlich, dass ich danach Ruhe haben würde.«

Marius zog die Augenbrauen hoch. »Eine reinhauen. Sonst nichts?«

»Nein, Marius. Nur einen Denkzettel sollst du ihm verpassen. Ein Veilchen. Er soll einmal im Dorf herumlaufen und sich für sein blaues Auge schämen müssen. So wie die Mutter meiner Halbschwester. So wie meine Mutter und ich. Und so wie meine Freundin Helga. Sie beteiligt sich übrigens an dem Auftrag. Es soll dein Schaden nicht sein.«

Wieder schaute Marius mich fragend an. Offensichtlich war es ihm peinlich, dafür Geld zu nehmen. Aber ich wusste doch, wie dringend er es brauchte!

»Marius, wir würden uns das zweitausend Euro kosten lassen.« Entschlossen stellte ich die Teetasse ab. »Meinst du, dafür kriegst du das hin?«

»Bist du sicher? Zweitausend Euro? Für einmal in die Fresse hauen?« Marius' schiefes Grinsen entgleiste. Wieder kreiste er mit den Schultern, als wollte er prüfen, ob noch alles funktionierte.

»Marius, es soll ein einmaliger Denkzettel sein. Aber schon so, dass er es sich das nächste Mal gut überlegt, eine Frau zu schlagen.«

Marius nickte zögerlich. Seine Gehirnzellen arbeiteten auf Hochtouren.

»Ich habe den Alten ja noch nie gesehen, nicht aus der Nähe, meine ich. Und er mich auch nicht.«

»Das ist doch gut so.«

»Wie stellst du dir das denn vor?« Marius stützte die Ellbogen aufs Balkongeländer und spähte zum Balkon meines Vaters hinüber.

Doch der schien noch bei Helga zu sein, das Garagentor stand offen, und das Auto war weg.

»Ich denke, es wäre am besten, wenn du ihn abends vor seiner Haustür abpasst. Wenn du dich rechts an der Wand entlangschleichst, erfasst dich der Bewegungsmelder nicht. Bevor mein Vater dann das Haus betritt, haust du ihm eine rein und verschwindest in der Dunkelheit. Was ich damit erreichen will, ist, dass er einmal spürt, wie es ist, geschlagen zu werden. Vielleicht ändert er sein Verhalten ja dann.«

Marius nickte bedächtig. »Wann soll ich es machen?«

»Abends. Aber ich muss mich vorher mit Helga besprechen.«

»Okay. Und wie verständigen wir uns?«

»Auf keinen Fall per Telefon. Wir kennen uns ja offiziell nicht näher.«

»Schade eigentlich«, sagte Marius.

Flirtete er etwa mit mir? *Jetzt?*

»Ich lege dir einen Zettel aufs Baugerüst, wie und wann es am besten ist. Und wenn es passiert ist, liegt an der gleichen Stelle das Geld.«

Marius zog einen Dachziegel hervor, den er nicht mehr untergebracht hatte:

»Okay. Und damit beschweren wir unsere Botschaften.«

»Dann sehen wir uns von nun an am besten nicht mehr.«

»Nein.«

Marius' blauer Helm verschwand so schnell, dass das Baugerüst schepperte und wackelte.

Dann herrschte Stille.

»Du hast bitte *was vor*?«

»Daniel, ich verspreche dir, dass das Thema bald ein Ende haben wird. Aber ich musste es dir einfach sagen. Marius wird meinem Vater einen Denkzettel verpassen.«

»Sara, wie kommt dieser Mann dazu? Was hast du für ein Verhältnis zu ihm, dass er bereit ist, so was für dich zu tun?«

Daniel und ich saßen mit unserem üblichen Gute-Nacht-Tee auf dem Balkon, und ich spähte unauffällig zu der Stelle hinüber, wo ein einsamer Dachziegel auf dem Gerüst lag.

»Hier werden wir unsere Botschaften austauschen.«

»Sara, du bist wahnsinnig!« Heftig stieß Daniel den Rauch seiner Abendzigarette aus. »Weißt du, was das bedeutet, wenn das rauskommt?!«

»Das kommt nicht raus.« Um Gelassenheit bemüht, blies auch ich Rauch in die schwarze Nacht. »Kein Mensch kennt Marius, und er hat keinerlei Beziehung zu meinem Vater. Es ist bombensicher.«

»Ja, aber warum tut er das für dich?«, hakte Daniel erneut nach. »Hast du was mit dem?«

»Spinn jetzt nicht rum, Daniel.« Ich stieß ein spöttisches Schnauben aus: »Bist du etwa wieder eifersüchtig?«

Wir schwiegen eine Weile verstockt vor uns hin.

»Sara!«, ertönte es schließlich versöhnlich. »Bitte geh morgen zum Anwalt wie geplant. Du wolltest doch eine einstweilige Verfügung erwirken …«

»Einstweilige Verfügung?« Meine Stimme überschlug sich fast. »Dass er sich mir nicht mehr nähern darf? Aber er wohnt nun mal nebenan. Hast du überhaupt zugehört? Die Polizei sagt wörtlich: Erst wenn er minutenlang auf mich einschlägt, darf ich darüber nachdenken, mein Pfefferspray zu verwenden. Aber eine *Rechtsschutzversicherung* soll ich abschließen«, eiferte ich mich. »Weil dieses Papier mich ja vor ihm beschützt! – Und wenn du es schon nicht tust …«, stieß ich hervor.

Daniel verdrehte die Augen. »Sara! Bitte! Sei doch vernünftig! Wenn es dir hilft, rede ich halt mit ihm.«

»Du redest mit meinem Vater?« Ich musste mich schwer zusammenreißen, um nicht laut loszukreischen. »Außer: ›Bitte seien Sie doch vernünftig‹, bringst du doch nichts zustande!«

Wieder stand das angespannte Schweigen zwischen uns wie eine Wand.

Ich hatte solche Angst, dass Daniel mich wieder im Stich lassen könnte! Schon spürte ich, dass er mit dem Gedanken spielte, seine Sachen zu packen und zu seiner Mutter zu ziehen. Ich brauchte ihn doch jetzt so sehr! ›Bitte Daniel, verlass mich nicht!‹, flehte ich innerlich, auch wenn ich äußerlich die Empörte gab. Warum gehst du nicht mit mir runter, wartest auf meinen Vater, stellst ihn zur Rede, krempelst die Ärmel hoch und zeigst ihm deine Entschlossenheit? Du bist doch viel stärker als dieser alte dicke Mann! Und dann brauche ich auch Marius nicht mehr.

In dem Moment hörten wir den Ferrari meines Vaters die Straße hinaufpreschen. Die Scheinwerfer waren auf uns gerichtet wie die Augen eines Raubtiers. Sekundenlang erstarrten wir wie Kaninchen vor der Schlange. Das Garagentor fuhr hoch, und die Lichtkegel streiften uns.

Doch Daniel krempelte die Ärmel nicht hoch.

Er duckte sich und floh ins Wohnzimmer. Und ich huschte hinterher.

17

Pützleinsdorf, Donnerstag, 8. Dezember 2016

»Was kann ich für Sie tun, Frau Müller?«

Der junge Anwalt, der mich in Empfang genommen hatte, wies mir einen Stuhl in seinem schicken, modern eingerichteten Büro zu. Er war etwa so alt wie ich, trug einen maßgeschneiderten grauen Anzug und blankgeputzte schwarze Schuhe, an denen kleine Troddeln hingen. Sein Haarschnitt war akkurat. Bestimmt spielte der Golf.

Er hieß Frank Schadewald, wie auf seinem Türschild zu lesen war.

»Es wurde mir geraten, eine einstweilige Verfügung zu erwirken, damit mein Vater Abstand zu mir und den Kindern hält. Können Sie das bitte für mich übernehmen?«

»Sagten Sie ... Ihr *Vater*?« Interessiert legte er die Fingerkuppen aneinander. Seine Augen waren hell und undurchdringlich. Freute ihn diese Geschichte? Nervte sie ihn? Dachte er an sein Honorar? Frank Schadewald forderte mich auf, mehr zu erklären.

Wieder erzählte ich haarklein die unerfreuliche Geschichte, angefangen von meiner Kindheit, über den vermaledeiten Faustschlag in mein Gesicht, gefolgt von meiner Anzeige und seiner dreisten Gegenanzeige.

»Ich schlage vor, es zunächst ohne richterlichen Beschluss zu versuchen.« Frank Schadewald verzog keine Miene. »Das macht am Ende vor Gericht einen besseren Eindruck.«

Fragend zog ich die Brauen hoch. »Das versteh ich nicht ...«

»Ihr Vater erhält eine Art schriftlichen Vertrag. Darin wird er aufgefordert, sich Ihnen und den Kindern nicht mehr zu nähern, was natürlich schwierig wird, da er ja neben Ihnen wohnt.«

Ich schwieg erwartungsvoll. So weit war ich selbst schon gekommen.

»Wenn er sich nicht daran hält, impliziert dieser Vertrag eine Geldstrafe von fünftausend Euro.«

Die er natürlich nie im Leben zahlen wird!, dachte ich. Das ist alles eine einzige Farce.

»Und dieses von Ihnen aufgesetzte Schreiben soll bindend sein?« Zweifelnd sah ich ihn an.

»Wie gesagt, das macht vor Gericht den besseren Eindruck.« Er griff zu seinem Marken-Kugelschreiber: »Soll er das Schreiben vor dem Wochenende bekommen oder danach?«

»So schnell wie möglich!«

Der schnieke Frank beugte sich vor. Ein Hauch edlen Herrenparfüms kam mir entgegen.

»Frau Müller, jetzt spreche ich mal nicht als Anwalt zu Ihnen. Glauben Sie, dass dieses Schreiben bei Ihrem Vater etwas bewirkt?«

»Ich weiß nicht, wahrscheinlich nicht.«

Ich wollte doch Rat von ihm, und nicht umgekehrt!

»Es gibt Typen, die lassen sich von so einem Anwaltsschreiben beeindrucken, und dann gibt es welche, die werden erst recht aggressiv.« Frank Schadewald legte die Fingerkuppen erneut gegeneinander, und ich kam nicht umhin, seine goldene Rolex zu betrachten. »So wie Sie Ihren Vater schildern, gehört er eher zur zweiten Sorte.«

Ich schluckte. »Ja, das stimmt. Aber was bleiben mir denn sonst für Möglichkeiten?«

Ich gab mir Mühe, konstruktiv und positiv zu klingen. Dabei war alles so aussichtslos! Verdammt, ich spürte, wie mir die Tränen kamen. War es Wut, Hilflosigkeit oder gar Selbstmitleid? Ich wollte doch hier vor dem gelackten Schönling nicht etwa losheulen?

»Gehen Sie Ihrem Vater aus dem Weg.«

»Das ist jetzt nicht Ihr Ernst, oder?! Was ist, wenn er mich wieder angreift? Und keiner hat was gesehen und gehört?! Wer hilft denn *mir*, verdammt noch mal?« Jetzt kamen mir doch die Tränen. Ich konnte nichts dagegen machen! Verärgert wischte ich sie mit dem Ärmelzipfel weg.

»Besorgen Sie sich eine Bodycam«, schlug Frank Schadewald vor. »Dann können Sie wenigstens beweisen, dass er Sie angegriffen hat.«

»Was sollst du?« Helga stieß ein raues Lachen aus, als ich sie auf dem Rückweg vom Anwalt besuchte. Mit ihr zu telefonieren, schien mir in Sachen Marius zu riskant.

»Ja, ist das nicht pervers? *Ich* muss mir eine Bodycam um den Hals hängen, damit *ich* beweisen kann, dass ich nicht lüge, wenn er mir das nächste Mal mit der Faust ins Gesicht schlägt?!«

»Setz dich erst mal. Du siehst aus wie ausgespuckt.« Helga schenkte mir einen Tee ein und bot mir frisches Gebäck an. Kauend saßen wir in ihrem wunderschönen, weihnachtlich geschmückten Wintergarten. Es duftete nach Zimtsternen und Vanillekipferln.

»Wo ist der Stein unseres Anstoßes überhaupt?« Suchend sah ich mich um.

»Der ist mit seinen Stammtisch-Kumpels unterwegs, ich glaube bei irgendeiner Weihnachtsfeier.«

Helga vergrub ihre Gel-Fingernägel in das Fell ihres Hundes. »Sara, erzähl mir von diesem Marius.«

Ich schilderte Helga meinen blau behelmten Rächer, der so dringend auf eine Weltreise sparte. »Er ist perfekt für unser Vorhaben, Helga. Niemand wird ihn je verdächtigen, am allerwenigsten mein Vater. Aber er soll ahnen, dass das Veilchen, welches Marius ihm verpassen wird, ein Gruß von mir ist.«

»Und von mir.« Helga sah mich fest entschlossen an. »Er soll so verwirrt sein und ratlos, dass er nächtelang zittert vor Angst, ob das wohl noch mal vorkommt. So wie ich, als ich mich damals im Wald vor ihm versteckt und mich nicht mehr nach Hause getraut habe, weil ich nicht wusste, was als Nächstes passiert.«

»Also bleibt es bei deinen Tausend Tacken?« Ich pustete in meinen Tee. Ich konnte eine vernünftige Freundin in dieser Situation gut gebrauchen.

»Ja.«

»Aber dass eines klar ist: Auf keinen Fall sprechen wir am Telefon über ihn und die Sache.«

»Klar. – Am Samstag nach der Weihnachtsfeier wäre es perfekt. Da ist er bestimmt leicht zu überrumpeln.«

Ich sah sie von der Seite an. »Du hast ja schon einen genauen Plan!«

»Ja, was denkst du denn? Oder willst du bis nächstes Jahr warten?« An ihrer Stimme merkte ich, wie nervös sie war.

Ich straffte mich. »So, ich muss jetzt gehen. Die Kinder kommen aus der Schule. Danke für den Tee.«

164

»Ach, Sara. Einerseits sterbe ich vor Angst. Andererseits freue ich mich schon darauf«, seufzte Helga. Dann begleitete sie mich fröstelnd durch den Wintergarten hinaus zu meinem Auto. »Samstagabend also. Ich lass dich wissen, wann er nach Hause kommt.«

Während ich die Wagentür aufschloss, drehte ich mich noch einmal zu ihr um. »Weißt du, was mich am meisten erschreckt?«

»Was denn?« Helga kraulte den Hund, der ihr liebebedürftig gefolgt war.

»Wir sind doch eigentlich gar keine bösen Menschen. Trotzdem planen wir einen hinterhältigen Anschlag auf meinen Vater und bezahlen einen Auftragstäter. Wir freuen uns sogar noch darauf.«

»Er hat uns so gemacht, Sara. Er hat es nicht anders verdient.«

Helga zog ihren Hund ins Haus und schloss dreimal von innen ab.

18

Pützleinsdorf, Freitag 9. Dezember 2016

Angespannt versuchte ich meinen Alltag zu bewältigen. Nachdem nun der konkrete Plan gereift war, dass Marius meinen Vater am Samstag nach der Weihnachtsfeier vor der Haustür abfangen und ihm ein paar verpassen sollte, wartete ich auf die Gelegenheit, unserem Rächer diesen Plan auch mitzuteilen.

Marius war inzwischen auf einer anderen Baustelle, und ich konnte nur hoffen, dass er daran dachte, nach Feierabend bei meinem Balkon vorbeizuschauen und den Zettel zu lesen. Darauf hatte ich mit schwarzem Filzstift geschrieben: *Samstag, 10.12., ab 20 Uhr. Vor seiner Haustür.*

Mit schweißnassen Fingern hatte ich den Zettel winzig klein zusammengefaltet und unter den Dachziegel gelegt.

Ständig starrte ich auf die Stelle, so als wäre eine kleine Bombe darunter versteckt.

Daniel spürte meine Nervosität. Ich war bissig und schnippisch und konnte kaum erwarten, dass es endlich vorbei war. Wich er meinem Blick absichtlich aus? Nach seinem Dienst zog er sich sofort mit den Kindern zurück, wahrscheinlich auch, um sich selbst aus der Schusslinie zu bringen. Ich war ihm dankbar, dass er die Kinder ablenkte, gleichzeitig vermisste ich ihn als Gesprächspartner. Innerlich starb ich vor Angst und Lampenfieber. Bitte Daniel, verlass mich nicht!, flehte ich stumm. Ich brauch dich doch so! Ich bin gerade im Begriff, etwas Schwerwiegendes zu tun, und was mache ich, wenn die Sache schiefgeht? Mein Magen krampfte sich zusammen. Noch konnte ich alles rückgängig machen. Was, wenn alles raus käme, und ich im Gefängnis landen würde? Was, wenn mein Vater danach umso aggressiver wäre?

Andererseits wollte ich es unbedingt.

Während ich rauchend und zitternd vor Kälte auf meinem Balkon saß und auf ein Lebenszeichen von Marius wartete, ging drüben in Mutters Bügelzimmer das Licht an und gleich darauf wieder aus. Was suchte mein Vater dort? Es war Mutters heimlicher Rückzugsort gewesen.

Wieder sah ich mich dort als fünfjähriges Mädchen auf dem Fußboden hocken und mit meinem Puppenhaus spielen, während sie bügelte. Alles war friedlich, es duftete nach diesem Spray, mit dem sie die Oberhemdkragen meines Vaters stärkte. Das verdampfte zischend und vermischte sich mit dem Rauch der Zigarette, die meine Mutter heimlich dabei rauchte. Der Aschenbecher stand auf dem Fensterbrett, und zwischendurch wedelte sie den Rauch nach draußen.

Plötzlich flog die Tür auf, und mein Vater stand wutentbrannt auf der Schwelle.

An Worte oder die genaue Abfolge dessen, was dann passierte, konnte ich mich nicht mehr erinnern. Ich sah nur den Aschenbecher durch das Zimmer fliegen, der in mein Puppenhaus krachte. Das Dach war abrasiert, die kleinen Zimmer mit ihren Figürchen und Möbeln zerstört. Überall lagen Zigarettenstummel herum, die Asche rieselte wie nach einem Bombenanschlag durch meine Kinderwelt, und es stank ekelerregend. Erschrocken duckte ich mich und spähte zwischen den Fingern meiner Hände hindurch, die ich schützend vors Gesicht geschlagen hatte. Er zog meine Mutter an den Haaren, riss sie zu Boden und drückte ihr Gesicht in die Kippen. An diesem Tag hörte ich sie nicht schreien.

Ich raffte an mich, was von meinem Puppenhaus übrig war, und flüchtete in mein Kinderzimmer. Er tobte und schrie, warf mit Bierflaschen um sich. Endlich hatte er sich abreagiert und polterte die Treppe hinunter. Ich hörte die Haustür schlagen und anschließend das Auto mit quietschenden Bremsen aus der Garage fahren.

Im Bügelzimmer war es verdächtig ruhig. In der bangen Ahnung, er könnte sie diesmal totgeschlagen haben, nahm ich all meinen Mut zusammen und tastete mich zentimeterweise über den Flur. Sie war nicht tot. Sie kniete auf dem Fußboden und sammelte mit zitternden Fingern die Scherben und

Zigarettenstummel ein. Aus ihren Mundwinkeln tropfte Blut. Ich war wie gelähmt. Sie kroch auf allen vieren, sah mich nicht an, nahm mich nicht zur Kenntnis, funktionierte einfach nur.

Das Baugerüst wackelte und knarrte. Ich versuchte ruhig weiterzuatmen. Vor meinem inneren Auge sah ich schon Vater daran emporklettern, und wieder war ich wie gelähmt.

Doch es war nur der Wind.

»Da ist er.« Helga und ich standen vor unseren Autos und starrten an einer eingerüsteten Fassade empor. Wir blinzelten in die fahle Wintersonne.

»Welcher ist es? Da sind mehrere.«

»Der mit dem blauen Helm.«

Er war wirklich nicht gekommen, um auf den Zettel zu schauen, sodass ich beschlossen hatte, selbst zu handeln.

Ich steckte zwei Finger in den Mund und stieß einen gellenden Pfiff aus.

Augenblicklich drehte sich Marius um und winkte uns zu. Wie ein Gorilla turnte er vom Gerüst herunter und kam auf uns zu, die Hände in den Hosentaschen seines Blaumanns vergraben.

»Hi, Marius«, begrüßte ich ihn mit Handschlag. Vielleicht war es doch gar nicht so schlecht, wenn Helga ihn einmal kennenlernte, bevor unser Plan in die Tat umgesetzt werden würde. Schließlich war sie zu fünfzig Prozent Auftrag- und Geldgeberin. Dennoch wollte ich es vermeiden, dass man uns miteinander in Verbindung bringen konnte. Deshalb hielt ich das Treffen äußerst kurz. Wir standen dick vermummt am Straßenrand, die Schals vors Gesicht gezogen, den Mantelkragen hochgeschlagen.

»Das ist Marius, das ist Helga. Ihr kennt euch nicht und habt euch nie gesehen.«

»Okay.« Marius wischte sich über die Nase. Sein Blick glitt fragend zwischen uns hin und her.

»Ach so, ich hätte nach dem Zettel gucken sollen oder?«

»Vergiss es, Marius. – Morgen, Samstagabend, kommt er gegen 20 Uhr nach Hause.« Helga wühlte in ihrer Handtasche und reichte ihm einen Zettel, auf dem sie sicherheitshalber alles noch mal notiert hatte. »Ich selbst werde bei einer Freundin sein.« Fragend sah sie mich an und zog an einem weiteren Umschlag. Unmerklich schüttelte ich den Kopf. Keine Vorauszahlung! Erst die Tat, dann das Vergnügen.

»Okay.« Marius las sich alles noch mal durch, zerknüllte den Zettel, ließ ihn fallen und stieß ihn mit dem Fuß in den Gully.

»Und du, Sara, solltest auch ein Alibi haben und lieber nicht zu Hause sein. Unternimm irgendwas mit deinen Kindern.« An seiner Stimme hörte ich, dass auch er nervös war, obwohl er sich locker und fast schon professionell gab.

Ich gab mir Mühe, positiv zu klingen.

»Dann leg ich dir das Geld Montagfrüh unter den Dachziegel. Du baust das Gerüst ab, nimmst es dir und verschwindest auf Nimmerwiedersehen.«

»In Ordnung. Wenn ich die Kohle habe, kann ich ja auch sofort abdüsen. – Jetzt muss ich aber wieder rauf.«

Mit einem knappen Nicken schwang sich Marius wieder aufs Gerüst. Das ganze Treffen hatte kaum eine Minute gedauert.

»Was für einen Eindruck hast du von ihm?« Wir Frauen schlenderten schon wieder zu unseren Autos, die Hände in den Manteltaschen vergraben.

»Er wirkt stark.«

»Ja.« Ich deutete auf meinen Bizeps.

»Und er hat den Zettel in den Gully gesteckt. Also denkt er mit.«

»Außerdem wird er mit dem Motorrad um die Welt fahren, und niemand sieht ihn jemals wieder.«

»Ja. Insofern ist er die Idealbesetzung.«

Helga schloss schon ihr Auto auf. »Ich habe ein gutes Gefühl. Er wird Heinz ein unvergessliches Andenken bescheren. Und der hat es verdient, Sara. Mach dir keinen Kopf.«

Trotzdem, gleichzeitig war ich unruhig. »Mensch Helga, wenn das rauskommt??«

Sie legte mir die Hand auf die Schulter.

»Daran darfst du gar nicht denken. Das wird nicht rauskommen. Ab Sonntag haben wir unsere Ruhe.«

19

Pützleinsdorf, Samstag 10. Dezember 2016

»Hallo, Daniel!«

Er dekorierte gerade die Fenster seiner Mutter mit Tannenzweigen und roten Kugeln und hängte kitschige Engelsfiguren an die Fensterrahmen.

Ich brauchte dringend ein Alibi für heute Abend! Mir war schon ganz schlecht vor Angst. Deshalb hatte ich meinen Stolz überwunden und mich in die Höhle des Löwen gewagt. Meine beiden Kinder warteten im Auto. Aus dem offenen Wohnzimmerfenster kam Weihnachtsmusik vom CD-Player.

»Sara, was machst du denn hier?«, fuhr er mich an. »Wir hatten doch eine Abmachung oder?«

»Daniel, ich habe mir gedacht, jetzt so kurz vor Weihnachten, da legen wir mal alle unsere Vorurteile ab. Es ist doch das Fest der Liebe?« Ein bisschen scheinheilig kam ich mir schon vor, als ich mit einem bunt verpackten Päckchen für die Mutter vor der Tür stand. Es waren selbst gebackene Plätzchen von den Kindern.

»Sara, danke, ich werde es ihr geben.« Sein Blick schien über mich hinwegzugehen, so als wäre ich gar nicht da. Kann denn diese Frau nicht mal rauskommen und selber hallo sagen?, schoss es mir durch den Kopf. Wieder kam ich mir abgekanzelt vor, wie ein Mensch zweiter Klasse. Mit seiner Muttersöhnchen-Masche konnte er mich in den Wahnsinn treiben! Ihn zu überrumpeln, war wohl doch keine so gute Idee gewesen. Ich wünschte, diese Mutter würde hinter einer Dornenhecke in einen hundertjährigen Schlaf fallen.

»Sie hält gerade ihren Mittagsschlaf.« Daniel schien Gedanken lesen zu können.

»Wie wär's denn mit Kino heute Abend?« Er musste mit mir kommen, er *musste* einfach!

»Das geht nicht, Sara. Ich habe meiner Mutter schon versprochen, dass wir gemeinsam das Adventsfest der Volksmusik im Fernsehen anschauen. Sie liebt den Silbereisen.«

Ich trat von einem Bein aufs andere. »Und wenn deine Mutter *mitkommt* ins Kino?« Das war wirklich das Äußerste, was ich mir von den Lippen ringen konnte. »Wir könnten vorher essen gehen, ich lade euch alle ein, und dann lernen wir uns mal so richtig kennen.«

»Sara, nein heißt nein! Meine Mutter hat da ihre eigenen Vorstellungen.« Er schob Tannenzweige auf dem Fensterbrett hin und her.

Ich riss mir den letzten Fetzen Stolz aus dem Herzen und trat von einem Bein aufs andere.

»Mir ist es aber wichtig, Daniel. Das kann doch nicht ewig so weitergehen. Wie stellst du dir das denn vor?«

Unwillig fuhr Daniel zu mir herum.

»Ich stelle mir bald gar nichts mehr vor, Sara! Die Situation ist unerträglich. Ich war von Anfang an ehrlich zu dir, was meine Mutter und die Wochenenden betrifft.«

Und wieder ließ er mich im Stich. Obwohl er doch wissen musste, was ich im Schilde führte. Oder gerade *deshalb?* Ich brauchte ein Alibi. *Er* brauchte ein Alibi! War ihm das denn gar nicht klar? Der Feigling! Mir reichte es endgültig.

»Wenn du den heutigen Abend nicht mit mir verbringst, brauchst du gar nicht mehr wiederzukommen. Dann kannst du zu deiner Mutter zurückziehen!«

»Sara, ich flehe dich an! Lass von deinem verrückten Plan ab und geh nach Hause.«

»Weichei!« Wütend und enttäuscht steckte ich die Hände in die Jackentaschen und stapfte zu meinem Auto.

»Sara, tu bitte nichts Unüberlegtes.«

»Weichei!« wiederholte ich scharf und ließ mich in den Fahrersitz fallen. »Wir schaffen das auch ohne dich!«

Also fuhr ich mit meinen Kindern alleine los, zu dem Restaurant, das ich mir für diesen Abend ausgesucht hatte: mein ehemaliger Ausbildungsbetrieb. Es war mir wichtig, dass man mich dort kannte. Der Juniorchef kam an unseren Tisch und setzte sich zu uns. Etwas Besseres konnte mir gar nicht passieren.

»Meine Güte, was seid ihr groß geworden!« Er fuhr den Kindern durch die blonden Haare.

»Schmeckt's?« Er spendierte ihnen noch ein großes Eis mit

Schirmchen darauf, und wir hatten Zeit, uns ein wenig zu unterhalten.

»Wie geht es dir inzwischen? Hast du den Tod deines Mannes verwinden können? Was ist aus eurem Restaurant geworden?«

»Oh, danke, es geht langsam wieder bergauf. Die Schulden stottere ich ab ...«

Ich versuchte ein mattes Lachen, stocherte aber vor lauter Aufregung nur in meinem Essen herum und bekam kaum einen Bissen hinunter.

»Na dann, macht es mal gut, ich muss mich jetzt um die anderen Gäste kümmern. Hinten im Saal haben wir eine Weihnachtsfeier ...«

Ich bezahlte die Rechnung und vergaß nicht, die Quittung in meine Brieftasche zu stecken.

Um 20 Uhr begann der Film. Zum Glück hatte er auch noch Überlänge. Auch die Kinokarten bewahrte ich sorgfältig auf; sie waren mit Datum und Uhrzeit versehen.

Im Saal konnte ich der Handlung des Films überhaupt nicht folgen. Es war ein lauter, hektischer Animationsfilm mit vielen grell-bunten Figuren, die unglaubliche Dinge konnten: fliegen, über Felsen rasen und aus großer Höhe ins Meer springen, tauchen ...

Plötzlich überrollte mich eine weitere Kindheitserinnerung und schlug wie eine kalte Welle über mir zusammen.

Wir waren in Urlaub, auf Teneriffa. Während meine Mutter sich bereits für den Abend fertigmachte, planschte ich noch ein wenig im hoteleigenen Pool herum. Mein Vater lag im Liegestuhl. Plötzlich machte es dicht neben mir platsch!, mein Vater war zu mir gesprungen. Erschreckt wischte ich mir das Wasser aus den Augen.

»Zeig mir mal, wie du tauchen kannst.«

Ich schnappte immer noch nach Luft und wollte mich am Rand des Beckens festhalten. Meine Augen brannten vom chlorhaltigen Wasser.

»Los, tauch zwischen meinen Beinen durch!«

Ich traute mich nicht, meinem Vater zu widersprechen. Vermutlich hatte er Zuschauerinnen, und ich spürte, dass ich ihn nicht blamieren durfte. Daher holte ich tief Luft, hielt mir die Nase zu und stieß mich am Beckenrand ab.

Ich sah seine behaarten, stämmigen Beine, die im Wasser seltsam verformt wirkten.

Mit ein paar kräftigen Schwimmzügen tauchte ich auf sie zu. Jetzt schnell in der Mitte durch und auf der anderen Seite wieder auftauchen …

Da spürte ich schon den Druck seiner beiden Knie, die meinen Mädchenkörper in die Zange nahmen. Ich konnte weder vor noch zurück! Panisch begann ich zu strampeln.

Wie ein Fisch zappelte ich um mein Leben. Ich schrie unter Wasser, aber meine Stimme verhallte ungehört. Wie viele Sekunden ließ er mich um mein Leben kämpfen? In meiner Not zwickte ich ihn ins Bein, und da ließ er von mir ab. Prustend tauchte ich auf. Sein dröhnendes Lachen hallte mir noch jetzt in den Ohren.

Warum fiel mir das ausgerechnet jetzt ein? Ich schnappte nach Luft und schaute reflexartig auf mein Handy: 21 Uhr 23.

Jetzt hast du deine verdiente Strafe bekommen, durchzuckte es mich. Jetzt sitzt du im Wohnzimmersessel und drückst dir einen Eisbeutel auf dein blaues Auge. Jetzt knirscht dein Kiefer, vielleicht ist sogar ein Zahn locker. Jetzt pulsiert der Schreck zwischen den Schläfen. Vielleicht schaust du ständig zum Fenster, in der Angst, dein Peiniger könnte noch in der

Nähe sein. Diese Angst gönne ich dir. Lausche auf jeden Schritt, auf jeden Knacks und zuck zusammen, wenn der Bewegungsmelder angeht!

Mein Blick schweifte zu den Kindern: Gebannt starrten sie auf die Kinoleinwand, mit halb geöffneten Mündern, und lachten gleichzeitig auf. Moritz war so alt wie ich damals! Wie konnte man einem unschuldigen Kind nur so etwas antun? Wie konnte mein Vater mein kindliches Urvertrauen nur so missbrauchen, ja für immer zerstören?! Doch, er hatte es verdient. Er hatte es so was von verdient.

Der Film war zu Ende, der Abspann lief. Die Kinder strahlten mich an! »Das war toll, Mama! Danke, dass wir so lange aufbleiben durften!«

Mit rasendem Herzklopfen fuhr ich mit den Kindern durch die Dunkelheit. Sie saßen hinten und diskutierten noch immer lebhaft über den Film.

Unsere Wohnstraße lag zu dieser späten Stunde dunkel und verlassen da. Ich krallte die Hände ins Lenkrad, während ich den Sonnigen Hügel hinauffuhr. Zitternd lenkte ich den Wagen in meine Einfahrt. Was würde uns erwarten?

Ein flüchtiger Blick nach nebenan sagte mir, dass nichts anders war als sonst. Der Bewegungsmelder sprang an, als ich das Auto in meine Garage lenkte. Erwartete er mich dort bereits wutentbrannt, mit einer Dachlatte, um mir die Scheiben einzuschlagen? Um mich an den Haaren aus dem Auto zu zerren und um Rache an mir zu nehmen? Hatte er ein blaues Auge? Eine aufgeplatzte Lippe? Blutunterlaufene Augen wie ein Stier in der Arena, dem schon das Messer im Rücken steckt?

»So ihr Mäuse, jetzt aber schnell nach oben, und seid bitte leise, die Nachbarn schlafen schon!«

So spät waren wir noch nie unterwegs gewesen. Wie sehr

ich Daniel jetzt gebraucht hätte! Wie sehr hatte ich gehofft, er wäre da und hätte auf mich gewartet, nähme mich jetzt in die Arme! Doch er war nicht da.

Fahrig und zerstreut brachte ich die Kinder ins Bett. Erst danach wagte ich einen Blick auf mein Handy: keine Nachricht, weder von Helga noch von Daniel.

Wie ferngesteuert verrichtete ich im Badezimmer meine abendlichen Tätigkeiten, wobei ich ständig auf jedes Geräusch lauschte. Hatte das Baugerüst geknarrt? Tappte da jemand durch den Garten? Im Schlafanzug schlich ich noch einmal ins dunkle Treppenhaus und spähte ins Haus meines Vaters hinüber: Saß er blutend auf dem Boden? Schleppte er sich humpelnd die Treppe hinauf? Telefonierte er möglicherweise auf seinem Bett sitzend mit Helga?

Doch drüben war alles dunkel und still.

20

Pützleinsdorf, Sonntag 11. Dezember 2016

»Kinder, wir hatten eine Abmachung. Gestern Kino, heute Kindergottesdienst! Los, es ist schon fast zehn!«

Vor Nervosität konnte ich noch nicht mal meine Teetasse ruhig halten. »Die Glocken läuten schon, beeilt euch!«

»Und warum kommst du nicht mit, Mama?«

»Weil ich immer noch Zahnschmerzen habe! Und Kopfschmerzen ... Ich habe auch ganz schlecht geschlafen!«

»Dann beten wir für dich mit, Mama. – Komm, Moritz!«

Meine süße Romy, gerade acht Jahre alt, gab mir ein feuchtes Zahnspangen-Küsschen auf die Wange und trollte sich gehorsam Richtung Haustür.

Gott, was hatte ich für ein Glück mit meinen Kindern! Moritz brauchte noch einen Moment, um sich die Zähne zu putzen, während Romy in ihrem rosafarbenen Anorak bereits auf der Treppe wartete. »Beeil dich Moritz!«

Wieder durchzuckte mich eine Erinnerung. Als kleines Mädchen hatte ich sonntags immer baden müssen. Seit diesem Untertauch-Erlebnis hatte ich Angst vor dem Wasser, weshalb meine Mutter die Badezimmertüre offen ließ. Kaum hatte mein Vater das bemerkt, stieß er sie mit dem Fuß zu. Da überkam mich die Angst zu ertrinken! Ich war doch allein da oben! Ich rappelte mich aus der Wanne, tappte fröstelnd über die Fliesen und machte die Tür wieder auf. Ich wollte, dass meine Mutter in Rufweite war.

Doch mein Vater kam immer wieder und knallte die Badezimmertür erneut zu.

Und später? Später war es genau umgekehrt. Ich war vielleicht zwölf und sehr auf meine Intimsphäre bedacht. Somit badete ich bei geschlossener Tür. Und wer machte sie immer wieder auf, ließ sie sperrangelweit offen stehen, während ich mit sprießenden Brüsten und wachsendem Schamhaar in der Wanne saß? Richtig, mein Vater. Und er hatte seinen Spaß dabei.

»Tschüss Mama! Bis später!«

Kaum waren die Kinder aus dem Haus, rief ich auch schon Helga an. Ab jetzt mussten wir verschlüsselt sprechen.

»Hallo, alles klar bei dir?«

»Ja, bei mir alles klar. Ich war gestern noch bei einer Freundin. Und du?«

»Mit den Kindern erst was essen und dann im Kino.«

»Was machst du heute?«

»Ich weiß nicht, die Kinder sind im Kindergottesdienst …
und du?«

»Ich warte auf deinen Vater.«

Das Herz schlug mir bis zum Hals. »Hat er sich noch nicht
gemeldet?«

Er war doch hoffentlich nicht schwerer verletzt als geplant?
Es sollte doch nur ein Veilchen sein, ein Denkzettel, »ein paar
aufs Maul«, wie er sich auszudrücken beliebte.

»Doch«, kam es zu meiner grenzenlosen Überraschung von
Helga. »Gestern Nacht um 23 Uhr 30 hat er mir noch die
Menü-Karte von der Weihnachtsfeier gefaxt.«

»So spät … Wieso schickt er dir die Speisekarte von seiner
Weihnachtsfeier?«

»So wie es aussieht, ist er erst da nach Hause gekommen. Ich
glaube, er wollte mit seinem tollen Menü angeben.«

»Ja, das wäre typisch für ihn! Guck mal, was ich zu Essen bekommen habe! Selber schuld, dass du mich nicht begleiten
wolltest!«

Das könnte *ein Motiv* gewesen sein. Oder hatte er etwas geahnt? Hatte er gewusst, dass ihm jemand auflauern würde?
Hatte Daniel ihn womöglich gewarnt?

Meine Fingerknöchel weiß vor Anspannung.

Nein, ausgeschlossen. Auch wenn ich ihn gestern Weichei
genannt hatte, würde er meinen Peiniger niemals warnen und
mich damit ausliefern.

»Sara, bist du noch dran?« Helga klang nervös.

»Ja. Wenn er erst so spät nach Hause gekommen ist, war er
ja länger weg als ich mit den Kindern. Wir waren gegen 23 Uhr
zurück vom Kino.«

Ich fasste mir an den Hals. Ich musste aufpassen, was ich sagte, so neutral wie möglich bleiben.

»Wir können ja später noch mal telefonieren, uns vielleicht für ein andermal verabreden.«

Die Kinder kamen aus der Kirche, und ich bereitete das Mittagessen zu. Der Sonntag verging quälend langsam. Ich war müde. Das war alles so anstrengend! Seit Tagen waren meine Nerven zum Zerreißen gespannt, ich hatte an nichts anderes als an *die Tat* denken können, hatte mir ein Alibi verschafft ... und nun war *die Tat* gar nicht geschehen?

Wie gern hätte ich Marius gefragt, was passiert, beziehungsweise *nicht* passiert war! Aber wir hatten keinerlei telefonischen Kontakt, sodass ich einfach abwarten musste. Immer wieder starrte ich auf das Baugerüst, aber es war Sonntag, und nichts rührte sich. Auch drüben bei meinem Vater rührte sich nichts. Unter dem Dachziegel lag noch mein alter Zettel. Schnell nahm ich ihn an mich und riss ihn in tausend kleine Fetzen, die ich das Klo runterspülte.

Am Nachmittag schnappte ich mir meinen Tommy und streifte mit ihm durch die nebligen Weinberge. Das Bergaufschreiten tat mir gut und mobilisierte meine Kräfte. Ich ließ Tommy von der Leine, da ich sicher war, bei diesem Wetter niemandem zu begegnen. Die Kinder hatten schweigend am Tisch gesessen und in ihrem Linseneintopf aus der Dose herumgestochert. Zum Kochen fehlte mir einfach die Kraft. Sie hatten ihren lauwarmen Matsch nicht aufgegessen, und ich hatte ihn ebenfalls schweigend im Klo entsorgt. Nun saßen sie, wie leider viel zu oft, vor dem Fernseher. Ich hatte nicht mehr die Energie, mich mit ihnen zu beschäftigen.

Wieder überkam mich eine Erinnerung. Ich sah mich als Kind auf der Kücheneckbank sitzen. Es gab genau so einen

Linseneintopf mit Speck, wie ich ihn heute den Kindern vorgesetzt hatte. Die Speckwürfel glänzten fettig, und ich musste würgen. Ich sortierte sie aus und legte sie fein säuberlich auf den Tellerrand. Mein Vater sah mich lauernd an, sagte aber nichts. Meine Mutter sandte mir flehentliche Blicke. Aber ich konnte die fettglänzenden Speckstücke unmöglich in den Mund stecken, ich hätte sie augenblicklich erbrochen. Da kam die Erlösung: Das Telefon klingelte! Damals musste man noch ins Arbeitszimmer gehen, um den Anruf entgegenzunehmen. Mein Vater verschwand, und meine Mutter drehte mir schnell den Rücken zu. Ich nutzte die Chance und gab die Speckwürfel zurück in den Topf. Als mein Vater mit schweren Schritten zurückkam, war mein Teller leer. Ich hatte ihn sogar noch blank geleckt, damit er nichts an mir auszusetzen hatte.

Doch mein Vater stieß Mutter zur Seite und nahm zielstrebig den Deckel vom Topf. Ich saß wie versteinert auf meiner Eckbank und hielt den Atem an. Mutter stand ebenso versteinert in der Ecke. Wir hatten einen Fehler gemacht. Wir hatten die Spuren unserer hinterhältigen Tat nicht beseitigt!

Ohne ein Wort griff er mir in den Nacken und schlug mir den Kopf auf den Teller: Immer wieder schlug er mir die Stirn aufs Porzellan.

Ich blieb stehen und füllte meine Lunge mit feuchtkalter Winterluft. Das war doch alles längst vorbei! Nie hätte ich meine Kinder gezwungen, etwas aufzuessen, was sie nicht mochten. Speisen sollten immer mit Freude, Wärme und Geborgenheit verbunden sein und nicht mit Angst wie bei mir. Wie oft hatte sich mir als Kind der Magen zugeschnürt, bevor ich überhaupt mit dem Essen begonnen hatte? Wann würde mein Peiniger endlich seine Lektion bekommen und zwar eine, die er verstehen würde, die zu ihm passte? Und das war mit Sicherheit keine einstweilige Verfügung, keine Bodycam und auch keine Rechtsschutzversicherung.

21

Pützleinsdorf, Montag 12. Dezember 2016

Bevor ich um halb sieben die Kinder weckte, schlich ich im Dunkeln auf den Balkon, schaute am Baugerüst herunter und hob vorsichtig den Dachziegel hoch: keine Nachricht von Marius. Nichts. Wie in Trance bereitete ich ihnen das Frühstück zu, füllte ihre Pausendosen und schickte sie zur Schule. Immer wieder glitt mein Blick zum Balkon, ob nicht Marius davor auftauchen würde. Doch nichts geschah. Was, wenn mein Vater diese Möglichkeit nutzte? Angesichts dieser realen Bedrohung wirkte die nachbarschaftliche Weihnachtsbeleuchtung geradezu grotesk verlogen. Sie alle wussten, was hier passierte. Sie hatten die Polizei kommen und wieder fahren gesehen. Sie wussten, dass ich in ständiger Gefahr war. Ich und die Kinder. Doch niemand rief an und fragte, wie es mir ging.

Nachdem ich das Haus einigermaßen aufgeräumt und mich halbwegs zurechtgemacht hatte, schnappte ich mir meinen Tommy und fuhr in die Nähe der Baustelle, auf der Marius in diesen letzten Tagen vor Weihnachten noch arbeitete.

Zuerst lief ich mit meinem Hund über ein kahles Stoppelfeld in der Nähe, und nachdem ich seine Hinterlassenschaften mithilfe eines Plastikbeutels entsorgt hatte, näherte ich mich dem Baugerüst. Es wurde gerade hell. Ungeduldig pfiff ich auf den Fingern, und keine zehn Sekunden später sprang mir Marius vor die Füße.

»Guten Morgen, schöne Frau.«

»Marius, was ist los? Warum hast du es nicht gemacht?« Tommy zerrte an der Leine, um einen Kumpel auf der anderen Straßenseite zu begrüßen, und ich zog ihn heftiger als sonst am Halsband zurück.

»Ich wollte ja!« Marius sah sich hektisch um, ob auch niemand in der Nähe war. »Ich war wie abgemacht um 20 Uhr vor seiner Tür. Aber er war schon zu Hause, er war schon drinnen!«

»Das kann nicht sein, er war auf einer Weihnachtsfeier!« Irritiert starrte ich ihn an.

»Sara, ich habe von drinnen Geräusche gehört! Er war da, ganz sicher!«

»Hast du ihn gesehen? Vor dem Fernseher? Wenn man ums Haus herumgeht, kann man problemlos hineinschauen.«

»Nein, die Rollläden waren heruntergelassen.«

Ja, was sollte ich denn jetzt glauben? Da hatte ich halb wahnsinnig vor Schuldgefühlen und Anspannung über zwei Stunden in diesem blöden Kino gesessen, und das auch noch völlig umsonst? Es war doch zum Verrücktwerden!

»Sara, ich habe mich an unsere Abmachung gehalten. Willst du, dass ich es noch mal probiere?« Marius klopfte mit seiner Rohrzange ungeduldig in seine behandschuhte Hand. »Oder hast du es dir inzwischen anders überlegt?«

»Marius, willst du mich verarschen?! Er soll seinen Denkzettel kriegen!«

»Dann lass es uns noch vor Weihnachten tun, denn ich habe

mein Traummotorrad schon gefunden. Wär ja geil, wenn ich damit direkt losbrettern könnte.«

»Marius, mach es! Und diesmal zuverlässig!« Ungeduldig trat ich von einem Bein aufs andere.

Marius spürte meine Verstimmtheit. »Aber du musst mir schon eine präzise Uhrzeit sagen! Ich will mir nicht unnötig den Hintern abfrieren, und wenn er vor mir da ist, komm ich nicht ins Haus. Ich kann ja schlecht klingeln und sagen: ›Guten Abend, ich wollte Ihnen mal eine reinhauen.‹«

Ich rieb mir die eiskalten Hände. »Wie wär's, wenn wir es wie einen Einbruch aussehen lassen?« Die Idee war mir soeben gekommen. »Ich weiß, wo der Ersatzschlüssel liegt: in seinem Gartenhäuschen. Der Einbrecher könnte den doch ganz zufällig finden. Der Einbrecher geht dann ins Haus, durchwühlt ein paar Schubladen, und wenn mein Vater nach Hause kommt, verpasst er ihm eine. Ehe er sich wieder gefangen hat, ist der Einbrecher längst über alle Berge.«

»Hm«, machte Marius und kratzte sich am Kopf. »Und der Einbrecher bin ich.«

»Ja, so wäre der Plan.«

»Und wo genau ist der Ersatzschlüssel?«

»Das Gartenhäuschen ist nicht abgeschlossen. Innen rechts neben der Tür hängt ein alter schwerer Ledergürtel. Darin stecken lauter kleine Underberg-Fläschchen – das war mal so ein Party-Gag. Und hinter diesem Gürtel hängt ein Schlüssel.«

»Okay, dann mache ich das so.« Nervös schaute sich Marius erneut um. »Du, Sara, der Chef schaut schon runter, ich will mir keinen Ärger einhandeln, außerdem sollte uns eigentlich niemand zusammen sehen.«

»Aber Marius, *wann*?«

»Ach so, ja … Ich habe noch die Weihnachtsfeier mit meinem

Fitnessclub und dann noch eine mit den Kollegen. Außerdem wollte ich noch eine Proberunde mit meiner BMW drehen, das wäre am Mittwoch …«

Ich stöhnte innerlich. »Marius, komm auf den Punkt!«

»Donnerstag. Ich mach's am Donnerstag.«

»Marius, wenn noch irgendetwas sein sollte, legen wir einander einen Zettel unter den Dachziegel.«

»Okay. Mach's gut schöne Frau!«

Eilends schwang sich Marius wieder auf sein Gerüst. In Sekundenschnelle hatte er sich nach oben gehangelt.

»Am Donnerstag also.«

Als Nächstes war ich zu Helga gefahren, die gerade mit ihren Hunden vom Gassigehen aus dem Wald zurückgekommen war. Mit ihr am Telefon über unsere geänderten Pläne zu reden, hielt ich für zu riskant.

Wir saßen in ihrem Wintergarten, die Hunde ringelten sich auf ihren Wolldecken zusammen, und Helga reichte mir eine Tasse frisch aufgebrühten Tee. Unsere verdreckten Schuhe standen vor der Panoramascheibe. Es wirkte alles so friedlich und harmlos wie in einer Vorstadtserie, dabei brüteten wir über einem finsteren Plan.

»Ja, am Donnerstag, vorher kann Marius nicht. Er ist ein viel beschäftigter Mann.«

Wie in einer einstudierten Synchron-Choreographie streichelten wir beide einen neben uns liegenden Hund.

»Ihr wollt es also wie einen Einbruch aussehen lassen.« Helga kratzte sich nervös in der Armbeuge. »Das ist eine gute Idee. Dann kommt er überhaupt nicht darauf, einen Zusammenhang zu uns herzustellen, und wir müssen keine Rache befürchten.«

»Weißt du, ob der Schlüssel immer noch unter dem Underberg-Gürtel im Gartenhaus hängt?« Hungrig biss ich in ein Vollkornplätzchen, die Schale hatte Helga auf den Tisch gestellt.

»Er hat ihn mal erwähnt. Aber selbst benutzt habe ich ihn noch nicht. Du weißt ja, wie oft ich schon mit ihm Schluss gemacht habe. Ich habe kein Interesse, sein Haus zu betreten, deshalb habe ich ihm auch meinen Schlüssel längst zurückgegeben.«

»Und wenn Marius den Schlüssel nicht findet??«

»Dann soll er es machen wie vorher besprochen. Ihn an der Haustür abpassen.«

Wir hingen unseren Gedanken nach.

Helga räusperte sich: »Sara, ich würde ihn gern am Donnerstagabend nach der ... äh ... Tat fragen, wie es ihm geht.«

»Wie?« Ich schnellte aus meinem Ohrensessel. »Liebst du ihn etwa noch?«

Sie schüttelte heftig den Kopf. »Nein. Aber wenn es etwas heftiger ausfallen sollte als geplant ... Du weißt ja: Dein Vater lässt sich nicht einfach so eine Ohrfeige verpassen. Der wehrt sich. Das könnte ein heftiges Gerangel geben ... Ich könnte ihn abends noch anrufen und unverbindlich fragen, ob ich am Freitag zum Frühstück kommen soll.«

»Okay. Ich verstehe.« Heftig blies ich Rauch aus. »Marius hat so was ja auch noch nie gemacht. Der kann das vielleicht nicht so einschätzen.« Ich kraulte meinen anhänglichen Hund. »Ruf meinen Vater am späteren Abend noch mal an. Dann wird er dir erzählen, was passiert ist.«

»Und wenn er nicht drangeht?«

»Machst du dir echt Sorgen um den Kerl?«

»Sara. Ich will nicht, dass ihm ernsthaft was passiert. Er soll seinen Denkzettel bekommen, mehr nicht. Also sag doch einfach deinem Marius ...«

»… dass er mit Wattebäuschchen werfen soll? Hallo? Geht's noch? Wir zahlen dem Mann zweitausend Euro!«

Da stand sie auf und ging nach hinten zu ihrer Handtasche. Als sie zurückkam, hatte sie den Umschlag mit den tausend Euro in der Hand.

»Es bleibt dabei, Sara. Er soll ihm ordentlich eine verpassen, aber die Haustür offen stehen lassen. Das sieht umso mehr nach Einbruch aus. Dann komme ich zur Not auf jeden Fall rein und kann sehen, ob er Hilfe braucht.«

Das war ja wohl typisch Frau! Einen Auftragsschläger anheuern, aber gleichzeitig mit dem Trostpflaster und Eiswürfeln bereitstehen.

»Okay, Helga. Damit geht es mir auch besser.« Ich steckte den Umschlag in meine Handtasche.

»Ich werde am besten mit ihm Essen gehen, am Donnerstag. Ich bestelle einen Tisch in einem Restaurant auf 18 Uhr. Danach wird er vermutlich nach Hause fahren.«

»Gut, sagte ich und schluckte trocken. »Donnerstag also.«

Der Umschlag in meiner Handtasche fühlte sich tonnenschwer an.

Kaum saß ich wieder im Auto, kam bereits eine SMS von Helga:

Wir gehen Donnerstag um 18.00 Uhr zum Griechen bei euch in der Nähe.

Das war doch wirklich eine wichtige Nachricht und herrlich neutral formuliert. Sollte die Polizei sie jemals lesen, bestünde keinerlei Verdacht. Mit starkem Herzklopfen wendete ich und raste zurück zur Baustelle. Diese wichtige Info wollte ich Marius noch persönlich zukommen lassen!

Er saß gerade mit seinen Kumpels im Bauwagen. Sie spielten Karten, wie ich durchs beschlagene Fenster sehen konnte.

Zaghaft pochte ich an die Scheibe: »Muss dich sprechen!«

Das war mir fast schon zu auffällig, aber nicht zu vermeiden! Diesmal musste es klappen! »Was gibt's?« Er streckte den Kopf zur Tür heraus.

»Wegen meinem Dach …«, sagte ich laut, flüsterte dann aber: »Gehen wir ein paar Schritte?« Ich hauchte mir in die kalten Hände. »Tut mir leid, Marius, dass ich dich noch einmal störe, aber ich weiß es jetzt mit Gewissheit: Mein Vater wird am Donnerstagabend gegen Viertel nach acht, halb neun nach Hause kommen und ein paar Ouzo intus haben. Du kannst ihn dann wunderbar an der Haustür in Empfang nehmen.«

»In Ordnung.« Marius sah sich verstohlen um, doch keiner seiner Kumpels schenkte uns Beachtung. Der Kran, unter dem wir standen, bewegte sich knarrend im Wind.

»Du solltest auch diesmal nicht zu Hause sein, Sara.«

»Das geht nicht, Marius! Die Kinder haben am nächsten Tag Schule.«

»Mist.« Er sah mich besorgt an. »Ich will nicht, dass ihr irgendwas mitkriegt. Besonders die Kinder. Das bleibt an so kleinen Seelen hängen.«

Wie rührend er nun wieder war! »Marius, ich weiß, wovon du sprichst. Die Gewalt meines Vaters verfolgt mich noch heute auf Schritt und Tritt. Deshalb möchte ich ja unbedingt, dass das endlich aufhört!«

Er berührte mich am Oberarm:

»Das verstehe ich, Sara. Ich werde ihm einen Denkzettel verpassen, den er so schnell nicht vergisst.«

Wir sahen uns tief in die Augen.

»He!« Er schüttelte mich leicht. »Ich krieg das schon hin! Ich verpasse ihm eine, dass ihm Hören und Sehen vergeht.«

Ich schluckte. »Natürlich, Marius. Ja, ich sterbe vor Angst, das kannst du mir glauben! Bis jetzt hat meinem Vater noch nie jemand die Stirn geboten.«

»Und noch mal wegen dem Geld ...« Marius trat verlegen von einem Fuß auf den anderen. »Ich würde dann so schnell wie möglich mit meiner Maschine abhauen, okay?«

»Marius. Nach der ... *Tat* ... wird das Geld im Umschlag unter dem Dachziegel liegen. Wenn du das Gerüst abbaust, nimmst du es einfach unauffällig an dich.«

»Und wir beide sehen uns nie mehr wieder.« Er schluckte und senkte den Blick.

»Nein«, erwiderte ich. »Gute Reise, Marius. Kannst mir ja mal eine Ansichtskarte schreiben.«

Wir gaben einander die Hand wie zwei Geschäftsleute, die sich gerade einig geworden sind, und gingen auseinander – er zu seinem Bauwagen und ich zu meinem Auto.

Da fiel mir noch etwas Wichtiges ein: »Marius?«

»Ja?«

»Gib mir für Notfälle lieber deine Nummer. Das mit dem Zettel unter dem Dachziegel funktioniert ja irgendwie nicht.«

Er zog mit den Zähnen seinen Arbeitshandschuh aus und tippte mir seine Nummer ins Handy.

»Aber nicht unter Marius«, mahnte ich ihn.

Er reichte mir mein Handy zurück. Was ich sah, ließ mich schmunzeln: Er hatte »Mari« eingetippt.

22

Pützleinsdorf, Dienstag 13. Dezember 2016

Am Dienstagvormittag war es endlich so weit, ich konnte zum Zahnarzt. Kurz vor Weihnachten war dort natürlich die Hölle los, daher die lange Wartezeit. Trotz Termin saß ich stundenlang zwischen den anderen Patienten im Wartezimmer. Warum musste ich hier meine Zeit verbringen statt bei meinen Kindern? Jetzt, wo Daniel nach unserem Streit bei seiner Mutter geblieben war, hätten sie meine Zuwendung ganz besonders gebraucht!

So als könnte er Gedanken lesen, schickte er mir in diesem Moment eine SMS:

»Sara, wie geht es dir?«

Wütend starrte ich darauf. Ja, wie sollte es mir schon gehen? Es ging mir miserabel! Ich konnte mit niemandem außer Helga richtig reden, der Rechtsanwalt schickte mir dreist eine Rechnung, ohne mir wie verabredet die einstweilige Verfügung zur Durchsicht zu mailen. Ich hatte keine Ahnung, ob mein Vater dieses Papier inzwischen bereits erhalten hatte und wenn ja, was das in ihm auslösen würde. Ich überlegte mir gerade, wie ich nach diesem Zahnarztbesuch mit heiler Haut ins Haus zu meinen Kindern gelangen könnte, als Daniel mir mehrere Herzchen-Emojis schickte.

Vermisse dich!

Ach ja? Noch immer rauchte ich vor Zorn. Du lässt mich ganz feige im Stich, und das weißt du!, tobte es in mir. Du weißt, dass mein Vater jederzeit wieder zuschlagen kann, und dass ich vor Angst vergehe.

Ich schickte ihm ein grüngiftiges Wut-Emoji und schrieb dazu: »Lass mich in Ruhe! Mit uns ist Schluss, du Weichei!«

In dem Moment rief eine vertraute Stimme: »Der Nächste, bitte!«

Ich sah von meinem Handy hoch. »He, Marea! Ich wusste gar nicht, dass du heute Dienst hast!«

Meine Freundin war mit der Familie ein paar Tage weggewesen.

Sie betrachtete mich mit geschultem Blick.

»Das sieht ja übel aus. Das ist ja voll angeschwollen! Da hättest du ruhig noch mal anrufen sollen, wir hätten dich vorgezogen! Du bist die Übernächste. Aber die gute Nachricht: Ich werde assistieren.«

Plötzlich fühlte ich mich ein wenig getröstet. Meine beste Freundin. Ob ich ihr von meinem Plan erzählen konnte? Sie kannte meinen Vater ja noch von früher. Sie wusste von dem Fausthieb neulich. Weil ich nicht wollte, dass die anderen Patienten lange Ohren machten, sagte ich:

»Hast du eine Minute?«

Sie meldete sich kurz an der Rezeption ab, und eine Kollegin übernahm für sie.

Marea begleitete mich nach draußen, auf den windigen, nasskalten Parkplatz. Automatisch suchte ich nach meinen Zigaretten, spürte aber diesen Schmerz an den Zahnwurzeln, die sich inzwischen entzündet hatten, und ließ das Rauchen sein.

»Du siehst nicht gut aus, Sara. Ist Daniel bei den Kindern?«

Kalter Sprühregen wehte uns ins Gesicht, und ich fühlte mich entsetzlich einsam und verfroren. »Nein, der hat mich im Stich gelassen. Ich hab Schluss gemacht.« Mir schossen die Tränen in die Augen.

Sie nahm meine Hand.

»Du hattest recht. Er ist ein Weichei, Marea!« Ich vergrub die Hände in den Jackentaschen. Und fand dort das Pfefferspray, das ich nicht benutzen durfte. Das war doch alles so furchtbar vertrackt! Mir war zum Heulen zumute.

»Sara, so viel Pech hast du wirklich nicht verdient.« Marea wollte mich umarmen. »Was hast du denn da?«

»Eine Bodycam.«

»Wozu brauchst du die?«

Jetzt sprudelte es nur so aus mir heraus: »Kein Mensch hilft mir nach dem, was mein Vater neulich getan hat. Dabei wissen es alle! Alle schauen weg, und *ich* darf mich erst wieder ordentlich zusammenschlagen lassen, bevor etwas passiert.«

»Dein Vater ist ja leider bekannt für sein Verhalten.« Marea sah mich mitfühlend an. »Und jetzt sollst du filmen, wenn er dich wieder vermöbelt? Das heißt, *du* hast die Beweislast?«

»Ja, so hat mir das mein Anwalt erklärt«, sagte ich verbittert.

»Was für ein verrücktes Rechtssystem!« Sie nahm meinen Arm. »Es tut mir wahnsinnig leid für dich, Sara. Ich möchte wirklich nicht in deiner Haut stecken.« Marea trat fröstelnd von einem Bein auf das andere. Sie hatte nur ihren Arzthelferinnenkittel an. »Ich fürchte, ich muss wieder rein, Sara, und du bist ja gleich dran!«

Ja, aber dann würde ich nicht mehr reden können. Und ich musste meinem Herzen dringend Luft machen.

»Marea …« Ich sah mich um, ob auch niemand in Hörweite war.

»Ich denke, es müsste mal jemanden geben, der meinem Vater so richtig eine reinhaut.« So. Nun war es heraus. »Und wenn es Daniel nicht ist, dann eben jemand anders. Ich wüsste da schon wen.«

»Wen denn?«

»Jemanden, der es für Geld macht.«

Entsetzt starrte Marea mich an und zog die Hand weg, als hätte sie auf eine Herdplatte gefasst. »Sara? Du wirst dir doch wohl nicht die Hände schmutzig machen an dem Alten?«

»Wie? Fandst du nicht auch immer, dass Daniel es ihm zeigen soll?«

»Das ist was anderes«, beharrte Marea. »Wenn er dich im Affekt beschützt, ist das was anderes.«

»Und wenn mich ein anderer beschützt?«

»Du darfst da keinen Fremden mit reinziehen! Das wäre Anstiftung zu ... zu ... Sara!« Sie schüttelte vehement den Kopf. »Du hast doch nichts vor, was dich in Teufels Küche bringen kann? Das ist der Alte niemals wert!«

»Ich ...«

»Sara! Bald wird er zu alt sein, um dich zu schlagen. Und irgendwann wird er sterben. Halt noch ein bisschen durch, dann hast du endgültig Ruhe!«

»Marea, das hat meine Großmutter schon zu meiner Mutter gesagt!«

Marea zog mich zurück in die Praxis. »Denk nicht mal dran! Du bist die Nächste!«

»Sei tapfer und halte durch.« Jeder hörte sich kopfschüttelnd die Geschichten über meinen Vater an, und am Ende war es immer dieselbe Leier: »So ist er halt!« Das war die Generalentschuldigung für sein Verhalten, und jeder im Ort billigte es meinem Vater zu.

»So, jetzt bitte mal ausspülen, und dann ganz weit auf!«

Während ich mit weit geöffnetem Mund die Tortur einer Wurzelbehandlung über mich ergehen ließ, kam mir eine weitere Erinnerung:

Meine Schule hatte zu Hause angerufen: Ich war als Zwölfjährige mit Klassenkameradinnen beim Rauchen auf dem Klo erwischt worden. Es war kurz vor Weihnachten. Auf dem Adventskranz brannten bereits vier Kerzen, und meine Mutter bemühte sich um ein bisschen gemütliche Stimmung, als mein Vater den Anruf in seinem Arbeitszimmer entgegennahm.

Wortlos kam er ins Wohnzimmer gestürmt, blies die Kerzen aus, nahm den Adventskranz und haute meiner Mutter damit auf den Kopf. Sie wusste gar nicht, wie ihr geschah: Was hatte sie jetzt schon wieder falsch gemacht? Sie war Raucherin und ihrer Tochter damit ein schlechtes Vorbild. Das sagte ihr mein Vater aber mitnichten. Stattdessen schlug er so lange zu, bis alle Kerzen und Schleifen heruntergefallen waren, um ihr den zerfledderten Kranz am Ende umzuhängen, sie an den Schultern zu packen und mit solcher Wucht zur Haustür hinauszuschubsen, dass sie draußen in den Schnee fiel. Anschließend schloss er von innen ab. Jetzt war ich dran. Er stieß mich mehrfach mit voller Wucht gegen die offen stehende Wohnzimmertüre. Mein Rücken explodierte vor Schmerz. Irgendwann gaben meine Beine nach, und ich sackte auf dem Fußboden zusammen. Doch er war noch immer nicht fertig mit mir. Er trat auf mich ein, bis ich ohnmächtig wurde. Das Letzte was ich wahrnahm, bevor mir die Sinne schwanden, waren seine Schuhe. Wie wir in dem Jahr Weihnachten gefeiert haben, weiß ich nicht mehr.

»Geht es noch, Frau Müller? Ist es noch zum Aushalten?«

Der Zahnarzt fuhrwerkte in meinem Mund herum, und ich ging innerlich die Wände hoch. Dennoch hob ich tapfer den Daumen. All die Jahre war ich fest davon überzeugt gewesen, diese schrecklichen Erinnerungen aus dem Gedächtnis gelöscht, sie zumindest in meinem tiefsten Innern versteckt zu haben. Doch nun war alles wieder da. Schmerz, so wurde mir klar, kann man nicht einfach so verdrängen. Schmerz verjährt nicht.

23

Pützleinsdorf, Donnerstag, 15. Dezember 2016 – 6 Uhr 30

Zum ersten Mal seit Langem erwachte ich ausgeruht. Ich hatte tatsächlich mal wieder ein paar Stunden durchgeschlafen! Ob das an den schmerzstillenden Medikamenten lag, die der Zahnarzt mir noch mitgegeben hatte? Oder eher an dem Wissen: Heute passiert es. Heute bekommt er seine Quittung. Ab heute lässt er mich in Ruhe.

Ich fühlte mich wie kurz vor einer wichtigen Prüfung, für die ich gründlich gelernt hatte. Ich wusste, ich würde sie bestehen, denn ich war perfekt vorbereitet.

Nachdem ich die Kinder zur Schule geschickt hatte, machte ich meine Runde mit Tommy. Plötzlich kam erneut eine Erinnerung in mir hoch:

Ich war vielleicht fünf Jahre alt und betrat das große Schlafzimmer meiner Eltern mit dem schicken weißen Holzmobiliar. Das war das Hochzeitsgeschenk meiner Oma an das damals junge Paar gewesen. Das Kopfteil des Bettes hatte eine

Ablage, auf der meine Mutter ihre kleinen Stofftiere von Steiff sammelte. In dem Moment sah ich, dass mein Vater alles, wirklich alles, zusammengeschlagen hatte. Kein Schrank, keine Schublade war verschont geblieben. Als wäre jemand mit einem Panzer durchgefahren. Mama saß zusammengekauert auf ihrer Betthälfte beziehungsweise auf dem, was noch davon übrig war. Ihre Stofftiere waren überall verteilt. Sie sagte kein Wort. Sie saß einfach nur da und weinte. Ich setzte mich neben sie und sammelte stumm die Stofftierchen ein. Ich konnte meiner Mutter nicht helfen, aber wenigstens die Stofftiere an mich nehmen und auf sie aufpassen.

Wieder zu Hause, stand ich lange vor dem Bild meiner Mutter.

Was würdest du sagen, wenn du wüsstest, was heute passieren wird?, murmelte ich leise.

Ihr liebes Gesicht lächelte mich traurig an. Mutlosigkeit lag in ihrem Blick! Warte, bis er ruhiger wird, besagte der. Eines Tages wird er sterben.

Sie war gestorben! Und mein Vater lebte immer noch und schlug weiter um sich!

Was hast du nur ertragen, Mama? So viele Jahre lang? Gedankenverloren strich ich über den goldenen Bilderrahmen, der schon etwas Staub angesetzt hatte. Sofort holte ich ein Tuch und polierte ihn liebevoll.

Einmal, das weiß ich noch, Mama, da war ich elf, setzte ich meine innige Zwiesprache fort. Da hatte er dich so zusammengeschlagen, dass du bei Oma auf dem Sofa liegen musstest. Er selbst war einfach weggefahren. Die Oma hat dich dann getröstet und gepflegt, und als ich aus der Schule kam, da hattet ihr beschlossen: Wir ziehen weg. Wir verlassen ihn. Wenn er wiederkommt, sind wir nicht mehr da.

Wie sehr mein Herz damals gepocht hat vor Freude! Die Oma packte ihr Auto voll, heimlich holtet ihr beiden Frauen nach und nach unsere nötigste Habe aus dem Haus: meine Schulsachen, die Federbetten, etwas Garderobe und unsere Dokumente. Es schien endgültig zu sein: Wir verließen unseren Peiniger. Ich war so erlöst und befreit, dass ich zu schweben schien. Auf der Rückbank schaute ich mich nicht mehr um. Die Hölle war vorbei! Oma brachte uns zu einem Bekannten, der uns in Großstadt netterweise eine Mietwohnung überließ. Mama und ich hatten nun eine Zweizimmerwohnung im vierten Stock für uns allein, und wir kuschelten uns dort ein, so gut wir konnten. Ich wurde in Pützleinsdorf von der Schule ab- und in Großstadt angemeldet. Mitten im Schuljahr. Ich war die Neue, kannte niemanden, saß ganz allein hinten in der Bank, wurde misstrauisch beäugt. Aber mich schlug keiner mehr!

Ich war glücklich. Mein Vater würde uns hier nicht finden. Wir waren frei! Wenn ich nach Hause kam, saß Mutter lächelnd da. Sie half mir bei den Hausaufgaben. Bot an, Kuchen für mich und meine baldigen Freundinnen zu backen. All das war so traumhaft schön, und ich fühlte mich endlich geborgen.

Doch schon nach zehn Tagen war unsere glückliche Zweisamkeit vorbei. Als ich aus der Schule kam, packte Mama weinend unsere Sachen.

»Mama! Wir gehen doch nicht etwa zurück?«

»Doch, Sara.«

»Aber das kannst du doch nicht machen!« Ich verstand die Welt nicht mehr.

»Sara, wir haben lange miteinander gesprochen. Dein Papa hat bitterlich geweint und gesagt, dass er nie wieder die Hand gegen uns erheben wird. Es tut ihm alles schrecklich leid.«

Meine Enttäuschung grenzte an Wut. »Er hat geweint? Und wenn schon?! Wie oft haben wir beide geweint?«

»Ach, Liebes. Das ist jetzt alles vorbei. Er hat sich geändert. Du wirst schon sehen.« Zärtlich strich mir Mutter über den Kopf. »Komm, Liebling. Es ist das Beste so. Denk an deine Freundin Marea, die wird dich schon vermissen!«

Ungläubig starrte ich sie an. Das meinte sie doch alles nicht ernst?

»Ich habe ein gutes Gefühl. Er wird uns nichts mehr tun. Pack deine Sachen, damit wir los können. Dein Kätzchen wartet doch auch schon auf dich!«

Ich sah ihre Hände zittern, als sie mit fahrigen Bewegungen unsere Siebensachen wieder zusammensammelte. Glaubte sie etwa selbst, was sie sagte? Ich traute ihren Worten nicht. Aber das änderte nichts. Ich hatte keine Wahl.

Aber heute, heute hatte ich eine. »Du hast es nie gewagt, aber ich wage es«, hörte ich mich mit dem Bild meiner Mutter sprechen. »Und ich tu es auch für dich.«

Sie lächelte mich lieb-traurig an, aus ihrem inzwischen geputzten Bilderrahmen. Trotzdem hatte selbst sie auf Omas Sofa geschluchzt: »Eines Tages habe ich den Mut, ihm im Schlaf das Kaminbesteck über den Schädel zu ziehen.« – »Kind, mach dich nicht unglücklich«, war deren Antwort gewesen. »Du willst doch wegen diesem Kerl nicht hinter Gitter? So ist er eben! Man kennt ihn doch!«

Plötzlich wurde mir heiß und kalt. Mein Magen zog sich schmerzhaft zusammen. Es durfte auf keinen Fall mehr passieren als nur ein Fausthieb »aufs Maul«. Denn hinter Gitter wollte ich auf keinen Fall. Ich rieb mir die schweißkalten Hände und kämpfte eine Panikattacke nieder. Hatte Helga nicht auch die Befürchtung geäußert, das Ganze könnte aus dem Ruder laufen? Oh Gott, mir wurde ganz schlecht. Aber ich hatte Marius ja eindeutig instruiert: Nur ein Veilchen! *Ein* gezielter Schlag! So wie mein Vater es letztens bei mir gemacht hatte.

Unwillkürlich berührte ich meine schmerzende Wange. Der Schmerz der entzündeten Zahnwurzeln zog sich vom Kinn über das Ohr bis zur Schläfe hinauf. Ja, genau den Schmerz sollte er auch einmal spüren. Und mich dann für den Rest seines Lebens in Ruhe lassen.

Der Tag verlief quälend langsam, und wieder hatte ich kein Ohr für meine Kinder. Jedes »Mamaaa« nervte mich, und ich kannte mich als Mutter gar nicht mehr wieder.

Zwischendurch ging ich mit Tommy in den Weinbergen spazieren, um wieder zur Ruhe zu kommen. Es dämmerte bereits. Es war einer dieser trüben Tage, an denen es nie richtig hell wird. Ein Tag zum Vergessen.

Dabei sollte dieser 15. Dezember 2016 doch unvergesslich werden, denn heute würde es passieren. Auf diesen Tag hatte ich mein Leben lang gewartet.

Als ich mit Tommy zurückkam, schickte ich meine Kinder etwas früher schlafen als üblich. Sie gehorchten kommentarlos. Sie fragten nicht. Sie begriffen, wie schlecht es mir ging.

Ich konnte die beiden noch im Badezimmer hören: »Als Daniel da war, war Mama besser drauf.«

Das versetzte mir einen zusätzlichen Stich. Nachdem ich Daniel im Wartezimmer per SMS noch mal so rüde abgekanzelt hatte, konnte ich nur hoffen, dass er nicht unerwartet auf der Matte stehen würde. So sehr ich mir eine leidenschaftliche Versöhnung wünschte und insgeheim jeden Abend darauf hoffte, dass er auftauchen und mich in die Arme nehmen würde: bitte nicht heute!

Endlich hatte ich meine Meute im Bett. »Schlaft gut. Bald wird es mir besser gehen, und dann feiern wir endlich Weihnachten!« Ich küsste sie auf ihre nach Nivea duftenden Wangen und streichelte ihre weichen blonden Haare. »Träumt was Schönes. Ich hab euch lieb.«

Dabei hatte ich noch kein einziges Geschenk besorgt, geschweige denn behagliche Stimmung in unser Haus gezaubert. Das war genauso verwahrlost wie meine Seele.

Im Stillen schwor ich mir, dass es ab morgen wieder anders bei uns würde!

24

Pützleinsdorf, Donnerstag, 15. Dezember 2016 – 20 Uhr

»Guten Abend meine Damen und Herren. Ich begrüße Sie zur Tagesschau.«

Die aparte Nachrichtensprecherin lächelte genauso professionell wie immer, doch keine Meldung des Weltgeschehens konnte mein überreiztes Gehirn noch erreichen. Die Stunde der Wahrheit! Jetzt würde es passieren! Ich stellte den Fernseher leiser, streifte mir meine dicke Jacke über und schlüpfte auf den Balkon hinaus. Nervös rauchte ich, in eine Ecke gedrückt. Außer meinem Glimmstängel, dessen Glut wie ein Glühwürmchen in der Dunkelheit herumgeisterte, war wenig zu sehen. Die Nachbarn hatten ihre Rollläden heruntergelassen.

Da kam auch ein Fußgänger mit gesenktem Blick die Straße herauf, die Hände in den Jackentaschen vergraben.

War das Marius? Ich hatte ihn bisher nur mit Helm und im Blaumann gesehen. Der Mann trug Kapuzenpulli, Jeans und Turnschuhe. Die Kapuze hatte er tief ins Gesicht gezogen.

Nebenan bei meinem Vater war alles dunkel. Er war doch nicht schon zu Hause? Bestimmt würde er gleich kommen. Mir stellten sich jetzt schon die Nackenhaare auf.

Der Fußgänger war nun auf unserer Höhe angekommen. In dem Moment kam ein Auto. Mein Vater? Nein, das Auto fuhr an unseren Häusern vorbei und überholte den Mann. Der Fußgänger ging zügig weiter. War es Marius?

Meine Finger zitterten so sehr, dass ich mir bei dem Versuch, die Zigarette auszudrücken, die Finger verbrannte. »Autsch!«

Da kam der Mann zurück. Er sah sich einen Moment lang suchend um. Offensichtlich hielt er nach dem Gartenhaus Ausschau, das von der Straße aus nicht einsehbar war. Plötzlich ging bei meinem Vater der Bewegungsmelder an, und der Mann sprang wie eine Katze lautlos zur Seite. Minutenlang waren wir beide wie gelähmt. Nichts. Ich hielt den Atem an. Es dürfte jetzt zehn nach acht sein.

Dann bewegte sich wieder ein Schatten auf der Außentreppe.

Alles gut!, durchzuckte es mich. Es ist Marius. Es bleibt bei unserem Plan. Er war auf die Minute pünktlich!

In dem Moment fing Tommy an zu bellen. Mir blieb fast das Herz stehen.

»Aus!«, herrschte ich ihn wütend an. »Die Kinder schlafen! Sei still, Tommy!«

Tommy verkrümelte sich in sein Körbchen und blieb ruhig.

Jetzt hörte ich deutlich knarrende Schritte auf meinem Baugerüst. Marius kletterte von dort auf meine Garage und von ihr auf das Garagendach meines Vaters, um sich von dort in seinen Garten fallen zu lassen. Ich spitzte die Ohren und hörte ein dumpfes »Plopp.«

Nach kurzer Zeit sah ich, wie Marius über die Garagendächer zurückkletterte. Er stand wieder auf meiner Garage, war als dunkle Silhouette deutlich zu sehen. Er schien nicht zu wissen, was er nun tun sollte. Oder hatte er *es* schon getan?

Wollte er das Geld abholen?

»He!«, flüsterte ich harsch. »Alles klar bei dir?«

»Ich kann den Ersatzschlüssel nicht finden!«

»Hast du unter dem Ledergürtel nachgeschaut?«

»Was für ein Ledergürtel?«

Ich ballte die Fäuste und zwang mich, tief ein- und auszuatmen.

»Der Ledergürtel mit den Underberg-Fläschchen im Gartenhaus! Das habe ich dir doch erklärt! Dahinter hängt der Schlüssel!«

»Ach so, ich habe nur in den Fächern nachgeschaut. Da sind überall Schnapsfläschchen drin.«

Oh Herr, lass Hirn vom Himmel regnen!

»Schau noch mal nach! Er hängt hinter dem Gürtel, an einem Nagel an der Wand!«

»Okay, dann geh ich noch mal rüber. Aber du solltest hier nicht rumstehen, Sara!«

In dem Moment kam wieder ein Auto die Straße hinauf. Ich hielt die Luft an. Wenn das jetzt mein Vater war? Dann müsste Marius ihn vom Garagendach anspringen, um ihn in dieser Schrecksekunde zu überrumpeln.

Doch schon am Diesel-Geräusch hörte ich, dass es nur unser Nachbar war, der unauffällige Herr Sieber. Er parkte seinen Opel vor seiner Garage, stieg aus und verschwand in seinem Haus.

»Oh Gott, ich sterbe noch vor Angst!« Ich biss mir in die Fäuste. »Wenn er dich jetzt gesehen hätte! – Weißt du, ob mein Vater schon zu Hause ist? Hast du bei ihm Licht gesehen?«

»Rede nicht mit mir, Sara!« Marius zog sich die Kapuze noch tiefer in die Stirn. »Ich will nicht entdeckt werden, und dich sollte man auch nicht sehen! Dieser Nachbar kommt vielleicht wieder raus, sein Auto steht noch draußen!«

»Ach, der sieht nie etwas!«

»Sara! Rein mit dir und Schnauze jetzt!«

Wieder steuerte Marius das Garagendach meines Vaters an.

In dem Moment kam ein drittes Auto den Hügel hinauf. Schon an der Fahrweise hörte ich, dass es mein Vater war. Ich versteckte mich hinterm Vorhang, stand in kompletter Dunkelheit da. Nur die Augen von Tommy, der nach wie vor unterdrückt knurrte, waren zu sehen.

Nebenan ging das Garagentor auf. Mein Vater stieg nicht aus dem Auto, sondern ließ den Ferrari geräuschvoll hineingleiten. Das Tor ging wieder zu. Ich hörte, wie er in der Garage ausstieg und die Tür zufallen ließ. Ich schlich ins Treppenhaus und sah, wie nebenan das Licht anging.

Schnell eilte ich wieder in mein dunkles Wohnzimmer zurück.

Und sah, dass Marius genau in diesem Moment aus dem Gartenhäuschen schlich. Mit gesenktem Kopf und runtergezogener Kapuze. Hatte er den Schlüssel gefunden? Und wie würde es jetzt weitergehen?

Marius schlich um das Haus meines Vaters herum und näherte sich dem Küchenfenster. Er spähte hinein. In diesem Moment schaltete mein Vater das Küchenlicht ein und öffnete den Kühlschrank. Marius duckte sich und kauerte nun unter dem Fenster. Mein Vater hatte sich ein Bier genommen und schenkte sich seelenruhig ein Glas ein. Als er sich wegen der unbequemen Position halb aufrichtete, sprang wieder der Bewegungsmelder an und tauchte den Eindringling in helles Licht. Erstarrt hockte ich am Fenster und sah nur noch, wie Marius sich in die Büsche schlug, während mein Vater dem Bewegungsmelder keinerlei Beachtung schenkte und sich mit dem vollen Bierglas vor den Fernseher begab.

Die freundliche Tagesschausprecherin verabschiedete sich gerade mit professionellem Lächeln: »Das waren die Nachrichten, und jetzt noch zum Wetter.«

Von Marius fehlte jede Spur.

Das durfte doch nicht wahr sein! Zum zweiten Mal war alles schiefgegangen!

Gefrustet schrieb ich eine WhatsApp an Helga:

Es gibt Tage, da geht alles schief!

Postwendend kam zurück:

Ja, kenne ich! Ich war mit deinem Vater essen, habe aber Migräne und lege mich jetzt hin. Morgen bin ich bei ihm zum Frühstück.

Hieß das, sie hatte bereits mit ihm telefoniert? Das war doch viel zu früh!

Kraftlos ließ ich mich aufs Sofa fallen. Tommy lag auf seiner Wolldecke in seiner Ecke und sah mich mahnend an. So als wollte er sagen: Sara, lass es gut sein, es ist besser so. Immerhin knurrte er nicht mehr.

Ich horchte in die Dunkelheit und Stille hinein. Nichts tat sich. Marius hatte sich vom Acker gemacht. In dem floss ebenso wenig kriminelles Blut wie in Daniel! Wieder schlich ich ins Treppenhaus und hockte mich auf die Stufen. Drüben war das Licht gedimmt, und der Widerschein des Fernsehers zuckte durchs Zimmer.

Fast fühlte ich Erleichterung. Dann sollte es eben nicht sein. Mein Vater saß seelenruhig vor dem Fernseher und trank Bier, während ich in meiner dicken Jacke zitternd vor Kälte und Angst im Dunkeln auf der Treppe hockte. So war die Rollenverteilung und sollte es offensichtlich bleiben. Wieder im Wohnzimmer, griff ich erneut nervös zu meinem Handy.

Helga war nicht mehr online.

Ratlos saß ich da.

Plötzlich durchzuckte mich der Gedanke, dass Marius mir ja seine Nummer eingetippt hatte!

Er war online!

Hallo Mari, tippte ich mit fliegenden Fingern.

Was machst du Schönes?

Der Haken wurde blau und Mari schreibt zitterte am Bildschirmrand.

Ich starrte darauf wie auf eine Fata Morgana.

WARUM?

Warum? Ich kochte vor Wut. Was sollte denn das?

Warum hältst du dich nicht an die Spielregel?

Meine Finger zitterten so sehr, dass ich mich zweimal ver-
schrieb. Ich schrieb Speilriegel.

Mari schreibt.

HÄ? WAS MEINST DU DAMIT?

Ich hätte ihn erwürgen können! Der wusste genau, was ich
meinte!

Wo steckst du?

IN SEINEM VERDAMMTEN HAUS!

Oh. Kraftlos ließ ich mich gegen die Sofalehne sinken. Er war
also doch drüben! Er hatte den Schlüssel gefunden!

Aber warum kam er dann nicht endlich zur Sache? Er
konnte doch jetzt ins Wohnzimmer stürmen und meinem
Vater mal so richtig eine verpassen!

Mach es endlich!!, tippte ich und löschte es auch gleich
wieder. Das wäre ein unverzeihliches Eigentor.

Wo genau?

OBEN. HIER GIBT ES EINE BAR.

Er war in meinem ehemaligen Kinderzimmer! Nach meinem
Auszug hatte mein Vater dort eine Hausbar eingerichtet, offensichtlich wollte er dort mit Freunden Partys feiern. Ich
konnte mich erinnern, dass ein alter Plattenspieler da stand, an
der Wand hing ein uralter Spielautomat. Es gab einen Tisch

zum Kartenspielen und eine spießige alte Eckbank. Meine Eltern dürften dort nicht viele Partys mit Freunden gefeiert haben.

Und da hockte Marius nun? Er hatte sich also in Anwesenheit meines Vaters die Marmortreppe raufgeschlichen. Warum war er nicht gleich zur Tat geschritten? Wie lange wollte er da noch herumsitzen? Und wie wollte er wieder herauskommen?

»Mari« war online und wartete auf meine Antwort.

Da oben geht er nie rauf. Sein Schlafzimmer ist unten. Warte einfach, bis er eingeschlafen ist, und geh dann leise.

Mari schreibt.

MEIN GELD BEKOMME ICH DANN TROTZDEM ODER?

Na, der hatte Nerven! Erstens war es wahnsinnig gefährlich, so was zu schreiben, und zweitens … Was fiel dem denn ein? Ich ging offline. Er hatte es zweimal vermasselt und wollte dafür zweitausend Euro? Bei allem Respekt für seinen Wunschtraum mit der Weltreise, aber das sah ich jetzt nicht ein. Ich würde weiterhin Angst vor meinem Vater haben müssen. Ich würde weiterhin ein Nervenbündel sein und nachts nicht schlafen können! Seine Drohung, mir wegen der Anzeige eine zu verpassen »dass ich keinen Krankenwagen mehr brauche«, stand mit Riesenbuchstaben an die Wand geschrieben.

Enttäuscht warf ich das Handy in die Ecke. Wie konnte das nur so schiefgelaufen sein? Wieso hatte mein Vater so ein unverdientes Glück? Wenn jeder, den er im Leben geschlagen und beleidigt hatte, ihm jetzt nur einen Hieb verpasst hätte, läge er tot am Boden! Stattdessen saß er bereits mit seinem zweiten Bier vor dem Fernseher. Wieder schlich ich ins Treppenhaus und spähte hinüber. Nein, Marius. So haben wir nicht gewettet. Wenn du jetzt abhaust, kannst du dir deine Weltreise sonst wohin stecken. Wütend stapfte ich zurück in die Wohnung, schnappte mir mein Feuerzeug und die Zigaretten und schlüpfte hinaus auf den Balkon, um eine zu rauchen. In dem Moment, als ich »Maris« Nummer und unseren WhatsApp-Verlauf löschen wollte, ging drüben das Licht aus.

Na super. Mein Vater war zu Bett gegangen. Wie schön für ihn. Hoffentlich hatte er süße Träume. Mir kamen die Tränen. Meine eiskalten Finger zitterten so sehr, dass ich kaum die Zigarette zum Mund führen konnte.

»Verdammte Scheiße«, entfuhr es mir. Tommy hatte sich hinter mir ins Freie gedrängt und drückte seine Schnauze an mein Bein. Er knurrte wieder. Ich tätschelte ihn entschuldigend.

»Ist doch wahr! So ein Trottel. Aber wirklich.«

»Redest du von mir?«

Ich zuckte zusammen und fasste mir ans Herz. Marius stand direkt vor mir auf dem Gerüst. Eine mächtige Alkoholfahne schlug mir entgegen.

»Marius?! Bist du wahnsinnig?« Ich schaute an der dunklen Gestalt hinunter und merkte, dass er nur Socken anhatte. »Was machst du hier?«

Mit einem kurzen Blick auf Siebers Grundstück stellte ich fest, dass der Nachbar seinen Opel inzwischen in die Garage gefahren hatte. Jetzt, nach 22 Uhr, kam bestimmt niemand mehr.

»Ich wollte wissen, ob ich das Geld doch bekomme.«

»Wofür denn, Marius?«, zischte ich. »Du hast ja nix gemacht!«

»Ja, wie denn, wenn der Alte den ganzen Abend vor der Glotze sitzt!«

Hä?, dachte ich nur. Er hätte sich ins Wohnzimmer schleichen oder meinetwegen auch hineinstürmen können, um ihm eine reinzuhauen. Er hätte den Überraschungseffekt nutzen und dann so schnell verschwinden können, wie er gekommen war. Wie *abgemacht*. Ich spürte, wie mein Kinn zitterte.

Marius sagte: »Ich habe den Schlüssel unter dem Underberg-Gürtel gefunden.«

»Aber ich hatte dir doch genau erklärt, dass er dort ist, Marius! Zweimal sogar!«

Ich sah seine Gehirnzellen arbeiten.

»Echt cool. Dann kann ich ja jetzt immer rein und raus.«

»Nein, Marius, denk nicht mal dran. Wenn du es heute nicht machst, ist die Sache gelaufen.«

»Also geh ich noch mal rüber oder was?«

»Sag mal, hast du was getrunken?«

»Ich habe von den Underberg-Fläschchen getrunken.«

»Das fällt sicher nicht auf, wenn da eines fehlt. Die hängen ja schon seit Jahren dort.«

»Ich hab sie alle ausgetrunken, Sara.«

»Bist du wahnsinnig? Du bist doch nichts gewöhnt!«

»Psssst, Sara, reg dich nicht auf. Wie spät ist es?«

Unwillig schaute ich auf die Uhr. »22 Uhr 21.«

Er kramte in seinen Taschen, als würde er etwas suchen. Dabei hielt er sich mit einer Hand am Balkongeländer fest, und unter ihm wackelte das Gerüst. »Hast du eine Zigarette für mich?«

Ich gab ihm eine und zündete mir gleich auch noch eine an.

»Ich habe nicht nur die Underberg-Fläschchen getrunken. Oben in der Bar war eine Flasche Whiskey.«

»Die war bestimmt schon dreißig Jahre alt.«

»Hat aber geschmeckt. – Wie spät ist es?«

»Marius, das fragst du jetzt schon zum zweiten Mal! Jetzt ist es 22 Uhr 22. Ha, wie passend: Schnapszahl.«

Wieder fummelte er in der Tasche seines Kapuzenshirts und zeigte mir ein Handy.

»Das habe ich auf dem Schreibtisch deines Vaters gefunden.« Das Display leuchtete. »Ich hab die SIM-Karte rausgenommen und auf den Adventskranz gelegt.«

»Warum hast du so etwas Sinnloses getan?«

Jetzt hatte er doch Spuren hinterlassen, der Idiot!

»Wo sind deine Schuhe?«

»Die stehen bei deinem Vater vor der Tür. – Auf Socken konnte ich ja viel leiser durch das Haus schleichen.«

Na, der war mir ein Held! Er schien richtig stolz zu sein auf seine amateurhafte Aktion.

Ich war zu keinem klaren Gedanken mehr fähig. Wir schwiegen und rauchten.

»Wie spät ist es jetzt, Sara?«

»Was soll die blöde Fragerei? 22 Uhr 26!«

Verärgert drückte ich meinen Zigarettenstummel im Aschenbecher aus. Nie hätte ich mir in den kühnsten Träumen ausgemalt, dass der nette, strahlende Marius, mit dem ich morgens immer Tee getrunken hatte, so unzuverlässig sein könnte!

»Was machen wir jetzt, Sara? Willst du immer noch, dass er seine Abreibung bekommt?«

Marius hockte in Socken auf dem Baugerüst und überreichte mir seine Kippe: »Die musst du im Klo entsorgen.«

Ach nee. Plötzlich war er wieder Kommissar Klugscheißer.

»Wieso wirfst du sie nicht einfach runter?«

»Spinnst du? Da ist meine DNA dran!«

»Aber du hast ja noch gar nichts gemacht!«

»Aber JETZT.« Er straffte sich. »Was ist mit der Kohle?«

Mit spitzen Fingern nahm ich seine Kippe, trug sie in die Küche und ließ Wasser darüber laufen. Dann entsorgte ich sie im Müll. Der sollte sich mal nicht so wichtigmachen.

Aus dem Küchenschrank nahm ich den Umschlag, nahm aber nur fünfhundert Euro heraus. Als Anzahlung. Die überreichte ich ihm. Ohne nachzuzählen, steckte er die zusammengerollten Scheine in die Tasche. Die Stimmung war seltsam aufgeladen. Immer wieder räusperte sich Marius so komisch.

»Also soll ich noch mal rübergehen?«

GOTT MARIUS!!

»Wenn es heute nicht passiert, dann kann ich nicht mehr. Marius, das ist für mich kein Spiel! Wenn du wie geplant sofort bei seiner Ankunft zugeschlagen hättest, wäre alles längst gelaufen. Aber du hast ja rumbummeln und dich derweil in der Gartenhütte volllaufen lassen müssen!«

»Also geh ich jetzt noch mal rüber?«

Ich war so verzweifelt! Jetzt fragte mich der schon zum dritten Mal, ob er es machen sollte. Von nichts anderem redeten wir doch seit Tagen!

»Marius! Du hast doch schon das Geld eingesteckt. Den Rest lege ich dir wie abgemacht unter den Ziegel, und morgen bist du über alle Berge!«

»Okay. Also wenn du willst, geh ich noch mal rüber und verpasse ihm eine Abreibung.«

»Ja.« Ich rang nach Luft. Ich hätte am liebsten laut geschrien. Tommy, der Marius inzwischen wiedererkannt hatte, drückte sich liebebedürftig ans Balkongitter und ließ sich von dem betrunkenen Mann das Fell kraulen.

»Hast du noch ein paar Handschuhe für mich?«

»Was denn für Handschuhe?«

»Na, so Gummihandschuhe, wegen der Fingerabdrücke.«

»Ja, die habe ich. Warte.«

Augenverdrehend ging ich zurück in die Küche und zog ein paar weiße Einweghandschuhe aus der Packung unter der Spüle. Ich gab sie ihm.

Er zog ein Pfefferspray aus der Tasche und hielt es mir unter die Nase.

»Guck?! Das hab ich auch noch besorgt.«

»Marius.« Ich zwang mich, ruhig und sachlich mit ihm zu sprechen. »In einem geschlossenen Raum macht Pfefferspray wenig Sinn, denn damit hüllst du dich ja dann auch selbst ein.«

»Ach so. Gut, dass wir darüber gesprochen haben.« Er straffte sich. »Okay, Sara. Du gehst jetzt wieder ins Haus und bleibst da drin. Klar?«

»Okay, Marius. Lass es. Du gehst jetzt besser nach Hause.« Ich glaubte nicht mehr an unseren Plan. Er war ja völlig aus der Spur.

»Wie spät ist es?«, fragte er zum vierten Mal. Der war einfach nur sternhagelvoll.

»22 Uhr 33. Geh nach Hause, Marius. Behalt dein Geld und verschwinde.«

»Nein, ich zieh das jetzt durch. Geh rein und rühr dich nicht mehr.«

Mit diesen Worten verließ Marius das Baugerüst. Ich hörte es noch eine Weile wackeln, dann sah ich einen Schatten über das Garagendach taumeln.

Völlig fertig mit den Nerven schloss ich die Balkontür und ließ die Rollläden herunter. Wie ein Stein ließ ich mich aufs Sofa plumpsen. Das konnte doch nichts werden! Im besten Fall holte er jetzt seine Schuhe und machte sich vom Acker. Schade um die fünfhundert Euro, dachte ich matt.

Aber besser so, als dass etwas Schlimmes passierte.

Minutenlang starrte ich die Dunkelheit. Mir wurde klar,

dass ich Marius im Grunde gar nicht kannte. Ich konnte ihn überhaupt nicht mehr einschätzen. Tagsüber war er so ein freundlicher, patenter Kerl gewesen. Wie begeistert er von seinem Plan mit der Weltreise gesprochen hatte!

Aber jetzt hatte ein völlig unberechenbarer Mann vor mir gestanden, der idiotische Dinge von sich gegeben hatte.

Ich musste dringend zur Ruhe kommen. Ich zog meine dicke Winterjacke aus und legte sie neben das Bett. Vielleicht würde ich sie ja noch brauchen. Einatmen – ausatmen. Einatmen – ausatmen. Es war so kalt! In voller Montur lag ich in meiner Jogginghose und dem dicken Pulli im Bett und fror. Tommy stieß einen tiefen Seufzer aus. Auch er konnte nicht schlafen.

Komm zur Ruhe!, befahl ich mir immer wieder. In wenigen Stunden klingelt der Wecker. Meine Kinder brauchen mich.

Ich versuchte, den Gedanken an meinen Vater zu verdrängen. Es würde passieren, was passieren musste: Vermutlich gar nichts. Wie immer.

Von Ferne hörte ich die Kirchturmuhr schlagen. Es war 23 Uhr 45.

25

Pützleinsdorf, Freitag, 16. Dezember, 2 Uhr früh

Von irgendeinem Geräusch wurde ich geweckt. Zuerst hatte ich keine Ahnung, wo ich war.

Ich hatte so ein wirres Zeug geträumt, dass ich in meinem

Jogginganzug schweißgebadet war. Mein Mund war wie ausgedörrt. Reflexartig griff ich zum Handy: Es war noch mitten in der Nacht. Ich schien unter einer zentnerschweren Bettdecke begraben zu sein! Schlaftrunken stand ich auf und tappte zur Spüle, um mir kaltes Wasser über die Handgelenke laufen zu lassen. Durstig trank ich ein paar Schlücke direkt aus dem Kran. Durch einen Rollladenspalt konnte ich sehen, wie drüben bei meinem Vater der Bewegungsmelder anging. Das Stückchen Rasen, das von meiner Seite aus einsehbar war, war plötzlich in gleißendes Licht getaucht. Um Gottes willen, Marius!, schoss es mir durch den Kopf. Treibst du dort etwa immer noch dein Unwesen?

Vorsichtig schlich ich zum Fenster auf der anderen Seite des Wohnzimmers und spähte dort hinaus. Oh. Das Esszimmer war hell erleuchtet, vermutlich auch der Wohnbereich. Solch eine Festbeleuchtung leistete er sich sonst nur, wenn er Besuch hatte. *Hatte er welchen?*

Die Geräusche wurden lauter. Es waren Stimmen, die durcheinander sprachen. Frauen- und Männerstimmen. Was sie sagten, war nicht zu verstehen.

Ich schlafe!, dachte ich. Ich bin immer noch in diesem wirren Traum.

Noch während ich hinüberstarrte, schrillte die Haustürglocke und riss mich aus meinem apathischen Zustand.

Der Schreck fuhr mir in die Glieder wie ein Gewitterblitz. Am ganzen Leibe zitternd, konnte ich kaum den Arm heben, um den Knopf der Gegensprechanlage zu drücken. Ich wartete noch ein paar Sekunden, bevor ich heiser stammelte: »Hallo?«

»Polizei, machen Sie die Tür auf.« Es war eine Frauenstimme.

»Polizei?« Meine Stimme gehorchte mir nicht mehr. Vor

lauter Panik wurden mir die Knie weich. Es war etwas Schreckliches passiert! Etwas, das ich nicht gewollt hatte!

»Machen Sie bitte sofort die Tür auf!«

»Ähm … Moment, ich muss mir erst was anziehen!«

Ich war ja schon angezogen. Oder besser gesagt: *noch.* Als hätte ich gespürt, dass ich diese Nacht nicht schutzlos sein sollte.

Ich schlüpfte in die dicke Winterjacke, die neben meinem Bett lag, machte Licht im Treppenhaus und stieg in Pantoffeln die Stufen hinunter, dicht gefolgt von meinem treuen Tommy, der ganz ruhig war und nicht bellte.

Jetzt konnte ich nebenan einen ganzen Menschenauflauf sehen. Mit verschlafen-blinzelnden Augen öffnete ich die Tür. Vor der Haustür standen sechs Polizisten, darunter die Blonde mit dem Pferdeschwanz, die mit Herrn Neumann hier gewesen war.

»Was ist denn los?«

»Sperren Sie den Hund weg!«

»Mein Hund ist ganz lieb, der tut keinem was …«

»Sperren Sie den Hund weg! Sofort!«

Die Blonde hatte einen schneidenden Ton, und genauso schneidend war ihr Blick.

Ich bückte mich und zerrte meinen armen Tommy in das leer stehende Apartment von Daniel. Der Hund begann dort zu jaulen. Die sechs Beamten sahen wahrhaftig nicht so aus, als wären sie zum Spaß hier. Draußen blitzte Blaulicht.

»Ihr Vater ist überfallen worden und schwebt in Lebensgefahr.«

Ich wich einen Schritt zurück. »Das ist … Das ist ja furchtbar!«

Nicht zurückweichen, Sara. Keinen Schritt zurückgehen. Sonst bist du verloren, flüsterte eine innere Stimme.

Ich beugte mich etwas vor und spähte zum Haus meines

Vaters. Jetzt erst konnte ich einen Krankenwagen erkennen. Zwei Sanitäter trugen gerade eine Trage hinaus, zwei weitere Sanitäter oder Notärzte hielten ein Beatmungsgerät darüber. Mit geübten Griffen wurde der reglose Patient in den Wagen geschoben. Bei Siebers wurde die Gardine beiseite geschoben, aber niemand machte Licht.

Mein Herz raste. Ich spürte, wie mir jegliche Farbe aus dem Gesicht wich. Noch fuhr der Krankenwagen nicht los. Darin herrschte geschäftiges Treiben.

»Er wird jetzt in die Notaufnahme nach Großstadt gefahren. Möchten Sie mit?«

»Wie? Ich?« Wieder wich ich automatisch einen Schritt zurück. »Nein! Meine Kinder schlafen oben, ich bin allein …«

»Wo ist Ihr Lebensgefährte?«

Die Blonde durchbohrte mich mit ihren Blicken. An meiner Winterjacke baumelte immer noch die Bodycam. Ich war kein unbeschriebenes Blatt.

»Daniel? – Ich habe keine Ahnung. Wir … Wir haben Schluss gemacht.«

»Geben Sie mir seinen vollständigen Namen, seine Adresse und Telefonnummer.«

Verdammt!, schoss es mir durch den Kopf. Das ist der endgültige Todesstoß für einen potenziellen Neuanfang unserer Beziehung.

»Ich habe keine Ahnung, wo er sich aufhält«, behauptete ich. »Wie gesagt, wir haben Schluss gemacht.« Mit einer Kopfbewegung Richtung geschlossener Apartment-Tür fügte ich noch hinzu: »Hier ist er schon vor Tagen ausgezogen, und seitdem habe ich nichts mehr von ihm gehört.«

»Sie haben die Handynummer Ihres Freundes nicht?« Die Blonde glaubte mir kein Wort.

»Ex-Freund. Ich habe seine Nummer gelöscht. Er wohnt jetzt bei einer anderen.«

»Dann geben Sie uns die Anschrift der *anderen*.«

Widerwillig gab ich die Anschrift von Daniels Mutter heraus. Was sollte ich denn machen? Sie würden es ohnehin herausbekommen. Ich kam mir vor wie eine miese Verräterin. Daniel hatte mit der Sache nichts zu tun! Aber das konnte ich ja unmöglich laut sagen. Weil ich dann sagen müsste, *wer stattdessen* damit zu tun hatte!

Plötzlich tauchten zwei weitere Polizisten in voller Schutzmontur aus der Dunkelheit auf. »Zeigen Sie mal Ihre Hände!«

»Meine Hände?«

»Na los, machen Sie schon!«

Zögerlich schob ich die Ärmel meiner dicken Jacke etwas nach oben und hielt ihnen meine Handrücken entgegen.

»Umdrehen.«

»Wie? Mich?«

»Die Hände! Handflächen nach oben!«

Sie zitterten so sehr, dass ich entsetzt auf meine Finger starrte. Gehörten die noch zu mir? Sie waren eiskalt und schienen an Marionettenfäden zu hängen.

Tommy fiepte in hellen Tönen. Wie durch ein Wunder tat sich aber oben in der Wohnung nichts, kein Kind erschien im Schlafanzug auf der Schwelle.

»Gut, danke. Haben Sie einen Schlüssel für das Haus Ihres Vaters?«

»Nein.«

»Wissen Sie, wer einen Schlüssel hat?«

»Nein.«

»Wissen Sie, ob und wo Ihr Vater einen Ersatzschlüssel aufbewahrt?«

»Nein.« Ich schluckte. »Was ist denn überhaupt genau passiert? Was heißt, er wurde überfallen?«

»Ihr Vater hat massive Kopfverletzungen und sehr viel Blut verloren.«

Mir verschlug es die Sprache. Er hat es getan. Er hat es wirklich getan!, peitschte es mir durch den Kopf. Was hat er nur gemacht? So war das doch nie gewollt!

»Wer … Ich meine, woher wissen Sie das mit dem … Überfall? Wer hat Sie denn gerufen?«, stammelte ich.

»Er konnte selbst noch einen Notruf absetzen.«

Wieder durchzuckte es mich panisch. Was um alles in der Welt hatte sich in den letzten Stunden in seinen vier Wänden abgespielt?

»Was kann ich … Ich meine, wie geht es jetzt weiter?« Ich musste meine Worte genau abwägen.

»Wir suchen das Gelände ab.« Die beiden Uniformierten in Schutzmontur tauschten Blicke aus.

»Ja denken Sie denn, der oder *die Täter* sind noch hier?«

Oh Gott, ich durfte nichts Falsches sagen. Aber wenn ich schwieg, machte ich mich doch erst recht verdächtig!

»Wir müssen alle Möglichkeiten in Betracht ziehen.« Die beiden in Schutzmontur verschwanden wieder im Garten.

»Können wir uns bei Ihnen in der Wohnung umsehen?«

»Ja, natürlich. Aber bitte seien Sie leise, meine Kinder schlafen.«

»Darauf nehmen wir Rücksicht.«

Ich trat zur Seite und ließ die ganze Mannschaft herein.

Vier der sechs Beamten pirschten die Treppe hinauf. »Bitte nicht ins Kinderzimmer«, rief ich ihnen halblaut hinterher.

»Sie kommen mit mir. Zeigen Sie mir Ihre Schmutzwäsche.«

»Dafür müssen wir eine Etage tiefer.«

Ich öffnete die Tür zum Waschkeller, aus dem uns ein stechender Geruch entgegenschlug. Der alte Ölofen meiner Oma musste dringend erneuert werden.

»Die Wäsche ist schon in der Maschine, ich warte nur noch auf die Sportwäsche meiner Kinder, die sie morgen aus der Schule …«

»Ausräumen.«

Ich kramte die Wäsche wieder heraus, und die blonde Polizistin streifte sich Handschuhe über und prüfte, ob auch nichts in der Maschine zurück geblieben war.

Währenddessen kamen weitere Polizistinnen und Polizisten und schauten in sämtliche Kellerräume.

Eine junge Frau klaubte Unterhosen und T-Shirts auf, schüttelte sie und legte jedes Teil einzeln beiseite.

In dem Moment betrat Herr Neumann meinen Wascheraum. »So sieht man sich wieder.«

»Ich dachte, Sie haben Urlaub?«

»Nein, das hat sich hiermit erledigt.« Er hielt einen Fotoapparat in der Hand. »Ich habe Fotos von Ihrem Vater gemacht. Ein Auge ist fünfmal so groß wie das andere. Möchten Sie mal sehen?«

Ich schluckte.

»Nein, das möchte ich nicht.«

Verdammt, Marius, was hast du gemacht? Es war von einem Veilchen die Rede, von einem Denkzettel – nicht von einer Hinrichtung!

Herr Neumann durchbohrte mich mit Blicken, und ich versuchte trotzig, ihnen standzuhalten. Konnte er tatsächlich wissen, dass ich etwas damit zu tun hatte?

»Ihr Vater ist übel zugerichtet worden.«

Er wartete auf eine Reaktion von mir, und ich spürte, dass

meine Mundwinkel zitterten. Ich kniff die Lippen zusammen und schaute zu Boden.

»Ihr Vater ist fast totgeschlagen worden. Es ist noch nicht absehbar, ob er das überleben wird.«

Da ich beharrlich schwieg, kam mir Herr Neumann ganz nahe. »So etwas habe ich in meiner ganzen Laufbahn noch nicht gesehen.«

»Das tut mir leid.«

Herr Neumann glaubte mir kein Wort. Plötzlich überfiel mich ein unkontrollierter Schüttelfrost. Es war aber auch entsetzlich kalt in diesem Keller.

»Wir sind hier so weit fertig.«

Die ganze Mannschaft stapfte nun wieder hinauf in meinen Wohnbereich.

Ich folgte ihr mit letzter Kraft und überhörte Tommys klägliches Fiepen. Wie durch ein Wunder schliefen meine Kinder immer noch.

Kraftlos ließ ich mich auf meine Bettkante sinken und starrte ins Leere. Das hatte ich doch alles nicht gewollt! Das war doch ganz entsetzlich aus dem Ruder gelaufen! Mein Vater kämpfte gerade um sein Leben? Ich fühlte mich wie in einem Film. Aber bei einem Film konnte man umschalten. Für meine zitternden Finger gab es leider keine Fernbedienung. Mir schlugen die Zähne aufeinander.

Plötzlich ging eine Beamtin vor mir in die Hocke: »Ist Ihnen nicht gut?«

»Ich verstehe das alles nicht. Mir kommt das alles vor wie ein schlechter Traum. Ich brauche ein Glas Wasser.«

Sie bat ihre Kollegin, mir ein Glas Wasser aus der Küche zu holen.

Überall liefen Beamte herum und durchsuchten die Räume,

aber was erwarteten sie hier zu finden? Das Wasser wurde mir gereicht.

»Haben Sie jemanden, den Sie anrufen können?«

Die junge Frau kniete noch immer am Boden und streichelte meine eiskalte, zitternde Hand. »Wenn nicht, würden wir jemanden vom Kriseninterventionsdienst anrufen. Sie sollten jetzt nicht alleine sein.«

Ich fühlte mich miserabel. Am liebsten hätte ich mich auf der Stelle übergeben.

Wo war Marius? Was in aller Welt hatte er angerichtet? Und welche Spuren hatte er hinterlassen? Wann würden sie mir auf die Schliche kommen? Es war doch nur noch eine Frage der Zeit! Oh Gott, wo war nur sein Zigarettenstummel? Ich hatte ihn doch einfach in den Hausmüll geworfen! Ob sie den auch durchsuchen würden?

»Wer? Was?«

»Ob Sie jemanden anrufen können, damit Sie jetzt nicht alleine sind.«

»Ach so, ja.« Meine Marea fiel mir ein. Sie hatte mir noch am Mittwoch beim Zahnarzt die Hand gehalten. Doch vorher auf dem Parkplatz hatte ich gewisse Andeutungen gemacht. War es schlau, sie jetzt anzurufen? Wenn sie eine falsche Bemerkung machte, war alles verloren.

Es klingelte lange bei ihr durch, und als ich gerade auflegen wollte, meldete sie sich verschlafen.

»Marea, es ist etwas Schreckliches passiert.« Ich räusperte mich warnend. »Stell dir vor, mein Vater ist überfallen worden. Das ganze Haus ist voller Polizei, und die steht auch gerade neben mir.«

»Sara, was hast du …?«

»Marea, kannst du rüberkommen?«, unterbrach ich sie.

»Natürlich. Ach, Sara, du machst aber auch …«

Ich legte schnell auf. »Sie kommt.«

Zwanzig Minuten später eilte Marea zur offen stehenden Haustür herein. Sie kniete sich vor mich hin. »Um Gottes willen, Sara, was ist denn passiert?«

Ich flehte sie mit Blicken an, jetzt nichts Falsches zu sagen. Mein Kinn zitterte.

Die junge Polizistin, die mir die ganze Zeit nicht von der Seite gewichen war, erklärte ihr, dass mein Vater überfallen und schwer verletzt worden sei, ich stehe unter Schock. »Es ist gut, wenn Ihre Freundin jemand Vertrautes bei sich hat.«

Marea schaute mich prüfend an und streichelte meine Hände. So wie unlängst in der Zahnarztpraxis. Meine Zähne schlugen noch immer aufeinander.

»Sara, ich koch dir mal einen heißen Tee. Darf ich?«, hörte ich sie fragen.« Marea erhob sich und machte sich in der Küche zu schaffen. Kurz darauf brachte sie mir meine bauchige Lieblingskanne. »Alles wird gut, Sara, ich bin jetzt bei dir.«

Keine Ahnung, wie lange wir da saßen. Irgendwann schien es wieder Morgen zu werden. Nach und nach verabschiedeten sich die Polizisten, die mit ihrer Arbeit hier nun fertig waren.

»Es kommen gleich zwei Kollegen vom Kriminaldauerdienst. Sie sind schon aus Großstadt auf dem Weg hierher.«

Kriminal*dauer*dienst?, schrie eine innere Stimme in mir. *Dauernd* habe ich um Hilfe gerufen! *Dauernd* hat mich mein Vater drangsaliert, geschlagen und getreten. Tagelang habe ich nach der Anzeige auf jemanden von euch gewartet, *nichts* habt ihr für mich getan. Und *jetzt* kommen die Beamten vom *Dauerdienst*?! Und das mitten in der Nacht?

»Auf Wiedersehen, Frau Müller. Wir wünschen Ihnen alles Gute.«

Die Nette verabschiedete sich, und auch die Blonde nickte mir noch kurz zu.

Herr Neumann und die anderen waren bereits gegangen.

Plötzlich war ich mit Marea allein.

Ich konnte nicht sprechen. Ihre fragenden Blicke prallten an mir ab. Sie hatte mir doch noch gesagt, ich solle mir die Finger nicht schmutzig machen! Dankbar nahm ich zur Kenntnis, dass sie nicht in mich drang.

Ich trat hinaus auf den Balkon. Auch der Krankenwagen mit meinem Vater war weg.

Aber fünf Einsatzwagen waren nach wie vor auf unserem Grundstück zu sehen. Polizisten liefen auf und ab. Die Bewegungsmelder gingen an und aus und vollführten einen verrückten Lichtertanz.

Zu meiner Überraschung regte sich ein Fünkchen Freude in meinem Inneren. Er hat es getan!, jubelte eine kleine Kinderstimme in mir. Er hat es wirklich getan! Er hat mich nicht im Stich gelassen, wie alle anderen Menschen auf der Welt!

»Sara? Es hat geklingelt.«

Ich ging rein und drückte den Knopf der Gegensprechanlage. »Hallo?«

»Hallo, wir sind vom Kriminaldauerdienst. Machen Sie uns bitte auf.«

Ich drückte auf den Summer. Noch immer rührten sich die Kinder nicht. So als hätte eine gute Fee ihnen Schlafpulver in den Gute-Nacht-Tee gerührt.

Zwei junge, attraktive Männer kamen die Treppe herauf und stellten sich vor. Wir schüttelten einander die Hand, und ich bat sie zum Tisch.

»Möchten Sie etwas trinken?«

»Nein danke, wir haben nur ein paar Fragen.«

Der Beamte neben mir zog ein paar Blätter aus seiner Aktentasche und kramte einen Kuli hervor. Auf einmal war ich ganz ruhig. Du schaffst das, Sara!, schoss es mir durch den Kopf. Und Marea verhielt sich ruhig und loyal. Wie eine beste Freundin eben.

»Was haben Sie für ein Verhältnis zu Ihrem Vater?«

»Ehrlich gesagt: gar keines. Ich gehe ihm seit Jahren aus dem Weg wie jeder hier in der Umgebung.«

Sie sahen einander vielsagend an. »Wie war sein Verhältnis zu den Nachbarn?«

»Wie schon gesagt, er ist nicht gerade der Lieblingsmitbürger hier.«

»Das stimmt«, murmelte Marea.

Ich sandte ihr einen warnenden Blick und schüttelte unmerklich den Kopf.

Die Männer machten sich Notizen.

»Wo bewahrt Ihr Vater sein Geld auf?«

»Ich habe nicht die geringste Ahnung.«

»Wie sieht sein Tagesablauf aus?«

»Auch das interessiert mich nicht, und ich kann nichts dazu sagen.«

Die beiden kamen noch mal auf die Sache mit den gegenseitigen Anzeigen zu sprechen, und auch hier bekamen sie von mir nur knapp Auskunft. »Es steht Aussage gegen Aussage.«

Mein Blick fiel auf die Küchenuhr: kurz vor sechs. »Das habe ich aber alles schon zu Protokoll gegeben. Ich müsste jetzt auch leider meine Kinder wecken ...«

»Ja, wir sind auch so weit durch.« Sie erhoben sich.

»Was passiert denn jetzt?« Etwas ratlos stand ich auch auf und rieb mir die noch immer klammen Hände.

»Für Sie erst mal gar nichts. Wir müssen uns zunächst ein

Bild von der Sachlage hier machen. Wie es aussieht, war das kein normaler Einbruch, sondern ein gezielter Anschlag auf Ihren Vater.«

Ich nickte, als wollte ich sagen: »Das ist ja kein Wunder, er hatte schließlich viele Feinde.« Das musste ich aber gar nicht erst aussprechen, die Beamten wussten das bereits.

Sie verabschiedeten sich, gleichzeitig ging auch Marea.

»Halt die Ohren steif, Sara. Ich bin immer für dich da!«

»Danke«, flüsterte ich ihr bei der Abschiedsumarmung ins Ohr. Sie wusste genau wofür.

Ich funktionierte wie eine Maschine. Um Viertel nach sechs stand das Frühstück auf dem Tisch, und ich weckte die Kinder.

26

Pützleinsdorf, Freitag, 16. Dezember 2016 – 6 Uhr 30

»Mama, warum warst du heute Nacht wach?«

Ich musste schlucken. Anscheinend hatten Moritz und Romy doch etwas mitbekommen. Sie würden ohnehin erfahren, was passiert war, und daher antwortete ich: »Der Opa drüben ist überfallen und verletzt worden.«

»Wie geht es ihm?«, hakte mein Sohn nach.

»Nicht so gut, glaube ich. Er musste ins Krankenhaus. Mehr weiß ich auch nicht.«

»Steht deshalb Polizei unten?«

»Ja, die wollen natürlich wissen, wer der Einbrecher war.«

Damit gaben sich die beiden zunächst zufrieden. Sie frühstückten in Ruhe weiter.

Ich wunderte mich selber, wie ich funktionierte. Routiniert kümmerte ich mich um sie.

»Bis später, Mama, wir haben dich lieb!«

»Ich euch auch, ihr Süßen! Bald ist Weihnachten! Wir fahren nach Bayern, das wird schön!«

Tapfer stapften die Kinder in ihren Winteranoraks an den Polizeiautos in der Einfahrt vorbei.

Erst jetzt fiel mir mein armer Hund wieder ein. Tommy winselte immer noch im Apartment, den hatte ich ganz vergessen!

»Ach je, du Armer, komm, wir gehen jetzt sofort eine Runde Gassi!«

Diesmal völlig ohne Angst, meinem Peiniger zu begegnen, ging ich mit meinem Hund hinunter in den Ort. Ich musste Daniel unbedingt warnen! Sie hatten ja als Erstes nach ihm gefragt und würden nach ihm suchen, Es war kaum sieben Uhr, und noch völlig dunkel. Mein Weg führte mich schnurstracks zur Behindertenwerkstatt.

Die Schützlinge waren noch nicht da, nur zwei Betreuer standen schon bereit.

»Guten Morgen. Ist Daniel noch nicht hier?«

»Da kommt er gerade.«

Einer von ihnen wies in die Dunkelheit hinaus, und da kam Daniel auch schon angeradelt. Mit abweisender Miene sprang er vom Rad und schloss es etwas zu lange und umständlich am Zaun fest.

»Was machst du denn hier?«

»Guten Morgen, Daniel. Ich wollte nur fragen, ob du Besuch hattest, heute Nacht.«

»Besuch? Von wem denn?«

»Die Polizei war also nicht bei dir?«

»Nein? Wieso?«

Die beiden Kollegen standen immer noch in Hörweite, sie warteten auf den Bus mit den Schützlingen. Bei dem Wort Polizei spitzten sie die Ohren.

Plötzlich verzog Daniel ahnungsvoll das Gesicht. »Was ist passiert, Sara?«

Ich schluckte. »Mein Vater ist überfallen worden. Er schwebt in Lebensgefahr.«

Nachdem ich es ausgesprochen hatte, wurde mir plötzlich bewusst, was das für eine ungeheuerliche Katastrophe war!

Daniel nahm seinen Fahrradhelm ab und starrte mich an. Seine Augen wurden schmal.

»Sara. An deiner Stelle wäre ich jetzt sehr vorsichtig mit dem, was ich sage, was ich mache und wo ich bin.«

»Na, ich bin hier.« Etwas zu selbstbewusst baute ich mich vor ihm auf. »Ich will dir guten Morgen sagen, das ist doch nicht verboten, oder?«

In dem Moment kam der Bus um die Ecke gefahren, und die Schützlinge stiegen mit Sack und Pack aus. Sie begrüßten ihre Betreuer laut und freudig. Daniel ließ sich das Schulterklopfen und Umarmen geduldig wie immer gefallen. »Geht schon mal rein, Jungs!«

Er wandte sich mir zu, und machte ein Gesicht, als hätte er in eine Zitrone gebissen.

»Wieso willst du mir ausgerechnet heute Guten Morgen sagen? Du hast doch mit mir Schluss gemacht? Soll ich dir vorlesen, was du geschrieben hast?«

»Ist ja gut Daniel! Ich weiß, was ich geschrieben habe!«

Einer der Betreuer ging gerade an uns vorbei. »Alles klar bei euch?« Neugierig blieb er stehen, woraufhin auch einige junge Männer stehen blieben. Mit offenem Mund verfolgten sie unseren Disput.

»Na toll«, entfuhr es Daniel. »Und jetzt bin ich auch noch verdächtig oder was?!«

»Keine Ahnung. Sie haben als Erstes nach dir gefragt.«

»Und hast du … Hast du ihnen meine Adresse genannt?«

»Die Adresse deiner Mutter? Allerdings.«

Er raufte sich die Haare.

»Es ging nicht anders, Daniel. Neumann und die Blonde hatten dich ja bereits bei mir gesehen. Dass du nicht da warst, hat dich natürlich verdächtig gemacht.«

»Scheiße«, entfuhr es Daniel. »Verdammte Scheiße!«

»Sagt man nicht«, riefen einige seiner Schützlinge erfreut. »Daniel hat Scheiße gesagt, hahaha!«

»Am besten du gehst jetzt direkt zur Polizei.« Der ältere der beiden Betreuer nahm ihn beiseite. »Hör auf, hier so ein Theater zu machen, Daniel. Es bringt ja nichts, wenn die Polizei früher oder später hier auftaucht. Das verstört unsere Jungs nur.«

»Aber ich habe nichts damit zu tun!« Daniels Stimme überschlug sich.

»Ruhig, Daniel! Dann kannst du ja mit gutem Gewissen zur Polizei gehen.«

»Das kann meine Mutter gerade noch gebrauchen!« Ihm schossen Tränen in die Augen.

Die Schützlinge standen mit betretenen Mienen da. Einige klammerten sich an Daniel.

Der Betreuer versuchte, die behinderten jungen Männer zu beruhigen. »Los, rein mit euch in die Werkstatt! – Geh nach Hause, Daniel, und klär das.«

»Wieso? Was habe *ich* denn zu klären?« Daniel warf mir wütende Blicke zu.

»Daniel, es ist besser so.« Ich sah ihn eindringlich an. »Wenn du nicht von dir aus zur Polizei gehst, warte halt bei deiner Mutter auf sie. Die werden schon noch auftauchen. Aber ich dachte, das würdest du gern vermeiden?«

Es tat mir wahnsinnig leid, ihm das sagen zu müssen, denn das war bestimmt das Letzte, was Daniel wollte.

Zu Hause angekommen, versuchte ich Helga zu erreichen, aber sie ging nicht ans Telefon. Wieder und wieder wählte ich ihre Nummer, doch sie nahm nicht ab. Schließlich fasste ich mir ein Herz und sprach ihr auf den Anrufbeantworter:

»Guten Morgen Helga. Ist deine Migräne immer noch so schlimm? Melde dich doch mal, es gibt Neuigkeiten.«

Ich wagte es nicht, mehr zu sagen. Vielleicht war ja die Polizei längst bei ihr? Vielleicht hörte sie ja sogar mit, was ich gerade sprach? Wie eine heiße Kartoffel warf ich das Handy von mir. Und stand dann lange untätig am Fenster.

Ich war allein mit meiner Schuld.

Aber wenn ich ehrlich war ... spürte ich nichts als Erleichterung, was meinen Vater betraf: Ich konnte ungehindert meines Weges gehen. Ohne Angst. Mir war, als hätte ich über Nacht zwanzig Kilo Gewicht verloren. Das Ganze durfte nur nicht rauskommen.

Wie würde es auf die Polizisten dort unten wirken, wenn ich als Tochter und Nachbarin so gar nicht auftauchte? Ich atmete tief durch und versuchte mir vorzustellen, wirklich nichts damit zu tun zu haben. Dann würde ich doch schon aus reiner Neugier mal vorbeischauen?

Ich straffte mich, zog mir die dicke Jacke und die Schuhe an.

Dann wählte ich den gleichen Weg übers Garagendach wie schon heute Nacht Marius, um in den Garten meines Vaters zu gelangen. Auf dem Rasen und in den Büschen machten sich mehrere Männer in weißen Ganzkörperanzügen zu schaffen. Sie drehten jeden Stein und jedes Blatt um und fotografierten emsig vermeintliche Fußabdrücke. Es sah aus wie in einem Sonntagabend-Krimi im Ersten.

»Guten Morgen, ich bin die Tochter, ich wohne nebenan.«

In diesem Moment nahm der eine Ganzkörperanzug sein Diktiergerät zur Hand und sprach hinein: »Freitag, 16. Dezember 2016, Pützleinsdorf, Am Sonnigen Hügel. Versuchter Mord.«

Versuchter Mord? Mir lief es kalt den Rücken hinunter. Das war doch kein versuchter Mord! Das war doch nur der Versuch, meinen Vater mal in die Schranken zu weisen! Er sollte doch nur mal spüren, wie das ist, wenn eine Faust auf einen niedersaust …

Hatte ich das etwa laut gesagt? Mir durchzuckte es heiß und kalt. Nein. Wohl nicht.

Ein älterer Kriminalbeamter stellte sich vor und reichte mir die Hand: »Bitte gehen Sie zurück in Ihr Haus, wir kommen gleich zu Ihnen rüber.«

In meiner Nervosität hatte ich seinen Namen nicht verstanden.

Neugierig spähte ich in den Hausflur meines Vaters. Alles sah aufgeräumt und sauber aus, so wie ich es in Erinnerung hatte. Der Garderobenständer, gegen den er mich als Kind geschleudert hatte, stand da wie immer. Und die Marmortreppe, von der er meine Mutter gestoßen hatte, als sie mit mir schwanger war, sah ebenfalls unschuldig und blank aus. Ich konnte keinerlei Spuren von einem Einbruch oder Überfall erkennen.

Ein anderer Ganzkörperanzug kam mit der Geldbörse meines Vaters in der Hand aus dessen Schlafzimmer. Er zog sofort mit Nachdruck die Tür hinter sich zu, damit ich nicht mehr ins Haus sehen konnte.

»Achtzig Euro«, gab er den Kollegen zu Protokoll. »Die EC-Karten sind auch noch da, wie es scheint vollzählig. Einen Raubüberfall können wir wohl ausschließen.«

»Aber was war es dann?«, stotterte ich. »Ich meine, weiß man schon, wer …?«

»Sind Sie über die Garagendächer gekommen?«, fiel mir der eine Beamte ins Wort.

»Reine Gewohnheitssache. Dann muss ich nicht außenrum laufen.«

Prüfende Blicke lasteten auf mir wie Blei.

»Gehen Sie rüber in Ihr Haus, aber auf dem offiziellen Weg. Nicht dass Sie noch Spuren verwischen. Wir kommen gleich zu Ihnen.«

Mein Herz polterte dumpf, als ich auf dem offiziellen Weg, also über die Straße an unseren beiden Garagen vorbei wieder zu meinem Haus zurückkehrte. Hatte ich durch meinen unüberlegten Gang über die Garagendächer bereits alles verraten? Dass der Täter von meinem Haus kam, vom Baugerüst? In diesem Moment schrillte mein Handy.

»Mari« ruft an!

Oh Gott, wo steckte er? Wie ging es ihm? Was hatte er getan!

Überall standen Polizisten in Hörweite! Aber wenn ich nicht dranging, machte ich mich doch schon verdächtig. Meine Hände zitterten, aber ich musste reagieren.

Hastig riss ich das Handy an die Backe: »Guten Morgen,

gut dass Sie anrufen, heute Morgen kann Ihre Firma leider nicht kommen. Mein Vater ist überfallen worden, und hier ist überall Polizei und Spurensicherung. Tut mir leid, schönen Tag.«

Damit legte ich auf. So. Genug der Info. Hoffentlich schnallte Marius das! Er durfte weder auftauchen noch wieder anrufen. Geschweige denn nach dem restlichen Geld fragen!

Meine Beine zitterten so sehr, dass ich die Stufen zu meinem Wohnbereich kaum hinaufkam.

Drinnen klingelte bereits das Festnetz-Telefon.

»Helga! Endlich!«

»Kannst du reden? – Du hast zwölf Mal bei mir angerufen, was ist denn los?«

»Hast du die Mailbox denn nicht abgehört?«

Ich sank auf einen Küchenstuhl und fingerte nervös nach den Zigaretten.

»Nein«, kam es zurück. »Ich hatte so einen Migräneanfall, dass ich gerade erst die Vorhänge aufgezogen habe.«

»Mein Vater ist überfallen worden.«

Stille. Dann, vielleicht etwas zu überrascht: »Nein! Echt? Wann denn?«

»Heute Nacht. Er wurde von einem oder mehreren unbekannten Tätern zusammengeschlagen und schwebt in Lebensgefahr.«

»Wie bitte??!« Helga trank irgendwas. »Ich war doch gestern Abend noch mit ihm beim Griechen!«

»Ja, das hattest du erwähnt.«

»Und wegen meiner Migräne bin ich dann so gegen kurz vor acht nach Hause gefahren.«

»Ja, Helga. Das hast du mir geschrieben. Und ich war den ganzen Abend mit den Kindern zu Hause.«

»Ich habe ihn kurz nach der Tagesschau noch mal ange-rufen und mich zum Frühstück angemeldet. Aber meine Migräne war einfach zu schlimm, ich musste mich die ganze Nacht übergeben.«

Wir beide arbeiteten so fest an unserem Alibi, dass es fast schon verdächtig war.

Sicher würden sie später mein Telefon abhören und alle Anrufe nachverfolgen.

»Helga, hier ist alles voller Polizei. Heute Nacht um kurz vor drei haben sie mich aus dem Schlaf geklingelt. Ich war völlig neben der Schüssel, kannst du dir ja denken! Zum Glück ha-ben die Kinder fest geschlafen, bei uns war ja gestern ein ganz normaler Tag, und heute früh war wieder Schule ...«

»Mensch Sara, das ist ja alles der Wahnsinn! Hat man schon eine Vermutung?«

»Nein. Helga, es klingelt gerade an der Haustür. Das wird der Kriminalbeamte sein, der meinte, er würde gleich rüber kommen.«

»Ruf mich an, wenn du Näheres erfahren hast, Sara! Ich will wissen was passiert ist!«

»Wer will das nicht. Bis später, Helga. Und weiterhin gute Besserung.«

Ich beendete das Gespräch und drückte auf den Türöffner. *Versuchter Mord.* Diese Worte gingen mir unaufhörlich durch den Kopf. Was hatte Marius da drüben gemacht? Irgendwas musste gewaltig schiefgelaufen sein. Es klingelte wieder. Ich eilte auf den Balkon und spähte hinunter. Der Beamte von vor-hin stand vor meiner Haustür. Mit meinen zitternden Fingern hatte ich wohl nicht richtig gedrückt.

»Moment, ich mache Ihnen auf!« Ich eilte hinein und drückte erneut auf den Summer.

Der ältere, in einen grünen Parka gekleidete Mann stapfte die Treppe hinauf.

»Ich heiße Falk, von der Kripo Mittelstadt.«

»Tag, Herr Falk. Wollen Sie was trinken?«

»Danke, nein.« Er sah sich in meinem gemütlichen Wohnbereich um. »Schön haben Sie es hier.«

»Hier weiter oben Am Sonnigen Hügel wohnt auch ein Herr Falk.« Ich zeigte vage Richtung der Weinberge. Erst mal meine normale Stimme und lässige Haltung zurückgewinnen. Wir setzten uns an den Tisch.

»Das ist mein Bruder. Ich komme nämlich auch von hier. Ich kenne Ihren Vater.« Der Beamte sandte mir einen vielsagenden Blick. Dabei warf er seinen Parka über die Stuhllehne und zog seinen Schal vom Hals.

Plötzlich wallte Vertrauen in mir auf. Herr Falk kannte meinen Vater! Dann wusste er ja, was für ein Mensch er war. So gesehen war es sinnlos, die traurige Tochter zu spielen, die so ein gutes Verhältnis zu ihrem Vater hat. Er kannte ihn. Die ganze Straße kannte ihn. Ich musste ihm nichts vorspielen. Schweigend musterte ich den sympathischen Beamten.

»Können Sie mir etwas über Ihren Vater erzählen? Hat er Feinde oder in letzter Zeit Streit mit jemandem gestritten?«, fragte er pflichtschuldig.

›Ha!‹, wollte ich auflachen. Am liebsten hätte ich ihm die Geschichte haarklein erzählt. Aber ich blieb vorsichtig.

»Tut mir leid, aber das weiß ich nicht. Ich habe im Grunde seit Jahren keinen wirklichen Kontakt mehr zu ihm, weil es einfach besser so ist. Sie kennen ihn, da muss ich Ihnen nicht viel erklären.«

»Ja, er ist berüchtigt.« Er räusperte sich. »Darf ich doch ein Glas Wasser haben?«

»Natürlich.« Ich sprang auf und besorgte eines aus der Küche.

»Es ist mir wichtig zu erfahren, ob es aktuell Streitigkeiten mit jemandem gab.« Er sah mich eindringlich an. »Das war kein gewöhnlicher Einbruch, sondern ein gezielter Angriff auf Ihren Vater, zumindest sieht es im Moment danach aus. Die Verletzungen sind dramatisch, und er schwebt immer noch in Lebensgefahr.«

Ich versuchte, das Gehörte zu verdauen.

»Was hat er denn für Verletzungen?«

»Das darf ich nicht sagen.« Herr Falk nahm einen Schluck Wasser. »Er wurde auf jeden Fall massiv zusammengeschlagen. Es kann sein, dass er ein Auge verlieren wird. Da müssen wir jetzt abwarten, was die Ärzte retten können.« Er machte eine kleine Pause und taxierte mich, ob ich wohl eine Regung zeigen würde.

Ich hielt seinem Blick stand. Nur mein Kinn zitterte leicht.

»Auch die Tatwaffe ist uns bisher nicht bekannt.«

Ich blieb stumm. Plötzlich wünschte ich mir, die Uhr zurückdrehen zu können. Das hatte ich alles nicht gewollt! Was nichts daran änderte, dass ich erleichtert war, endlich keine Angst mehr vor ihm haben zu müssen. Er würde mir nichts mehr tun!

»Das ganze Schlafzimmer ist zertrümmert.« Herr Falk musste selber schlucken. »Ihr Vater war zunächst ansprechbar, ist aber immer wieder ohnmächtig geworden. Als er abtransportiert wurde, kam er noch mal kurz zu sich und hat dem Notarzt bedeutet, er wäre gefesselt worden.«

Ich versuchte es mir vorzustellen, aber es war schwierig. Wie sollte Marius denn meinen Vater gefesselt haben? Eine winzige Hoffnung glomm in mir auf: Es war überhaupt nicht Marius gewesen! Sondern rein zufällig ganz andere Täter.

Mein Vater hatte wahrlich genügend Feinde!

»Dann müssen es ja mindestens zwei Mann gewesen sein?« Fragend sah ich ihn an »Sie kennen doch meinen Vater! Wie hätte den einer allein fesseln können?« Ich lachte schrill auf. »Mein Vater lässt sich doch nicht fesseln.«

»Das wissen wir alles noch nicht.«

Herr Falk stellte Fragen zum Vermögen meines Vaters, nach Wertgegenständen und kam dann natürlich doch noch auf die Anzeige zu sprechen.

»Was war da los, Frau Müller?«

Ich erzählte die Geschichte von den Dachziegeln, von der Anzeige bis hin zur Gegenanzeige, von seinen Drohungen. Es erleichterte mich so, dass mir der nette, ältere Herr so bereitwillig zuhörte! Immer wieder nickte er, und nun brach aus mir heraus, was früher schon alles vorgefallen war. Ich nahm kein Blatt vor den Mund und redete mir so manches von der Seele. Herr Falk hörte sehr aufmerksam zu, ohne mich ein einziges Mal zu unterbrechen.

Irgendwann klingelte es erneut an der Tür. Sein Kollege und die Junge mit den blonden Locken kamen dazu. Sie standen neben dem Tisch, und Herr Falk fragte: »Habt ihr was rausgefunden?«

»Nein.« Der junge Kollege drehte verlegen seine Mütze. »Niemand hat etwas gehört oder gesehen. Wir haben die ganze Nachbarschaft abgeklappert.«

Insgeheim atmete ich auf. Vielleicht würden sie gar nichts herausfinden? Vielleicht würde alles auf ewig ungeklärt bleiben, und niemand würde mir je nachweisen können, dass ich etwas damit zu hatte?

Dann würde ich mein Geheimnis mit ins Grab nehmen, und mein Vater würde sich für den Rest seines Lebens mit der Frage quälen, *wer* ihm so etwas angetan haben könnte. Die Liste seiner Feinde war lang. Eine ordentliche Abreibung für meinen Vater, die zwar so nicht geplant gewesen war, ihm aber vielleicht eine Lehre sein würde.

Der junge Kollege besprach sich kurz mit Herrn Falk, dann verabschiedete er sich wieder mit seiner blonden Kollegin.

»Ich komme gleich nach!« Herr Falk war schon aufgestanden, als ihm noch was einzufallen schien. »Frau Müller. Es ist uns ein Rätsel, wie der Täter oder die Täter ins Haus gekommen sind. Es gibt keine Einbruchspuren.«

Ich zuckte mit den Schultern und machte ein unschuldiges Gesicht. »Keine Ahnung. Ich hatte noch nie einen Schlüssel. Dafür war unser Verhältnis zu schlecht.«

Herr Falk reichte mir die Hand. Wir schauten einander lange in die Augen.

»Danke, Frau Müller, dass Sie so offen über alles geredet haben.«

»Danke, Herr Falk, dass Sie mir so geduldig zugehört haben. Es hat richtig gutgetan, Ihnen mal das Herz auszuschütten.«

»Frau Müller, wir wissen alle, wie Ihr Vater ist.« Er unterbrach sich und schüttelte den Kopf. »Oder sollte ich sagen … war?« Er nahm seinen Parka und seinen Schal. »Sagen Sie Ihren Kindern nicht, wie schlimm es ist, Frau Müller. Bald ist doch Weihnachten.«

Was für ein sympathischer Mann.

27

Pützleinsdorf, Freitag, 16. Dezember 2016 – 9 Uhr 30

Nachdem er weg war, ging ich auf den Balkon und zündete mir eine Zigarette an. Immer noch wuselten überall Polizisten herum. Plötzlich sah ich ein neues Polizeiauto kommen. Es parkte, und zwei weitere Beamte stiegen aus, mit ihnen auch Emma. Mein Herz klopfte wild. Unsere Blicke trafen sich. Ich konnte erkennen, dass sie verweinte Augen hatte. Sie war fassungslos. Ich drückte meine Zigarette aus und ging wieder rein. Als ich gerade etwas Ordnung machen wollte, klopfte es an der Terrassentür.

Emma stand da. Sie sah aus wie ein Häufchen Elend.

Ich öffnete die Tür und fühlte mich miserabel. Sie hatte ich doch nicht treffen wollen! Sie hing mehr an unserem Vater als ich. Aber sie hatte all diese grausamen Taten auch nicht erleben müssen.

Verweint trat sie ein und sank auf meine Eckbank.

»Hallo Emma, warum haben sie dich geholt? Ist das nicht alles schrecklich?« Ich legte ihr meine eiskalte Hand auf die Schulter, nahm sie aber zurück, weil ich mich wie eine miese Verräterin fühlte.

»Die Beamten kamen in die Sparkasse, als ich gerade am Schalter stand. Ich dachte zuerst, die kommen wegen dieser bescheuerten Dachziegel. Unser Vater hat mir von dem Streit erzählt.« Müde hob sie den Blick und sah mich verzweifelt an. »Die Beamten baten um einen separaten Raum. Da wusste ich schon, dass es nicht um die Dachziegel gehen kann. Mir schlug das Herz bis zum Hals. Als ich saß, haben sie mir gesagt, dass

Vater überfallen wurde, dass sie nicht wissen, ob er das überlebt. Sara, das ist so furchtbar.«

Sie weinte jämmerlich und ihre Hände zitterten wie Espenlaub. »Möchtest du einen Tee?«, fragte ich nur.

Emma nickte unter Schluchzen.

Ich ging in die Küche und atmete erst einmal tief durch. Das wollte ich nicht. Aber warum hatte sich Emma nicht eher um mich gekümmert? Es hätte doch gar nicht so weit kommen müssen! Mechanisch kochte ich Tee und setzte mich zu ihr an den Tisch.

»Wieso haben die dich im Polizeiwagen hergebracht? Stehst du etwa unter Verdacht?« Ich rang meine eiskalten, schweißnassen Hände. Bitte alles, aber nicht das.

»Ich sollte ihnen zeigen, wo der Ersatzschlüssel ist, aber der war weg. Der Einbrecher ist mit diesem Schlüssel ins Haus.«

Aha. Das war es also.

»Wie sieht es drüben denn aus?« Ich versuchte, schnell neutralen Boden zu gewinnen.

»Ich weiß es nicht. Alles ist abgesperrt, ich kam gar nicht rein. Sara, wer macht so was und warum?«

Betroffen schaute ich zu Boden. *Ich!*, hätte ich ihr gerne ins Gesicht geschrien. *Ich war's!* Einmal musste ich mich ja wehren! Du warst ja nicht da für mich!! Ich atmete tief ein und biss mir auf die Lippen. Nein, ich musste jetzt ruhig bleiben. Ich durfte mir nichts anmerken lassen. So neutral wie möglich überlegte ich laut:

»Na ja, Emma, er war kein unbeschriebenes Blatt. Er hatte schon seine Feinde. Da kommen bestimmt einige in Betracht, die …« Emma unterbrach mich heftig.

»Aber doch nicht so, Sara, doch nicht so! Ich habe Fotos

gesehen. Sara, man hat ihn fast totgeschlagen! Es ist furchtbar.« Zitternd trank sie einen Schluck Tee.

»Emma, die werden denjenigen schon finden, bestimmt.«

Hoffentlich nicht!, dachte ich. Nein, das darf auf keinen Fall
rauskommen. Wie gerne hätte ich offen mit ihr gesprochen,
aber ich sah, in welchem Zustand sie sich befand. Nein, das
hätte Emma niemals verstanden und verkraftet.

Wir schwiegen einen Moment, dann schnäuzte sie sich die
Nase und stand auf. »Ich fahre jetzt zu ihm ins Krankenhaus.
Kommst du mit, Sara? Du bist doch auch seine Tochter.«

Mir blieb das Herz stehen. »Nein Emma, besser nicht. Das
geht ja auch gar nicht wegen der Kinder, die kommen ja gleich
von der Schule.« Ich zuckte mit den Schultern. »Geht nicht.«

Emma nickte. »Ja klar, ich verstehe. Ich melde mich bei dir,
wenn ich mehr weiß.«

»Ja, halt mich bitte auf dem Laufenden.«

Gerne hätte ich sie noch in den Arm genommen, aber ich
traute mich nicht. Ich stand einfach nur reglos da. Emma
wandte sich zur Tür.

»Emma, ich. . . .«

Sie drehte sich zu mir um. Wieder war ich nah dran *Ich
war's!* zu brüllen, doch ich sah ihre verweinten, rot umrande-
ten Augen. »Fahr vorsichtig!« sagte ich stattdessen.

Nein, sie würde mich nicht verstehen. Es durfte nicht rauskommen. Niemals!

Kaum war Emma weg, konnte ich dem Drang nicht widerstehen, Daniel anzurufen.

»Und? Waren sie da?«

»Ja, sie waren da, noch bevor ich selbst zur Polizei gehen
konnte. Meine Mutter hat einen Weinkrampf und ist zu einer

Nachbarin gelaufen. Sie ist so sauer auf mich! Was ich für einen Umgang habe!«

Ich schluckte schwer. »Daniel …«

»Ich weiß, Sara. Du bist nicht der schlechte Umgang, sondern dein Vater. Er vergiftet uns alle.«

Seine erstaunlich liebe Stimme ließ mich innerlich ruhig werden. Er war für mich da! Er verstand mich! Er würde mich trösten und halten, jetzt, wo ich ihn so dringend brauchte!

In diesem Moment hatte ich weder die Kraft noch den nötigen Stolz, ihn darauf hinzuweisen, dass er mich immer wieder im Stich gelassen hatte. Ich liebte ihn doch! Ich brauchte ihn! Besser ein Muttersöhnchen in der Hand als einen Helden auf dem Dach! Wen hatte ich denn sonst auf dieser Welt?

Daniel unterbrach mich, bevor ich in Tränen ausbrechen konnte.

»Kannst du mich abholen kommen?«

»Ja, ich mach mich fertig und hole dich.«

Mir wurde ganz warm ums Herz. Daniel kam zurück! Wie wunderbar war das denn! Nichts war schlimmer, als in dieser Situation allein zu sein. Daniel würde einfach nur da sein und mir zuhören!

Endlich kehrten meine Lebensgeister zurück. Ich gönnte mir eine ausgiebige Dusche und zog mir frische Sachen an. Für Daniel wollte ich schön sein!

Kaum saß ich im Auto, rief ich bei Helga an. »Die Kripo war jetzt fast zwei Stunden bei mir«, erklärte ich ihr.

»Und was wollten die alles wissen?« Helga klang schrecklich nervös. Nach wie vor bemühten wir uns, am Telefon nichts preiszugeben und so zu tun, als wären wir beide genauso überrascht wie der Rest der Welt.

»Alles Mögliche. Wie das Verhältnis zu meinem Vater war. Ob ich einen Schlüssel habe oder weiß, wer einen Schlüssel hat. Es ging um die Anzeige wegen der Körperverletzung. Der Kriminalbeamte war ein total netter, älterer Typ, der meinte, dass er meinen Vater noch von früher kennt.« Ich hielt vor einer roten Ampel.

»Na, dann weiß er ja, was für ein Mensch er ist.« Ich hörte Helga nervös hüsteln.

»Ja, das weiß er. Da hat er auch keinen Hehl draus gemacht. Er spekuliert nun, dass es mehrere Täter gewesen sein könnten. Feinde hatte mein Vater ja genug. Mein Vater ist anscheinend gefesselt worden, und das Schlafzimmer soll völlig zertrümmert worden sein.«

Alles war so surreal. Es wunderte mich, dass die Leute noch genauso normal über die Straße gingen wie vorher.

»Was ist da nur passiert?«

»Helga, ich weiß es nicht.«

Die Ampel wurde grün, und ich fuhr wieder los.

»Ich fahr jetzt in die Höhle des Löwen und hole Daniel ab. Bei dem sind sie auch schon gewesen, und seine Mutter ist ausgeflippt. Immerhin habe ich jetzt meinen Liebsten wieder, Helga!«

»Na wenigstens etwas. Wenn es was Neues gibt, ruf mich an!«

Daniel wartete bereits mit seinen Habseligkeiten auf der Straße. Wir tauschten eine flüchtige Umarmung, aber er wollte so schnell wie möglich weg. »Kannst du bitte beim Friseur da vorne kurz anhalten?«

Ich glaubte, nicht richtig zu hören. »Warum? Du willst *jetzt* zum Friseur?«

»Ich hab es meiner Mutter versprochen. Dass ich Weihnachten nicht mehr so rumlaufe.«

Vorsichtshalber schwieg ich. Dieses leidige Thema wollte ich nicht vertiefen.

»Ich geh nur schnell rein und mache einen Termin für morgen aus.«

Nach zwei Minuten war Daniel wieder draußen.

»Der Friseur weiß auch schon Bescheid.«

»Wie, der weiß auch schon Bescheid?«

»Er hat mich gefragt, ob dein Vater endlich mal eins aufs Dach bekommen hat?« Daniel beugte sich zu mir rüber und gab mir einen Kuss.

Ich versuchte, meine aufwallende Sehnsucht zu unterdrücken. »Schnall dich an, Daniel. – Was wollte die Polizei von dir wissen?« Ich warf einen Blick in den Rückspiegel und fuhr los.

»Ich war zu Hause und hab meine Mutter vorgewarnt, als sie auch schon kamen. In der blauen Minna. Sie waren zu dritt. Erst sind sie unten durch die Vorgärten geschlichen und haben wohl das passende Klingelschild gesucht. Meine Mutter ist hoch in ihr Schlafzimmer gerannt und hat mich angeschrien, dass ich sie reinlassen soll, bevor die Nachbarn was merken.«

»Tut mir echt leid, Daniel …« Eigentlich tat es mir überhaupt nicht leid. Das gönnte ich der Frau, die mir einfach keine Chance geben wollte.

»Ich hab also die Tür aufgerissen und die Beamten fast reingezerrt. Da waren sie natürlich erstaunt: So eine Begrüßung hatten sie nicht erwartet.«

Ich empfand leise Schadenfreude.

»Sie fragten mich, warum ich zu Hause und nicht bei der Arbeit bin.«

»Und was hast du geantwortet?«

»Dass ich schon auf sie gewartet habe.«

Ich verdrehte die Augen.

Was sollte die Polizei denn bei so einem Eingeständnis denken? Mein Daniel hatte wirklich keinen Funken kriminelle Energie. Der riss noch der Polizei die Tür auf!

»Sofort musste ich meinen Oberkörper freimachen. Sie wollten schauen, ob ich Kampfspuren habe. Meine Hände wollten sie sehen. Ich musste die Waschmaschine stoppen, und die Männer haben die ganze Wäsche rausgeholt und Stück für Stück angeschaut. Das war echt peinlich in Bezug auf die BHs, Unterhosen und Nachthemden meiner Mutter.«

Meine Fantasie tanzte Tango, und ich biss mir auf die Lippen, um nicht laut loszulachen. »Und was weiter?« Ich bog in den Kreisverkehr ein.

»Die haben gefragt, warum ich sie schon erwartet hätte und warum du heute Morgen bei mir in der Behindertenwerkstatt warst. Das haben die alles gewusst, Sara.«

Stirnrunzelnd blickte ich in den Rückspiegel, während ich in den Sonnigen Hügel einbog. »Und? Was hast du gesagt?« Streng blickte ich ihn an.

»Dass wir Krach und schon seit Tagen keinen Kontakt mehr gehabt haben. Und heute Morgen hast du natürlich jemanden zum Reden gebraucht, du standest ja voll unter Schock. Das haben die auch so geschluckt. Dann wollten die noch wissen, ob dein Vater Feinde hat oder irgendwelche Streitereien.«

»Und? Was hast du dazu gesagt?« Ich rollte in unsere Einfahrt und löste den Anschnallgurt. Prüfend sah ich ihn von der Seite an, wie eine Mutter, deren Kind eine schlechte Note beichtet.

»Dass es schwierig war mit deinem Vater. Und dass wir uns

gegenseitig gemieden haben.« Er fummelte an seinem Gurt herum: »Das mit der Anzeige wussten sie natürlich schon, Sara, da konnte ich nichts beschönigen. Ich habe gesagt, dass ich mich da komplett rausgehalten habe, obwohl ich ja bei der Anzeige dabei war.«

Wir stiegen aus, und wieder war ich unendlich erleichtert, jetzt ganz ohne Angst ins Haus gehen zu können. Beim Hinaufgehen der Außentreppe berichtete ich Daniel noch von Herrn Falk, davon, was ich über die Verletzungen meines Vaters erfahren hatte.

»Puh, da kannst du aber davon ausgehen, dass die jetzt keine Ruhe geben werden, bis sie den Täter haben.« Daniel durchbohrte mich mit einem Blick, dem ich nicht standhalten konnte.

Geschäftig schloss ich die Haustür auf: »Oh je, es ist schon halb zwölf. Gleich kommen die Kinder von der Schule. Ich muss etwas zum Essen vorbereiten. Aber ich ruf jetzt erst mal im Krankenhaus an und frag, wie es meinem Vater geht. Vielleicht bekomme ich ja eine Auskunft. Pack du solange deine Sachen aus, du weißt ja, wo es langgeht.«

Während Daniel nun zum dritten Mal seine Siebensachen in das kleine Apartment trug, googelte ich am Handy und wurde fündig.

Mein Herz ratterte wie eine Dampfmaschine und trotz der Kälte brach mir der Schweiß aus, als ich an der Krankenhaus-Rezeption anrief:

»Wie geht es meinem Vater? Das ist der Schwerverletzte, der heute Nacht eingeliefert wurde.«

Minutenlang wurde ich weiterverbunden, und währenddessen hämmerte es in meinem Kopf: Was ist, wenn er schon gestorben ist?

»Hallo? Hören Sie? Er kam gerade aus dem OP. Sein Zustand ist äußerst kritisch.«

»Wird er es schaffen?!« Ich kaute auf meinen Fingernägeln.

»Das kann man noch nicht sagen. Wir müssen abwarten.«

Ich saß am Tisch und atmete schwer. Wieder wünschte ich mir, die Uhr zurückdrehen zu können. Das hatte ich doch nie und nimmer gewollt! Ja, meine unerträgliche Situation der Angst und Gewalt war nun vorbei, aber um diesen Preis? Was auch immer da drüben vorgegangen war – ich glaubte nicht, dass Marius das so beabsichtigt hatte.

»Was denkst du, wie es jetzt weitergeht?« Daniel war lautlos auf Socken heraufgekommen, und ich zuckte zusammen.

»Was schleichst du dich denn so an?«

»Das tu ich doch gar nicht! Du hast nur ein schlechtes Gewissen, Sara.«

Ich brauchte so dringend Trost! Warum nahm er mich nicht in den Arm?

»Die werden alles daransetzen, den Täter zu kriegen. Da kannst du aber sicher sein.«

Das riss mir den Boden unter den Füßen weg. Hatte ich mich wieder so sehr in ihm getäuscht?

»Ich muss jetzt das Mittagessen vorbereiten.«

Die Kinder kamen von der Schule und freuten sich riesig, Daniel wiederzusehen. Gemeinsam aßen wir den Rest vom Vortag. Schweinerückensteak in Rahmsoße, mit Kartoffeln und Gemüse, so wie meine Oma es in meiner Kindheit für mich gekocht hatte. Ich stocherte mehr darin herum, als dass ich davon aß. Wieder fragte ich mich, was wohl Mutter zu dem Ganzen sagen würde, während ich ihr gerahmtes Bild anstarrte. Sie lächelte nach wie vor traurig.

»Was ist denn heute Nacht genau passiert?« Moritz verschlang mit großem Appetit sein Steak.

»Der Opa ist überfallen worden und liegt jetzt im Krankenhaus.«

»Das hast du heute Morgen schon gesagt. Aber wie geht es ihm jetzt?«, hakte er nach.

»Ich weiß es nicht. Ich habe im Krankenhaus angerufen und nachgefragt, aber die konnten mir nicht viel sagen.«

»Und was macht die ganze Polizei jetzt hier?« Romy musterte mich fragend.

»Die schauen nach irgendwelchen Spuren, um den Täter zu finden.«

Daniel warf mir einen vielsagenden Blick zu.

»Erzählt mir lieber, wie es in der Schule gewesen ist«, schlug ich einen bemüht heiteren Ton an. »Habt ihr die Sportwäsche mitgebracht? Und habt ihr noch Hausaufgaben zu erledigen?«

Die Kinder berichteten von ihrem Vormittag, während ich weiterhin mein Essen von der einen Seite des Tellers zur anderen schob.

Als wir fertig waren und die Kinder mit ihren Hausaufgaben begonnen hatten, begaben Daniel und ich uns auf den Balkon, um eine zu rauchen.

»Ich frage mich, warum das da drüben so lange dauert.« Ich stützte mich mit den Ellbogen auf die Brüstung und starrte hinüber.

Kritisch nahm er mich ins Visier. »Sara, die nehmen jetzt das ganze Haus auseinander. Die suchen und die werden finden. Die werden nicht lockerlassen.«

Ich bemühte mich weiterhin um Lockerheit. Gleichzeitig lastete eine immer bedrohlicher werdende Sorge über mir wie ein Riesengebirge.

»Ich würde ja schon gern wissen, wie es da drin aussieht. Ich habe heute Morgen kaum etwas erkennen können, als ich kurz drüben war.«

»Du warst drüben?«

»Ja, ich bin rübergegangen und wollte halt mal schauen.« Eine Weile starrte Daniel nur ins Leere.

»Sara, du musst dich so unauffällig wie möglich verhalten. Die beobachten dich garantiert und hören bestimmt auch dein Telefon ab!«

Ich schluckte.

»Die können mein Telefon ruhig abhören, ich habe nichts zu verbergen.«

»Na hoffentlich.«

Wir schwiegen einen Moment. Plötzlich entfuhr es Daniel, den Blick nach drüben gerichtet: »Egal, wer es gewesen ist: Dein Vater hat es verdient.«

»Ach nee, Daniel. Auf einmal!«

»Ja, ich habe nie gesagt, dass ich ein Schläger bin. Aber verdient hat er es.«

»Lass uns eine Runde drehen, Daniel. Hier fühle ich mich beobachtet.«

Ich schnappte mir Tommy, und wir zogen uns an. Meine Blicke klebten am Haus meines Vaters. Es standen immer noch vier Autos davor, und die Männer in ihren Ganzkörperanzügen schlichen geschäftig herum. Auch als wir nach einer Stunde zurückkamen, bot sich uns noch das gleiche Bild.

Es war kalt und ich machte uns zu Hause erst mal einen Tee. Die Kinder waren fertig mit den Hausaufgaben, und wir konnten uns an den Tisch setzen.

Es klingelte an der Haustür. Neugierig stürzte Romy zur Sprechanlage. Herr Falk von der Kripo meldete sich an. Er kam die Treppe herauf, diesmal mit einer älteren Kollegin. Frau Hopf wurde mir vorgestellt. Sie sah sympathisch aus, grauhaarig, etwas klein geraten. Wir nahmen Platz. Ich schickte die Kinder in ihr Zimmer. Herr Falk bat Daniel ebenfalls zu gehen. Er wolle sich mit mir alleine unterhalten. Daniel stand auf und schnappte sich die Kinder, um mit ihnen nach draußen zu gehen.

»Wissen Sie, wie es meinem Vater geht?« Mit Herzklopfen sah ich den sympathischen Beamten an.

Herr Falk schüttelte ernst den Kopf. »Er schwebt nach wie vor in Lebensgefahr. Der Täter hat ordentlich zugeschlagen. Ihr Vater hat auch eine Schnittwunde am Hals, etwa zehn Zentimeter lang.« Er fuhr mit dem Finger an seinem Hals entlang, als wolle er sich aufschlitzen.

Wieder fragte ich mich, was da drüben nur vor sich gegangen sein musste. Eine Schnittwunde am Hals? Marius hatte doch gar kein Messer dabei gehabt. Er sollte ihm eine reinhauen, sonst nichts. Von Aufschlitzen war ja wohl keine Rede gewesen!

Ich versuchte langsam ein- und auszuatmen, um mich wieder zu beruhigen.

»Eine Schnittwunde? Das heißt, der oder die Täter sind mit einem Messer auf ihn losgegangen?«

»Im Moment sieht es danach aus. Ihr Vater hatte ein Atemgerät, auch das ist in seine Einzelteile zerlegt worden, ebenso der Radiowecker, der wohl auf dem Nachtisch stand. Die Vorhänge wurden heruntergerissen, die Fensterbänke zertrümmert. Ihr Vater hat sehr viel Blut verloren.«

Ich gab einen Laut von mir, der nach Entsetzen klang. Mir zog sich schmerzhaft der Magen zusammen.

Genau so hatte mein Vater das Schlafzimmer ja schon

einmal selbst zerlegt! Und meine Mutter gleich mit. Mein Kopfkino ratterte. Was ich da sah, war furchtbar.

Herr Falk beugte sich vor und schaute mir in die Augen, während sich die kleine Grauhaarige Notizen machte. »Wissen Sie, wo Daniel sich letzte Nacht aufgehalten hat?«

»Bei seiner Mutter.« Ich räusperte mich nervös. Die Protokollantin sah mich prüfend an, bevor sie das Wort *Mutter* auf ihren Block kritzelte.

»Hat er Ihnen gesagt, wann er schlafen gegangen ist?«

»Nein.« Ich schluckte. Mein Blick zuckte zwischen den beiden Beamten hin und her.

»Warum hat Daniel bei seiner Mutter übernachtet und nicht bei Ihnen?«

»Wir hatten uns gestritten.«

»Von wem ging dieser Streit aus?«

»Na, von ihm natürlich. Ich streite nicht gerne.«

»Worum ging es bei Ihrem Streit?«

Ich wollte die peinlichen Mutter-Probleme nicht vor der Kripo ausbreiten und ging deshalb zum Gegenangriff über:

»Sagen Sie mal, was hat das denn mit meinem Vater zu tun?«

Frau Hopf meldete sich zu Wort: »Wie lange hatten Sie schon Streit?«

»Das ging schon mehrere Tage.«

Ich trank einen großen Schluck Tee, in der Hoffnung, so klarer denken zu können.

»Haben Sie nicht versucht miteinander zu reden, um die Angelegenheit zu klären?«

»Doch. Aber Daniel lässt sich regelmäßig zu seiner Mutter abkommandieren. So war es auch letzte Woche.«

»Der Streit begann also schon letzte Woche.«

»Ja.«

»Und in der Zwischenzeit hatten Sie keinen Kontakt?«

»Doch, er hat sich am Dienstag bei mir gemeldet. Da war ich gerade beim Zahnarzt und hatte eine Wurzelbehandlung. Er hat mir eine SMS geschrieben.«

»Was hat er denn geschrieben?«

»Dass er mich vermisst. Aber unser Problem hat das ja nicht gelöst.«

»Was haben Sie geantwortet?«

»Dass er …« Sie würden es ja ohnehin herausfinden, in meinem SMS-Verlauf. »Dass er ein Weichei ist.«

»Wieso ist er ein Weichei?«

»Weil er sich immer noch von seiner Mutter herumkommandieren lässt.« Ich schluckte.

»Aber Sie haben doch gerade gesagt, dass er Ihnen schrieb, wie sehr er Sie vermisst. Er ist auf Sie zugegangen, und Sie haben sich nicht darauf eingelassen?«

»Ich hatte schreckliche Zahnschmerzen, stand unter Schmerzmitteln und konnte nicht sprechen, das Wartezimmer war schließlich voll.« Wie konnte dieses Gespräch nur so aus dem Ruder laufen?

»Aber er wollte doch mit Ihnen reden.«

»Hatten Sie schon mal eine Wurzelbehandlung?!«

Das Ganze kam mir vor wie ein sehr schnelles Pingpong-Spiel, und ich musste unbedingt darauf achten, dass ich geschickt konterte.

Plötzlich servierte mir Herr Falk folgenden Ball aus dem Handgelenk:

»Was denken Sie: Wer würde wohl gewinnen, wenn Ihr Vater und Daniel gegeneinander kämpfen würden?«

Oh je. Schmetterball. Den ich zurückschmetterte.

»Daniel hasst Gewalt, er könnte keiner Fliege was zuleide

tun. Er arbeitet mit Behinderten und ist der friedlichste Kerl der Welt.«

So. Damit hatte ich ihn hoffentlich aus der Schusslinie.

Für einen Moment herrschte Ruhe, aber ich erkannte an den Blicken der beiden, dass sie noch nicht fertig waren.

»Daniel ist ein sehr kräftiger Mann …«

»Mein Vater ist ebenfalls groß und hat sehr viel Kraft.« Ich schluckte. »Aber sich zu schlagen, ist einfach unter Daniels Niveau.« Ich schwieg einen Moment. »Und wegen des Alibis können Sie ja seine Mutter fragen.«

So. Da würde die Frau zwar einen hysterischen Anfall bekommen, aber das war sie ihrem Sohn schuldig.

Sie gaben sich mit meiner Antwort zufrieden, zumindest vorerst. Ich saß still am Tisch, umklammerte meine Tasse Tee und wünschte mir zum dritten Mal, die Zeit zurückdrehen zu können. Doch die Zeit ließ sich nicht zurückdrehen, und ich spürte, dass ich nichts mehr unter Kontrolle hatte.

»Was macht denn die Polizei da drüben noch?« Ich schaute nervös aus dem Fenster.

»Wir suchen nach Spuren.« Herr Falk sah mich an.

»Immer noch? Und, können Sie schon was sagen?«

Herr Falk schüttelte den Kopf.

Frau Hopf hob den Kopf und hörte auf zu kritzeln. »Haben Sie Ihren Vater besucht?«

»Nein, habe ich nicht.«

»Warum nicht?«

»Wir haben nicht das beste Verhältnis. Ich habe es Herrn Falk schon heute Morgen erklärt. Aber ich habe in Großstadt angerufen und gefragt, wie es ihm geht. Die konnten mir nicht viel sagen. Er wurde wohl gerade operiert. Ich soll später noch mal anrufen.«

Es folgten noch ein paar allgemeine Fragen, dann verabschiedeten wir uns. Als sie unten zur Haustür rausgingen, kamen Daniel und die Kinder zurück.

»Und?« Daniel nahm mich neugierig ins Visier. »Was wollten sie wissen?«

»Naja, sie haben hauptsächlich nach dir gefragt.« Mein Blick flackerte.

Wir scheuchten die Kinder in ihr Zimmer. »Schuhe aus und Hände waschen.«

»Nach mir?« Daniel blickte ins Leere. »Ich dachte, das wissen sie bereits. Die Bullen waren doch schließlich schon bei meiner Mutter!«

»Wer wohl stärker ist, haben sie gefragt. Du oder mein Vater.«

Sein Blick zuckte erschrocken hin und her. Er tat mir so leid. Er war doch der Unschuldigste von allen. Er hatte doch noch versucht, mir meine Pläne auszureden! Hätte ich auf ihn gehört, wäre das alles nicht passiert. Andererseits hatte er doch mit eigenen Augen gesehen, wie mein Vater mich zugerichtet hatte. Und mitbekommen, dass die Polizei im Haus war, um mich über die Gegenanzeige meines Vaters aufzuklären. Er hatte meine Ängste und Nöte doch nächtelang miterlebt, meine schlaflosen Nächte. Mein geliebter Daniel musste mich doch verstehen! Warum nahm er mich nicht in den Arm und versprach mir, für immer zu mir zu halten? Ich war doch kein schlechter Mensch!

Aber ich spürte: Er verstand mich nicht. Er hatte Angst. Er war ins Visier geraten. Und seine Mutter wurde da auch mit reingezogen. Der Super-GAU.

»Lass uns eine rauchen gehen.« Ich schnappte mir meine Jacke.

Er folgte mir genervt auf den Balkon.

»Die Presse war auch schon da.« Er gab mir Feuer.

»Die Presse?« Verwirrt zog ich die Augenbrauen hoch.

»Ja, da sind gerade zwei Journalisten hier rumgelaufen. Ein Mann und eine Frau. Der Mann hat Fotos vom Haus gemacht. und die Frau hat deine Nachbarin angesprochen.«

»Aber was wollte die ausgerechnet von Frau Sieber wissen?« Unwillig starrte ich ihn an.

»Wie immer wusste die von nichts. Daraufhin hat die Reporterin sogar Moritz angesprochen, der gerade mit seinem Rad auf und ab fuhr. Ich bin gleich hingerannt und habe ihr gesteckt, dass sie die Kinder in Ruhe lassen soll.«

»Danke, Daniel.«

Schweigend rauchte Daniel. Ich sah, wie seine Schläfenader pochte. Schließlich sagte er:

»Morgen wird bestimmt ein Artikel in der Zeitung stehen.«

Mir schoss das Adrenalin ein. Auch das noch. Ich wollte doch nur, dass mein Vater ein Veilchen bekommt. Jetzt fühlte es sich an wie in einem Krimi. Alles war komplett aus dem Ruder gelaufen. Aber war das nicht schon passiert, als mein Vater zugeschlagen hatte? War nicht zu diesem Zeitpunkt schon alles außer Kontrolle geraten?

Wieder starrte Daniel minutenlang ins Leere.

»Ich fahre noch mal schnell nach Hause und schau nach meiner Mutter.« Auf meinen entsetzten Blick hin beeilte er sich zu sagen: »Dann komm ich wieder zu dir. Ich lass dich und die Kinder jetzt nicht im Stich.«

Mittlerweile war es dunkel geworden. Er setzte seine Stirnlampe auf und radelte den Hügel hinunter.

»Na, da bin ich mal gespannt, ob du wirklich wiederkommst«, murmelte ich und sah ihm traurig hinterher.

28

Pützleinsdorf, Freitag, 16. Dezember – 19 Uhr

Irgendwann ging ich in die Küche und rief Helga an. »Wie geht es dir?«

»Sie standen auf der Matte. Ich musste mit ihnen zur Polizei nach Großstadt und eine Aussage machen«, legte sie sofort los. »Das war vielleicht ein Schreck! Was habe ich denn damit zu tun!«

»Was hast du denn ausgesagt?«

»Ich habe erzählt, dass wir gestern Abend zusammen essen waren und dass ich dann nach Hause gefahren bin, weil ich so starke Migräne hatte. Was dann passiert ist, weiß ich nicht.«

»Ich glaube, sie verdächtigen Daniel.« Mir tat das im Herzen weh. Ich hatte Angst, dass er nicht zurückkommen würde. Seine Mutter würde ihn nicht lassen.

»Daniel?«, fragte Helga überrascht. »Warum das denn?«

»Der tut keinem was«, sagte ich mit Nachdruck. »Daniel kann noch nicht mal eine Fliege erschlagen, und eine Spinne pflückt der ganz vorsichtig von der Wand und setzt sie wieder ins Gras.«

»Oh Sara, ich muss mich schon wieder übergeben.«

»Gute Besserung, Helga!«

Kein Wunder, dass sich die arme Helga übergeben musste. Sie war ganz krank vor Angst.

Ich straffte mich und wusch mir die Hände. Es war an der Zeit, die Kinder ins Bett zu bringen.

»Schlaft gut, ihr Mäuse. Macht euch keine Sorgen. Wie gesagt: Bald ist Weihnachten, und dann fahren wir ein paar Tage weg.«

»Mit Daniel?«

»Von mir aus herzlich gerne mit Daniel.«

»Wird der Opa wieder gesund?«

Zwei glänzende Augenpaare musterten mich. Vor meinen Augen verschwamm alles.

»Ihr könnt ja für ihn beten.«

Ich küsste meine beiden wunderbaren Kinder sanft auf die blonden Lockenköpfe und löschte das Licht. Dann stand ich reglos da und versuchte, einen klaren Kopf zu bekommen. Es war das erste Mal seit vielen Stunden, dass mir niemand Fragen stellte. Ich nahm meine Zigaretten und ging auf den Balkon. Daniel radelte gerade die Straße herauf, ich sah, wie sich die Stirnlampe im Takt seiner strampelnden Beine hin und her bewegte. Mir fiel ein Stein vom Herzen. Er kam zu mir und ebenso auf den Balkon.

»Drüben ist immer noch Polizei, aber ich glaube die packen jetzt gerade zusammen.« Die Zigarettenpackung war ihm aus der Hand gefallen, ohne dass er es bemerkt hatte. Er war totenbleich.

»Wie geht es deiner Mutter?« Ich bückte mich nach dem Päckchen. Meine Finger zitterten stark.

»Sie spricht mit dem Pfarrer. Eine Nachbarin hat es mir gesagt. Sie war gar nicht zu Hause.«

»Danke, Daniel, dass du zurückgekommen bist.« Ich nahm seine Hand.

Schweigend inhalierten wir den Rauch unserer Zigaretten. Die Kälte zog mir in die Glieder, doch das ignorierte ich. Ich versuchte klar zu denken, aber das war schwierig: Einerseits wollte ich schreien vor Verzweiflung und die Zeit zurückdrehen, weil ich das nie und nimmer so gewollt hatte. Andererseits fühlte ich mich auch befreit. Ich hatte mir heute viel von der Seele reden können. So viele Demütigungen, die ich so viele Jahre mit mir herumgeschleppt hatte, hatten heute ein Ventil bekommen. Endlich hatte man mir zugehört, ja sogar penibel mitgeschrieben, was früher niemand hören wollte. Herr Falk und Frau Hopf.

Daniel sah zu, wie ich da saß und rauchte, ganz in Gedanken versunken.

»Sara, hast du was damit zu tun?« Es war das erste Mal, dass er mich konkret fragte.

Fröstelnd stand ich auf und wollte wieder reingehen. Da drang es endlich wirklich bis zu mir durch: Mein Vater war fast totgeschlagen worden! Es war ein schweres Verbrechen passiert! Die eine unerträgliche Situation hatte ein Ende gefunden, aber um welchen Preis? Die neue Situation drohte mich zu ersticken, überschattete alles, und ich war immer noch keine entspannte, fröhliche Mutter. Ich würde nie wieder normal sein können, wenn ich meinem Herzen jetzt nicht Luft machte. Ich liebte und vertraute Daniel doch!

Ich zog Daniel ins Zimmer hinein, dann auf mein Bett. Die Worte fielen mir aus dem Mund wie schwere Steine.

»Marius war es. Ich habe ihn darum gebeten.«

»Du hast das tatsächlich durchgezogen?« Daniel starrte mich an. »Warum hat er das für dich gemacht, Sara?«

»Ich habe ihn dafür bezahlt. Er hat schon länger durchblicken lassen, dass er Geld gebrauchen kann, und da hat es sich so ergeben. Ich habe ihm zweitausend Euro dafür geboten, bisher hat er fünfhundert Euro Anzahlung dafür bekommen.«

»Du hast was?« Daniels Augen waren groß wie Untertassen. »Du hast ihn dafür *bezahlt?!*«

»Ich habe das so nicht gewollt, das musst du mir glauben.

Ich weiß nicht, was drüben passiert ist. Ich habe keine Ahnung. Mein Vater sollte nur ein Veilchen bekommen.« Flehentlich sah ich Daniel an, doch in seinen Augen lag nur pures Entsetzen.

»Helga ist extra mit ihm Essen gegangen, damit er gegen acht nach Hause kommt. Dort sollte ihm Marius vor der Haustür …«

»Helga steckt da auch mit drin?« Daniel sprang auf und vergrub die Hände in seinem Haarschopf.

»Ja, sie hat sich mit tausend Euro beteiligt.«

»Sie ist deine *Komplizin*?« Daniel war weiß wie die Wand.

»Hör zu, das war so wirklich nicht gewollt. Aber wir mussten es planen, denn der erste Versuch war schon gescheitert, und wir wollten vermeiden, dass noch mal …«

»Der erste Versuch? Was denn für ein erster Versuch?«

Daniels Augen wurden immer größer und seine Atmung immer hektischer. Aufgebracht lief er hin und her.

»Wir hatten es schon letzten Samstag versucht. Du erinnerst dich? An dem Tag, an dem ich dich angefleht habe, mit uns ins Kino zu gehen?«

»Ja.« Sein Mund wurde zu einem schmalen Strich. Weiße Flecken hatten sich um seine Mundwinkel gebildet.

»Sogar deine Mutter hätte ich mitgenommen. Ich wollte dich aus der Schusslinie ziehen, du hättest ein bombensicheres Alibi gehabt.« Ich massierte mir die pochenden Schläfen.

Er riss mir die Hände vom Gesicht: »Hab ich's doch geahnt! Und mir lügst du vor, du wollest eine friedliche Familienzusammenführung!«

So beruhigend wie möglich versuchte ich eine Erklärung:

»Wir hätten ein sauberes Alibi gehabt. Es wäre nichts auf uns zurückgefallen! Aber mein Vater kam letzten Samstag erst sehr spät von seiner Weihnachtsfeier, und so lange hat Marius nicht gewartet.«

Daniel packte mich bei den Schultern. »Sara, bist du wahnsinnig? Was hast du getan?«

»*Ich* habe gar nichts getan. Wie gesagt: Ich wollte nur, dass er ein Veilchen bekommt, mehr nicht. Was dann geschehen ist, weiß ich nicht, ich war ja nicht dabei.«

Daniel lief wie ein Tiger im Käfig hin und her.

Ich erzählte ihm von dem Schlüssel im Gartenhäuschen, wie Marius noch mal auf mein Gerüst kam, nachdem er zuvor bereits stundenlang oben in der Hausbar herumgesessen hatte, während mein Vater unten auf dem Sofa fernschaute. Daniel schüttelte ständig den Kopf. Er hatte vermutlich die gleiche Sendung gesehen wie mein Vater: vielleicht den Donnerstagskrimi? Egal, er sah aus, als wäre er binnen weniger Minuten um Jahre gealtert.

»Sara, die werden dich kriegen! Die werden euch alle drei kriegen. Das ist dir hoffentlich klar.« Er versuchte sich zu sammeln. »Am besten, du stellst dich. Dann hast du noch eine Chance auf mildernde Umstände, Sara!«

Mein Herz setzte einen Schlag aus. Nein, so weit war ich noch lange nicht. Ich hatte gehofft, in meinem Daniel einen Verbündeten zu finden, doch seine Haltung enttäuschte mich maßlos.

»Jetzt warte doch erst mal ab! Mein Vater hat so viele Feinde, da kommen einige in Betracht.«

»Aber die waren es nicht.« Daniel packte meine Handgelenke: »Sara, die verdächtigen *mich*!«

Ich befreite mich aus seinem Klammergriff. »Daniel, du warst zu Hause und hast geschlafen. Deine Mutter wird das bezeugen.«

»Die hat doch auch geschlafen und weiß nicht mit Sicherheit, ob ich zu Hause war!«

»Wir haben *alle* geschlafen, Daniel. Es war mitten in der Nacht.«

»Aber *einer* hat nicht geschlafen, Sara und den werden sie kriegen!« Daniels Augen schwammen in Tränen. »Meinst du, dieser Handwerker hält *dich* dann da raus?«

Ich schwieg. Was würde passieren, wenn sie Marius wirklich kriegen würden?

Aber es führte doch keine Spur zu Marius! Er stand in keiner Verbindung zu meinem Vater! Selbst »Mari« in meinem Handy würde man für eine Freundin halten, mit der ich unverfänglich gesimst hatte:

Was machst du Schönes? Wo steckst du? – Ich bin in seinem verdammten Haus.

Oh. Mir wurde ganz heiß. Verzweifelt ließ ich unseren SMS-Verlauf Revue passieren. *Verdammtes Haus.* Das war allerdings nicht unverfänglich!!

Was, wenn sie ihn doch schnappen würden? Würde Marius mich decken? Ich kannte ihn doch kaum! Wieso sollte er die ganze Schuld auf sich nehmen? Welches Motiv sollte er angeben? Natürlich einen Auftrag gegen Geld. Er wollte nichts weiter als seine Weltreise.

Der würde doch bestimmt furchtbar zornig auf mich sein, wenn er seinen großen Traum begraben musste. Hoffentlich war er längst weg und wartete nicht auf das restliche Geld. Andererseits: Wovon sollte er da das Motorrad kaufen?

Mein Gesicht prickelte, als würden tausend Nadeln darauf einstechen.

»Oh Gott, sie *dürfen* ihn nicht schnappen!« Hilflos starrte ich Daniel an.

Daniels Augen blitzten mich wütend an. »Noch mal: Warum tut der so was für dich? Hast du ein Verhältnis mit ihm? Sei ehrlich! So was tut doch kein normaler Mensch.« Wieder packte er meine Handgelenke.

»Was? Nein, ich habe nichts mit Marius, wie oft soll ich dir das noch sagen! Ich habe ihm Geld geboten. Deswegen hat er es gemacht.«

»Sara, keiner macht so was für fünfhundert Euro.«

»Zweitausend. Wir hatten ihm zweitausend geboten, die fünfhundert waren ja erst die Anzahlung! Ich wollte ihm nicht alles auf einmal geben, solange er noch gar nichts gemacht hatte!«

Ich rieb mir die schmerzenden Handgelenke.

Daniel winkte ab. »Das ist doch Irrsinn. Du *musst* zur Polizei gehen und sagen, wie es war. Auch dass du das so nicht gewollt hast. Solange es noch geht!«

Er meinte es wirklich gut, aber mich stellen? Jetzt?

»Ich will ich erst mal abwarten.« Trotzig presste ich mir ein Kissen vor die Brust.

»Sara, dein Vater stirbt vielleicht. Dann ist es *Mord*. Ist dir das klar? Der Kerl hat versucht ihn *umzubringen*, weißt du was das bedeutet?«

Ich schüttelte heftig den Kopf.

»Er hat nicht versucht ihn umzubringen. Das ist doch Blödsinn! Marius hatte doch gar keinen Grund meinen Vater umzubringen.«

»Sara, dein Vater wird diese Nacht eventuell nicht überleben. Dann ist es Mord, ob du oder Marius das nun so gewollt habt oder nicht. Das interessiert dann niemanden mehr. Die werden dich kriegen. Du musst dich stellen. Das ist das Einzige, was du noch machen kannst – und beten, dass der Alte nicht verreckt.«

Ich schwieg. Am liebsten wäre ich aufgestanden und nach Hause gegangen. Aber ich *war* ja zu Hause! Ich wollte raus aus dieser Situation und war doch darin gefangen. Am liebsten hätte ich meinen Körper verlassen und wäre weggeflogen, irgendwohin, wo man mich endlich in Ruhe lässt.

»Hat sich Marius noch mal gemeldet bei dir?« Argwöhnisch musterte mich Daniel.

»Ja, heute früh hat er angerufen, als gerade ganz viel Polizei um mich rum war. Ich habe ihn gar nicht zu Wort kommen lassen. Ich glaube, er weiß nicht, was passiert ist.«

»Wie soll er nicht wissen, was passiert ist? Er hat es doch angerichtet? Warum nimmst du ihn in Schutz?« Daniels Augen funkelten wütend.

»Weil er kein böser Mensch ist.« Ich schluckte. »Du kennst ihn nicht.«

»Gott sei Dank, kenne ich ihn nicht. Was ist, wenn er hierherkommt?« Sein Blick glitt zu dem Baugerüst.

Plötzlich wurde Daniel panisch. »Sara, er weiß, was er getan hat. Er weiß, dass er einen Menschen fast umgebracht hat. Wenn er herkommt …« Er schluckte und rang nach Luft. »Der bringt dich um und Helga, weil ihr auch wisst, was er getan hat. Der bringt uns alle um! Der muss doch nur hier raufklettern, das hat er doch jeden Morgen gemacht, und dann nimmt er diesen schweren Dachziegel und …«

»Jetzt beruhig dich mal!« Ich wurde lauter. »Marius ist doch kein Massenmörder! Das ist ein Handwerker, der auf eine Weltreise spart und plötzlich die Gelegenheit sah, schneller an sein Motorrad zu kommen! Er hat mir ganz stolz den

Prospekt gezeigt, und versprochen, mir eine Ansichtskarte zu schicken!«

»Ach, Scheißdreck«, blaffte Daniel mich an. »Sara, du hast uns alle wahnsinnig in die Scheiße geritten!«

Ich ruderte ein wenig zurück. »Gut, vielleicht kommt er her, aber bestimmt nicht um uns was anzutun, sondern um zu erfahren was passiert ist! Er stand unter Alkohol! Und natürlich weil er seine Kohle will.«

Ich stand auf und ging in die Küche, ließ mir ein Glas Wasser volllaufen und trank es in gierigen Zügen aus. Ich warf einen Blick in die oberste Schublade, und da lagen sie: Tausendfünfhundert Euro. In einer Keksdose. War das ein Problem? Andererseits: Warum sollte ich dort kein Geld aufbewahren?

Daniel war im Bad verschwunden. Mit klopfendem Herzen lehnte ich die Stirn gegen den Kühlschrank. Was sollte ich tun?

Plötzlich machte mein Handy *Ping!* Mit brennenden Augen starrte ich darauf:

Nachricht von »Mari«:

HUHU, MELD DICH DOCH MAL.

Ich hörte die Dusche, Daniel hatte nichts mitbekommen. Ich schrieb zurück:

Besuch ist jetzt schlecht: besser nach Weihnachten. Geschenk dann später. Ich melde mich.

»Mari« schickte mir noch das Symbol »Daumen hoch«.

Na also. Sie waren ihm keinesfalls draufgekommen. Er wartete einfach auf sein Geld.

Ich würde es ihm bei passender Gelegenheit unter den Dachziegel legen. Nur noch nicht jetzt.

29

Pützleinsdorf, Samstag, 17. Dezember 2016

Am nächsten Morgen griff ich zum Telefon und rief im Krankenhaus an. Der Zustand sei nach wie vor sehr kritisch, hieß es. Mein Vater sei in der Nacht erneut operiert worden. Er habe mehrere Brüche im Schädelbereich. Es sei immer noch nicht sicher, ob er überleben werde. Ob er sein rechtes Auge verlieren werde. »Wir müssen abwarten«, sagte mir die Schwester erneut am Telefon.

Daniel stand neben mir und hatte alles mitbekommen. Wir beide waren fassungslos über das Ausmaß der Verletzungen.

»Was, wenn er ein Pflegefall wird?« Ich rieb mir fröstelnd die Arme und starrte hinüber. »Sitzt er dann im Rollstuhl? Muss man ihn dann füttern und wickeln und alles?«

Mit Schaudern dachte ich an Helgas ersten Mann, den sie jahrelang auf diese Weise gepflegt hatte. Das würde aber jetzt nicht ihre Strafe sein, oder? Ohne es zu merken, schlug ich mit der Stirn gegen die Fensterscheibe. Bum. Bum. Bum.

»Mama, was machst du da?«

»Ich werde gerade wahnsinnig.«

»Du musst hier raus.« Daniel zog mich weg von der Scheibe.

»Wie raus?«

»Na, raus. Hier werden wir alle verrückt. Du drehst mir noch durch, und überall ist Polizei. Lass uns wegfahren.«

»Wo soll ich denn hin? Die werden das für einen Fluchtversuch halten. Das geht nicht.«

»Das ist allemal besser als hier zu sein. Sara, die Leute reden überall. Lass uns fahren!« Er legte von hinten die Arme um mich, und ich schmiegte mein Gesicht an seinen Hals.

»Okay, und wohin?«

»Wir waren doch mal in diesem Hotel in Bad Wohlleben. Das ist nicht so weit. Eine Nacht raus. Du brauchst das, und ich brauch es auch. Denk an deine Kinder.«

Innerlich machte sich eine wohlige Wärme in mir breit. Ja, einfach wegfahren und das Ganze hier ausblenden. Daniel war auf meiner Seite. Den Kindern hatte ich ohnehin versprochen, bald wieder mehr Zeit für sie zu haben.

»Ich kann ja mal da anrufen.« Tatsächlich hatten sie noch ein Zimmer frei für die Nacht von Samstag auf Sonntag, den vierten Advent.

»Ich will nach dem Frühstück nur noch wie vereinbart zum Friseur und dann kurz nach Hause, um nach meiner Mutter zu schauen, anschließend können wir losfahren.«

Kopfschüttelnd sah ich ihn an.

Wahrscheinlich musste er seiner Mutter erst seine neue Frisur zeigen.

»Okay, dann nutze ich die Zeit, um noch schnell zu Helga zu fahren.«

»Was willst du denn bei *Helga*?« Daniel raufte sich die Haare. »Sara, du solltest keinerlei Kontakt zu deiner Mittäterin haben und keinerlei Spuren legen!«

Als Daniel weggeradelt war, fuhr ich trotzdem zu Helga. Ich konnte mich doch nicht einfach so nach Bad Wohlleben verdrücken und sie im Unklaren lassen. Ich musste doch mal nach ihr schauen. Die hatte Migräne und kotzte vor Angst!

»Hallo Helga. Mensch, du siehst ja immer noch aus wie ausgespuckt!« Zur Begrüßung nahm ich meine Komplizin kurz in den Arm.

»Die Sache ist mir wahnsinnig auf den Magen geschlagen.« Nervös sah sie sich um. »Bist du allein?«

»Also meinen Vater habe ich nicht mitgebracht.« Ich versuchte ein schiefes Grinsen. »Du musstest also gestern aufs Polizeirevier?«

Schnell gingen wir in ihr Haus und setzten uns in den Wintergarten. Ihre Hunde lagen in ihren Körbchen und wedelten erfreut mit dem Schwanz, als sie mich sahen.

»Ich habe der Polizei erzählt, dass ich mit deinem Vater essen war und danach wegen einer Migräneattacke nach Hause gefahren bin. Dass ich ihn aber noch mal angerufen habe, um zu sagen, dass ich mich hingelegt habe, aber am nächsten Morgen bestimmt wieder fit genug bin, um zum Frühstück zu kommen.«

Ich griff dankbar zu der Tasse Tee, die sie mir hingeschoben hatte. »Mehr wollten die nicht wissen?«

Helga stieß ein Schnauben aus. »Sie haben mich gefragt, wie die Beziehung zu deinem Vater ist. Die haben mich sogar gefragt, ob wir Sex miteinander haben.«

Angewidert starrte ich sie an. »Und, hattet ihr …? Ach, ich glaube, ich will das nicht wirklich wissen.«

»Sara, ich musste es einfach mal loswerden. Alles. Ich habe ihnen erzählt, was für ein böser Mensch dein Vater sein kann. Dass ich mich schon öfters trennen wollte, und er jedes Mal Telefonterror gemacht, mich beschimpft und bedroht hat. Ich habe denen auch geschildert, wie er mich nach dem Kino bei sich zu Hause zusammengeschlagen, ja wie er die Haustür abgeschlossen und gesagt hat: ›So, und jetzt kriegst du sie!‹ Ich habe erzählt, dass mein Kiefer danach schwarz war, meine Lippen geschwollen und dass ich zum Arzt musste. Gott sei Dank habe ich das Attest von damals aufgehoben. Und ich habe ihnen auch gesagt, was er im Bett für widerliche Sachen von mir verlangt.«

Entsetzt starrte ich sie an. Mit jedem Satz, den sie da von sich gegeben hatte, hatte sie sich doch verdächtig gemacht! Andererseits: Ich konnte Helga verstehen. Es war eine Riesenerleichterung für sie gewesen, sich alles von der Seele zu reden. Auch ich hatte wie ein Wasserfall von den Demütigungen erzählt. Doch wenn man über einen Menschen, dem so eine Gewalttat zugestoßen ist, nichts Positives zu sagen hat, ist es naheliegend, dass man sich verdächtig macht. Wir hatten uns wohl beide schwer belastet.

»Ich habe denen auch erzählt, wie er nach meinem ersten Trennungsversuch Müll vor die Tür geworfen, mich bedroht und gesagt hat, dass das erst der Anfang wäre. Und dass ich das damals auch angezeigt habe, nur dass die Polizei darauf nicht reagiert hat.«

»Die können eins und eins zusammenzählen.«

»Oder andersrum: Jeder, den sie befragen, sagt etwas Negatives über deinen Vater. Dann sind alle verdächtig. *Alle*.«

Ich schaute sie an und schwieg. So hatte es ja auch schon in der Zeitung gestanden, das Opfer war als »aggressiver Raufbold« beschrieben worden.

»Irgendwas muss furchtbar schiefgelaufen sein, ich weiß nur nicht was.« Ich wärmte meine eiskalten Hände an der Teetasse. »Marius ist ziemlich betrunken in Socken auf dem

Baugerüst aufgetaucht und hat mit einem Pfefferspray rumgefuchtelt. Da war es schon halb elf. Deinen Anruf bei meinem Vater hat er mitbekommen. Er saß stundenlang oben an der Hausbar und hat die Whiskyflasche geleert.«

»Sara, das hätte so nicht passieren dürfen. Marius muss völlig durchgedreht sein.«

»Ich weiß nur, dass mein Vater mehrere Schädelbrüche und eine Schnittwunde am Hals hat. Er wurde anscheinend schon zwei Mal operiert, und man weiß immer noch nicht, ob er überleben wird.« Mich fröstelte, und der kalte Schweiß klebte mir auf dem Rücken.

»Oh Gott, Sara!« Plötzlich fasste sich Helga an den Hals, unter ihrem Make-up war sie ganz grau im Gesicht. »Was ist, wenn er überlebt und rauskommt, dass wir das waren? Was glaubst du, was dann passiert? Der bringt uns um!«

»Jetzt liegt er erst mal, und wir müssen abwarten. Wir dürfen auf keinen Fall am Telefon darüber reden. Nur über das, was wir offiziell wissen. Wenn irgendwas ist, komm ich zu dir. Keine SMS, kein WhatsApp, kein Wort. Wir müssen vorsichtig sein.«

»Hast du Marius denn schon das Geld gegeben?«

»Nur eine Anzahlung von fünfhundert Euro. Der Rest steckt noch in meiner Keksdose in der Küchenschublade. Aber warum sollte ich da kein Geld aufbewahren? Das macht mich doch nicht verdächtig, und auf dich kommen sie sowieso nicht.«

»Hoffentlich nicht, Sara.« Sie massierte sich die Schläfen. »Ich überlebe das nicht, Sara. Wenn das rauskommt, dann schlägt mich dein Vater tot.«

»Es kommt nicht raus. Wir schaffen das, Helga. Wir müssen uns jetzt einfach ruhig verhalten.«

Ich drückte ihr aufmunternd den Arm und versicherte ihr zum Abschied:

»Ich warte nur noch auf eine Gelegenheit, ihm das Geld unter den Dachziegel zu legen, und dann ist Marius für immer weg.«

Daniel kam vom Friseur und sah jetzt ganz fremd und geschniegelt aus. So hatte seine Mutter sich das bestimmt gewünscht. Natürlich war er noch bei ihr gewesen, um seinen Haarschnitt vorzuführen. Aber dann war er zu mir aufgebrochen, und das war doch schon ein Teilsieg.

Eilig luden wir die Kinder, Tommy und die Taschen ins Auto und machten uns auf den Weg nach Bad Wohlleben. Während der Fahrt schwiegen wir angespannt. Jeder hing seinen Gedanken nach. Die Kinder waren in ein Handy-Spiel vertieft. Wir passierten gerade das Ortsschild, als mein Handy klingelte. GPS-Überwachung oder Zufall?

Daniel reichte es mir.

»Hopf, Kriminalpolizei. Ich bin diejenige, die gestern bei Ihnen das Protokoll geschrieben hat.«

»Ja, hallo Frau Hopf.« Ich erinnerte mich an die kleine Grauhaarige.

»Wo sind Sie?«

»Mit den Kindern in Bad Wohlleben.«

»Warum das?«

»Wir mussten einfach mal raus von zu Hause.«

»Aber Sie kommen wieder?«

»Ja, klar, morgen kommen wir zurück. Montag ist schließlich Schule.«

Einen kurzen Moment herrschte Stille in der Leitung. Mein Herz klopfte. Beobachteten sie uns? Kreiste ein Hubschrauber über uns? Oder wurde ich langsam paranoid?

»Ist Daniel bei Ihnen?«

»Ja, der sitzt neben mir.«

»Können Sie mir bitte Daniel geben? Ich müsste mit ihm sprechen.«

Ich reichte das Handy weiter. Meine Nerven waren zum Zerreißen gespannt.

»Was? Warum denn?«, fragte Daniel und sagte dann: »Na gut, Montag, 16 Uhr.«

Daniel fuhr sich unwirsch durchs inzwischen kurz geschorene Haar. »Was wollen die denn noch von mir! Ich habe doch gesagt, was ich weiß.«

»Die machen nur ihren Job. Bleib ruhig, du hast nichts gemacht, also hast du auch nichts zu befürchten. – Kinder, wir sind da! Na, ist das schön hier?«

Tommy drängte als Erster aus dem Auto, und ich schlug mich mit dem Hund in die Büsche. Mir dröhnte der Kopf. Von wegen kurze Auszeit! Hatten sie unseren Wochenendtrip etwa als Fluchtversuch gewertet?

»Mami, die haben ein *Schwimmbad*!«

»Na, dann nichts wie rein mit uns!«

Ich sah mir selbst dabei zu, wie ich in meinem gelben Badeanzug mit den Kindern um die Wette schwamm. Beide wollten zwischen meinen Beinen durchtauchen, und wieder kam mir die Szene mit meinem Vater vor Augen. Meine Kinder spielten, spritzten arglos und freuten sich einfach nur riesig, mit uns zusammen zu sein. Ununterbrochen ertönte es:

»Mami, Daniel! Guckt mal!«

Daniel zog sich auf eine Liege zurück, und ich suchte seine Nähe.

Doch kaum hatte ich seine Hand genommen, ließ ich sie wieder los, unfähig, die Nähe auszuhalten.

»Sara, was hast du da nur gemacht. Die werden euch kriegen. Du musst dich stellen!«, flüsterte er.

Mir wurde schwindelig. Bunte Kringel tanzten mir vor den Augen. Ich musste den Kopf runterhalten. Seit Tagen hatte ich kaum etwas gegessen. Daniel hüllte mich in ein Badetuch, und ich hockte zitternd und zagend auf dem Rand der Liege:

»Ich habe Angst.«

»Sara, die hätte ich an deiner Stelle auch.«

Warum *musste* er das jetzt sagen statt mich zu beruhigen?

»Mamiii! Guck mal! Ich springe!«

»Ja, mein Schatz. Ich gucke. – Daniel, ich habe das doch nicht grundlos getan. Ich war verzweifelt, und so habe ich es nie gewollt.« Warum tröstete er mich nicht? Wenn *er* mich schon nicht verstand, wie sollten mich dann die anderen verstehen?

»Sara, du musst dich stellen.«

»Mamiii! Du hast nicht geguckt! Ich springe noch mal!«

»Wenn der das überlebt, bringt er mich um.«

»Mamiii! Daniel! Warum guckt ihr denn nicht?«, hallten die schrillen Kinderstimmen im gekachelten Hallenbad wieder. Ich glaubte, mein Kopf würde platzen.

»Es wäre besser, dein Vater überlebt, Sara. Denn wie gesagt: Wenn er stirbt, ist es Anstiftung zum Mord. Dann wirst du deine Kinder lange nicht mehr sehen.«

Die Dauersirene in meinem Kopf heulte wie bei einem Bombenangriff.

»Ja, mein Schatz, ich gucke! Aber Vorsicht, hier sind auch noch andere Leute!«

»Der darf nie erfahren, dass ich dahinterstecke.« Ich vergrub das Gesicht im Handtuch.

»Mamiii! Du hast *wieder* nicht geguckt!!«

Ich hielt den Stress nicht mehr aus. Unsere Gespräche drehten sich im Kreis. Die Kinder fühlten sich erneut übergangen und fingen an zu nerven, Daniel und ich waren uns nicht nahe, Tommy jaulte im Zimmer, und ich wollte mich einfach nur noch ins All schießen.

Als wir beim Abendessen saßen, sah ich plötzlich vor meinem inneren Auge zwei Uniformierte an unseren Tisch kommen, um mich zu verhaften. Was würde dann aus den Kindern? Würde Daniel sie mit zu seiner Mutter nehmen? Ich konnte keinen einzigen Bissen essen und stocherte auf meinem Teller herum. Und was, wenn die Leute erfahren würden, dass ich nach so einer Tat entspannt in Urlaub gefahren war, während mein Vater im Krankenhaus um sein Leben kämpfte? Man würde mich für abgebrüht halten, für kaltherzig und berechnend! Und was würde *Emma* von mir halten? Oh Gott, ich durfte gar nicht darüber nachdenken! Das, was auch Daniels Mutter von mir hielt.

Nach schlechtem Gewissen und Reue würde das jedenfalls nicht aussehen! Wenn ich ehrlich war, hatte ich allerdings weder Reue noch ein schlechtes Gewissen. Nein, dieses Ergebnis hatte ich nicht gewollt, und hätte ich gewusst, wie es enden würde, hätte ich die Sache rechtzeitig abgebrochen. Ja, ich hatte einen Fehler gemacht, und es liegt in der Natur des Menschen, Fehler vertuschen zu wollen.

Trotzdem tat es mir nicht leid. Viel stärker war die Angst vor dem Auffliegen. Wie sollte ich erklären, was ich getan hatte? Es gab keine Rechtfertigung für so ein Attentat! Doch. Für mich gab es sie. Warum war nicht schon viel früher etwas getan worden? Warum war in den zwei Wochen davor nichts geschehen? Ich hatte mich doch genug Menschen anvertraut, war sogar bei der Polizei gewesen und hatte Anzeige erstattet, hatte mehreren Ärzten meine Verletzungen gezeigt. Die Nachbarn hatten es mitbekommen. Sogar meine engsten Vertrauten, Daniel und Marea, hatten mein Leid mitangesehen. Und doch war ich letztlich allein dagestanden. Es war einfach keiner da gewesen, der mir aktiv hatte helfen wollen. Jetzt war Daniel zwar bei mir, aber jetzt war es zu spät. Ich suchte zwar seine Nähe, gleichzeitig konnte ich sie nicht ertragen: Seine Vorwürfe und düsteren Prophezeiungen waren das Letzte, was ich jetzt gebrauchen konnte.

Eigentlich waren wir müde, als wir an diesem Abend zu Bett gingen. Die Kinder hatten sich ausgetobt und schliefen in ihren Betten sofort ein.

Daniel lag in seiner Hälfte und starrte an die Decke. An Schlafen war nicht zu denken. Mein Kopf kam nicht zur Ruhe, und mir wurde immer bewusster, dass Daniel recht hatte. Es würde rauskommen. Alles würde rauskommen.

So kämpfte ich gegen Angst, Schuldgefühle, Panikattacken, hatte Schweißausbrüche und wälzte mich im Minutentakt unter der ungewohnt schweren Decke hin und her. Die Schatten an den Wänden tanzten unheimlich, und die Geräusche von draußen machten mir Angst. Der nächste Morgen war eine Erlösung.

Nach dem Frühstück ging ich auf den Balkon, um eine zu rauchen.

Mit starkem Herzklopfen rief ich wieder mal im Krankenhaus an. Ob er wohl noch lebte?

»Ihr Vater wurde ins künstliche Koma versetzt und ist so weit stabil. Ich denke, Sie können aufatmen.«

»Ja, danke. Vielen Dank!«

Tat ich das? Aufatmen? Oder kroch die Angst vor seiner Rache jetzt erst recht in mir hoch wie eine giftige Schlange? Welche Nachricht hatte ich mir eigentlich gewünscht?

Er ist tot, aber er hat Ihnen verziehen. Er hat Sie noch auf dem Sterbebett um Verzeihung gebeten.

»Hier steckst du!« Daniel kam heraus und streichelte mir den Rücken. »Die Kinder haben unten in der Spielecke Gesellschaft gefunden.«

»Er wurde ins künstliche Koma versetzt und ist so weit stabil.«

Daniel steckte sich eine Zigarette an und nahm einen tiefen Zug. »Du kannst froh sein, wenn er es überlebt, Sara. Wenn nicht, ist es Mord. Dann bist du erst mal weg vom Fenster. Dann siehst du deine Kinder so schnell nicht wieder.«

Warum fing er schon wieder damit an? Warum malte er ständig den Teufel an die Wand?

»Daniel! Ich wollte das so nicht!« Flehentlich sah ich ihn an. Oh Gott, was sollte ich nur machen? Warum konnte ich mich nicht einfach in Luft auflösen?

»Sara, die werden es rausbekommen. Dann sieht es ganz schlecht für dich aus. Es ist immer besser, wenn man sich stellt.«

Ich sank kraftlos auf einen der beiden Balkonstühle. Meine Finger zitterten wie Espenlaub.

»Aber wie soll ich mich erklären, damit man versteht – damit auch jemand, der meinen Vater nicht kennt, versteht, warum ich das getan habe?«

Etwas unbeholfen tätschelte Daniel meinen Kopf.

»Ich bin mir sicher, dass man dich verstehen wird. Du hast dir noch nie etwas zuschulden kommen lassen – und plötzlich reißt du so ein Ding?? Da werden die sich schon fragen warum, und sie werden dir zuhören.«

Entschlossen drückte ich meine Zigarette aus. »Ich habe morgen früh einen Termin bei meinem Anwalt wegen einer Mietangelegenheit. Ich werde ihn um Rat fragen.«

Daniel seufzte. »Mach das Sara, und komm zur Vernunft.«

Er stellte sich neben mich, und ich lehnte den Kopf an seinen Bauch. Ja, es war schön, dass er da war.

»Weißt du Daniel, bis jetzt hat mich noch niemand von denen gefragt, ob ich es gewesen bin. Ich habe der Polizei gegenüber nicht gelogen.«

»Weil sie dir persönlich so eine Tat nicht zutrauen: Du bist zierlich und klein. Du musst also jemanden beauftragt haben, und nach dem halten sie zuerst Ausschau.«

»Du warst es nicht, Daniel. Ich kann dir gar nicht sagen, wie froh ich darüber bin.«

Wir packten zusammen, sammelten die Kinder und den Hund ein und fuhren nach Hause. Dort trafen wir das gleiche Bild an wie vor unserer Abreise.

Die Kinder sprangen gleich davon zu ihren Freunden, und Daniel und ich schleppten die Taschen in die Wohnung. Nach kurzer Zeit war alles ausgepackt.

Ich fühlte mich wie in einer Zeitschleife gefangen. Ich lief zwischen Balkon und Treppenhausfenster hin und her. Zwischendurch versuchte ich mich auf dem Sofa auszuruhen.

Unsere Nachbarn, die Siebers, hatten mir eine WhatsApp geschrieben und ihr Bedauern ausgedrückt.

Was für eine schreckliche Tat. In unseren Gedanken sind wir bei Ihnen. Wenn wir irgendwas für Sie tun können ...

Ich schrieb nicht zurück.

30

Pützleinsdorf, Sonntag 18. Dezember

Der Sonntag verging, und Daniel und ich sprachen wenig miteinander. Ich hatte das Gefühl, dass er mich unter Druck setzen, mir ein schlechtes Gewissen machen wollte.

Er wollte, dass ich mich stellte, und ich wollte abwarten. Noch stand ich nicht unter Verdacht. Außer Helga und Daniel wusste niemand, was wirklich passiert war. Nein, noch nicht mal *ich* wusste, was wirklich passiert war! Meine Gedanken kreisten immer um das gleiche Problem: Wie kann ich mich am besten erklären?

Ich hatte nichts mehr von Helga gehört und auch nichts von Marius.

Was er wohl gerade machte? Wie es ihm ging?! Ich zermarterte mir den Kopf, wie ich ihm das restliche Geld zukommen lassen könnte, ohne dass mich die Polizei dabei beobachtete. Daniel darum bitten, ihm das Geld morgen auf die Baustelle zu bringen? Ausgeschlossen.

Ich sehnte mich nach meinem Bett und hoffte, endlich mal wieder richtig schlafen zu können. Doch auch in dieser Nacht wälzte ich mich grübelnd von einer Seite auf die andere. Die Fichtenzweige schlugen gegen das Baugerüst, das im Wind knarrte. War das ein Schatten, oder balancierte Marius dort im Dunkeln herum, um das Geld zu holen? Hätte ich es wie verabredet unter die Dachziegel legen sollen? Aber das war mir zu gefährlich, weil immer noch viel Polizei da war. Vielleicht hatte man sogar Kameras aufgestellt? Nein, ich hatte ihm klargemacht, dass er erst nach Weihnachten kommen sollte, und er hatte mir das Daumen-Hoch-Symbol geschickt. Genau das würde er tun. Er war *nicht* über alle Berge. Er war noch hier. Wir wollten doch Weihnachten nach Bayern fahren, in ein Hotel. Vielleicht konnte ich Marius dorthin bestellen und ihm da das Geld geben?

Ich war froh, als der Wecker klingelte. Daniel ging als Erster, gefolgt von den Kindern. Ich ging als Letzte mit dem Hund.

In den Weinbergen traf ich zufällig Marea, die heute ihren freien Tag hatte. Ich wollte ihr so gern mein Herz ausschütten. Aber wenn ich sie zur Mitwisserin machte, würde ich sie möglicherweise belasten. Ich wich ihren Fragen kopfschüttelnd aus und versuchte, das Gespräch kurz zu halten.

»Marea, ich habe jetzt gleich einen Termin bei meinem Anwalt wegen einer Mietergeschichte.«

»Wegen einer Mietergeschichte? Hast du *da* jetzt einen Kopf für?«

Ich lächelte schwach. »Nun, die Kinder und ich leben von den Zahlungen der Mieter des Achtparteienhauses, das mir meine Großmutter vermacht hat. Und einer davon ist einfach abgetaucht. Solche Dinge erledigen sich leider auch nicht von selbst.«

»Ach Sara, was hast du nur für eine Scheiße an der Backe!« Sie umarmte mich und wiederholte, was sie schon auf dem Parkplatz des Zahnarztes gesagt hatte: »Ich will nicht in deiner Haut stecken!«

Ich packte Tommy ins Auto und fuhr zur Kanzlei. Es war ein anderer Anwalt als der, den ich wegen der Gegenanzeige meines Vaters aufgesucht hatte. Denn von dem schnieken Frank Schadewald war außer einer Rechnung nie wieder etwas gekommen.

Nervös hockte ich im Wartezimmer. Mir war schlecht.

Endlich kam der Herr, der tatsächlich mein Mietshaus betreute, und begrüßte mich: »Hallo Frau Müller, schön Sie zu sehen.« Er war etwa Mitte fünfzig, etwas übergewichtig und hatte eine Halbglatze. Wir gingen in sein Besprechungszimmer.

Ich arbeitete in aller Eile die leidige Mietergeschichte ab und fasste mir schließlich ein Herz: »Ich brauche ihren Rat in einer anderen Sache. Ich habe Mist gebaut.«

»Oha.« Sein Lächeln war fast ein wenig spöttisch. »Was haben Sie denn angestellt?«

Plötzlich sprudelte alles aus mir heraus. Ich ließ nichts weg und beschönigte nichts. »Ja, und nun liegt er schwer verletzt, im künstlichen Koma im Krankenhaus.«

Sein Lächeln verblasste von Satz zu Satz, seine Lippen wurden immer schmaler, und als ich geendet hatte, stand pures Entsetzen in seinem bebrillten Blick.

»Ehrlich gesagt, habe ich so einen Fall noch nie gehabt.« Er klackte nervös mit dem Kugelschreiber. »Ich mach ja Mietrecht, und das ist nun mal Strafrecht.«

Ich schluckte schwer. *Strafrecht.*

»Da muss ich mich erst mal einlesen und mit meinem Kollegen Tal beraten.«

»Was soll ich denn jetzt machen?«

»Nichts! Sie machen jetzt erst mal gar nichts, und vor allem machen Sie ohne mich keine Aussage. Das ist wichtig. Keine Aussage ohne mich.«

Er stand auf und bedeutete mir, dass unsere Unterredung hiermit beendet war.

Ich klammerte mich an die warme Hand, die er mir reichte:

»Ich rechne damit, jeden Moment verhaftet zu werden.

Kann ich Ihre Handynummer haben, damit ich Sie auf jeden Fall erreichen kann, sollte es so weit kommen?«

Er befreite sich und griff nach Stift und Zettel.

»*Wenn* es so weit kommt. Wenn dieser Marius Gersting nicht vorbestraft ist, könnte ich mir vorstellen, dass es vielleicht gar nicht rauskommt, denn er hat ja weder ein Motiv noch besteht eine Beziehung zu Ihrem Vater. Habgier war es auch nicht. Hier, meine Handynummer, dann können Sie mich jederzeit anrufen.«

Ein bisschen leichter wurde mir ums Herz, aber irgendwie wollte er mich loswerden.

»Danke.« Verlegen drehte ich den Zettel mit seiner Nummer in meinen Fingern. »Also mach ich jetzt nichts?«, hakte ich sicherheitshalber noch mal nach.

»Genau, Sie machen nichts, leben erst mal ganz normal weiter. Ich melde mich dann im Laufe der Woche bei Ihnen.«

Er schob mich zur Tür. Im Laufe der Woche! Das war mir ja viel zu vage! Ich wollte *jetzt* eine Lösung! Eine *Erlösung*!

Ich drehte mich noch einmal um: »Ich rechne damit, dass mein Telefon abgehört wird.«

»Sobald ich mich bei meinem Kollegen Tal schlau gemacht habe, melde ich mich und rede von dem *Mieter*. Dann kommen Sie her, und wir besprechen alles.«

Noch einmal reichte er mir die Hand.

»Okay, dann warte ich also, bis Sie sich melden.«

»Genau.«

Es hatte mir gutgetan mit ihm zu reden. Endlich wusste ein Rechtsanwalt von meiner Tat. Er würde sich beraten und mir helfen. Plötzlich keimte wieder ein Fünkchen Hoffnung in mir auf. Vielleicht war doch nicht alles so dramatisch und ausweglos, wie Daniel es die ganze Zeit hinstellte.

Ich stieg ins Auto und rief Daniel an. »Bist du in der Behindertenwerkstatt? Kann ich schnell vorbeikommen?«

»Ich bin im Nachbarort bei einem Tischler und hole ein Ersatzteil für unsere Werkbank ab.«

»Warum schicken sie *dich*, wo du doch gar kein Auto hast?«

»Sara, ich bin gerade bei meinen Schützlingen zu nichts zu gebrauchen! Die spüren das, ich drehe bald durch, der Chef hat mich weggeschickt.«

»Dann komm ich schnell vorbei. Ich muss dir was erzählen.«

Kaum hatte ich das Ortseingangsschild hinter mir gelassen, klingelte mein Handy. Wieder fragte ich mich: Zufall oder GPS-Überwachung? Als ich die Nummer sah, vermutete ich Herrn Falk. Er war es tatsächlich.

Ich holte tief Luft und versuchte, einen sachlich-ruhigen Ton in meine Stimme zu legen.

»Guten Morgen, Herr Falk. Sind Sie schon weitergekommen?«

»Leider nicht, Frau Müller. Aber was ich Sie fragen wollte: Hatte Ihr Vater einen Gärtner?«

»Einen Gärtner?«

Oh Gott, wie viele Leute wurden meinetwegen zu Unrecht verdächtigt?

Die Zunge klebte mir am Gaumen. Was, wenn er als Nächstes nach der Dachdeckerfirma fragte? Ruhig, Sara. Ganz sachlich. Er hat nach dem Gärtner gefragt.

»Ja, mein Vater hat jemanden, der ihm ab und zu im Garten hilft, aber ich habe keine Ahnung, wer das ist oder wie dieser Mann heißt. Das wechselt auch immer wieder.«

»Frau Müller, wo sind Sie im Moment?«

»Ich fahre gerade zu Daniel, der holt etwas in einer Tischlerei ab.«

»Gut, danke für die Auskunft.«

Ich krallte meine zitternden Finger in das Lenkrad und versuchte, mich auf den Verkehr zu konzentrieren. Sie hatten also noch keinen wirklichen Verdacht. Das war gut.

Daniel kam mir schon auf der Dorfstraße entgegen. Er sah fürchterlich aus. Mit seiner neuen Frisur wirkte er wie gerupft. Seine ganze Aura war weg. Er stieg sofort zu mir ins Auto, und ich fuhr an den Straßenrand und schaltete den Motor aus. Daniel ging es wirklich schlecht. Er *stank* nach Angst. Er hatte rote Stressflecken im Gesicht und war ansonsten ganz bleich.

»Was hat dein Anwalt gesagt?«

»Ich soll mich ruhig verhalten und erst mal so tun, als wäre nix.«

»Was? Ist der bescheuert? Was ist das denn für ein Anwalt?«, schrie er mich fassungslos an.

»Er meinte, dass wir im Laufe der Woche noch mal telefonieren. Und dass es vielleicht gar nicht rauskommt, dass ich ...«

Daniel schlug mit beiden Händen aufs Armaturenbrett, und ich zuckte fürchterlich zusammen. So kannte ich meinen sanften Freund überhaupt nicht.

»Was ist das denn für ein Depp? Wie kann er dir so etwas raten? Sara, du *musst* dich stellen.« Keuchend rang er um Atem. »Heute um 15 Uhr verhören sie meine Mutter! Genau das wollte ich immer vermeiden, dass meine arme Mutter da mit reingezogen wird!«

»Aber sie soll dir doch nur ein Alibi geben.«

»Meine Mutter ist hysterisch-geschwätzig! Die heult sich täglich beim Pfarrer aus. Sie war schon immer gegen unsere Beziehung. Die werden sie auseinandernehmen! Verstehst du das denn nicht?«

»Beruhige dich bitte!« Ich versuchte, meine Hand auf seine zu legen, aber er zog sie weg, als hätte ich ihn verbrannt. »Daniel, du hast doch gar nichts getan! Und deine Mutter weiß nicht viel mehr, als dass du bei ihr zu Hause warst. Du musst nur sagen, wie es wirklich war: Wir hatten gestritten, und du warst bei deiner Mutter. Aus die Maus.«

Er knetete seine Hände, starrte in seinen Schoß.

»Sara, ich weiß nicht, ob ich das kann. Die verdächtigen mich. Und ich soll jetzt diesen Marius decken?«

In seinen Augen stand Panik, aber auch Zorn und Eifersucht.

»Du sollst ihn nicht decken, sondern einfach nur nicht sagen, was du weißt.«

Er schüttelte den Kopf. Seine langen, kräftigen Finger zitterten auf seinen Jeans.

»Sara, du musst dich stellen, sonst kann ich nicht mehr mit dir zusammen sein. Nicht mehr zu dir kommen. Merkst du denn nicht, dass der Druck von Tag zu Tag größer wird? Ich halte das nicht mehr aus.«

»Schon wieder?« Zutiefst traurig sah ich ihn an. »Dabei würde ich dich jetzt so dringend brauchen.« Meine Augen füllten sich mit Tränen. »Daniel, die haben keine Ahnung. Die wissen doch gar nicht, in welche Richtung sie ermitteln sollen! Gerade eben hat Herr Falk mich nach dem Gärtner gefragt!«

»Und spätestens morgen wird er dich nach dem Dachdecker fragen!«

»Ja. Dann gebe ich den Namen der Firma durch und sage, dass ich keinen der Angestellten persönlich näher kenne.«

»Sara, du wirst dich in Lügen verstricken. Dich und die Kinder unglücklich machen.« Auch Daniel lief jetzt eine Träne über die Wange. »Ich kann so nicht bei dir bleiben. Stell dich, und ich werde für dich da sein, mich um deine Kinder kümmern, wenn sie dich verhaften.«

Mir wurde schwarz vor Augen Ich wollte auf der Stelle tot sein.

»Um sie dann zu deiner Mutter zu schleppen? Nur über meine Leiche!«

»Ich werde bei dir wohnen und für sie da sein, auch am Wochenende, das schwöre ich. Aber wenn du dich nicht stellst, war's das. Ich kann nicht mehr. Ich will damit nichts zu tun haben und halte diesen Druck nicht mehr aus. Überlege dir deine Entscheidung.«

Er packte schon den Griff der Autotür und entriegelte sie. Wollte er etwa einfach aussteigen?

Ich zog ihn an der Schulter und zwang ihn, sich noch mal nach mir umzudrehen.

»Wirst du mich heute Nachmittag verraten, wenn sie dich erneut vernehmen?«

Seine Lippen zitterten. Er hatte weiße Flecken um die Mundwinkel.

»Nein, ich werde heute nichts sagen, ich möchte dir Gelegenheit geben, es selbst zu tun. Dann sieht es besser für dich aus. Aber ich weiß nicht, wie lange ich das noch durchhalte.«

Seine Stimme klang wieder gefasster. Brüsk wischte er sich über die Augen. Dann öffnete er die Autotür und stapfte davon. Ich wartete darauf, dass er sich noch einmal umdrehte. Er tat es nicht.

Ich lief durch meine Wohnung. Sie war schmutzig geworden. Es waren viele Leute hier durchgelatscht, alle mit Schuhen, direkt aus dem Garten. Überall lagen noch immer Dinge verstreut. Die letzten Tage hatte ich nicht aufgeräumt, und so fing ich an zu putzen. Es sollte alles ordentlich aussehen, wenn sie mich abholen würden. Ich bezog mein Bett frisch, saugte durch, startete die Waschmaschine, verstaute die getrocknete Wäsche, wischte die Böden, wienerte das Badezimmer, schrubbte die Toilette.

Ich versuchte, mich abzulenken, aber das Gespräch mit Daniel saß tief. Es war typisch für ihn, dass er immer alles so schwarz sah, da war mein Anwalt doch optimistischer gewesen!

Die Kinder kamen von der Schule, und wir aßen zusammen zu Mittag. Ich bekam kaum einen Bissen runter und schob das Essen wieder nur von rechts nach links.

»Hast du immer noch Zahnschmerzen, Mami?«

»Ja, und Kopfschmerzen und Herzschmerzen, weil es dem Opa so schlecht geht.«

»Magst du ihn also doch ein bisschen?« Romy schaute mich aus ihren lieben Kinderaugen so arglos an, dass ich hätte schreien mögen.

»Natürlich. Jedes Kind mag seine Eltern, und der Opa konnte auch manchmal lieb sein.«

Ich kramte ein Fotoalbum hervor, und wir vertieften uns in die alten Bilder. Ich sah meine Mutter, meine Großmutter und mich in diesem Garten; sah, wie ich das erste Mal Fahrrad fuhr und wie ich mich an Karneval verkleidet hatte. Alles wirkte so harmlos, so *normal*. Meine Kinder sollten nicht wissen, was mein Vater mir angetan hatte.

»So ihr Lieben, das reicht, ich habe noch zu tun, und ihr ja wohl auch?«

Die beiden begannen mit ihren Hausaufgaben, und ich räumte das Geschirr ab, machte wieder Ordnung, gewissenhafter als sonst, als hätte ich später keine Gelegenheit mehr dazu.

Als das Telefon klingelte, zuckte ich zusammen. So. Jetzt. Sie hatten es herausgefunden. Sie würden mich holen.

Doch es war Emma, meine Schwester! Sie rief aus dem Krankenhaus an. »Sara, ich war gerade wieder bei unserem Vater. Er wurde so entsetzlich zugerichtet, jetzt sieht alles noch viel schlimmer aus, und er liegt immer noch im Koma.«

Ich klammerte mich an mein Küchenhandtuch. Jetzt müsste ich es ihr eigentlich sagen: Emma, ich war es. Es tut mir wahnsinnig leid. Aber ich konnte nicht anders. So habe ich es jedoch nie gewollt. Es war ein Unfall.

Ich hatte schon Luft geholt, doch ihr Redeschwall unterbrach mich.

»Er liegt auf der Intensivstation, sein Gesicht ist komplett zerschmettert, das rechte Auge ist so groß wie eine Männerfaust und ganz schwarz. Das wird nicht wieder, meinen die Ärzte. Er liegt an Schläuchen, sein ganzer Körper ist mit offenen Wunden und Blutergüssen übersät. Da ist jemand mit brutalem Hass auf ihn losgegangen, der muss mindestens ein Messer oder eine Axt benutzt haben, und das mit unbändiger Kraft, fast alle seine Knochen sind gebrochen, sein Schädel zertrümmert ...«

Während sie mit gebrochener Stimme weitersprach, versuchte ich, die grässlichen Bilder aus meinem Kopf zu vertreiben.

»Wer macht denn das, Sara, wer *macht* so was«, schluchzte Emma fassungslos. »Was für eine Bestie ist da auf unseren Vater losgegangen?«

»Keine Ahnung, Emma, keine Ahnung ...«

»Weißt du, anfangs habe ich noch gedacht, du könntest damit entfernt zu tun haben, aber das ist ganz ausgeschlossen, dafür muss ich mich bei dir entschuldigen!« Sie putzte sich die

Nase. »So etwas Barbarisches ist außerhalb jeder Vorstellungskraft, und ich kenne keinen Menschen auf dieser Welt, der so etwas Teuflisches tun könnte!«

»Ich auch nicht«, wisperte ich.

»Sara, es kann gut sein, dass er doch nicht überlebt. Willst du nicht herkommen und dich von ihm verabschieden?«

»Nein«, hauchte ich kraftlos. »Ich schaff das nicht.«

»Dann mach es mal gut. Wie verkraftet ihr es? Sind die Kinder stabil?«

»Am Wochenende waren wir gemeinsam weg, um die Kinder ein wenig abzulenken. Hier läuft ja ständig Polizei herum.«

Im Hintergrund waren typische Krankenhausgeräusche zu vernehmen, und jemand rief einen Arzt in die Notaufnahme.

»Ich schaue täglich nach unserem Vater und werde dich natürlich auf dem Laufenden halten.«

»Dafür danke ich dir sehr.«

Nachdem ich aufgelegt hatte, sank ich kraftlos auf dem Sofa zusammen. Nicht mal Tommy konnte mich aus meiner Lethargie reißen. Bald würde ich Emma endgültig verloren haben. Wenn die Wahrheit ans Licht käme, würde sie nie wieder mit mir reden. Sie würde mich verachten und verabscheuen, und ich konnte es ihr nicht einmal verdenken.

31

Pützleinsdorf, Montag, 19. Dezember, Spätnachmittag

»Da ist ja immer noch Licht beim Opa drüben!«

Romy saß in ihrem Ballettkleidchen auf der Rückbank und machte einen langen Hals. Ich hatte ganz normal weitergelebt, wie mein Anwalt mir geraten hatte: meine Tochter zum Ballett gefahren, dann den Hund Gassi geführt. Währenddessen hatte ich ununterbrochen gegrübelt, war aber zu keiner Lösung gekommen.

Mir war nur bewusst gewesen, dass Daniel genau während dieser Ballettstunde von 16 bis 17 Uhr verhört wurde. Würde er es schaffen, nichts zu sagen?

Jetzt kamen wir im Dunkeln heim.

»Ist denn die Polizei immer noch da?«

»Keine Ahnung, mein Schatz!«

»Aber ich sehe keine Polizeiautos mehr!«

»Nein. Auch für die Polizei ist einmal Feierabend.«

»Darf ich dann jetzt Fernsehen?«

»Natürlich, mein Schatz.«

Es war jetzt 17 Uhr 30. Was hatte Daniel ausgesagt?

Nervös stand ich am Fenster und kaute auf meinem Daumennagel. Wie gern hätte ich meinen Freund angerufen und ihn einfach gefragt! Doch das machte mich ja auch verdächtig.

Nach einer nervösen Zigarette auf dem Balkon hielt ich es nicht mehr aus. Irgendwas musste doch in Erfahrung zu bringen sein!

Ich nahm all meinen Mut zusammen und wählte die Nummer von Herrn Falk. Ich konnte ihm ja ganz normal mitteilen, dass im Haus meines Vaters noch Licht brannte, und fragen, ob das so beabsichtigt sei.

Keiner nahm ab. Ich ging zum Schreibtisch und suchte nach dem Zettel, den er mir am Freitag gegeben hatte. Er hatte eine Festnetznummer und eine Handynummer notiert. Ich versuchte es auf beiden Nummern, aber niemand ging dran.

Okay, dachte ich mir. Auch die Polizei hat mal Feierabend.

Ich beschloss zu duschen und den Abend auf dem Sofa ausklingen zu lassen.

Als ich gerade tropfnass aus der Dusche trat, klingelte es. Hoffentlich war das Daniel! Er würde sagen, dass er dichtgehalten hatte, dass es immer noch keine konkrete Spur gebe. Er würde sagen, dass ich mir keine Sorgen machen müsse! Jetzt, vor Weihnachten, werde überhaupt nichts mehr passieren. Hastig schlang ich mir ein Handtuch um den Körper und einen Turban um den Kopf.

Barfuß lief ich zur Gegensprechanlage, wobei ich Tropfspuren auf dem Fußboden hinterließ.

»Ja, hallo?«

»Falk hier. Bitte machen Sie auf.«

Mein Herz hörte kurz auf zu schlagen. Das war es.

»Herr Falk, ich komme gerade aus der Dusche. Ich ziehe mich schnell an. Bitte warten Sie.«

Ich rannte ins Bad zurück und rief meiner Tochter zu: »Schätzchen, machst du bitte die Tür auf? Da kommt noch ein Herr von der Polizei.«

Mit fliegender Hast schlüpfte ich in mein Schlabber-T-Shirt und meine Jogginghose, ging gefasst zur Tür. Da kam Herr Falk auch schon die Treppe herauf, mit seiner jungen Kollegin mit den blonden Locken. Wir starrten einander an, und innerlich fiel mir ein Stein vom Herzen: Sie wussten es. Daniel hatte geredet.

»Frau Müller, wir sind heute einen großen Schritt weitergekommen in unseren Ermittlungen. Ich muss Sie bitten, mich aufs Revier zu begleiten.«

Ich schwieg zunächst.

Daniel hatte also ausgepackt. Aber was genau hatte er gesagt und wie viel?

Herr Falk sah mich mit einem fast schon traurigen Blick an und fügte hinzu: »Ich denke, Sie wissen worum es geht.«

»Ja.«

Herr Falk warf einen Blick auf die halboffene Tür zum Kinderzimmer, wo meine beiden kleinen Schätze auf dem Fußboden saßen und gemeinsam puzzelten.

»Haben Sie jemanden, der sich um die Kinder kümmern kann? Ziehen Sie sich bitte an, ich muss Sie mitnehmen.«

»Ich könnte meine Freundin Marea fragen, ob sie Zeit hat. – Wissen Sie schon, wie lange es dauern wird?«

Herr Falk schüttelte den Kopf. Die Blonde schloss sacht die Kinderzimmertür.

»Rufen Sie Ihre Freundin an. Am besten, sie kommt sofort hierher.«

»Okay.«

»Unser Kollege steht hinten an ihrer Terrassentür. Bitte machen Sie die auf, damit er ebenfalls rein kann.«

Ich war etwas verwirrt. Warum stand der Kollege an der Terrassentür? Dachten die beiden etwa, ich würde zum Garten raus fliehen?

»Ja, natürlich.«

Ich hatte den Rollladen schon runtergelassen und zog ihn wieder hoch. Tatsächlich stand da ein Mann in Zivil. Er sah gut aus. Groß und stark, vielleicht ein bisschen älter als ich.

Ich öffnete ihm die Tür und er kam rein, wobei er den Kopf einziehen musste.

»Tim Hoffmann«, stellte er sich vor. »Von der Kripo Mittelstadt. Wir müssen Sie leider mitnehmen.« Hatte er etwa Handschellen dabei? Ich war merkwürdig ruhig.

»Jetzt erst mal die Kinder«, mahnte ich Herrn Falk. Er nickte. Ich nahm mein Handy und rief Marea an.

»Marea, kannst du bitte vorbeikommen? Die Polizei ist gerade da, und ich muss mit nach Mittelstadt. Kannst du nach den Kindern schauen?«

»Die Polizei? Die glauben, dass du etwas damit zu tun hast?«

»Kannst du bitte kommen?«, wiederholte ich eine Spur schärfer.

»Ja, ich bin in ein paar Minuten bei dir.«

»Danke!«

Ich schaute Herrn Falk an. »Sie kommt gleich. Ein paar Minuten.«

Er nickte. »Ziehen Sie sich bitte etwas Ordentliches an. Die Kollegin wird Sie begleiten.«

»Mich begleiten?«

»Ja, ins Badezimmer.«

Ich ging ins Bad, und die junge Blonde schob sich diskret mit hinein. Ich zog meine Jogginghose aus und eine Unterhose an. All das tat ich mit einer unerklärlichen Ruhe. Die Beamtin stand dabei und schaute weg. Ich hatte meine Periode und legte eine Binde ein. Dann schlüpfte ich in eine Jeans und wechselte mein Schlabber-T-Shirt gegen einen BH und ein frisches Oberteil, das ich vorher aus dem Kleiderschrank geholt hatte.

Als ich aus dem Bad kam, hörte ich, wie Herr Falk zu dem Gutaussehenden sagte: »Ich kann es verstehen.«

Tim Hoffmann, der Polizist, der über die Terrasse reinge-
kommen, echote: »Du kannst es verstehen?«

Ich trat um die Ecke und fragte: »Sie können es verstehen?«

»Ja«, sagte Herr Falk. »Wenn man einen Hund immer wieder tritt, beißt er irgendwann.«

Ich blieb einen kurzen Moment vor den beiden Herren
stehen und schaute Herrn Falk in die Augen. Sie sahen immer
noch traurig aus. Am liebsten hätte ich mich fallen, meinen
Tränen freien Lauf gelassen, die sich seit Wochen angesammelt hatten: Dieser Satz war eine Erleichterung für mich.
Dieser Satz tat mir unendlich gut.

Es klingelte, und Marea hetzte mit schreckgeweiteten Augen
die Treppe hoch. Ich sandte ihr einen Blick, der sie unmissver-
ständlich zum Schweigen aufforderte, gab noch kurze Anwei-
sung, wer wann ins Bett zu gehen hatte und bedankte mich bei
ihr. »Tschüss, Ihr Süßen! Ich muss noch was erledigen. Wegen
dem Opa. Die Marea bleibt solange bei euch!«

»Ja! Bis später!«

Die Kinder waren nicht im Geringsten alarmiert, so unauffällig hatten sich die drei verhalten.

Als wir bereits an der Tür zum Treppenhaus standen, sagte
Tim Hoffmann: »Wir verzichten auf die Handschellen.«

»Ich laufe nicht davon!«, versprach ich.

Herr Falk ging voraus, dann folgte ich, hinter mir gingen
Tim Hoffmann und dann die junge Blonde mit den Locken.

Wie verließen das Haus und gingen die Stufen zur Straße
hinunter, als ich wieder das Licht bei meinem Vater wahrnahm.

»Ich habe versucht, Sie anzurufen.«

Herr Falk blieb stehen, drehte sich zu mir um und legte mir
die Worte in den Mund: »Wollten Sie sich stellen?«

Ich zögerte einen Moment. In diesem Augenblick wurde mir klar, dass es kein Zurück mehr gab. Er nickte mir unmerklich zu.

»Ja, das wollte ich«, antwortete ich mit plötzlich aufwallender Dankbarkeit. »Deshalb habe ich drei Mal bei Ihnen angerufen. Aber Sie sind nicht drangegangen.«

»Kein Problem. Wir wissen, dass Sie es versucht haben.«

Herr Falk fuhr. Die junge Blonde saß auf dem Beifahrersitz. Ich durfte hinten rechts einsteigen, und Tim Hoffmann saß links von mir.

Kaum waren wir losgefahren, sagte mein Nebenmann: »Sie dürfen sich nichts antun!«

Ich schaute ihn an. Wovon redete er da?

»Sie müssen mir versprechen, dass Sie sich nichts antun, hören Sie? Sie haben zwei Kinder. Denken Sie an Ihre Kinder!«

Entsetzt starrte ich ihn an. Wie kam er nur darauf?

Tim Hoffmann fuhr fort: »Egal, was passiert ist – es rechtfertigt nicht, dass Sie sich das Leben nehmen!«

»Ich werde mir ganz sicher nicht das Leben nehmen!«, sagte ich nachdrücklich. Ich hoffte, ich hatte mich klar genug ausgedrückt.

Wir schwiegen eine Weile, und ich starrte aus dem Fenster. Häuser und Autos glitten vorbei, als wäre nichts geschehen. Die Welt drehte sich einfach weiter!

»Ich kann Sie verstehen«, kam es plötzlich mit sonorer Stimme von links. Tim Hoffmann versuchte wohl schon im Auto, mit dem Verhör zu beginnen. »War das eine Reaktion von Ihnen auf die Anzeige, die Ihr Vater gegen Sie erstattet hat?«

Ich schaute ihn an, sagte aber nichts. Mein Anwalt hatte gesagt, ich solle ohne ihn keine Aussage machen.

Tim Hoffmann versuchte es weiter: »Ich kann Sie wirklich verstehen, Sara. Wie haben Sie Marius Gersting dazu gebracht, diese Tat für Sie auszuführen?«

Sie wussten also auch von Marius. Wieder antwortete ich nicht.

»Haben Sie ein Verhältnis mit Marius?«

Oh Mann!, dachte ich mir. Der klingt ja schon wie Daniel. Was hatte der denn erzählt?

Ich blieb weiter stumm.

»War das alles Ihre Idee, oder ging das Ganze von Helga aus?«

Daniel hatte anscheinend komplett ausgepackt.

Ich schwieg geduldig. Das Atmen fiel mir zunehmend schwer. Ich verschränkte die Arme vor der Brust und starrte vor mich hin. Daniel, du Klatschtante!

Tim Hoffmann gab nicht auf: »Sie wollten sich also stellen. Warum haben Sie das nicht schon viel früher getan?«

Oh mein Gott!, dachte ich. Hättest du die letzten drei Tage mit mir verbracht, wüsstest du, warum ich mich nicht schon früher gestellt habe: Weil ich eigentlich nie vorhatte, mich zu stellen! Weil mein Anwalt mir geraten hat, ganz normal weiterzumachen.

Er ließ nicht locker. Ich schaute ihn an, wie er da neben mir saß. Er war voll und ganz auf mich konzentriert, redete und redete, immer mit Pausen, um mir Gelegenheit zu geben zu antworten. Und wieder beteuerte er: »Ich kann Sie verstehen.«

»Sie können gar nichts verstehen!«, platzte es aus mir heraus. »Schauen Sie sich doch mal an: Sie sind groß und stark, an so jemanden hätte er sich doch nie herangewagt!« Ich schnaufte. »Jemand, der so eine Angst nie empfinden, diese brutale Atmosphäre nie spüren musste, diese Hilflosigkeit, dieses Ausgeliefertsein, der kann mich nicht ansatzweise verstehen.«

Ich bemerkte, dass Herr Falk mich über den Rückspiegel anschaute. Ich hatte mich in Rage geredet und sagte: »Ich werde eine Aussage machen und all Ihre Fragen beantworten. Aber erzählen Sie mir nicht, Sie könnten mich verstehen!«

Ich atmete schwer und verschränkte die Arme vor der Brust. »Und seien Sie mir bitte nicht böse, wenn ich weitere Fragen vorerst einfach ignoriere.«

Herr Falk musste lächeln. Ich sah seinen verständnisvollen Blick. »Haben Sie einen Anwalt?«

»Ja. Ich war heute Morgen in einer Mietangelegenheit bei ihm, habe ihm aber reinen Wein eingeschenkt. Er hat gemeint, dass ich ohne ihn keine Aussage machen soll.«

»Aber Sie sind doch sehr intelligent und eloquent, Frau Müller. Und wir können Sie doch verstehen …«

Jetzt reichte es mir aber. »Eben drum weiß ich, wie schnell einem jemand das Wort im Mund umdrehen kann. Deswegen bin ich einfach vorsichtig mit dem, was ich sage.«

Tim Hoffmann sah mich von der Seite an, und ich spürte so etwas wie Anerkennung in seinem Blick.

Herr Falk nickte.

»Kann ich meinen Anwalt anrufen, damit er dazukommt?«, fragte ich.

»Haben Sie die Nummer dabei?«

»Ja, ich habe sie abgespeichert.«

»Dann rufen Sie ihn an!«

Ich angelte mein Handy aus der Hosentasche und wählte seine Nummer. »Der gewünschte Gesprächsteilnehmer ist derzeit nicht erreichbar.« Super!, dachte ich mir. Er wird hoffentlich nur in einem Funkloch sein.

»Er ist nicht erreichbar.«

»Versuchen Sie es noch mal.«

Ich tat es, allerdings ohne Erfolg. Das Handy meines Anwalts war ausgeschaltet.

»Ist Helga Bender auch abgeholt worden?«, fragte ich in die Stille hinein.

»Die Kollegen sind gerade bei ihr, auch an Marius Gersting sind wir noch dran.«

Ich fühlte mich völlig ausgeliefert. Alles war schiefgelaufen. Schlimmer konnte es kaum noch kommen. Jetzt saßen wir alle in der Falle. Danke, Daniel! Und mein Anwalt war nicht erreichbar. Es war wie verhext.

»Was passiert jetzt? Wie geht es jetzt weiter?«

»Wir werden noch mal versuchen, Ihren Anwalt zu erwischen, und dann werden Sie vernommen.«

»Und dann darf ich wieder nach Hause?«

»Das kann ich Ihnen noch nicht sagen.«

Mir zog sich schmerzhaft das Herz zusammen. Was sollte denn aus den Kindern werden? Marea musste doch morgen früh wieder zur Arbeit und Daniel … Nein, das konnte ich mir nicht vorstellen. Daniel hatte mich verraten. Obwohl er versprochen hatte, mir Gelegenheit zu geben, mich selbst zu stellen.

Meine Kinder waren schon sehr vernünftig und selbstständig, aber so viele Stunden würden sie nicht alleine klarkommen. Außerdem war ich doch ihre Mama! Und hatte auf ganzer Linie versagt!

Wir erreichten Mittelstadt. Tim Hoffmann stieg aus und lief um das Auto herum, um mir die Tür zu öffnen.

»Möchten Sie noch eine rauchen?«

»Sehr gerne.«

Wir standen in der Kälte vor dem Gebäude, die meisten Fenster waren schon dunkel. Herr Falk ging hinein. Die Blonde und Tim Hoffmann blieben bei mir. Vor dem Eingang stand ein Aschenbecher, und ich zündete mir eine Zigarette an.

»Ich kann Sie wirklich verstehen«, versuchte Tim Hoffmann erneut mit mir ins Gespräch zu kommen. Er hatte die Hände in den Hosentaschen vergraben.

Ich schüttelte den Kopf. »Mit Ihnen hätte sich mein Vater nie angelegt. Sie können sich nicht vorstellen, wie es ist, wenn …« Ich verstummte. Ich wollte weinen. Wieder wollte ich mich einfach nur fallen lassen und weinen wie ein kleines Kind. War denn da niemand, der mich einfach mal in den Arm nehmen konnte? Ich sehnte mich so nach einer Schulter zum Anlehnen, nach jemandem, der einfach meine Hand nahm und sagte, dass er zu mir hielt.

Tim Hoffmann schaute mich an, wartete, dass ich meinen Satz vollendete. Ich zog an meiner Zigarette und sagte nur leise: »Nein, Sie können mich beim besten Willen nicht verstehen.« Energisch drückte ich meine Zigarette aus.

»Wollen wir?« Tim Hoffmann zog die schwere Tür auf, und die Blonde blieb hinter mir. Glaubten die wirklich, ich würde türmen?

Wir stiegen durch das hell beleuchtete Treppenhaus fünf Etagen hoch, und sie führten mich in ein kleines Zimmer, in das Büro von Herrn Falk: in der Mitte ein Schreibtisch, auf der anderen Seite zwei Stühle. Hinter den Stühlen standen noch mal drei weiße Tische nebeneinander an der Wand, darauf mehrere Tassen, Teebeutel und ein Wasserkocher.

Ich setzte mich auf einen Stuhl gegenüber von Herrn Falk.

»Möchten Sie einen Tee?«, fragte er.

»Gern.«

Er stand auf und machte sich am Wasserkocher zu schaffen.

»Versuchen Sie noch mal, Ihren Anwalt zu erreichen.«

Ich zog mein Handy aus der Hosentasche und versuchte es, wieder ohne Erfolg.

»Geben Sie mir mal die Nummer.« Er versuchte es selbst ein paar Mal.

Stirnrunzelnd hörte er sich die automatische Ansage an. »Es gibt in dieser Kanzlei mehrere Anwälte. Können wir da nicht einen anderen Anwalt anrufen?«

»Mein Anwalt hat von einem Kollegen gesprochen, der ohnehin für Strafrecht zuständig ist. Er heißt Tal«, sagte ich hilfsbereit.

Die Blonde googelte die Kontaktdaten verschwand mit den Infos aus dem Zimmer.

»Was für einen Tee möchten Sie trinken?«

»Am besten einen schwarzen. Ich vermute mal, ich werde noch eine Weile wach sein müssen.«

Herr Falk lächelte kaum merklich, bereitete mir den Tee zu und stellte ihn vor mich auf den Schreibtisch. Ich zog meine Jacke aus, hängte sie über die Stuhllehne, behielt aber meinen Schal in der Hand. An irgendetwas musste ich mich festhalten.

»Ist Helga inzwischen auch schon hier?«

»Ja, Frau Bender sitzt im anderen Gang.« Herr Falk rührte sich zwei Stück Zucker in den Tee. »Nur an Herrn Gersting sind wir noch dran, der war nicht zu Hause.«

Ich nickte und knetete meinen Schal. Ob er sich wohl schon aus dem Staub gemacht hatte?

Tim Hoffmann, der hinter mir an der Tischreihe gelehnt hatte, ging aus dem Zimmer, dafür kam die Blonde wieder rein.

»Darf ich etwas Zucker haben?«

»Oh, Entschuldigung.« Herr Falk lächelte. »Da war ich unaufmerksam.«

Die Blonde gab mir Zucker und reichte mir einen Löffel zum Umrühren. »Ich muss Ihnen den Löffel leider wieder abnehmen.«

Dachte sie ernsthaft, ich wollte damit um mich schlagen, sie angreifen?

Tim Hoffmann kam wieder zurück. »Wir haben einen anderen Anwalt erreicht. Er ist auf dem Weg hierher, hat aber ein Stückchen zu fahren.«

Ich nickte. Herr Falk hielt mehrere bedruckte Blätter in der Hand. Er verdeckte die Schrift so, dass nur eine Zeile zu lesen war: *Sie müssen mich verstehen, aber ich liebe diese Frau.«*

Daniels Vernehmungsprotokoll.

Tim Hoffmann sah mich an. »Ihr Freund liebt Sie sehr.«

Ich rührte in meinem Tee und war etwas irritiert. Was wollte er damit bezwecken? Wollte er mir damit sagen, dass Daniel hinter mir stand, im Notfall für mich da sein würde? Oder sollte das sein Auspacken entschuldigen, mein eigenes Geständnis beschleunigen?

»Fakt ist aber, dass er gerade zu Hause bei seiner Mutter sitzt, während ich hier gerade in der Bredouille hocke.« Etwas heftiger als nötig stellte ich meine Teetasse ab.

Tim Hoffmann setzte sich zu mir an den Tisch.

»Frau Hoffmann, er liebt Sie, und seine Aussage ist ihm nicht leichtgefallen. Aber seine Mutter hat ihn wohl davon überzeugt, wie wohltuend eine Beichte sein kann.«

»Verschonen Sie mich mit seiner Mutter!«

Jetzt stahl sich fast ein kleines Grinsen auf sein Gesicht.

Ich nahm einen Schluck Tee und genoss das starke Aroma.

»Legen Sie ein Geständnis ab, und ziehen Sie einen Strich unter die Sache.«

»Das sagt sich so leicht.« Ich umklammerte die warme Tasse. »Es würde mich mal interessieren, was die anderen Leute so ausgesagt haben.« Ich sah ihm geradewegs in die Augen. »Sie haben doch halb Pützleinsdorf vernommen.«

Tim Hoffmann stand auf und verließ den Raum. Auf dem Schreibtisch stand ein Totenkopf in der Größe eines Golfballes. Ich nahm ihn in die Hand. Er war recht schwer und man konnte ihn aufklappen. Im Innern waren viele kleine spitze Metallzähne zu sehen. Ich spielte etwas damit herum und fragte: »Was ist das?«

»Das ist ein Crusher«, erwiderte Herr Falk.

»Was crusht man denn damit?«

Als Hotelfachfrau kannte ich nur einen Eiscrusher.

»Marihuana.«

Ich erschrak und stellte das Ding schnell zurück an seinen Platz.

Tim Hoffmann betrat erneut den Raum und setzte sich wieder auf den leeren Stuhl neben mich.

»Die sagen alle das Gleiche.«

»Nämlich?«

»Dass Ihr Vater für sein aggressives Verhalten bekannt ist.«

Ich nickte. Der Tee war alle, und ich hatte große Lust auf eine Zigarette.

»Können wir noch eine rauchen gehen, solange wir auf den Anwalt warten?«

»Klar.« Alle standen auf. Ich zog meinen Schal und meine Jacke an, und im Gänsemarsch gingen wir die fünf Etagen wieder hinunter. Ich nahm meine Zigarettenschachtel aus der

Jackentasche und zündete mir einen Glimmstängel an. Herr Falk fragte, ob er auch eine Zigarette haben dürfe.

»Sie rauchen?«

»Eigentlich nicht.«

Ich reichte ihm eine Zigarette und gab ihm Feuer. »Dann werden Sie diese hier bestimmt bald bereuen.«

Er lachte, ganz nah an meinem Gesicht: »Warum? Haben Sie was untergemischt?«

»Herr Falk, ich weiß ja noch nicht mal, was ein Marihuana-Crusher ist.«

Irgendwie war die Stimmung entspannter geworden, und ich hatte das Gefühl, dass man es gut mit mir meinte. Trotzdem hatte ich den schlimmsten Teil noch vor mir und ich wusste immer noch nicht, wie ich meine Tat erklären sollte.

Nach der Zigarettenpause gingen wir alle im Gänsemarsch wieder die Treppe hoch, zurück in das kleine Büro. Ich zog meine Jacke aus und behielt meinen Schal wieder in meiner Hand auf dem Schoß.

»Möchten Sie noch einen Tee?«

»Gerne, das Gleiche noch einmal.«

Die junge Blonde machte mir den Tee, mit Zucker und Löffel. Sie wartete, bis ich umgerührt hatte, und sagte: »Ich muss ihnen leider den Löffel wieder abnehmen.«

»Kein Problem. Ich habe ja noch meinen Schal zum Festhalten.«

Sie lächelte.

Ein weiterer Kollege steckte den Kopf zur Tür herein. »Wir haben ihn!«

Schon war er wieder verschwunden. Tim Hoffmann sprang auf und ging ihm nach. Ich knetete meinen Schal. Hatte er Marius damit gemeint?

Im selben Augenblick kam der Beamte schon wieder zurück und stand nun direkt neben mir.

»Wir haben Herrn Gersting.«

»Okay.« Mehr traute ich mich nicht zu sagen. Außerdem: Ich wusste eigentlich gar nichts von ihm, hatte keine Ahnung, wo er wohnte und ob es da womöglich jemanden in seinem Leben gab.

»Ich habe mir das Vorstrafenregister Ihres Vaters angeschaut. Der hat im Straßenverkehr Fremde aus dem Auto gezogen und auf der Straße verprügelt«, riss Tim Hoffmann mich aus meinen Gedanken.

»Ja, und meine Mutter hat immer gehofft, dass da mal der Richtige dabei ist, der es ihm zeigt. Aber der war nie dabei.«

»Da hätte schon viel früher was passieren müssen.«

»Aber es ist nichts passiert. Nichts!! Der Mann ist sein ganzes Leben damit durchgekommen.«

Vielleicht konnte man mich doch verstehen.

Die Tür öffnete sich, und der Kollege meines Anwalts kam herein. Auch er war gedrungen und hatte ein rundes Gesicht, umrahmt von fahlem rötlichen Haar. Wie schon sein Kompagnon war er nicht unbedingt gut aussehend, aber ich hatte selten jemanden so sehr herbeigesehnt.

»Peter Tal«, stellte er sich vor. Die Herren schüttelten einander die Hände, und ich bekam die Gelegenheit, mit ihm allein zu sprechen: Tim Hoffmann, die Blonde und Herr Falk verließen den Raum und schlossen die Tür.

»Was ist denn passiert?« Herr Tal zog sich einen Stuhl an die Längsseite des Tisches und setzte sich rittlings darauf. Vielleicht fand er das cool oder wollte beruhigend auf mich einwirken. »Mein Kollege hat mir schon etwas angedeutet, aber bitte erzählen Sie mir jetzt noch einmal, was genau vorgefallen ist.«

Und das tat ich. Ich erzählte die ganze Geschichte in einer Kurzfassung, sodass ich keine zehn Minuten brauchte. Der Anwalt hörte mir zu, nickte immer wieder und legte schließlich die Hände wie zum Gebet gefaltet auf die Tischplatte:

»Frau Müller, hören Sie mir jetzt ganz genau zu. Wenn Sie gleich Ihre Aussage machen: Sagen Sie die ganze Wahrheit. Lügen Sie nicht und verdrehen Sie nichts. Sagen Sie alles genau so, wie es gewesen ist. So wie Sie es mir gerade erzählt haben.«

»Okay. Ich versuch's.«

»Wenn man Sie auch nur einer Lüge überführt, nur einer winzigen Abweichung von der Wahrheit, wird man Ihnen gar nichts mehr glauben. Und das wollen wir nicht. Bleiben Sie bei der Wahrheit.«

Ein simpler Ratschlag. Den ich auch von mir aus beherzigt hätte. Nun gut.

»Okay, dann mache ich jetzt meine Aussage.«

Herr Tal zog den Stuhl beiseite, öffnete die Tür und rief hinaus in den Flur, dass wir so weit seien.

Tim Hoffmann kam herein. »Wir müssen zur Vernehmung in ein anderes Zimmer.«

Er und der Anwalt gingen raus, und ich war einen kurzen Moment alleine. Ich legte mir die Jacke über den Arm und nahm meine Tasse Tee. Ich atmete noch einmal tief durch und ging zur Tür. Im Zimmer gegenüber saß eine junge Frau an einem Schreibtisch. Zwei Bildschirme standen darauf. Hinter ihr befanden sich Peter Tal, Herr Falk und Tim Hoffmann. Sie starrten gebannt auf die Monitore.

»Ja, das ist echt heftig«, hörte ich einen sagen.

»Ob er das überlebt?«, sagte ein anderer. Sie waren so

vertieft, dass sie mich gar nicht hatten kommen sehen. Ich beugte mich leicht vor, um auch einen Blick auf die Monitore werfen zu können, als alle gleichzeitig »*Nein!*« riefen.

Die junge Frau drehte hastig den Bildschirm um.

Tim Hoffmann: »Schauen Sie sich das nicht an! Tun Sie sich das nicht an.«

Herr Tal: »Es ist wirklich sehr brutal.«

Herr Falk: »Sie haben schon genug mitgemacht, Frau Müller.«

Okay, es handelte sich wohl um Fotos von meinem Vater. Ich setzte mich. Mein Anwalt nahm neben mir Platz. Diesmal richtig herum. Herr Falk und Tim Hoffmann dagegen setzten sich neben die junge Frau, die alles tippen durfte.

Herr Falk kam direkt zur Sache: »Beschuldigtenvernehmung im Fall des versuchten Mordes am 16.12.2016 ...«

»Halt!«, ging ich dazwischen. »Das müssen Sie ändern. Wir wollten meinen Vater nicht umbringen. Wir wollten, dass er ein Veilchen bekommt.«

Herr Falk nickte, sprach aber weiter: »Vernehmung der Beschuldigten Sara, 19.12.2016, 20 Uhr 10.

»Frau Müller, möchten Sie sich zu dem Vorwurf äußern?«

»Ja, das möchte ich.«

Und das tat ich auch. Ich erzählte wie ein Wasserfall, von meinen Dacharbeiten und den abgezählten Dachziegeln. Ich erzählte vom Fausthieb meines Vaters mitten in mein Gesicht, von den Kopf-, Zahn- und Kieferschmerzen, von den Anzeigen, davon, dass nichts passierte und wie verzweifelt ich war. Ich berichtete von meiner Ohnmacht und Angst.

»Wie kam es zu dem Tatentschluss, und wer hat ihn initiiert?«

Ich erzählte von meiner Enttäuschung im Polizeirevier, dass Herr Neumann mir gesagt hatte, dass in diesem Jahr ohnehin nichts mehr passieren werde. Ich erzählte, wie ich Marius kennengelernt, wie er mir seinen Bizeps gezeigt hatte. Wie er mir dann noch von seiner geplanten Weltreise erzählt hatte, dass ihm nur noch zweitausend Euro für sein Motorrad fehlten, und wie eins zum anderen geführt hatte. Dass Helga sofort angeboten hatte, die Hälfte davon zu übernehmen.

Ich erzählte, wie ich Helga kennengelernt hatte und was sie mit meinem Vater erleben musste. Ich redete so viel, dass ich zwischendurch immer mal wieder nachhaken musste: »Entschuldigung, was war die Frage?« Immer wieder verlor ich den Faden. Alle im Raum hörten mir aufmerksam zu. Stellten nur noch Verständnisfragen.

Ich berichtete, wie ich Marius ausdrücklich vor meinem Vater gewarnt und gesagt hatte, er solle vorsichtig sein.

»Wie ging es dann weiter?«

»Ein erster Versuch war für den Samstag zuvor geplant.«

»Wie sah die Planung aus?«

Ich erzählte alles, ohne Wenn und Aber: Was Helga und ich bezwecken wollten, und was an besagtem Samstag schiefgelaufen war.

»Wie ging es dann weiter?«

Ich erzählte von meinem Hin und Her zwischen Helga und Marius. Ich berichtete von dem geplanten Essen von Helga und meinem Vater, wie Marius vor dem Haus gestanden hatte, als mein Vater zurückkehrte, ohne dass etwas passiert war. Ich erzählte wie ein Wasserfall. Apropos Wasserfall:

»Entschuldigen Sie bitte, aber der Tee will raus.«

»Tim, gehst du mit ihr runter auf die Toilette bitte?«

Der Beamte nickte. Ich nahm meine Jacke und meinen Schal und wir gingen ins Erdgeschoss. Vor den Toilettenräumen bat er mich: »Bitte lassen Sie die Tür angelehnt.«

Ich äußerte eine Gegenbitte: »Bitte halten Sie meine Jacke solange.«

Ich zog sie aus und drückte sie ihm in die Hand. Ich ging auf die Toilette. Eine letzte Damenbinde hatte ich noch bei mir. Jetzt ging es mir schon besser, ich fühlte mich sauberer. In jeder Hinsicht.

Nach dem Händewaschen nahm ich ihm meine Jacke wieder ab: »Wenn wir schon hier unten sind, könnten wir doch eigentlich noch eine rauchen oder?«

Er grinste. »Das war doch jetzt Absicht! Aber ja, wir können noch eine rauchen gehen.«

Wir gingen nach draußen, und ich inhalierte tief. Es tat gut. So sehr das Reden gut tat, so sehr genoss ich in diesem Moment die Stille.

»Ich kann Sie verstehen.« Wieder dieser Satz. Wir schauten uns an, und das erste Mal hatte ich das Gefühl, dass er mich wirklich verstehen konnte. Er hätte das schließlich nicht sagen müssen. Doch er sagte es, und es tat mir gut.

»Das ist schön, Herr Hoffmann. Aber noch viel wichtiger ist, dass mich auch der Richter versteht.«

»Ja.« Der sympathische Beamte nahm einen tiefen Zug. »Aber es spielt auch eine Rolle, ob *wir* Sie hier verstehen können, und ich kann Sie verstehen. Ich glaube, wir können Sie alle verstehen.«

»Danke.«

Ich zog noch ein paar Mal an meiner Zigarette. Ich spürte Erleichterung, auch wenn ich keine Ahnung hatte, wie es weitergehen würde. Wir kehrten zurück, fünf Stockwerke hinauf, und das so kurz nach der Zigarette! Keuchend setzte ich mich wieder auf meinen Stuhl.

»Gut, machen wir weiter?«

Ich nickte.

»Erzählen Sie, was dann geschehen ist, Frau Müller«, forderte Herr Falk mich auf. Die anderen sahen mich erwartungsvoll an, und die junge Frau begann mit fliegenden Fingern zu tippen.

»Ich hatte Marius einen Tipp gegeben, wo der Ersatzschlüssel zum Haus sein könnte. Erst fand er ihn nicht, und wir wollten schon alles wieder abblasen. Doch dann hat er sich noch mal auf den Weg gemacht.«

Ich erzählte auch weiterhin alles offen und ehrlich. Ich erwähnte die Nachrichten, die wir unter dem Dachziegel verstecken wollten, wobei das von Marius' Seite aus nicht so richtig geklappt hatte, auch wie er später bei mir auf dem Gerüst stand.

»Ich habe ihm eine Anzahlung von fünfhundert Euro gegeben.«

»Was ist mit dem restlichen Geld?«

»Helga hat mir ihren Anteil überreicht und ich hatte weitere fünfhundert Euro bereitgelegt.«

»Aber das Geld hat er nicht bekommen.«

»Nein.«

Die anderen wechselten betretene Blicke.

»Hat er gesagt, was er genau vorhat, wenn er nochmals rübergeht?«

»Nein, das hat er nicht. Er hat mir allerdings das Handy meines Vaters gezeigt, das er an sich genommen hatte. Das Ganze war gegen 22 Uhr 20. Ich kann mich so gut daran erinnern, weil er mich mehrmals nach der Uhrzeit gefragt hat. Ich denke, er war sehr nervös, vielleicht auch schon etwas angetrunken.«

»Haben Sie gesehen, ob Marius an diesem Abend Werkzeug bei sich hatte?«

»Nein, ich habe kein Werkzeug gesehen. Deshalb war ich auch schockiert, als Sie mir gesagt haben, mein Vater hätte eine große Schnittwunde am Hals. Es war nie die Rede von Tatwerkzeug. Stattdessen wusste ich von Pfefferspray, das er mitnehmen wollte. Davon habe ich ihm allerdings abgeraten. In Innenräumen ist das wenig sinnvoll.«

»Trug Marius Handschuhe?«

»Ja, Einweghandschuhe. Um die hatte er mich gebeten.«

»Haben Sie Marius nach dem Gespräch auf dem Gerüst nochmal drüben im Haus Ihres Vaters gesehen?«

»Nein, es war alles dunkel, und ich war bereits davon ausgegangen, dass Marius die fünfhundert Euro genommen hat, ohne die Tat zu begehen. Er war so durch den Wind, dass ich es innerlich schon abgehakt hatte.«

»Nachbarn haben ausgesagt, sie hätten Schreie vernommen. So gegen 23 Uhr 15.«

»Ich war an diesem Abend bis kurz vor Mitternacht wach. Ich lag in meinem Bett und habe regelmäßig die Kirchenturmuhr läuten gehört. Wann Marius wieder ins Haus zurückgegangen ist, weiß ich nicht. Ich kann nicht ausschließen, dass er erst wieder reingegangen ist, als ich bereits eingeschlafen war. Ich habe nichts gehört. Ich bin dann erst gegen drei Uhr wieder aufgewacht, als die Polizei bei mir geklingelt hat. Ich hätte Marius so etwas nie zugetraut: Er wirkte auf mich wie ein fröhlicher, junger Mann, der hilfsbereit und freundlich ist und eifrig auf ein Motorrad spart. Aber auf keinen Fall berechnend oder brutal.

Ich möchte an dieser Stelle auch betonen, dass mein Freund Daniel mit der ganzen Sache nichts zu tun hat. Er wusste zum damaligen Zeitpunkt von gar nichts.«

Kurze Zeit herrschte konzentriertes Schweigen im Raum.

»Hat Daniel heute Nachmittag, bevor er zum Polizeiverhör ging, gesagt, dass er aussagen wird, was er von Ihnen erfahren hat, Frau Müller?«

Wieder überlegte ich, warum Daniel das gemacht hatte. Warum er mich verraten hatte. Er hatte doch nichts zu befürchten gehabt. Hatte er mich verraten … oder hatte er mich vielleicht sogar gerettet? Ich konnte es nicht einordnen, wurde aus meinen Gefühlen nicht mehr schlau. Was fühlte ich überhaupt noch? Ich wollte nach Hause zu meinen Kindern und in mein Bett. Ich wollte mich mal wieder so richtig ausschlafen, wieder mit Appetit essen und endlich wieder ein normales Leben führen.

Herr Falk wartete auf eine Antwort. Ich sah in den Augen der Beamten, dass ich es schon fast geschafft hatte und raffte mich noch einmal auf. Ich erzählte von meiner Fahrt ins Nachbardorf, wohin Daniel geschickt worden war, um in einer Tischlerei ein Ersatzteil für die Werkbank abzuholen.

»Als wir uns im Auto verabschiedet haben, meinte er beim Aussteigen noch, dass er nichts sagen würde. Dafür hat er die ganze Zeit auf mich eingeredet, dass ich mich stellen soll. Auf der Rückfahrt habe ich mich dann dazu durchgerungen, mich mit Ihnen in Verbindung zu setzen. Vorher musste ich noch meine Tochter zum Ballett bringen. Danach habe ich bei Ihnen angerufen, spätestens zu dem Zeitpunkt, als ich sah, dass im Haus meines Vaters noch Licht brennt.«

Ich sah, wie alle kaum merklich nickten. Herr Falk diktierte der Blonden die entgangenen Anrufe von meinem Handy aus. Er sah mich zufrieden an.

»Frau Müller, möchten Sie noch etwas Relevantes zu dieser Sache ergänzen?«

Ich schaute ihn an und verstand nicht, worauf er hinaus-
wollte. Er beugte sich zu mir und sagte eindringlich: »Vielleicht etwas Relevantes, was Ihre Kinder betrifft?«

Ich verstand. »Meine Kinder sind acht und zehn Jahre alt.
Ich wollte nicht, dass sie auch nur annähernd solche Erfahrun-
gen machen müssen, wie ich sie mit meinem Vater machen
musste. Ich habe immer befürchtet, dass er sie eines Tages
ebenfalls schlägt, wie er mich geschlagen hat.«

Herr Falk wirkte zufrieden.

Tim Hoffmann hatte noch Fragen: »Wie viele Treffen zur
Tatabsprache gab es zu dritt? Wo und wann fanden diese statt?«

»Es gab ein Treffen zu dritt, ein Tag vor besagtem Samstag.
Wir haben uns in Großstadt bei der Baustelle, auf der Marius
inzwischen gearbeitet hat, getroffen, um Marius diesen Termin zu nennen. Helga und Marius haben sich dort zum ersten
und einzigen Mal gesehen. Noch am Abend vor diesem Treffen habe ich zu ihr gesagt, dass wir doch eigentlich gar keine
bösen Menschen sind. Wirklich, wir sind nicht so, beide nicht.
Er hat das in uns wachsen lassen. Solche Gedanken wachsen in
einem. Die sind nicht eines Morgens plötzlich da. Die wachsen
ganz langsam, und irgendwann habe ich es einfach nicht mehr
ausgehalten. Wir sind keine bösen Menschen.«

Wieder entstand eine längere Pause, und ich konnte Ent-
spannung auf den Gesichtern sehen.

»Sie haben Ihr Motiv nachvollziehbar und anschaulich beschrieben. Ein Veilchen hätte Ihre Situation allerdings auch
nicht verbessert. Sie hätten weiterhin täglich mit Schlägen
rechnen müssen.« Tim Hoffmanns sonore Stimme wurde
nun noch eindringlicher: »Nur der Tod Ihres Vaters hätte Ihre
Situation verändert. Haben Sie wirklich nur das Veilchen in
Auftrag gegeben?«

Was für eine beschissene Frage!, dachte ich mir. Aber berechtigt. Ich hatte schon die Hoffnung gehegt, dass mein Vater ahnt: Das Veilchen stammt von mir. Er sollte sich gut überlegen, ob er mich noch einmal anfasst. Ich wollte Respekt.

Tim Hoffmann wartete auf meine Antwort.

»Ich wollte, dass mein Vater selbst einmal in die Situation kommt, Angst zu haben. Ich wollte auch, dass er den Schmerz spürt und die Scham, mit einem Veilchen durch die Straßen zu laufen: die mitleidigen Blicke, aber jeder hält sich raus, keiner hilft. Er sollte das alles mal am eigenen Leib spüren. Ja, das wollte ich, und dazu stehe ich auch. Ich hatte die Hoffnung, dass er selbst einmal reflektiert, was er seinen Mitmenschen angetan hat. Dass er nach dieser Erfahrung zur Besinnung kommt. Ich wollte ihm den Spiegel vorhalten. Den Tod habe ich ihm nie gewünscht.«

Herr Falk ergriff das Wort: »Ende der Vernehmung: 23 Uhr 30.«

32

Mittelstadt, Montag, 19. Dezember 2016, spätabends

»Wie geht es denn jetzt weiter?« Noch immer knetete ich meinen Schal.

Tim Hoffmann verließ das Zimmer, und Herr Falk antwortete: »Jetzt schauen wir, ob sich Ihre drei Aussagen decken oder ob es Unterschiede gibt. Dann entscheidet der Staatsanwalt, ob Sie in Untersuchungshaft kommen oder wieder gehen dürfen.«

»Wovon hängt das ab?«

Ich sehnte mich mit jeder Faser meines Herzens nach den Kindern.

»Wenn sich die Aussagen nicht decken, besteht eine Verdunklungsgefahr. Dann muss man prüfen, ob Fluchtgefahr besteht, das hängt von den persönlichen Verhältnissen ab.«

»Ach so?« Ich war bisher schon davon ausgegangen, dass ich nach Hause durfte. Ich hatte ja schließlich mitgearbeitet, bereitwillig alles erzählt und erläutert.

Herr Falk sah mich warmherzig an: »Bei Ihnen sehe ich keine Fluchtgefahr, Frau Müller. Sie wollen zu Ihren Kindern. Ihre Aussage haben Sie ja gemacht, aber die Entscheidung trifft der Staatsanwalt.«

Tim Hoffmann kam zurück: Unsere Aussagen schienen sich zu decken. Wir sind wohl alle bei der Wahrheit geblieben!, dachte ich erleichtert.

»Ich muss Ihnen Ihr Handy abnehmen. Es muss ausgelesen werden: Wer welche SMS oder WhatsApp geschrieben hat.« Er sah mich bedauernd an.

»Sie werden darauf nichts Weiteres finden.« Bereitwillig zog ich es hervor.

In diesem Moment klopfte es kurz, gleich darauf flog die Tür auf, und die Kollegin Hopf kam rein.

»Ich komme gerade vom Staatsanwalt.« Mit einem flüchtigen Kopfnicken grüßte sie mich und wandte sich dann an ihre Kollegen. »Alle drei sollen jetzt in die JVA nach Großstadt.«

Mir fiel das Herz in die Hose. JVA ... Ich sollte ins Gefängnis?! Aber die Kinder!

»Ich kann nicht nach Hause?« Meine Hände begannen wieder zu zittern.

»Es tut mir leid.« Herr Falk legte mir die Hand auf den Arm.

Ich zerknüllte ununterbrochen den Schal, um meine Hände zu beruhigen.

»Sie werden jetzt nach Großstadt gebracht.«

Flehentlich schaute ich meinen Anwalt an. Der kratzte sich verlegen am Kopf: »Ich werde mich morgen gleich mit der Staatsanwaltschaft in Verbindung setzen und alles daransetzen, dass Sie so schnell wie möglich nach Hause können.«

»Ihr Handy bitte, Sara.« Tim Hoffmann hielt mir die Hand hin.

»Ich muss erst zu Hause anrufen und Marea Bescheid geben.« Mein Mund schmeckte nach Blei.

Herr Falk nickte. »Rufen Sie sie an und fragen Sie, ob sie bis morgen bleiben kann.«

Ich wählte meine Nummer. Marea nahm ab. »Hallo, Marea, hör' zu, ich muss über Nacht bleiben. Kannst du dich bitte noch so lange um meine Kinder kümmern?«

Sie war völlig entsetzt. »Sind die denn total bescheuert? Die können doch keine Mutter von zwei kleinen Kindern einbuchten?! Du selbst hast dich doch gar nicht an deinem Vater vergriffen, du …«

Ich unterbrach sie: »Marea, aber unschuldig bin ich deswegen nicht. Es tut mir leid.«

Es herrschte Schweigen in der Leitung, und ich schluckte einen riesigen Kloß herunter.

»Marea, kannst du bleiben? Bitte sag den Kindern, dass ich sie lieb habe und ganz bald wieder nach Hause komme.«

»Ja, natürlich werde ich bleiben.«

»Ich danke dir.«

Ich gab ihr die nötigen Infos zum Wecken, Frühstück und Schulbeginn, dann beendete ich das Gespräch.

»Ich habe Mareas Nummer nicht im Kopf. Kann ich mir die

noch schnell rausschreiben? Ich muss doch jetzt mein Handy abgeben.«

Herr Falk nickte. Er gab mit Zettel und Stift, und ich notierte mir Mareas Nummer. Meine Finger zitterten wie Espenlaub.

»Schreiben Sie sich Daniels Nummer auch gleich mit auf. Der wartet nämlich auf Ihren Anruf.«

Ich schaute ihn an und nickte, vermerkte Daniels Nummer darunter.

Dann sah ich, dass ich eine neue WhatsApp von Emma hatte:

»Unserem Vater geht es unverändert. Melde dich doch so schnell du kannst, dann berichte ich dir ausführlich. Hat die Polizei inzwischen eine Spur? Alles Liebe, kleine Schwester, und bleib stark für die Kinder!

Nur noch 20 Prozent Batterie, meldete das Handy.

Ich reichte es Tim Hoffmann. »Es sollte geladen werden.«

»Wie lautet der PIN?«

Ich verriet ihm den PIN und, zack!, war er verschwunden.

Herr Falk streckte die Hand aus: »Geben Sie mir bitte Ihren Haustürschlüssel. Wenn morgen was ist, kann ich bei Ihnen zu Hause nach dem Rechten schauen und ihn gegebenenfalls Ihrer Freundin Marea geben.«

Ich gab ihm den ganzen Schlüsselbund. Mir war hundeelend.

Da saß ich nun, ohne Handy und ohne Schlüssel, wohlwissend, dass man mich einsperren würde.

»Gehen wir.«, hörte ich jemanden sagen. Wir alle standen auf.

»Was denken Sie jetzt von mir?«, fragte ich Herrn Falk.

»Ich denke, das können Sie den Fragen entnehmen, die ich Ihnen gestellt habe.«

»Wissen Sie, wenn ich einen Spendenaufruf im Ortsnachrichtenblatt gemacht hätte, wären weit mehr als zweitausend Euro zusammengekommen.«

Er nickte und reichte mir die Hand.

»Danke sehr.« Das musste ich einfach noch loswerden. Ich fühlte mich erleichtert, als hätte man mir einen Rucksack voller Steine abgenommen. Herr Falk schenkte mir ein Lächeln, und ich hätte ihn am liebsten dafür umarmt und für die Stunden davor: Er hatte versucht, sie mir so angenehm wie möglich zu machen.

Ich drehte mich um und verließ das Zimmer. Frau Hopf wartete auf mich.

»Ich begleite Sie nach Großstadt«.

Ich nickte.

»Möchten Sie vorher noch eine rauchen?«

»Sehr gerne, das wäre toll.«

Neben ihr stand Tim Hoffmann. Wieder hatte er die Arme verschränkt, und wieder hörte ich ihn sagen: »Auf die Handschellen verzichten wir.« Ich blieb stehen, schaute ihn an und antwortete: »Von Ihnen hätte ich mir sogar welche anlegen lassen.«

Tim Hoffmann grinste.

Frau Hopf fragte über die Schulter hinweg: »Frau Müller, flirten Sie etwa?«

»Ja, aber sagen Sie es bitte nicht Daniel, sonst habe ich gleich den nächsten Ärger.«

Ich durfte vor der Tür meine Zigarette noch rauchen und sog an ihr wie eine Ertrinkende. Ich wusste ja nicht, wann ich die nächste Gelegenheit dazu bekommen würde.

Dann kam ein Auto vorgefahren. Frau Hopf und ich stiegen hinten ein. Ich saß wieder rechts, sie links von mir. Während der Fahrt nach Großstadt schwiegen wir. Ich fühlte mich leer und ausgelaugt, aber auch sehr erleichtert.

In der JVA Großstadt wurde ich in einen Raum gebracht. Ein Beamter stand vor einer Kiste: »Bitte ziehen Sie Ihre Halskette aus und leeren Sie sämtliche Taschen.«

Merkwürdig. Ich empfand es nicht als bedrohlich, sondern so als legte ich eine schwere Last ab.

Ich wusste, dass man mich nicht schlecht behandeln würde. Mein Ruf war mir vorausgeeilt. Die Menschen hier konnten mich verstehen.

Meine private Habe kam in die Kiste. Dann verschwand der Mann, der meine Sachen entgegengenommen hatte, und ich war mit Frau Hopf allein. Hinter ihr stand eine Box mit Einweghandschuhen. Sie nahm sich ein Pärchen, blies routiniert hinein und streifte sie über.

»Ich muss jetzt unter Ihren BH schauen.«

Ich zog mein Oberteil hoch, und sie tastete vorsichtig am Bügel meines BHs entlang.

»Öffnen Sie bitte Ihre Hose und ziehen Sie sie ein Stück hinunter.«

Sie tastete auch hier behutsam die Ränder meines Slips ab. Ich ahnte Schlimmes, aber zum Glück blieb mir das erspart.

»Sie sind die ganze Zeit sehr nett zu mir gewesen. Dafür bin ich Ihnen dankbar.«

»Ich bin immer nett, wenn man auch zu mir nett ist.«

Sie lächelte mich an, zog die Handschuhe aus und warf sie in den Treteimer. Ich atmete entspannter weiter.

»Entschuldigen Sie, Frau Müller, aber ich muss das machen.«

»Alles gut.«

Sie öffnete die Tür und sagte Bescheid, dass wir fertig waren. Ein Schließer kam, und ich wurde zu meiner Zelle geführt. Ich blieb vor der Tür stehen und schaute hinein. Gleich rechts war eine Toilette. Ohne Toilettenbrille oder Deckel. Einfach nur eine nackte Toilette, die anscheinend schon sehr oft benutzt und nicht so oft gereinigt worden war. An der Wand geradeaus stand rechts ein Tisch, links eine Art Holzbank. Die sollte wohl als Bett dienen. Am Kopfende war eine kleine Erhöhung, ebenfalls aus Holz, ähnlich wie in einer Sauna. Ich stand da wie angewurzelt und hatte das Gefühl, gleich ins Kaltwasserbecken getaucht zu werden. Ich realisierte, dass es keinen Weg mehr zurück gab. Ich konnte nicht sagen: »He Leute, ich habe keine Lust mehr, ich geh jetzt nach Hause.« Ich musste da jetzt rein und wusste nicht, für wie lange.

»Da gibt es ja kein Waschbecken.«

»Nein, das gibt es nicht«, antwortete der Schließer.

»Ich habe meine Tage. Wie soll ich mir denn da die Hände waschen?«

Frau Hopf war überfordert. Eine Antwort konnte sie mir nicht geben.

Der Schließer ging und brachte zwei Pappbecher mit Leitungswasser. Er stellte sie auf dem Tisch ab. »Davon kann ich Ihnen noch mehr bringen, wenn Sie noch welche brauchen.«

Ich stand immer noch vor der Zelle und starrte nur hinein.

»Möchten Sie das Licht an- oder aushaben?«

Ich konnte nicht mal das Licht selbst an- oder ausmachen?!

»Aus, bitte. Ich möchte versuchen zu schlafen.«

»Aber dann ist es dunkel«, sagte Frau Hopf.

»Naja, verlaufen werde ich mich hier drin jedenfalls nicht.«

Ich holte noch einmal tief Luft, als würde man sie mir wegnehmen, und setzte meinen Fuß, den ersten Schritt in die Zelle.

»Ich hole Ihnen eine Decke«, sagte der Schließer.

»Kann ich auch zwei haben? Mir ist kalt. Ich habe seit Tagen kaum gegessen.«

Er nickte und ging.

Frau Hopf stand in der Tür wie ich sonst bei meinen Kindern, nachdem ich schon das Licht ausgemacht hatte: »Gute Nacht. Schlafen Sie gut.«

Der Schließer gab mir die Decken. Sie waren dünn und braun, wie ich sie für einen Hund kaufen würde. Dann wurde abgeschlossen und das Licht gelöscht.

Und da stand ich nun in einer Zelle im Dunkeln, mit zwei Hundedecken in den Händen. Mir wurde klar, dass ich am absoluten Tiefpunkt angelangt war.

Es dauerte einen Moment, bis sich meine Augen an die Finsternis gewöhnt hatten. Es gab zwei große Milchglasfenster, durch die etwas Licht eindrang. Ich nahm die eine Decke und legte sie als Unterlage auf die Holzbank. Dann breitete ich die Zweite als Zudecke aus. Ich zog meine Jeans aus und legte sie zusammen. Ich faltete sie dreimal, nahm sie als Kopfkissen, legte mich hin und deckte mich zu.

Ruhe. Endlich Ruhe. Manchmal draußen im Gang leise Stimmen, aber sie galten nicht mir. Ich fragte mich, was Daniel gerade machte. Bestimmt war er zu Hause bei seiner Mutter und sah mit ihr fern. Warum hatte er das getan? Nur um seinen eigenen Arsch zu retten, den er gar nicht retten musste? Er hatte doch nichts zu verlieren, nichts zu befürchten. Er hatte doch nichts getan. Warum hatte er mich verraten? Warum hatte er mir das angetan? Und was wäre passiert, wenn er es nicht getan hätte? Wäre es trotzdem rausgekommen? Hätte man Marius ohnehin anhand von Spuren im Haus meines Vaters überführt? Und hätte er mich dann als Auftraggeberin entlarvt? Oder aber der Zigarettenstummel mit seinen DNA-Spuren bei mir im Müll?

Plötzlich ging das Licht an, und eine kleine Luke in der Tür wurde geöffnet. Der Schließer.

»Geht es ist Ihnen gut?«, erkundigte er sich.

»Ja, aber wenn Sie noch eine Decke für mich hätten? Es ist so kalt.«

Er verschwand und brachte mir eine weitere Decke.

»Vielen Dank.«

»Wenn noch etwas ist – mit dem roten Knopf neben der Tür können Sie nach mir klingeln.«

»Vielen Dank, ich denke, ich bin jetzt erst mal versorgt.«

Ich legte mich wieder hin.

Es dauerte nicht lange, bis ich einschlief. Ich schlief so tief und fest wie schon lange nicht mehr. Ich träumte nichts und hatte keine Visionen von Fichtenzweigen, die gegen ein Gerüst schlagen. Von dunklen Schatten, die mir etwas Böses wollen.

»Sieben Uhr achtunddreißig!«, brüllte eine Männerstimme auf dem Gang und weckte mich. Noch war es draußen dunkel. Es war ein befremdliches Gefühl, aufzuwachen und absolut nichts zu tun zu haben. Ich musste nicht aufstehen, nicht Frühstück machen, nicht die Kinder wecken, nicht mit dem Hund raus. Hätte ich doch nur kurz ein Lebenszeichen mit den Kindern wechseln können! Ich vermisste mein Handy. Keine SMS, keine WhatsApp, keine E-Mails. Keinen Kontakt zur Außenwelt. Nicht mal eine Zeitschrift zu lesen. Ich stand auf und trank einen Schluck Wasser. Dann musste ich mich auf diese schmuddelige Toilette setzen. Anschließend legte ich mich wieder hin. Das Gedankenkarussell begann sich wieder zu drehen. Nein. Ich wollte die Ruhe genießen. Ich drehte mich mit dem Gesicht zur Wand und schlief noch einmal ein. Es war nur ein kurzer, aber dennoch erholsamer Schlaf. Als ich aufwachte, wusste ich nicht, wie spät es war. Keine Uhr, keine Orientierung. Wieder trank ich etwas Wasser und benutzte erneut die Toilette. Meine Periode hatte ihren Höhepunkt erreicht, und es roch unangenehm. Gerne hätte ich mich richtig gewaschen, aber ich musste warten. Ich legte mich hin und starrte an die Decke. Ob die Kinder in der Schule waren? Was hatte Marea ihnen erzählt? Ging es ihnen gut? Hatten sie alles? Redeten die anderen Kinder? Würde Daniel nach ihnen schauen? Und wollte ich das überhaupt?

Es ist schwer, so dazuliegen, ohne jede Beschäftigung. Es ist schwer, das auszuhalten und auch schwer, einzuschätzen, wie viel Zeit vergangen ist. Vor allem nicht zu wissen, wie lange diese Situation noch dauern wird.

Ich dachte an Marius. Es tat mir so leid. Er hatte mir doch nur helfen wollen und war jetzt auch hier, wahrscheinlich nur ein paar Zellen weiter. Seine Weltreise war in weite Ferne gerückt, sein Traum vom eigenen Motorrad zerstört. Die Freiheit, von der er geträumt hatte, war ins Gegenteil umgeschlagen: Gefangenschaft für lange Zeit. Bestimmt verfluchte er mich. Bestimmt hasste er mich und bereute den Tag, an dem er mich kennengelernt hatte.

Ich dachte an Helga. Wie viel Leid hatte sie wegen meines Vaters durchmachen müssen? Wie viel hatte sie seelisch wie körperlich aushalten müssen? Jetzt lag auch sie wahrscheinlich nur wenige Zellen weiter mit ihrer Migräne und ihrer Übelkeit auf einer Pritsche. Helga war so ein lebensbejahender Mensch, vielen Dingen gegenüber positiv eingestellt und immer offen, ehrlich und direkt. Und ihre Hunde, wer kümmerte sich jetzt um die? Nach allem, was Helga erlebt hatte, hatte sie es nicht verdient, hier sein zu müssen.

Aber ich hatte es auch nicht verdient. Ich dachte daran zurück, wie mein Vater mir als Kind mit der Faust auf den Kopf geschlagen hatte, als wollte er einen Pflock versenken. Ich erinnerte mich, wie er mich gegen den Türrahmen stieß, wie er zutrat, ja wie er mein Gesicht in den Teller drückte. Ich sah wieder klar vor mir, wie er meine Mutter zusammenschlug und hörte sie schreien und betteln. Hass stieg in mir auf. Nein, ich hatte es nicht verdient, hier eingesperrt zu sein. Nicht ich. Nicht wir drei. *Er* müsste stattdessen hier sein. Er gehörte nicht in ein Krankenhaus. Nein, er gehörte hier rein! Er sollte mal spüren, wie es ist, eingesperrt zu sein, wie es ist, wenn die Tür hinter einem abgeschlossen wird. Er gehörte isoliert, zum Schutz aller Menschen, die jemals mit ihm zu tun hatten und noch mit ihm zu haben würden. Er war doch der Böse! Ich hatte mich doch nur gewehrt, nur ein Zeichen gesetzt, dass ich das nicht länger mit mir machen ließ. Und jetzt lag ich da, eingesperrt, ohne fließendes Wasser, mit einem Geruch, der immer penetranter wurde. Meine Hände wurden immer schmutziger und meine Lippen immer trockener. Auf den Luxus meiner Hautcreme und meines Lippenbalsams musste ich verzichten. Ich durfte mir nicht die Zähne putzen. Und warum das alles?? Weil ich mich *einmal* gewehrt hatte? Weil ich *einmal* Gegenwind gegeben hatte?

Die Luke in der Tür ging auf.

»Möchten Sie etwas essen?«

Es war ein anderer Schließer. Sicherlich hatten sie Schichtwechsel gehabt.

»Ja, gern.« Ich stand auf und machte zwei Schritte zur Tür.

Er reichte mir ein Brötchen. Es war ein trockenes 25-Cent-Brötchen, wie von der Tanke. Ich nahm es entgegen. »Danke.«

Er schloss die Luke wieder. Ich stellte mich an den Tisch und biss ab. Schmecken tat es nicht, aber es war gut, etwas zu essen. Das letzte Mal war schon eine Weile her. Nun bekam ich also Wasser und Brot.

Nachdem ich das Brötchen gegessen hatte, klingelte ich. Durch die Luke hörte ich eine Männerstimme: »Ja?«

»Entschuldigen Sie bitte, aber könnte ich mir vielleicht mal richtig die Hände waschen?«

Der Mann überlegte kurz. »Eher schlecht.«

»Ah, okay. Trotzdem danke.«

Seine Schritte entfernten sich.

Ich musste erneut pinkeln. Wieder setzte ich mich auf diese Toilette, was sehr unangenehm war. Obwohl ich sonst eigentlich relativ schamfrei war, wollte ich nicht auf dieser Toilette gesehen werden: Jeden Moment konnte sich die Tür oder die Luke öffnen. Der Geruch war nicht mehr zu ignorieren, das Blut lief mir an den Beinen herunter, aber ich wollte mich nicht sauberwischen, aus Angst meine Hände noch schmutziger zu machen.

Es gab nichts zu tun, also legte ich mich wieder hin. Ich versuchte, mir meinen Vater vorzustellen, wie er mit all den Verletzungen aussah. »Das rechte Auge ist so groß wie eine Männerfaust und ganz schwarz. Das wird nicht wieder, meinen die Ärzte«, hatte Emma gesagt. Wie er wohl reagieren würde, wenn er erfuhr, dass ich das Ganze angezettelt hatte? Und Emma? Wie unendlich enttäuscht sie wohl war, jetzt, wo sie es bestimmt schon vernommen hatte. Ihre Schwester, eine Anstifterin zum …

Die Tür öffnete sich. Zwei Schließer standen da. »Sie wollten sich doch die Hände waschen?!«

»Ja.«

Einer der beiden zeigte in den Gang. »Dort ist ein Waschbecken.«

Ich stand auf und ging den Gang entlang. Endlich fließendes Wasser. Es gab zwar keine Seife und nichts zum Abtrocknen, aber das war mir egal. Es tat so gut, die Hände unter das kalte Wasser zu halten. Ich schüttelte das Wasser ab, bedankte mich und ging zurück. Die beiden nickten. Und schon war die Tür wieder abgeschlossen. Es dauerte gar nicht lange, da öffnete sich schon wieder die Luke. »Möchten Sie noch was essen?«

»Ja, gern.«

Die Hand reichte mir erneut ein Tankstellenbrötchen, aber dieses Mal mit zwei Scheiben Salami drauf. Wir steigern uns!, dachte ich mir und nahm es entgegen. Langsam kam mein Appetit zurück. Ich aß und legte mich anschließend wieder hin. Was sollte ich auch sonst tun?

Bald darauf öffnete sich erneut die Luke.

»Sie sind frei, Sie können gehen.«

»Oh, das ist schön.«

»Möchten Sie gefahren werden? Ihre Freundin Helga Bender wird gleich von der Kripo nach Hause gebracht.«

»Gut, dann fahre ich doch da am besten mit.«

»Dann müssen Sie noch etwas warten!«

Zack, die Luke war zu.

Naja, es konnte nicht mehr lange dauern. Ich durfte nach Hause. Ich war unsagbar erleichtert. Ich zog meine Hose an und setzte mich auf meine Holzpritsche. Bereit für die Abreise. Trotzdem: Die Zeit erschien mir ewig. Irgendwann legte ich mich wieder hin. Ich durfte zwar nach Hause, aber wie würde es dann weitergehen? Wie würden die ganzen Menschen, die mich und meinen Vater kannten, reagieren? Würden die Leute den Bürgersteig wechseln, wenn sie mich kommen sahen? Würde man mich beim Bäcker auffordern zu gehen, mich bitten, mir meine Brötchen künftig woanders zu kaufen? Würde mir der Chef vom Supermarkt Hausverbot erteilen? Mir der Friseur den Haarschnitt verweigern? Würden Eltern ihren Kindern den Kontakt zu Romy und Moritz verbieten? Würde ich am Ende völlig isoliert zu Hause sitzen? Wie eine Schwerverbrecherin?

Ich wollte jetzt dringend hier raus. Ich wollte draußen eine rauchen. Warum ging das nicht? Ich sei frei, hatte er doch gesagt. Ich könne gehen. Warum saß ich dann noch hier?

Es ist erstaunlich, wie sehr man seine Bedürfnisse reduzieren kann, und wie sie sich nach und nach wieder zu Wort melden. Ich hatte so gut geschlafen wie schon lange nicht mehr, ich hatte gegessen, getrunken, wenn auch nur Wasser und Brot. Ich hatte mir meine Hände waschen dürfen, und nun hätte ich gerne eine Zigarette gehabt. Und meinen Lippenbalsam. Und meine Kinder.

Nach einer gefühlten Ewigkeit wurde die Tür geöffnet.

»Kommen Sie.«

Ich zog meine Schuhe und meine Jacke an. Als ich an der Tür war, drehte ich mich noch mal um. Habe ich auch nichts vergessen?, fragte ich mich. So ein Quatsch, was könnte ich denn vergessen haben? Ich hatte ja nichts dabei.

Als die beiden Schließer und ich am Waschbecken vorbeiliefen, nutzte ich schnell die Chance und hielt meine Hände noch einmal unters fließende Wasser. Ich wurde in den Raum gebracht, in dem man mir am Abend zuvor meine persönliche

Habe genommen hatte. Ich hielt meine Halskette in der Hand, die einst meiner Mutter gehört hatte. Seit ihrem Tod trug ich sie Tag und Nacht. Was sie wohl zu der ganzen Sache gesagt hätte? Ich bekam auch meine Zigaretten zurück. Ich freute mich. Ich wurde die Treppe runtergeführt. Zielstrebig ging ich nach draußen, denn dort konnte ich rauchen.

»Moment noch«, hörte ich eine Männerstimme hinter mir.

»Ich gehe nur bis zum Aschenbecher.« Ich hielt das Zigarettenpäckchen hoch.

»Dann bitte.«

Ich zündete mir eine Zigarette an und sah, wie Helga gebracht wurde. Sie trat vor die Tür. Zwei Schließer standen bei uns. Ich ging auf sie zu und drückte sie. Sie blieb reglos stehen, erwiderte die Umarmung nicht.

Bestimmt war sie sauer. Sie sah elend aus. Die Haare hingen strähnig an ihr herunter, die Wangen waren eingefallen, die Augen klein und gerötet.

So als wäre sie über Nacht um zehn Jahre gealtert.

»Wie geht es dir?«, fragte ich.

»Wie soll es mir schon gehen? Beschissen geht es mir. Ich bin froh, dass ich jetzt bald nach Hause komme. Die Hunde werden mir alles vollgekackt haben.«

»Es tut mir so leid, Helga. Ich hatte auch schon Angst, ich müsste bleiben.«

Sie hatte die Hände in den Manteltaschen vergraben und schaute die Straße hinunter. Ich rauchte, als ein Auto angefahren kam und parkte. Herr Falk. Er stieg aus und begrüßte uns. Zu mir sagte er: »Sie müssen noch zum Erkennungsdienst, Frau Müller.«

»Okay. Können Sie mir sagen, wie spät es ist?«

Er schaute auf seine Armbanduhr. »Es ist jetzt kurz nach elf.«

»Schon? Um zwölf kommt meine Tochter von der Schule, da muss jemand zu Hause sein. Moritz hat erst später aus.«

»Ich rufe bei Marea an und frage, ob sie das auch noch übernehmen kann. Haben Sie die Nummer für mich?«

Ich zog den Zettel aus der Jackentasche und reichte ihn ihm. Er entfernte sich ein paar Schritte und telefonierte. Dann kam er zurück und sagte: »Marea wird Ihre Tochter von der Schule abholen und mit zu sich nach Hause nehmen.« Er lächelte. »Die hat doch auch einen kleinen Sohn im Alter Ihrer Tochter.«

»Danke.«

Herr Falk, der Mann mit dem großen Herzen. Wenn ich *den* als Vater gehabt hätte!, ging es mir durch den Kopf. Was wären wir für ein inniges Gespann gewesen.

Zwei junge Männer kamen aus dem Gebäude gegenüber. »Wir sind so weit.«

Herr Falk schaute mich an. »Folgen Sie ihnen, wir warten hier solange auf Sie.«

»Und du, Helga?« Helga wandte mir ungeduldig den Rücken zu.

»Ich war schon gestern Abend dran. Beeil dich.«

Mit den beiden Männern betrat ich das gegenüberliegende Gebäude.

Es war gleich die erste Tür rechts und sah ein bisschen aus wie ein schlecht ausgestattetes Fotostudio. Rechts stand noch ein Schreibtisch mit Computer, links stand ein drehbarer Hocker.

»Bitte setzen Sie sich.«

Ich zog meine Jacke aus und nahm Platz.

An beiden Seitenwänden klebten jeweils ein Zettel mit Augen drauf und der Aufforderung: »Hierher schauen.«

»Bitte setzen Sie sich gerade hin und drehen Sie den Kopf so weit, dass Sie die Augen sehen können.«

Erstes Foto. Es folgte die andere Seite. Dann noch von vorn.

»Haben Sie eine Tätowierung?«

Ich schob den linken Ärmel hoch und zeigte ihnen die Namen meiner Kinder. Der Polizeifotograf kam mit seiner Kamera und machte die nächste Aufnahme.

»Was für eine Zigarettenmarke rauchen Sie?«

»Lucky Strike.«

Er notierte. Die Männer begutachteten die Fotos auf dem Monitor.

»Jetzt brauchen wir noch Ihre Fingerabdrücke.«

»Okay.«

»Bitte treten Sie zu mir.«

Ein Beamter nahm einen Finger nach dem anderen und drückte diese auf eine Glasscheibe. Jeweils zweimal. Am Ende rollte er meine ganze Handinnenfläche über die Scheibe. Erst die eine Hand, dann die andere.

»Das war es auch schon, vielen Dank. Ich bringe Sie noch raus.«

Er gab mir meine Jacke und brachte mich zurück zu Helga und Herrn Falk. Die Sonne schien.

Wir stiegen ins Auto. Ich saß wieder hinten rechts, Helga links von mir. Herr Falk fuhr los. Zunächst herrschte Stille im Auto. Jeder musste sich erst mal sortieren.

Schließlich löste sich Helga aus ihrer Schockstarre: »Mein Gott, war das fürchterlich heute Nacht! Ich habe kein Auge zugetan! Da war ja nur so eine Holzbank und eine dünne

Decke. Das war so hart und unbequem! Dazu meine Migräne und meine Übelkeit! Und noch nicht mal fließend Wasser!«

Machte sie das etwa mir zum Vorwurf? Ich reagierte nicht. Schließlich schaute sie mich an: »Wie hast du denn geschlafen?«

»Helga: keine Kinder, kein Hund, kein Wecker, kein Daniel – ich habe geschlafen wie ein Stein.«

Herr Falk sah mich über den Rückspiegel an. Um seine Augen bildeten sich Lachfältchen.

»Wirklich, Helga, ich habe mir so viel von der Seele reden können, dass ich geschlafen habe wie schon seit Wochen nicht mehr.«

Helga zog die Nase kraus und schwieg. Waren wir eigentlich immer noch Freundinnen? Oder waren wir nie welche gewesen, sondern nur eine Interessengemeinschaft?

Ich beugte mich nach vorn, legte die Arme auf die Beifahrersitzlehne und fragte:

»Herr Falk, was hat Marius Gersting denn ausgesagt? Also wenn ich das fragen darf?«

Herr Falk musterte mich über den Rückspiegel.

»Er hat das Gleiche gesagt wie Sie. Dass es nicht so geplant war.«

»Und warum ist es dann so geendet?«

»Er hat ausgesagt, dass er gewartet hat, bis Ihr Vater schlief. Dann ist er ins Schlafzimmer gegangen und hat ihn mit Pfefferspray besprüht.«

Ungläubig ließ ich mich nach hinten sinken. Warum hatte er das getan? Ich hatte ihn doch ausdrücklich darauf hingewiesen, dass das Spray in einem geschlossenen Raum wenig schlau ist. Und er hatte sich noch für den Tipp bedankt!

Herr Falk fuhr fort: »Daraufhin hat Ihr Vater ihn anscheinend am Kragen gepackt und ihn ins Bett gezogen.«

Er ballte zur Veranschaulichung beide Hände zu Fäusten, so als hätte er jemanden am Schlafittchen gepackt. »Dort kam es dann zu einem Kampf. Marius hatte eine Rohrzange dabei, mit der er mehrfach auf ihren Vater eingeschlagen hat.«

Jetzt war mir klar, woher die Verletzungen kamen. Ich atmete tief ein und wieder aus. Ließ diese Szene vor meinem inneren Auge ablaufen. Jetzt hatte ich endlich eine Ahnung davon, was überhaupt geschehen war.

»Wie geht es Herrn Gersting? Ist er verletzt?«

»Er wird noch heute dem Untersuchungsrichter vorgeführt. Verletzungen hat er keine größeren davongetragen, nur eine geschwollene Hand. Es muss sehr heftig hergegangen sein da drinnen.«

»Das kann ich mir vorstellen.«

Helga und ich vermieden es, uns anzuschauen. Beide starrten wir vor uns hin.

Schließlich machte ich meinem Herzen Luft: »Was war das denn für eine Reaktion von meinem Vater? Der liegt im Bett und schläft. Dann kommt einer und besprüht ihn mit Pfefferspray. Anstatt sich schützend die Decke über den Kopf zu ziehen, geht er instinktiv zum Gegenangriff über und zerrt seinen Angreifer ins Bett?«

»So hat es Herr Gersting ausgesagt. Er hat absolut nicht mit so einem aggressiven Angriff von ihrem Vater gerechnet. Er war überrumpelt und überfordert.«

Helga stieß harsch Luft aus. »Das hätte ich ihm vorher sagen können! Der Mann ist an Brutalität nicht zu toppen. Der hat seine Aggressionen nicht mal im Schlaf im Griff.«

Ich schloss die Augen. Eine Rohrzange. Mehrmals hatte ich

Marius bereits damit in der Hand gesehen. Aber wie war er nur auf die Idee gekommen, die zu meinem Vater mitzunehmen? Das war doch mit keiner Silbe so abgesprochen gewesen!

Herr Falk schaute immer wieder in den Rückspiegel. »Ihr Leben wird sich von heute an drastisch ändern.«

»Wie meinen Sie das?« Fragend erwiderte ich seinen Blick.

»Was stellen Sie sich denn vor, wie es weitergeht, wenn Ihr Vater eines Tages gesund werden und wieder nach Hause kommen sollte?«

Er reckte den Hals, um meine Reaktion besser sehen zu können.

»Wollen Sie etwa da wohnen bleiben?«

Also riet mir sogar er, der immer mein Verbündeter gewesen war, zur Flucht? Das war für mich keine Option! Damit würde ich meinem Vater nach dieser Katastrophe sogar noch recht geben!

»Soll ich jetzt etwa mein Haus verkaufen und wegziehen? Meine Kinder umschulen?«

Wieder herrschte einen Moment lang nachdenkliches Schweigen.

»Ich rate Ihnen, alles aufzuschreiben, was Ihnen Ihr Vater angetan hat. Schreiben Sie alles auf. Hören Sie, Frau Müller? Sie werden es brauchen vor Gericht.«

Mir rauschte der Kopf. »Ich kann das nicht alles aufschreiben. Es ist viel zu viel. Das kann ich unmöglich alles aufschreiben.«

Helga bedachte mich mit einem flüchtigen Seitenblick: »Schreib doch einen Roman!«

»Klar, und dann frage ich Hera Lind, ob sie ihn für mich veröffentlicht.«

Herr Falk wiederholte in einem strengeren Ton: »Ich meine

das ernst, Frau Müller, das ist mein gut gemeinter Rat als erfahrener Kriminalist. Schreiben Sie alles fürs Gericht auf, es wird Ihnen von Nutzen sein! Es bringt Ihnen nichts, wenn Sie hinterher sagen: Ach, dies und das hätte ich auch noch dem Richter erzählen können. Wenn das Urteil erst mal gesprochen ist, ist es zu spät. Sie müssen sich *jetzt* vorbereiten, *gut* vorbereiten!«

Das Urteil. Natürlich. Ich würde verurteilt werden. Wie grauenvoll. Und niemand hielt zu mir.

Doch. Herr Falk. Immer wieder suchte er meinen Blick im Rückspiegel. In seinen Augen standen Güte, Mitleid und Verständnis. Herr Falk setzte den Blinker und bog zuerst in meine Straße ein. Wir fuhren den Sonnigen Hügel hinauf, und wieder wunderte ich mich, dass sich die Welt einfach so weiterdrehte.

Herr Falk hielt vor meinem Haus und wandte sich zu mir.

»Es wundert mich, dass nicht schon viel früher was passiert ist. Er hat es verdient.«

Ich spürte Tränen in mir aufsteigen und kämpfte mit einem riesigen Kloß im Hals. Er stieg aus dem Auto und öffnete mir den Wagenschlag wie ein Gentleman alter Schule.

»Ich wünsche Ihnen alles Gute.«

Er reichte mir meinen Schlüsselbund.

»Vielen Dank!« Ich war zu Hause. Jetzt wollte ich unbedingt Helga ihre tausend Euro wiedergeben. Ich wollte sie nicht mehr in meinem Haus haben.

»Warten Sie bitte noch eine Sekunde?«

Ich stürzte in die Wohnung, entnahm der Keksdose den Umschlag und nahm mir meine restlichen fünfhundert Euro heraus. Der Hund umkreiste mich schwanzwedelnd.

»Ja, sofort, Tommy. Ich muss erst noch was loswerden.«

Ich ließ ihn in den Garten, stürzte wieder runter und reichte Helga unauffällig den Umschlag. Herr Falk räusperte sich und schaute weg.

»Wir telefonieren?!« Helga nickte.

Ich drückte Herrn Falk die Hand und lächelte ihn dankbar an. Dann betrat ich meinen Wohnbereich.

Noch war niemand zu Hause. Ruhe. Ich setzte mich auf den Balkon. Es war so schön sonnig an diesem Tag. Ich zündete mir eine Zigarette an und überlegte: Was nun? Meine Tochter war bei Marea, Moritz hatte noch Unterricht.

Ein scheuer Blick nach drüben: Die Polizisten waren weg. Das Haus meines Vaters lag ruhig in der Wintersonne. Ich musste mich zwingen, meine traumatische Angst zu überwinden: Nein, Sara, er ist nicht da. Er kommt nicht rüber – mit geballten Fäusten oder mit einer Waffe in der Hand.

Was war mit Daniel? Ich wusste immer noch nicht, was ich für ihn empfinden sollte. Er hatte mich verraten. Uns verraten. Helga war nun auch sauer auf mich. Und meine Schwester Emma wagte ich nicht anzurufen. Wenn sie mir verzieh, würde sie sich schon melden. Aber sie würde mir nicht verzeihen.

Wieder musste ich an Daniel denken. Konnte ich ihm verzeihen? Eigentlich müsste ich jetzt endgültig Schluss mit ihm machen. Aber ich hatte nicht die Kraft dazu. Im Gegenteil: Ich hatte Sehnsucht nach ihm. Ich wollte ihn sehen.

Etwas unentschlossen griff ich zum Haustelefon, rief aber zunächst bei Marea an.

»He, ich bin gerade zu Hause angekommen.«

»Sara, wie geht es dir?«

Wenigstens meine Marea war nicht böse auf mich! Sie war der einzige Mensch, der im Moment noch zu mir hielt.

»Marea, sie waren wirklich alle sehr nett zu mir. Das hat mir geholfen. Ich wollte dich fragen, ob Romy noch ein bisschen bei dir bleiben kann. Ich bräuchte einen Moment für mich allein und muss unbedingt duschen.«

»Mach dir keine Gedanken, das ist gar kein Problem. Ich habe sie von der Schule abgeholt, und dann hat sie mit Simon und mir zu Mittag gegessen. Jetzt macht sie Hausaufgaben. Es genügt, wenn du sie nachmittags abholst, denn nachher wollen die Kinder noch zusammen spielen. Es ist alles bestens.«

Ein tiefer Seufzer entrang sich meiner Brust: »Ich weiß gar nicht, wie ich dir danken kann.«

»Das brauchst du nicht Sara, wozu sind beste Freundinnen denn da!«

Danke, liebste Marea!, jubelte es in mir. Ich hatte also noch etwas Zeit für mich. Als Nächstes rief ich Daniel an.

»Hi, ich bin jetzt wieder zu Hause.«

»Sara, wie geht es dir?« Das klang aufrecht besorgt! Er hatte bestimmt ein mega-schlechtes Gewissen, der Verräter. Dennoch liebte ich ihn irgendwie noch.

»Es geht mir gut, aber ich bin sehr froh, dass ich wieder zu Hause bin. Ich muss dringend duschen.«

»Ich komme zu dir. Ich fahr gleich los, ich schwing mich aufs Rad. Brauchst du was, soll ich etwas mitbringen?«

»Nur dich.«

Mein Herz hüpfte vor Freude, ihn gleich in den Armen halten zu dürfen. Ich sehnte mich nach diesem Mann! Er hatte so viel Frieden und Harmonie in meine Familie gebracht – und vielleicht hatte er mir tatsächlich einen Riesengefallen getan, mich von meiner Last zu befreien?

Wohlig seufzend ließ ich das heiße Wasser auf meine

Schultern prasseln. Als ich schließlich mit einem frischen Outfit und frisch gewaschenen Haaren wieder im Wohnzimmer stand, wartete er schon an der Terrassentür.

Ich öffnete und wir umarmten uns zögerlich.

»Wie geht es dir, Sara?« Er hielt mich prüfend von sich ab. »Gut, dass du wieder zu Hause bist. Du siehst besser aus.«

»Ja, ich bin wahrscheinlich der einzige Mensch, der nach einer Nacht im Gefängnis besser aussieht.« Ich grinste ihn an. »Es geht mir gut, ich habe noch nie eine Dusche so genossen!«

»Lass uns nach vorne rausgehen, auf den Balkon, da ist noch Sonne.«

Etwas verlegen setzten wir uns und zündeten uns eine Zigarette an. Daniel inhalierte ein paarmal tief und sah mich schließlich flehentlich an: »Sara, du kannst dir nicht vorstellen, wie sehr ich gelitten habe, als ich wusste, dass sie dich holen.«

Das war typisch Daniel. Ich wurde verhaftet, und er litt?

»Warum hast du das getan? Warum hast du mich verraten?«

»Sara, die haben so unglaublich Druck gemacht ...«

»Was heißt ›Druck gemacht‹?«

»Zuerst war ja meine Mutter dran. Die hat sofort angefangen zu heulen, das konnte ich von draußen hören.«

»Was hast du denn deiner *Mutter* gesagt?!«

»Nichts Sara, aber die hat natürlich eins und eins zusammengezählt. Die meinte, du hättest uns beide zum Kino abholen wollen – da könnte ja was nicht stimmen. Das wär alles Berechnung gewesen, und sie hätte mich immer schon vor dir gewarnt.«

Ich starrte ihn mit offenem Mund an. »Hat sie das zu den Polizisten gesagt? Ich denke, du hast draußen gesessen!«

»Sie hat so laut geheult, dass ich es bis auf den Gang hören konnte. Jedenfalls kam sie völlig aufgelöst wieder raus, und ich wurde aufgerufen. Kaum war ich im Verhörraum, haben die Vernehmer die Fenster geschlossen und die Rollläden runtergelassen.«

»Warum denn das?« Mein Entsetzen mischte sich mit Mitleid.

»Na, weil die *mich* verdächtigt haben!«

»Aber deine Mutter konnte dir doch ein Alibi geben?! Egal. Was genau hast du denen erzählt?«

»Sara, so wenig wie möglich. Ich hatte ja gehört, was meine Mutter gesagt hat. Ich hab dich verteidigt und erzählt, was für eine tolle Mutter du bist, immer freundlich, die Ruhe in Person. Auf einmal hat Frau Hopf ordentlich auf den Tisch gehauen.«

»Die Frau Hopf? *Die* ist doch die Ruhe in Person.«

»Sara, du hast keine Ahnung, wie laut die werden kann! Ich habe ihnen nur geschildert, wie fertig du warst und wie hilflos, nachdem dein Vater dich mit der Faust ins Gesicht geschlagen hat. Ich hab denen beschrieben, wie verzweifelt und wütend du gewesen bist.«

»Wütend.« Kopfschüttelnd sah ich ihn an. »Von wegen ›Ruhe in Person‹.«

»Sara, so kannte ich dich gar nicht. Du warst ja nicht mehr du selbst.«

»Und weiter?«

»Am Ende habe ich zugegeben, dass du es mir am Freitagabend erzählt hast.«

»Was erzählt?«

Er runzelte die Stirn. »Also, dass du das mit Marius und Helga durchgezogen hast.« Nervös knetete er seine Hände.

Ich schwieg einen Moment, um diese Nachricht zu verdauen. Und fragte dann: »Hast du denen angedeutet, ich würde mir was antun wollen? Die haben nämlich erst mal auf mich eingeredet, dass ich mir nichts antun soll.« Ich lächelte schwach.

Seine Augen weiteten sich vor Entsetzen. »Nein, hab ich nicht! Ich hab denen lediglich gesagt, dass ich mir Sorgen mache, weil du so fertig bist. Du warst ja tagelang nur noch aschfahl im Gesicht, hast gezittert und kaum noch gegessen und getrunken. Und dann setzt du dich noch ins Auto! Ich hatte Angst, du könntest einen Unfall bauen. Glaub mir, Sara, es war das Beste so.«

Ich schwieg. Seine Schilderung der Dinge war für mich verständlich. Ich spürte keine Enttäuschung mehr, nur große Zuneigung zu meinem Daniel. Er hatte mich vor mir selbst beschützen, mich retten wollen.

»Komm. Es wird kalt«, sagte ich.

Wir gingen wieder rein, und ich setzte mich auf mein Bett. Wir hätten jetzt die Gelegenheit gehabt, uns leidenschaftlich zu versöhnen, worauf ich innerlich schon die ganze Zeit hoffte. Doch Daniel blieb abwartend vor mir stehen. Hatte er noch etwas auf dem Herzen? Dachte er etwa immer noch, ich hätte etwas mit Marius gehabt? Also nahm ich ihn noch einmal ins Verhör. »Sag schon, was ist?«

Daniel nahm meine Hand: »Wie war das denn für dich? Ich meine, diese Nacht im … ähm … Gef… Knast.«

»Ja, scheiße war's«, entfuhr es mir. »Ich durfte die ganze Nacht in einer arschkalten Zelle verbringen. Erst haben wir versucht, meinen Anwalt zu erreichen, aber der hatte sein Handy aus. Dann haben die versucht, den anderen Anwalt zu erwischen, der dann auch kam.« Ich wischte mir eine nasse Haarsträhne aus dem Gesicht. »Peter Tal.«

»Und was war das für ein Typ?«

»Wenigstens war der da – im Gegensatz zu dem Kompagnon, der meinte, ich könnte ihn jederzeit erreichen. Der Tal meinte, ich soll einfach nur die Wahrheit sagen. Nichts verheimlichen, nicht lügen. Ich soll alles so sagen, wie es war. Das habe ich dann auch getan. Ich habe alles erzählt, einfach alles.«

Daniel knetete meine Hände und sah mich eindringlich an. Ihm schien ein Stein vom Herzen zu fallen.

»Das ist auch am besten so, Sara. Ich bin so erleichtert. Am Ende kommt die Wahrheit immer ans Licht.« Er strich mir die widerspenstige Strähne hinters Ohr: »Was ist jetzt mit Marius und Helga?«

»Helga wurde mit mir zusammen nach Hause gefahren. Und Marius wird noch eine Weile bleiben müssen. Sie unterstellen ihm versuchten Mord.« Ich atmete schwer und zupfte nervös an meinem Kopfkissen herum.

Daniel sah mich eindringlich an. »Ich habe bei meiner Aussage extra noch gesagt, dass sie den Falk zu dir schicken sollen. Ich habe gemerkt, dass du einen guten Draht zu ihm hast.«

»Ja, das stimmt. Er war auch sehr hilfsbereit und verständnisvoll. Ich hatte das Gefühl, er könnte mich verstehen. Er hat es sogar gesagt. Und der andere Kriminalbeamte, Tim Hoffmann auch. Das war mir wichtig.«

Daniel seufzte tief auf. »Gut, dass dieser Marius bleiben muss. Er ist gefährlich!«

»Blödsinn, der ist doch nicht gefährlich. Es ist scheiße, wie es gelaufen ist. Denn eigentlich ist Marius völlig harmlos.«

»Sara, der hat deinen Vater fast umgebracht!«

»Aber doch nicht mit Absicht. Er hatte doch gar kein Motiv! Er hat sich nur gewehrt.«

Daniels Augen wurden schmal. »Du nimmst ihn in Schutz?«

Ich verschanzte mich hinter meinem Kopfkissen. »*Er* hat mir geholfen! Im Gegensatz zu manch anderen, die genauso stark gewesen wären wie er!«

»Sara, ich …«

»Schon gut, Daniel. Aber Marius wollte ganz bestimmt nicht, dass es so kommt, wie es gekommen ist. Der wollte sich seinen Traum erfüllen und mit dem Motorrad um die Welt fahren!«

Ich presste das Kissen an meine Brust. »Das hat keiner von uns gewollt! Er wird heute dem Untersuchungsrichter vorgestellt. Seine Welt bricht jetzt total zusammen!«

Daniel zupfte jetzt auch am Kopfkissen herum. »Wie geht es deinem Vater?«

»Ich weiß es nicht, ich habe nichts mehr gehört.« Ich schluckte trocken. Die letzten niederschmetternden Nachrichten hatte ich von Emma erhalten, und sie hatte nicht noch mal angerufen, obwohl sie bestimmt wusste, was inzwischen mit mir passiert war.

Tapfer rappelte ich mich auf. »Ich rufe im Krankenhaus an. Vielleicht bekomme ich ja noch Informationen.«

Daniel nickte. »Mach das. Vielleicht kannst du dich bei ihm entschuldigen?«

Fragend schaute ich ihn an. *Ich* sollte mich entschuldigen?

Ich nahm mein Handy von der Ladestation und rief im Krankenhaus an. Der Zustand meines Vaters war unverändert. Er liege noch im Koma, und man müsse einfach abwarten.

Daniel stand unschlüssig herum. Nach leidenschaftlicher Versöhnung war uns beiden nicht mehr zumute.

»Ich sollte mal meine Romy abholen, die ist bei Marea.« Entschlossen rappelte ich mich auf. »Und dann würde ich gern Essen gehen, ich habe Hunger.«

Merkwürdig. Das hatte mein Vater auch immer gesagt. Nach seinen Gewalttaten.

War ich ihm so ähnlich? *War ich das?*

33

Pützleinsdorf, Dienstag, 20. Dezember 2016

»Mamiii!«

Meine Tochter kam die Treppe hinuntergerannt, und ich drückte sie fest an mich.

»Mami, wo bist du gewesen?«

»Jetzt holen wir deinen Bruder ab, und dann erzähle ich euch alles in Ruhe.«

Marea und ich umarmten uns ganz fest; ihr musste ich nichts erklären. Sie verstand mich auch ohne Worte. Mit einem warmherzigen Nicken nahm sie zur Kenntnis, dass Daniel bei mir im Auto saß.

Wir fuhren zur Schule, in der Moritz' Nachmittagsunterricht gerade beendet war. Er wartete schon am Schultor.

Sichtlich erfreut, mich zu sehen, rannte er auf mich zu und fragte als Erstes: »Mama, wo warst du heute Nacht?«

Ich umarmte meinen Sohn und sah ihm ins Gesicht: »Pass auf, Moritz, wir gehen jetzt was essen, und dann erzähle ich euch alles und werde alle eure Fragen beantworten.«

Zu viert fuhren wir zu einem Restaurant. Nachdem wir unsere Essensbestellung aufgegeben hatten, schauten mich meine zwei Kinder erwartungsvoll an. Daniel saß ernst dabei.

»Also. Ich werde jetzt ganz ehrlich mit euch sein. Mit dem Überfall auf den Opa habe ich indirekt etwas zu tun …« Ich erklärte ihnen, was passiert war, was nicht hätte passieren dürfen und wie erleichtert ich nun war, die Wahrheit gesagt zu haben. Dass man mich zur Überprüfung meiner Aussage über Nacht dabehalten hatte, und wie der Stand der Dinge im Moment war.

»Musst du jetzt ins Gefängnis?« Mit großen Augen starrten mich meine Kinder an.

»Ich weiß es nicht. Ich werde eine Strafe bekommen für das, was ich getan habe. Aber ich habe keine Ahnung, wie die ausfallen wird.«

»Und heute Nacht warst du auch im Gefängnis?«

»Ja, das war ich, und ich kann euch verraten, dass es nicht schön war.«

Ich schilderte den beiden die Zelle, und sie vergaßen zu essen.

»Bei Wasser und Brot? Jetzt ganz in echt?«

»Ja. Die Leute werden jetzt sehr viel reden, und ihr werdet vielleicht auch angesprochen werden. Ihr müsst darauf nicht eingehen, nicht darauf reagieren. Wenn ihr möchtet, könnt ihr einfach weitergehen und die Person ignorieren. Aber wenn ihr möchtet, dürft ihr auch antworten, solange es der Wahrheit entspricht. Ihr könnt das machen, wie ihr wollt.«

»Wir dürfen einfach weitergehen und brauchen nicht zu antworten?«

»Nicht, wenn ihr das nicht wollt. Und wenn es heißt, ich hätte unhöfliche Kinder, ist mir das auch egal.«

Viele Fragen nach dem *Warum* hatten die beiden nicht. Sie hatten mich erlebt und konnten mich verstehen.

»Was ich getan habe, war nicht richtig, und ich hoffe sehr,

dass ihr in eurem Leben nie den Fehler machen werdet, den ich gemacht habe.«

Und dann sagten sogar meine Kinder, was mir bis jetzt alle beteuert hatten:

»Mami, wir können dich verstehen.«

Zu Hause hatte ich ein merkwürdiges Gefühl. Als hätte es einen Schnitt gegeben, und ein neuer Lebensabschnitt würde beginnen. Ich wusste, dass ich mich dem Rest der Welt zu stellen hatte, den Bekannten, den Leuten auf der Straße, der Verkäuferin. Wie würden sie reagieren? Wie würden sie sich mir gegenüber verhalten? Wer wusste schon was? Das ganze Dorf war ja aufgeschreckt, überall kursierten die wildesten Gerüchte. Würde man mir »Mörderin!« hinterherrufen? Ich war auf sämtliche Reaktionen gefasst.

Daniel und ich gingen am Nachmittag eine Runde mit dem Hund. Die Sonne beschien noch immer die Weinberg-Idylle. Bis auf ein paar andere Hundebesitzer trafen wir niemanden.

Am Abend schickte Marea mir einen Link. Er führte zu einem Zeitungsartikel, der den Überfall auf meinen Vater als Racheakt zweier Frauen aus seinem persönlichen Umfeld beschrieb. Und weil die Frauen den Auftragstäter nicht zu Mord, sondern nur zu Körperverletzung angestiftet hätten und keine Fluchtgefahr bestehe, befänden sie sich wieder auf freiem Fuß.

Gott sei Dank nur Körperverletzung!, hatte Marea noch dazu geschrieben und *Alles wird gut.*

Mit gemischten Gefühlen hockte ich auf dem Sofa und starrte vor mich hin.

»Was hast du da?« Daniel kam aus der Küche und schaltete die Leselampe ein.

»Jetzt ist es offiziell.« Ich sah mich zu ihm um. »Jetzt kann es jeder lesen, jetzt ist es raus.«

Ich gab ihm mein Handy, und er vertiefte sich sofort in den Artikel.

»Ich bin ja mal gespannt, wie viele Leute mich darauf ansprechen.«

»Am besten du machst ab morgen weiter, als wäre nichts gewesen. So kehrst du am schnellsten zur Normalität zurück.«

Daniel überflog den Artikel bis zum Ende. »Wir sollten auch wie geplant in Urlaub fahren. Bis wir zurückkommen, hat sich die Gerüchteküche hoffentlich wieder beruhigt, und die Leute reden wieder über andere Dinge.«

»Der Urlaub! Bayern!« Ich wirbelte zu ihm herum. »Den hatte ich ja schon fast vergessen. Bleibt es denn dabei, ich meine ... von deiner Seite aus, falls ich überhaupt fahren darf?«

»Natürlich, Sara. In einer Woche werden wir nach Bayern fahren. Wie sehr hast du dich darauf gefreut! Und die Kinder auch.« Er lächelte und strich mir über das Haar. »Du brauchst die Erholung so dringend!« Er küsste mich auf die Wange.

Weihnachten stand vor der Tür. Und er würde seine Mutter tatsächlich allein lassen? *Wow!* Warum erst jetzt, wo sich alles so schrecklich entwickelt hatte? Es hätte nie so weit kommen müssen!

Mein Vater würde das Fest der Liebe auf jeden Fall im Krankenhaus verbringen.

Zwei Tage später kam Herr Falk vorbei. Er hätte da noch ein paar Fragen.

Wir nahmen Platz, Daniel räumte die Küche auf.

»Wie geht es Ihnen, Frau Müller?«

»Gut, besser.«

Er kramte in seiner Aktentasche und legte ein Formular vor mich hin.

»Frau Müller, ich möchte Sie bitten, Ihre behandelnden Ärzte von der Schweigepflicht zu entbinden, damit sie zu Ihrer Behandlung nach dem 30. November 2016 Stellung nehmen können. Sind sie damit einverstanden?«

»Ja, ich bin einverstanden.«

Er reichte mir seinen Kugelschreiber, und ich unterschrieb.

»Sind Sie von Leuten angesprochen, belästigt, beleidigt oder sogar bedroht worden nach Bekanntwerden durch die Presse?«

»Nein, gar nicht. Es ist ruhig. Ich bin eher Verständnis begegnet.«

Er nickte und legte die Hände ineinander. »Noch etwas anderes. Das Gespräch zwischen Ihnen, Helga Bender und Marius Gersting – in welchem Rahmen hat das stattgefunden? Nahm Frau Bender direkt daran teil oder mit einem gewissen Abstand?«

»Ich hatte mich vorher mit Helga Bender getroffen, wir sind dann zusammen zu Marius Gersting auf die Baustelle gefahren. Er kam kurz vom Gerüst, und wir standen kaum zwei Minuten zu dritt auf der Straße.«

»War der gemeinsame Essenstermin von Helga Bender und Ihrem Vater am Abend der Tatnacht speziell vereinbart und durchgeführt worden, um Herrn Gersting eine gute Gelegenheit zum Eindringen ins Haus zu verschaffen, oder sollte die durch das Essen bestehende Gelegenheit lediglich ausgenutzt werden?«

»Helga Bender hat sich extra mit meinem Vater zum Essen

verabredet, damit wir sichergehen konnten, dass er gegen acht nach Hause zurückkehrt. Die Aktion war so zeitlich besser zu planen.«

Herr Falk machte sich Notizen, dann schaute er wieder auf.

»Haben Sie davon gewusst, dass Herr Gersting schweres Werkzeug als mögliche Waffe zur geplanten Begegnung mit ihrem Vater mitnehmen wollte?«

»Ich wusste von dem Pfefferspray, das hat er mir noch gezeigt. Aber wie gesagt, das hatte ich ihm nachts, kurz vor dem Überfall, eigentlich ausgeredet.«

Herr Falk schrieb mit und schüttelte leicht den Kopf.

»Die bewusst offen gelassene Haustür nach dem ersten Versuch kann ich nachvollziehen. Was ich nicht ganz verstehe, ist die offen gelassene Tür nach der zweiten Aktion. War vorgesehen, dass es nochmals zu einer Kontrollmaßnahme, in welcher Form auch immer, kommt, bei der man sich um den Gesundheitszustand Ihres Vaters kümmert oder welchen Zweck sollte das haben?«

»Die Aktion hätte ja schon beim ersten Versuch über die Bühne gehen sollen. Marius wusste, dass er die Türe offen lassen soll. So hätte Helga das Haus notfalls betreten können, falls sie ihn telefonisch nicht mehr erreichen kann. Sie hatte ja keinen Schlüssel mehr. Aber sie hat ihn ja dann erreicht, ohne dass was passiert war. Die Katastrophe, zu der es dann letztlich gekommen ist, konnten wir zu keinem Zeitpunkt voraussehen.«

Herr Falk legte den Kugelschreiber beiseite und sagte etwas leiser: »Sie haben ihr das Geld zurückgegeben?«

Ich nickte kaum merklich.

»Wie läuft es mit ihm?«

Er zeigte mit dem Kinn zur Küche, hinter deren geschlossener Tür Daniel gerade geräuschvoll die Spülmaschine ausräumte.

»Er bemüht sich sehr um mich. Aber der Tag wird kommen, an dem er plötzlich wieder zu seiner Mutter muss.«

Herr Falk lächelte leicht und nickte. Er kannte ja inzwischen die Mutter.

»Dann hätte ich keine Fragen mehr.«

»Aber ich, wenn ich darf.«

»Bitte, Frau Müller.«

Ich fasste mir ein Herz: »Wenn Daniel Ihnen nichts über mich verraten hätte – hätten Sie dann mein Telefon abgehört? Oder hatten Sie das bereits?«

Er schüttelte den Kopf. »Wir hätten dann aber damit angefangen. Sie zu verdächtigen, lag nahe.«

Ich empfand ihn als sehr ehrlich.

Daniel hatte wohl doch recht gehabt: Es wäre rausgekommen. Früher oder später hätte ich einen Fehler gemacht, der mich überführt hätte. So hatte er mir Gelegenheit zu einem Geständnis gegeben – und Herr Falk ja auch. Die beiden meinten es gut mit mir.

»Wer zahlt denn das jetzt alles? Ich meine, die ganze Polizei, die Verletzungen und so weiter?«

»Für die Verletzungen Ihres Vaters kommt erst mal die Krankenkasse auf. Ob das endgültig so bleibt, hängt vom Urteil ab. Und den Polizeieinsatz, den zahlt der Steuerzahler.«

Wieder überlegte ich eine Weile. Jetzt tat mir sogar der Steuerzahler leid. Nie hätte ich geglaubt, dass das Ganze so entgleisen kann.

»Dürfen wir an Weihnachten in Urlaub fahren, oder muss ich jetzt hierbleiben?«

»Sie können fahren. Fahren Sie und erholen Sie sich. Versuchen Sie, etwas abzuschalten, Frau Müller.«

Er stand auf und lächelte: »Noch hundert Arbeitstage, dann gehe ich in Ruhestand.« Er freute sich sichtlich.

Ich nahm die Hand, die er mir reichte, und drückte sie fest. »Sie waren die ganze Zeit sehr höflich und freundlich zu mir. Dafür möchte ich mich bei Ihnen bedanken.«

Er schaute mir warmherzig in die Augen: »Ich habe während meiner gesamten Dienstzeit alle, die verhaftet wurden, mit Respekt und ohne Vorurteile behandelt, und darauf bin ich stolz.«

Ich begleitete Herrn Falk zur Tür. Am liebsten hätte ich ihn umarmt.

Am zweiten Weihnachtsfeiertag fuhren wir zu viert in unseren bereits gebuchten Urlaub nach Bayern. Es war schwierig, abzuschalten. Daniel hingegen wirkte fast apathisch. Er kam morgens kaum aus dem Bett und wollte auch abends direkt nach dem Essen schlafen gehen. Selbst um einen Mittagsschlaf war er nicht verlegen. Ich beneidete ihn um seinen Schlaf! Durch Zufall entdeckte ich im Badezimmerbeutel die starken Schlaftabletten, die ich mir vom Arzt hatte verschreiben lassen, dann aber nie genommen hatte. Ich öffnete die Packung und sah mit Entsetzen, dass welche fehlten.

»Daniel?« Er lag schon wieder im Bett und zappte sich durch die Fernsehsender. »Nimmst du meine Tabletten?«

»Ja, die helfen mir, mich zu entspannen. Ich habe auch eine harte Zeit hinter mir, Sara. Nicht nur du.«

Fassungslos starrte ich ihn an. »Daniel, das sind *meine* Tabletten.«

»Aber du nimmst die doch gar nicht.«

»Ja, weil ich den Kindern gegenüber Verantwortung empfinde! Daniel, ich bin echt enttäuscht von dir!«

»Dann sei es halt.« Er starrte auf den Fernseher. Sein Blick war glasig.

»Hast du heute schon welche genommen?«

»Ja, zwei.«

Ich zuckte zusammen. »Zwei? Der Doc meinte, höchstens eine Vierteltablette, und du nimmst zwei auf einmal?«

»Sara, ich habe meine Mutter über Weihnachten alleingelassen. Meinst du, mir geht es gerade gut?«

Seine Augen füllten sich mit Tränen.

Ich schnaubte vor Wut und Enttäuschung. Es war mir bewusst, dass Daniel durch den Urlaub mit uns ein Zeichen setzte. Er nabelte sich von seiner Mutter ab. Die war mit Sicherheit schwer enttäuscht von ihm und bestrafte ihn mit Liebesentzug oder was auch immer. Vielleicht heulte sie auch am Telefon. Oder sie hatte ihn enterbt. Da futterte er halt meine Tabletten, Hauptsache er musste keinen Konflikt aushalten.

Die Tabletten wirkten besonders gut, da Daniel sich zur Feier des Tages noch ein paar Cocktails mit Alkohol gönnte. Ich erkannte ihn kaum noch wieder! Er lag im Bett und wollte nur in Ruhe gelassen werden. Dieses Spiel wiederholte sich Tag für Tag. Ich war enttäuscht und fühlte mich hässlich. Immer wieder gab er Sätze von sich wie:

»Sara, das hätte ich dir nie zugetraut.«

»Sara, was hast du da nur getan?«

»Sara, musste das sein?«

»Sara, ich war so fertig, das kannst du dir gar nicht vorstellen.«

Irgendwann ertrug ich es nicht mehr. Wie sehr hätte ich mir eine starke Schulter zum Anlehnen gewünscht, lange Spazier-

gänge im Schnee, bei denen wir alles noch mal in Ruhe besprechen würden. Wie sehr hätte ich mir seine unabdingbare Liebe
gewünscht, dass er ganz zu mir steht, sich klar für mich entscheidet. Ich hätte das alles dringend gebraucht, denn der
Prozess kam ja noch auf mich zu. Und damit ein Urteil!

Doch Daniels Belastbarkeitsgrenze war erreicht.

Ich ließ ihn meine Tabletten nehmen und Wodka dazu trinken – was blieb mir auch anderes übrig? Wenn er mal einen
klaren Moment hatte, war er lieb und fürsorglich. Dann konnte
er mir sogar Mut zusprechen und mich umarmen. Aber er
hatte anscheinend mehr Freude daran, sich selbst auszuschalten, als die Zeit sinnvoll und mit klarem Kopf zu ge-
stalten.

Wir mussten zwei Tage früher abreisen, da Moritz und ich
krank wurden.

Wir waren einfach fertig. Wir hatten keine Reserven mehr.
Niemand hatte uns aufgefangen.

Wir hätten so dringend eine Therapie gebraucht.

Somit fuhren wir schon am 30. Dezember zurück. Auf dem
Heimweg machten wir Pause an einer Raststätte. Wieder rief
ich im Krankenhaus an, um mich nach dem Zustand meines
Vaters zu erkundigen. Die Informationen wurden immer
knapper. Er liege nicht mehr im Koma, ich könne vorbeikommen.

Das traute ich mich natürlich nicht. Unvorstellbar, Emma
oder ihm gegenüberzutreten. Außerdem hatte ich nicht das
Bedürfnis danach.

Daniel saß auf dem Beifahrersitz, als ich vom Telefonieren
zurückkam.

»Ich verstehe dich nicht, Sara, du zeigst keine Reue, trotzdem erkundigst du dich ständig, wie es dem Alten geht.«

Ich ließ den Motor an und fuhr los. »Ich habe Angst, dass er bald wieder auf die Beine kommt und zurückkehrt. Deswegen frage ich nach, wie es ihm geht.«

Daniel blieb noch über Silvester bei uns, bis der Anruf seiner Mutter kam: Ihr gehe es furchtbar schlecht, sie sei am Boden. Und er ging – wieder mal. Das Neue Jahr begann damit, dass Daniel erneut bei seiner Mutter einzog.

In den kommenden Wochen meldete er sich gar nicht mehr bei mir und ich mich auch nicht bei ihm. Mir fehlte die Kraft für sinnlose SMS, die doch nur gegenseitige Vorwürfe enthielten.

So telefonierte ich wieder täglich mit Helga, deren Zustand sich immer weiter verschlechterte. Sie litt sehr unter dem, was geschehen war, ihr schlechtes Gewissen ließ sie nachts nicht mehr schlafen. Irgendwie schien sie doch noch Gefühle für meinen Vater zu haben, was für mich unverständlich war.

»Er konnte ja auch wahnsinnig charmant und großzügig sein. Ich war doch mal in ihn verliebt! Was haben wir ihm nur angetan, Sara!«

Jetzt, wo ihr ehemaliger Geliebter im Krankenhaus lag, erinnerte sie sich vorwiegend an die guten Zeiten. Sie konnte kaum noch etwas essen und weinte am Telefon. Sie zerbrach förmlich daran.

»Helga, so habe ich das auch nicht gewollt, aber es ist nun mal passiert. Vielleicht hat er das auch nicht gewollt, dass er uns über Jahre gequält und verletzt hat. Aber er hat es eben getan. Und zwar nicht nur einmal, sondern immer wieder! – Moment, da klingelt es gerade auf der anderen Leitung. Ich ruf dich zurück.«

Es war eine Frau Meier von der Kripo Mittelstadt.

»Sie können Ihre Handys wieder abholen. Bringen Sie Ihre Freundin Helga Bender gleich mit!«

Und so verabredeten wir uns gleich für den nächsten Montag.

Helga sah furchtbar aus. Abgemagert, bleich und ungeschminkt. Die Haare waren kurz geschnitten und lagen platt am Kopf an. Ich erkannte sie gar nicht wieder.

Kaum war sie bei mir ins Auto gestiegen, fragte sie mit Tränen in den Augen:

»Wie es ihm wohl gehen mag?«

»Keine Ahnung, Helga. Ich bekomme keine Nachrichten mehr aus dem Krankenhaus. Der Anwalt meines Vaters hat mich aufgefordert, keinerlei Kontakt mehr mit ihm aufzunehmen. Ich darf auch nicht mehr im Krankenhaus anrufen, die haben Auskunftsverbot.«

»Diese Aufforderung habe ich auch erhalten!« Helga putzte sich die Nase. »Sara, das beschämt mich so! Ich wollte doch notfalls nach ihm sehen in jener Nacht, damit ihm bloß nichts Schlimmes passiert. Aber ich hatte doch schon mit ihm telefoniert, und wir dachten, da passiert nichts mehr! Wenn mir nur nicht so schlecht gewesen wäre …« Sie weinte bitterlich. Ich legte meine Hand auf ihre.

»Helga, es tut mir leid für dich. Dein Zustand ist doch das Resultat der Behandlung durch meinen Vater!«

»Ach, ich wünschte, wir könnten die Zeit zurückdrehen …«

»Das habe ich mir auch tagelang gewünscht, Helga, glaub mir.« Ich biss die Zähne zusammen und gab Gas. »Aber jetzt können wir es nicht mehr ändern und müssen uns der Realität stellen.«

»Und? Hast du denn gar kein Mitleid mit ihm?« Sie sah mich mit verheulten Augen an.

»Wenn ich ehrlich bin, nein. Meine Gefühle für ihn sind einfach tot. Er hat sie einzeln aus mir herausgeprügelt. Der letzte Faustschlag in mein Gesicht hat mir den Rest gegeben.« Ich setzte den Blinker und fuhr auf die Schnellstraße. »Aber wegen Emma tut es mir leid.«

»Deine Schwester … Erteilt die dir auch keine Auskunft mehr?«

»Helga, ich habe mir ein Herz gefasst und sie angerufen, um mich für meine Lüge zu entschuldigen, aber sie hat sofort aufgelegt. Bei weiteren Versuchen hat sie nicht mehr abgenommen. Sie hat meine Nummer blockiert. Ich bin für sie gestorben.«

»Oh nein!«, sagte Helga. »Sie war der einzige Mensch, den du noch als Familie hattest.«

Ich schluckte. Wie sehr hatte ich mich immer nach einer intakten Familie gesehnt, und wie sehr hatte ich mich nach dem Einzug darauf gefreut, engeren Kontakt zu meiner Halbschwester Emma zu bekommen. Die sich dann allerdings mehr und mehr zurückgezogen hatte, weil sie die Streitereien mit meinem Vater nicht miterleben wollte.

Bei der Kripo in Mittelstadt angekommen, schickte Frau Meier Helga in einen Warteraum, und ich sollte ihr folgen. Wir gingen ein paar Etagen hinauf und bogen in einen Gang ab.

Da lehnte Tim Hoffmann an einem Türrahmen, so als hätte er mich schon erwartet. »Hallo, Frau Müller! Wie geht es Ihnen?«

Während Frau Meier geradeaus weiterlief, blieb ich bei Hoffmann stehen. Ein winzig-kleines Ziehen machte sich in mir breit. »Oh! Welche Überraschung!«

»Kommen Sie schnell mit in mein Büro!«

Tim Hoffmann bugsierte mich in einen kleinen Raum.

»Also, wie geht es Ihnen?« Er lehnte sich gegen den Schreibtisch und streckte seine langen Beine von sich. Er sah ziemlich lässig aus in seinen Jeans. Jetzt, wo die ganze Anspannung vorbei war, gefiel er mir richtig gut.

»Besser.« Ich zupfte verlegen an meinem Schal. »Ich bin einfach nur froh, dass das Lügen vorbei ist.«

Auf das Gesicht des Kripobeamten stahl sich ein kleines Lächeln. Es sah fast so aus, als würde er sich für mich freuen. Ich fasste mir ein Herz: »Wissen Sie zufällig, wie es meinem Vater geht? Ich bekomme keine Auskunft mehr.«

Tim Hoffmann schüttelte den Kopf und stand auf.

»Nein, der Fall ist für uns abgeschlossen. Ich weiß nur, dass er noch nicht vernommen wurde.«

»Wenn er noch nicht vernommen wurde, dann geht es ihm wohl noch …zu schlecht?« Ich schluckte.

»Wie gesagt, keine Ahnung. Wir sind jetzt am nächsten Fall dran.«

Ich wollte das Gespräch noch ein bisschen in die Länge ziehen. »Haben Sie viele solcher Fälle, mit Mord und Totschlag?«

»Es muss ja nicht immer Mord und Totschlag sein.« Tim Hoffmann steckte die Hände in die Hosentaschen. »Wir sind schon dann zuständig, wenn ein Gegenstand zum Einsatz kommt, der jemanden verletzen kann.«

»Also meine Taschenlampe?«

»Tim Hoffmann zog eine Augenbraue hoch.

»Die wäre zum Beispiel ein Fall für Sie gewesen?«

»Möglich.«

»Aber ich habe sie ja nicht benutzt.«

»Das weiß ich doch, Frau Müller.« Wir sahen uns eine Sekunde länger an als nötig.

»Ach hier stecken Sie!« Frau Meier kam und reichte mir mein Handy. »Bitte hier unterschreiben …«

Ich unterschrieb die Empfangsquittung und schaute dabei Tim Hoffmann an.

»Vielen lieben Dank.«

»Dafür nicht.« Er reichte mir die Hand, und als wir uns berührten, legte er die andere Hand an meinen Ellenbogen. »Ich wünsche Ihnen alles Gute, Frau Müller.«

»Ja. Ihnen auch. Vielleicht sieht man sich ja mal wieder.«

»Besser nicht!« Er zwinkerte mir zu.

Mit weichen Knien machte ich mich auf die Suche nach Helga. Als ich die Treppe hinunterging, hörte ich sie schon in diesem Wartezimmer mit jemandem sprechen. Sie war ganz aufgewühlt, ihre Stimme überschlug sich fast.

Ich steckte den Kopf zur Tür herein: »Darf ich reinkommen?«

Frau Meier saß ihr gegenüber, mit sehr betroffener Miene. »Bitte.«

Helga zerknüllte ein Taschentuch und hatte Tränen in den Augen. »Sie haben gut reden: ›Warum haben Sie sich denn nicht getrennt?‹« Ihre Finger zitterten stark. »Ich hatte immer Angst: Wenn ich den Kontakt abbreche, wird er noch aggressiver. Er hat ja immer Terror gemacht, wenn ich versucht habe, die Beziehung zu beenden. Er hat mich nachts bis zu zwanzig Mal angerufen und auf das Hässlichste beschimpft, mir gedroht, mich mit dem Auto verfolgt, mich nachts vor meiner Haustür abgepasst. Und wenn er mich erwischt hat, gab es Schläge und Tritte. In meinem eigenen Haus!«

»Haben Sie nie die Polizei gerufen?«

Sie stieß ein hysterisches Lachen aus. »Ach, die Polizei, die macht doch nichts!«

Frau Meier nahm diese Aussage leicht pikiert zur Kenntnis.

»Ganz am Anfang hat er mir eine Ladung Müll vor die Haustür gekippt. Da habe ich die Polizei gerufen! Und was ist passiert? Nix. Die sind gekommen, haben ein paar Fotos gemacht und das war's. Er hat mich deswegen gegen die Wand geschleudert und mir schwere Prellungen beigebracht.«

»Aber das haben Sie doch hoffentlich angezeigt?«

»Nein, ich habe ihn nicht angezeigt. Ich hatte inzwischen meine Lektion gelernt. Wenn ich das angezeigt hätte, hätte er mich nur wieder irgendwo abgefangen und windelweich geprügelt.«

»Haben Sie denn niemanden in Ihrem Bekanntenkreis, der Sie beschützt?«

Helga putzte sich die Nase. »Ich hatte einen neuen Bekannten, ja. Der war sogar bereit, bei mir im Wohnzimmer auf ihn zu warten. Aber als Heinz dann so einen Terror gemacht hat, hat der Bekannte Angst bekommen und ist durch den Kellereingang abgehauen. Den habe ich nie wiedergesehen. Danach hatte ich keine andere Wahl mehr, als Heinz die Tür zu öffnen und mich schlagen zu lassen: Er hatte ja das Auto des Rivalen vor meiner Tür stehen sehen.«

Wieder fing sie an zu weinen. »Ich habe Heinz nie betrogen, immer alles getan, damit er mit mir zufrieden ist! Jetzt bin ich nur noch ein Wrack!«

Erst jetzt schien sie mich zu bemerken.

»Sie sehen doch, was die Anzeige seiner Tochter gebracht hat. Nix. Dann macht er eine Gegenanzeige, und am Ende steht man selber noch als Idiotin da.« Helgas Stimme wurde immer schriller. »Wie hätte sich Sara denn anders gegen ihn wehren sollen?«

Frau Meier schaute mich betroffen an.

»Ja, das stimmt, was Helga sagt.« Ich setzte mich auf einen

der Stühle. »Es passiert einfach nichts. Im Gegenteil. Haben Sie nicht gesehen, wie viele Vorstrafen mein Vater hat?«

»Doch das habe ich.« Frau Meier wusste wohl auch nicht weiter.

»Und warum ist dann nie etwas geschehen?«, brauste ich auf. »Warum hat nie jemand mal was gegen ihn unternommen?«

Helga nickte mit Tränen in den Augen.

»Warum ist er nicht mal für ein paar Wochen weggesperrt worden? Und zwar gleich mit der Ansage, dass er beim nächsten Gewaltakt gegen einen unschuldigen, schwächeren Menschen doppelt solange einsitzen muss? Wie bei einem schwer erziehbaren Kind, damit er weiß, woran er ist!«

Helga nickte wie eine Aufziehpuppe. Frau Meiers Blick wurde immer betretener.

»Dann hätte ich vielleicht eine schöne Kindheit haben können.« Ich spürte, wie mein Kinn zitterte.

Frau Meier räusperte sich nervös. »Sie haben recht, es hätte früher etwas unternommen werden müssen. Aber haben Sie wirklich geglaubt, Sie bekommen seine Aggressionen aus ihm rausgeprügelt?«

»Ich habe gehofft, dass ihm einfach mal ein Lämpchen angeht, dass der Groschen fällt, wenn er mal selbst spürt, wie es ist.«

Frau Meier schüttelte den Kopf. »Das funktioniert nicht, das hätte ich Ihnen vorher sagen können. Ihr Vater ist ein Psychopath, und den kann man nicht mehr ändern oder etwas aus ihm rausprügeln. Der hat sich immer nur mit Gewalt durchsetzen können.« Frau Meier sah uns beide sehr ernsthaft an: »Seien Sie dennoch froh, dass er nicht gestorben ist.«

Sofort reagierte ich: »Wissen Sie denn, wie es ihm geht? Wir beide sind von einem Anwalt aufgefordert worden, keinen

353

Kontakt mehr zu ihm aufzunehmen.« Das ließ Helga schon wieder aufschluchzen.

»Ich weiß nur, dass er aus dem Koma erwacht ist, aber verwirrt und nicht vernehmungsfähig. Mehr kann ich Ihnen leider nicht sagen.«

Helga und ich tauschten vielsagende Blicke.

»Na dann … Vielen Dank für Ihre Zeit, Frau Meier. Es war schön, dass uns mal jemand zugehört hat. Wenn auch leider zu spät.«

Beim Bäcker bekam ich weiterhin meine Brötchen, im Supermarkt wurde ich nicht aufgefordert, meine Lebensmittel künftig woanders zu kaufen. Die Leute auf der Straße grüßten mich nach wie vor. In meinem Bekanntenkreis hörte man mir zu, und jeder sagte, er könne mich verstehen.

Nur eine der Mütter meinte, als ich meine Kinder abholte, beiläufig zu mir: »Jetzt bist du nicht besser als dein Vater. Jetzt hast du dich genauso verhalten wie er.« Ein Satz, über den ich lange nachdachte. War ich wirklich wie mein Vater?

Diese Frage stellte ich Marea, als wir in den Weinbergen spazieren gingen.

»Natürlich bist du nicht wie dein Vater, Sara. Diese Frau hat keine Ahnung! Ich werde nie vergessen, wie du mir auf der Toilette deine Blutergüsse gezeigt hast.«

»Danke, Marea, dass du mich nicht verurteilst.«

»Ich weiß an wen du gerade denkst, Sara.« Marea zupfte ein paar vertrocknete Weintrauben von den Reben. »Du leidest schrecklich darunter, dass deine Schwester sich von dir losgesagt hat. Du hättest sie jetzt so dringend gebraucht. – Übrigens hast du morgen deinen nächsten Termin bei uns in der Praxis, wegen der Wurzelbehandlung.«

»Danke, dass du mich daran erinnerst«, sagte ich und verzog das Gesicht.

Als der Zahnarzt, Mareas Chef, am nächsten Tag das Behandlungszimmer betrat, begrüßte er mich mit den launigen Worten: »Na, sitzen Sie noch nicht im Knast?«

»Nein, aber das kann ja noch kommen. Die Verhandlung steht schließlich noch aus.«

Der Zahnarzt besah sich die Röntgenbilder, die meine zerstörten Zähne zeigten.

»Wissen Sie was, Frau Müller? Meine Helferinnen und ich, wir können Sie verstehen. Endlich haben Sie sich mal gewehrt und gezeigt, dass Sie sich nicht mehr so behandeln lassen.«

Er hatte die Betäubungsspritze schon in der Hand. »Und ab sofort laufen Sie erhobenen Hauptes an Ihrem Vater vorbei!«

Marea drückte mir fest die Hand, während ich die Wurzelbehandlung über mich ergehen ließ.

Sie hatte Tränen in den Augen.

Auch an den darauf folgenden Tagen wurde ich immer wieder von den unterschiedlichsten Menschen angesprochen. Es fielen Sätze wie:

»Wenn mein Mann gewusst hätte, was in dieser Nacht passiert, wäre er vorbeigekommen und hätte deinem Vater den letzten Schlag verpasst.«

»Deinen Vater muss man ganz totschlagen – nur halb, das bringt nichts.«

»Es ist um jeden Schlag schade, der danebengegangen ist. Irgendwann findet jeder seinen Meister.«

Auch wenn ich beruhigt war, dass mich niemand wirklich verurteilte, brachten mich all diese Aussagen sehr zum

Nachdenken. Wie wäre es gewesen, wenn ich mit dem Attentat wirklich nichts zu tun gehabt hätte? Wenn mein Vater überfallen worden wäre und mir jeder frei ins Gesicht gesagt hätte: »Das geschieht ihm recht.« Die meisten Leute im Ort hatten eigene Erlebnisse mit meinem Vater, von denen sie erzählen konnten.

Die Einzige, die nichts dergleichen sagte, war Emma. Oft sah ich sie vom Balkon aus kommen und gehen. Nachdem das Haus von der Polizei freigegeben worden war, besorgte sie einen Putztrupp und ließ es von oben bis unten reinigen. Ich stand rauchend da und wartete sehnsüchtig darauf, dass sie hinaufschauen und mich ansprechen würde.

Sie tat es kein einziges Mal.

34

Pützleinsdorf, 7. März 2017

»Sara, bist du zu Hause?« Daniel klang aufgeregt und gleichzeitig voller Sehnsucht. Im ersten Moment wollte ich auflegen, denn diese On-Off-Beziehung brachte doch nichts mehr. Aber gleichzeitig überwog die Neugier und das Verlangen, mal wieder von ihm in den Arm genommen zu werden.

»Dein Vater soll morgen nach Hause entlassen werden!«

Ich fasste mir an den Hals, und meine Stimme versagte den Dienst. »Daniel, woher willst du das wissen?« Kraftlos sank ich aufs Sofa und zog die Beine hoch.

Viele Gerüchte waren inzwischen an mich herangetragen

wurden: Er sei ein Pflegefall. Er sei verwirrt. Er sei in der Reha. Er sitze im Rollstuhl.

Mir stockte der Atem. Es war so weit! Er kam nach Hause – und ich hatte keine Ahnung in welchem Zustand!

»Meine Mutter hat einen guten Draht zum Pfarrer, und der hört das Gras wachsen.«

»Oh Daniel, ich habe Angst …«

»Sara, soll ich vorbeikommen?«

»Ja, bitte, mach das!«

Daher war Daniel bei mir, als ich meinen Vater am nächsten Tag das erste Mal durchs Fenster in seiner Küche sitzen sah. Er hatte abgenommen, was ihm aber nicht schadete. Er konnte sich normal bewegen, aufstehen und hinsetzen. Er sah fast so aus wie immer.

»Mein Gott, Daniel, der ist doch überhaupt nicht beeinträchtigt oder so … Er macht auch keinen verwirrten Eindruck.«

»Schau mal, da kommt Besuch. Kennst du die Leute?«

»Ja, das ist ein Pärchen aus seinem Ferrari-Club.«

Schulter an Schulter starrten wir in das hell erleuchtete Esszimmer hinüber. Das Attentat war nun knapp zwölf Wochen her, und in diesem Zeitraum hatte er sich offensichtlich prächtig erholt.

Er bewirtete die Leute und schenkte ihnen im Stehen Wein ein. Sie saßen am Tisch und sprachen. Natürlich schauten sie auch in meine Richtung. Daniel und ich verdrückten uns hinter den Vorhang, so wie die Siebers das immer machten.

Nachdem die Gäste gegangen waren, räumte er den Tisch ab und machte die Küche sauber. Er konnte sich bücken und es schien, als wäre nichts gewesen.

Das Einzige, was ich auf die Entfernung erkennen konnte, war ein großes Pflaster am Hals.

»Daniel, ich habe solche Angst ...«

»Ach was«, sagte Daniel, der hinter mir stand. Ich spürte seine warme Hand auf meinem Rücken.

»Ab jetzt gehst du erhobenen Hauptes an dem Alten vorbei.«

Bald darauf brachte der Briefträger die Anklageschrift. Ich setzte mich an meinen Küchentisch und las sie sorgfältig durch. Darin war der komplette Tathergang aufgelistet:

Marius hatte meinem Vater, so wie mit mir und Helga vereinbart, eine Abreibung verpassen wollen.

Er hatte ihn im Bett überrumpelt und mit Pfefferspray eingenebelt, woraufhin mein Vater ihn zu sich heranzog.

Es war zu einem brutalen Kampf gekommen, bei dem Marius mit seiner mitgebrachten Rohrzange zugeschlagen hatte – daher die schweren Verletzungen. Die Anklageschrift zählte sie eine nach der anderen auf, und die Liste war lang.

Nach dem Kampf hatte Marius meinen Vater gefesselt und ihn seinem Schicksal überlassen.

Der konnte sich mit letzter Kraft befreien und die Polizei verständigen, was seine Rettung war.

Ich schluckte. Marius wurde heimtückischer Mordversuch samt gefährlicher Körperverletzung vorgeworfen. Helga und mir nur Anstiftung zu gefährlicher Körperverletzung.

Dem Briefkopf war zu entnehmen, dass auch Helga und Marius diese Anklageschrift bekommen hatten. Mein Vater ebenso. Er konnte sich jetzt ganz in Ruhe durchlesen, was warum geschehen war.

Doch das Schreiben ging noch weiter. Darin war auch vermerkt, dass mein Vater für sein aggressives und gewalttätiges

Verhalten bekannt sei. Dass er mir wegen einer Lappalie mit der Faust ins Gesicht geschlagen hatte. Dass ich Anzeige erstattet, aber den Eindruck gewonnen hatte, dass die Polizei nichts weiter gegen ihn unternehmen wird. Dass ich, eine Mutter von zwei kleinen Kindern, gezwungen war, in ständiger Angst vor ihm zu leben.

Ja, das hatten sie schön erkannt und zusammengefasst. Es las sich so, als könnte mich sogar die Staatsanwaltschaft verstehen – natürlich nur bis zu einem gewissen Punkt.

Abends zeigte ich Daniel die Anklageschrift. Wir saßen auf dem Balkon, bei einer Tasse Tee und einer Zigarette. Aufmerksam las er die Anklageschrift durch, die insgesamt siebzehn Seiten umfasste. Seine Halsschlagader pulsierte immer heftiger.

»Sara, das liest sich richtig schlimm!« Mit zitternden Fingern streifte er die Asche ab.

»Daniel, ich sehe der Verhandlung mit Respekt, aber gelassen entgegen.«

Kopfschüttelnd las Daniel weiter. »Marius wird für sehr lange Zeit hinter Gitter kommen, da gibt es keinen Zweifel.«

»Er hat es nicht verdient, das war nie seine Absicht.«

Daniel fuhr zu mir herum und sah mich mit zitternden Mundwinkeln an: »Sara, du nimmst den Kerl immer noch in Schutz? Hast du nicht gelesen, was für Verletzungen er deinem Vater beigebracht hat?«

Ich blieb zuversichtlich.

»Doch, das habe ich, aber ich weiß, dass er das so nie gewollt hat. Es war eine Ausnahmesituation. Keiner konnte damit rechnen, dass mein Vater so aggressiv reagieren, ihn zu sich ins Bett ziehen würde.«

Daniel starrte vor sich hin. »Nein, wahrscheinlich nicht,

trotzdem hat er es getan, und das zeigt, wozu dein Marius in der Lage ist.«

»Das ist nicht ›mein Marius‹. Aber ich werde kein schlechtes Wort über ihn verlieren. Das habe ich bis heute nicht, egal wer mich auf ihn angesprochen hat, und das werde ich auch bei der Verhandlung nicht machen. Er hat es nicht mit Absicht gemacht, die Situation ist eskaliert. Außerdem war Alkohol im Spiel, und den war er nicht gewohnt.«

»Sara, mir kommen die Tränen!« Daniel sprang auf. »Du willst ihn auch vor Gericht in Schutz nehmen?«

»Allerdings.« Ich hielt seinem Blick stand. »Er wollte mir nur helfen, weil es ja sonst niemand tat.«

Zwischen uns herrschte schon wieder eisiges Schweigen. Er war grundlos eifersüchtig auf Marius, und ich hatte ihm unterschwellig schon wieder den Vorwurf gemacht, mir nicht geholfen zu haben, obwohl er ja körperlich genauso stark war wie Marius.

An diesem Abend lagen wir beide schweigend nebeneinander im Bett, ja kehrten einander den Rücken zu.

Peter Tal, mein Anwalt, rief an: Die Akte der Staatsanwaltschaft liege ihm nun vor. Es sei an der Zeit, sich auf die Verhandlung vorzubereiten. Ob ich die Akte einsehen wolle, sie liege in seinem Büro bereit.

Als ich dort auftauchte, glänzte er durch Abwesenheit.

Seine Sekretärin wies mir ein separates Zimmer zu, in dem ich an einem kleinen Schreibtisch sitzen durfte. Ich hatte mir extra eine Dose Energydrink mitgebracht.

Ich schlug den Ordner auf und begann zu blättern. Als Erstes fielen mir die unzähligen Schwarzweißkopien von Fotos ins Auge. Sie zeigten meinen Vater, wie er im Bett liegend vorgefunden worden war. Er hatte sich, nachdem er den Notruf abgesetzt hatte, wieder ins Bett gelegt, allerdings in die Hälfte, wo meine Mutter früher geschlafen hatte. Das Leintuch war teilweise abgezogen. Er hielt sich ein kleines Handtuch an den Kopf und war mit Schnittwunden und blauen Flecken übersät.

Andere Fotos zeigten ihn im Krankenwagen. Sein Kopf war völlig verformt, sein rechtes Auge zugeschwollen und dick wie ein Tennisball. Er sah aus wie das Monster aus einem Horrorfilm.

Wieder andere Fotos stammten aus dem Krankenhaus. Da lag er an Schläuchen und hatte Verbände am Kopf, an den Armen und Händen. Sein dickes Auge hatte sich inzwischen schwarz verfärbt.

Die nächsten Fotos zeigten Marius. Er war in seiner Zelle fotografiert worden.

Es gab mir einen Stich ins Herz, als ich sah, wie er da saß, auf seiner Holzpritsche, mit leerem Blick. Aus und vorbei sein Traum von der Weltreise mit dem Motorrad. Ich blätterte weiter. Es gab Fotos von seinem Zuhause, wo man ihn schließlich aufgespürt hatte. Ein einfacher Junggesellenhaushalt, in dem sichtlich keine weibliche Hand für Ordnung sorgte. Die Fotos von Marius in seiner Zelle und seinem tristen Zuhause weckten mehr Emotionen in mir als die von meinem schwer verletzten, hilflos daliegenden Vater.

Ich konnte kein Mitgefühl empfinden. Ich dachte immer wieder an das, was er meiner Mutter und mir angetan hatte. Sah, wie meine Mutter auf dem Boden lag und winselte, er solle doch aufhören, während er immer wieder schreiend auf sie eintrat. Ich erinnerte mich daran, wie er mich gegen den Garderobenständer schlug, gegen Türen und Türrahmen, wie er auch auf mich immer wieder eintrat, obwohl ich schon gar keine Kraft mehr hatte zu winseln. Ich erinnerte mich, wie er in der Küche auf mich einschlug, ich mit aufgeplatzter Lippe auf dem Boden lag, die Fliesen mit Blut und Tränen verschmierte und piepste, »Aber Papa, ich habe dich doch lieb«, damit er endlich aufhörte.

Nein, ich konnte beim Anblick dieser Fotos kein Mitgefühl für diesen Menschen aufbringen. In mir war alles tot. *Er* hatte mich so gemacht.

Ich las unsere Aussagen: meine, die von Helga und mit sehr viel Aufmerksamkeit die von Marius. Er hatte kein einziges negatives Wort über mich verloren. Er hatte das Gleiche gesagt wie ich, beteuert, dass der Anschlag auf meinen Vater von mir so nie geplant oder gewünscht gewesen sei: »Es ist aus dem Ruder gelaufen!«

Ich wurde innerlich ruhiger. Der Vormittag war vorbei, ich musste nach Hause, um für die Kinder das Essen zuzubereiten.

Am nächsten Tag bewaffnete ich mich erneut mit einem Energydrink und fuhr in das Büro des Anwalts.

Ich fand Daniels Aussage und konnte herauslesen, dass er am Montag seiner Vernehmung tatsächlich stark unter Druck gesetzt worden war. Seine Mutter hatte bereits gute Vorarbeit geleistet, indem sie aussagte, stets gegen unsere Beziehung gewesen zu sein. Bei uns herrsche ein asozialer Ton, und wir seien »Proleten«. Sie habe sich für ihren Sohn einen anderen Umgang gewünscht. Ich spürte seine Verzweiflung und Hilflosigkeit. Daniel war mehrfach darauf hingewiesen worden, dass er als Zeuge die Wahrheit sagen müsse, und nach mehrmaligem Nachhaken knickte er ein und erzählte, was er wusste, dennoch so wenig wie möglich. Er versuchte mich noch in Schutz zu nehmen: »Ich bin froh, dass das Ganze raus ist. Sara geht an ihren Schuldgefühlen zugrunde. Sie ist kein schlechter Mensch. Ich glaube auch, dass es für Sara wichtig wäre auszupacken. Sie kann nicht mehr. Sie wollte das nie. Sie hat auch das ganze Wochenende immer wieder gesagt, dass sie das so nicht wollte. Sie war immer wieder schweißgebadet, konnte nicht mehr essen und schlafen und stand wohl kurz vor dem Zusammenbruch. Sie ist ein anständiger Mensch.«

Ich blättere wieder zurück und schaute mir erneut lange und gründlich die Fotos an, auf denen mein Vater schwer verletzt zu sehen war. Auf dem einen Bild war sein Kopf zur Seite gedreht, und ich konnte erkennen, dass seine Schädeldecke eingedrückt war. Noch immer konnte ich nichts empfinden. Ich war dreizehn Jahre alt gewesen, als mein Vater mit einer Dachlatte auf mich eingeprügelt, mir die Hand um die Kehle gelegt und mich gegen die Wand gedrückt, zugeschlagen hatte. Um mich dann in mein Zimmer zu schicken.

Meine Nase blutete, und ich hatte Mühe das ganze Blut aufzufangen. Als ich am nächsten Morgen aufstand, sah ich meine blutverschmierte Bettwäsche. Ich zog mich an und wollte mich zur Schule aus dem Haus schleichen. Mein Kopf schmerzte und der Rest meines Körpers ebenfalls. Ich hatte es gerade bis zur Haustür geschafft, als mein Vater hinter mir stand.

»Wo willst du hin?«

»Zur Schule.«

»Und danach? Am besten du ziehst aus.«

»Ja.«

»Was?«

»Ja, dann ziehe ich aus.«

Es folgten unzählige Schläge mit der Faust.

»Was?? Du willst ausziehen?«

»Ja.«

Und wieder schlug er mich, als wäre ich ein Pfosten. Ich flog gegen die Treppe und saß auf der zweiten Stufe von unten.

»Willst du jetzt immer noch ausziehen?«, brüllte er.

»Ja«, flüsterte ich.

Und wieder schlug er mir so vor die Brust, dass ich gegen die Treppe knallte.

»Und jetzt? Willst du immer noch ausziehen?«

»Nein, bitte gib mir noch eine Chance«, winselte ich.

Und wieder schlug er zu. Und wieder knallte ich gegen die Treppe.

»Was? Ich soll dir noch eine Chance geben?«

Es war ein Albtraum, der kein Ende zu nehmen schien. Nachdem er mich durchs Haus geprügelt hatte, endete ich in der Küche auf dem Boden, und wieder blutete meine Nase.

Meine Mutter weinte leise vor sich hin.

Ich betrachtete die Bilder in dem Anwaltsordner, und alles, was ich denken konnte, war: Das hast du verdient. Jetzt hast du einen Teil von dem zurückbekommen, was du uns angetan hast.

35

Pützleinsdorf, April 2017

Nun war er also wieder da. In den Wochen bis zum Prozess beobachtete ich meinen Vater genauer als je zuvor. Er hatte sich wirklich sehr gut erholt, nur seine Stimme war noch etwas schwach. Zu meinem Leidwesen war es Emma, die ihn fast täglich besuchte und versorgte. Ich sah meine Schwester bei ihm herumwuseln, für ihn kochen, mit ihm essen und bei ihm sitzen. Sie redeten viel, und ich spürte ihre Blicke auf mir, wenn sie zu meinem Haus hinüberschauten.

Wie gern wäre ich zum Zaun gegangen und hätte sie um ein Gespräch unter vier Augen gebeten. Aber sie hatte sich eindeutig auf die Seite meines Vaters geschlagen. In ihrer beider Augen war ich die Verbrecherin. Sie verachteten und hassten mich, wollten nichts mehr mit mir zu tun haben.

Oft überlegte ich, was sie wohl redeten.

Emma würde ihn warnen, sich nicht wieder an mir zu vergehen. Ein Racheakt würde der Polizei jetzt sofort auffallen, und dann würde mein Vater bestimmt weggesperrt. Wenigstens das hatte ich Emma zu verdanken, dass mein Vater mir genauso aus dem Weg ging wie ich ihm.

Wir würden uns erst vor Gericht wieder begegnen. Es waren drei Verhandlungstage angesetzt, beginnend mit dem 21. Juni 2017.

Daniel blieb oft über Nacht zu meinem Schutz – außer an den Wochenenden natürlich. Auch wenn meine Liebe für ihn abgekühlt war, genoss ich seine Anwesenheit. Einfach, um nicht völlig allein mit meinen Schuldgefühlen und meiner Einsamkeit zu sein. Schuldgefühle empfand ich einzig und allein für Marius und Emma. Nicht meinem Vater gegenüber.

Ich konnte feststellen, dass es ihm von Woche zu Woche besser ging. Zusätzlich zu Emma bekam er mehr Besuch denn je, außerdem werkelte er weiter an seinem Haus. Mein Vater war noch nie ein Faulenzer gewesen. Er musste immer eine Aufgabe, irgendwas zu tun haben. Im Vorjahr hatte er seine Terrasse verschönert und überdacht. Die meisten Arbeiten verrichtete er selbst. Er war recht fit für sein Alter, und es schien, als hätte er diesen Zustand im Laufe der letzten Monate wieder zurückgewonnen. Von Dauer-Behinderung konnte also keine Rede sein, Gott sei Dank war mein Vater kein Pflegefall.

An einem herrlichen Frühlingssonntag bekam ich eine Nachricht von meiner Marea:

Wollen wir zusammen mit den Kindern spazieren gehen?

Mein Herz machte einen Freudensprung, denn wie üblich war ich am Wochenende mit ihnen allein. Ach, Marea!

Wir liefen zusammen mit den Kindern und Tommy aufs Feld hinaus. Die Kinder tobten mit dem Hund herum, und so konnte ich in Ruhe mit meiner besten Freundin sprechen.

Ich erzählte ihr von der Akte und den Fotos, von meinen Empfindungen und Gedanken.

»Denkst du, du musst in den Knast?«, fragte sie frei heraus.

»Ich gehe nicht in den Knast.«

»Vielleicht musst du ja nur für ein paar Monate rein?«

»Ich gehe auch nicht nur für ein paar Monate rein. Egal ob sechs Monate oder drei Jahre: Ich werde nicht ins Gefängnis gehen. Vorher bringe ich mich um!«

Marea blieb erschrocken stehen. Mit einem Blick auf die Kinder stellte sie sicher, dass diese uns nicht hören konnten. Sie nahm meine Hände und schüttelte sie:

»Sara, das darfst du nicht sagen, nicht einmal denken!«

»Marea, dann verliere ich alles. Dann sind meine Kinder auch noch weg. Nachdem Emma mit mir verfeindet ist, wird sie sie bestimmt nicht nehmen. Nein, ich gehe nicht in den Knast.«

Marea stand eine Weile unschlüssig da. Überall blühte und duftete es, und die Schönheit meiner Heimat stand in krassem Gegensatz zu meinen Ängsten.

Marea tröstete mich sofort: »Ich würde gern zur Verhandlung kommen, wenn es für dich in Ordnung ist. Sie ist doch öffentlich?«

»Ja, Marea, das wäre eine schöne Unterstützung für mich. Würdest du mich mit dem Auto hinfahren? Ich werde so nervös sein, dass ich nicht selbst fahren kann. Außerdem brauche ich jemanden an meiner Seite, wenn ich in das Gerichtsgebäude hineingehe.«

»Sara, du kannst dich auf mich verlassen. Ich fahre dich und stehe dir bei.«

Wir umarmten uns. »Danke, Marea, das werde ich dir nie vergessen.«

»Sie werden dich nicht einbuchten, Sara. Versuch, dir den Gerichtssaal vorzustellen.«

»Fünf Menschen werden da sitzen und sich meiner Sache annehmen: drei Richter und zwei Schöffen.«

»Hoffentlich sind auch ein paar Frauen darunter.« Marea packte einen Müsliriegel aus und bot mir davon an. Doch mein Magen war wie zugeschnürt, ich konnte absolut nichts essen.

»Stell dir mal vor, da würde nur ein Richter sitzen, der vom gleichen Schlag ist wie mein Vater. Dann bräuchten Helga und ich gar nicht erst anfangen uns zu verteidigen. Dann könnten wir uns direkt die Kugel geben.«

»Du musst den Richtern deinen Vater schildern. Du und Helga, ihr müsst denen klarmachen, was für ein Mensch dein Vater ist. – Hast du wenigstens einen guten Anwalt?«

»Peter Tal?« Ich verzog das Gesicht. »Ich fühle mich nicht gut aufgehoben bei ihm. Ich durfte drei Vormittage lang meine Akte lesen, in Anwesenheit seiner Sekretärin. Er war immer außer Haus. Auf meine E-Mail meinte er nur, dass er jetzt keine Zeit hätte, er würde nächste Woche in Urlaub fahren. Es wäre ihm genehm, wenn ich danach einen Termin bei seiner Sekretärin vereinbaren könnte.«

»Sara, ich habe kein gutes Gefühl ...«

»Mir wäre auch einiges genehm.«

»Such dir einen anderen Verteidiger! Mit dem erlebst du eine Talfahrt!«

Ich befolgte den Rat und entzog Herrn Tal das Mandat. Mit Herrn Wied hatte ich dann endlich Glück. Ich hatte ihn im Internet gefunden, und nach einem kurzen Telefonat besuchte er mich zu Hause.

Ein gut aussehender Mann um die Fünfzig entstieg seinem Cabrio und kam mit einem Köfferchen die Treppe rauf. Wir nahmen Platz. Er überflog die Anklageschrift und wirkte zuversichtlich. Er bat mich um eine kurze Zusammenfassung.

»Das bekommen wir hin.«

Wir vereinbarten einen Termin für Anfang Juni in seiner Kanzlei, und ich unterschrieb das Mandat. Als er wieder weg war, seufzte ich tief auf. Dieser Herr Wied schien wirklich den Überblick zu haben. Er war ein Profi.

Innerlich fühlte ich mich gestärkt, und so besuchte ich auch mal wieder Helga. Ich wollte doch wissen, wie es ihr ging. Nach wie vor war sie am Boden zerstört.

»Wie geht es dir mit ... ihm?« Sie meinte meinen Vater. »Begegnet ihr euch?«

Bleich und zitternd knetete sie ihre Hände und starrte mich aus glanzlosen Augen an, die tief in ihren Höhlen lagen.

»Der würdigt mich keines Blickes. Wir schauen durch uns hindurch. – Emma ist regelmäßig bei ihm.«

Ich hätte Helga gern erzählt, wie traurig es mich machte, dass auch *sie* mich keines Blickes würdigte, aber Helga hatte andere Sorgen.

Offensichtlich hatte sie immer noch Gefühle für meinen Vater.

»Es geht mir nicht gut. Ich schlafe sehr schlecht und habe kaum noch Appetit. Ich bin einfach froh, wenn die Verhandlung endlich vorbei ist.«

»Ja, das bin ich auch.« Unruhig rutschte ich auf meinem Gartenstuhl hin und her. »Wenn wir nur wüssten, was wir für eine Strafe bekommen.«

Helga griff zu ihrem Glas Wasser, setzte es aber wieder ab. »Ich habe letzte Woche bei meiner Kosmetikerin angerufen. Vor dem Prozess wollte ich mir noch was Gutes tun, damit ich nicht so ausgespuckt aussehe, wenn ich … ihm begegne. Als ich um einen zeitnahen Termin gebeten habe, hat sie gesagt, dass sie mich nicht mehr in ihrem Haus haben möchte.«

»Bitte was?«

»Ja, ich war auch geschockt. Sie kennt deinen Vater – wer kennt ihn nicht – und meinte, ich sei eine erwachsene Frau und hätte wissen müssen, was passiert.«

»Helga, niemand konnte ahnen, dass es solche Ausmaße annehmen würde.«

»Das habe ich auch versucht ihr zu erklären, aber sie hat dann einfach aufgelegt.«

»Und all das, was mein Vater mit dir gemacht hat?? Das ist in Ordnung oder was? Wie oft hat sie deine blauen Flecken überschminkt?«

»Ihr Mann und dein Vater spielen ab und zu zusammen Karten.«

»Nimm es dir nicht so sehr zu Herzen, Helga.« Ich reichte ihr das Glas Wasser. »Sie kennt die wahre Geschichte nicht. Mich haben auch viele Menschen angesprochen. Die konnten mich alle verstehen. Du glaubst gar nicht, wie oft ich diesen Satz in letzter Zeit schon gehört habe.«

Helga blieb geistig abwesend. »Ich werde eine andere Kosmetikerin finden.«

Helga wollte sich für die erste Begegnung mit meinem Vater doch tatsächlich schön machen.

36

Großstadt, Juni 2017

»Ich werde Ihnen alles sagen, schonungslos. Ich möchte nicht, dass es vor Gericht zu einer Situation kommt, auf die Sie als mein Verteidiger nicht vorbereitet sind.«

Herr Wied lächelte, und um seine Mundwinkel zuckte es. Wir saßen in seiner Kanzlei. Es wurde ernst.

»Na dann legen wir mal los.«

Wir arbeiteten die ganze Sache durch, und ich beantwortete alle seine Fragen.

Während wir die Akten durchgingen, sprach er immer wieder von meinem Vater als »Geschädigtem«, manchmal auch als »Opfer«.

»Stopp!«, ging ich dazwischen. »Mein Vater ist der Geschädigte, ohne Frage. Er hat den Schaden, aber er ist *nicht* das Opfer, nein, er ist *kein Opfer*.«

Mein Anwalt verstand mich. »Sie haben recht, Frau Müller, das ist ein unpassender Begriff.«

»Mein Vater hat jetzt bestimmt auch viel Zeit gehabt, über sich nachzudenken. Wenn er ehrlich zu selbst ist, müsste er sich eingestehen, dass er vieles falsch gemacht hat?!«

»Das wollen wir doch hoffen.« Herr Wied räusperte sich.

»Haben Sie eine Nachricht von Marius Gersting?«, wechselte ich das Thema.

»Ich habe mit dem Anwalt von Marius gesprochen und kann Sie dahingehend beruhigen, dass er nicht darauf aus ist, dass Sie eine hohe Strafe bekommen.«

Herr Wied kramte aus seiner Schublade ein Päckchen Dextro-Energy hervor. Er nahm sich einen Traubenzuckerwürfel und stellte den Rest auf den Schreibtisch.

»Können Sie mir sagen, wie oft Sie in Ihrer Kindheit geschlagen worden sind?«

»Ich wurde nicht jeden Tag geschlagen. Da war vielmehr die ständig lauernde Angst, jeden Moment ohne ersichtlichen Grund Schläge zu bekommen.«

»Nennen Sie mir bitte einen Durchschnittswert.«

»Vielleicht alle vierzehn Tage. Wir reden hier allerdings nicht von einer Ohrfeige, sondern von Fausthieben auf den Kopf und Oberkörper. Mein Vater schlug immer oberhalb der Gürtellinie zu, auch auf den Kopf.«

»Wenn man alle vierzehn Tage geschlagen wird, ist das sehr viel, Frau Müller.« Herr Wied sah mich sehr ernst an. »Ich habe mir Ihre Notizen gründlich durchgelesen und mich gefragt, was ich an Ihrer Stelle gemacht hätte.«

»Nämlich?«

»Ich wäre schon viel früher abgehauen und nie wieder zurückgekommen.«

»Wie hätte ich das denn machen sollen? Ich war ja noch ein Kind. Solange ich denken kann, war mein Vater gewalttätig. Und mit dreizehn bin ich ja dann auch gegangen.«

»Der Richter hat mich letzte Woche auf Ihren Fall angesprochen und gefragt, was für ein Kaliber Ihr Vater ist. Die Vorstrafen müssen gewaltig sein.«

»Ich verstehe nicht, wie sich jemand jahrelang so brutal und rücksichtslos verhalten kann, ohne dass es Konsequenzen für ihn gibt!«

Jetzt brauchte ich auch einen Traubenzucker. Leider zitterten meine Finger wieder, als ich ihn auspackte.

»Vielleicht musste er mal hier und da ein paar hundert Euro Strafe zahlen«, fuhr ich fort. »Aber mein Vater hatte genug Geld, dem tat das nicht weh!«

»Kommen Sie, geben Sie her.« Herr Wied nahm mir das Papier ab, das ich nervös zerfetzte.

»Mein Vater ist immer mit einer Geldstrafe davongekommen. *Ihn* hätte man mal wegsperren müssen!«

Ich fühlte, wie ich rote Flecken am Hals bekam und hoffte, er würde es nicht bemerken.

»Und jetzt sitze ich hier bei Ihnen, als Angeklagte einer Straftat und muss hoffen, dass *ich* keine Haftstrafe bekomme?! Weil ich mich *einmal* gewehrt habe? Weil ich mich nicht mehr schlagen lasse?«

Ich wurde energisch. Es musste doch eine Gerechtigkeit geben!

»Herr Wied, darf ich das bei der Verhandlung zu dem Richter sagen? Dass die Justiz versagt hat? Darf ich sagen, dass die es versäumt hat, meinen Vater mal in seine Schranken zu weisen?«

»Das machen Sie besser nicht, Frau Müller. Die Justiz wird nicht gerne kritisiert.«

Ich sagte nichts mehr.

»Frau Müller, lassen Sie uns über das Strafmaß reden.« Herr Wied gab mir einen Moment Zeit, um mich wieder zu beruhigen. »Ihr Strafmaß entspricht theoretisch dem von Marius Gersting. Der Anstifter bekommt die gleiche Höhe wie der Täter. Bei einer gefährlichen Körperverletzung bewegen wir uns in einem Strafrahmen von sechs Monaten bis zu zehn Jahren. Sie sehen, da ist viel Spielraum.«

Mir fiel das Herz in die Kniekehlen. *Zehn! Jahre!* Ich wurde aschfahl.

»Frau Müller, beruhigen Sie sich. Natürlich muss man festhalten, dass das, was Marius Gersting getan hat, *nicht* von Ihnen in Auftrag gegeben worden ist.« Er sah mich zuversichtlich an. »Das hat er auch so ausgesagt und Sie damit erheblich entlastet.«

Das nahm ich dankbar zur Kenntnis. Marius hätte auch ganz anders aussagen können, um sich selbst zu entlasten, aber das hatte er nicht. Er war bei der Wahrheit geblieben.

»Brauchen Sie eine Pause, Sara?«

»Ja, bitte.«

Mit weichen Knien wankte ich in die Frühsommersonne hinaus, um eine zu rauchen. *Zehn Jahre!*, hämmerte es immer wieder in meinem Kopf. Das überlebe ich nicht. Das mache ich nicht. Ich gehe nicht ins Gefängnis. Die können nicht meine Kinder bestrafen. Das ist nicht fair.

Nach der Zigarettenpause ging es mir ein bisschen besser. Wir arbeiteten weiter. Nach knapp zwei Stunden kam er auf das Thema »Täter-Opfer-Ausgleich« zu sprechen.

»Was ist das?« Skeptisch taxierte ich ihn. Der Stuhl unter meinem Sommerkleid klebte vor Schweiß.

»Ein Täter-Opfer-Ausgleich beinhaltet ein Geständnis, eine

Entschuldigung und eine Wiedergutmachung. Wenn sich Ihr Vater darauf einlässt, kann das Gericht vom üblichen Strafmaß absehen.«

»Der sieht von gar nichts ab. – Was muss ich da genau machen?« Mein Mund war ganz trocken.

»Gestanden haben Sie ja schon. Entschuldigen werden Sie sich vor Gericht …«

»Ich soll mich vor Gericht bei meinem Vater entschuldigen?«

»Ja, das werden Sie, Sara.« Er sah mich fest an. »Zur Wiedergutmachung muss ich Ihnen erklären, dass es sich meistens um eine Geldzahlung handelt.«

»Schmerzensgeld?« Ich stieß harsch Luft aus. »Da schuldet mir mein Vater aber einiges.«

»Frau Müller. Ich bin gegen dieses Wiedergutmachungsprinzip innerhalb einer Familie. Das gibt nur neues Konfliktpotenzial, und das wollen wir ja gerade vermeiden.«

Innerlich ballte ich die Fäuste. »Gut. Wie stellen Sie sich die Wiedergutmachung dann vor?«

»Ich stelle mir vor, dass Ihr Vater auf jede Art von Wiedergutmachung verzichtet.«

Ungläubig starrte ich ihn an. »Bitte was? Er soll verzichten? Das wird er nicht tun!«

»Frau Müller, folgendes Beispiel: Wenn Sie einen Fußgänger über den Haufen fahren und dieser anschließend im Rollstuhl sitzen muss, ist eine Geldzahlung angemessen. Bei Ihnen handelt es sich aber um ein Vater-Tochter-Verhältnis, und wir wollen doch Frieden da rein bringen.«

»Und Sie wollen Frieden erreichen, indem ich sage: ›He, ich habe dich zusammenschlagen lassen, aber ich habe gestanden und mich entschuldigt, und jetzt gib gefälligst Ruhe‹?!«

Herr Wied unterdrückte ein Lächeln und schüttelte den Kopf.

»Es ist egal, wie Ihr Vater reagiert. Wenn er einwilligt, haben wir viel erreicht. Willigt er nicht ein, können wir dem Gericht verdeutlichen, dass *er* es ist, der keine Ruhe gibt.«

Ich nagte an meiner Unterlippe. »Er wird nicht einwilligen. Garantiert nicht.«

»Wie gesagt, das spielt keine Rolle. Das Gericht wird sehen, mit was für einer Persönlichkeit wir es zu tun haben, und das spricht dann eindeutig *gegen* Ihren Vater. Und selbst *wenn* Sie Schmerzensgeld bezahlen müssen, müssen Sie nur für das aufkommen, was Sie in Auftrag gegeben haben, sprich, ein Veilchen. Und da reden wir über höchstens zwei-, dreitausend Euro.«

Nach fast drei Stunden verabschiedeten wir uns.

»Machen Sie sich keine Sorgen, Frau Müller. Wir schaffen das. Wir kriegen das hin.«

Es war ein warmer Tag. Der Sommer war endlich da.

37

Großstadt, Mittwoch, 21. Juni 2017

Der Tag ist gekommen.

»Wir verhandeln heute die Strafsache gegen Marius Gersting, Sara Müller und Helga Bender wegen versuchten Mordes und/beziehungsweise Anstiftung zur gefährlichen Körperverletzung.«

Der Vorsitzende Richter hat sich inzwischen mir zugewandt und befragt mich zu meiner persönlichen Vorgeschichte:

»Warum sind Sie damals auf ein Internat gekommen?«

Ich stocke. In meiner Hand knete ich den Glücksbringer, den mir Marea geschenkt hat. In meinem Kopf sind die Bilder wieder da …

… wie er mich gegen das Treppengeländer schleudert und mit der Faust gegen schlägt. Ich sehe das Blut auf den Fliesen, spüre die Schmerzen in meinem Körper und auch in meinem Herzen.

»Weil er damals so fest zugeschlagen hat, dass man es nicht mehr ignorieren konnte.«

Ich schaue nach unten, fühle mich beschämt. Wie gut, dass mein Vater nicht im Raum ist. Ich könnte dann nicht so ruhig sprechen. Der Richter wendet seinen Blick nicht von mir ab. Ich atme durch und spreche weiter.

»Ich war mit zwölf schon einmal weggelaufen und habe Hilfe in einem Mädchenheim gesucht. Ich habe denen gesagt, dass mich mein Vater noch totschlägt, aber die haben mich ins Auto gesetzt und wieder zurückgefahren.«

Ich schlucke, muss mich sammeln, mich beruhigen. Alle hören mir aufmerksam zu.

»Als ich dreizehn war, hat er so fest zugeschlagen, dass das Jugendamt nicht mehr wegsehen konnte. Ich habe damals Hilfe bei meinem Klassenlehrer gesucht und gefunden. Er brachte mich zum Arzt. Wenn er nicht gewesen wäre … Wenn er mir nicht geholfen hätte …«

Mir fehlen die Worte. Ich ringe um Fassung, spüre Mareas liebevollen Blick. Sie war damals dabei. Sie hat meine Blutergüsse gesehen. Sie hat den Lehrer angesprochen.

Der Vorsitzende Richter gibt mir Zeit, mich zu fangen.

»Wie ging es dann mit Ihrem Vater weiter, als Sie aufs Internat kamen?«

Ich besinne mich.

»Als ich fünfzehn war, hat sich meine Mutter endlich von meinem Vater getrennt und ist nach Großstadt gezogen. Ich war damals bereits seit zwei Jahren im Internat und habe meine Mutter an den Wochenenden besucht. Nach dem Abitur habe ich eine Ausbildung zur Hotelfachfrau absolviert. Erst am Sterbebett und auf der Beerdigung meiner Mutter habe ich meinen Vater wiedergesehen, da haben wir die notwendigsten Dinge miteinander besprochen.«

Der Richter verfolgt jedes meiner Worte, seine ganze Aufmerksamkeit gilt mir.

Mein Anwalt schaltet sich ein. »Frau Müller, können Sie mir sagen, wie das Verhältnis zwischen Ihnen war?«

»Wie? Zwischen mir und meinem Vater?« Unsicher fasse ich mir an den Hals.

Ich sehe, dass er meinen kleinen Aufsatz, den ich verfasst habe, vor sich liegen hat. Ich sollte ja alles aufschreiben, aber das war zu viel für mich. Nach zwölf Seiten habe ich aufgehört.

Ich straffe mich. Das ist jetzt mein Moment. Mein wichtiger, alles entscheidender Moment.

»Seitdem ich denken kann, hat mein Vater auf meine Mutter eingeschlagen. Und irgendwann auch auf mich. Mein Vater duldete keine Widerrede, es musste gemacht werden, was er wollte. Er konnte in einer Sekunde von null auf hundertachtzig sein. Man musste sich immer überlegen, was man sagte, und ob man überhaupt was sagte. Jedes Wort konnte falsch sein, und dann hat er sofort und ohne Vorwarnung zugeschlagen.«

»Haben Sie gesehen, wie Ihr Vater Ihre Mutter schlug?«

»Ja, sehr oft.« Ich presse die Lippen aufeinander. »Meine Mutter hat mich immer in mein Zimmer geschickt, aber natürlich wollte ich sehen, was passiert. Zunächst haben sie laut gestritten. Doch bald wurde meine Mutter immer leiser und mein Vater immer lauter. Irgendwann schlug er nur noch auf sie ein. Das ist ein Geräusch, das vergisst man in seinem ganzen Leben nicht mehr. Oft war es in diesen Situationen das Einzige, was zu hören war. Es fing mit Klatschen an und steigerte sich zu dumpfem Poltern, wenn er sie gegen Türen und Wände schleuderte. Oft begleitet von Klirren und Scheppern, weil er auch Gegenstände nach ihr warf. Dann fing meine Mutter an zu weinen und zu betteln, dass er aufhören soll. Es kam also ein Wimmern und Winseln dazu. Aber so schnell hörte er nicht auf. Er schlug immer weiter auf sie ein, und wenn sie dann am Boden lag, trat er zu. Das war wieder ein anderes Geräusch: ein Knirschen, Knacken, Poltern. Als er sie die Marmortreppe runtergestoßen hat zum Beispiel.«

Ich verstumme. Ich bin so energisch geworden, dass ich aufpassen muss, was ich sage. Die ganzen Bilder sind in meinem Kopf, und am liebsten würde ich laut schreien:

ER HAT ES VERDIENT. KEINER HAT JE WAS GEMACHT, KEINER HAT UNS GEHOLFEN. KEINER HAT SICH UM UNS GEKÜMMERT! ER HAT ES VERDIENT!

Ich bleibe ruhig und atme durch.

Mein Anwalt schaut mich an: »Frau Müller. Wann hat Ihr Vater angefangen, Sie zu schlagen und wie häufig?«

»Das begann, als ich ungefähr sechs Jahre alt war.«

»Wie oft hat Ihr Vater Sie geschlagen?«

»Das ist schwer zu sagen. Ich bekam nicht jeden Tag Schläge, musste aber jeden Tag, jeden Augenblick damit rechnen. Die Angst saß mir ständig im Nacken. Sie nahm mir die Luft zum Atmen. Mein Vater war wie eine tickende Zeitbombe, die jeden Moment explodieren konnte.«

Es ist gut, dass er nicht im Raum ist. Ich könnte sonst für

nichts garantieren. So schaffe ich es, meine Stimme ruhig zu halten.

»Können Sie mir etwas zum Thema Essen und Katzennapf sagen?«

Ich sehe, wie er in meinem Aufsatz hin und her blättert.

»Mein Vater war sehr streng, auch was das Thema Essen angeht. Ich musste immer meinen Teller leer essen. Gern hat er ihn mir randvoll gefüllt, oft mit so großen Portionen, die ein Kind gar nicht schaffen kann. Wie viele Kinder mochte ich verschiedene Dinge nicht. Wenn ich nicht so aß, wie er es von mir verlangte, konnte es passieren, dass er mir ganz plötzlich, ohne Vorwarnung, mit der flachen Hand in den Nacken schlug und mein Gesicht auf den Teller knallte.«

»Können Sie uns das einmal demonstrieren, Frau Müller?«

Ich hebe den Arm, hole aus und demonstriere die Bewegung an meinem Anwalt, indem ich ihn andeutungsweise in den Nacken schlage. Dann packe ich seinen Kopf und drücke ihn auf den Tisch. Der Vorsitzende Richter lässt mich nicht aus den Augen.

»Und was war mit dem Katzennapf?« Mein Anwalt streicht sich durchs Haar und setzt sich wieder aufrecht hin.

»Einmal hat er meinen Teller genommen, ihn in der Küche neben den Katzennapf gestellt und geschrien: ›Jetzt kannst du fressen wie ein Vieh.‹ Ich musste dann auf dem Boden weiter essen.«

Ich spüre die betroffenen und geschockten Blicke der Menschen hier im Saal.

»Was fällt Ihnen sonst noch ein, Frau Müller? Stichwort Waschlappen?«

»Im Badezimmer hingen unsere Waschlappen über den Waschbecken. Mein Vater kontrollierte jeden Morgen, ob mein

Waschlappen auch nass war, also ob ich mich richtig gewaschen hatte. Deshalb hielt ich meinen Waschlappen jeden Morgen unters Wasser und hängte ihn wieder zurück. Wenn ich das mal vergessen hatte, bekam ich Schläge.«

Ich versuche, mehr zu erzählen, doch es gibt so viel davon, ich weiß nicht, womit ich weitermachen soll. »Es ist egal, an welche Begebenheit ich denke, ich musste immer damit rechnen, geschlagen zu werden.«

Das Atmen fällt mir schwer. Alle Blicke ruhen auf mir.

»Ich war noch klein, da hat er das komplette Elternschlafzimmer zertrümmert. Es war so kaputt, dass sie ein Neues kaufen mussten. Ich erinnere mich, wie meine Mutter in den Trümmern saß und einfach nur noch weinte. Für meinen Vater war man immer zu dumm, zu blöd und zu faul. Das hat sich in all den Jahren nicht geändert. Als ich später wieder nach Pützleinsdorf zurückgezogen bin, weil ich das Haus von meiner Großmutter geerbt habe, habe ich mich mit vielen Menschen im Ort unterhalten. Die meisten kannten mich ja schon von klein auf. Keiner verliert auch nur ein gutes Wort über meinen Vater, und keiner bringt ein schlechtes über meine Mutter über die Lippen.«

Ich atme tief durch. Der Vorsitzende Richter sieht mich an, als wären wir alleine im Saal, als gäbe es in diesem Moment nur ihn und mich, und das tut mir gut. Ich bekomme, was ich mir erhofft habe. Ich bekomme die Chance meinen Vater zu schildern.

»Später habe ich durch Helga erfahren, dass mein Vater gerne erzählt, er hätte mich auf ein Internat geben müssen, weil ich so viele Drogen genommen habe. Mittlerweile sehe ich das Ganze etwas entspannter: Ich weiß ja, dass ich keine Drogen nehme und nie genommen habe. Ich habe dann zu

Helga gesagt: ›Wenn er das nächste Mal erzählt, ich hätte Drogen genommen, dann antworte doch einfach, dass er ohne Drogen auch nicht zu ertragen ist‹.«

Der Vorsitzende Richter muss schmunzeln.

»Natürlich habe ich als Jugendliche auch mal ein Glas Alkohol getrunken, aber noch nie einen Filmriss gehabt. Ja, ich rauche leider, um den ganzen Stress zu verarbeiten. Aber während den Schwangerschaften und Stillzeiten habe ich keine Zigarette angerührt. Meine Mutter hat geraucht, bis sie an einem Lungenkarzinom gestorben ist.«

Der Blick des Richters ruht auf mir. Er hört mir zu, wie man es sich nur wünschen kann. Er nickt. Auch mein Anwalt schaut mich zufrieden an.

»Nun gab es ja Ende November letzten Jahres einen Vorfall, bei dem Ihr Vater Sie ins Gesicht geschlagen hat«, kommt der Vorsitzende Richter zum Punkt. Ich nicke.

»Können Sie mir bitte erläutern, was für Folgen das für Sie hatte? Welche Verletzungen haben Sie davongetragen?«

Ich hole tief Luft: »Ja, es ist richtig, dass er mir mit der Faust auf den Mund geschlagen hat, mit voller Wucht. Seitdem war ich vierundzwanzig Mal beim Zahnarzt. Er muss einen Nerv getroffen haben, der sich daraufhin entzündet hat. Man hat versucht, meine Zähne zu retten. Ich bekam über mehrere Wochen Antibiotika, aber das brachte leider nichts. Im Mai musste ich schließlich doch operiert werden. Dabei wurde mir ein Stück vom Kiefer entfernt, und die Nerven zweier Zähne wurden lahmgelegt.«

»Wie ist es jetzt?«

»Wissen Sie, bei mir wurde bis zu diesem Zeitpunkt noch nie gebohrt. Ich kannte keine Füllung und wusste nicht, was eine Krone ist. Ich ging zweimal im Jahr zum Zahnarzt, weil man das so macht. Durch diesen Schlag musste ich operiert werden. Ich hätte nie gedacht, dass man solche Zahnschmerzen haben kann.«

Es geht mit Helga weiter, mit unserer Kennenlernphase.

Sie saß bisher die ganze Zeit stumm auf ihrem Platz, ein Taschentuch in der Hand und Tränen in den Augen. Ihr Anwalt und sie haben bereits alles schriftlich vorbereitet. Der Anwalt liest ihre Lebensgeschichte vor, sie sitzt stumm daneben. Auch bei ihr geht es darum, wie sie aufgewachsen ist. Auch sie hatte eine schwere Kindheit, war im Heim und wurde viel geschlagen. Ihre Ehe war schwierig, der sehr viel ältere Mann hat sie dominiert. Mit meinem Vater fand sie automatisch wieder in ihr Muster hinein, nämlich als Frau die untergeordnete Rolle zu spielen und zu funktionieren. Sie kannte es gar nicht anders.

Der Vorsitzende Richter verkündet eine Pause von zehn Minuten. Ich stehe auf und will sofort raus. Zehn Minuten sind knapp, um eine zu rauchen und zur Toilette zu gehen. Ich sehe Marea. Es tut gut, dass sie da ist.

Ich hake mich bei ihr ein, und wir gehen die Treppe hinunter, den Gang entlang und hinaus. Brütende Hitze schlägt uns entgegen. Ich zünde mir eine Zigarette an und inhaliere tief. Herr Wied kommt auch nach draußen: »Frau Müller, das haben Sie sehr gut gemacht. Sie haben das alles sehr anschaulich erzählt.«

Marea drückt mir die Hand, sie ist richtig stolz auf mich.

»Ich glaube, ich habe ziemlich viel geredet.«

»Das war auch notwendig, Frau Müller. Wichtig ist doch, dass die Richter Sie verstehen! Und das haben Sie geschafft!«

»Wie geht es jetzt weiter?«, möchte Marea wissen.

»Jetzt kommen wir zur Tat. Aber da lassen wir erst mal

Marius Gersting reden und hören, was er sagt. Danach sind wir dran.«

»Wir.«

»Ja, natürlich. Wir sind ein Team, Frau Müller.«

Das tut mir gut. Er gibt mir das Gefühl, dass er als mein Verteidiger voll und ganz hinter mir steht.

»Ihr schafft das, Sara!« Mareas Augen glänzen feucht. Wie ich sie liebe!

Meine Zigarette ist schnell zu Ende geraucht, und wir gehen wieder rein. Vor der großen Treppe befinden sich die Toiletten. Links die Damen und rechts die Herren.

»Nur einen Moment.«

Ich gehe in die Damentoilette. Es gibt nur eine Kabine und die ist besetzt. Ich gehe wieder raus. Vor der Tür warten treu Marea und Herr Wied.

»Es ist besetzt. Soll ich schnell auf die Herrentoilette gehen?«

Beide schauen mich mit großen Augen an.

»Ich bin da nicht so kompliziert. Ich meine, der ganze Gerichtssaal wartet doch?

Schon habe ich die Türklinke zur Herrentoilette in der Hand, als sie von innen aufgerissen wird und mein Vater herauskommt.

Wir prallen beide zurück wie zwei sich gegenseitig abstoßende Magneten.

Wortlos geht mein Vater an uns vorbei.

Ich muss lachen. »Oh mein Gott, das wäre ja ein interessantes Zusammentreffen geworden!«

Mein Herz rast, und meine Knie sind puddingweich.

Helga kommt aus der Damentoilette, und ich kann rein. Dort schaue ich in den Spiegel. Nein, ich habe keine Angst mehr vor meinem Vater. Ich halte die Begegnung mit ihm aus.

Danach gehen wir wieder in den Saal.

Marius sitzt auf seinem Platz. Ich bleibe noch stehen, nehme meine Wasserflasche und trinke einen Schluck. Die Richter sind noch nicht aus der Pause zurück. Es herrscht eine entspannte Stimmung, die Leute unterhalten sich.

Jetzt habe ich Gelegenheit, Marius anzusprechen. Ich muss wissen, ob er mir die Schuld an allem gibt. Unsere Blicke treffen sich. Mein Herz pocht. Ich räuspere mir einen Kloß von der Kehle, nehme all meinen Mut zusammen und spreche ihn an: »Wie geht es dir?«

Er nickt. »Den Umständen entsprechend ganz gut.«

Ich trinke noch einen Schluck aus meiner Flasche.

»Wir hassen uns jetzt aber nicht, oder?« Ich möchte ihn umarmen und mit ihm weinen. Er tut mir so unendlich leid! Ich beuge mich zu ihm und berühre ihn am Arm:

»Marius, du warst der Einzige, der mir geholfen hat. Ich möchte mich bei dir bedanken. Und dir sagen: Es tut mir so leid!«

»Nein, wir hassen uns nicht.« Ich sehe Erleichterung in seinem Blick. Ich beuge mich noch ein Stückchen näher zu ihm hin und sage leise:

»Marius, nur für dich, nur für dein Gewissen: Du hast nicht den Falschen erwischt!«

Ich weiß, dass ich in diesem Saal, in dem über unsere Zukunft entschieden wird, besser keinen so vertraulichen Kontakt zu Marius haben sollte. Trotzdem tue ich es, weil ich nicht möchte, dass er ein schlechtes Gewissen hat. Ich kann mir vorstellen, wie verlassen er sich fühlt. Ich bin froh, ihn angesprochen zu haben. Über ein halbes Jahr habe ich mich mit dem Gedanken gequält, wie es ihm wohl geht. Wie er mit der ganzen Situation zurechtkommt. Ich bin den Tränen nahe. Ich weiß nicht, wann ich das letzte Mal geweint habe, es war auf jeden Fall bevor das alles geschah. Ich weiß aber auch nicht mehr, wann ich das letzte Mal gelacht habe. Manchmal habe ich gedacht, dass ich vermutlich erst mal richtig Rotz und Wasser heulen muss, um auch mal wieder herzhaft lachen zu können. Aber ich konnte nicht weinen, war völlig emotionslos geworden. An manchen Tagen glaubte ich, einfach nur zu funktionieren, aber nicht mehr zu leben. Das Gefühl, dass ich ein schlechtes Gewissen haben sollte, machte es auch nicht besser. Ich habe kein schlechtes Gewissen – nur Marius gegenüber.

Die hinteren Türen öffnen sich, und die Richter und Schöffen betreten den Saal.

In meinen feuchten Händen halte ich den Glücksbringer. Die Verhandlung wird wieder aufgenommen, und der Richter wendet sich an Marius, der nun die Tatnacht und ihre Vorgeschichte schildern soll. Er erzählt bereitwillig, offen und ehrlich. Er berichtet, wie sich aus unseren Balkongesprächen mein Anliegen herauskristallisiert hat. Wie ein Wort das andere ergab, erst ironisch, dann immer ernster. Wie er spürte, dass mir sonst niemand zu Hilfe kam. Wie er sich wunderte, dass mein Freund das nicht für mich tat. Und wie ihn schließlich sein Wunsch, noch in diesem Jahr zu seinem ersehnten Motorrad zu kommen, übermannte. Wie er sich bereit erklärte, meinem Vater ein Veilchen zu verpassen.

Der Vorsitzende Richter fragt, ob er jemals in Schlägereien verwickelt war.

»Ja, auf den Schiffen«, sagt Marius. Da habe man ihn regelmäßig verdroschen, weil er in die Kajüte gekotzt habe. Diesmal lacht niemand mehr. Daraufhin habe er mit dem Fitnesstraining begonnen.

Er berichtet von der Tatnacht, von unserem nächtlichen Treffen auf dem Gerüst. Er erzählt, dass ich ihm verraten habe, wo möglicherweise ein Haustürschlüssel versteckt sein könnte. Er schildert, wie er meinen Vater überfallen hat, sagt, was ich inzwischen schon weiß, aber noch viel mehr: Er hat meinen Vater mit Pfefferspray besprüht und wurde von ihm am Kragen gepackt und ins Bett gezogen. Er fühlte sich so überrumpelt, dass er mehrfach mit seiner Rohrzange auf ihn einschlug. Er verlor sie, und da es dunkel war, konnte er seine Tatwaffe nicht wiederfinden. Er wollte sie aber unter keinen Umständen zurücklassen. Die beiden ungleichen Männer kämpften zunächst mit den Fäusten weiter, bis es meinem Vater schließlich gelang, das Licht einzuschalten. Marius erschrak, wie viel Blut überall war und suchte panisch nach seiner Rohrzange. Mein Vater sprang aus dem Bett und riss die Vorhänge herunter, mit der Absicht, sie über Marius zu werfen, was ihm jedoch nur halb gelang. Marius konnte sich befreien. Mein Vater saß inzwischen geschwächt vor seinem Bett auf dem Boden. Er riss das Kabel des Radioweckers heraus und hielt die Enden in den Händen. Er forderte Marius auf, zu ihm zu kommen und ihm zu helfen, doch Marius durchschaute den Plan, dass mein Vater ihn mit dem Kabel überwältigen wollte. Er sprang auf ihn zu, um ihm das Kabel in einem weiteren Kampf zu entreißen und kam dabei auf die Idee, meinen Vater damit zu fesseln, damit er ihn nicht verfolgen konnte. Er wollte nur noch weg. Mittlerweile hatte er in den Trümmern seine Rohrzange gefunden. Er brachte meinen Vater dazu, sich aufs Bett zu setzen und die Hände hinter dem Rücken zu kreuzen.

Marius sprach während des Angriffs die ganze Zeit Englisch, um vorzutäuschen, dass der Einbrecher ein Ausländer wäre.

»*Hands on the back!*«, rief er immer wieder, aber mein Vater spricht leider kein Englisch. Marius gestikulierte, was er von meinem Vater erwartete. Schließlich gab sich dieser geschlagen und ließ sich fesseln.

Danach verließ Marius fluchtartig das Haus und rannte in Panik nach Hause. Er hatte eine Flasche Whiskey entwendet, die er sich zu Hause auch noch reinzog, um das Ganze zu vergessen. Als er am nächsten Tag mit dröhnendem Schädel erwachte, glaubte er, das Ganze wäre ein Albtraum gewesen. Er rief am Vormittag bei mir an, um zu fragen, wie es meinem Vater gehe. Ich wimmelte ihn sofort ab und ließ ihn nur wissen, dass Polizei da sei und mein Vater schwer verletzt im Krankenhaus liege. Daraufhin sei er in ein tiefes Loch gefallen und habe sich in seiner Wohnung versteckt. Jetzt, bei seiner Aussage, beteuert er immer wieder, dass die Tat in dieser Brutalität nie geplant und von mir nie so in Auftrag gegeben worden war.

Jetzt ist der Film in meinem Kopfkino vollständig. Während des letzten halben Jahres war er so lückenhaft gewesen, dass ich mir immer wieder das Hirn zermartert hatte, wie das alles nur passiert sein konnte.

Zum Schluss betont Marius, dass mein Vater ansprechbar gewesen sei, als er floh. Er habe ihn nicht gefesselt, um seine Situation zu verschlimmern, sondern nur aus der Befürchtung heraus, er könnte ihm nachlaufen. Er hatte einfach nur Angst vor meinem Vater. So wie wir alle.

Nachdem Marius alle Fragen beantwortet hat, wendet der Richter sich mir zu.

»Frau Müller, wie haben Sie das Ganze erlebt?«

»Ich kann das, was Marius Gersting gerade erzählt hat, nur bestätigen. Was im Schlafzimmer geschah, weiß ich nicht, da war ich nicht dabei. Aber alles andere kann ich so nur wiederholen.«

»Wie kam es, dass Sie Herrn Gersting den Auftrag erteilt haben?«

»Ich habe im November mein Dach sanieren lassen …«

Ich erzähle die ganze Dachziegelgeschichte. Erwähne noch mal den Faustschlag meines Vaters in mein Gesicht aufgrund des von Helga geäußerten Vorwurfs, er habe mir Dachziegel gestohlen. Ich berichte von meiner Anzeige bei der Polizei, die zu nichts anderem als zu einer Gegenanzeige meines Vaters geführt hat. Zu seinen Drohungen, dass ich beim nächsten Mal keinen Krankenwagen mehr brauchen werde. Zu ständiger Angst, er könnte sich nun erst recht an mir rächen wollen. Ich berichte mit klopfenden Herzen von den mehrmaligen Warnungen Helgas, ich solle mein Haus lieber nicht verlassen. Davon wie ich die Kinder nachmittags tagelang in ihrem Zimmer hielt.

In den Augen der Richter und Zuhörer sehe ich tiefe Betroffenheit.

»Sie haben Herrn Gersting also auf dem Baugerüst kennengelernt. Sie haben ihm morgens Tee angeboten und mit ihm geplaudert. Wie ging es dann weiter?«

Ich erzähle, offen und ehrlich, so wie Marius zuvor. Wie Marius mir spielerisch seinen Bizeps zeigte. Wie er von seiner Weltreise mit dem Motorrad schwärmte. Wie der Gedanke Gestalt annahm, dass mein Vater selbst mal solche Angst und solchen Schmerz spüren müsste. Und wie ich irgendwann zum ersten Mal am Telefon mit Helga drüber sprach.

»Und Helga Bender war mit Ihrem Plan sofort einverstanden?«

Ich schaue zu ihr hinüber, die schweigend ihr Taschentuch knetet. Ich nicke.

»Helga hat gemeint, dass sie noch mal tausend Euro drauf-legt. Ich hätte es aber auch ohne sie gemacht. Mein Entschluss stand fest, und ich war nicht mehr davon abzubringen.«

Ich möchte Helga so weit wie möglich entlasten.

»Haben Sie Herrn Gersting gesagt, wie er auf Ihren Vater einschlagen soll?«

»Nein, das habe ich nicht. Ich kann ja kein Drehbuch für so eine Aktion schreiben. Das muss ich schon auch ihm überlas-sen, wie er das anstellen möchte. Ich wusste nur, dass er stark ist, und dachte, er schlägt ihn mit der Faust.«

»Wussten Sie von der Rohrzange und dem Pfefferspray, das Marius dabei hatte?«

»Nur von dem Pfefferspray. Von dem Werkzeug wusste ich nichts.«

»Haben Sie ihm zu dem Pfefferspray geraten?«

»Ich habe ihm davon *abgeraten*, da man in einem geschlos-senen Raum sonst noch selbst in der Wolke steht.«

»Wie haben Sie schließlich von der Tat erfahren?«

Ich beantworte eine Frage nach der anderen. Erzähle, dass die Polizei nachts bei mir geklingelt hat.

Der Vorsitzende Richter wendet sich Helga zu.

»Möchten Sie Ihre Aussage machen?«

Helga schüttelt unter Tränen den Kopf. Ihr Anwalt erklärt, dass *er* die bereits vorgefertigte Aussage verlesen wird. Frau Bender sei zu erschöpft und zu mitgenommen, um selbst sprechen zu können.

Der Richter stimmt zu, und der Anwalt beginnt. Ich traue meinen Ohren nicht, als ich höre, dass ich Helga überredet haben soll, mich zu unterstützen.

Ich hätte sie manipuliert und täglich bei ihr angeru-fen. Ich hätte ihr die Gewalttaten meines Vaters immer wieder aufgezählt und sie gebeten, mich finanziell zu unterstützen.

Mein Kopf schnellt zu Marea herum, die aufmerksam zuhört. Ich sehe die Empörung in ihrem Blick. Ich wende mich meinem Anwalt zu und schüttle den Kopf.

»Das stimmt nicht!«, flüstere ich entsetzt. Er nickt und besänftigt mich mit der Hand.

»Das macht nichts«, flüstert er zurück.

Ich knete den Glücksbringer von Marea. Meine Hände sind schweißnass, und ich wische sie an den Jeans ab. Ich brauche noch ein Dextro-Energy. Endlich enden die Ausführungen von Helgas Anwalt. Sie sitzt nur da, weint die ganze Zeit und umklammert ihr Taschentuch.

»Wir unterbrechen die Verhandlung für zehn Minuten«, verkündet der Richter.

Ich schieße von meinem Sitz hoch, ziehe meine Jacke an und verlasse den Saal. Marea ist sofort an meiner Seite, legt mir die Hand um die Schulter. Wir gehen zusammen die Treppe hinunter. Keine von uns sagt ein Wort. Wir warten, bis wir draußen sind. Ich zünde mir eine Zigarette an und nehme den ersten Zug mit geschlossenen Augen. Da kommt auch schon mein Anwalt.

»Frau Müller, beruhigen Sie sich! Helgas Aussage wird nicht viel ändern.«

»Aber sie lügt! Sie hat mir auf der Stelle tausend Euro angeboten ...« Meine Hand zittert, als ich die Zigarette zum Mund führe. Ich könnte kotzen.

»Fakt ist, dass sie sich an der Tat beteiligt hat. Der Richter wird das korrekt interpretieren.«

Marea nimmt mich in den Arm und drückt mich. »Du warst großartig in deiner Ehrlichkeit, Sara. Das ist deutlich zu spüren. Die Leute nehmen dir jedes Wort ab.«

Nachdem ich die Zigarette fertiggeraucht habe, schaue ich auf mein Handy. Es ist mittlerweile nach zwölf Uhr mittags. Der Zeitplan wurde bereits überschritten. Um zwölf Uhr wäre mein Vater mit seiner Zeugenaussage dran gewesen. Ich schaue, ob ich Daniel irgendwo entdecken kann, aber ich sehe ihn nicht. Er ist um dreizehn Uhr bestellt.

»Haben Sie den Aktenstapel gesehen, der vor dem Vorsitzenden Richter liegt?« Herr Wied schaut mich aufmunternd an.

»Ich habe nicht darauf geachtet. Warum? Was ist damit?«

»Das sind die Vorstrafen Ihres Vaters.«

»Die werden noch vorgelesen?«

»Die werden alle noch vorgelesen.«

Ich hätte mich entspannen können. Das Vorstrafenregister wird die Richter endgültig überzeugen. Doch ich bin gedanklich noch bei Helgas Aussage. Durch ihren Anwalt vorgelesen, hörte sich das alles noch viel berechnender an. Wie konnte sie sich nur so einen Scheiß ausdenken? Mein Anwalt sieht mir die Enttäuschung an und versucht mich noch mal zu besänftigen: »Was Frau Bender gesagt hat, ist für uns irrrelevant. Fakt ist, sie hat mitgemacht. – Was haben Sie eigentlich mit ihren tausend Euro gemacht?«

»Die habe ich ihr wiedergegeben.«

Ich drücke meine Zigarette aus, und wir gehen zu dritt wieder rein. Auch dieses Mal mache ich halt auf der Toilette. Danach kehren wir in den Saal zurück. Noch eine Etappe, dann war's das für heute. Wieder stehen alle rum und reden miteinander. Helga sitzt auf ihrem Platz und starrt vor sich hin. Marius wird mit Handschellen aus dem Aufzug in den Saal geführt.

Stoisch nimmt er Platz. Ihn mit Handschellen zu sehen, tut mir weh. Mein Vater hätte hier mit Handschellen sitzen müssen! Damit er niemanden mehr schlagen kann. Erst als Marius' Anwalt aus der Pause kommt, werden sie ihm abgenommen.

Ich drehe mich zu ihm um: »Brauchst du irgendwas? Kann ich irgendwas für dich tun?«

»Ich hätte gern ein Dextro-Energy.«

Ich nehme mir selbst noch eines und stelle ihm die Packung hin.

»Sonst noch etwas? Zigaretten? Was zu essen oder zu trinken?«

»Nein danke, ich habe alles, was ich brauche. Ich werde hier gut versorgt.«

Die Richter betreten den Saal, und wir setzen uns. Der Vorsitzende schaut in seinen Zeitplan.

»Wir beginnen nun mit der Zeugenvernehmung.«

Er bittet einen Gerichtsdiener nachzuschauen, wer draußen im Wartebereich ist. Danach fragt er:

»Frau Müller, wissen Sie, wo Ihr Lebensgefährte gerade ist?«

»Ich nehme an, er steht vor der Tür. Er ist doch für dreizehn Uhr geladen, und wir haben schon Viertel vor.«

Ich schaue zu Marea hinüber, und sie zuckt gelassen mit den Achseln. Ihr Blick sagt: Ich bin hier, ich bin immer bei dir.

Was ich von Daniel nicht erwarten kann. Wie sich herausstellt, ist er gar nicht aufgetaucht. Dafür Frau Sieber.

Sie betritt den Saal, sichtlich angespannt. Sie schaut sich nervös um und nimmt in der Mitte, auf dem Zeugenstuhl Platz. Sie wird zunächst nach ihren persönlichen Daten befragt. Danach möchte der Richter wissen, in welchem Verhältnis sie zu mir und meiner Familie steht. Sie sagt aus, dass sie unsere Familie schon seit vielen Jahren kennt, da sie gegenüber wohnt. Sie berichtet von guter Nachbarschaft mit mir, mit meinen höflichen Kindern, die immer grüßen, und dass wir uns gut verstehen würden. Die Vernehmung dauert nicht lange. Sie beantwortet die Fragen kurz und knapp. Ob sie nie etwas von den Handgreiflichkeiten meines Vaters bemerkt habe? Sie verneint: Ihr Wohnzimmer und Schlafzimmer gehe nach hinten raus. Erst als sie auf meine Mutter angesprochen wird, gibt sie zu, dass sie von den Handgreiflichkeiten meines Vaters wusste – so wie jeder im Ort. Es war allgemein bekannt. Erst Mitte der Neunzigerjahre sei meine Mutter weggezogen, da habe sie wohl den Absprung geschafft, obwohl sie auch nachher noch immer wieder im Haus meines Vaters gesehen worden sei, wo sie offensichtlich Hausarbeiten verrichtete, Einkäufe ablieferte und sich auch sonst sporadisch um meinen Vater kümmerte. Gewohnt habe sie dort allerdings nicht mehr. Frau Sieber ist fertig und kann gehen.

Der Saaldiener meldet, dass Daniel inzwischen doch noch aufgetaucht ist. Ich hole tief Luft.

Der Richter bittet nun Daniel in den Saal und fragt ihn, ob er morgen noch mal kommen könne.

»Die Zeit für heute ist leider vorbei.«

Daniel wirft mir einen verunsicherten Blick zu und willigt ein. Er tut mir leid, wie er so dasteht, die Hände in den Hosentaschen. Wie bestellt und nicht abgeholt.

Er wirkt so nervös und wollte seine Aussage nur hinter sich bringen. Seine Mutter hat ihm bestimmt die Hölle heiß gemacht, weil er vor Gericht erscheinen muss. Was für eine Schande für sie! Sie hat ihm ein Hemd gebügelt, das kann ich sehen. Unter seinen Achseln haben sich dunkle Flecke gebildet. Und nun wurde sein Termin auf morgen verlegt. Der arme Kerl. Jetzt muss die Mutter ihm noch ein Hemd bügeln.

Der Richter beendet die heutige Sitzung, und wir packen

zusammen. Marius werden wieder Handschellen angelegt. Schnell steckt er noch das restliche Dextro-Energy in seine Hosentasche. Unsere Blicke treffen sich, und er verabschiedet sich: »Bis morgen.«

Mein Anwalt und ich gehen gemeinsam nach draußen.

Ich sehe meinen Vater, der stundenlang vor der Tür saß und nicht mehr drankam.

Das ältere Paar aus den Zuschauerreihen steht vor ihm, und ich höre den Mann sagen: »Heinz, wir sind entsetzt. Wir kennen wohl nur dein Sonntagsgesicht.« Dann drehen die beiden ab und gehen davon.

Sein Anwalt spricht mit ihm. Er erklärt ihm wahrscheinlich gerade, dass sich der Zeitplan verschoben hat, weil ich so lange gequatscht habe. Bestimmt erzählt er ihm auch haarklein, was ich alles ausgesagt habe.

Wir gehen zu viert die Treppe hinunter, mein Anwalt, Daniel, Marea und ich.

»Trinken wir noch schnell einen Kaffee? Haben Sie noch Zeit?«, fragt mein Anwalt.

»Natürlich.«

»Da drüben ist ein Café, da gibt es hervorragenden Kuchen.« Ich zünde mir eine Zigarette an und rauche schnell. Wir erreichen das Café und setzen uns, Daniel und Marea, der Anwalt und ich. Wir sprechen über den Verlauf der Verhandlung, über die Aussagen von Marius und Helga. Bei Helga rege ich mich wieder schrecklich auf, und Marea, die ja meine Version kennt, bestätigt mich. »Die Verräterin! Sie hat es von selbst angeboten!«

Wieder beruhigt mich mein Anwalt: Helgas Aussage werde keine negativen Konsequenzen für mich haben. Er meint, der Tag wäre gut für uns gelaufen. Der Richter habe verstanden, worum es mir gehe, und das sei das Wichtigste. Der Anwalt bezahlt die Getränke.

»Dann morgen wieder hier um Viertel vor neun?«

»So machen wir's.«

Zu dritt machen wir uns auf den Weg zu Mareas Auto, die mich ja dankenswerterweise fährt, weil ich mich nicht in der Lage fühle, am Steuer zu sitzen. Ich nehme auf dem Beifahrersitz Platz, Daniel hinten.

Auf der Heimfahrt erzähle ich Daniel, was alles gesprochen wurde. Erleichtert streife ich meine Stiefeletten ab. Schuhe mit Absatz bin ich einfach nicht gewohnt, und selbst im Sitzen engen sie mich ein.

Marea lobt mich, ich hätte gut und überzeugend gesprochen. Sie wendet sich nach hinten zu Daniel: »Wie ein Wasserfall! Sie war großartig! Sie hatte überhaupt kein Lampenfieber! Ich bin so stolz auf sie!«

Ich komme wieder auf Helgas Aussage zu sprechen, sage, wie enttäuscht ich von ihr bin.

»Die versucht halt ihren Arsch zu retten.« Daniel zuckt nur mit den Schultern.

»Aber doch nicht auf meine Kosten!« Ich massiere mir die schmerzenden Füße. »Ich hätte genauso aussagen können, dass *sie* mich überredet hat! *Sie* hat mir doch am Telefon täglich von seinen Missetaten berichtet, und nun stellt sie es genau umgekehrt dar!« Ich schnaube und kurble das Fenster herunter. Ich halte mein Gesicht nach draußen und genieße den Fahrtwind, der meine langen blonden Haare zerzaust. Ach, das tut gut! Erst mal den Kopf frei kriegen! Ja, es ist gut gelaufen so weit – bis auf Helgas Aussage.

38

Pützleinsdorf, Mittwoch 21. Juni 2017, nachmittags

Zu Hause angekommen, steigen Daniel und ich aus Mareas Auto. Ich halte meine Stiefeletten in der Hand.

»Vielen Dank fürs Fahren. Du bist ein Schatz, Marea. Wenn ich dich nicht hätte.«

»Dann hättest du eine andere«, scherzt sie. Sie rollt rückwärts aus meiner Einfahrt.

»Halt die Ohren steif, Sara! Bis morgen früh.«

Daniel und ich steigen die Treppe hinauf ins Haus.

»Er sitzt schon auf seiner Terrasse.« Daniel späht hinüber. »Emma ist bei ihm.«

»Soll er doch.« Mein Herz klopft. Wie sehr ich mich danach sehne, mit Emma zu reden! Doch ich bin Luft für sie. Schlechte Luft. Das ist das Schlimmste.

Tapfer überwinde ich meine Scheu: Auch wir setzen uns auf die schattige Terrasse und trinken erst mal etwas Saft. Zum Glück sind die Kinder bei Freunden, und zum Glück verurteilen mich deren Eltern nicht. Simone, die Mutter, ist eine ganz Nette, die ich auf diese Weise besser kennenlerne.

Ich kann hören, wie mein Vater mit Emma spricht, verstehe aber die Worte nicht. Ob er über mich redet? Über die Verhandlung? Bestimmt. Es wird ihn doch auch beschäftigen oder etwa nicht? Und was wird meine Schwester zu all dem sagen?

»Ich würde es so gern richtigstellen, Daniel!«

»Lass ihn reden, achte nicht auf ihn.«

Ja, das ist leichter gesagt als getan. Was mein Vater über mich denkt und spricht, ist mir egal. Aber meine Schwester …

Seufzend lege ich die Füße auf den Tisch. Währenddessen ruft Daniel bei der Behindertenwerkstatt an und erklärt seinem Chef, dass er morgen noch mal frei braucht. Es gibt ein etwas unerfreuliches Hin und Her, und ich spüre, wie unwohl sich Daniel damit fühlt. Dann ruft er auch noch seine Mutter an: »Ich muss morgen wieder hin. Kannst du mir noch ein Hemd bügeln?«

Ihr darauf folgendes hysterisches Gekeife erspare ich mir lieber. Ich höre nur noch, dass er sofort nach Hause kommen soll. Ob er etwa immer noch bei dieser Kriminellen herumsitze?

Ich schnappe mir meine Turnschuhe, springe in mein Auto und hole die Kinder ab. Natürlich fragt Simone, wie es gelaufen ist. Die Kinder toben noch auf dem Trampolin herum. Ich setze mich zu der netten Frau und erzähle. Sie serviert mir Eistee und hört mir zu. Es ist anstrengend, noch einmal alles zu erzählen, und trotzdem tut es mir gut. Auch sie umarmt mich zum Schluss und bietet mir an, die Kinder jederzeit wieder bei ihr vorbeizuschicken. »Ich drücke dir die Daumen, Sara. Und ich kann dich verstehen. Wie wir alle.«

Am nächsten Morgen schließe ich gerade die Haustür hinter mir, als Marea angefahren kommt. Es ist Punkt acht. Auf Marea ist Verlass. Die Kinder sind bereits in der Schule, eine Freundin wird sie später abholen. Daniel und ich steigen in ihr Auto.

Kaum sind wir auf dem Weg nach Großstadt, drückt sie mir die Zeitung in die Hand.

»Eine halbe Seite! Weißt du, was das kostet, wenn man die kaufen möchte?« Sie strahlt mich an. »Ein Vermögen, sagt mein Mann, der in der Branche arbeitet. Und du bekommst es umsonst.«

Naja, so umsonst ist es auch wieder nicht!, denke ich mir und nehme die Zeitung entgegen.

Ich sehe einen wirklich großen Artikel mit Foto. Darauf sieht man uns drei mit unseren Anwälten auf der Anklagebank sitzen. Wir alle verdecken unsere Gesichter.

Der Artikel berichtet über den ersten Verhandlungstag vor dem Landgericht, schildert den ganzen Fall ausführlich und betont den tragischen Leidensweg von uns Angeklagten. Außerdem steht da schwarz auf weiß, dass das Opfer wahrlich kein unbeschriebenes Blatt sei. Niemand habe es gewagt, seinem brutalen, selbstherrlichen Verhalten Einhalt zu gebieten. Bis die Tochter, also ich, es wagt, sich zur Wehr zu setzen. In jeder Zeile schwingt Verständnis für uns mit.

»Wow, was für ein Artikel.« Ich reiche ihn nach hinten zu Daniel.

»Ich finde, der ist richtig gut geschrieben.« Marea sieht mich zuversichtlich an und tätschelt mir das Knie. »›Die Tochter wagte es.‹ Du bist die Heldin der Geschichte.«

»Mein Vater wird in Rage geraten, wenn er das liest.« Ich atme eine Panikattacke weg. »Aber vielleicht ist das sogar gut so. Vielleicht verliert er ja vor Gericht die Beherrschung, und die Richter verstehen, was ich meine.«

Daniel steht die Anspannung ins Gesicht geschrieben. Er hat den Artikel fertig gelesen. Seine Kiefer mahlen. Er ist sehr blass für diese Jahreszeit.

In Großstadt angekommen, machen wir es wie am Tag zuvor. Marea sichert sich schon mal einen Platz im Verhandlungssaal, bei dem sie Blickkontakt zu mir haben kann. Das ist unfassbar rührend von ihr! Daniel und ich warten vor dem Café auf meinen Anwalt. Aufgeregt betrachte ich mein Erscheinungsbild in einer Schaufensterscheibe, und was ich sehe, erfreut mein Herz: eine selbstbewusste, schlanke Frau, die sich nicht zu verstecken braucht. Ich bürste meine Haare noch einmal durch und binde sie zu einem Pferdeschwanz. Dann entnehme ich meiner Handtasche die für heute vorgesehenen neuen Pumps und schlüpfe hinein.

Pünktlich um Viertel vor neun erscheint Herr Wied mitsamt seinem obligatorischen Köfferchen.

»Ich habe gerade den Anwalt Ihres Vaters getroffen. Er benutzt das gleiche Parkhaus wie ich«, hebt er an. »Die Aussage Ihres Vaters wird nicht lange dauern.«

»Wieso nicht?«

»Er weiß anscheinend nicht mehr viel.«

»Bestimmt wird er lügen.« Ich versuche auf meinen Pumps nicht umzuknicken. »Heute ist ein großer Artikel in der Zeitung. Wenn er den sieht, wird ihn das nicht freuen.«

Herr Wied mustert mich. Aufmunternd nickt er mir zu.

»Frau Müller, wenn wir Ihren Vater auch nur einer einzigen Lüge überführen können, wird man ihm gar nichts mehr glauben.«

»Das dürfte kein Problem sein. – Heute werde ich mich auch wie besprochen bei ihm entschuldigen.«

Ich krame in meiner Tasche und ziehe die schriftlich vorbereitete Entschuldigung heraus. Er überfliegt sie und lobt, wie gut die geschrieben sei.

»Genau so tragen Sie die vor.«

»Es wird mir schwer fallen mich zu entschuldigen. Dafür habe ich noch viel zu sehr im Kopf, was er mir alles angetan hat.«

Er sieht mich an. Anerkennung steht in seinem Blick.

»Sie müssen sich das so vorstellen, als würden Sie die Nachrichten der Tagesschau verlesen. Sie schaffen das.«

»Daniel, du schaffst das auch!«, sage ich. Wir verabschieden uns von ihm und machen uns auf den Weg zum Verhandlungssaal. Daniel ist als Zeuge geladen und muss draußen warten.

Herr Wied und ich betreten das Gebäude, er hält mir galant die Tür auf. »Heute sind wir in einem anderen Raum.«

Ich folge ihm. Wir gehen einen langen Gang entlang. Da sehe ich schon meinen Vater, in Begleitung einiger Leute, die ich nicht kenne. Emma ist dabei. Wie weh mir das tut!

Ohne dass sie uns beachtet, schreiten wir an der Gruppe vorbei und betreten den heutigen Verhandlungssaal. Er ist kleiner und nicht so elegant wie der von gestern. Rechts sind vier Reihen für die Zuschauer. Marea sitzt schon. Sie strahlt mich an und macht das Daumen-hoch-Zeichen.

Ich zwinge mich, bei mir zu bleiben. Jetzt geht es nicht um Emma. Jetzt geht es um mich.

Links bilden die Tische ein großes Quadrat, umgeben von Stühlen. Vorn sitzen wieder die Richter, ihre Tische sind eine Stufe erhöht. Links davon haben die Nebenklage und der Staatsanwalt ihren Platz. Rechts kommt zunächst Helgas Platz. Sie sitzt schon da, mit ihrem Anwalt. Wieder zerknüllt sie ein Taschentuch. Seit der Tat hat sie bestimmt zehn Kilo abgenommen. Ihre kurzen Haare hängen schlaff um ihr Gesicht. Neben ihr nimmt mein Anwalt Platz und begrüßt seine Kollegen. Er entnimmt seinem Köfferchen den Laptop und fährt ihn hoch. Mein Platz ist neben ihm, ganz außen am Eck. Um das Eck herum, mit direktem Blick auf die Richter, hat Marius seinen Platz, zusammen mit seinem Anwalt. Auch die beiden sind schon da. Ein Stück weiter sitzen die beiden Gutachter. Dann folgt eine Lücke für die Zeugen, die heute vernommen werden. In der Mitte des Quadrats stehen ein Stuhl und ein Tisch.

Schon viel gelassener als gestern, aber immer noch unter

mächtiger Anspannung, nehme ich Platz, während mein Anwalt sich noch mit Marius' Anwalt unterhält. In den Zuschauerreihen sehe ich von den drei Männern, die gestern noch da waren, nur noch einen. Auch die zwei Frauen erkenne ich wieder und die Presse natürlich. Helga schaut zu mir herüber und sagt: »Warum hast du gestern nicht mehr angerufen?«

Was erwartet sie? Dass ich ihr nach der gestrigen Aussage ihres Anwaltes um den Hals falle?

Ich lasse sie ins Leere laufen. »Jetzt warten wir mal ab, wie das hier ausgeht.«

Ich schaue zu Marius, der heute etwas näher bei mir sitzt als gestern.

»Wie geht es dir?«

»Scheiße, ich bin nervös.«

Er versucht ein Lächeln, das misslingt. In seinen Augen sehe ich Angst und Unruhe. Ich ziehe meinen Glücksbringer aus der Hosentasche und halte ihn in meiner Linken. Mein Anwalt setzt sich zu mir. Die Spannung steigt. Gleich wird mein Vater auf dem Stuhl in unserer Mitte sitzen.

Die Fotografen fangen an, ihre Fotos zu machen. Wieder verdecken wir drei Angeklagten unsere Gesichter. Dann geht es los. Die Richter und der Staatsanwalt betreten den Raum. Wir erheben uns von unseren Plätzen.

»Guten Morgen allerseits!«, begrüßt uns der Vorsitzende Richter, und alle setzen wir uns.

Der Richter hält eine kurze Ansprache und lässt dann meinen Vater hereinrufen.

Mein Atem beschleunigt sich, mein Herz poltert unrhythmisch. Ich muss mich zwingen, mir bewusst zu machen, dass er mir hier nichts tun kann. Selbst wenn er gleich aus dem Hemd springt: Er kann mich nicht schlagen.

Mit schweißnassen Händen krame ich ein Dextro-Energy aus der Handtasche und schiebe es mir den Mund. Sofort geht es mir besser.

Mein Vater humpelt in den Saal. Das wundert mich, denn er hat zu Hause schon einen sehr munteren Eindruck gemacht.

Mein Vater wird belehrt, als Zeuge die Wahrheit zu sagen und nichts als die Wahrheit.

Mein Vater nickt schwach. So, als wäre er noch sehr krank.

Der Richter fragt ihn, wie es ihm heute, ein halbes Jahr nach dem Anschlag, gehe.

»Ach, was soll ich sagen?«, hebt mein Vater mit zittriger Stimme an. »Mein Leben ist versaut. Ich kann nichts mehr machen. Ich kann nachts nicht mehr schlafen, das Gehen fällt mir schwer. Ich kann auf meinem rechten Auge nichts mehr sehen und auf meinem rechten Ohr nichts mehr hören. Meine rechte Körperhälfte ist gelähmt.« Er macht eine wirkungsvolle Pause und wischt sich den Schweiß aus dem Nacken. Man hat das Gefühl, er könnte jeden Moment zusammenbrechen.

»Ich habe mir die Anklageschrift so oft durchgelesen, dass ich sie fast schon auswendig kann«, fährt er krächzend fort. »Weil ich nicht glauben kann, was passiert ist. Ich kann es einfach nicht glauben.«

Ich staune. Davon, dass er halbseitig gelähmt sein soll, habe ich bis eben nichts gemerkt. Er sitzt schlapp auf seinem Stuhl, bewegt sich kaum.

Der Richter möchte wissen, wie es nach dem Attentat für ihn weitergegangen ist.

Mein Vater berichtet, dass er vier Monate im Rollstuhl saß und erst wieder laufen lernen musste. Er sei bis Ende April in der Reha gewesen und auf ständige Hilfe angewiesen.

»Können Sie wieder Auto fahren?« Der Richter beugt sich leicht vor.

»Ja, aber erst seit Kurzem. Und auch bloß kurze Strecken. Nur im Ort. Größere Distanzen schaffe ich nicht.«

Der Richter nickt betroffen. Bilde ich mir das ein, oder sehe ich sein Augenlid unmerklich zucken?

Er lügt. Mein Vater lügt, und zwar in fast jedem Satz.

Er ist bereits am achten März nach Hause gekommen, und nicht erst Ende April. Das weiß ich, weil ich am nächsten Tag Geburtstag hatte.

Deshalb kann er auch keine vier Monate im Rollstuhl gesessen haben, denn an jenem achten März konnte er laufen und sogar seine Freunde bewirten.

Ich spüre, wie ich innerlich ruhiger wurde. Seine Lügerei freut mich königlich.

Der Richter fragt nach besagter Nacht. An was er sich erinnern könne.

Mein Vater gibt nun vollends das arme Opfer.

Er habe bereits tief geschlafen, als er plötzlich von heftigen Schlägen geweckt worden sei. Er habe nichts gesehen, es sei ja stockdunkel gewesen, aber den Geräuschen nach zu urteilen, habe er den Eindruck gehabt, man schlüge mit einer Kette auf ihn ein. Geschockt und unter Schmerzen habe er versucht das Licht anzumachen, was ihm irgendwann gelungen sei. Der Täter habe immerfort auf ihn ein gebrüllt: »*Money, Money,* ich will dein *Money!*« Er habe überhaupt nicht begriffen was der Täter wolle, er spreche kein Englisch.

Unmerklich zuckt es um die Mundwinkel des Richters, und ich sehe, wie mein Anwalt eine reflexartige Bewegung macht, vielleicht, um ein Lachen zu unterdrücken.

Mein Vater erzählt weiter. Der Täter habe die Vorhänge

runtergerissen und wild mit einer Rohrzange um sich geschlagen. Später habe der Täter das Kabel aus der Wand gerissen und ihn damit gefesselt. Danach sei er abgehauen. Er selbst habe sich befreien können und sei auf allen vieren ins Bad gekrochen. Dort habe er versucht sich am Waschbecken hochzuziehen, habe es aber nicht geschafft. Anschließend sei er zum Telefon in seinem Büro gerobbt und habe den Notruf betätigt. Er habe sich zurück ins Bett geschleppt, und zwar in die Hälfte seiner verstorbenen Frau, denn seine sei blutdurchtränkt gewesen. Er habe gewartet. Danach könne er sich an nichts mehr erinnern. Als er aus dem Koma erwacht sei, hätten zwei Ärzte am Bett gestanden, und ihr erster Satz habe gelautet: »Das hätte ich nicht gedacht, dass wir den noch mal hinbekommen.«

»Können Sie mir sagen, ob Ihr Schlafzimmerfenster geöffnet oder geschlossen war?«

»Mein Fenster war gekippt.«

»War der Rollladen oben oder unten?«

»Der Rollladen war halb unten!«

Marius kritzelt hastig etwas in ein Heft und schiebt es mir unauffällig rüber. ER LÜGT. Ich nicke nur. »Ich weiß«, flüstere ich.

Während der Ausführungen meines Vaters bekommt er mehrmals eine Pause angeboten. Er wirkt erschöpft, und seine Stimme ist immer noch sehr schwach, als könnte sie gleich ganz versagen. Doch er lehnt ab, jedes Mal.

Der Richter fragt ihn nun nach seiner Beziehung zu Helga.

»Ich verstehe das gar nicht!« Weinerlich fährt er zu ihr herum. »Wir hatten so eine harmonische Beziehung!«

Sie heult.

Wieder an den Richter gewandt, sagt er: »Ich weiß bis heute nicht, warum sie das getan hat. Wir haben uns geliebt.«

Helga schluchzt laut auf.

Der Richter wechselt das Thema. »Wie war das Verhältnis zu Ihrer Tochter Sara?«

Jetzt wird es spannend. Ich sitze kerzengerade da. Du kannst ihm erhobenen Hauptes begegnen, höre ich wieder die Worte meines Zahnarztes. Und wer hat das noch zu mir gesagt? Daniel. Ja. Das tue ich.

Ohne mich anzusehen, beginnt mein Vater von mir zu reden, so als wäre ich nicht im Raum.

»Die Sara war schon immer ein schwieriges Mädchen. Aufmüpfig und frech. Schon als Kind. Die hat immer nur gelogen, und deshalb mussten wir sie auch in ein Internat stecken. Später kam sie nur, wenn sie Geld brauchte.«

Die Stimme meines Vaters wird plötzlich kräftig. Unwillkürlich beginnt er mit seinen Armen zu gestikulieren. Die halbseitige Lähmung scheint er vergessen zu haben.

»Kohle«, schreit er. »Wenn die Kohle brauchte, dann stand sie auf der Matte! Wahrscheinlich brauchte sie das Geld für ihre Drogen.«

»Bitte bleiben Sie sachlich.«

»Die Sara hat immer nur Probleme gemacht. Die hat schon früh angefangen zu rauchen, und dann hat sie Drogen genommen. Meine Frau und ich kamen gar nicht mehr an sie ran, sie war verstockt, boshaft. Sie hat geklaut, ist oft einfach abgehauen. Sogar nachts hat sie sich irgendwo rumgetrieben. Meine Frau war irgendwann mit den Nerven am Ende und ist in meinen Armen zusammengebrochen.« Er stößt einen tiefen Seufzer aus: »So hat die Sara ihre eigene Mutter fertiggemacht.«

Ich bin sprachlos. Die Zunge klebt mir am Gaumen. Hatte ich tatsächlich in Erwägung gezogen, dass mein Vater einsichtig wird? Nein. Er spielt sein Spiel. Es ist sein großer Auftritt, und den genießt er.

»Nach dem Abitur hat sie dann eine Ausbildung zur Hotelfachfrau gemacht. Sie ist als einzige Auszubildende nicht übernommen worden. Als besorgter Vater bin ich natürlich zu ihrem Chef gefahren und habe mich erkundigt.« Er schlägt die Hände über dem Kopf zusammen. »Und was *der* mir alles über die Sara erzählt hat … Das kann ich hier gar nicht wiederholen, so sehr schäme ich mich für meine Tochter.« Jetzt hat seine Jammerei den Höhepunkt erreicht. Er tut so, als müsste er weinen.

»Aber sie war doch immer in einem Arbeitsverhältnis?«, hakt der Richter nach. »Bis hin zur Selbständigkeit!«

»Ach was, nichts hat sie lange durchgehalten, immer ist sie wieder rausgeflogen.«

Ich merke, wie kalte Wut in mir aufsteigt. Ich werde zu Hause gleich mein Ausbildungszeugnis rauskramen. Nein, das werde ich nicht tun!, schalte ich innerlich einen Gang zurück. Er provoziert doch nur wieder. Was muss ich mir beweisen? Ich weiß ja wie es war. Ich zwinge mich, ruhig weiterzuatmen.

Mein Anwalt legt kurz die Hand auf meinen Arm. »Haben Sie Ihre Tochter jemals geschlagen?«, fragt er.

»Das ging gar nicht anders. Die hat sich immer so danebenbenommen, da ist mir schon mal die Hand ausgerutscht.«

Meine Muskeln sind zum Zerreißen gespannt. Ich möchte ihm wie eine Tigerin ins Gesicht springen. Aber da hakt mein Anwalt schon nach:

»Die Hand ausgerutscht? Oder haben Sie sie verprügelt?«

»Ja, ich habe sie verprügelt.«

»Einmal? Oder regelmäßig?«

»Natürlich regelmäßig. Das ging ja nicht anders. Das hat die gebraucht.«

Er spricht das seelenruhig aus, als wäre es das Normalste der Welt.

Plötzlich wird mir endgültig bewusst, dass er in seinem Verhalten keine Fehler sieht. Meine Warnung hat ihn nicht erreicht. In seinen Augen hat er sich immer korrekt verhalten. Er konnte quasi gar nicht anders, als mich zu schlagen. *Ich* war schuld.

Mein Anwalt räuspert sich, und ich spüre, dass auch er sich zwingen muss, ruhig zu bleiben.

»Wir haben heute den 22.6.2017.«

»Das ist korrekt.«

»Können Sie uns sagen, wo Sie das letzte Wochenende waren?«

In seiner Eitelkeit fällt mein Vater auf diesen genialen Schachzug rein. Er bläht sich auf und sprudelt los: »Da war ich in Frankfurt. Ich bin schon seit über vierzig Jahren im Porsche-Club und da gab es eine große Ausfahrt. Zuerst wollte ich nicht, aber die Clubmitglieder haben mich gebeten, doch zu kommen, und dann bin ich halt mit dem Porsche nach Frankfurt gefahren. Ich bin doch sehr beliebt in dem Verein.«

Der Anwalt nickt unmerklich. Seine Finger gleiten über den Terminkalender, den er vor sich liegen hat.

»Können Sie mir sagen, was Sie an Pfingsten gemacht haben? Am 4.6. war Pfingstsonntag, wenn ich Ihnen auf die Sprünge helfen darf.«

»Ja, da war ja strahlendes Wetter«, hebt mein Vater zu einer langen Geschichte an, die offensichtlich genau schon wie die von seinem Essen letztes Weihnachten Helga treffen und neidisch machen soll. »Da war ja das jährliche Oldtimertreffen am Wörthersee, eine tolle Einladung für zwei in ein Fünfster-nehotel. Und da ich keine Beifahrerin hatte, bin ich eben allein mit meinem Ferrari nach Österreich gefahren.«

In seiner ganzen Selbstherrlichkeit ist mein Vater auf diese Fangfrage hereingefallen. Er ist nicht krank und gebrechlich, er hat sich blendend amüsiert.

»Keine weiteren Fragen.«

Mein Blick fällt auf den Staatsanwalt. Er verzieht keine Miene und hat keine Fragen. Als würde er nur zur Dekoration hier sitzen, weil er Teil des Ganzen ist.

Dann kommt die Zeit der Entschuldigungen. Marius darf beginnen. Sein Platz ist ungünstig, da er aufgrund der quadratischen Sitzordnung hinter meinem Vater sitzt. Er steht auf, und sofort rücken die beiden Beamten näher. Er erklärt, dass es nie seine Absicht war, ihn so sehr zu verletzen. Er entschuldigt sich auch bei Emma und bittet um Verzeihung. Er habe einen Ausraster gehabt, da er ja keinen Alkohol gewöhnt gewesen sei. Das letzte Mal, dass man ihn mit Alkohol abgefüllt habe, sei auf dem Frachter gewesen, und das habe ihn getriggert. Er wisse, er könne den Schaden, den er angerichtet hat, nicht ungeschehen machen, und das bereue er sehr. Marius hat Tränen in den Augen, und seine Stimme bricht.

Mein Vater sitzt die ganze Zeit über mit verschränkten Armen auf seinem Stuhl.

Jetzt bin ich an der Reihe. Ich werde nicht weinen. Das schwöre ich und versuche ruhig zu atmen.

Mein Anwalt moderiert mich an: »Auch Ihre Tochter hat Ihnen noch etwas zu sagen.«

Mein Vater jammert selbstmitleidig: »Das kann sie sich sparen, das wird nichts bringen!«

Aber ich weiß, dass ich mich entschuldigen darf. Es steht mir zu, und mein Vater muss da durch.

Ich habe einen Zettel vorbereitet, doch plötzlich spreche ich ganz frei.

»Ich möchte mich hier aus tiefstem Herzen ehrlich und aufrichtig bei dir entschuldigen. Das, was geschehen ist, war nie meine Absicht und auch zu keiner Zeit erwünscht, von keinem von uns. Mein Anliegen war es, dich einmal spüren zu lassen, wie ich mich gefühlt habe.

Mit unserer Begegnung Ende November letzten Jahres hat sich auf einen Schlag sehr viel bei mir geändert. Viele Erinnerungen, die ich eigentlich schon vergessen glaubte, sind regelrecht in mir hochgesprudelt.

Die Angst vor dir ist von Tag zu Tag gewachsen. Ich bin nicht mehr in meinen Garten gegangen, habe vieles vermieden, nur um dir aus dem Weg zu gehen.

Ich hatte die Hoffnung, dass sich meine Gefühle, meine Panik, mit der Zeit legen würden, aber dem war nicht so. Die Verzweiflung wurde immer größer. Somit kam ich auf die Idee, dass du selbst auch mal spüren und fühlen sollst, wie es mir ergeht.

Heute weiß ich, dass Gewalt mit Gegengewalt bekämpfen nur noch größeres Leid und Unheil anrichtet. Ich habe gemerkt, wie sehr man den Respekt vor der Person verliert, gegen die man mit Gewalt vorgeht. Mir ist bewusst geworden, dass man den Respekt vor Menschen im Allgemeinen verliert. Und am Ende habe ich durch das, was ich getan habe, auch ein Stück weit den Respekt vor mir selbst verloren.

Als ich in den Stunden und Tagen danach langsam erfahren

habe, wie viele Verletzungen du erlitten hast und wie gravierend die sind, war die Last größer als je zuvor. Das war nicht das, was ich gewollt habe.

Ich wollte dir zu keiner Zeit ein Stück von deiner Lebensqualität nehmen. Das war nie meine Absicht gewesen. Du solltest einfach nur mal am eigenen Leib verspüren, was Gewalt in einem auslösen kann, um am Ende vielleicht zur Einsicht zu gelangen, dein Verhalten zu überdenken, etwas zu ändern und eventuell sogar Lebensqualität gewinnen zu können.

Ich habe einen Stein ins Rollen gebracht und damit eine ganze Lawine ausgelöst, deren Ausmaß und Wucht ich nicht mehr kontrollieren konnte.

Ich musste dir schon viel verzeihen in meinem Leben, und vielleicht kannst du mich verstehen und mir meinen Fehler auch verzeihen. Es tut mir leid.«

Ich atme durch, während mein Vater nach wie vor mit verschränkten Armen völlig teilnahmslos dasitzt. Er hätte nur einmal den Kopf drehen müssen, um mich anzuschauen, aber das hat er nicht getan. Nur ein Blick, nur ein angedeutetes Nicken – es hätte mir so viel bedeutet.

Die Anwesenden haben Tränen in den Augen. Sekundenlang ist es so still, dass man eine Stecknadel fallen hören könnte. Einzig und allein Marea strahlt mich an und hebt beide Daumen.

Mein Anwalt räuspert sich und durchbricht die Stille: »Wir haben hier zusammen einen Täter-Opfer-Ausgleich vorbereitet. Ihre Tochter hat gestanden und sich entschuldigt. Nun folgt die Wiedergutmachung.« Er greift nach einem Schriftstück. »Da es sich hier um eine Familienangelegenheit handelt, habe ich den Täter-Opfer-Ausgleich so formuliert, dass Sie als Geschädigter auf jede Form der Wiedergutmachung verzichten. Darf ich

Ihnen das so geben?« Er reicht meinem Vater das Schriftstück, dem ich noch schnell meine schriftliche Entschuldigung beigelegt habe. In meiner säuberlichsten Handschrift. Dann kann er sie sich zu Hause noch einmal in aller Ruhe durchlesen. Mein Vater nimmt die Unterlagen entgegen und legt sie auf den kleinen Tisch vor sich. Wieder verschränkt er die Arme.

Jetzt darf sich Helga entschuldigen. Sie fasst sich kurz. Mit stockender Stimme liest sie von ihrem Zettel ab; ihre Hand zittert stark. Sie beteuert, dass das Ganze so nie geplant gewesen sei, dass sie das alles sehr bereue. Am Ende hat sie vor lauter Weinen kaum noch eine Stimme. Mein Vater schaut auch sie nicht einmal an.

Emma ist nun als Zeugin an der Reihe. Meine Schwester würdigt mich keines Blickes. Wie schade, dass sie meine Entschuldigung nicht mitbekommen hat. Ich möchte die Hand nach ihr ausstrecken. Das alles kann sie doch nicht kaltlassen! Wie sehr ich mir wünsche, sie könnte mich verstehen! Alle haben es gesagt, nur sie nicht.

Sichtlich angespannt nimmt sie auf dem Zeugenstuhl Platz. Nach dem Abgleich ihrer persönlichen Daten soll sie die Tatnacht beziehungsweise den darauffolgenden Morgen aus ihrer Sicht schildern.

»Ich war wie jeden Freitag bei der Arbeit in der Sparkasse, als zwei Polizisten kamen und mit mir in ein leeres Büro gingen. Mein Vater sei brutal überfallen und zusammengeschlagen worden und schwebe in Lebensgefahr. Ich war völlig schockiert. Ich wurde dann im Polizeiauto zum Haus meines Vaters gefahren. Sie hatten ein paar Fragen bezüglich des Haustürschlüssels und der Wertsachen.«

Sie schluckt, und ihre Hände krampfen sich um die Handtasche.

»Vor dem Haus meines Vaters hat es nur so von Polizisten und Leuten von der Spurensicherung gewimmelt. Er selbst war bereits ins Krankenhaus gebracht worden. Anschließend war ich noch kurz bei meiner Schwester und dann in der Klinik. Mein Vater lag im Koma auf der Intensivstation. Er sah entsetzlich aus …«

»Was haben Sie mit Ihrer Schwester gesprochen?« Der Richter wirkt zugewandt und konzentriert.

»Eigentlich nicht viel. Ich musste mich erst mal setzen. Sie hat mir einen Tee gebracht.«

»Was für einen Eindruck machte Ihre Schwester auf Sie?«, hakt er nach.

»Sie hat ruhig gewirkt und nicht viel gesagt.«

Emma schluckt, ringt um Fassung, aber schafft es nicht. Sie fängt an zu weinen.

Es tut mir so leid, Emma!, möchte ich rufen. Ich starre sie stumm an. Bitte versteh mich doch! Ich wollte weder dir noch unserem Vater jemals so etwas antun!

»Ich habe meine Schwester auch gefragt, ob sie ins Krankenhaus mitkommen möchte, aber das wollte sie nicht. Angeblich wegen ihrer Kinder.« Sie wischt sich über Augen und Nase.

Während sie versucht, sich zu sammeln, gibt ihr der Richter das nächste Stichwort.

»Sie fuhren also allein ins Krankenhaus. Und wie fanden Sie Ihren Vater vor?«

»Er sah fürchterlich aus. So einen Anblick kannte ich nur aus Horrorfilmen. Sein rechtes Auge war geschwollen, so groß wie ein Tennisball. Sein Gesicht, ja sein ganzer Kopf waren mit Verletzungen übersät. Seine Nase war gebrochen. In seinem

Mund steckte ein Sauerstoffschlauch. Er lag da, so hilflos und entsetzlich zugerichtet ... Ich saß fassungslos an seinem Bett und konnte noch nicht mal seine Hand halten, denn die war ebenfalls gebrochen.« Sie muss sich unterbrechen und schluchzt in ihr Taschentuch.

»Frau Hartmann, haben Sie anschließend wieder Kontakt zu Ihrer Schwester aufgenommen?«, fragt der Richter.

»Ja, ich habe sie angerufen und ihr meine Eindrücke aus dem Krankenhaus geschildert. Ich habe sie gefragt, wer so was nur tun kann. Trotz allem, was er unseren Müttern und uns als Kindern angetan hat, konnte ich nicht fassen, wer ihn so bestialisch zurichten kann!« Sie putzt sich die Nase. »Das habe ich genau so zu meiner Schwester gesagt.«

»Und, wie hat sie reagiert?«

Emma zuckt mit den Achseln. »Ich weiß nicht mehr. Sie gab sich unbeeindruckt.«

»Können Sie das aus heutiger Sicht verstehen?«

»Mein Vater und ich haben sicherlich auch nicht das allerherzlichste Vater-Tochter-Verhältnis. Aber mir gegenüber hat er sich immer zusammengerissen. Er hat Respekt vor mir.« Sie zerknüllt ihr Taschentuch.

»Eine letzte Frage, Frau Hartmann: Wann ist Ihr Vater aus der Reha nach Hause gekommen?«

Sie dreht den Kopf in meine Richtung, schaut mich aber nicht an.

»Am 8. März. Einen Tag vor dem Geburtstag meiner Schwester.«

Sie ist fertig und nimmt wieder im Publikum Platz.

Daniel wird als Zeuge aufgerufen. Er betritt den Raum und hat schon wieder tellergroße Schweißflecken unter den Armen.

Auch er wird zunächst zu seinen persönlichen Angaben befragt. Als Wohnort gibt er die Adresse seiner Mutter an. Seine Aussage ist kurz und wirkt etwas konfus. Sie belastet mich nicht weiter, aber sie entlastet mich auch nicht. Als hätte er sie mit seiner Mutter einstudiert. Er hebt nämlich nicht hervor, wie fertig ich nervlich war, nachdem mein Vater zugeschlagen hatte. Er erwähnt nicht meine Angst, meine schlaflosen Nächte, meine Zahn- und Nervenschmerzen. Stattdessen erwähnt er, dass er meine Schlaftabletten genommen hat, weil es ihm meinetwegen so schlecht ging. Der Richter quält ihn nicht lange und entlässt ihn. Daniel verlässt fluchtartig den Saal. Wie schade, ich hatte so sehr gehofft, er würde bleiben. Ich hätte seine seelische Unterstützung so sehr gebraucht.

Mein Vater und dessen Anwalt studieren währenddessen die Blätter, die mein Anwalt ihm gereicht hat. Mit einer brüsken Handbewegung wischt er sie fast vom Tisch:

»Will die mich verarschen?«

Diese Worte hallen sekundenlang im Saal wider.

Fragend schaue ich meinen Anwalt von der Seite an. Er beugt sich zu mir und raunt hinter vorgehaltener Hand: »Perfekte Reaktion. Sie haben gestanden und sich entschuldigt. Wenn er den Täter-Opfer-Ausgleich ablehnt, sehen die Richter selbst, dass es Ihr Vater ist, der nicht bereit ist, Ruhe zu geben.«

»Der Zeuge Neumann wird aufgerufen!«

Ich drehe mich zur Tür und erkenne den Polizeibeamten, bei dem ich damals Anzeige gegen meinen Vater erstattet habe. Und der mir dann die Gegenanzeige samt Belehrung über den verbotenen Gebrauch einer Tatwaffe ins Haus brachte. Als zuständiger Revierpolizist war er als Erster am Tatort und hat meinen Vater vorgefunden. Er erzählt vom Notruf meines

Vaters, und dass es im Schlafzimmer ausgesehen habe wie nach einem Gemetzel.

»Wir hören jetzt den Mitschnitt des Notrufs, der in jener Nacht beim Polizeirevier eingegangen ist.« Der Richter gibt einem Beisitzer ein Zeichen, und dieser lässt ein Tonband ablaufen.

Es ist erschütternd, obwohl ich den Text schon mehrfach in der Akte gelesen habe. Es ist doch noch mal etwas anderes, nun die brüchige Stimme meines Vaters zu hören.

»Hallo, ich bin überfallen worden.«

»Wie bitte? Können Sie lauter sprechen?«

»Ich bin überfallen worden!«

»Wie ist Ihr Name? Bitte laut und deutlich!«

Mit letzter Kraft nennt mein Vater Namen und Adresse.

»Sie sind also überfallen worden.«

»Ja.«

»Wann denn?«

»Gerade eben.«

»Und wo?«

»In meinem Haus.«

»In Ihrem Haus also.«

Ächzen, Stöhnen. Leise: »Ja.«

»Hallo, sind Sie noch dran?«

Pause. Knirschen. Schwach: »Ja.«

»Von wem sind Sie denn überfallen worden?«

»Weiß nicht …«

»Waren es eine oder mehrere Personen?«

»Einer wohl nur.«

»Einer wohl nur? Und ist der noch da?«

»Glaube nicht …«

»Der ist also nicht mehr da?«

»Nein.«

»Wer ist denn jetzt bei Ihnen?«

»Niemand.«

»Hallo? Ist jemand bei Ihnen?«

»Nein.«

Immer wieder fragt der Mann am anderen Ende der Leitung, ob er denn wisse, von wem er überfallen wurde, ob er jemanden gesehen habe, ob jemand bei ihm sei. Zwei Minuten lang. Und immer wieder röchelt mein Vater, dass er es nicht wisse, dass er auf den Kopf geschlagen worden sei und blute, und dass niemand bei ihm sei. Es kann einen erbarmen.

Dann fehlt meinem Vater die Kraft, und er bittet um einen Krankenwagen, bevor er auflegt.

Ich höre mir das an und denke mir: Der hat bestimmt gedacht, da kommt keiner mehr. Nach diesem Telefonat wäre ich an seiner Stelle auch davon ausgegangen, dass niemand mehr kommt.

Er muss sich gefühlt haben wie im Vorhof zur Hölle.

Wieder ist es mucksmäuschenstill im Saal, die Leute haben versteinerte Gesichter.

Der Richter unterbricht die Verhandlung für eine Pause.

Ich frage mich, ob mir mein Vater jetzt leidtut. Und fühle nichts als Leere.

Ist jemals bei meiner Mutter jemand gekommen? Oder bei mir, wenn ich blutend in der Ecke lag? Und ich traute mich nicht, den Notruf zu betätigen. Nein, er tut mir nicht leid.

Ich spüre nichts, außer den Drang, eine Zigarette zu rauchen.

Marea steht schon an der Tür und wartet auf mich. Wir gehen zusammen raus. Ich schaue mich um, ob ich Daniel sehe, aber nein, er ist weg. Ich zünde mir eine Zigarette an. Helgas Anwalt steht schon draußen in der Sonne. »Es wäre klüger von Ihrem Vater gewesen, sich einfach mal ein paar Sekunden tot zu stellen, dann wäre das Ganze wahrscheinlich gar nicht so ausgeartet.«

Ich stoße den Rauch aus, der in der flirrenden Hitze steht wie eine Wand. »Vielleicht haben Sie recht.«

Es tut gut, in der Sonne zu stehen. Ich genieße meine Zigarette.

Mein Anwalt nähert sich von hinten: »Jetzt werden noch die anderen Polizisten gehört, auch die, die Sie vernommen haben. Danach kommen die Gutachter dran.«

Okay, denke ich mir. Herr Falk wird in meinem Sinne aussagen. Er mag mich und kann mich verstehen.

»Frau Müller, ich glaube, alle da drin können Sie verstehen. Spätestens wenn die Vorstrafen Ihres Vaters vorgelesen werden, weiß jeder, was für ein Mensch Ihr Vater ist.«

Und wieder bin ich voller Zuversicht und Adrenalin. Nein, ich werde nicht im Gefängnis landen. Ich sehe doch die Blicke der Richter und Schöffen.

Wir machen uns langsam wieder auf den Weg zum Saal. Die darauffolgenden Stunden ziehen sich in die Länge. Verschiedene Polizisten treten in den Zeugenstand, auch Männer von der Spurensicherung. Ich sitze da und erwische mich beim Gähnen. Ihre Schilderungen helfen den Richtern, sich ein Bild von der Umgebung des Hauses machen zu können. Dann werden die Fotos gezeigt. Etwa zweihundert Bilder werden nach und nach vorgeführt, und ein Gutachter erläutert die Verletzungen meines Vaters. Jetzt so in Farbe, groß auf der Dialeinwand, sehen die Aufnahmen noch viel schrecklicher aus als die Schwarzweißkopien bei den Akten.

Zunächst sieht man, wie mein Vater im Bett vorgefunden

wurde. Es ist zu erkennen, dass das Fenster geschlossen ist und der Rollladen ganz unten.

Mein Anwalt weist darauf hin, dies zu beachten.

Warum ist das denn so wichtig, ob das Fenster nun offen, gekippt oder geschlossen und der Rollladen ganz oder nur halb heruntergelassen war?«, wispere ich meinem Anwalt zu.

»Es zeigt die Glaubwürdigkeit Ihres Vaters, Frau Müller. Wenn er schon solche Dinge nicht mehr richtig weiß, was weiß er dann überhaupt noch von der Tatnacht?«

Ich nicke.

Es folgen die Fotos vom Badezimmer und vom Büro. Es ist deutlich zu erkennen, dass mein Vater nicht auf allen vieren gekrochen ist, wie behauptet.

Dann kommen die Fotos von Marius' Zuhause dran. Die trostlose Bude eines fahrenden Gesellen jetzt noch mal in Farbe. Heimelig ist es nicht und erweckt eher den Eindruck, dass er fast schon am Aufbrechen war. Auf dem Fußboden liegt ein Motorradhelm, an der Wand hängt eine Weltkarte, sie weist viele Stecknadeln mit bunten Köpfen auf. Seine Traumziele. Ich schlucke.

Dieses Bild berührt mich viel mehr als die Verletzungen meines Vaters. Ein junger, bis dahin unbescholtener Mann wollte sich seinen Traum von der Freiheit erfüllen. Er wollte sich nur noch das restliche Geld holen, dann wäre er weg gewesen. Über alle Berge.

Als wir mit den Bildern durch sind, ist die Verhandlung für heute beendet. Weiter geht es am Freitag nächster Woche. Dann soll auch das Urteil gesprochen werden.

Alle stehen auf, und wir verlassen gemeinsam den Saal. Marea ist wieder treu an meiner Seite. Draußen brauche ich erst mal eine Zigarette. Jetzt, um die Mittagszeit, knallt die Sonne mit ihrer ganzen Kraft auf uns herab. Der Tag ist viel zu schön, um ihn vor Gericht zu verbringen. Mein Anwalt verabschiedet sich schnell, er hat übers Wochenende einen Segeltörn vor Mallorca. Ich wünsche ihm viel Spaß. Dann zücke ich mein Handy und rufe Daniel an.

Er ist nicht bei seiner Mutter, wie ich schon befürchtet hatte. Er sitzt im Café um die Ecke!

»He, warum bist du nicht im Saal geblieben!« Ich umarme ihn flüchtig, aber erleichtert.

»Sara, ich habe da drin keine Luft mehr bekommen. Grauenvolle Energie.«

Er lässt seine Cola stehen, und wir steigen zu Marea ins Auto, die schon vorgefahren ist. Sie will zu ihrem Sohn.

Zu Hause angekommen, bedanke ich mich wortreich bei ihr. Sie fährt gleich weiter. Daniel und ich setzen uns auf die schattige Terrasse. Ich bin erledigt. Das Ganze ist sehr anstrengend. So viele Menschen und so viel Gerede bin ich einfach nicht gewohnt.

Im Nachbarhaus wird ebenfalls die Terrassentür geöffnet. Ich versuche die Worte von meinem Vater und Emma zu verstehen, wieder vergeblich. Ich vermute, dass die beiden über den Prozess reden.

Genau wie wir.

»Jetzt muss ich über eine Woche auf das Urteil warten«, stöhne ich. »Ich wünschte, es wäre schon vorbei.« Seufzend massiere ich mir die Füße. Wieder habe ich meine Schuhe abgestreift.

Daniel ist sichtlich erleichtert. Er zieht sein Hemd aus und streift sich ein T-Shirt über.

»Sara, es tut mir so leid. Ich wollte eigentlich noch viel mehr sagen, aber ich war so aufgeregt. Ich habe fast kein Wort raus-bekommen.«

»Ist schon gut, ich habe es dir angesehen. Jeder im Saal hat es dir angesehen.«

Ich erzähle von den Fotos, von der Aussage meines Vaters.

»Er hat etwa eine Stunde geredet, davon hat er 58 Minuten nur gelogen.«

»Was hast du denn erwartet?« Daniel schaut rüber zu meinem Vater und Emma, die in fast identischer Haltung auf ihrer Terrasse sitzen.

»Dass er einmal die Wahrheit sagt.«

Bei mir überwiegt das Gefühl, dass Daniel einfach nur noch mit allem überfordert ist. Ich spüre seine Endzeitstimmung. Seine Zeugenaussage musste er noch machen, aber jetzt sucht er nach einem Schlupfloch, um rauszukommen aus dieser Situation, heim zu seiner Mutter, die ihm bestimmt schon im Nacken sitzt. Ich spreche es aus, verabschiede mich von ihm.

»Zieh einfach die Tür hinter dir zu, wenn du gehst.«

Ich trinke meinen Saft und mache mich auf den Weg, um meine Kinder zu holen. Auch heute setze ich mich zu Simone, bei der sie auf dem Trampolin herumspringen, an den Tisch, draußen auf ihrer Terrasse, und sie hört mir zu. Ich bin immer noch aufgebracht über all das, was mein Vater behauptet hat. Und wieder sagt Simone diesen Satz, den ich so oft gehört habe: »Ich kann dich verstehen.«

Am nächsten Morgen bekomme ich über WhatsApp ein Foto geschickt, und zwar von Marea. Es zeigt einen Zeitungsartikel.

Darin wird mein Vater zitiert, dessen Leben angeblich versaut sei, aber auch erwähnt, dass er freimütig eingeräumt hat, mich über Jahre hinweg geschlagen zu haben.

In den darauf folgenden Tagen werde ich unglaublich oft auf der Straße angesprochen. Die meisten Leute wünschen mir einfach nur Glück und versprechen, mir die Daumen zu drücken. Manchmal ist es schon ein komisches Gefühl: Da habe ich wirklich Scheiße gebaut und bekomme trotzdem immer wieder Zuspruch.

39

Großstadt, Freitag 30. Juni 2017

Der Tag der Urteilsverkündung.

Es ist so weit. Und es wird ein langer Tag werden. Die Verhandlung ist bis achtzehn Uhr angesetzt. Daniel geht stur zur Arbeit, und somit fahre ich mit Marea alleine nach Großstadt. Ich bin sehr froh und dankbar, dass sie sich so viel Zeit für mich nimmt. Sie hat ihre Urlaubstage für mich geopfert, und ihr Mann kümmert sich um Simon.

Wir warten aufgeregt vor dem Café, als ich einen Anruf von meinem Anwalt bekomme. Er verspätet sich.

»Komm, Sara, das ziehen wir jetzt alleine durch«, scherzt meine Freundin.

»Willst du mich verteidigen, Marea?«

»Du hast dich schon selbst perfekt verteidigt.«

Marea hakt sich unter und wir betreten als Bollwerk das Gerichtsgebäude.

Nach einem Abstecher auf die Damentoilette, vor der Marea treu Wache steht, schreiten wir die breite Treppe hinauf. Heute sind wir im gleichen Saal wie am ersten Tag. Ich nehme auf meinem Stuhl Platz. Helga und ihr Anwalt sind schon da, aber wir sprechen nicht miteinander.

Sie weiß inzwischen, dass ich nicht erpicht darauf bin. Während der ganzen vergangenen Tage haben wir nicht einmal telefoniert. Ich habe nicht vergessen, was sie ausgesagt hat.

Mein Anwalt kommt hereingeeilt. Auch die Fotografen sind heute wieder da, erneut verdecken wir unsere Gesichter, als sie zu knipsen beginnen.

Mein Vater sitzt bereits auf seinem Platz, genauso wie die Gutachter. Im Publikum sehe ich den letzten Mann, der vom »Fanclub« meines Vaters übrig geblieben ist. Auch Emma ist wieder da. Ich suche ihren Blick, doch Emma schüttelt nur den Kopf und bewegt die Lippen, als wollte sie sich verbieten, mit mir zu reden. Versteht sie mich denn gar nicht? Dafür sendet mir Marea liebevolle Blicke, und ich knete wieder den Glücksbringer in meiner Hand.

Die Richter betreten den Saal, und die Verhandlung geht weiter.

»Wir fahren mit der Zeugenvernehmung fort. Herr Falk ist mittlerweile in Ruhestand, ich habe daher Tim Hoffmann laden lassen.« Der Richter schaut mich an. »Er war damals bei Ihrer Vernehmung dabei, Frau Müller.« Ich nicke.

Der Kripobeamte betritt den Saal. Mein Anwalt bemerkt das Zucken um meine Mundwinkel.

»Wer ist der?«

»Der ist auch gut.«

Tim Hoffmann darf seine Sicht der Dinge erläutern. Erst habe er mit dem Fall nichts zu tun gehabt, sei aber zu meiner Verhaftung hinzugezogen worden. Er habe mit Handschellen an der Terrassentür gestanden, um mich bei einem eventuellen

Fluchtversuch abzufangen, aber ich habe eher erleichtert gewirkt und sei kooperativ gewesen.

»Es war Frau Müller sehr wichtig, dass man sie versteht.« Er streift mich mit seinem Blick.

»Und, konnten Sie sie verstehen?«, möchte mein Anwalt wissen.

»Ja, ich konnte sie verstehen.«

Kurzes Schweigen im Saal. Mein Anwalt beugt sich zu mir: »Das hätte ich nicht gedacht, dass er das als Polizist vor Gericht zugibt. Das ist ein gutes Zeichen!«

Ich nicke. Er hat es mir damals als Erster versichert. Damals habe ich es noch rüde zurückgewiesen. Wie soll er mich als baumlanger, starker Kerl schon verstehen können? Heute freue ich mich über seine Aussage.

Es werden noch ein paar Zeugen gehört, jene Beamte, die Marius und Helga vernommen haben. Dann folgen die Ausführungen der beiden Gutachter, die kein Ende zu nehmen scheinen. Jeden Blutstropfen auf jedem Foto bekommen wir erklärt, und es zieht sich ermüdend in die Länge. Hat jemals jemand meine Bluttropfen, die meiner Mutter oder die Helgas analysiert?

Es ist immer noch nicht vorbei. Sie erläutern, aus welcher Höhe ein Bluttropfen auf den Boden getropft sein muss, wie das Blut an der Decke vom Tatwerkzeug dorthin geschleudert wurde.

Der eine Gutachter wird vom Richter gefragt, ob er anhand der Verletzungen sagen könne, wie oft Marius zugeschlagen hat.

»Nein, das kann ich nicht.« Der Gutachter freut sich über das allgemeine Interesse. »Sie müssen sich das vorstellen wie bei einem Frühstücksei. Sie klopfen da einmal mit dem Löffel

drauf, um es aufzuschlagen. Das kann man noch rekonstruie-
ren. Ein zweites und eventuell ein drittes Mal auch noch – aber
ob Sie jetzt zehn oder fünfzehn Mal draufgeschlagen haben,
das kann man anhand der vielfachen Zertrümmerung nicht
mehr erkennen.«

Was für ein Vergleich!, denke ich mir, aber bildlich sehr gut
nachvollziehbar.

Wenn ich das nächste Mal ein Frühstücksei köpfe, werde
ich daran denken.

Die Mittagspause ist die Rettung. Mein Anwalt kommt auf
mich zu: »Gehen wir in unser Stammcafé?«

Wir gleichen fast dem kleinen Triumphzug aus *Peter und
der Wolf*, ein Bilderbuch mit Musik, das ich früher so oft
Moritz und Romy vorgelesen habe: Herr Wied, Marea, die Anwälte von Marius und Helga und ich. Wie es scheint, sind wir
bereits eine eingeschworene Gemeinschaft. Nur Helga ist nicht
mit von der Partie. Sie wird doch die Pause um Gottes willen
nicht mit meinem Vater verbringen? Das tut sicher Emma.

Wir bestellen Kaffee und Brezeln. Die drei Anwälte scheinen
sich von einer früheren Verhandlung zu kennen und unterhalten sich prächtig. Sie fachsimpeln darüber, was jetzt noch alles
kommt, dann werde es endlich Zeit für die »Siegerehrung«.

Marea und ich hören gespannt zu.

»Was haben die gerade gesagt?« Wir wechseln halb amü-
sierte, halb konsternierte Blicke.

Die drei Anwälte entschuldigen sich für die Ausdrucksweise.

»Aber das muss auch mal sein, um die Distanz wahren zu
können.«

»Wir würden ja sonst wahnsinnig.« Marius' Anwalt lacht.
Ich kann mir die drei gut auf einer Segelregatta vorstellen.

»Leute, wir müssen wieder. Der letzte Akt der tragikomischen Oper.«

Mein Anwalt bezahlt die Runde. Ich schaue noch auf mein Handy. Keine Nachricht von Daniel. Er fragt nicht nach, wie es läuft.

Mit Marea an meiner Seite trete ich meinen Gang zum Schafott an. Die Urteilsverkündung.

Als ich gerade die breite Treppe zum Gerichtssaal hinaufgehe, begegnet mir das letzte Mitglied des Fanclubs meines Vaters.

»Hallo Frau Müller«, grüßt mich der Mann im Vorbeigehen.

Ich stutzte.

Er ist doch wegen meines Vaters hier. Wieso grüßt der mich? Ich schaue ihn an, bringe aber kein Wort heraus. Sollte er mich inzwischen auch verstehen?

Immer noch geht es weiter mit Ausführungen der beiden Gutachter, die dann aber endlich mal zum Ende kommen.

Danach folgt die Beweisaufnahme. Mein Anwalt legt dem Gericht mein Ausbildungszeugnis vor, in dem sehr gute Noten stehen. »*Wegen ihrer zusammen mit ihrem Mann geplanten Selbstständigkeit verlässt sie unser Haus auf eigenen Wunsch. Wir wünschen ihr von Herzen alles Gute.*«

»Dem Geschädigten geht es nur darum, seine Tochter schlechtzumachen.«

Als Nächstes legt er dem Gericht das ärztliche Attest aus meiner Kindheit vor. Der Richter verliest es laut. Jeder soll wissen, was er mir angetan hat.

Es gibt keinerlei Reaktion von meinem Vater, während der Richter die Verletzungen seines Kindes nach einer Prügelattacke vorliest. Reglos sitzt er auf seinem Platz.

Danach beantragt mein Anwalt, zwei weitere Zeugen zu

laden: Marea und meinen damaligen Lehrer, Herrn Eggers. Marea hat sich kurz davor aufgeregt vor die Tür begeben; bestimmt musste sie noch mal auf die Toilette. Jetzt ist sie zurück im Saal.

Der Staatsanwalt fällt meinem Anwalt ins Wort: »Das ist nicht notwendig, Herr Verteidiger. Die Glaubwürdigkeit Ihrer Mandantin wird nicht infrage gestellt. Wir können uns die Ladung weiterer Zeugen ersparen.«

Auch wenn es mir leidtut, diese lieben Menschen nicht für mich sprechen zu hören: Es ist nicht mehr nötig!

Der Richter stimmt dem Staatsanwalt zu, und mein Anwalt flüstert begeistert: »Besser hätte es nicht laufen können. Man glaubt Ihnen. Gäbe es von Seiten der Richter noch Zweifel, hätte er die Zeugen laden lassen, aber er verzichtet darauf. Das ist ein gutes Zeichen.«

Es folgen die Vorstrafen aller Beteiligten. Bei uns Angeklagten sind wir schnell durch, da sich niemand von uns dreien jemals etwas zuschulden hat kommen lassen.

Helga, Marius und ich sind unbeschriebene Blätter.

Dann geht es um den großen Stapel, der seit Verhandlungsbeginn vor dem Richter liegt.

Er öffnet Akte für Akte und liest die Vorstrafen meines Vaters vor.

Betrug ... Körperverletzung ... Fünfzehn Tagessätze zu vierzig DM ... Nötigung ... Beleidigung ... Fünfzig Tagessätze zu dreißig DM ... gefährliche Körperverletzung ... Erpressung ... dreißig Tagessätze zu achtzig DM ... Ich beobachte meinen Vater, während der Richter die zwanzig Akten nach und nach abarbeitet. Mit verschränkten Armen und ohne jede Regung sitzt mein Vater da und schaut zu. Er wirkt so unbeteiligt, dass ich mich frage, ob er überhaupt versteht, was da gerade geschieht. Mein Anwalt macht sich Notizen und führt eine Strichliste.

Es folgen die Plädoyers. Der Staatsanwalt steht auf. »Ich war erschrocken, als ich erfahren habe, was für ein fürchterliches Attentat stattgefunden hat, in einer so beschaulichen Wohngegend. Noch erschrockener war ich, als ich ein paar Tage später erfuhr, dass die eigene Tochter dafür verantwortlich sein soll. Ich habe es nicht glauben wollen. Doch nun sehe ich die Dinge klarer.«

Seine Rede rauscht an mir vorbei. Wie schade, dass Daniel nicht hier ist. Ich hätte ihn so gebraucht. Finde ich es eigentlich auch schade, dass Tim Hoffmann nicht mehr hier ist? Aber Marea ist bei mir. Sie hat die Hände gefaltet und das Kinn darauf gelegt.

»Und so fordere ich nach meiner Sicht der Dinge elf Jahre Haft für Marius Gersting.«

Ich zucke zusammen. Denke ich etwa an Tim Hoffmann, während Marius verurteilt wird?

Na ja. Noch nicht verurteilt. Das ist das Plädoyer des Staatsanwaltes. Das ist sein Job. Für mich hält er zehn Monate Haft, ausgesetzt auf Bewährung und eine Geldstrafe in Höhe von fünftausend Euro an eine gemeinnützige Einrichtung für angemessen. Von Helga fordert er vierzig Tagessätze zu fünfundzwanzig Euro. Das ist genau der Tausender, den ich ihr wiedergegeben habe.

Der Anwalt meines Vaters erhebt sich und bringt als Erstes zum Ausdruck, dass er den von uns vorgeschlagenen Täter-Opfer-Ausgleich als Frechheit empfindet. Er fordert das Gericht auf, sich den Forderungen der Staatsanwaltschaft anzuschließen und für uns drei ein hohes Strafmaß für diese grausame Tat zu setzen, unter der sein Mandant bis an sein

Lebensende zu leiden hätte. Mit zerknirschtem Gesichtsausdruck setzt er sich wieder.

Dann sind die Verteidiger dran.

Marius' Anwalt beginnt. Er redet und redet. Ich drehe mich um und sehe, wie er an seinem Platz steht, einen ordentlichen Stapel DIN A5-Blätter vor sich. Mit jedem Satz versucht er, seinen Mandaten rauszuhauen. Über eine Stunde redet und argumentiert er.

Dann sind wir dran. Mein Anwalt erhebt sich. Er geht in die Mitte des Saales, auf meinen Vater zu. Er schaut ihn direkt an, während er spricht. Er versucht meine Gefühlswelt noch einmal darzustellen, zu schildern in welcher Verzweiflung und Angst, in welchem Ausnahmezustand ich mich nach seinem Schlag ins Gesicht befunden hätte.

»Ihre Tochter hat jahrelang versucht, friedlich neben Ihnen zu leben. Da es freundschaftlich nicht ging, hat sie einen Zaun errichten lassen. Doch von Jahr zu Jahr hat sie sich mehr von Ihnen schikaniert, gedemütigt und bedroht gefühlt. Sie wollte Ihnen nichts vergelten. Sie wollte nur in Ruhe leben. Aber nachdem Sie Ihre Tochter als erwachsene Frau und Mutter zweier Kinder wieder ins Gesicht geschlagen haben, blieb ihr keine andere Wahl mehr. Nach der Tat, die sie so nie wollte, hat Ihre Tochter einen Schritt auf Sie zu gemacht und Ihnen die Hand gereicht, aber Sie nehmen sie nicht an.«

Seine Stimme wird energisch, und ich spüre nicht nur professionelles Engagement, sondern echte menschliche Betroffenheit. Er verteidigt mich nicht nur als Anwalt, sondern als Mensch. Dabei wendet er den Blick nicht von meinem Vater.

»Jedes Wort der Entschuldigung von Ihrer Tochter stammt aus ihrer eigenen Feder.«

Sein Auftreten ist selbstsicher. Er steht voll und ganz hinter mir.

Das Plädoyer von Helgas Anwalt ist kurz und bündig. Er fordert eine niedrige Strafe für sie.

Helga sitzt weinend dabei und zerknüllt ihr gefühlt hundertstes Taschentuch.

Die Richter schauen auf die Uhr. Der Staatsanwalt muss los. Er hat einen Termin. Er verlässt den Saal. Es ist absehbar, dass es heute nichts mehr wird mit der »Siegerehrung«.

Immer noch nicht, stöhn!

»Wir kommen nun zum letzten Wort. Herr Gersting, möchten Sie noch etwas sagen?«

Der Richter verliert zu keiner Sekunde die Geduld.

»Geben Sie alles«, höre ich, wie der Anwalt seinen Mandanten beschwört. »Das ist Ihre letzte Chance!«

Marius beginnt noch einmal, sich bei meinem Vater und dessen Angehörigen zu entschuldigen. Es sei ihm bewusst, was er angerichtet habe. Er bereue dies zutiefst. Es sei nie seine Absicht gewesen. Er sei kein Unmensch und kein Monster, er habe der Tat nie zustimmen dürfen. Seine Worte überschlagen sich. Elf Jahre Haft! Diese Forderung liegt ihm und mir in den Ohren.

Die Richter werden unruhig. Sie müssen die Verhandlung unterbrechen und einen vierten Termin ansetzen.

Am Dienstag, den 11. Juli soll es weitergehen.

»Die Verhandlung ist für heute zu Ende«, verkündet der Richter und rafft seine Unterlagen zusammen. Die Hitze steht im Saal. Es riecht nach Akten, Angst und Schweiß.

Herr Wied und ich tauschen frustrierte Blicke und greifen nach unseren Unterlagen. Plötzlich sehe ich, wie mein Vater sich erhebt und drei Schritte auf uns zu macht.

Reflexartig weiche ich zurück, weil ich denke, dass er mich schlagen wird.

Er baut sich in voller Größe vor uns auf. Seine Pranke liegt auf meinem Tisch, wenige Zentimeter vor meiner Brust. Ich spüre schon, wie sie in mein Gesicht kracht.

»Bei mir sind jetzt Kosten von fünfzigtausend Euro entstanden. Reden Sie mit Ihrer Mandantin. Wenn sie mir das Geld bezahlt …«

Emma eilt eilig von ihrem Platz herbei, stellt sich hinter ihn und versucht, ihn fortzuziehen.

»Vater, lass das!«

Er schüttelte sie unwillig ab wie ein lästiges Insekt.

»Reden Sie mit Ihrer Mandantin. Wenn sie mir das Geld bezahlt, bin ich bereit, über den Ausgleich zu sprechen.«

Er spricht über mich in der dritten Person, so als wäre ich gar nicht da.

Herr Wied steht auf, um auf Augenhöhe mit ihm zu sein. Auch ich springe schnell auf. Er soll nie wieder seine Faust auf meinen Kopf rammen wie auf einen Zaunpflock.

»Okay, reden Sie mit ihr, wie sie mir das bezahlen will, dann sehen wir weiter.« Er bleibt stur.

Emma redet auf ihn ein, nimmt seinen Arm: »Vater, komm jetzt! Wir fahren nach Hause!«

Brüsk entreißt er ihr seinen Arm und blafft sie an: »Lass mich in Ruhe, das geht dich nichts an!« Er kocht vor Wut.

Emma erstarrt zur Salzsäule, schaut ihn fassungslos an, dreht sich um und verlässt den Saal.

Mein Vater schaut meinen Anwalt bedrohlich an. Jähzorn glimmt in seinen Augen.

»Also, haben Sie mich verstanden? Fünfzigtausend Euro muss Ihre Mandantin mir bezahlen!«

Er macht auf dem Absatz kehrt und stapft davon. Keines Blickes hat er mich gewürdigt.

»Sie haben nicht gelogen, was Ihren Vater betrifft, Frau Müller. Sie haben ihn richtig gut beschrieben!«

Kopfschüttelnd verstaut Herr Wied den Laptop in seinem Köfferchen.

Nach Verlassen des Gerichtsgebäudes gehen wir zunächst in Richtung des Cafés, wo zumindest Marea wartet. Ich wünschte, ich würde Emma begegnen. Wird sie jetzt immer noch auf seiner Seite sein?

Ich weiß, dass sie ihn mit dem Auto hin und her fährt. Ihr silberner Golf steht zurzeit täglich vor seiner Einfahrt.

Mein Anwalt bleibt stehen. »Frau Müller, seien Sie mir bitte nicht böse für das, was ich Ihnen jetzt sage: Ihr Vater ist eine arme Sau. Wen hat der denn noch in seinem Leben? Seinen Ferrari und seinen Porsche. Aber sonst niemanden. Die andere Tochter hat er auch gerade vergrault. Die Zeit arbeitet für Sie. Irgendwann wird er so alt sein, dass er nicht mehr kann. Dann werden Sie Ruhe haben. Es wäre doch so schön für Sie und Emma, wenn Sie sich versöhnen könnten.«

»Nichts wünsche ich mir mehr«, bestätige ich aus vollem Herzen. »Ich habe mir immer eine harmonische Familie erträumt.«

40

Pützleinsdorf, Dienstag, 11. Juli 2017

Punkt acht Uhr hupt Marea vor meiner Haustür.

»Ich werde wohl den Schmuck verkaufen müssen, den ich von meiner Mutter geerbt habe, um all das bezahlen zu können«, seufze ich. »Ist das nicht verrückt? Der teure Schmuck, den mein Vater ihr einst aus Liebe geschenkt hat, geht jetzt für die gesamten Gerichts- und Anwaltskosten drauf.«

»Das war doch immer schon Schmerzensgeld«, sagt Marea ungerührt.

Wir warten wieder vor dem Café auf meinen Anwalt und gehen dann zusammen zum Gerichtsgebäude. Ich fühle mich sicher, als ich zwischen den beiden die Treppe hinauflaufe, den Saal betrete. Nun fühlt sich schon alles viel vertrauter an.

In den Publikumsreihen sehe ich nur vier Zuschauer sitzen. Und die beiden Frauen, die den ganzen Prozess beobachten. Wer fehlt, ist Emma.

Dafür ist Tim Hoffmann da. »Hallo, Sara, ich will doch wissen, wie das Urteil ausfällt.«

Er reicht mir die Hand, und wir halten und drücken sie eine Spur länger als notwendig.

»Frau Müller? Kommen Sie?« Mein Anwalt schmunzelt fast ein bisschen.

Ich setze mich auf meinen Platz. Mein Vater ist natürlich schon da, zusammen mit seinem Anwalt. Ich sehe Helga und ihren Verteidiger. Auch Marius sitzt schon an seinem Platz. Es fehlt nur noch mein letztes Wort und Helgas. Danach kommt dann endlich die »Siegerehrung«.

Die Richter betreten den Saal.

Wir stehen auf.

»Guten Morgen zusammen.« Der Vorsitzende Richter klingt fast schon ein bisschen familiär. Wir setzen uns.

Gleich bin ich dran. Ich suche in meiner Hosentasche nach dem Glücksbringer.

Auch der letzte Mann vom Fanclub meines Vaters, der mich am vorherigen Verhandlungstag unerwartet gegrüßt hat, ist zurück. Er lächelt mich an.

»Frau Müller, Sie haben nun die Möglichkeit zum letzten Wort. Möchten Sie noch etwas sagen?«

Der Richter schaut mich aufmunternd an.

Ich erhebe mich. Meine Stimme ist fest. »Ja, das möchte ich, bitte.«

Ich schaue meinen Vater an und beginne: »Vater, ich möchte mich noch einmal bei dir entschuldigen und hoffe, du glaubst mir, dass das so nie gewollt war. Ich war in einer Situation, die ich nicht mehr ausgehalten habe. Der Staatsanwalt hat von Rache meinerseits gesprochen, aber dem ist nicht so. Ich wollte keine Rache, ich wollte nur eine Situation beenden, die unerträglich war.«

Ich suche seinen Blick, doch er schaut mich nicht an.

»Meine Kinder haben mir diese Woche ein tolles Beispiel gegeben. Während ich diese Worte hier auf der Terrasse vorbereitet habe, spielten sie so herum, aber mein Sohn trat meiner Tochter dabei immer wieder auf den Fuß. Sie waren gelangweilt. Ich habe meine Kinder beobachtet. Mein Sohn ist stärker als meine Tochter, es gab keine Chancengleichheit. Zuerst lachte sie und rannte weg, dann nervte es sie, und beim x-ten Mal wurde sie weinerlich, denn es tat ihr sichtlich weh. Er trat immer auf dieselbe Stelle. Ich rief, dass er damit aufhören soll, doch er hat so lange weitergemacht, bis sie weinte. Sie schrie ihn an, dass er aufhören soll. Sie hat sich hinter der Hundehütte versteckt. Aber er ließ es einfach nicht sein. Er stellte ihr nach, zerrte sie hervor und trat ihr wieder auf den Fuß. Sie stieß ihn weg und floh in ihr Zimmer, aber es nützte nichts. Er folgte ihr und trat ihr weiter auf den Fuß.«

Ich mache eine kleine Pause und schaue meinen Vater an. Der ganze Saal hört mir gebannt zu.

»Nun, da hat meine Tochter plötzlich auch auf den Fuß ihres Bruders getreten. Nur ein einziges Mal. Aber mit Nachdruck. Nicht aus Rache. Meine Tochter ist ein empathischer, gutmütiger kleiner Mensch. Sie wollte nur erreichen, dass mein Sohn lernt, es in Zukunft zu unterlassen. Dass er Mitgefühl für seine kleine Schwester entwickelt. Und das hat er. Er hat daraus gelernt. Er wird es nie wieder tun.«

Ich schlucke. Die Richter schauen mich an, und ich spüre genau das in ihren Blicken: Empathie und Mitgefühl. Respekt und Wertschätzung. Ich habe sie beeindruckt.

Wieder betrachte ich meinen Vater. »Das war es, was ich wollte. Dass du *einmal* spürst, wie es sich anfühlt, gequält und gedemütigt zu werden. Herr Wied spricht hier in seiner Funktion als Anwalt immer von ›Rechtsfrieden‹. Ich als deine Tochter wünsche mir, dass wir unseren Seelenfrieden finden, dass wir ohne Rachegelüste, Hass oder Gewalt nebeneinander wohnen und leben können. Dann haben wir den ›Rechtsfrieden‹ auch gleich.«

Ich suche im Publikum nach meiner Schwester. Ich finde sie nicht. Trotzdem spreche ich weiter:

»Ich möchte mich gern bei meiner Schwester Emma bedanken. Dafür, dass sie sich in den letzten Wochen und Monaten zeitintensiv um unseren Vater gekümmert hat.«

Ich suche weiterhin die Zuschauer nach ihr ab, doch sie scheint nach dem drohenden Gebaren meines Vaters am vorherigen Verhandlungstag nicht mehr mitgekommen zu sein.

»Sie ist wohl nicht hier heute, vielleicht kann es ihr jemand ausrichten bitte. Danke.«

Ich wende mich an Marius, der ganz aufgelöst hinter mir sitzt und ein Taschentuch vor seine Augen hält.

»Ich möchte mich auch bei dir, lieber Marius, entschuldigen. Marius, ich hatte nicht die Kraft, meinem Vater auf den Fuß zu treten. Deshalb habe ich dich darum gebeten. Dass er sofort und sogar im Schlaf so brutal reagiert, hätte ich wissen müssen. Du konntest es nicht ahnen. Durch mich bist du in eine Situation geraten, die nicht einzuschätzen war, die weder du noch ich so gewollt haben, und das tut mir leid. Du hast alles verloren: deinen Job, deine Freiheit, deinen großen Traum. Ich weiß, dass du kein Unmensch bist und kein Monster.« Ich lasse diesen Satz im Saal nachklingen, mustere meinen einstigen blau behelmten Handwerker, der mich mit tränennassen Augen verzweifelt ansieht.

»Ich kann dir sagen, dass dich alle Leute, mit denen ich über dich gesprochen habe, mögen und schätzen. Du hattest immer gute Laune, warst hilfsbereit und freundlich. So sind wir uns begegnet und waren auf dem besten Weg, Freunde zu werden.« Ich spüre, wie auch meine Augen feucht werden. »Marius, du hattest einen Traum, den du mir auf dem Baugerüst freudestrahlend verkündet hast. Du wolltest um die Welt reisen und deine Freiheit auskosten, die du dir so hart erarbeitet hast. Vielleicht hättest du bald geheiratet und auch eine kleine Tochter bekommen.« Ich muss innehalten und warten, bis mein Kinn aufhört zu zittern.

»Auf all das musst du jetzt sehr lange verzichten. Die Frau, die du vielleicht getroffen hättest, wirst du erst mal nicht treffen, und die Tochter, die du vielleicht bekommen hättest, wirst du wahrscheinlich nicht bekommen. Das tut mir unendlich leid, denn du wärst ein guter und liebevoller Vater. Ich weiß, dass jedes kleine Mädchen« – und hier wende ich mich wieder meinem Vater zu – »einen liebevollen, zugewandten Papa braucht, dem es vertrauen kann und von dem es sich getragen fühlt. Vielleicht in die große Freiheit, vielleicht auch nur in häusliche Geborgenheit.«

Wieder mache ich eine Pause und sehe, dass die Augen meiner Zuhörer feucht geworden sind.

»Ich möchte mich bei Ihnen, Herr Richter, bedanken. Sie haben mir die Chance gegeben, mich zu erklären. Sie haben aufmerksam zugehört und mich ausreden lassen. Dasselbe gilt auch für die Beamten der Kriminalpolizei« – ich drehe mich kurz zu Tim Hoffmann – »und für meinen Anwalt. Es fiel oft der Satz ›Ich kann Sie verstehen.‹ – Dadurch fühle ich mich jetzt besser. Dankeschön.«

Das waren sie, meine letzten Worte bei diesem Gerichtsprozess.

Mein Vater sitzt nach wie vor reglos auf seinem Stuhl.

Helgas letztes Wort fällt kurz aus. Unter Tränen entschuldigt sie sich noch einmal stockend bei meinem Vater und versucht zum Ausdruck zu bringen, wie sehr es ihr leidtut.

Sie liest alles von ihrem Zettel ab, der in ihren Händen stark zittert.

»Die Kammer zieht sich zur Urteilsberatung zurück. Die Verkündung findet um zwölf Uhr statt.«

Zweieinhalb Stunden heißt es nun wieder ausharren. Vor der Tür wartet Marea auf mich. Zusammen mit meinem Anwalt gehen wir die Treppe hinunter und dann auf die Straße. Ich schaue mich um, in der Hoffnung, dass Daniel vielleicht doch noch gekommen ist, aber dem ist nicht so. Auch Emma lässt sich nicht blicken. Die drei Anwälte gehen zusammen ins übliche Café, doch mich zieht es ins Freie. Die samtene Sommerluft ist herrlich! Ich muss tief Luft holen, wenn ich an Marius denke, der schon wieder in einer Zelle sitzt. Marea und ich schlendern auf den Marktplatz und besetzen einen schönen Tisch unter der herrlichen Sonne. Wir essen Eis, trinken Kaffee, bestellen Obstsalat und natürlich spekulieren wir, wie die »Siegerehrung« ausfallen wird. Ich bin so aufgeregt, dass ich zweimal auf die Toilette muss und eine nach der anderen rauche.

Dann kommt der Moment, an dem es Zeit wird, zurückzugehen. Bevor wir losgehen, husche ich aber noch schnell in das Café und kaufe eine Bonbonniere für Simone und Pralinen für Marea.

»Ich bin dir so unendlich dankbar, dass du mich begleitest. Ich weiß nicht, ob ich das ohne deine Unterstützung geschafft hätte. Vielen Dank.« Sie freut sich und nimmt mich in den Arm. Danach kehren wir in den Saal zurück.

Direkt vor der Tür spricht mich der Mann vom Fanclub an.

»Frau Müller, wir kennen uns.«

»Ja, vom Sehen kenne ich Sie auch.«

»Ich wollte nur noch schnell sagen: Ich kann Sie verstehen.«

Tja. Diesen Satz höre ich jetzt sogar schon von der gegnerischen Seite.

»Ich dachte, Sie sind zur seelischen und moralischen Unterstützung meines Vaters hier?«

»Ich? Nein! Ganz sicher nicht. Ihren Vater kenne ich seit

Jahren, schon bevor Sie überhaupt geboren wurden. Ich wollte schon immer mal so einen Prozess verfolgen und habe jetzt einfach die Gelegenheit genutzt, da ich Sie beide kenne. Was Ihr Vater für ein Mensch ist, glaubte ich zu wissen. Aber dass es so schlimm war, hätte ich nicht gedacht.«

»Was ist mit den anderen beiden Männern, die am ersten Verhandlungstag da waren?«

»Frau Müller, ich glaube, die wollen die Wahrheit einfach nicht hören. Die wissen im Grunde auch, was Ihr Vater für ein Mensch ist, aber die wollen es nicht hören. Deswegen sind die nicht mehr gekommen. Mich hat es aber interessiert, was wirklich hinter dieser ganzen Sache steckt. Ich bin das Stammtischgerede so leid. In Wirklichkeit hat doch keiner eine Ahnung.«

Ich schenke ihm ein Lächeln: »Was ich da drin gesagt habe, können Sie gern beim nächsten Stammtisch wiedergeben. Ich stehe hinter jedem Wort.«

Der Mann tippt sich an die Stirn, als wollte er sagen: »Alle Achtung.«

Ich öffne die Tür und gehe voraus. Ich spüre, wie gut es mir tut, dass der Mann mich angesprochen hat. Ich muss mich noch einmal zu ihm drehen und bedanke mich bei ihm.

Ich gehe zu meinem Platz und frage Marius, dem gerade wieder die Handschellen abgenommen werden: »Wie geht es dir?«

»Sara, ich habe solche Angst.«

Ich denke an die elf Jahre, die der Staatsanwalt gefordert hat. Elf Jahre! Was mich betrifft, bin ich mir sicher, dass ich mit einer Bewährungsstrafe und einer ordentlichen Geldstrafe davonkommen werde. Hoffentlich wird der Erlös der Schmuckstücke meiner Mutter dafür ausreichen. Wird mein

Vater je davon erfahren? Und wird ihm klar werden, dass er mit seinen teuren Geschenken keine echte Liebe kaufen konnte?

Auf einmal wird mir doch anders. Bewährung? Kann ich mir wirklich sicher sein? Ich habe jedenfalls getan, was ich konnte. Ich hatte einen tollen Verteidiger. Eine großartige Plattform, mich zu erklären.

Wieder fangen die Fotografen an zu knipsen. Ich drehe ihnen den Rücken zu.

Die Richter kommen herein.

Alle erheben sich. Ich stehe gerade und erhobenen Hauptes da. Eine musste es mal tun: zurückschlagen. Ich habe es für alle getan, denen Ähnliches widerfahren ist wie mir. Und für meine Mutter. Ich stehe dazu.

Der Richter verkündet in amtlichem Ton:

»Im Namen des Volkes ergeht folgendes Urteil:

Die Angeklagten sind schuldig:

Marius Gersting, des versuchten Mordes in Tateinheit mit gefährlicher Körperverletzung.

Sara Müller, der Anstiftung zur gefährlichen Körperverletzung.

Helga Bender, der Beihilfe zur vorsätzlichen Körperverletzung.«

Mein Herz hämmert mir dermaßen laut in den Ohren, dass ich seine Worte kaum verstehen kann. Meine Hände sind feucht und stützen sich vor mir auf dem Tisch ab. Sie hinterlassen eine Schweißspur. Aber ich stehe dazu, stehe hier und werde das Urteil annehmen.

»Die Angeklagten werden verurteilt:

Marius Gersting zu einer Freiheitsstrafe von sieben Jahren und sieben Monaten.

Sara Müller zu einer Freiheitsstrafe von zehn Monaten, deren Vollstreckung zur Bewährung ausgesetzt wird.«

Bewährung! Bewährung! Bewährung!, jubelt es in mir. Ich gehe hier frei raus!!

»Helga Bender zu einer Geldstrafe von vierzig Tagessätzen zu jeweils fünfundzwanzig Euro.«

Unwillkürlich denke ich erneut, dass das genau die tausend Euro sind, die ich ihr wiedergegeben habe. Ich finde, die hat sie gut angelegt.

»Die Angeklagten tragen die Kosten des Verfahrens und die notwendigen Auslagen des Nebenklägers.«

Meine Beine zittern wie Espenlaub. Ich werde meine Kinder gleich in die Arme schließen. Ich werde wieder in meinem Garten sitzen. Als freie Frau. Ich werde hoch erhobenen Hauptes durch den Ort gehen. Die Leute werden mich grüßen. Sie können mich verstehen.

Währenddessen rauscht die lange Urteilsbegründung des Richters an mir vorbei. Der Stein der Erleichterung fällt und fällt und fällt. Der Richter redet und redet und redet. Wir stehen die ganze Zeit.

»Kommt denn noch eine Geldstrafe?«, frage ich leise meinen Anwalt.

»Nein, es kommt nichts mehr.«

Ich darf den Schmuck meiner Mutter behalten. Dabei geht es mir nicht um den materiellen Wert. Sondern um die Würde. Um ihre und meine Würde. Und um die Würde aller Frauen, die genau solche Männer und Väter haben wie meine Mutter und ich.

Das meiste, was der Richter sagt, betrifft Marius, doch dann wendet er sich noch mal an mich:

»Bei der Angeklagten Sara Müller ist die Kammer vom Strafrahmen einer Freiheitsstrafe von sechs Monaten bis zu zehn Jahren ausgegangen. Die Kammer hat das Vorliegen der Voraussetzung für eine so hohe Strafe im Sinne eines minderschweren Falles verneint.

Bei der Strafzumessung innerhalb der vorstehend genannten Strafrahmens hat die Kammer zugunsten der Angeklagten berücksichtigt, dass sie die ihr zu Last gelegte Tat vollumfänglich eingeräumt hat, dass sie als Kind sehr unter dem Geschädigten, ihrem Vater, gelitten hat und durch dessen gewaltsamen Übergriff Ende November 2016 gedemütigt und psychisch getroffen worden ist, dass sie nicht vorbestraft ist und dass sie sich in der Hauptverhandlung bei dem Geschädigten entschuldigt und aufrichtig Reue gezeigt hat. Andererseits durfte nicht übersehen werden, dass die Angeklagte einen starken Willen zur Tat hatte. Unter nochmaliger Abwägung aller vorstehend genannten, für und gegen die Angeklagte sprechenden Umstände hat die Kammer deshalb die Freiheitsstrafe von zehn Monaten für tat- und schuldangemessen erachtet. Die Vollstreckung dieser Freiheitsstrafe konnte zur Bewährung ausgesetzt werden. Die Sozialprognose erachtet die Kammer bei der Angeklagten als positiv. Die Angeklagte war bei der Begehung der Tat nicht vorbestraft. Es ist zu erwarten, dass sie sich schon die Verurteilung zu der Freiheitsstrafe zur Warnung dienen lässt und künftig auch ohne die Einwirkung des Vollzugs keine Straftaten mehr begehen wird.«

Er schaut mich gütig mahnend an.

»Sie, Frau Müller haben jetzt die Gelegenheit, sich in den nächsten zwei Jahren zu bewähren.«

Ich nicke nur und denke mir: *Ich?* Ich habe jetzt die Gelegenheit, *mich* zu bewähren? Ruhig bleiben. Ich schaue zu Marea. Sie beschwört mich mit Blicken: Ruhig bleiben. Ich muss jetzt nur ruhig bleiben.

Es folgt noch Helgas Entlassung und Ermahnung. Sie weint schon wieder. Wie viele Tränen kann man haben? Und wegen meines Vaters vergießen? Ich habe schon lange keine Tränen mehr.

»Die Verhandlung ist hiermit beendet.«

Es folgt allgemeines Gerede. Ich schaue zu meinem Vater. Na, bist du jetzt zufrieden? Jetzt bin ich vorbestraft und zwar deinetwegen. Schau, wozu du mich gebracht hast. Was bist du nur für ein Vater?

Ich erhebe mich von meinem Platz und schaue zu Tim Hoffmann. Er sieht mich erleichtert an. Ich signalisiere ihm, dass er vor der Tür auf mich warten soll. Er nickt mir zu. Dann drehe ich mich um. Ich lehne mich über Marius' Tisch. Er beugt sich vor. Unsere Köpfe sind ganz nah beieinander, und ich würde ihn so gern in den Arm nehmen. Er tut mir unendlich leid.

»Was haben wir gemacht? Was haben wir bloß gemacht?«

Er legt seine Hand auf meinen Arm. »Mach dir keine Gedanken, Sara, das geht vorbei.«

»Marius, du musst siebeneinhalb Jahre ins Gefängnis. Wie konnte das nur passieren?«

Plötzlich weine ich heiße Tränen. Aber nicht um meinen Vater, sondern um den armen Marius. Doch der gibt sich tapfer. Vermutlich steht er total unter Schock. »Mach dir keine Gedanken, das geht vorbei«, wiederholt er. »Ich sitze das auf einer Arschbacke ab.« Er stellt sich hin und bekommt Handschellen angelegt. Ich bin noch nicht fertig. Ich möchte noch etwas sagen, aber ich weiß nicht was. Er muss hinter Gitter, und trotzdem nimmt er alle Last und Schuld von mir.

»Ich lass dich nicht hängen. Ich werde dir helfen, so gut wie ich kann. Ich werde für dich da sein.«

Er kommt noch mal zurück. Der Beamte lässt ihn. Wieder stecken wir unsere Köpfe zusammen.

»Marius, du hattest den großen Traum von der Weltreise ...«

»Sara, die hole ich nach. Ich nutze die Zeit im Gefängnis. Ich lerne Sprachen und hole meinen Schulabschluss nach. Ich schreibe dir, okay?«

Ich kann nicht anders. Ich gebe ihm im Saal einen Kuss auf die Wange. Einen Kuss als Dankeschön, dabei würde ich am liebsten zusammenbrechen.

Warum muss mein Vater jetzt nicht ins Gefängnis? Für all das, was er seinen Mitmenschen angetan hat?

Marius wirkt zuversichtlich und wird aus dem Saal geführt. Ich wische mir brüsk über die Augen und bemerke, dass ich von meinem Anwalt, von Helgas und von Helga selbst beobachtet werde. Mein Anwalt hat seine Sachen schon zusammengepackt, und wir gehen vor die Tür. Die meisten sind schon weg. Vor der Tür warten Marea und Tim Hoffmann auf mich. Die beiden anderen Anwälte verabschieden sich, und auch mein Anwalt muss los, zum Flughafen. Sein Urlaub beginnt heute.

»Muss ich zu einem Bewährungshelfer?«

»Nein.«

»Darf ich ins Ausland?«

»Ja. Sie können alles machen wie bisher auch. – Außer Ihren Vater verprügeln.« Er grinst.

»Ich danke Ihnen sehr für alles.«

Er lächelt: »Ich schlage vor, wir telefonieren nach meinem Urlaub noch einmal. Ich wünsche Ihnen alles Gute, Frau Müller.«

»Vielen Dank.« Er geht die Treppe hinunter ins Parkhaus, und übrig bleiben Marea, Tim Hoffmann und ich.

»Das ist doch super gelaufen.« Der Kripobeamte drückt meine Hand.

»Ja, das kann man wohl sagen.« Vor Erleichterung lasse ich mich gegen die Wand sinken.

»Sie haben sich wahnsinnig toll geschlagen, und ich wünsche Ihnen, dass Sie jetzt zur Ruhe kommen.«

Ich lehne an der Wand und habe keine Kraft mehr.

»Alles gut, Sara?« Marea steht etwas abseits.

»Kann ich helfen?« Tim Hoffmann sieht mich besorgt an.

»Ich würde jetzt gerne etwas machen, was ich bei meiner Vernehmung gern gemacht hätte.«

»Was denn?«

»Meinen Kopf an Ihre Schulter legen.« Und ich lege meinen Kopf an seine Schulter.

Er ist erst etwas irritiert, doch dann nimmt er mich in den Arm und streicht mir über den Rücken.

Ich spüre, dass er lächelt.

41

Pützleinsdorf, Sommer 2017

Von Daniel höre und sehe ich nichts mehr, aber es ist in Ordnung für mich. Ich besinne mich auf mich selbst und auf meine Kinder. Manchmal sehe ich meinen Vater, wie er auf seiner Terrasse sitzt oder die Straße entlangläuft. Mir scheint, als würde er durch mich hindurchschauen, als wäre ich Luft für ihn.

Das hätte doch in den Jahren davor auch schon so sein können. Dass wir einander einfach in Ruhe lassen. Der Zaun steht. Oft sehe ich auch den silbernen Golf meiner Schwester vor seiner Einfahrt. Emma putzt und kocht für ihn, und wenn sie wieder fährt, nimmt sie seine schmutzige Wäsche mit.

Er wirkt jetzt gebrechlicher als früher.

Wenn wir nach Hause kommen, sitzt er meist auf seiner Terrasse und schaut zu uns herüber, aber ohne je wieder einen Ton zu sagen.

Es ist, als wäre eine gläserne Wand zwischen uns. Als würden wir uns gegenseitig in einem Schaufenster betrachten.

Ich sehe aber auch, wie er meinen Kindern nachschaut, wenn sie auf der Straße oder auf der Terrasse spielen. Manchmal sehe ich ihn traurig lächeln. Er hat so viel verloren.

Mir ist klar, dass er und ich in diesem Leben nie wieder zusammenkommen werden.

Über die Menschen hier im Ort erfahre ich, dass mein Vater an Krebs erkrankt sein soll. Die einen sprechen von Blasenkrebs, die anderen von Lymphdrüsenkrebs. Alles was ich sehe, ist, dass er kaum noch sein Haus verlässt. Er ist mittlerweile eine Etage tiefer in seine Einliegerwohnung gezogen. Die vielen Stufen sind wohl zu anstrengend für ihn geworden, und so sitzt er auf der kleinen Terrasse unterhalb seines Balkons vor seinem Fischteich und starrt ins Nichts.

Wieder einmal lehne ich am Balkongeländer und schaue gedankenverloren den Rauchschwaden nach.

Und sehe ein anderes Auto als sonst vor seiner Garage stehen. Es ist nicht Emmas silberner Golf. Vielleicht irre ich mich, aber es sieht aus wie Helgas Auto.

Helga besucht ihn doch nicht etwa?

Nun, das geht mich nichts an. Unser Kontakt hat sich seit dem Prozess stark reduziert. Nein, wenn ich ehrlich bin, dann hat er sich erledigt. Ich gehe schlafen.

Am nächsten Morgen sitze ich wieder auf dem Balkon. Der Wagen ist weg. Es lässt mir aber keine Ruhe.

Ich greife zu meinem Handy und schreibe:

Hallo Helga, warst du gestern bei meinem Vater??

Es dauert keine Minute, bis ich ihre Antwort erhalte:

Das hast du aber gut beobachtet.

Ich sinke in meinem Gartenstuhl zurück und starre geradeaus.

Das kann doch nicht wahr sein! Helga war bei meinem Vater? Warum? Ich kann nicht anders und rufe sie an. Sie nimmt nicht ab. Das gibt es nicht, sie war doch gerade noch am Handy. Ich versuche es erneut. Sie nimmt immer noch nicht ab. Nach dem dritten Versuch lasse ich es gut sein. Ich verstehe: Sie will nicht mit mir sprechen.

42

Pützleinsdorf, zwei Jahre später im Sommer 2019

Ich genieße diesen Sommer in vollen Zügen. Meine Balkonblumen blühen in den schönsten Farben. Ich gieße sie gerade mit Hingabe, als ich meinen Vater drüben schreien höre. Er ist böse und aggressiv, und es ist Emma, die er wütend anschreit. Irgendetwas hat sie ihm nicht recht gemacht.

Worum es genau geht, kann ich nicht verstehen, aber ich vernehme deutlich, wie sehr beide in Rage sind. Sie schreit zurück, etwas klirrt, Türen knallen. Schlussendlich steigt Emma in ihr Auto und fährt davon.

Als ich bald darauf mit Tommy vom Gassigehen zurückkomme, sehe ich wieder Helgas Auto vor dem Haus meines Vaters. Ob das meine Schwester weiß? Wurde sie ausgetauscht? Macht jetzt Helga die Drecksarbeit? Ich gehe in mein Haus, hole meinen Geldbeutel und einen Stoffbeutel. Ich muss noch einkaufen. Ich betrete die Garage und steige in mein Auto. Was für ein Zufall, dass Helga gerade in ihres steigen will, als ich daran vorbeifahre. Unsere Blicke treffen sich, dann schaut sie zu Boden, fast so als wäre sie beschämt. Ich setze meinen Weg fort.

In den Sommerferien fahren wir nach Kroatien. Als wir Anfang September zurückkommen, sehe ich meinen Vater im Garten stehen. Er wirkt kraftlos. Seine Haut ist fahl und schlaff. Er ist nicht mehr der Bär, der er einmal war. Er steht einfach nur da und schaut den Zaun an. Mich sieht er nicht. Ich erschrecke, wie alt er geworden ist und in welch schlechtem Zustand er zu sein scheint. Nachdem wir munter aus dem Auto gestiegen sind und unser Gepäck hinaufgetragen haben, dreht er sich um und setzt sich wieder auf den Stuhl auf seiner Terrasse.

Nach dem Reitunterricht am Samstag darauf eilen Romy und ich lachend die Treppe hoch.

»Ab unter die Dusche mit dir, ich mache solange das Mittagessen fertig.« Auch an diesem Tag sitzt er auf seinem Stuhl und schaut zu uns herüber. Wortlos. Kraftlos. Leer.

Am nächsten Morgen gehe ich nach dem Frühstück meine gewohnte Runde mit Tommy.

Als ich wieder zu Hause bin, ist seine Haustür geschlossen. Er sitzt nicht auf seiner Terrasse wie sonst. Der Tyrannosaurus hat sich in seine Höhle zurückgezogen.

Ich mache das Mittagessen für uns drei und schicke am Nachmittag die Kinder zum Gassigehen. Die Sonne strahlt in ihrer ganzen Pracht, und ich setze mich auf den Balkon, um ein wenig zu lesen. Hera Lind. Ein irre spannender Tatsachenroman, *Über alle Grenzen*. Das könnte auch der Titel meiner Geschichte sein! Der Frau sollte ich wirklich meine Story schicken, denke ich. Warum mache ich das nicht einfach? Mehr als absagen kann sie mir nicht. Ich genieße die Sonne, bis die Kinder zurückkommen, dann schauen wir uns gemeinsam eine DVD an. Es fühlt sich ein wenig an wie Urlaub. Die Balkontüre ist den ganzen Tag weit geöffnet, das Einzige, das etwas nervt, ist Tommy, der grundlos bellt.

Es ist 19 Uhr 20, als mein Handy eine SMS meldet. Von Kerstin, meiner Cousine.

Hallo, Sara, soeben habe ich erfahren, dass dein Papa gestorben ist.

Wie? Der saß doch eben noch da?

Nein. Das war ja gestern.

Ich lese die Nachricht erneut und spähe vom Balkon zu ihm hinüber. Nein, er sitzt nicht da. Alle Rollläden sind unten, auch die von Wohnzimmer und Küche. Hatte er sich zum Sterben zurückgezogen? Ich rufe meine Cousine an.

»Woher weißt du das?«, beginne ich sofort.

»Emma hat gerade angerufen.«

»Aber das kann doch nicht sein. Ich war fast den ganzen Tag zu Hause.«

»Er hat sich ins Bett gelegt und ist einfach gestorben. So als hätte er es geplant.«

»Ich war doch hier, den ganzen Tag, ich habe nichts davon mitbekommen.«

»So hat Emma es mir erzählt. Sie selbst war allerdings nicht bei ihm. Sie ist gerade im Urlaub. Ihre Tochter hat ihn gefunden.«

Ich atme tief durch. »Okay, danke, dass du mir Bescheid gegeben hast.«

»Gerne Sara, wenn was ist, dann melde dich, aber ich denke, du musst das jetzt auch erst mal verdauen.«

»Ja, das muss ich.«

Wieder schaue ich rüber. Ja, denke ich mir, Tommy hat mehr gebellt als sonst.

Ich gehe rein und frage meine Kinder: »Habt ihr heute den Opa schon gesehen?«

»Nein.« Romy hebt den Kopf von ihren Bastelarbeiten. »Er saß nicht draußen wie sonst immer.«

»Warum?«, fragt Moritz, der über seinen Matheaufgaben brütet.

»Er soll gestorben sein.«

Ich schicke die Kinder ins Bett. Mir ist nach einem Schnaps

zumute, aber ich habe keinen im Haus. Alles, was ich im Kühlschrank finden kann, ist ein Werbegeschenk, einen Piccolo. Ich setze mich auf den Balkon und öffne die Flasche. Ich zünde mir eine Zigarette an. Noch immer kann ich es nicht glauben. Er kann doch nicht einfach sterben. Wir waren noch nicht fertig miteinander. Oder doch? Es fühlt sich unvollendet an.

Ich erinnere mich an gestern, als ich mit Romy vom Reiten kam. An seinen leeren, traurigen Blick. An diesen kraft- und wortlosen Mann. Es war das letzte Mal, dass ich ihn sehen sollte. Warum hat er mich nicht angesprochen? Warum hat er vor seinem Tod nicht noch irgendwas zu mir gesagt? So was spürt man doch oder? Ich fühle mich verraten, lege die eiskalte Flasche an meine Wange. Warum hat er mir nicht gesagt, dass es ihm leidtut? Dass ich seine Tochter bin? Dass er mich im Grunde seines Herzens immer geliebt hat?

Ich trinke den eiskalten Sekt. Es kribbelt in meinem Bauch. Man sagt seinem Kind doch noch Lebwohl. Mein Kinn zittert. Ich habe einen Kloß im Hals und fühle mich plötzlich unendlich allein. Jetzt ist er friedlich eingeschlafen, ohne noch ein Wort mit mir gewechselt zu haben. Ich bin traurig und kann nicht anders, ich heule einfach drauflos. Jetzt ist es zu spät, jetzt ist es vorbei. Jetzt wird er mir nichts mehr tun können, jetzt wird es aber auch mit Sicherheit keine Versöhnung mehr zwischen uns geben. Hatte ich darauf nicht unbewusst immer noch gehofft?

Ehe ich mich's versehe, ist die Flasche leer, und der Alkohol verstärkt mein Gefühlschaos umso mehr. Ich schreibe eine Nachricht an Helga.

Hat seine arme Seele nun Ruhe gefunden?

Von ihr kommen sofort drei Fragezeichen zurück.

Er soll gestorben sein.

Wer sagt das??

Meine Schwester hat bei meiner Cousine angerufen und die wiederum bei mir.

Kurze Pause. Helga schreibt.

Ich war letzte Woche mal kurz zum Frühstück bei ihm.

Er sah schlecht aus. Was passiert jetzt??

Ich antworte:

Keine Ahnung. Ich melde mich, wenn ich mehr weiß.

Von Helga kommt nichts mehr. Sie muss es wohl auch erst mal verarbeiten.

Es ist Zeit, schlafen zu gehen. Mein Kopf rauscht. Noch einmal schaue ich rüber, dort ist es dunkel und ruhig.

43

Pützleinsdorf, Anfang Oktober 2019

Mein Handy klingelt. Helga. Ich nehme das Handy mit auf den Balkon.

»Weißt du schon was wegen der Beerdigung?«

»Ja. Soweit ich erfahren habe, soll sie nächsten Freitag stattfinden. Willst du hingehen?«

Zwischen uns herrscht kühle Sachlichkeit. Wir waren wohl immer schon eher Leidensgenossinnen als Freundinnen. Ohne meinen Vater verbindet uns nichts mehr.

»Ich würde schon gern hingehen und mich verabschieden, aber ich trau mich nicht.«

Ich nicke, während mein Herz langsam wieder etwas ruhiger schlägt.

»Ja, so geht es mir auch. Ich überlege noch, aber ich denke, ich werde nicht gehen.«

Ich höre, wie ihre Gehirnzellen rattern, wie sie mit sich kämpft.

»Sara, wie geht es dir jetzt damit?«

Ich inhaliere tief. »Es ist merkwürdig. Ich verspüre Erleichterung. Es ist vorbei, das beruhigt.«

»Ja, so geht es mir auch. Ich kann es noch gar nicht richtig glauben.«

»Ich auch nicht. Kam doch irgendwie plötzlich.«

»Als ich bei ihm war, habe ich ihn noch gefragt, ob ich ihn ins Krankenhaus fahren soll.«

»Warum warst du überhaupt bei ihm? Warum hast du ihn nicht in Ruhe gelassen?«

»Er hat mich angerufen und gefragt, ob ich zum Frühstück kommen möchte.«

»Und was habt ihr geredet? Ich meine, habt ihr über *die Sache* geredet?

»Nicht einen Ton. Als ich gehen wollte, haben wir uns sogar kurz geküsst. Jetzt glaube ich, dass er sich von mir verabschiedet hat.«

Als das Telefonat beendet ist, schüttle ich den Kopf: Manche Dinge muss man nicht verstehen. Aber *von ihr* hat er sich wenigstens verabschiedet. Und sie kurz geküsst.

Plötzlich spüre ich, wie ich traurig werde. Wie sehr hätte ich mir eine ähnliche Geste gewünscht. Er war doch mein Vater!

»Er hat mir leidgetan, der Opa.«

Romy und ich kommen gerade vom Reiten nach Hause. Es ist genau eine Woche her, dass er zum letzten Mal auf seiner Terrasse saß.

»Warum?« Erstaunt sehe ich sie an, während ich mein Auto abschließe.

»Er war doch ganz allein.«

Ich nehme sie bei den Schultern, und diesmal gehen wir langsam und nachdenklich die Treppe hinauf.

»Weißt du Romy, dein Opa hatte eine große Familie und einen noch größeren Freundes- und Bekanntenkreis. Dass er am Ende ganz allein auf seiner Terrasse saß, hat er sich selbst zu verdanken. Möchtest du auf seine Beerdigung gehen?«

»Nein, ich kannte ihn doch gar nicht. Aber Mama, wenn du gehen möchtest, dann begleite ich dich.«

Gerade und stolz läuft mein Kind vor mir her. So geht das: Tochter sein.

Mir schießen Tränen in die Augen.

Oben angekommen, frage ich Moritz, ob er zur Beerdigung gehen möchte.

»Nein.«

Klarer und deutlicher hätte er es nicht aussprechen können. Ich dagegen hadere während der nächsten Tage mit mir, ob ich gehen soll oder nicht. Nein, entschließe ich mich. Ich möchte keinen Streit heraufbeschwören. Meiner Schwester fällt der Abschied sicherlich schwerer als mir. Ich habe Angst vor Fragen wie »Bist du jetzt zufrieden? War es das, was du wolltest?«

Neugierig rufe ich Helga an. »Und, wirst du hingehen?«

»Ja, ich werde doch zur Beerdigung gehen, aber ich werde mich verkleiden.«

»Wie, du willst dich verkleiden?«

»Ich werde eine Perücke aus langen schwarzen Haaren tragen, außerdem verhülle ich mein Gesicht mit einem dicken Schal und einer Sonnenbrille.«

»Du hast ja einen Knall, Helga.« Fast muss ich lachen.

Helga hört sich entschlossen an. »Ich möchte mich von ihm verabschieden. Aber ich möchte nicht erkannt und schon gar nicht angesprochen werden. Ich habe ihn einmal geliebt.«

Da der Friedhof in unserer Straße liegt, entgeht es mir nicht, als die Beerdigung zu Ende ist. Den vielen Autos nach zu urteilen, sind sehr viele Menschen gekommen. Als alle weg sind, gehe ich zum Friedhof und suche nach seinem Grab. Da steht nun also das Holzkreuz mit seinem Namen drauf. Ich kann es immer noch nicht glauben. Da liegt er nun. Ein Urnengrab, geschmückt von vielen Kränzen mit bedruckten Schleifen. Es ist vorbei.

»Wie war die Beerdigung?«, frage ich Helga später am Telefon.

»Es waren über hundert Personen da. Die Trauerrede war sehr schön und vor allem ehrlich. Es heißt ja immer: Nirgends wird so viel gelogen wie auf einer Beerdigung. Aber ich muss sagen, diese Rede war ehrlich. Auch dein Name und der deiner Kinder ist gefallen.«

Am nächsten Tag treffen Helga und ich uns vor dem Friedhof. Zusammen gehen wir an sein Grab. Da sind wir nun zu dritt vereint, auch wenn auch mein Vater unter der Erde liegt. Schweigend stehen Helga und ich nebeneinander. Es kommt mir alles so unvollendet vor. Wir haben ihn doch auch geliebt. Und er uns. Auf seine Weise.

Auf dem Parkplatz, am Auto, sagt sie plötzlich: »Komm lass dich mal drücken.« Sie nimmt mich in den Arm.

Es ist vorbei. In mir bleibt nur eine einzige Leere zurück. Warum?, frage ich mich immer wieder. Warum, Vater?

Später gehe ich mit Tommy Gassi, wie immer über die Feldwege zum Weinberg. Von hinten nähert sich ein Auto, und ich ziehe den Hund zur mir heran, trete zur Seite. Es kommt selten vor, dass hier ein Auto fährt. Es ist das Auto meines Vaters, und ein beklemmendes Gefühl überkommt mich. Es hält neben mir, und kurz bin ich vollkommen getriggert. Aber es ist Emma!

Sie lässt die Scheibe herunter: »Möchtest du noch etwas aus dem Haus?«

Ich beuge mich überrascht zu ihr und schaue ihr ins Gesicht. Sie sieht müde und völlig erschöpft aus, ihre Augen sind rotverweint. Es geht ihr nicht gut.

»Erst mal guten Tag, Emma.«

»Hallo, Sara.«

Das sind unsere ersten Worte, als wir uns nach Jahren wiedersehen. Ich kratze mich verlegen am Kopf.

»Ich weiß nicht, ob ich etwas aus dem Haus möchte, ich kann das jetzt so spontan nicht beantworten.«

Ich bin so dankbar, dass Emma das erste Mal seit der Tat wieder mit mir spricht!

»Wenn du etwas möchtest, dann gib Bescheid. Du kannst es haben, egal was.«

»Was passiert denn jetzt mit dem Haus?«

»Das hängt davon ab, ob du deinen Pflichtteil einklagen

wirst oder nicht. Wenn ja, muss es verkauft werden.« Emma wischt sich mit dem Handrücken über die Augen. »Es gibt ein Testament, darin hat er es mir vermacht. Ich kann es dir gerne zeigen.«

Wenn ich eins nicht will, dann noch einen Prozess.

»Es ist schon okay, Emma. Wenn ich etwas bekomme, freue ich mich, aber ich werde keine juristischen Anstrengungen unternehmen deswegen.«

»Es gibt noch viel Geschirr von deiner Mutter.«

Emmas Blick wird allmählich freundlicher.

»Oder möchtest du was von den Möbeln?«

»Emma, ich weiß nicht, ich kann das jetzt so auf die Schnelle nicht sagen. Ich war ja ewig nicht mehr drüben in meinem ›Elternhaus‹.« Ich male Anführungsstriche in die Luft.

»Ich melde mich bei dir, wenn ich wieder da bin. Dann kannst du rüberkommen und selbst schauen. Warst du eigentlich auf der Beerdigung? Es waren so viele Leute da, ich habe dich und die Kinder nicht gesehen.«

»Nein. Wir waren nicht da. Aber was ich dir bei der Gelegenheit noch sagen möchte: Ich habe das alles so nicht gewollt. Ich hoffe, du glaubst mir das. Er sollte ein Veilchen bekommen, nicht mehr. Aber dann ist einfach alles schiefgelaufen.«

Sie nickt. Seit über zwanzig Minuten stehen wir dort und reden, und es tut gut.

»Hast du die Trauerrede? Weil Helga gesagt hat, wir kommen darin vor.«

»Ich schick sie dir.«

Nur wenige Minuten nachdem sie weitergefahren ist, meldet mein Handy den Eingang einer Nachricht: die Trauerrede.

Ich setze mich an den Wegesrand und beginne zu lesen:

»... gearbeitet hat er wie ein Getriebener ... Aus seinem ursprünglich kleinen Umzugsunternehmen wurde ein riesiger Fuhrpark, der über die Grenzen des Landes bekannt war. Für seinen beruflichen Erfolg zahlte er einen hohen Preis (...) Er ging nicht gerade zimperlich mit seinen Mitmenschen um. (...) So etwas geht an keinem spurlos vorbei, denn er war cholerisch, jähzornig, ja gewalttätig. Das lässt sich nicht beschönigen. Gleichzeit schlugen zwei Seelen in seiner Brust. Er konnte charmant, großzügig und hilfsbereit sein. Doch all das konnte seine andere Seite keinesfalls aufwiegen (...) So bleibt die Erinnerung an einen vielschichtigen Menschen, der seine Fehler hatte, wie wir alle unsere Fehler haben (...) Vor drei Jahren überlebte er nur ganz knapp einen Überfall. Im Nachhinein ist es müßig, über die Hintergründe zu spekulieren. Danach, so meinte seine Tochter Emma, hat sie ihren Vater oft nicht wiedererkannt. Der einst so aktive Mann saß jetzt oft einfach nur auf der Terrasse oder am Gartenteich (...) Während er früher ein ruheloses Schaffender, ein Lauter, Geselliger war, saß er jetzt reglos im Stuhl und hielt stumme Zwiesprache mit den Fischen – ein ungewöhnliches Bild (...) Dass er zu seinen Enkeln nebenan keinen Kontakt hatte, das traf ihn hart. Er war doch im Grunde seines Herzens ein Familienmensch und wünschte sich nichts mehr, als von allen geliebt zu werden.«

Mir kommen schon wieder die Tränen. Stimmte das? War es hart für ihn, dass er zu meinen Kindern keinen Kontakt hatte? Ich erinnere mich, wie er da stand und ihnen beim Spielen auf der Straße zusah.

Nein, Sara, reiß dich zusammen. Es ist vorbei.

Ich stehe auf und gehe weiter.

44

Pützleinsdorf, Oktober 2019, am nächsten Tag

»Hallo!«, rufe ich durch die offen stehende Haustür meines Vaters.

»Ich bin im Wohnzimmer«, antwortet Emma.

Ich bin nervös. Nie hätte ich daran gedacht, noch einmal dieses Haus zu betreten. Mein Elternhaus. In dem ich die Hölle erlebt habe. Ich gehe durch die Küche ins Wohnzimmer. Es sieht alles immer noch genauso aus wie in meiner Kindheit: der alte Teppichboden mit den vielen kleinen Teppichen darüber. Die Möbel. Die Sitzecke. Der Esstisch. Die Fernsehecke. Die Vorhänge. Einfach alles.

»Such dir aus, was du möchtest. Du kannst alles haben und mitnehmen.«

Emma steckt mit dem Kopf in einer alten Kommode und holt uralte Tischdecken heraus.

»Schau, ob etwas dabei ist, was dir gefällt. Die sind noch von deiner Mutter.«

Ich stehe da wie angewurzelt. Es riecht auch noch so wie damals.

Emma richtet sich auf: »Er hat nach dem Auszug deiner Mutter alles so gelassen wie es war. Deswegen müffelt es etwas. Und hier auf dem Sofa ist ihm mal sein Urinbeutel ausgelaufen.«

»Ich habe gehört, er hatte Krebs?«

»Ja, das stimmt. Er hatte kein schönes Leben mehr.«

Was für ein trauriges Dasein muss er am Ende geführt haben? Ich berühre den Schrank, in dem meine Mutter immer ihre Zigaretten aufbewahrt hat, öffne die quietschenden Türen. Noch immer, seit Jahren unangetastet, liegen dort ihr Zigarettenetui, Aschenbecher, Feuerzeuge. Ich nehme das Etui heraus. Oh Mama, wie sehr du mir fehlst! Ich öffne es und zähle zwölf Zigaretten. Unglaublich. Es fühlt sich an, als würde sie gleich um die Ecke kommen.

Aber sie kommt nicht. Nur Emma und ich stehen da. Wir sind uns fremd und doch wieder ganz nah. Sie hat dieses Haus von unserem Vater geerbt. So wie ich vor elf Jahren das Haus meiner Großmutter. Wir werden Nachbarinnen sein. Ich habe keine Ahnung, wie sich das anfühlen wird. Und Emma offensichtlich auch nicht.

»Schau mal, da unten ist noch das gute Geschirr, das sieht aus wie neu. Nimm es ruhig mit.«

»Nein danke, aber die Zigaretten hier würde ich gerne haben und die Aschenbecher.«

»Ja klar, nimm was du möchtest.«

Mein Blick wandert durchs Wohnzimmer. Nach und nach gehen wir zusammen die Schränke durch. Fotoalben, ein alter VHS-Rekorder, noch mehr Tischdecken und noch mehr Geschirr. Überall liegen kleine Untersetzdeckchen herum, auf denen gerahmte Fotos oder Kerzen stehen. Uralte Weihnachtsdeko, verheddertde Christbaumbeleuchtung. Ein einziges, verstaubtes Knäuel, das man nie mehr entwirren kann.

»Ich wollte die alten Dinger mal wegwerfen.« Emma pustet Staub von dem alten Gerümpel. »Aber da hat er gleich gesagt, dass alles so bleiben müsse. Das sei schließlich von deiner Mutter.«

Mein Handy klingelt. Es ist Moritz. Er fragt, wo ich bin, und kommt dazu. Staunend betritt er das Haus und entdeckt sofort

ein großes Schachbrett. Es ist aus Holz, edel, mit großen Figuren aus Holz und Metall.

»Boah Mama, *geil!* Darf ich das haben?«

Emma lacht. Sie holt eine Tasche, und wir beginnen einzu-
packen.

Wir gehen ins Schlafzimmer. Hier war der Überfall. Sie
zeigt auf die kaputte Fensterbank, bei der ein Stück abgebrochen ist. Die ging beim Kampf zu Bruch. Wie heftig muss es
hier zugegangen sein! An der Decke sind noch eingetrocknete
Blutspritzer zu sehen. Es wirkt furchtbar trostlos. Wie einsam
muss er gewesen sein. In dieser Höhle des Gemetzels.

Es ist schon ein merkwürdiges Gefühl, mit Emma hier zu
stehen.

Wir setzen unseren Rundgang durchs Haus in der oberen
Etage fort. Ich sehe das alte Zimmerchen meiner Mutter. Als
wäre sie gestern noch hier gewesen, stehen alle Dinge unangetastet da. Der Schrank, das Bügelbrett, ihr Tisch, eine Kommode mit einer kleinen Zither darauf und eine gepolsterte
Truhe.

»Die hätte ich gerne.« Ich fahre mit der Hand über den
Stoff. »Die hat den gleichen Bezug wie meine Eckbank. Das
gehörte bestimmt mal zusammen.«

»Du kannst dir nehmen, was du möchtest«, beteuert Emma
erneut.

Ich öffne den Schrank. Ein paar Kleidungsstücke meiner
Mutter hängen noch auf Bügeln. Ich kann sie nach wie vor
riechen. Über elf Jahre ist meine Mutter nun schon verstorben,
und sie ist irgendwie immer noch da. Habe ich sie doch
irgendwie gerächt? Musste ich das in ihrem Auftrag tun?

Schweigen. Wieder sehe ich die grausamen Szenen aus meiner Kindheit an meinem inneren Auge vorbeiziehen.

Bevor wir die steile Treppe wieder hinuntergehen, bleibe ich noch einen Moment oben stehen. Kaum vorstellbar, dass er meine Mutter diese Marmortreppe hinuntergestoßen hat, als sie mit mir schwanger war. Wie viel Hass und Jähzorn muss in einem Menschen sein, um jemandem hier einen Tritt zu geben und in Kauf zu nehmen, dass er sich schwer verletzt? Wo kamen dieser Hass, diese unkontrollierbare Wut in ihm bloß her?

In den folgenden Wochen wird das Haus geräumt. Wie besprochen, tragen wir den Schreibtisch samt Stuhl, die Truhe und noch ein paar Kleinigkeiten von meiner Mutter mit rüber: Aschenbecher, Zigarettenetui, vergoldete Feuerzeuge und sehr viele Fotos. Immer wieder findet Emma etwas und legt es für mich zur Seite. Einen großen Teil verkauft sie über eBay, aber sie verschenkt auch viel an die Diakonie. Selbst seine heiß geliebte Eisenbahn wird eines Tages geholt. Alles wird Stück für Stück rausgetragen. Es ist vorbei.

Dann geht es daran, die Tapete von den Wänden zu kratzen. Den Kindern macht es großen Spaß und Emma und mir auch. So verbringen wir viel Zeit miteinander, reden ausgiebig und trinken gemeinsam Tee, wenn wir eine Pause machen.

»Er hatte Angst«, sagt Emma unvermittelt.

»Angst?« Ich lasse meinen Spachtel sinken.

»Ja, er hatte Angst in diesem Haus nach dem Überfall. Er wollte die ganze Zeit, dass ich hier einziehe, weil er nicht alleine sein wollte.«

»Das kann ich mir gar nicht vorstellen.« Ich lehne mich gegen die Fensterbank und wärme meine Hände an der Teetasse. »Unser Vater? Angst?«

»Doch, glaub mir. Er hatte Angst. Er war allein und einsam.«

Vielleicht bekommt am Ende doch jeder was er verdient, geht es mir durch den Kopf.

»Er war auch traurig, dass er keinen Kontakt zu deinen Kindern hatte.«

Ich schweige und trinke einen Schluck.

»Ja, er hat die beiden oft beobachtet. Beim Spielen unten auf der Straße oder im Garten. Sara, er wollte das so nicht.«

Da sind wir dann doch beim Thema. »Was hat er eigentlich zu der ganzen Sache gesagt?«

»Nichts.«

»Ihr habt nicht darüber gesprochen?«

»Nein.«

Ich kann das nicht glauben und muss noch mal nachhaken.

»Hat er nie Enttäuschung geäußert, Zorn oder Rachegedanken?«

»Nein, hat er nicht. Wenn wir unterwegs waren und Freunde trafen, hat er lediglich erzählt, dass er überfallen wurde. Aber dass *du* was damit zu tun hattest, hat er niemandem erzählt. Ich glaube, dafür hat er sich viel zu sehr geschämt.«

Fast täglich trinken meine Schwester und ich auf der Terrasse unseres Vaters Tee. Es hat sich so eingespielt. Ich freue mich, dass meine Schwester so nah ist. Alles ist aufregend und neu, ein frischer Wind weht über unsere Grundstücke am Sonnigen Hügel.

Wir entrümpeln gemeinsam das Haus und auch unsere Herzen.

Wir sitzen beieinander und reden uns alles von der Seele. Es ist so, als würde ich meine Schwester ganz neu kennenlernen. Und sie mich.

»Warum hast du dich noch so lange um ihn gekümmert, wo er dich doch auch mies behandelt hat?« Ich mustere sie von der Seite. In Wirklichkeit bewundere ich sie dafür.

»Sara, wen hatte er denn noch? Er hat mir einfach leidgetan.«

»Ach Emma, wäre er nicht so altersschwach geworden, hätte er sein Leben doch genau so weitergelebt. Er hätte sich nicht geändert.«

Ich wünsche mir so sehr, dass sie die Worte sagt, die sonst alle gesagt haben!

»Sara, er hat sich viele Gedanken gemacht, und er hat es bereut.«

»Das kann ich mir nicht vorstellen.« Kopfschüttelnd schaue ich meine Schwester an. »Ihm hat noch nie etwas leidgetan, er hat sich noch nie für etwas bedankt und auch noch nie für etwas entschuldigt.« Sie kann ihn doch nicht immer noch verteidigen!

»Er hat sich bei mir bedankt.« Bedächtig rührt sie in ihrem Tee. »Er hatte auch eine weiche Seite, konnte sehr verletzlich und sensibel sein.«

Sie kramt in ihrer Tasche, zieht etwas hervor und legt es auf den Tisch. »Das hatte er mit runter in seine Wohnung genommen, als er wegen seiner Behinderung ins Erdgeschoss gezogen ist.«

Ich greife danach und sehe ein paar Fotos von mir als Kind und eine Handarbeit, die ich als Kind im Kindergarten gestickt habe.

»Das ist ja von mir!«, entfährt es mir. »Das habe ich gebastelt!«

»Ich weiß. Und die Fotos von dir hingen an seiner Wand.«

Plötzlich wallt eine ungeheure Sehnsucht in mir auf. Nach

einem letzten versöhnlichen Wort. Nach einer stummen Umarmung.

»Warum hat er mich denn nicht noch mal angesprochen, bevor er gestorben ist?« Mein Kinn zittert, meine Augen schwimmen in Tränen. »Man spürt es doch, wenn man dem Tod nahe ist. War ich ihm noch nicht mal ein letztes Wort wert?«

»Was hättest du denn dann gemacht, Sara? Wärst du zu ihm rübergegangen?« Sie legt die Hand auf meinen Arm.

Die Tränen rollen mir lautlos über die Wangen und tropfen in meinen Tee. Ich schaue betroffen an ihr vorbei, denn ich weiß: Selbst wenn er mich angesprochen hätte – ich hätte ihn ignoriert. Er hatte keine Chance mehr, und das wusste er.

45

Pützleinsdorf, Sommer 2020

»Sara? Kommt ihr rüber? Ich lade euch zur Einstandspizza ein!«

Emma ist am Telefon. »Die Handwerker sind fertig, ich habe alles geputzt, und ihr sollt die Ersten sein, die mein neues Zuhause in all seiner Pracht mit mir einweihen!«

Voller Freude greife ich zu einer Flasche Sekt. »Kinder, nehmt die Gläser mit! Und vergesst nicht das Brot und das Salz! So macht man das, wenn man eine neue Nachbarin offiziell willkommen heißt!«

Beladen mit unseren Geschenken laufen wir hinüber.

In meiner Aufregung verschütte ich etwas von dem Saft, den ich in der Karaffe für die Kinder mitgenommen habe.

Tommy steht jaulend vor dem Zaun und wedelt schwach mit dem Schwanz.

»Warte, Mama, ich hole ihn!«

Romy springt elegant darüber hinweg und zieht Tommy hinter sich her. Sie müssen außen herum laufen, und als sie endlich da sind, fällt Romy ein, dass sie ihr Handy drüben hat liegen lassen. Wieder rennt sie zurück.

Als sie schließlich wieder da ist, ist ihre Pizza kalt.

»Warum machen wir nicht endlich den Zaun weg?« Moritz schaut zwischen uns hin und her wie ein Uhu. »Der ist doch jetzt voll obsolet.«

»Obsolet. Wow. Der Junge hat eine Klasse übersprungen.« Emma grinst.

»Was heißt obsolet?« Romy baumelt mit den Beinen und kichert.

Emma und ich schauen uns an. Um unsere Mundwinkel zuckt es.

»Der Zaun ist alt und morsch und für nichts mehr gut. Überflüssig. Das heißt obsolet.«

Mit einem Knall öffnet Emma die Flasche und schenkt uns beiden ein. »Auf eine friedliche, harmonische Nachbarschaft.«

»Auf eine friedliche, harmonische Nachbarschaft!«, wiederhole ich, und wir stoßen gemeinsam an. Emma schaut mir tief in die Augen und sagt den Satz, auf den ich schon so lange gewartet habe: »Sara, ich kann dich verstehen.«

Nachwort der Protagonistin

Dieses Buch wurde während der zweiten Coronawelle im November/Dezember 2020 geschrieben und zu einem Roman vollendet. Schon während des ersten Lockdowns Anfang des Jahres häuften sich in den Medien Nachrichten über häusliche Gewalt und überfüllte Frauenhäuser. Die Vorstellung, dass es heutzutage immer noch so viel Gewalt innerhalb einer Familie gibt, schockiert mich immer wieder. Die Täter interessiert nicht, was sie ihren Kindern damit antun, egal wie alt diese auch sind. Sie nehmen nicht wahr, dass Kinder alles, wirklich alles, sehen, hören und fühlen. Eltern dürfen nicht glauben, sie könnten ihren Kindern etwas verheimlichen. Damit belügen sie nicht nur ihre Kinder, sondern auch sich selbst. Noch schlimmer ist, wenn Kinder selbst Opfer von Gewalt werden. Jeder Schlag ist ein Schlag zu viel. Kinder können sich nicht wehren. Stattdessen lernen sie auszuhalten, bis sie eines Tages zusammenbrechen oder ausbrechen.

Wenn man jemanden liebt, dann schlägt man ihn nicht!

Für viele Kinder in Deutschland, mitten unter uns, ist eine warme Mahlzeit am Tag leider keine Selbstverständlichkeit. Es gibt viele Kinder, die unter Vernachlässigung leiden und die

sich nicht mal eben ein Buch im Wert von elf Euro leisten können oder etwas anderes, das sie sich wünschen.

Ich möchte und werde die Hälfte des Ertrags, den mir der
Verkauf dieses Buches einbringt, an solche Kinder spenden.
Und ich verspreche, nicht einfach nur einen Überweisungs-
träger auszufüllen. Ich selbst werde mich mit Menschen und
Organisationen auseinandersetzen und mir einen Einblick
verschaffen, um sicherzugehen, dass das Geld auch dort an-
kommt, wo Kinder etwas davon haben.

Ich möchte mich hier aber natürlich auch bedanken und damit
bei Hera Lind beginnen:

Liebe Hera, es war mir eine Freude, dich persönlich kennenlernen zu dürfen. Du hast dir die Mühe gemacht, mit deinem
Mann extra zu mir zu kommen, um dir selbst einen Eindruck
vom Ort des Geschehens machen zu können. Die Zusammenarbeit mit dir war sehr interessant für mich, und ich danke dir,
dass du nicht so schnell aufgegeben hast. Auch als ich zwischendurch einen »Hänger« hatte, hast du an uns und an das Buch geglaubt. Du musstest meinen Vater kennenlernen, nachdem er
schon gestorben war, und das war eine schwierige Aufgabe, die
du mit unglaublich viel Geduld großartig gemeistert hast. Die
Zusammenarbeit mit dir war immer sehr respektvoll. Ich spürte,
ich kann mich dir anvertrauen, und umso mehr hat es mich
gefreut, dass ich dich für meine Geschichte begeistern konnte.

Ich habe selten einen Menschen mit so einer positiven Aus-
strahlung getroffen. Immer wieder bist du auf all meine Kor-
rekturen eingegangen. Vielen Dank für deine Geduld, die ich
zwischendurch sicherlich sehr mit meinem: »Das war aber
anders« strapaziert habe :-)

Ganz liebe Grüße an dieser Stelle auch an Engelbert!!

Ein ebenso großes Dankeschön an Britta Hansen, ohne die es dieses Buch gar nicht gäbe.

Liebe Frau Hansen, ich durfte auch Sie persönlich kennenlernen, und Sie haben mit Ihrer ruhigen und besonnenen Art wirklich großen Eindruck hinterlassen. Als ich meinen »Hänger« hatte, haben Sie mich beruhigt, und dafür bin ich heute froh und dankbar. Auch Sie haben den Weg zu mir auf sich genommen. Es war mir eine große Freude, den Nachmittag mit Ihnen verbringen zu dürfen.

Ein Dankeschön geht auch an meine Schwester, die mich so tatkräftig bei der Arbeit an diesem Buch unterstützt hat.

Liebe Emma, ich möchte dir aber auch dafür danken, dass du mich damals auf dem Feldweg angesprochen hast und wir so die Chance hatten, wieder zueinanderzufinden. Die Gespräche, die wir miteinander hatten und haben, tun mir nach wie vor sehr gut. Auf eine friedliche, harmonische Nachbarschaft – für alle Zeit!- Prost! ;-))

Ein riesiges Dankeschön gilt außerdem Andrea und Martin, die in diesem Buch zu einer Freundin namens »Marea« gebündelt wurden. Ihr beide wart da, als ich euch gebraucht habe. Tag und Nacht wart ihr an meiner Seite. Was hätte ich bloß ohne euch gemacht?! Andrea, du warst in der Nacht des Überfalls für mich da und hast dich um mich gesorgt, auch nach meinen Kindern geschaut und dem Hund. Danke für die vielen intensiven Gespräche.

Martin, du hast mich an allen Verhandlungstagen begleitet und warst mir eine sehr große Stütze. Wie sehr, das lässt sich kaum in Worte fassen.

Ich werde euch beiden das nie vergessen! DANKE!

Großer Dank gebührt auch Herrn Falk, der ja mittlerweile seinen Ruhestand genießt. Obwohl er ja jetzt Zeit hat, ist er jedes Mal im Stress, wenn ich ihn sehe. Typisch Rentner ;-) Trotzdem nimmt er sich die Zeit, ein bisschen mit mir zu plaudern.

Lieber Herr Falk, vom ersten Moment an, als Sie sich an meinen Tisch gesetzt haben, um mich das erste Mal zu vernehmen, hatte ich zu Ihnen Vertrauen. Ohne Sie weiß ich nicht, ob ich die Kraft und den Mut gehabt hätte zu gestehen. Die Gespräche haben mir so unglaublich gutgetan. Sie, Herr Falk, haben mir damals im Auto gesagt: »Schreiben Sie alles auf.« Wie Sie sehen können, habe ich das getan! Danke für den Tipp.

Ebenso ein großes Danke auch an Tim Hoffmann.

Lieber Tim, bei meiner Verhaftung haben Sie von Anfang an Verständnis gezeigt, was mir an diesem Abend unglaublich dabei geholfen hat auszupacken, zu gestehen. Ich hätte mir neben Herrn Falk keinen besseren Polizisten wünschen können, der mir meine sehr heikle Situation so angenehm wie möglich gestaltet. Leider haben wir uns seit der Urteilsverkündung nicht wiedergesehen – oder sollte ich besser schreiben: zum Glück!?

Ein DANKE auch an all die Menschen, die mir zugehört, mir Verständnis gezeigt und mir ebenfalls Mut gemacht haben.

Zu guter Letzt möchte ich mich bei meinen Kindern bedanken. Ihr beide seid das Beste, was mir im Leben passiert ist. Ich danke Gott für einen wunderbaren Sohn und eine großartige Tochter. Ihr seid beide gesund, clever, intelligent, selbstbewusst, und ihr seid dankbar.

Zielstrebig geht ihr durchs Leben, und ich bin mir sicher, ihr werdet euren Weg machen. Ich werde immer hinter euch stehen. Ihr seid alles, was ich mir nur wünschen konnte in meinem Leben. Ich kann mich auf euch verlassen, so wie ihr euch auch auf mich verlassen könnt. Ich genieße jeden einzelnen Tag mit euch. Bleibt, wie ihr seid, und alles bleibt gut. Ich liebe euch von ganzem Herzen.

Nachwort der Autorin

Als ich vor etwa drei Jahren den spannenden und dicht erzählten Text von der damals siebenunddreißigjährigen Sara bekam, war mein erster Gedanke: Wow! Die hat sich gewehrt. Bravo. Keine Große-weite-Welt-Geschichte, und auch niemand, der die ganze Welt retten will. Saras Geschichte spielte »nur« zu Hause in ihren eigenen vier Wänden, und sie wollte nichts als »nur« in Ruhe gelassen werden. Und als ihr das nicht gelang, wehrte sie sich mit aller Kraft bis hin zu den katastrophalen Folgen. Diese trug sie mit Würde und stand dazu.

Lange dachte ich über die Einsendung nach. Sara war mit Abstand die jüngste Protagonistin, deren Geschichte ich bereits für druckreif hielt.

Und das tröstete mich in gewisser Weise, denn ich musste ihr trotz all meiner Faszination für diesen wichtigen Stoff absagen: Der Vater lebte ja noch, und es stand außer Frage, dass er jemals sein Einverständnis für eine Veröffentlichung geben würde. Daher kamen Sara und ich überein, dass diese Geschichte noch nicht ganz zu Ende ist.

Im Januar 2020 erreichte mich erneut eine Einsendung von Sara, die übrigens die kesse Überschrift »Ein Knacki auf Bewährung« trug. Sofort erinnerte ich mich wieder an sie und ihren Mut, sich ihrem Peiniger irgendwann auf unkonventionelle Art entgegenzustellen und die Konsequenzen zu tragen.

Und diesmal war die Geschichte auch abgeschlossen, denn der Vater war gestorben. Mich rührte es sehr, dass die beiden ungleichen Schwestern am Ende zusammenfinden und Sara nach allem, was sie durchgemacht hat, schließlich in Ruhe ihr Leben führen darf.

Ich schrieb Sara, dass ich mir die Geschichte nun sehr gut vorstellen könne – zumal gerade die Corona-Pandemie ausgebrochen war, und das Thema häusliche Gewalt an Schwere und Dramatik stark zugenommen hatte.

Und so besuchten meine Lektorin Britta Hansen und ich Sara und ihre Kinder Anfang Juli in ihrem Zuhause. Auch die Schwester Emma war zugegen. Sie renovierte gerade das vom Vater geerbte Haus und führte mich bereitwillig auf dem damaligen Tatort herum. Mit Grauen sah ich das Schlafzimmer, in dem die von Sara so niemals gewollte Tat stattgefunden hat, aber auch die Marmortreppe, das Kinderzimmer, das Bügelzimmer, den Wohn- und Essbereich, in dem all die Übergriffe des Vaters auf Sara und ihre Mutter passiert sind.

Umso gemütlicher und harmonischer wirkte auf mich das Nachbarhaus, in dem Sara mit ihren Kindern und dem Hund lebt, und ich hatte wirklich eine Gänsehaut.

Mein Mann Engelbert war auch dabei und verstand sich prächtig mit dem dreizehnjährigen Sohn Moritz, während Romy sich zu einer Freundin verabschiedete.

Abends saßen wir alle in der Fußgängerzone der benachbarten Kleinstadt. Es gab gerade ein Stadtfest; und die wenigen mittelalterlich verkleideten Menschen, die sich ihre Feierlaune trotz Corona nicht nehmen lassen wollten, zogen ein paarmal an uns vorbei und brüllten, offensichtlich nach altem Brauch »*Jubel!*« Das war schon recht grotesk, und wir mussten trotz des fürchterlichen Stoffes, um den es ja ging, lachen.

Britta Hansen, die stets für die rechtlichen Belange zuständig ist, fragte Sara, ob sie denn das Einverständnis der anderen Betroffenen für eine Veröffentlichung ihrer Geschichte habe. Als eine Frau der Tat setzte sich Sara nach unserem Besuch sofort mit allen Beteiligten in Verbindung und tatsächlich unterschrieben alle bis auf einen, der Täter. Er sitzt heute immer noch im Gefängnis und wollte die Einverständniserklärung nicht geben, was ich sehr gut verstehen kann: Obwohl der Fall in der Zeitung stand und in der Umgebung des Tatorts sicherlich lange für Gesprächsstoff gesorgt hat, wollte der junge Mann seine Identität schützen.

So habe ich nach Rücksprache mit Sara die Figur des Täters so weit geändert, dass er als tatsächlich existierende Person nicht mehr zu erkennen ist. Die Handlung und die Dialoge entsprechen dennoch den Tatsachen. Saras Vorarbeit war so exzellent, dass ich mir diesmal nichts mehr ausdenken musste. Und auch gar nicht durfte!

Normalerweise erlaube ich mir zu bündeln, zu straffen, mehrere Nebenfiguren zu einer zu machen, Dialoge zu erfinden und farbenfrohes Kino im Kopf zu schaffen, um Längen und Wiederholungen zu vermeiden und die Spannung kontinuierlich zu steigern. Jeglicher Versuch meinerseits, die Tatsachen hier und da ein bisschen auszuschmücken, wurde von Sara vehement abgeschmettert, und ihr Original mit Zähnen und Klauen verteidigt.

Ihren Vater, den ich ja nicht mehr kennengelernt habe, hatte ich zunächst nicht in seiner Vielschichtigkeit geschildert und ihn von Anfang an nur als brutal dargestellt. Sara wollte unbedingt auch die sensible und harmoniebedürftige Seite ihres Vaters in dieses Buch bringen, was ich anfangs nicht verstand. Aber sie hatte absolut recht damit sich

durchzusetzen, und ich habe auch diesmal wieder viel dazu-
gelernt.

Der Respekt vor den Gefühlen und Erinnerungen, vor
den persönlichen Wahrnehmungen und Empfindungen meiner Protagonistin sollte mehr Gewicht erhalten als mein
professioneller Umgang mit dem Stoff. Hier konnte Britta
Hansen mit ihrer ausgleichenden Art die Wogen glätten, sodass wir nach dieser Hürde umso intensiver an einem Strang
zogen.

Inzwischen hatte ich zu Narzissmus und Entstehungsarten
von häuslicher Gewalt recherchiert und feststellen müssen,
dass diese Form der Brutalität innerhalb der eigenen vier
Wände sehr viele Gesichter und Facetten haben kann.

Die Unterstützung von Sara war außergewöhnlich gründlich, zuverlässig, ausführlich und schnell. Sara hat selbst große
Freude am Schreiben, und so gingen unsere überarbeiteten
Fassungen immer schneller hin und her, bis am Ende kein einziges rotes Wort mehr im Text stand. Ich ziehe meinen Hut vor
Sara, die sich ihren schmerzlichen Erinnerungen noch mal bewusst gestellt hat. Anfangs hatte sie vieles erfolgreich verdrängt, und nun kamen all die entsetzlichen Details wieder
hoch. Aber wir waren und sind uns einig, dass diese Geschichte, so wie sie war, schonungslos und auch selbstkritisch
erzählt werden musste.

Dafür danke ich Sara sehr. Auch Emma und Helga möchte
ich danken, Letztere hat sehr offenherzig mit mir gesprochen
und mir viele Fragen beantwortet. Helga hat mir noch mal
deutlich gemacht, wie vielschichtig die Beziehung von Opfer
und Täter ist. Mit Moritz steht noch ein Tischtennismatch aus,
und Romy war einfach nur entzückend.

Wir hoffen, dass wir einen wichtigen Beitrag mit dieser Geschichte leisten und betroffenen Frauen und Kindern damit vielleicht sogar helfen können.

Wenn Sie, liebe Leser*in, auch eine Lebensgeschichte haben, von der Sie glauben, dass sie eine große Öffentlichkeit interessieren könnte, dann schreiben Sie mir doch bitte eine Mail an heralind@a1.net oder wenden sich per Post an die Romanwerkstatt, Universitätsplatz 9, A – 5020 Salzburg.

Wie schon bei Sara lese ich alle Einsendungen mit großer Wertschätzung und beantworte sie persönlich, auch wenn es eine Weile dauern kann.

Mit unseren Tatsachenromanen haben wir im Jahr 2020 drei Bestseller auf den vorderen Plätzen erreicht, einen sogar auf Platz 1, zwei andere auf Platz 2, was deutlich macht, wie sehr die wahren Geschichten den Leser*innen zu Herzen gehen.

Mein Dank gilt neben meiner langjährigen Lektorin Britta Hansen all meinen Protagonistinnen, mit denen ich inzwischen zwanzig erfolgreiche Tatsachenromane realisieren konnte, und allen, die mir ihre Geschichten anvertraut und sich die Mühe gemacht haben, sie aufzuschreiben. Vielleicht ist Ihre Lebensgeschichte ja schon bald die nächste?

Mein ganz besonderer Dank gilt diesmal meinem Mann, der nicht nur mit mir die Protagonistinnen besucht und mir bei der Auswahl hilft, sondern sich auch unermüdlich die Geschichten anhört und mich, wenn dann die Arbeit am Roman beginnt, mit Fürsorge, Aufmerksamkeit und fantastischem Essen verwöhnt. Danke für die Abendspaziergänge, auf denen ich mir alles von der Seele reden darf. Und danke für das abendliche Tischtennismatch zum »Runterkommen«!

Mein Mann Engelbert ist mir auch ein wunderbarer Partner bei unseren gemeinsamen Schreibseminaren, die in meiner Romanwerkstatt in Salzburg regelmäßig stattfinden.

Vielleicht dürfen wir Sie ja schon bald zu einem Schreibseminar im Herzen der Altstadt begrüßen. Mehr dazu unter www.heralind.com oder in den sozialen Netzwerken.

Salzburg, im März 2021

LESEPROBE

Einmal Freiheit und zurück

Die junge Sophie aus Weimar ist beeindruckt, als sie Hermann aus dem Westen kennenlernt. Soll sie Karsten, ihren verheirateten Liebhaber und einflussreichen DDR-Funktionär verlassen? Hermann schwärmt von Westdeutschland und verspricht Sophie das Paradies auf Erden. Doch als ihr Ausreiseantrag bewilligt wird, stehen nur seine Eltern am Bahnhof, Herman selbst ist für Monate beruflich im Ausland. Das hält sie nicht aus, sehnt sich nach Karsten. Erneut überquert sie die Grenze, nicht ahnend, dass sie in eine Falle mit doppeltem Boden geraten ist …

ISBN 978-3-453-29228-4
Auch als E-Book erhältlich

DIANA

1

Weimar, März 1974, im zehnten Stock eines Plattenbaus

»Nebenan wohnt meine Schwester!« Aufgeregt legte ich den Finger auf die Lippen und schloss hastig die Etagentür auf. »Pssst, sie darf uns auf keinen Fall hören!«

Der Lift hinter uns schloss sich wieder, und ich befürchtete, sein jämmerlich lautes Quietschen könnte Marianne und Dieter aus dem Schlaf reißen. Dann würden die beiden im Pyjama durch den Türspalt spähen und argwöhnisch fragen »Ist da jemand?«, und das musste ja nun wirklich nicht sein.

»Schnell!« Hastig schob ich meinen nächtlichen Besuch in meine kleine Wohnung und zog lautlos die Tür hinter uns zu.

So, da stand er nun. Karsten. Der blonde Halbgott, auf den alle Mädels der ganzen Stadt scharf waren. Bei mir zu Hause.

Ich hatte den außergewöhnlich gut aussehenden Typen erst vor ein paar Tagen in einer angesagten Disko kennengelernt und war jetzt schon schockverliebt.

Und zwar nicht nur in den Traumkerl, sondern einfach in mein ganzes Leben! Ich war jung, ungebunden und zugegebenermaßen nicht hässlich. Mir hatten schon mehrere heimlich zugeflüstert, ich hätte Ähnlichkeit mit Agneta von ABBA. Diese angesagte Band zu hören, war in der DDR verboten und deshalb war es umso reizvoller, mit der schwedischen Sängerin verglichen zu werden.

Karsten war mein perfektes Pendant! Dabei hatte es eigentlich meine Freundin Gitti auf ihn abgesehen gehabt und mich erst auf ihn aufmerksam gemacht! Gott, was für ein charmanter, wohlriechender und schöner Mann! Und tanzen konnte der! Leider musste Gitti mit ansehen, wie Karsten mich zielstrebig von der Bar pflückte und Richtung Tanzfläche zog, bevor sie überhaupt die Nase aus der Weißweinschorle gehoben hatte. Die ganze Nacht wirbelte er mich auf der kleinen Tanzfläche herum, und irgendwann schauten alle nur noch auf uns. Er hatte für DDR-Verhältnisse richtig coole Klamotten und trug die blonden gewellten Haare etwas länger, als die Polizei erlaubte. Ein Volltreffer, den ich da an der Angel hatte! Zum Glück konnte Gitti gut verlieren. Beste Freundin eben. Nun war Karsten Brettschneider mein. Seine hellblauen Augen strahlten mich an.

»Wow, so eine schnuckelige Wohnung!« Wohlwollend sah sich der groß gewachsene Traumtyp in meinem Einzimmerapartment um. In diesem winzigen Nest im zehnten Stock eines Plattenbauhochhauses wirkte er noch viel stattlicher als ohnehin schon. Mit seiner Persönlichkeit füllte er den ganzen Raum.

Mein Herz klopfte wie verrückt. Ich freute mich, dass er meinem kuscheligen Reich etwas abgewinnen konnte. Obwohl es ganz schön rosarot und plüschig war.

Er war schließlich ein gestandener Mann, bestimmt Mitte dreißig!

Und ich eine junge Frau, die den unglaublichen Luxus genoss, in dieser Kleinwohnung ihren verspäteten Mädchentraum zu leben.

Mein Kurzehe-Exmann Frank hatte sie mir nach der

Scheidung überlassen müssen, und ich wusste, dass ganz Weimar mich darum beneidete. Welche junge Frau von einundzwanzig Jahren hatte in der DDR schon eine eigene Wohnung? Und damit ihre Unabhängigkeit und Freiheit? Ja, ich fühlte mich absolut frei und von nichts und niemandem eingeschränkt. Für politische Dinge interessierte ich mich überhaupt nicht. Das Glück war auf meiner Seite!

»Setz dich doch!«

Hastig stopfte ich mein schlappohriges Kuscheltier unter ein Sofakissen. Der Mann musste ja glauben, ich spielte noch mit Puppen!

Karsten blieb jedoch stehen und musterte meine Kosmetikartikel, die ich vor meinem Spiegel aufgebaut hatte, der reinste Altar! Am Spiegelrand hingen dekorativ meine ganzen Ketten, Ohrringe und Armreifen. Dies hier war mein privater Schönheitssalon.

»Jetzt wird mir so einiges klar, Sophie.« Beeindruckt öffnete er ein kleines Parfumfläschchen und schnupperte daran.

»Was wird dir klar?« Unsere Blicke trafen sich im Spiegel.

»Warum du so wunderschön bist und so gut riechst!«

Er wirbelte herum und zog mich an seine Brust. Ganz sanft küsste er mich erst aufs Haar, hob dann mein Kinn und … Gott, konnte der Mann küssen! Mir schoss die Röte ins Gesicht, und das Blut pulsierte mir in den Adern.

»Na ja, ich bin Kosmetikerin, das hab ich dir doch schon gesagt!«

»Alles an dir ist so perfekt …«

Karsten nahm jeden einzelnen meiner frisch manikürten Finger und küsste sie. »Du bist das schönste Mädchen, das ich je in Weimar gesehen habe. Ich stehe wahnsinnig auf gepflegte Frauen, weißt du. Dein Haar schimmert wie Seide. Und dann dieser Duft.«

Ich lachte geschmeichelt. Ja, wenn ich eines beherrschte, dann war es, mich perfekt in Szene zu setzen.

»Und du bist auch nicht der hässlichste Kerl von ganz Thüringen!«

Wir sanken auf mein Sofa und waren erst mal miteinander beschäftigt. Er küsste unglaublich zärtlich, ganz anders als mein Ex-Mann Frank, der einen immer fast auffraß und dann in Sekundenschnelle zur Sache kam, ohne je auf meine Bedürfnisse Rücksicht zu nehmen.

Frank war als Schlagzeuger mit einer angesagten Band unterwegs gewesen, als ich ihn vor drei Jahren traf. Da war ich erst achtzehn gewesen, und hatte in verschiedenen Tanzcafés mein Glück gesucht. Der Drummer schaute immer nur auf mich, während er sich die Seele aus dem Leib trommelte. In den Pausen spendierte er mir ein Getränk nach dem anderen, und irgendwie wurden wir ein Paar. Wir heirateten viel zu früh, vielleicht auch weil wir beide keine Eltern mehr hatten. So bekamen wir die Wohnung neben der meiner Schwester Marianne und ihrem Mann Dieter, die ebenfalls sehr früh geheiratet hatten. Letzterer hatte als Polizist so seine Beziehungen; und meine Schwester wollte ein Auge auf mich haben. Nach einem Jahr trommelte Frank bereits fremd. Musiker konnten anscheinend nicht anders. Jedenfalls reichte ich die Scheidung ein, und Frank zog mit seiner Band und einem neuen Groupie weiter. Was mir blieb, waren meine Freiheit und meine schnuckelige Wohnung. Und meine Erfahrung.

Und all das kam mir nun mit Karsten zugute.

»Du bist so unglaublich sexy, Sophie …«

Seine Hände wanderten an meiner schmalen Taille hinunter über die eng sitzende Jeans.

Nachdem wir eine Weile innig geknutscht hatten, stellte Karsten fest, dass ich seine Hände genommen und ihn am Weiterfummeln gehindert hatte.

»Nanu? Gefällt es dir nicht?«

»Ich möchte mich nicht so schnell wieder binden.« Fest sah ich ihm in die Augen. Er schien keineswegs beleidigt zu sein.

»Das macht dich noch viel interessanter.«

Karsten lächelte mich ganz lieb und verständnisvoll an. Seine hellblauen Augen bekamen einen ganz eigentümlichen Glanz.

»Ich stehe überhaupt nicht auf Mädels, die leicht zu haben sind.«

»Ach nein?« Ich zog die frisch gezupften Augenbrauen hoch und sah ihn kess an. »Den Eindruck hast du aber gerade gar nicht gemacht.«

»Zaubermaus!«

»Ja?« Wie süß war das denn! Zaubermaus!

»Du bist wirklich was ganz Besonderes.«

Ein langer intensiver Blick aus unglaublich blauen Augen. Es war, als könnte er die Farbe darin an- und wieder ausknipsen.

»Woher willst du das denn wissen?« Geschmeichelt lehnte ich mich auf dem Kuschelsofa zurück und verschränkte die Beine.

»Das spür ich einfach.«

Karsten taxierte mich andächtig, wie einen seltenen Schmetterling.

»Das mit uns soll auch keine billige Affäre werden.«

Alles andere würde mich auch wirklich enttäuschen!, dachte ich im Stillen. Um ultrasouverän zu sagen: »Ich weiß überhaupt nicht, was das werden soll. Du bist ja auch viel älter als ich.«

Daraufhin stand ich auf und entnahm meinem Mini-Kühlschrank die angebrochene Flasche Wein, die ich mit Gitti vor einigen Stunden geöffnet hatte, damit wir uns Mut antrinken konnten. »Magst du einen Schluck? Oder musst du noch fahren?«

»Der Fahrer wartet unten.« Im Nu war Karsten am Fenster, öffnete den Vorhang einen Spaltbreit und schaute in die nächtliche Dunkelheit. »Der steht auf Abruf bereit.«

»Wirklich?« Beeindruckt spähte ich ihm über die Schulter, in der einen Hand die Flasche, in der anderen zwei Gläser. Tatsächlich. Der auf Hochglanz polierte schwarze Wartburg, der uns von der angesagten Weimarer Diskothek hergebracht hatte, stand immer noch im fahlen Schein der Straßenlaterne. »Das ist wirklich dein eigener Fahrer?«, fragte ich ungläubig.

»Ja.« Karsten nahm mir die Gläser ab. »Das ist ein kleines Dankeschön von meinem Kombinat.«

Wir prosteten uns zu und tranken den Wein. »Was ist denn das für ein Kombinat?«

»Ein großes Bau- und Montagekombinat.« Karsten setzte sich wieder und klopfte einladend mit der freien Hand neben sich auf die Kuhle, die ich auf dem Sofa hinterlassen hatte. »Wir machen in Wohnungsbau und Industrieanlagen. Als leitender Ingenieur bin ich in den Genuss eines Wagens mit Fahrer gekommen. Ich bin halt beruflich ziemlich viel unterwegs, nächste Woche zum Beispiel auf einer Baustelle in Leipzig. Wir bauen den Flughafen aus.«

»Wow«, entfuhr es mir staunend. Und so ein toller Mann fand mich wundervoll? Mich kleine Kosmetik-Zaubermaus?

»Und was machst du dabei genau?«

»Ich entwerfe die neue Landebahn. Nicht der Rede wert.« Karsten strich mir eine Strähne hinters Ohr.

»Erzähl du lieber von dir! Wie bist du in die Kosmetikbranche gekommen?«

Fast schüchtern setzte ich mich wieder neben ihn.

»Also …«, fing ich an. »Nach dem Tod unserer Mutter vor sechs Jahren hat meine Schwester Marianne verfügt, dass ich nach der Schule eine Friseurlehre machen soll. Sie hat so ein bisschen die Mutterrolle für mich übernommen.« Ich räusperte mich und nahm einen Schluck Wein. Meine Mama vermisste ich immer noch so schmerzlich, dass ich mit den Tränen kämpfen musste. Ich schluckte.

»Woran ist deine Mutter denn gestorben?«

»An gebrochenem Herzen.«

»Wie das?« Seine Augen ruhten mitfühlend auf mir. Das Blau hatte einen matten Schimmer angenommen.

»Sie stammt eigentlich aus Wien und hat Musik studiert. Aber in den Fünfzigerjahren lernte sie dort bei einem Meisterkurs meinen Vater kennen, und der war nun mal Musikprofessor in Weimar. Sie ist ihm gefolgt, dann kamen wir beiden Töchter, erst Marianne und drei Jahre später ich, sie ist also hiergeblieben …«

»Und warum starb sie an gebrochenem Herzen?«

»Mein Vater ist gestorben, als ich sechs war. Er muss sehr dominant gewesen sein, wie sie erzählt hat. Heute würde man sagen, ein Macho.« Ich lächelte ihn verlegen an. »Und sie hat sich hier nie so richtig zu Hause gefühlt.«

»Da bist du ja ein Waisenkind …«

»Ich habe mich daran gewöhnt.« Ich straffte mich und hob das Kinn. »Dafür bin ich früh erwachsen geworden.«

Wir saßen im Schein der Stehlampe da, und es war so vertraut zwischen uns, als würden wir uns schon eine Ewigkeit kennen. Liebevoll streichelte er mir mit seinen schönen langen Fingern die Schulter. Hm, war das angenehm! Daran konnte ich mich glatt gewöhnen.

Karstens Blick glitt zur Wand. »Sag mal, ist das Schimmel da hinter dir?« Wieder schienen seine Augen noch eine Spur dunkler zu werden. Er starrte auf meine alte Tapete.

»Ja, das ist mir peinlich …« Ich wurde rot. »Den versuche ich eigentlich mit diesem Poster hier zu verdecken.« Es war ein ABBA-Poster, und das war wie bereits erwähnt eigentlich nicht erlaubt. Marianne hatte schon die Hände über dem Kopf zusammengeschlagen: »Lass das bloß nicht Dieter sehen!« Aber Karsten war total cool.

»Das könnte ich mir mal bei Tageslicht ansehen«, bot er hilfsbereit an.

»Hast du dafür denn überhaupt Zeit?«

Ein Traum. In mir kribbelte es wie Champagner. Ich hatte zwar noch nie welchen zu sehen bekommen, aber genauso stellte ich mir Champagner vor: aufregend und prickelnd, nicht so süßlich wie Rotkäppchen-Sekt.

»Für dich habe ich alle Zeit der Welt«, sagte Karsten lässig, ohne mit dem hocherotischen Rückenkraulen aufzuhören. »Bitte erzähl weiter aus deinem Leben. Ich möchte alles wissen.« Karsten schaute mich über den Rand seines Weinglases hinweg liebevoll an. Seine Augen waren wieder heller geworden. Oder machte das nur das Licht?

»Nach der Schule habe ich also erst mal Friseurin gelernt, und dann wurde hier in der Stadt ein neues Kosmetikstudio aufgemacht …«

»Salon Anita«, sagte Karsten wie aus der Pistole geschossen.

»Ja, genau! Woher weißt du das?«

»Es ist das Einzige in der Stadt!« Er lächelte verschmitzt. »Jedenfalls das Einzige, in dem ich DICH sehe: modern, elegant und irgendwie …« Er suchte nach Worten.

»Exklusiv«, sagte ich stolz. »Salon Anita ist für die anspruchsvolle Dame.«

»Dann kennst du ja fast alle Damen Weimars.« Karsten zwickte mich spielerisch in die Taille.

»He, das kitzelt!« Ich fühlte mich geschmeichelt.

Karsten grinste. »Die von den Bonzen meine ich.«

»Aber nein!« Ich lachte. »So eine Behandlung ist gut für Seele und Selbstbewusstsein. Fast jede Frau geht arbeiten, wie du ja weißt, und da darf sie sich in ihrer Freizeit durchaus was Gutes tun. Man leistet sich gerne Kosmetikbehandlungen für zehn Mark. Natürlich bediene ich nicht jede persönlich. Die Chefin hat ihre festen Stammkundinnen, und außer mir sind noch sechs andere im Team. Ich bin die Jüngste. Aber ich habe mir auch schon Stammkundinnen erarbeitet, die ausschließlich nach Sophie Becker fragen. Ich mache schließlich auch Haare.«

Er sah mich bewundernd an. »In deinen Händen wird wahrscheinlich noch Stroh zu Gold.«

Ich musste lachen. »Das war schon zu meinen Friseurinnenzeiten so!« Unwillkürlich wickelte ich eine Strähne um den Zeigefinger, die ihren Glanz tatsächlich meiner hochwertigen Pflege verdankte.

»Und die Damen erzählen doch bestimmt eine Menge? Wenn sie so bei dir ihre Freizeit verbringen?«

»Ja, schon. Aber in unserem Beruf herrscht absolute Schweigepflicht.«

»Wie beim Arzt, was?« Karsten staunte.

»Oder beim Beichtvater.« Ich lachte. »Nein, im Ernst. Solche Behandlungen finden ja regelmäßig statt, und da entwickelt sich natürlich oft ein Vertrauensverhältnis zwischen Kundin und Kosmetikerin.«

»Was für ein schöner Beruf …« Karsten spielte zärtlich mit meinen Haaren.

»Ein blonder Wasserfall«, flüsterte er heiser. Ich unterdrückte den Wunsch, auf der Stelle mit ihm zu schlafen. Nein, ich wollte langsam erobert werden! Stattdessen erklärte ich meinem Verehrer unsere tollen Cremes und Lotionen, und er hörte aufrichtig interessiert zu.

»Die Firma Charlotte Meenzten aus Radeberg bei Dresden stellt die Kräuterkosmetik her, siehst du, die Produkte stehen alle hier …«

Ich sprang auf und reichte ihm einige Tuben. Karsten betrachtete sie eingehend. Für einen Mann war er wirklich ausgesprochen geduldig.

»Bei den Behandlungen werden intensive Hautreinigungen durchgeführt, Gesichts-, Hals- und Dekolletémassagen …«

Wieder gingen wir dazu über, uns zu küssen und zu streicheln, und Karsten schien gar nicht genug davon zu bekommen. Wir standen wirklich kurz davor, aufs Ganze zu gehen, als ich mich erneut am Riemen riss: Wenn dieser Mann ernsthaft an mir interessiert war, konnte er ruhig warten. Viel zu früh hatte ich damals Frank nachgegeben, und von da an schien ich sein Eigentum geworden zu sein, sprich nicht mehr begehrenswert. Wie sagte Marianne immer? Männer sind alle Jäger und Sammler, und wenn sie dich erst mal erlegt haben, suchen sie sich was Neues.

Mein Blick fiel auf den Radiowecker. Er zeigte vier Uhr früh an. Auf einmal spürte ich die Müdigkeit. In wenigen Stunden musste ich zum Frühstück bei Marianne und Dieter antanzen. Da wollte ich nicht allzu verkatert sein.

»Wie lange willst du den armen Fahrer da unten noch warten lassen?«, neckte ich Karsten.

Doch er schien mich immer noch nicht loslassen zu wollen. Stattdessen nahm er meine Hände und sah mich an.

»Ich muss dir noch was sagen, Zaubermaus.« Er sah mich aus ernsten Augen aufrichtig an. »Ich bin verheiratet.«

»Oh«, entfuhr es mir, auch wenn ich nicht wirklich überrascht war. An seinem Finger prangte schließlich ein Ring. Den hatte ich von Anfang an gesehen, und er hatte auch nicht versucht, ihn zu verstecken.

»Und habe drei wundervolle Kinder.«

»Dreimal Oh.«

»Willst du nun nichts mehr von mir wissen?« Sein Blick ging mir durch und durch.

Nein, dafür war ich schon viel zu verliebt. Und irgendwie war es mir sogar recht, denn so konnte er nicht gleich Besitzansprüche an mich stellen. Ich musste ja täglich mit ansehen, wie Dieter mit Marianne umging: Die schien ebenfalls sein Eigentum zu sein. Bei denen war die Luft schon lange raus!

»Nein, Karsten. Ich bin froh über deine Ehrlichkeit.« Entschlossen stand ich auf. »Wir können doch auch so eine gute Zeit haben, oder etwa nicht?«

»Du machst mich zum glücklichsten Mann Weimars.«

Karsten erhob sich ebenfalls und stieß mit dem Kopf fast an die Deckenlampe. »Sag ich doch, dass du was ganz Besonderes bist! Du bist das schönste Geheimnis, das ein Mann nur haben kann!«

Wieder küsste er mich zärtlich und leidenschaftlich. »Dann darf ich dich also wiedersehen …?«

»Unter einer Bedingung.« Sanft machte ich mich von ihm los. »Es darf deiner Frau nicht wehtun.«

»Tut es nicht. Das versprech ich dir.«

»Dann ist ja gut.«

Noch einmal küssten wir uns lange und innig.

»Geheimnis?«

»Geheimnis.«

»Großes Ehrenwort? Kannst du wirklich schweigen?«

»Großes Indianer-Ehrenwort!«

»Gute Nacht, Zaubermaus!«

Er zog den Kopf ein und schlich in den Flur. Noch während ich mit heftigem Herzklopfen auf das Quietschen des Lifts wartete, hörte ich meinen Helden auf leisen Sohlen die zehn Treppen nach unten eilen. Was für ein Mann.

Der Traum vom Westen zerbricht in einer kalten Winternacht

Hera Lind, *Die Hölle war der Preis*
ISBN 978-3-453-36076-1 · Auch als E-Book

Gisa und Ed wissen, dass sie ihre privaten und beruflichen Ambitionen in der DDR nicht verwirklichen können. Natürlich ist es riskant zu fliehen, aber als sie im Januar 1974 wegen Republikflucht verhaftet werden, ahnen sie nicht, was sie erwartet. Sie müssen durch die Hölle gehen, um den Traum von Freiheit irgendwann einmal leben zu können ...
Der neue große Tatsachenroman von Hera Lind über eine starke Frau, die trotz der Schreckensjahre im DDR-Frauengefängnis Hoheneck die Hoffnung und den Glauben an die Liebe zu ihrem Mann nicht verliert.

Leseprobe unter diana-verlag.de   **DIANA**

Eine Frau kämpft um ihre Würde, die Freiheit und die Liebe

Hera Lind, *Die Frau zwischen den Welten*
ISBN 978-3-453-29227-7 · Auch als E-Book

Die junge Ella erfährt mit brutaler Härte, was es heißt, nach 1945 als Tochter einer Deutschen in der Tschechoslowakei aufzuwachsen. Revolutionsgarden erschlagen ihren Vater, die Mutter muss sich mit ihrem neugeborenen Sohn in einem tschechischen Dorf verstecken. Ella erträgt immer neue Schicksalsschläge: Klosterschule, Kommunismus, die Ehe mit einem Egozentriker, Psychiatrie – bis sie endlich in Prag der großen Liebe begegnet. Mit dem jüdischen Arzt Milan ist sie zum ersten Mal glücklich. Beide haben nur noch einen Wunsch: zusammen mit Ellas kleiner Tochter in den Westen fliehen. Doch der Geheimdienst ist ihnen dicht auf den Fersen ...

Leseprobe unter diana-verlag.de   **DIANA**